MARY JO PUTNEY

EIN SPIEL UM MACHT UND TRÄUME

Aus dem Englischen
von Kerstin Winter

BASTEI
LÜBBE

BASTEI-LÜBBE-TASCHENBUCH
Band 12375

Deutsche Erstveröffentlichung
Titel der amerikanischen Originalausgabe:
Thunder and Roses

Printed in Germany, August 1995
Einbandgestaltung: K. K. K.
Titelfoto: Pino Daeni
Satz: hanseatenSatz-bremen
Druck und Bindung: Elsnerdruck, Berlin
ISBN 3-404-12375-1

**Für Marianne und Karen,
zwei meiner Lieblingsfrauen**

Prolog

Wales, 1791

WINTERLICHE NEBELSCHWADEN HÜLLTEN sie ein, als sie die Mauer erklommen, die das Anwesen umgab. In der geisterhaften Landschaft war kein einziges menschliches Wesen zu sehen, und niemand bemerkte die Eindringlinge, als sie von der Mauer sprangen und über das sorgfältig gepflegte Grundstück gingen.

»Wollen wir hier Hühner stehlen, Mama?« fragte Nikki leise.

Seine Mutter Marta schüttelte den Kopf. »Nein. Wir haben hier etwas anderes zu tun. Etwas Wichtigeres.«

Die Anstrengung des Sprechens löste einen Hustenanfall aus, und sie krümmte sich, als die Krämpfe ihren Körper schüttelten. Besorgt und ängstlich berührte Nikki ihren Arm. Seit sie unter Hecken schliefen, war der Husten noch schlimmer geworden, und sie hatten wenig zu essen. Er hoffte, sie würden bald zu der *Kumpania* der Roma zurückkehren, wo es Nahrung, warme Feuer und Freunde gab.

Sie richtete sich, blaß, aber entschlossen, wieder auf, und sie setzten ihren Weg fort. Die einzige

Farbe in der winterlichen Landschaft war das leuchtende Purpur ihres Kleides.

Endlich traten sie unter den Bäumen hervor auf eine Rasenfläche, die ein ausgedehntes Steingebäude umgab. Ehrfürchtig staunend sagte Nikki: »Lebt hier ein wichtiger Lord?«

»Aye. Sieh es dir gut an, denn eines Tages wird es dir gehören.«

Der Junge starrte das Haus an, während ihn eine seltsame Mischung von Emotionen durchströmte. Überraschung, Aufregung, Zweifel, schließlich Verachtung. »Die Roma leben nicht in Häusern, die den Himmel töten.«

»Aber du bist *Didikois*, Halbblut. Es ist nur recht, daß du in solchen Gebäuden wohnst.«

Schockiert drehte er sich zu ihr um. »Nein! Ich bin *Tacho rat*, reines Blut, kein Gadscho.«

»Dein Blut ist für Rom *und* Gadscho gut.« Sie seufzte, und ihr schönes Gesicht verriet ihre Erschöpfung. »Auch wenn du bei den Roma aufgewachsen bist, liegt deine Zukunft bei den Gadsche.«

Er wollte protestieren, doch sie brachte ihn mit einer raschen Handbewegung zum Schweigen, als das Geräusch von Hufschlag ertönte. Sie zogen sich schnell ins Gebüsch zurück und beobachteten, wie zwei Reiter die Auffahrt heraufkamen und ihre Pferde vor dem Haus zügelten. Der Größere der beiden sprang vom Pferd und stieg mit energischen Schritten die breiten Steinstufen hinauf, während sein Pferd der Obhut seines Gefährten überlassen war.

»Schöne Pferde«, flüsterte Nikki neidisch.

»Ja. Das muß der Earl of Aberdare sein«, murmelte Marta. »Er sieht genauso aus, wie Kenrick ihn beschrieben hat.«

Sie warteten, bis der große Mann im Haus verschwunden war und der Stallbursche die Pferde fortgeführt hatte. Dann winkte Marta Nikki zu, und sie eilten über den Rasen und die Treppe hinauf. Der polierte Messing-Türklopfer stellte einen Drachen dar. Nikki hätte ihn gerne angefaßt, aber er war für ihn zu weit oben angebracht.

Statt zu klopfen, packte seine Mutter den Türknauf. Er ließ sich mühelos drehen, und sie traten ein. Nikki riß die Augen auf, als er die Halle mit dem Marmorboden sah, die groß genug war, um einer ganzen *Kumpania* Unterkunft zu gewähren.

Der einzige Mensch, der zu sehen war, trug die aufwendige Livree eines Lakaien. Bei ihrem Anblick keuchte er entsetzt auf und machte ein Gesicht, das Nikki zum Lachen reizte. »Zigeuner!« stieß er empört hervor, griff sofort nach einem Klingelzug und zog daran. »Raus mit euch, sofort! Wenn ihr nicht in fünf Minuten vom Grundstück seid, dann kriegt ihr es mit dem Gesetz zu tun!«

Marta nahm Nikkis Hand. »Wir möchten den Earl sprechen. Ich habe etwas, das ihm gehört.«

»Willst du mir weismachen, du hättest ihm etwas gestohlen?« höhnte der Lakai. »So nah kannst du ihm nie gekommen sein! Und nun verschwindet!«

»Nein! Ich muß zu ihm.«

»Ganz bestimmt nicht«, knurrte der Lakai, wobei er sich schon auf sie zu bewegte.

Marta wartete ab, bis er nah genug herangekommen war, dann stob sie zur Seite. Der Diener fluchte und versuchte vergeblich, sie zu packen. Im gleichen Augenblick kamen drei weitere Diener herbei, die von der Klingel alarmiert worden waren.

Ihren zornigen Blick fest auf die Männer gerichtet, stieß Marta die übliche Drohung hervor. »Ich muß zum Earl! Mein Fluch wird jeden treffen, der versucht, mich aufzuhalten.«

Die Diener erstarrten in der Bewegung. Nikki hätte fast laut aufgelacht. Wie leicht konnte sie die Gadsche einschüchtern, und dabei war sie nur eine Frau! Nikki war stolz auf sie. Nur ein Rom konnte allein mit Worten eine solche Macht ausüben!

Die Hand seiner Mutter umschloß seine fester, während sie sich langsam von den Dienern wegbewegten. Bevor die Männer noch ihre Furcht abschütteln konnten, dröhnte plötzlich eine tiefe Stimme durch die Halle. »Was zum Teufel ist hier los?«

Der Earl, groß und ausgesprochen arrogant, schritt über den Marmorboden. »Zigeuner«, sagte er verächtlich. »Wer hat diese dreckigen Kreaturen hereingelassen?«

Marta sagte ohne Umschweife: »Ich habe Ihnen Ihren Enkel gebracht, Lord Aberdare. Kenricks Sohn – den einzigen Enkel, den Sie jemals haben werden.«

Todesstille lag über der Halle. Der schockierte Blick des Earls glitt zu Nikki. »Wenn Sie mir nicht glauben . . .«, hob Marta an.

Nach einem Augenblick hatte der Earl seine Fassung wiedererrungen und antwortete: »Oh, ich bin gewillt zu glauben, daß dieser abstoßende Bengel Kenricks ist – seine Vaterschaft ist ja nicht zu übersehen.« Er warf Marta den brünstigen, gierigen Blick zu, mit dem Gadsche-Männer so oft Frauen der Roma ansahen. »Ich verstehe durchaus, warum mein Sohn sich mit dir vergnügt hat, aber ein Zigeunerbastard interessiert mich nicht.«

»Mein Sohn ist kein Bastard.« Marta griff in ihr Mieder und zog zwei schmutzige, gefaltete Blätter heraus. »Da ihr Gadsche ja soviel Wert auf Papiere legt, habe ich die Beweise behalten – meine Heiratsurkunde und den Eintrag von Nikkis Geburt.«

Lord Aberdare sah ungeduldig in die Dokumente und versteifte sich plötzlich. »Mein Sohn hat dich *geheiratet*?«

»O ja, das hat er«, sagte sie stolz. »Sowohl in einer Gadscho-Kirche als auch auf Roma-Art. Und Sie sollten sich darüber freuen, alter Mann, denn nun haben Sie einen Erben. Da Ihre Söhne tot sind, werden Sie keinen anderen mehr bekommen.«

Heftig antwortete der Earl: »Also gut. Wieviel willst du für ihn? Reichen fünfzig Pfund?«

Einen Sekundenbruchteil sah Nikki den Zorn in den Augen seiner Mutter aufflackern, doch dann stahl sich etwas Gerissenes in ihre Miene. »Hundert Goldguineas.«

Der Lord zog einen Schlüssel aus seinem Rock und reichte ihn dem ältesten seiner Diener. »Hol das Geld aus meiner Kassette.«

Nikki lachte laut. Auf Romani sagte er: »Mama, das war wirklich ein toller Plan. Du hast nicht nur den dummen, alten Gadscho überzeugt, daß ich von seinem Blut bin, sondern bringst ihn auch noch dazu, uns Gold zu geben. Wir können ein Jahr lang herrlich leben. Wenn ich heute nacht weglaufe – wo treffen wir uns? Vielleicht an der großen Eiche, an der wir über die Mauer gekommen sind?«

Marta schüttelte den Kopf und antwortete in derselben Sprache. »Du wirst nicht weglaufen, Nikki. Der Gadscho ist wirklich dein Großvater, und dies hier nun dein neues Zuhause.« Sie fuhr ihm kurz durch sein Haar, und Nikki glaubte einen Augenblick, sie würde noch etwas hinzufügen. Schließlich konnte sie nicht ernsthaft meinen, was sie gerade gesagt hatte.

Der Diener kam zurück und gab Marta eine lederne Börse, in der es klingelte. Nachdem sie den Inhalt fachmännisch geprüft hatte, raffte sie ihren Überrock und steckte die Börse in ihren Unterrock. Nikki war entsetzt – bemerkten die Gadsche denn nicht, daß seine Mutter sie verunreinigt hatte, sie zu *Marhime* gemacht hatte, indem sie in ihrer Anwesenheit ihren Rock gehoben hatte? Die Männer schienen jedoch von der Beleidigung nichts zu merken.

Marta warf Nikki einen letzten, eindringlichen Blick zu. »Behandeln Sie ihn gut, alter Mann, oder mein Fluch wird Sie noch über den Tod hinaus verfolgen. Möge ich heute nacht noch sterben, wenn es nicht so ist!«

Sie drehte sich um und ging mit schwingenden Röcken über den polierten Marmor. Ein Dienstbote öffnete ihr die Tür. Sie neigte den Kopf wie eine Prinzessin und trat hinaus.

Mit plötzlichem Schrecken erkannte Nikki, daß seine Mutter es ernst gemeint hatte – sie ließ ihn tatsächlich hier bei den Gadsche zurück. Schreiend lief er hinter ihr her. »Mama! Mama!«

Bevor er sie erreichen konnte, fiel die Tür vor seiner Nase zu, und er war im Haus gefangen. Als er den Türknauf greifen wollte, packte ihn ein Lakai um die Taille. Nikki rammte ihm das Knie in den Magen und fuhr mit den Fingernägeln durch das bleiche Gadscho-Gesicht. Der Mann brüllte, und andere eilten ihm zur Hilfe.

Mit wirbelnden Fäusten und Füßen versuchte Nikki sich zu wehren. »Ich bin ein Rom! Ich bleibe nicht in diesem scheußlichen Haus!« gellte er.

Der Earl runzelte die Stirn. Wie abstoßend diese unverhüllte und heftige Gefühlsäußerung doch war! Ein solches Verhalten würde man aus dieser Brut herausprügeln müssen, genau wie jede andere Spur von Zigeunerblut. Auch Kenrick war ungezähmt gewesen – verzogen von seiner labilen Mutter, die ihn abgöttisch geliebt hatte. Die Nachricht vom Tod ihres Sohnes hatten den Schlaganfall ausgelöst, der sie zu einem lebenden Leichnam gemacht hatte.

Barsch gab der Earl Befehle. »Bringt den Jungen ins Kinderzimmer und wascht ihn anständig. Verbrennt diese Lumpen und zieht ihm etwas Passenderes an.«

Es bedurfte zweier Männer, um den Jungen zu bändigen. Er kreischte immer noch nach seiner Mutter und schlug heftig um sich, als sie ihn die Treppe hinaufschleppten.

Verbittert blickte der Earl noch einmal in die Dokumente, die bezeugten, daß der dunkelhäutige kleine Heidenbengel tatsächlich sein einziger, lebender Nachkomme war. Nicholas Kenrick Davies laut Geburtsurkunde. Es gab ohnehin kaum einen Zweifel. Abgesehen von seiner dunklen Haut- und Haarfarbe war die Ähnlichkeit des Jungen mit Kenrick als Kind verblüffend.

Aber lieber Gott, ein Zigeuner! Ein dunkler, schwarzäugiger, fremdaussehender Zigeuner! Sieben Jahre alt und im gleichen Maße geschickt im

Lügen und Stehlen, wie ihm die Grundlagen des zivilisierten Lebens abgingen. Nichtsdestoweniger war diese zerlumpte, dreckige Kreatur der Erbe von Aberdare.

Es hatte eine Zeit gegeben, als der Earl um einen Erben gebetet hatte, doch nicht einmal im Traum wäre er auf die Idee gekommen, daß seine Gebete auf diese Art erhört werden würden. Selbst wenn seine invalide Frau starb und er wieder heiraten konnte, würden seine Nachkommen in der Rangfolge erst nach diesem Zigeunerbastard kommen.

Seine Finger krampften sich um die Papiere. Vielleicht konnte man dennoch etwas unternehmen, wenn er wieder heiratete und weitere Söhne bekam. Doch bis es soweit war, mußte er das Beste aus diesem Jungen herausholen. Reverend Morgan, der Methodistenprediger im Dorf, konnte Nicholas Lesen, Benehmen und die anderen Grundvoraussetzungen beibringen, die notwendig waren, um ihn auf eine Schule schicken zu können.

Der Earl machte auf dem Absatz kehrt und begab sich in sein Arbeitszimmer, wo er heftig die Tür zuschlug, um nicht mehr die herzzerreißenden Schreie nach »Mama! Mama!« hören zu müssen, die durch die Korridore von Aberdare hallten.

Kapitel 1

Wales, März 1814

MAN NANNTE IHN den Teufelsgrafen oder manchmal Old Nick*. Man munkelte hinter vorgehaltener Hand, daß er die junge Frau seines Großvaters verführt, das Herz des alten Mannes gebrochen und seine eigene Braut ins Grab getrieben hatte.

Man munkelte, er könnte alles erreichen.

Und nur dieses letzte Gerücht interessierte Clare Morgan, als ihr Blick dem Mann folgte, der auf seinem Hengst durch das Tal stürmte, als wären alle Dämonen der Hölle hinter ihm her. Nicholas Davies, der Zigeunergraf von Aberdare, war nach vier Jahren Abwesenheit endlich nach Hause gekommen. Vielleicht blieb er ja, aber es war genausogut möglich, daß er morgen schon wieder fort sein würde. Clare mußte also rasch handeln.

Dennoch blieb sie noch eine Weile stehen, um ihn zu beobachten. Sie stand verborgen in einem kleinen Wäldchen, so daß er sie unmöglich entdekken konnte. Er ritt ohne Sattel, wie um mit seinem fast magischen Talent im Umgang mit Pferden zu

* »Old Nick«: scherzhaft für den Teufel

prahlen. Er war von Kopf bis Fuß in Schwarz gekleidet, nur das Tuch um seinen Hals war scharlachrot. Aus dieser Entfernung konnte sie sein Gesicht nicht erkennen, und sie fragte sich unwillkürlich, ob er sich verändert hatte. Dann kam sie zu dem Schluß, daß die Frage nicht ›ob‹ lauten mußte, sondern ›wie sehr‹. Was auch immer die Wahrheit über die schrecklichen Ereignisse war, die ihn von hier fortgetrieben hatten – es mußte einschneidend gewesen sein.

Würde er sich an sie erinnern? Vermutlich nicht. Er hatte sie nur wenige Male gesehen, und damals war sie noch ein Kind gewesen. Zudem war er zu der Zeit nicht nur der Viscount Tregar gewesen, sondern auch noch vier Jahre älter als sie, und Kinder kümmern sich selten um Jüngere.

Umgekehrt war das nicht der Fall.

Als sie sich auf den Rückweg zum Dorf von Penreith machte, ging sie noch einmal ihre Bitten und die Argumente durch, die sie sich zurechtgelegt hatte. Sie mußte den Teufelsgrafen um jeden Preis überreden, ihr zu helfen. Niemand anderer konnte etwas bewirken.

Während er auf seinem Hengst über die Besitzung stürmte, konnte sich Nicholas wenigstens ein paar kurze Minuten lang in dem rauschartigen Hochgefühl verlieren, das die halsbrecherische Geschwindigkeit in ihm erzeugte. Doch die Realität holte ihn wieder ein, als er sein Pferd zügelte und es in Richtung Haus wendete.

In den Jahren, die er auf dem Kontinent verbracht hatte, hatte er oft von Aberdare geträumt – hin- und hergerissen zwischen Sehnsucht und der

Angst, was er wohl dort vorfinden würde. Die vierundzwanzig Stunden, die er nun wieder daheim war, hatten bewiesen, daß seine Ängste berechtigt gewesen waren. Er war ein Narr gewesen, zu glauben, daß vier Jahre die Vergangenheit auslöschen konnten. Jedes Zimmer des Hauses, jeder Hektar des Tals weckte Erinnerungen. Sicher waren glückliche darunter, doch sie wurden von frischeren Erinnerungen überlagert, die alles zu beflecken schienen, was er einst geliebt hatte. Es kam ihm vor, als hätte der alte Earl, bevor er starb, in einem Anfall von Zorn einen Fluch über das Tal gelegt, so daß sein verhaßter Enkel dort niemals glücklich werden konnte.

Nicholas trat zum Fenster seines Zimmers und blickte hinaus. Das Tal war so wunderschön wie immer – wild in den höheren Lagen, tiefer unten üppig bebaut und bepflanzt. Der Frühling zeigte das erste zarte Grün. Bald würden die Narzissen blühen. Als Kind hatte er den Gärtnern geholfen, die Zwiebeln unter die Bäume zu pflanzen, wobei er sich meistens von Kopf bis Fuß mit Schlamm besudelt hatte. Sein Großvater hatte darin einen weiteren Beweis für die niedere Herkunft seines Enkels gesehen.

Er hob den Blick zu dem verfallenen Schloß, daß sich oberhalb des Tals befand. Jahrhundertelang waren diese gewaltigen Mauern sowohl Festung als auch Heim für die Davies-Familie gewesen. Als die Zeiten friedlicher wurden, hatte Nicholas' Ururgroßvater schließlich das Anwesen hier unten gebaut, das für eine der reichsten Familien Britanniens angemessener gewesen war.

Ein Vorteil dieses Hauses war die große Anzahl an Schlafzimmern. Nicholas war am Tag zuvor besonders dankbar dafür gewesen. Er hätte niemals auch nur in Betracht gezogen, Großvaters Zimmerflucht zu benutzen. Doch als er seine eigenen Räume betrat, zogen sich seine Eingeweide heftig zusammen, denn er konnte sein Bett nicht ansehen, ohne sich Caroline darin vorzustellen, wie sie ihn mit ihrem nackten, üppigen Körper lockte. So hatte er sich also augenblicklich in ein Gästezimmer zurückgezogen, das anonym wie ein Hotelzimmer war.

Doch selbst dort hatte er, geplagt von Alpträumen und Erinnerungen, ausgesprochen schlecht geschlafen. Am Morgen hatte er schließlich den Entschluß gefaßt, jede Verbindung mit Aberdare abzubrechen. Er konnte hier niemals seinen Frieden finden, genausowenig wie es ihm in den vier Jahren seiner rastlosen Reisen gelungen war.

Ob es überhaupt möglich war, das Erbe zu verkaufen? Er würde seinen Rechtsanwalt befragen müssen. Doch allein der Gedanke daran, das Haus zu verkaufen, verursachte ein qualvolles Gefühl der Leere in ihm. Es würde sein, als schnitte man ihm einen Arm ab – doch wenn ein Glied entzündet war, hatte man keine andere Wahl.

Außerdem würde es ihm eine gewisse Genugtuung verschaffen, das Anwesen zu verkaufen. Wo immer sein heuchlerischer Großvater jetzt war, ganz sicher würde er darüber das unirdische Äquivalent eines Herzschlags bekommen, und der Gedanke heiterte Nicholas auf.

Plötzlich drehte er sich um, verließ sein Zimmer und ging die Treppe zur Bibliothek hinunter. Wie er den Rest seines Lebens gestalten sollte, war ein zu bedrückendes Thema, als daß er nun darüber nachdenken wollte, aber er wußte wenigstens, wie er die nächsten paar Stunden verbringen konnte. Mit ein bißchen Anstrengung und einer Menge Brandy würde er sie nämlich gänzlich auslöschen können.

Clare war noch nie im Haus gewesen. Es war so großartig, wie sie es erwartet hatte, doch ziemlich düster, und der größte Teil der Möbel war noch unter Tüchern verborgen. Da es jahrelang leergestanden hatte, wirkte es auch jetzt noch verlassen und seelenlos. Williams, der Butler, sah genauso düster aus. Er hatte Clare erst beim Earl ankündigen wollen, doch er war ebenfalls im Dorf aufgewachsen, und so konnte sie ihn überreden, sie sofort zu ihm zu bringen. Er führte sie einen langen Flur entlang, dann öffnete er schließlich die Tür zur Bibliothek. »Miss Clare Morgan möchte Sie sprechen, Mylord. Sie sagt, es ist dringend.«

Clare nahm ihren ganzen Mut zusammen und ging an Williams vorbei in die Bibliothek hinein. Sie wollte dem Earl keine Zeit geben, sie wegzuschikken. Wenn sie ihr Anliegen heute nicht vorbrachte, würde sie keine zweite Chance erhalten.

Der Earl stand am Fenster und starrte auf das Tal hinaus. Sein Rock hing über einem Stuhl, und seine hemdsärmelige Lässigkeit schien das Bild des Lebemanns, für den er allgemein gehalten wurde, bestätigen zu wollen. Seltsam, daß er schon damals Old Nick genannt worden war – er konnte jetzt gerade erst dreißig sein.

Als sich die Tür hinter Williams schloß, wandte der Earl sich um. Sein drohender Blick richtete sich direkt auf Clare. Obwohl er nicht ungewöhnlich groß war, strahlte er Macht aus. Sie konnte sich noch daran erinnern, daß er in einem Alter, in dem die meisten Jungen sich noch ungelenk bewegten, bereits absolute Körperbeherrschung besessen hatte.

Oberflächlich betrachtet, schien er sich nicht viel verändert zu haben. Wenn überhaupt, sah er noch besser aus als vor vier Jahren. Sie hätte nie gedacht, daß so etwas möglich sein konnte. Doch dann erkannte sie schließlich, daß er in der Tat nicht mehr derselbe war – sie sah es in seinen Augen. Früher war darin ein lustiges Funkeln, ein Lachen zu entdecken gewesen, das andere immer angesteckt hatte. Nun waren seine Augen undurchdringlich und wie poliert. Die Duelle, die ungeheuerlichen Affären und die öffentlichen Skandale hatten ihre Spuren hinterlassen.

Während sie noch zögerte, weil sie nicht wußte, ob sie zuerst reden sollte, nahm er ihr die Entscheidung ab. »Sind Sie mit Reverend Thomas Morgan verwandt?« fragte er.

»Ich bin seine Tochter. Ich bin Lehrerin in Penreith.«

Sein gelangweilter Blick musterte sie flüchtig. »Ja, stimmt, manchmal hatte er ein schmuddeliges Gör im Schlepptau.«

»Ich war nicht halb so schmuddelig wie Sie«, gab sie empört zurück.

»Wahrscheinlich nicht«, stimmte er mit einem schwachen Lächeln in den Augen zu. »Ich war das schwarze Schaf. Wenn Ihr Vater während der Schulstunden ein Beispiel für das richtige Benehmen geben wollte, dann bezog er sich oft auf Sie. Ich verabscheute Sie, ohne Sie zu kennen.«

Es tat ihr weh, obwohl sie wußte, daß es nicht so gemeint war. In der Hoffnung, daß es ihn ärgern würde, antwortete Clare zuckersüß: »Zu mir hat er immer gesagt, Sie seien der klügste Junge, dem er je etwas beigebracht hatte, und daß Sie trotz Ihrer aufgesetzten Wildheit ein gutes Herz hätten.«

»Ja, schön wär's gewesen«, sagte der Earl, während seine vorübergehend gelöste Stimmung wieder verschwand. »Als Tochter eines Geistlichen wollen Sie bestimmt Geld für irgendeine langweilige gute Sache. In Zukunft wenden Sie sich direkt an meinen Verwalter, statt mich damit zu belästigen. Guten Tag, Miss Morgan.«

Mit diesen Worten wollte er sich gerade abwenden, als Clare ihn aufhielt. »Was ich mit Ihnen besprechen möchte, ist keine Angelegenheit für den Verwalter«, sagte sie rasch.

Sein Mund verzog sich. »Aber Sie wollen tatsächlich etwas von mir, nicht wahr? Wie jeder.«

Er schlenderte zu einer Anrichte voller Karaffen und füllte das Glas, das er in der Hand gehalten hatte. »Nun, was auch immer Sie wollen, von mir bekommen Sie es nicht. ›Adel verpflichtet‹ war die Domäne meines Großvaters. Bitte seien Sie so freundlich, zu verschwinden, solange wir noch höflich miteinander umgehen.«

Mit Unbehagen erkannte sie, daß er schon eine Menge getrunken hatte und offenbar nicht daran dachte, jetzt damit aufzuhören. Nun, sie hatte ihre Erfahrung mit Betrunkenen und konnte mit ihnen durchaus fertig werden. »Lord Aberdare, die Leute in Penreith leiden, und Sie sind der einzige Mann, der daran etwas ändern könnte. Es wird Sie wenig Zeit oder Geld kosten . . .«

»Es kümmert mich nicht, wie wenig es kostet«, erwiderte er heftig. »Ich will mit dem Dorf oder den Leuten, die dort wohnen, nichts zu tun haben. Ist das klar? Und jetzt verschwinden Sie endlich!«

Clare spürte, wie ihr Dickkopf Oberhand gewann. »Ich bitte nicht um Ihre Hilfe, Mylord, ich verlange sie!« fuhr sie ihn an. »Kann ich es Ihnen jetzt erklären, oder soll ich warten, bis Sie wieder nüchtern sind?«

Er blickte sie verwundert an. »Wenn hier irgend jemand betrunken ist, dann scheinen eher Sie es zu sein. Wenn Sie glauben, die Tatsache, daß Sie eine Frau sind, würde Sie vor Gewaltanwendung schützen, dann haben Sie sich geirrt. Gehen Sie jetzt freiwillig, oder muß ich Sie hinaustragen?« Schon kam er zielstrebig auf sie zu. Das weiße offene Hemd betonte die einschüchternde Breite seiner Schultern.

Dennoch widerstand Clare dem Impuls, zurückzuweichen, griff in die Tasche ihres Umhangs und zog das kleine Buch heraus, das ihre einzige Hoffnung bedeutete. Sie schlug die erste Seite auf und hielt ihm das Buch entgegen, so daß er die Handschrift darin sehen konnte. »Erinnern Sie sich daran?«

Die Widmung war schlicht. *Reverend Morgan – ich hoffe, ich kann eines Tages ein wenig von dem wiedergutmachen, das Sie für mich getan haben. Herzlichst, Ihr Nicholas Davies.*

Die krakelige Schrift des Schuljungen ließ den Earl wie vom Donner gerührt stehenbleiben. Er blickte frostig vom Buch zu Clare. »Sie spielen, um zu gewinnen, nicht wahr? Leider haben Sie die falschen Karten ausgespielt. Wenn ich mich verpflichtet fühle, dann nur Ihrem Vater gegenüber. Wenn er mich um einen Gefallen bitten möchte, dann sollte er selbst kommen.«

»Das kann er nicht«, sagte sie knapp. »Er ist vor zwei Jahren gestorben.«

Nach einem unbehaglichen Schweigen sprach der Earl wieder. »Mein Beileid, Miss Morgan. Ihr Vater war vermutlich der einzige wirklich gute Mensch, den ich je kennengelernt habe.«

»Ihr Großvater war auch ein guter Mensch. Er hat sehr viel für die Leute in Penreith getan. Die Stiftung für die Armen, die Kapelle . . .«

Bevor Clare noch weitere Beispiele der Barmherzigkeit des letzten Earls aufzählen konnte, unterbrach Nicholas sie. »Verschonen Sie mich damit. Ich weiß, daß mein Großvater wirklich nur allzu gern für das niedere Volk moralische Exempel statuierte, aber für mich ist das nicht besonders anziehend.«

»Wenigstens hat er seine Verantwortung ernst genommen«, gab sie zurück. »Sie haben noch nichts für die Besitzung oder das Dorf getan, seit Sie es geerbt haben.«

»Ein Rekord, den zu halten ich mich sehr bemühen werde.« Er trank sein Glas aus und stellte es resolut ab. »Weder das gute Beispiel Ihres Vaters noch das Moralisieren des alten Earls haben es geschafft, aus mir einen Gentleman zu machen. Mich interessiert nichts und niemand, und so gefällt es mir.«

Sie starrte ihn schockiert an. »Wie können Sie so etwas sagen? Niemand kann wirklich so gefühllos sein.«

»Ach, Miss Morgan, Ihre Unschuld ist rührend.«

Er lehnte sich gegen die Tischkante und verschränkte die Arme vor seiner breiten Brust. Er wirkte genauso diabolisch, wie sein Spitzname es nahelegte. »Sie gehen besser, bevor ich noch mehr von Ihren Illusionen zerstöre.«

»Ist es Ihnen egal, daß es Ihren Nachbarn schlechtgeht?«

»Kurz und bündig: Ja. Die Bibel behauptet, die Armen werden immer mit uns sein, und wenn Jesus das schon nicht ändern konnte, wie soll ich es dann tun?« Er lächelte sie spöttisch an. »Mit Ausnahme Ihres Vaters habe ich noch nie jemanden von auffälliger Mildtätigkeit getroffen, der nicht irgendwelche niederen Motive hatte. Die meisten, die so offen ihre Großzügigkeit zur Schau stellen, wollen damit die Dankbarkeit Ihrer Untergebenen einheimsen und sonnen sich in ihrer Selbstherrlichkeit. Wenigstens bin ich in meiner Selbstsüchtigkeit kein Heuchler.«

»Die Beweggründe dürften ziemlich unwichtig sein, solange jemand etwas Gutes tut. Somit ist ein Heuchler immerhin noch ein nützlicher Mensch, was man von Ihnen nicht behaupten kann«, sagte sie trocken. »Aber wie Sie wollen. Da milde Gaben nicht Ihr Fall sind, was interessiert Sie dann? Wenn es Geld ist, das Ihr Herz wärmt – in Penreith können Sie Gewinn machen.«

Er schüttelte den Kopf. »Tut mir leid. Geld kümmert mich auch nicht besonders. Ich habe jetzt schon mehr, als ich ausgeben kann.«

»Schön für Sie«, murmelte sie. Am liebsten hätte sie kehrtgemacht und wäre gegangen, aber damit hätte sie eine Niederlage eingestehen müssen, und das hatte sie noch nie gut gekonnt. Es mußte eine

Möglichkeit geben, zu ihm durchzudringen. »Wie kann ich Ihren Entschluß ändern?«

»Sie würden den Preis für meine Hilfe weder zahlen können noch wollen.«

»Stellen Sie mich auf die Probe.«

Mit plötzlich erwachendem Interesse musterte er sie unverfroren von Kopf bis Fuß. »Ist das ein Angebot?«

Er hatte sie schockieren wollen, und es war ihm gelungen: Gedemütigt, wurde sie feuerrot. Dennoch wandte sie ihren Blick nicht ab. »Wenn ich ja sage, würden Sie dann Penreith helfen?«

Er sah sie erstaunt an. »Mein Gott, würden Sie wirklich zulassen, daß ich Sie ruiniere, falls es Ihren Plänen zugute käme?«

»Wenn ich sicher wäre, daß es funktioniert, ja«, sagte sie unbekümmert. »Meine Tugend und ein paar Minuten Qual sind nur ein geringer Preis, wenn man es den hungernden Familien und dem möglichen Verlust von Menschenleben gegenüberstellt, sollte die Mine in Penreith explodieren.«

Einen Augenblick schien er sie bitten zu wollen, die Sache näher zu erklären, dann jedoch sagte er nur: »Obwohl es ein interessantes Angebot ist, würde es mich doch wenig reizen, mit einer Frau ins Bett zu gehen, die sich wie Johanna von Orleans auf dem Weg zum Scheiterhaufen benimmt.«

Sie zog die Augenbrauer hoch. »Und ich dachte, Lebemänner haben Spaß daran, Unschuldige zu verführen.«

»Ich persönlich habe Unschuld immer als langweilig empfunden. Bei einer Frau mit Erfahrung bin ich jederzeit bereit.«

Sie ignorierte seine Bemerkung. »Ich sehe ein,

daß eine unscheinbare Frau Sie nicht besonders lokken kann«, sagte sie nachdenklich. »Aber eine Schönheit kann doch bestimmt etwas gegen Ihre Langeweile tun. Im Dorf gibt es einige entzückende Mädchen. Soll ich mich umhören, ob eine von ihnen bereit ist, ihre Tugend für eine gute Sache zu opfern?«

Mit einem raschen Schritt kam er zu ihr und nahm ihr Gesicht in seine Hände. Sie roch den Brandy in seinem Atem, und seine Hände waren unnatürlich warm, fast schon heiß. Sie zuckte zusammen, zwang sich dann aber, reglos stehenzubleiben, während er ihr Gesicht mit einem Blick studierte, der bis zu den dunkelsten Geheimnissen ihrer Seele vorzudringen schien. Als sie gerade schon dachte, sie könne seine eingehende Musterung nicht mehr ertragen, sagte er langsam: »Sie sind keinesfalls so unscheinbar, wie Sie zu sein vorgeben.«

Dann ließ er die Hände wieder sinken, was Clares Verwirrung jedoch nicht milderte.

Zu ihrer Erleichterung entfernte er sich wieder von ihr, nahm sein Glas und schenkte sich Brandy nach. »Miss Morgan, ich brauche kein Geld. Ich kann jede Frau, die ich haben will, auch ohne Ihre ungeschickte Hilfe bekommen, und ich habe keinerlei Bedürfnis, meinen hart erarbeiteten Ruf zu verderben, indem ich mich für einen guten Zweck einspannen lasse. Würden Sie jetzt endlich freiwillig gehen, oder muß ich Gewalt anwenden?«

Sie war versucht, sich umzudrehen und zu fliehen. Statt dessen sagte sie hartnäckig: »Sie haben Ihren Preis noch nicht genannt. Irgend etwas muß es geben. Sagen Sie es mir, vielleicht kann ich ihn doch zahlen.«

Mit einem Seufzer ließ er sich auf das Sofa fallen und musterte sie aus sicherer Distanz. Clare Morgan war klein und von ziemlich leichtem Körperbau, und dennoch machten Ihre Persönlichkeit und die Kraft, die sie ausstrahlte, es unmöglich, sie zu ignorieren. Eine ernstzunehmende junge Frau. Wahrscheinlich hatte die Aufgabe, sich um ihren weltfremden Vater zu kümmern, ihren Charakter geprägt.

Obwohl niemand sie als schön bezeichnen würde, war sie trotz ihrer angestrengten Mühe, unscheinbar zu wirken, nicht unattraktiv. Ihre schlichte Kleidung betonte ihre gefällige Figur, und ihre straff zurückgekämmten schwarzen Haare ließen ihre intensiv blauen Augen riesengroß erscheinen. Ihre helle Haut besaß die verführerische Glätte von sonnenwarmer Seide – seine Finger kribbelten immer noch von dem Pochen des Blutes, das er eben an ihren Schläfen gespürt hatte.

Nein, keine Schönheit, aber eine Frau, die sich einprägte, und nicht nur wegen ihrer Hartnäckigkeit. Obwohl sie ein verdammtes Ärgernis darstellte, mußte er ihren Mut bewundern. Gott allein wußte, was für Geschichten über ihn im Tal kursierten, aber die Ansässigen betrachteten ihn wahrscheinlich als eine Bedrohung für Körper und Seele. Dennoch war sie hergekommen, vertrat leidenschaftlich ihre Sache und stellte freche Forderungen. Doch leider hatte sie sich den falschen Zeitpunkt ausgesucht, denn sie versuchte, ihn in die Belange eines Ortes und von Menschen hineinzuziehen, die er aufgeben wollte.

Es war eine Schande, daß er nicht schon früher mit dem Brandy angefangen hatte. Dann wäre er vielleicht schon glücklich bewußtlos gewesen, als sein unwillkommener Gast eingetroffen war. Selbst wenn er sie hinauswerfen ließ, würde sie wahrscheinlich noch längst nicht aufgeben. Sie schien ja überzeugt, daß er Penreiths einzige Hoffnung war. Er begann sich zu fragen, was sie von ihm wollen mochte, ertappte sich dabei und unterbrach seinen Gedankengang augenblicklich. Er hatte absolut keine Lust, sich in irgend etwas verwickeln zu lassen. Es war weitaus besser, sein brandy-vernebeltes Hirn anzustrengen und sich etwas auszudenken, das sie endlich von der Hoffnungslosigkeit ihrer Mission überzeugen würde.

Aber was zum Teufel sollte er mit einer Frau machen, die gewillt war, ein schlimmeres Schicksal als den Tod zu erleiden, wenn sie damit ihre Ziele erreichte? Was konnte er verlangen, das so empörend war, daß sie sich schlichtweg weigerte, es nur in Betracht zu ziehen?

Die Antwort, die ihm einfiel, war von wunderbarer Einfachheit. Schier perfekt. Wie ihr Vater würde sie Methodistin sein, Mitglied einer engen Gemeinschaft von bodenständigen, tugendhaften Gläubigen. Ihr Status, ihre gesamte Identität würde davon abhängen, wie ihre Leute sie sahen.

Triumphierend lehnte er sich zurück und kostete die Vorfreude aus, Clare Morgan mit dieser Abfuhr ein für alle Male loszuwerden. »Ich habe meinen Preis, aber Sie werden ihn nicht zahlen wollen.«

Sie sah ihn wachsam an. »Was ist es?«

»Keine Sorge – Ihre so widerwillig dargebotene Tugend ist sicher. Für mich wäre es ermüdend, und Sie hätten wahrscheinlich noch eine gewisse Befriedigung dabei, wenn Sie sich als Märtyrerin meinen krankhaften Lüsten hingeben könnten. Was ich statt dessen will«, er hielt inne und nahm einen großen Schluck Brandy, »ist Ihr guter Ruf.«

Kapitel 2

MEINEN GUTEN RUF?« fragte Clare verständnislos. »Was in aller Welt meinen Sie damit?«

Der Earl wirkte ausgesprochen selbstzufrieden. »Wenn Sie, sagen wir, drei Monate mit mir zusammenleben, dann würde ich Ihrem Dorf mit allem helfen, was in meiner Macht steht.«

Clare empfand plötzliche Furcht. Eigentlich war sie nur deswegen so forsch aufgetreten, weil sie niemals ernsthaft angenommen hatte, er könnte an ihr interessiert sein. »Trotz der Langeweile, die Sie vermutlich ertragen müßten«, sagte sie bissig, »wollen Sie, daß ich Ihre Geliebte werde?«

»Nur, wenn Sie es freiwillig werden, was wohl nicht geschehen wird, denke ich. Sie wirken auf mich viel zu prüde, als daß Sie sich zugestehen würden, die Sünden des Fleisches zu genießen.« Sein Blick glitt erneut über sie, diesmal jedoch kühl abschätzend. »Wenn Sie allerdings während dieser drei Monate Ihre Meinung ändern würden, dann hätte ich nichts dagegen. Ich hatte noch nie eine tugendhafte, methodistische Lehrerin. Bringt es mich dem Himmel näher, wenn ich mit einer schlafe?«

»Sie sind widerlich!«

»Danke. Ich gebe mir Mühe.« Er nahm einen weiteren Schluck Brandy. »Um auf das Thema zurückzukommen: Obwohl Sie mit mir leben würden, daß es so aussieht, als wären Sie meine Mätresse, müßten Sie nicht wirklich in mein Bett kommen.«

»Und wo liegt der Sinn einer solchen Charade?« fragte sie erleichtert, aber nur noch verwirrter.

»Ich möchte sehen, wie weit Sie gehen, um zu bekommen, was Sie wollen. Wenn Sie auf meinen Vorschlag eingehen, mag Ihr kostbares Dorf davon profitieren, doch Sie selbst werden sich niemals mehr dort blicken lassen können, denn Ihr Ruf wird vernichtet sein. Ist Ihre Sache einen solchen Preis wert? Werden Ihre Nachbarn Ihre Schande akzeptieren, auch wenn sie davon ihren Nutzen haben? Eine interessante Frage, aber wenn ich Sie wäre, würde ich mich nicht so sehr auf deren Barmherzigkeit verlassen.«

Endlich begriff Clare. »Für Sie ist das nur ein bedeutungsloses Spiel, nicht wahr?« sagte sie mit angespannter Stimme.

»Spiele sind niemals bedeutungslos. Natürlich erfordern sie gewisse Regeln. Welche sollen wir bei diesem hier festsetzen?« Er zog die Brauen zusammen. »Mal sehen . . . Sie bekommen meine Hilfe als Gegenleistung für Ihre Anwesenheit unter meinem Dach . . . und vorgeblich in meinem Bett. Die erfolgreiche Verführung können wir als eine Nebenwette festlegen – ein Bonus, der uns beiden zugute käme. Damit ich eine faire Chance bekomme, Sie zu verführen, sei mir ein Kuß pro Tag gewährt – wann und wo, bleibt mir überlassen. Jede weitere Liebeshandlung, die darüber hinausgeht, setzt gegenseitiges Einvernehmen voraus.

Nach diesem einen Kuß bekämen Sie das Recht, nein zu sagen, und ich darf Sie dann erst wieder am nächsten Tag anrühren. Nach drei Monaten könnten Sie nach Hause gehen, während ich meine Unterstützung so lange weitergewähre, wie sie benötigt wird.« Er runzelte die Stirn. »Eine riskante Sache – wenn ich mich in Ihren Plan hineinziehen lasse, komme ich vielleicht für den Rest meines Lebens nicht mehr von diesem Tal los. Nun, es ist trotzdem nur gerecht, daß auch ich etwas riskiere, da Sie sehr viel verlieren, wenn Sie auf meinen Vorschlag eingehen.«

»Die ganze Idee ist doch absurd!«

Er warf ihr einen unschuldigen Blick zu. »Ganz im Gegenteil. Ich denke, es könnte höchst amüsant werden – es tut mir fast leid, daß Sie ablehnen werden. Aber der Preis ist zu hoch, nicht wahr? Ihre Jungfräulichkeit könnten Sie quasi heimlich opfern, aber der gute Ruf ist ein zerbrechliches, öffentliches Gut, das einem leicht abhanden kommt und dann nie wieder zu erlangen ist.« Er machte eine anmutige Geste, um ihr zu bedeuten, daß sie entlassen war. »Nun, da ich weiß, wo Ihre Bereitwilligkeit zum Martyrium aufhört, bitte ich Sie noch einmal, zu gehen. Ich nehme an, Sie werden mich auch nicht mehr belästigen.«

Er trug die gemeine, selbstzufriedene Miene eines Zigeuner-Pferdehändlers zur Schau, der soeben ein dämpfiges Tier für einen lachhaft überhöhten Preis verkauft hatte. Der Anblick erfüllte Clare plötzlich mit einem heftigen Zorn. Er war so arrogant, so gefühllos, so sicher, daß er sie besiegt hatte . . .

Zu wütend, um sich um die Folgen zu kümmern, fauchte sie: »Also gut, Mylord, ich nehme Ihren Vorschlag an. Ihre Hilfe für meinen Ruf!«

Einen Moment lang herrschte verwirrtes Schweigen. Dann setzte er sich kerzengerade auf. »Das glaube ich nicht! Sie würden die Verachtung Ihrer Freunde und Nachbarn auf sich ziehen, vielleicht sogar gezwungen sein, Penreith zu verlassen, ganz sicher aber würden Sie Ihre Stelle als Lehrerin verlieren. Ist das flüchtige Vergnügen, mir einen Dämpfer zu verpassen, es wert, Ihr ganzes Leben zu opfern?«

»Der Grund, warum ich auf Ihren Vorschlag eingehe, ist der, daß meine Freunde Hilfe brauchen, obwohl ich nicht abstreiten will, daß es mir Spaß macht, Ihre Arroganz zu kitzeln«, sagte sie kalt. »Darüber hinaus denke ich, daß Sie sich irren. Ein Ruf, der sich in sechsundzwanzig Jahren aufgebaut hat, mag weniger empfindlich sein, als Sie es glauben. Ich werde meinen Freunden ganz genau sagen, warum ich es tue, und darauf hoffen, daß sie mir vertrauen. Wenn ich unrecht habe und mich dieses Spiel tatsächlich alles kostet, was mir bisher in meinem Leben wichtig war . . .«, sie zögerte, dann zuckte sie die Schultern, ». . . dann soll es so sein.«

Hilflos konterte er: »Was würde Ihr Vater dazu sagen?«

Nun hatte Clare die Oberhand, und das Gefühl war berauschend. »Was er immer gesagt hat. Daß es eine Christenpflicht ist, anderen zu helfen, selbst wenn der Preis dafür hoch ist. Und daß das eigene Verhalten eine Sache zwischen Gott und einem selbst ist.«

»Sie werden es bereuen, wenn Sie das tun«, antwortete er mit Nachdruck.

»Vielleicht, aber wenn ich es nicht tue, werde ich meine Feigheit noch mehr bereuen.« Sie verengte die Augen. »Hat der große Spieler plötzlich Angst bekommen, auf ein Spiel einzugehen, das er selbst vorgeschlagen hat?«

Noch bevor sie den Satz beendet hatte, war er auf den Füßen und stand mit funkelnden Augen ein paar Zentimeter vor ihr. »Also gut, Miss Morgan. Oder nein, ich sollte Sie jetzt Clare nennen, da Sie ja fast meine Geliebte sind. Sie werden bekommen, was Sie haben wollen. Sehen Sie zu, daß Sie den Tag heute dazu verwenden, Ihre Angelegenheiten im Dorf zu regeln. Ich erwarte Sie morgen früh hier.« Er musterte sie noch einmal, diesmal kritisch. »Sie brauchen sich nicht die Mühe zu machen, viel Kleidung mitzubringen. Wir fahren nach London, wo wir Sie angemessen ausstatten werden!«

»London? Sie werden hier gebraucht.« Obwohl es ihr entsetzlich ungehörig vorkam, setzte sie mühsam hinzu: »Nicholas.«

»Keine Angst«, sagte er knapp. »Ich werde meinen Teil der Abmachung erfüllen.«

»Aber wollen Sie denn gar nicht wissen, worum es überhaupt geht?«

»Sie haben morgen Zeit genug, es mir zu erklären.« Er hatte sich wieder gefaßt und machte lässig noch einen Schritt auf sie zu, so daß sie sich fast berührten.

Clares Herzschlag beschleunigte sich. Wollte er sich jetzt schon seinen ersten Kuß holen? Seine Nähe war so überwältigend, daß sie sich kaum noch auf den Zorn, der sie bisher aufrecht gehalten hatte, konzentrieren konnte. »Ich gehe jetzt. Ich habe noch viel zu tun«, sagte sie voller Unbehagen.

»Noch einen Moment.« Ein gefährliches Lächeln erschien auf seinen Lippen. »Wir werden in den nächsten drei Monaten eine Menge voneinander sehen. Sollten wir unsere Bekanntschaft nicht ein wenig vertiefen?«

Er hob die Hände, und sie hätte fast vor Schreck einen Satz gemacht. Er hielt inne und sagte sanft: »Vielleicht kann Ihr Ruf die drei Monate unter meinem Dach überstehen, aber werden Sie selbst in der Lage sein, es zu ertragen?«

Sie fuhr sich mit der Zunge über die trockenen Lippen und errötete, als sie sah, daß er diese nervöse Bewegung beobachtet hatte. Sie gab sich alle Mühe, zuversichtlich zu klingen, als sie ihre Antwort gab. »Ich kann ertragen, was immer ich ertragen muß.«

»Da bin ich sicher«, stimmte er zu. »Mein Ziel ist es, Ihnen beizubringen, wie man genau das genießt.«

Zu ihrer Überraschung versuchte er nicht, sie zu küssen. Statt dessen hob er seine Hände zu ihrem Kopf und begann, die Nadeln aus ihrem Haar zu ziehen. Sie war sich qualvoll seiner intensiven, verwirrenden Männlichkeit bewußt; seiner geschickten Finger, dem Dreieck gebräunter Haut, das in dem offenen Hemd sichtbar war. Unter dem Brandygeruch nahm sie einen Duft wahr, der sie an Pinienwälder und eine frische Brise vom Meer erinnerte.

Mit hämmerndem Herzen blieb sie reglos stehen, als die dicken Locken plötzlich befreit bis zu ihrer Taille herunterpurzelten. Er nahm eine Handvoll Haar und ließ die Strähnen durch die Finger rinnen. »Ist es noch nie abgeschnitten worden?« Als sie den Kopf schüttelte, murmelte er: »Reizend. Dunkle Schokolade mit einem Hauch Zimt. Ist der Rest von Ihnen auch so, Clare – ordentlich, kontrolliert und spröde, aber voll verborgenem Feuer?«

Das warf sie vollkommen aus der Bahn. »Wir sehen uns morgen, Mylord«, sagte sie hastig.

Als sie versuchte, sich von ihm freizumachen, packte er ihr Handgelenk. Bevor sie in Panik geraten konnte, drückte er ihr die Haarnadeln in die Hand und ließ sie wieder los. »Bis morgen.«

Mit einer Hand in ihrem Rücken führte er sie zur Tür. Bevor er sie öffnete, sah er auf sie hinab und war plötzlich vollkommen ernst. »Wenn Sie sich entschließen, es doch nicht zu machen, dann werde ich Sie dafür bestimmt nicht verachten.«

Konnte er ihre Gedanken lesen, oder besaß er einfach eine gute Menschenkenntnis? Clare öffnete die Tür und schoß aus dem Zimmer. Zum Glück war Williams nicht in der Nähe. Wenn er ihre aufgelöste Frisur und ihre flammendroten Wangen gesehen hätte, würde er sicher denken . . .

Ihr stockte der Atem. Wenn sie auf den Vorschlag des Earls einginge, würde sie hier leben und Williams jeden Tag begegnen. Würde er sie wissend ansehen? Oder verächtlich? Würde er ihr glauben, wenn sie es erklärte, oder würde er sie als Lügnerin und Hure verdammen?

Einem Zusammenbruch nahe, stürzte sie durch eine offene Tür in einen kleinen verstaubten Salon. Nachdem sie die Tür zugezogen hatte, sank sie auf einen abgedeckten Stuhl und vergrub ihr Gesicht in den Händen. Sie kannte Williams praktisch nicht, hatte sich aber dennoch darüber Sorgen gemacht, was er von ihr denken mochte. Dies war ein kurzer, schrecklicher Vorgeschmack auf das gewesen, was sie erleben würde, wenn sie in diese Abmachung wirklich einwilligte. Wieviel schlimmer würde es erst sein, wenn jedermann in Penreith erfuhr, daß sie mit einem berüchtigten Frauenhelden zusammenlebte?

Als sie erkannte, wie teuflisch Nicholas' Spiel tatsächlich war, flammte ihr Zorn erneut auf. Er hatte genau gewußt, was er von ihr verlangte; ja, er rechnete doch mit ihrer Furcht vor der öffentlichen Verachtung, wollte sie genau damit entmutigen!

Der Gedanke half ihr, die Fassung wiederzuerringen. Während sie sich aufsetzte und ihr Haar feststeckte, machte sie sich voller Ingrimm klar, daß es Wut und ihr Stolz gewesen waren, die sie dazu verleitet hatten, diese absurde Herausforderung anzunehmen, und keine besonders frommen Gefühlsregungen. Aber schließlich war sie auch keine besonders fromme Frau, auch wenn sie sich redlich Mühe gab.

Als ihre äußere Erscheinung wieder präsentabel war, schlüpfte sie aus dem Salon, trat durch die Eingangstür und ging zu den Stallungen, um ihren Wagen zu holen.

Sie konnte ihre Entscheidung immer noch rückgängig machen. Sie würde dem Earl nicht einmal gegenübertreten müssen, um ihre Feigheit einzugestehen. Sie brauchte nur morgen nicht aufzutauchen, und niemand, außer ihr und Nicholas, würde wissen, was sich zugetragen hatte.

Aber wie sie schon vorher gesagt hatte, ging es hier nicht wirklich um sie selbst oder ihren Stolz, auch nicht um den Earl mit seiner sturen Selbstsüchtigkeit. Es ging um Penreith. Diese Tatsache traf sie wie ein Schlag, als sie eine kleine Anhöhe hinauffuhr und das Dorf in Sicht kam. Sie hielt den Wagen an und blickte auf die vertrauten Schieferdächer hinab. Es sah aus, wie hundert andere walisische Dörfer aussahen: Reihen von Steinhäuschen, die sich in das üppige Grün des Tales schmiegten. Und obwohl an Penreith nichts Außergewöhnliches war, so war es doch ihr Zuhause, und sie kannte und liebte jeden einzelnen Stein im Dorf. Die Leute dort waren *ihre* Leute, mit denen sie ihr ganzes bisheriges Leben verbracht hatte. Mochte es auch einige geben, die weniger liebenswert als die anderen waren – nun, sie gab jedenfalls ihr Bestes!

Der eckige Turm der anglikanischen Kirche überragte die anderen Gebäude, während die bescheidenere Methodistenkapelle zwischen den Häusern verborgen war. Die Mine war kaum zu sehen, denn sie lag etwas tiefer im Tal. Die Grube war mit Abstand der wichtigste Arbeitgeber in diesem Gebiet. Aber sie war auch die größte Bedrohung für die Leute der Gemeinde, ein Risiko, das sich genauso wenig berechnen ließ wie die Sprengstoffe, die dort manchmal eingesetzt wurden.

Diese Wahrheit brachte wieder Klarheit in ihre verwirrten Gedanken. Mochte sie sich heute auch schändlicherweise ihrem Stolz und ihrem Zorn ergeben haben, die Gründe, die sie nach Aberdare geführt hatten, waren nichtsdestoweniger ehrbar. Für das Wohlergehen des Dorfes zu kämpfen, konnte nicht falsch sein; ihre Herausforderung würde eben darin liegen, ihre Seele davor zu bewahren, dem Laster zum Opfer zu fallen.

Das wöchentliche Treffen war ein wesentlicher Bestandteil im Alltag einer Methodistengemeinschaft, und Clares Gruppe hatte an diesem Abend ihr Treffen. Das kam ihr gelegen, denn so konnte sie mit all ihren engsten Freunden zugleich sprechen. Doch als die kleine Gruppe mit einer Hymne begann, zogen sich ihre Eingeweide furchtsam zusammen.

Der Leiter der Gruppe, Owen Morris, sprach ein Gebet. Dann begannen die einzelnen Mitglieder, von den spirituellen Freuden oder Prüfungen zu berichten, die sie in den vergangenen sieben Tagen erfahren hatten. Es war eine ruhige Woche gewesen; nur allzu bald war Clare an der Reihe. Sie stand auf und sah nacheinander jeden aus der Gruppe der fünf Männer und sechs Frauen an.

Die Gruppen konnten als Musterbeispiel einer freudvollen christlichen Gemeinschaft bezeichnet werden. Als Clares Vater gestorben war, hatten die Mitglieder ihr über ihren Kummer hinweggeholfen, so wie sie stets anderen bei ihren Sorgen und Nöten beigestanden hatten. Die Leute, die in diesem Raum versammelt waren, waren für sie praktisch wie eine Familie – die Menschen, auf deren Meinungen sie am meisten Wert legte.

Sie betete im stillen, daß sie sich in ihrem Vertrauen in diese Personen nicht irrte, und begann. »Freunde . . ., Brüder und Schwestern . . ., ich stehe kurz davor, mich auf ein Unternehmen einzulassen, das hoffentlich ganz Penreith nützen wird. Es ist unorthodox – ja, sogar skandalös –, und viele werden mich dafür verurteilen. Ich hoffe, daß ihr das nicht tun werdet.«

Owens Frau Marged, die Clares engste Freundin war, lächelte ihr aufmunternd zu. »Erzähl es uns. Ich kann mir nicht vorstellen, daß du etwas tun willst, das uns derart mißfällt.«

»Ich hoffe nur, daß du recht hast.« Clare blickte auf ihre fest verschränkten Hände. Ihr Vater war von allen Methodisten in Südwales geliebt worden, und die Zuneigung und die Ehrfurcht, die man ihm entgegengebracht hatte, war inzwischen auf sie übertragen worden. Deswegen besaß sie bei der lokalen Gemeinschaft ein höheres Ansehen, als sie verdiente. Sie hob den Kopf und fuhr fort. »Der Earl of Aberdare ist heimgekehrt. Ich bin heute zu ihm gegangen, um ihn zu bitten, seinen Einfluß geltend zu machen, um unserem Dorf zu helfen.«

Edith Wickes, die niemals mit ihrer Meinung hinterm Berg hielt, sah sie entsetzt an. »Du hast mit diesem Mann gesprochen? Meine Liebe, war denn das klug?«

»Wahrscheinlich nicht.« Clare gab ihnen eine knappe Zusammenfassung der Abmachung, die sie und der Earl getroffen hatten. Wie sie sich gefühlt hatte, wie sich der Earl benommen hatte, erwähnte sie nicht – auch nicht, daß sie sich einmal täglich von dem Earl würde küssen lassen müssen. Am allerwenigsten konnte sie sich dazu durchringen, eine Beschreibung ihrer eigenen unbeherrschten Reaktionen zu geben. Ohne diese Einzelheiten war sie schnell mit ihrem Bericht zu Ende.

Als sie den letzten Satz ausgesprochen hatte, starrten sie ihre Freunde sie in den unterschiedlichsten Abstufungen von Schock und Sorge an. Edith sprach als erste wieder. »Das kannst du nicht wirklich wollen!« erklärte sie überzeugt. »Es ist ungehörig. Du wärest ruiniert.«

»Vielleicht.« Clare hob flehend die Hände. »Aber ihr alle kennt die Situation in der Grube. Wenn Lord Aberdare in der Lage ist, sie zu verbessern, dann bin ich doch verpflichtet, uns seiner Mitarbeit zu versichern.«

»Nicht zum Preis deines guten Rufes! Ein guter Name ist der größte Schatz einer Frau.«

»Nur im weltlichen Sinn«, erwiderte Clare. »Es ist ein Grundsatz unseres Glaubens, daß jeder Mensch nach seinem eigenen Gewissen handeln soll. Wir dürfen uns nicht dadurch beirren lassen, was die Welt wohl denken mag.«

»Schon«, sagte Marged zweifelnd, »aber bist du denn sicher, daß du dazu berufen bist? Hast du schon gebetet?«

Clare versuchte, ihre ganze Überzeugung in ihre Stimme zu legen. »Ja, ich bin sicher.«

Edith zog die Stirn in Falten. »Und was, wenn Aberdare deinen Ruf ruiniert und dann nicht tut, was er versprochen hat? Du hast nichts als sein Wort, und trotz seines Titels ist der Mann nicht viel mehr als ein Zigeuner, und die lügen.«

»Er sieht die Sache nur als ein Spiel, in dem das Schicksal des Dorfes der Einsatz ist – aber er ist auch ein Mann, der das Spielen sehr ernst nimmt«, sagte Clare. »Ich glaube, daß er auf seine Art ehrenhaft ist.«

Edith schnaubte. »Man kann ihm nicht trauen. Als Junge war er schon wild und ungebärdig, und wir wissen doch alle, was vor vier Jahren geschehen ist.«

Jamie Harkin, der Soldat gewesen war, bis er ein Bein verloren hatte, sagte in seiner bedächtigen, ruhigen Art: »Wir wissen nicht wirklich, was damals geschah. Es kursierten viele Gerüchte, aber es ist niemals wirklich eine Klage gegen ihn erhoben worden. Ich kann mich noch an Nicholas als Junge erinnern, und er war ein anständiger Kerl.« Er schüttelte den Kopf. »Trotzdem gefällt mir der Gedanke nicht, daß Clare in diesem großen Haus wohnen soll. Wir kennen sie zu gut, um zu fürchten, daß sie vom rechten Weg abkommen würde, aber andere werden tratschen und sie verurteilen. Es könnte dich schwer treffen, Mädchen.«

Marged warf ihrem Mann einen Blick zu, der als Hauer in der Grube arbeitete. Er konnte sich glücklich schätzen, Arbeit zu haben, aber sie konnte nie vergessen, wie hart und gefährlich diese war. »Es wäre wunderbar, wenn Clare Lord Aberdare überzeugen könnte, die Arbeitsbedingungen in der Grube zu verbessern.«

»Das ist wahr«, warf Hugh Lloyd, ein junger Mann, der ebenfalls in der Mine beschäftigt war, ein. »Der Besitzer und der Geschäftsführer geben keinen verdammten . . .« Er errötete. »'tschuldigung, Schwester. Ich meine nur, die kümmern sich nicht um uns Bergleute. Es ist billiger, uns zu ersetzen, als neue Maschinen zu kaufen.«

»Zu wahr«, sagte Owen düster. »Glaubst du wirklich ganz tief in deinem Herzen, daß du das Richtige tust, Clare? Es ist tapfer von dir, deinen guten Ruf aufs Spiel zu setzen, aber niemand erwartet von einer Frau, etwas zu tun, das sich derart gegen Sitte und Anstand richtet.«

Einmal mehr ließ Clare ihren Blick durch den Raum schweifen und sah jeden nacheinander an. Sie hatte es abgelehnt, Leiter der Gruppe zu werden, und sich niemals gewünscht, predigen zu dürfen, denn sie fand, daß sie diese Ehre nicht verdiente. Doch sie war eine Lehrerin, und sie wußte, wie man die Aufmerksamkeit mehrerer Leute auf sich ziehen konnte. »In den Tagen, als Mitglieder unserer Gesellschaft verfolgt wurden, riskierte mein Vater sein Leben, um das Wort Gottes zu verkünden. Zweimal wäre er fast durch den Mob getötet worden, und er trug die Narben dieser Übergriffe bis zu dem Tag, an dem er starb. Wenn er sein Leben riskiert hat, wie kann ich dann davor zurückschrekken, etwas so Banales aufs Spiel zu setzen wie den weltlichen Ruf?«

Aus den Mienen ihrer Freunde schloß Clare, daß sie zwar von ihren Worten gerührt waren, aber immer noch Zweifel hatten. Doch sie brauchte das Wissen, daß sie von ihnen unterstützt wurde. »Lord Aberdare hat keinen Hehl daraus gemacht, daß sein Angebot keinesfalls aus einer . . . einer sittenwidrigen Lust hervorgegangen ist«, sagte sie eindringlich, »sondern daß er mich damit loswerden wollte. Er hat sogar gewettet, wie ich wohl reagieren würde, aber er hat verloren.« Sie schluckte hart und rang sich dann dazu durch, die Wahrheit so zurechtzubiegen, bis sie fast keine mehr war. »Ich vermute, er wird mich zu einer Art Haushälterin oder Schreiberin machen, wenn ich erst einmal in seinem Haus wohne.«

In den besorgten Gesichtern um sie herum zeigte sich endlich Erleichterung. Eine Haushälterin – das war doch harmlos genug. Nur Edith murmelte: »Selbst diese Rolle bewahrt dich nicht davor, daß Seine Lordschaft auf dumme Gedanken kommt. Er heißt ja nicht umsonst Teufelsgraf.«

Clare unterdrückte die leichten Gewissenbisse, daß sie ihren Freunden eine Vermutung eingegeben hatte, die sich wahrscheinlich als ganz und gar falsch erweisen würde. »Warum sollte er bei mir auf dumme Gedanken kommen? Ganz bestimmt hat er genug unmoralische Damen der Gesellschaft zur Auswahl. Und wohl auch«, sie suchte nach dem richtigen Ausdruck, »wie nennt man die noch? Rennpferdchen?«

»Clare!« Edith war entsetzt.

Jamie Harkin gluckste. »Wir wissen alle, daß es solche Frauen gibt. Einige haben sogar zu Gott gefunden und sind gute Methodistinnen geworden. Warum sollen wir um den heißen Brei herumreden?«

Edith warf dem alten Soldaten einen finsteren Blick zu. Sie gerieten öfter aneinander, denn obwohl die Mitglieder durch den Glauben und gegenseitige Zuneigung miteinander verbunden waren, so stammten sie doch aus verschiedenen Gesellschaftsschichten und waren in weltlichen Dingen nicht immer einer Meinung. »Und was willst du mit der Schule machen, Clare? Du wirst keine Zeit zum Lehren haben. Und selbst wenn – die meisten Leute in Penreith wären ganz sicher entsetzt, daß du ihre Kindern unterrichtest, während du unter solch seltsamen Bedingungen auf Aberdare wohnst.«

»Ich hoffe, daß Marged den regulären Unterricht übernehmen kann.« Clare sah ihre Freundin an. »Würdest du das tun?«

Marged riß die Augen auf. »Meinst du denn, ich könnte das? Außer in der Sonntagsschule habe ich noch nie unterrichtet, und ich habe doch überhaupt keine Ausbildung wie du.«

»Du kannst das schon«, versicherte Clare ihr.

»Das Unterrichten ist nicht viel anders als in der Sonntagsschule – lesen, schreiben, buchstabieren, rechnen, ein bißchen Haushalt. Der Hauptunterschied besteht darin, daß weniger in der Bibel gelesen wird und die älteren Schüler schon weiter fortgeschritten sind. Du beziehst natürlich in der Zeit, die du unterrichtest, auch das Lehrergehalt.«

Wie Clare es erwartet hatte, war die Aussicht auf Lohn das Zünglein an der Waage, denn Marged wollte ihren drei Kindern eine gute Ausbildung ermöglichen und brauchte Geld dazu. »Also gut, Clare. Ich gebe mein Bestes.«

»Wunderbar! Ich habe den Lernstoff skizziert und Bemerkungen dazugeschrieben, was jedes Kind im Augenblick lernt. Wenn du gleich mit mir nach Hause kommst, gebe ich dir alles, was du brauchst.« Nun wandte Clare sich an Edith. »Marged wird die nächsten drei Monate sehr beschäftigt sein. Es ist zwar eine große Last, aber könntest du meine Stunden in der Sonntagsschule übernehmen?«

Die ältere Frau sah sie erst verdutzt, dann erfreut an. »Aber ja, meine Liebe. Wenn es dir hilft.«

Bill Jones, ein anderes Mitglied, meldete sich zu Wort. »Da ich ja in deiner Nähe wohne, werde ich ein Auge auf dein Haus halten.«

Glenda, seine Frau, setzte heftig hinzu: »Und wenn irgend jemand etwas Schlechtes über dich sagt, dann wird er es mit mir zu tun kriegen.«

Clare biß sich gerührt auf die Lippen. »Vielen Dank euch allen. Ich kann mich glücklich schätzen, Freunde wie euch zu haben.«

Und im stillen schwor sie sich, daß sie das Vertrauen dieser Menschen niemals enttäuschen würde.

»Und hier habe ich aufgeschrieben, was die einzelnen Schüler gerade lernen.« Clare gab Marged den letzten von den Zetteln, die sie beschrieben hatte, als sie aus Aberdare zurückgekommen war.

Marged überflog die Blätter, wobei sie gelegentlich eine Frage stellte. Als sie fertig war, legte sie besorgt die Stirn in Falten. »Drei von den Kindern wissen fast soviel wie ich. Es ist ja schließlich auch noch gar nicht so lange her, daß ich in deiner Erwachsenenklasse gesessen habe.«

»Mit den fortgeschrittenen Schülern ist am leichtesten umzugehen. Sie unterrichten sich nicht nur größtenteils selbst, sie helfen auch noch bei den Kleinen. Du wirst das ganz leicht bewältigen«, versicherte Clare ihr. »Und vergiß nicht, wenn du Fragen oder Probleme hast – ich bin nur zwei Meilen entfernt.«

Margeds Lächeln wirkte ein wenig unsicher. »Wie immer hast du alles ganz wunderbar organisiert. Ich habe ein bißchen Angst, aber – o Clare, ich bin so aufgeregt, daß du mir das zutraust! Vor fünf Jahren konnte ich nicht einmal lesen! Wer hätte gedacht, daß ich eines Tages selbst Lehrerin sein würde?«

»Meine größte Sorge ist, daß die Schule mich gar nicht mehr braucht, wenn ich zurückkomme.« Obwohl Clare diese Worte im Spaß gesagt hatte, versetzte ihr der Gedanke daran einen Stich, denn es konnte sich durchaus bewahrheiten. Mit etwas Erfahrung würde aus Marged eine gute Lehrerin werden, die in vieler Hinsicht sogar besser als Clare war, denn obwohl Marged nicht so gebildet war, besaß sie doch viel mehr Geduld.

Nun, da diese Sache besprochen war, lehnte

sich Marged in ihrem Stuhl zurück und nippte an dem Tee, den Clare aufgebrüht hatte. »Wie ist er denn so?«

»Wer?« fragte Clare verdutzt.

»Lord Tregar, oder besser Lord Aberdare, der er ja jetzt ist.« Marged warf ihr einen spitzbübischen Blick zu. »Unser Nicholas. Er hat es nicht oft geschafft, seinen Aufpassern zu entkommen und dann zum Spielen ins Dorf zu laufen, aber er ist kein Mensch, den man leicht vergißt. Du warst ja noch jünger damals, deswegen erinnerst du dich wohl nicht so gut an ihn. Er hatte viel Unsinn im Kopf und gab sich ein bißchen ungebärdig, aber er war weder bösartig noch hochnäsig. Er hat Walisisch gesprochen wie wir alle. Nicht wie der alte Earl.«

»Ich wußte gar nicht, daß er Walisisch kann.« Da die Kinder der besseren Stände in Wales normalerweise sowohl in den Gebräuchen als auch in der Sprache höchst englisch erzogen wurden, mußte Clare widerstrebend ihre Meinung von Nicholas revidieren. Vielleicht war er doch kein so unerträglicher Kerl. »Als ich bei ihm war, haben wir Englisch gesprochen.«

»Ich weiß noch, wie er von Oxford kam und diese drei Freunde bei sich hatte«, fuhr Marged verträumt fort. »Jemand hat mir erzählt, daß man sie in London die Gefallenen Engel nannte. Nicholas, dunkel und gutaussehend wie der Teufel. Lucien, blond und schön wie Luzifer, Rafael, der inzwischen Duke ist. Und dieser Lord Michael, bevor er zur Plage von Penreith wurde. Vielleicht haben sie sich ein bißchen wild benommen, aber sie waren vor allem die bestaussehenden Jungen, die ich je gesehen habe.« Sie grinste. »Mit Ausnahme von Owen, versteht sich. Gut, daß er mir den Hof gemacht hat. Sonst wäre ich sicher der Versuchung erlegen gewesen und ein gefallenes Mädchen geworden.«

»Du übertreibst.«

»Nur ein bißchen.« Marged trank ihren Tee in einem Schluck aus. »Also ist Nicholas jetzt ein Earl und nach jahrelangen Reisen wieder nach Hause zurückgekehrt. Sieht er immer noch so gut aus wie früher?«

»Ja«, antwortete Clare knapp.

Marged wartete hoffnungsvoll auf weitere Einzelheiten, aber als keine kamen, fragte sie: »Laufen irgendwelche seltsamen Tiere auf dem Grundstück herum? Ich habe gehört, er hätte von seinen Reisen merkwürdige Viecher heimgeschickt. Ich konnte die Kinder nur mit größter Mühe davon abhalten, hinaufzulaufen, um nachzusehen.«

»Das Exotischste, was ich gesehen habe, waren Pfauen, und die sind immer schon dagewesen.« Clare schob die Zettel zu einem Stapel zusammen und reichte sie ihrer Freundin.

Marged verstand den Wink, daß es Zeit zu gehen war, und stand auf. »Du kommst aber doch trotzdem zu unseren Gruppentreffen, nicht wahr?«

»Natürlich.« Clare zögerte. »Das heißt, wenn ich kann. Lord Aberdare sagte irgend etwas davon, daß wir nach London fahren wollten.«

Die Augenbrauen ihrer Freundin schnellten hoch. »Wirklich? Aber doch nicht mit einer Haushälterin!«

»Wohl aber, wenn ich als Sekretärin für ihn arbeite«, erwiderte Clare, die sich mit Unbehagen bewußt war, daß ihre Antwort alles andere als ehrlich war. »Wir werden sehen.«

Marged wurde wieder ernst. »Sei vorsichtig, was Old Nick betrifft, Clare. Er kann gefährlich werden.«

»Das bezweifle ich. Lord Aberdare ist viel zu arrogant, um eine Frau zu bedrängen, die nicht willig ist.«

»Das ist es nicht, was mir Sorgen macht«, meinte Marged finster. »Die Gefahr liegt darin, daß du willig sein könntest.« Mit dieser ominösen Bemerkung ging sie. Clare war erleichtert.

Sie brauchte nicht lange, um die paar Habseligkeiten einzupacken, die sie nach Aberdare mitnehmen wollte, und etwas anderes gab es nicht mehr zu tun. Zu unruhig, um einschlafen zu können, wanderte sie durch die vier Zimmer des Hauses und berührte hier und da vertraute Dinge. Sie war unter diesem Dach geboren worden und hatte nie woanders gelebt. Die kleinste Kammer in Aberdare war größer als ihr Wohnzimmer, aber sie würde die getünchten Wände und das schlichte, robuste Mobiliar vermissen.

Leicht ließ sie ihre Fingerspitzen über den Deckel der Eichentruhe gleiten, die vom Alter dunkel geworden war. Wie schade war es doch, daß sie wahrscheinlich nie eine Tochter haben würde, der sie diese Truhe vererben konnte, die schon seit Generationen von den Frauen ihrer Familie an ihre Töchter weitergegeben wurde. Im Deckelinneren war ›Angharad 1597‹ eingeschnitzt. Manchmal überlegte Clare, wie das Leben damals wohl ausgesehen haben mochte. Wahrscheinlich war Angharad die Tochter und die Frau eines Kleinbauern gewesen, der seinem Stück Land mühsam ihren Lebensunterhalt abgerungen hatte. Aber wie war ihr Mann gewesen? Wie viele Kinder hatte sie geboren? Ob sie glücklich gewesen war?

Das überquellende Bücherregal an einer Stirnwand des Wohnzimmers war der einzige Luxus, den es in diesem Haus je gegeben hatte. Thomas Morgan entstammte niederem walisischem Adel, hatte in Oxford studiert und war zum anglikanischen Vikar geweiht worden. Als er John Wesley predigen gehört hatte, war er zutiefst berührt gewesen und sofort selbst zum Methodismus übergetreten. Natürlich hatte ihn seine streng konservative Familie enterbt, doch er hatte seinen Entschluß niemals bereut. Statt dessen hatte er die fromme Tochter eines Kleinbauern geheiratet und sich in Penreith niedergelassen, wo er das lehrte und predigte, was sein eigenes Leben erleuchtet hatte.

Thomas hatte seine Freude am Lernen niemals verloren, und er hatte sie an seine Tochter weitergegeben. Wann immer er auf Reisen ging, um zu predigen, hatte er versucht, ein nicht zu teures Buch aus zweiter Hand zu erstehen, und er war sehr oft unterwegs gewesen. Clare hatte jedes Buch im Haus gelesen, viele davon mehr als einmal.

Clares Mutter war vor zwölf Jahren gestorben. Reverend Morgan hatte vorgeschlagen, daß seine vierzehnjährige Tochter bei anderen Methodistenfamilien unterkam, solange er unterwegs war, aber Clare hatte sich schlichtweg geweigert – das einzige Mal, daß sie sich gegen ihren Vater aufgelehnt hatte. Schließlich mußte ihr Vater sich ihrem Willen beugen, tat es jedoch nur unter der Bedingung, daß Mitglieder der Gemeinde ein Auge auf sie hielten.

Clare hatte ihren ersten inoffiziellen Unterricht gegeben, als sie siebzehn gewesen war. Sie hatte erwachsenen Frauen Lesen und Schreiben beigebracht. Vier Jahre später hatte Emily, die junge, zweite Countess of Aberdare, eine Stiftung zur Gründung einer Schule eingerichtet. Dutzende von Dorfbewohnern hatten hart gearbeitet, um eine verlassene Scheune dafür herzurichten. Obwohl Lehrer meistens männlich waren, war Clare durch ihre Erfahrung die logische Wahl für die neue Schule gewesen, und seitdem hatte sie dort unterrichtet. Die zwanzig Pfund pro Jahr, die sie verdiente, würden sie niemals reich machen, aber sie genügten.

Es hatte erst ein Nicholas Davies kommen müssen, um Clare von ihrem Heim und ihrem wohlgeordneten Alltag fortzulocken. Als sie in ihren kleinen Garten hinter dem Haus blickte, der noch nicht bepflanzt war, überkam sie plötzlich ein Frösteln. Sie konnte die düstere Vorahnung nicht verdrängen, daß sie dies alles zum letzten Mal sah. Vielleicht nicht im wahren Sinne des Wortes, doch sie war sich sicher, daß hier und jetzt ein Abschnitt ihres Lebens endete. Was immer auch in Aberdare geschah, es würde sie für immer verändern. Obwohl sie ihre Zweifel hatte, daß es Veränderungen zum Guten sein würden, hatte sie diesen Kurs nun einmal eingeschlagen und würde nicht mehr umkehren.

Schließlich kniete sie in dem verzweifelten Bedürfnis nach innerem Frieden nieder und begann zu beten, doch sie bekam keine Antwort. Sie hatte noch nie eine Antwort bekommen.

Morgen mußte sie also wie immer ihrem Schicksal allein gegenübertreten.

Kapitel 3

NICHOLAS ERWACHTE MIT heftigen Kopfschmerzen, die er wahrhaftig verdient hatte. Ohne die Augen zu öffnen, blieb er still liegen und versuchte, eine Art Bestandsaufnahme zu machen. Offenbar hatte Barnes, sein Kammerdiener, ihm ein Nachthemd angezogen und ins Bett gebracht. Nicholas zog es vor, nackt zu schlafen, aber er befand sich wohl kaum in der Position, sich zu beschweren.

Er bewegte den Kopf ein winziges Stück, hielt dann aber inne, weil er befürchtete, er könnte ihm abfallen. Er hatte sich wie ein verdammter Idiot benommen, und nun bezahlte er dafür! Dummerweise hatte er nicht einmal genug Brandy getrunken, um die Erinnerung an das auszulöschen, was am Nachmittag zuvor geschehen war. Als er nun wieder an das kämpferische Frauenzimmer dachte, das einfach hereingestapft war und seine lächerliche Herausforderung angenommen hatte, wußte er nicht, ob er lachen oder weinen sollte. Da er die Folgen für seinen Schädel kannte, unterließ er beides.

Hatte er wirklich all diese unglaublichen Dinge gesagt? Ja, er hatte! Leider waren seine Erinnerungen noch viel zu klar in seinem Kopf, als daß er es hätte leugnen können. Ein Glück, daß Clare Morgan nicht bewaffnet zu ihm gekommen war; vielleicht wäre sie zu dem Schluß gekommen, daß es ihre Methodistenpflicht wäre, die Welt von einem nichtsnutzigen Adeligen zu befreien. Bei dem Gedanken hätte er beinahe gelächelt. Eigentlich hatte er die Begegnung mit ihr genossen, obwohl er inständig hoffte, daß sie nach reiflicher Überlegung ihren Entschluß ändern und zu Hause bleiben würde. Eine Frau wie sie konnte einen Mann wirklich aus dem Gleichgewicht bringen.

Die Tür schwang auf, und Schritte näherten sich. Wahrscheinlich war es Barnes, der nachsehen wollte, ob er endlich aufgewacht war. Da er lieber in Frieden gelassen werden wollte, hielt Nicholas die Augen geschlossen, und er hörte, wie sich die Schritte wieder entfernten.

Allerdings nicht für lange. Fünf Minuten später ergoß sich eiskaltes Wasser über seinen Kopf. »Verfluchte Hölle!« brüllte er und kam mit einem Schwung hoch. Er würde Barnes umbringen, o ja, das würde er!

Es war nicht sein Kammerdiener. Als Nicholas seine Augen endlich aufbekam, entdeckte er Clare Morgan, die in sicherer Entfernung mit einem Porzellankrug in der Hand abwartend dastand.

Zuerst war er sicher, daß er einen ungewöhnlich wirklichkeitsgetreuen Alptraum durchleben mußte, doch sein Unterbewußtsein hätte sich weder den Ausdruck süßer Hochnäsigkeit noch das eisige Wasser, das sein Hemd durchnäßt hatte, in solcher Klarheit ausdenken können. »Warum zum Teufel haben Sie das getan?« knurrte er.

»Morgen früh hat sich zu morgen nachmittag entwickelt, und ich habe drei Stunden darauf gewartet, daß Sie aufwachen«, sagte sie ruhig. »Lange genug, um einen Tee zu trinken, meine Liste an Forderungen, Penreith betreffend, zu erstellen und einen kurzen Rundgang durchs Haus zu machen, um festzuhalten, was alles noch getan werden muß, um es wieder richtig bewohnbar zu machen. Übrigens ziemlich viel, wie Sie sicher schon bemerkt haben. Oder vielleicht auch nicht – Männern entgeht oft erstaunlich viel. Aus purer Langeweile habe ich mich entschlossen, Sie zu wecken. Ich dachte mir, daß eine Geliebte so etwas vielleicht tun würde, und ich gebe mir alle Mühe, die Rolle zu spielen, die Sie mir zugedacht haben.«

Sie sprach mit einem leichten walisischen Akzent, und ihre tiefe, etwas heisere Stimme ließ ihn an lange gelagerten Whiskey denken. Aus dem Mund einer tugendhaften Jungfer wirkte es verblüffend erotisch. Er hatte Lust, sie in Verlegenheit zu bringen. »Meine Mätressen wecken mich gewöhnlich auf nettere Art auf. Soll ich Ihnen erklären, wie?«

»Nicht unbedingt.« Sie nahm ein Handtuch vom Waschtisch und reichte es ihm.

Er rubbelte sich kurz Haar und Gesicht ab und versuchte, sein Nachthemd wenigstens *etwas* trokkener zu bekommen. Dann warf er das Handtuch Clare wieder zu.

»Betrinken Sie sich oft?« fragte Clare.

»Sehr selten«, antwortete Nicholas mürrisch. »Offenbar war es diesmal ein besonders schwerer Fehler. Wäre ich nüchtern gewesen, würde ich Sie jetzt nicht die nächsten drei Monate ertragen müssen.«

»Wenn Sie sich doch noch anders entscheiden wollen, dann werde ich Sie deswegen bestimmt nicht verachten«, erwiderte sie boshaft.

Nicholas blinzelte, als sie ihm seine eigenen Worte an den Kopf schleuderte. »Sie haben die Zunge einer Schlange.« Er starrte sie düster an, bis sie so aussah, als würde sie sich ein wenig unbehaglich fühlen, und setzte dann hinzu: »Das gefällt mir.«

Zu seinem Entzücken errötete sie. Beleidigungen schienen sie kaltzulassen, Komplimente oder eindeutiges männliches Interesse aber offenbar nicht. »Sagen Sie meinem Kammerdiener, ich möchte bitte heißes Wasser zum Rasieren. Dann geben Sie in der Küche Bescheid, sie sollen eine gewaltige Kanne Kaffee kochen. Ich bin in einer halben Stunde unten.« Damit warf er die Decke zurück und machte sich daran, aus dem Bett zu klettern.

Rasch wandte Clare die Augen ab. »Sehr wohl, Nicholas«, sagte sie und hastete hinaus.

Er lachte leise in sich hinein, als sich die Tür hinter ihr schloß. Sie war wirklich eine faszinierende Frau. Wenn ihre natürliche Energie in Leidenschaft umgewandelt werden könnte, wäre sie eine Geliebte wie ein Vulkan.

Während er über den kalten Boden tappte, fragte er sich, ob er sie wohl würde verführen können. Wahrscheinlich nicht; er hatte den Verdacht, daß ihre unerschütterliche Tugend seine Geduld überdauern würde.

Aber ganz sicher würde es Spaß machen, es zu versuchen. Leise pfeifend streifte er sein durchnäßtes Nachthemd ab und überlegte, wann und wo er sich seinen ersten Kuß abholen sollte.

Als Lord Aberdare exakt eine halbe Stunde später unten im Frühstückssalon erschien, war keine Spur mehr von übermäßigem Alkoholgenuß zu entdekken. Abgesehen von seinem dunklen Teint und dem etwas zu langen Haar wirkte er von Kopf bis Fuß wie der schicke Londoner Gentleman. Clare mußte sich eingestehen, daß sie es vorzog, wenn er sich nicht so formell gab. Seine momentane Kleidung machte ihr überdeutlich bewußt, welche Kluft zwischen ihrem und seinem gesellschaftlichen Rang bestand.

Dann rief sie sich in Erinnerung, wie er in seinem Nachthemd ausgesehen hatte: Seine Brust war zu sehen gewesen, und der nasse Stoff hatte an den muskulösen Schultern geklebt. Das war entschieden zu wenig formell gewesen.

Wortlos stand sie auf und schenkte ihm heißen Kaffee in eine Tasse. Ebenfalls wortlos trank er die Tasse in drei Schlucken leer und hielt sie ihr wieder hin. Die zweite Tasse wurde genauso schnell wie die erste geleert. Dann schenkte er sich selbst nach und setzte sich auf einen Stuhl Clare gegenüber. »Jetzt können Sie mit Ihrer Darstellung über die Mißstände in Penreith beginnen und aufzählen, was Sie von mir erwarten.«

Er benahm sich plötzlich unangenehm geschäftsmäßig. Froh darüber, daß sie sich vorbereitet hatte, begann Clare. »Die Probleme sind wirtschaftlicher Art und haben mehrere, unterschiedliche Gründe. Es begann alles vor fünf Jahren, als Ihr Großvater das Parlament veranlaßte, einer Verfügung zur Einfriedung privaten Landes Rechtskraft zu verleihen. Da das Land der Gemeinde nunmehr durch Zäune abgetrennt war, damit Aberdare Schafe halten konnte, kamen viele Leute ins Dorf, weil sie ihre Familien nicht mehr mit Ackerbau ernähren konnten. Arbeit ist hier knapp, und die meisten Stellen hat die Kohlenmine zu vergeben. Da plötzlich so viele Arbeitskräfte zur Verfügung standen, senkte der Geschäftsführer der Grube die Löhne. Dazu kommt, daß er es weder für nötig hält, moderne Maschinen zu kaufen, noch für die geringsten Sicherheitsvorkehrungen zu sorgen.«

Bevor sie dies näher ausführen konnte, hielt der Earl eine Hand hoch, um sie zu unterbrechen. »Wie viele Männer sind in der Grube umgekommen?«

»In den letzten vier Jahren sind im ganzen sechzehn Männer und vier Jungen bei Unfällen gestorben.«

»Das ist Pech, aber nicht ungewöhnlich, oder? Der Bergbau hat immer gewisse Risiken beinhaltet. Die Bergleute, die ich kenne, ziehen sogar einen gewissen Stolz aus der Tatsache, daß ihre Arbeit soviel Kraft und Mut erfordert.«

»Stolz, ja«, stimmte sie zu. »Aber die Männer sind keine Narren. Die Gefahren in Penreiths Mine sind weit größer, als sie es sein sollten – jeder, der dort arbeitet, wird Ihnen sagen, daß es ein Wunder ist, daß es bisher noch nicht zu einem wirklich großen Unglück kam. Früher oder später wird uns das Glück verlassen, und dann werden Dutzende, möglichweise Hunderte ihr Leben lassen müssen.« Obwohl sie versuchte, unbeteiligt zu wirken, brach ihre Stimme plötzlich.

Während sie noch darum kämpfte, ihre Fassung wiederzuerlangen, fragte er ruhig: »Ich nehme an, Sie haben bereits Freunde durch die Mine verloren?«

»Nicht nur Freunde.« Sie hob den Kopf und sah ihn mit unbewegter Miene an. »Auch mein Vater ist dort gestorben.«

Nun war Nicholas wirklich betroffen. »Was zum Teufel hatte Reverend Morgan denn in der Grube zu suchen?«

»Was er immer tat . . ., seine Arbeit. Es hatte einen Einsturz gegeben. Zwei Männer waren sofort tot, ein Mitglied der Gemeinde wurde von einem Felsen getroffen, der seinen ganzen Unterkörper zerquetschte. Er war noch bei Bewußtsein und bat, mein Vater möge zu ihm kommen. Während andere Männer versuchten, den Mann zu befreien, hielt mein Vater seine Hand und betete mit ihm.« Nach einem zittrigen, tiefen Atemzug sprach sie weiter. »Doch dann stürzte noch mehr ein. Mein Vater, der eingeklemmte Bergmann und einer der Rettungsleute starben.«

»Ich hätte von Ihrem Vater nichts anderes erwartet«, sagte Nicholas mit weicher Stimme. »Ist es Ihnen nicht ein Trost, zu wissen, daß er gestorben ist, wie er gelebt hat? Voller Mitgefühl und Tapferkeit?«

»Nein, kaum.«

Nach einem kurzen unbehaglichen Schweigen ergriff Nicholas wieder das Wort. »Warum sind Sie zu mir gekommen? Mir gehört zwar das Land, auf dem sich die Zeche befindet, aber es ist an die Minengesellschaft verpachtet. Der Besitzer und der Geschäftsführer sind diejenigen, die wirklich etwas ändern können.«

Clare preßte die Lippen aufeinander. »Der Geschäftsführer, George Madoc, ist ein unangenehmer Zeitgenosse. Da er am Umsatz beteiligt ist, hat er ein echtes Vergnügen daran, mit jedem einzelnen Penny zu knausern, selbst wenn es Menschenleben kosten kann.«

»Ist Lord Michael Kenyon immer noch der Besitzer? Man sollte doch annehmen, daß er auf vernünftige Forderungen eingeht.«

»Man hat mehrmals versucht, sich mit ihm in Verbindung zu setzen, aber Lord Michael hat auf keinen unserer Briefe oder unserer Ersuchen reagiert. Und bisher hat niemand mit ihm persönlich sprechen können, da er seit vier Jahren keinen Fuß mehr ins Tal gesetzt hat.«

»Vier Jahre«, wiederholte Nicholas nachdenklich. »Interessante Zeitspanne. Aber wenn Madoc und Lord Michael nichts tun, was soll ich dann Ihrer Meinung nach bewirken?«

»Sprechen Sie mit Lord Michael«, sagte sie ernst. »Er ist doch ein Freund von Ihnen. Wenn man ihn überzeugen könnte, die Arbeitsbedingungen in der Grube zu verändern, dann sind vielleicht keine anderen Maßnahmen mehr nötig.«

»Michael *war* mein Freund, nur habe ich ihn leider seit vier Jahren nicht mehr gesehen. Eigentlich noch länger nicht ...« Seine Stimme verlor sich, und er zerkrümelte geistesabwesend ein Stück Toast. »Ich habe keine Ahnung, wo er jetzt ist, noch weiß ich, ob ich tatsächlich Einfluß auf ihn ausüben könnte. Vielleicht ist er absolut zufrieden mit dem Lauf der Dinge.«

»Daran habe ich schon gedacht.« Nun würde sich herausstellen, wie weit der Earl gehen würde, um seinen Teil der Abmachung einzuhalten. Nervös rieb sich Clare die feuchten Hände an ihrem Rock. »Wenn sich in der Mine nichts ändert, muß man andere Arbeitsplätze schaffen. Und das ist etwas, was Sie ziemlich leicht bewerkstelligen könnten.«

»Ich dachte mir schon, daß Sie einen fertigen Plan in der Tasche haben«, murmelte er. Er lehnte sich in seinem Stuhl zurück und kreuzte die Arme vor der Brust. »Fahren Sie fort, Miss Morgan.«

»Zunächst einmal sind Sie derjenige, der das meiste Land in dieser Gegend besitzt – und das mit Abstand! Trotzdem haben Sie bisher noch überhaupt nichts getan, um eine wirtschaftlichere Bebauung voranzutreiben. Ihre Methoden beim Ackerbau und die Ihrer Pächter sind immer noch die gleichen, wie sie seit Tudor-Zeiten üblich sind. Eine Verbesserung in diesem Bereich würde mehr Arbeitsplätze und Wohlstand für diese Region bedeuten.« Sie nahm ein paar Papiere auf und reichte sie Nicholas. »Ich bin natürlich keine Expertin, aber ich habe Berichte über die Forschung in der Agrarwirtschaft gelesen und einige Techniken herausgeschrieben, die auch bei uns sinnvoll sind.«

»Was? Es gibt Bereiche, in denen Sie keine Expertin sind?« Nach einem kurzen Blick auf die Blätter legte er sie wieder auf den Tisch. »Die Aufgabe, den hiesigen Ackerbau aus dem Mittelalter herauszuholen, wird mich schätzungsweise die nächsten ein oder zwei Jahrzehnte beschäftigt halten. Aber nur für den Fall, daß ich zwischendurch noch ein wenig Zeit übrig habe – hätten Sie weitere Denkanstöße?«

Sie ging auf seine Ironie nicht ein. »Es gibt etwas, das Sie tun könnten, um fast augenblicklich eine Besserung der Lage zu bewirken.«

»Ah? Na, dann los, Miss Morgan, ich kann's kaum erwarten.«

»Vielleicht haben Sie es schon vergessen, aber es gibt da einen alten Steinbruch ganz am Ende des Tales, der Ihnen gehört. Obwohl er seit Jahren nicht mehr benutzt wird, gibt es keinen richtigen Grund, warum dort nicht wieder Schiefer abgebaut werden sollte.« Sie beugte sich vor und sprach eindringlich weiter. »Es würde nicht nur *Ihnen* Gewinn bringen, sondern auch denen einen Arbeitsplatz verschaffen, die jetzt ohne Beschäftigung sind. Die Penrhyn-Steinbrüche in Flintshire haben über fünfhundert Leute eingestellt, und die Arbeit ist längst nicht so riskant wie im Bergbau. Zudem würde Madoc sofort die Arbeitsbedingungen in der Grube verbessern müssen, wenn er nicht seine Männer verlieren will.«

»Ich kann mich an den Steinbruch erinnern«, sagte Nicholas nachdenklich. »Wahrscheinlich ist jedes Gebäude im Tal mit Material daraus gedeckt worden, aber ist auch genug Schiefer vorhanden, daß er echten Gewinn erwirtschaften würde?«

»Es gibt Anzeichen dafür, daß das Feld sehr ausgedehnt ist, und die Qualität war immer schon ausgezeichnet.«

»›Anzeichen‹, ja?« wiederholte er. »Ich nehme an, das bedeutet, daß Sie mein Land widerrechtlich betreten haben, um die Rohstoffquellen zu untersuchen?«

Sie rutschte verlegen auf dem Stuhl hin und her. »Der Steinbruch liegt direkt an einer öffentlichen Straße.«

»Solange Sie nicht die Schafe erschreckt haben.« Er zog nachdenklich die Stirn in Falten. »Das Problem beim Schieferabbau liegt in den Kosten, die anfallen, um das Material dorthin zu schaffen, wo es benötigt wird. Man müßte eine Förderbahn zum Fluß hinunterbauen, so daß man den Schiefer anschließend auf dem Wasser zur Küste abtransportieren kann.«

»Was ist eine Förderbahn?«

»Eine Art Straße, die aus zwei hölzernen oder eisernen Schienen besteht. Man zieht die Wagen mit Pferden über diese Gleise. Es kostet viel Geld, so etwas zu bauen, weswegen wahrscheinlich die Grube keine hat, aber man kann auf diese Weise schwere Materialien viel schneller transportieren als über normale Straßen.« Er dachte einen kurzen Moment nach. »Wahrscheinlich müßte man an der Küste dann auch einen neuen Anlegeplatz bauen.«

»Aber wenn es erst mal einen Kai dort gibt, dann können Sie den Schiefer übers Meer überallhin verschiffen – über den Kanal nach Bristol, nördlich nach Merseyside. Möglicherweise ließen sich ein paar Kosten wieder hereinholen, indem man der Minengesellschaft eine Mitbenutzung gegen Gebühr anbietet – deren Transporteinrichtungen sind nämlich unzulänglich. Dies könnte für Sie sehr gewinnträchtig sein, Lord Aberdare.«

»Hören Sie auf, mich mit Gewinnen locken zu wollen«, sagte er gereizt. »Das interessiert mich nicht besonders.« Er trommelte mit den Fingern auf der Tischplatte herum. »Haben Sie eine Ahnung, wie viele tausend Pfund nötig sind, den Steinbruch auszubauen?«

»Nicht wirklich«, gab sie zu. »Bei diesen Dimensionen habe ich kein gutes Vorstellungsvermögen. Ist es mehr, als Sie aufbringen können?«

»Das habe ich nicht gesagt.« Er stand plötzlich auf. »Reiten Sie?«

Sie blinzelte, verwirrt über diesen abrupten Themawechsel. »Ja, aber in letzter Zeit wenig . . ., als mein Vater starb, habe ich sein Pferd verkauft. Es war ein gemütlicher, alter Gaul, so daß meine Reitkünste beschränkt sind.«

»Wir sollten im Stall ein Tier finden können, mit dem Sie umgehen können. Ziehen Sie sich Ihre Reitkleidung an. Wir werden uns Ihren Steinbruch einmal ansehen.« Damit drehte er sich um und verließ das Zimmer.

Clare fühlte sich benommen. Es kam ihr vor, als wäre gerade ein Gewittersturm über sie hinweggezogen. Aber immerhin nahm er ihre Ideen ernst.

Dummerweise hatte er ihr keine Zeit gelassen, zu erwähnen, daß sie kein Reitkleid besaß. Mit einem schwachen Lächeln erhob sie sich und ging in das Zimmer hinauf, das man ihr angewiesen hatte. Sie würde in den Kleidern reiten müssen, die sie früher immer dazu angezogen hatte. Vielleicht würde sie den Earl endlich einmal schockieren können. Sie hoffte es sehr.

Als Clare die Ställe betrat, war Nicholas bereits dort. Der Earl befand sich in einer ernsthaften Unterredung mit dem Bewohner einer der Boxen. Bei dem klackenden Geräusch der Absätze ihrer alten Stiefel schaute er auf.

Er hielt mitten in der Bewegung inne. »Sind Jungen-Hosen Penreiths Version eines Reitkleids?«

»Im Tal gibt es nur wenige Frauen, die reiten, und noch weniger, die sich ein teures Kleid leisten können, das nur einem einzigen Zweck dient«, sagte sie steif. »Tut mir leid, wenn es Ihnen nicht gefällt, aber ich bin immer so geritten, und ich habe nichts anderes.«

Nicholas schenkte ihr ein laszives Lächeln. »Habe ich gesagt, daß es mir nicht gefällt? Wenn Sie so durch London reiten, kreieren Sie wahrscheinlich eine neue Mode. Oder verursachen einen Aufruhr.«

Obwohl sich Clare niemals für die Ärmlichkeit ihrer Garderobe geschämt hatte, hätte sie niemals gedacht, daß sie sich unter seinem eingehend prüfenden Blick in ihren Wildlederhosen so nackt vorkommen könnte. Das Blut stieg ihr in die Wangen, und sie stellte angewidert fest, daß sie in den letzten zwei Tagen öfter errötet war als in den vergangenen zehn Jahren. Sie warf einen Blick in die Box und fragte: »Ist dies das Tier, das Sie für mich ausgesucht haben?«

»Ja. Rhonda ist ein reinrassiges Welsh-Pony.« Seine langen, feingliedrigen Finger streichelten das gescheckte Maul, woraufhin die kleine Stute schamlos vor Wonne schnaufte. »Gehorsam, gut erzogen und beträchtlich klüger als das Durchschnittspferd. Zu klein für mich, aber für Sie müßte es perfekt sein.«

Als er den Verschlag öffnete, um Rhonda herauszuführen, ging die Tür zur Sattelkammer auf, und ein Stallbursche trat mit einem Damensattel im Arm heraus. »Den brauchen wir nicht«, sagte der Earl. »Bring Miss Morgan einen normalen Sattel.«

Der Stalljunge gehorchte, nachdem er Clare einen interessierten Blick zugeworfen hatte, und sattelte das Pferd. Nicholas holte für sich den großen schwarzen Hengst aus der Box, den er am Tag zuvor geritten hatte, als Clare ihn beobachtet hatte. Das temperamentvolle Tier tänzelte ungeduldig im Boxengang. Als Clare nervös zurückwich, trat Nicholas näher an das Pferd und blies ihm sanft in die Nüstern.

Der Hengst beruhigte sich augenblicklich. Als er Clares Überraschung sah, grinste Nicholas sie an. »Ein alter Zigeunertrick. Sehr nützlich, wenn man ein Pferd stehlen will.«

»In diesem Bereich haben Sie zweifellos genug Erfahrung«, erwiderte sie trocken.

Während er sein Pferd sattelte, schüttelte er bedauernd den Kopf. »Leider nicht. Eine der traurigen Konsequenzen des Wohlstands ist, daß Diebstahl keinen Sinn hat. Die beste Mahlzeit, die ich je bekommen habe, bestand aus einem gestohlenen Huhn und über offenem Feuer gegarten Kartoffeln. Traumhaft. Ich war damals noch ein kleiner Junge.«

Eins zu null für ihn. Clare wandte sich um und überprüfte Rhondas Sattelgurt, während sie aus dem Augenwinkel sah, daß der Earl ihre Gründlichkeit mit einem anerkennenden Nicken quittierte. Er machte einen Schritt auf sie zu, und sie stieg hastig auf, bevor er ihr helfen konnte.

Als sie vom Stall fortritten, konnte Clare ihre Nervosität kaum unterdrücken, doch das Pony benahm sich wirklich so gesittet wie versprochen. Sie entspannte sich und begann, den Ritt zu genießen, obwohl sie befürchtete, daß sie später einen anständigen Muskelkater haben würde.

Nicholas übernahm die Führung auf einem Pfad, der hoch oberhalb des Tales entlanglief. Es war für die Jahreszeit ungewöhnlich warm, und die

Luft war so klar, daß sie auf der anderen Talseite sogar einzelne Bäume ausmachen konnte.

Der alte Steinbruch war einige Meilen entfernt, und zunächst ritten sie beide schweigend durch die Landschaft. Clare ertappte sich dabei, daß sie immer wieder unwillkürlich zu Nicholas blickte. Er wirkte wie ein Zentaur – so eins mit seinem Tier, daß es eine Freude war, ihm zuzusehen. Und immer, wenn sie sich bewußt wurde, *wie* gerne sie ihn beobachtete, konzentrierte sie sich rasch wieder auf ihre Umgebung.

Auf etwa der Hälfte der Strecke wurde der Weg breiter, so daß sie nebeneinander reiten konnten. »Sie reiten besser, als ich es von jemanden erwartet hätte, der es auf einer Schindmähre wie der Ihres Vaters gelernt hat«, bemerkte Nicholas. »Das Tier hatte doch ein Maul wie Granit.«

Sie lächelte. »Geben Sie das Lob lieber an Rhonda weiter. Es macht Spaß, ein Tier reiten zu dürfen, das so unkompliziert auf Hilfen reagiert und so weiche Gangarten besitzt. Obwohl Willow auch seine Vorteile hatte. Mein Vater war mit seinen Gedanken immer woanders, wenn er ritt. Bei Willow brauchte er sich niemals Sorgen zu machen, daß dieser ausbrechen oder bocken würde, wenn man einen Moment nicht aufpaßt.«

»Die Gefahr war in der Tat gering. Es hätte Willow ähnlich gesehen, anzuhalten und zu grasen, sobald die Gedanken Ihres Vaters abschweiften.« Ohne den Plauderton zu ändern, fuhr er fort: »Ich frage mich, wie schlecht mein hiesiger Ruf eigentlich wirklich ist. Was sagen die Leute aus Penreith denn über die dramatischen Ereignisse, die sich vor vier Jahren abgespielt haben?«

Rhonda blieb stehen und warf verärgert den Kopf, als Clare unwillkürlich die Zügel fester packte. Sie zwang sich, sich zu entspannen, bevor sie antwortete. »Man sagt sich, daß Sie jahrelang versuchten, Ihrem Großvater das Herz zu brechen, bis sie Erfolg hatten, indem Sie seine junge Frau verführten. Als er Sie beide zusammen im Bett erwischte, bekam er einen Herzanfall, der ihn umbrachte. Ihre eigene Frau, Lady Tregar, war entsetzt, als sie davon erfuhr. In der Angst, Sie könnten ihr etwas antun, floh sie von Aberdare. Die Nacht war stürmisch, ihre Kutsche kam von der Straße ab, stürzte in den Fluß, und sie war tot.«

Als sie verstummte, fragte er unbekümmert: »Ist das alles?«

»Reicht das nicht?« erwiderte sie scharf. »Vielleicht gefällt es Ihnen besser, daß man auch munkelte, Ihr Großvater sei durch irgendein Zigeunergift umgebracht worden, und daß der Tod Ihrer Frau weniger mit einem Unfall zu tun habe, als es den Anschein hatte. Die Tatsache, daß Sie in jener Nacht Aberdare verlassen haben, um nicht wieder aufzutauchen, goß Öl auf das Feuer. Wie auch immer – die Untersuchungen des Gerichts ergaben keinen Hinweis auf ein Verbrechen.«

»Sicher gibt es ein paar, die davon überzeugt sind, daß Old Nick durchaus Richter bestechen kann.«

»Auch das, ja, aber der Richter genießt viel Respekt hier. Zudem hat Lady Tregars Kutscher geschworen, daß es sich um einen echten Unfall gehandelt hat. Lady Tregar hatte ihn dazu gedrängt, schneller zu fahren, obwohl er davon abgeraten hatte.«

»Hat der Kutscher etwas darüber gesagt, wohin Lady Caroline so schnell wollte? Ich habe schon öfter darüber nachgedacht.«

Clare dachte einen Augenblick nach, dann schüttelte sie den Kopf. »Nicht daß ich wüßte. Ist es wichtig?«

Er zuckte die Schultern. »Wahrscheinlich nicht. Ich war nur neugierig. Wie Sie wissen, bin ich ebenfalls in ziemlicher Eile verschwunden, so daß ich kaum Einzelheiten kenne. Aber . . ., wohnt der Kutscher im Tal?«

»Nein. Als Sie fort waren, wurden die meisten Bediensteten entlassen und mußten wegziehen.« Sie konnte nicht widerstehen, noch hinzuzusetzen: »Mindestens dreißig Leute haben ihre Arbeit verloren, als das Haus geschlossen wurde. Haben Sie jemals *daran* gedacht, als Sie Hals über Kopf davonstürzten?«

Er schwieg eine lange Weile. »Um ehrlich zu sein, nein.«

Als sie sein Profil musterte, entdeckte sie, daß er angespannter war, als er ihr gegenüber offenbar zugeben wollte. Sie hatte an sein Gewissen appellieren wollen, und nun, da sie es geschafft hatte, stellte sie fest, daß sie das Bedürfnis hatte, ihn ein wenig zu trösten. »Sie hatten aber auch Fürsprecher. Mein Vater hat nie daran geglaubt, daß Sie so etwas getan haben könnten.«

Auch Clare hatte nicht das Schlimmste annehmen wollen. Nun hoffte sie, daß Nicholas die Gelegenheit nutzen und die Beschuldigungen von sich weisen würde. Sie wünschte sich eine plausible Erklärung für eine Sache, die nach einer scheußlichen, unmoralischen Schandtat aussah. Doch Nicholas tat ihr den Gefallen nicht. »Ihr Vater war ein Heiliger. Ich dagegen bin ein Sünder«, sagte er trocken.

»Und darauf sind Sie mächtig stolz, nicht wahr?« Ihre Stimme klang barscher, als sie beabsichtigt hatte, aber sie konnte ihre Enttäuschung nicht unterdrücken.

»Sicher.« Er zog die Brauen hoch. »Auf irgend etwas muß man ja stolz sein.«

»Warum dann nicht auf Anständigkeit, Barmherzigkeit und die Fähigkeit zu lernen?« sagte sie aufgebracht, »die Tugenden von Erwachsenen statt die Schandtaten kleiner Jungen?«

Einen Augenblick sah er sie verblüfft und verwirrt an. Dann faßte er sich wieder und gab sich so unbekümmert wie zuvor. »Auf Aberdare hat mein Großvater alle Tugend für sich beansprucht. Da blieb mir nur noch das Laster.«

Clare sah ihn zornig an. »Der alte Earl ist seit vier Jahren tot, und Sie sind ein erwachsener Mann. Suchen Sie sich eine bessere Ausrede oder lernen Sie anständiges Benehmen.«

Seine Miene verfinsterte sich. »Nach Ihrem Schimpfen zu urteilen, mimen Sie eher meine Ehefrau als meine Geliebte.«

Clare erkannte, daß sie zu weit gegangen war. »Weder – noch. Ich bin Lehrerin.«

»Ich bin sicher, daß Sie mir höchst anständige, edle und nützliche Dinge beibringen werden«, sagte er nachdenklich. »Aber welche Art von Lektionen könnten Sie wohl von mir lernen?«

Clare schwieg, obwohl ihr zu seiner Frage durchaus etwas einfiel. Denn sie war sicher, daß jede Lektion, die von ihm kam, gefährliche Auswirkungen auf ihre Seele haben würde.

Kapitel 4

NICHOLAS WAR SEIT Jahren nicht mehr in dem alten Steinbruch gewesen, und damals hatte er dessen Existenz einfach hingenommen, ohne sich intensive Gedanken darüber zu machen. Diesmal jedoch musterte er das felsige Gelände genauer. Schließlich schwang er sich vom Pferd. »Das ganze Gebiet macht den Eindruck, als befände sich unter einer dünnen Erdschicht Schiefer im Überfluß.«

»Ein Freund, der ein bißchen Ahnung davon hat, meint, es würde Jahrzehnte dauern, den Steinbruch ganz auszuschöpfen.« Clare zügelte ihr Pony und wollte schon absteigen, als Nicholas neben sie trat, um ihr zu helfen.

Als er ihren alarmierten Blick sah, lächelte er ihr aufmunternd zu. In ihren abgetragenen Bubenkleidern wirkte sie jünger und viel weniger streng – sie sah aus wie ein reizender Bengel. »Sie sollten lernen, sich etwas mehr zu entspannen, wenn ich in Ihrer Nähe bin. Im Moment reagieren Sie wie ein Huhn, das von einem Fuchs in die Ecke gedrängt worden ist.« Er half ihr aus dem Sattel, hielt anschließend aber ihre Hand noch fest. »Eine Mätresse sollte doch die Berührung ihres Liebhabers genießen.«

Clares Finger bewegten sich, bis sie begriff, daß er noch nicht gedachte, sie loszulassen. »Ich bin ja nicht wirklich Ihre Geliebte.«

»Sie müssen mein Bett nicht teilen, aber in anderen Dingen beabsichtige ich, Sie genauso wie eine Geliebte zu behandeln. Was bedeutet, daß Sie die nächsten drei Monate viel angenehmer erleben werden, wenn Sie etwas lockerer werden und es genießen.« Sanft strich er mit dem Daumen über ihre schlanken Finger. »Ich mag es, jemanden zu berühren – Frauen fühlen sich auf herrliche Art ganz anders an als Männer. Ihre Hand zum Beispiel. Feingliedrig, ziemlich zart, aber dennoch nicht die weiche, hilflose Hand einer Lady, die niemals etwas Schwereres als eine Gabel handhaben muß. Eine bezaubernd geschickte Hand. Wenn Sie sie einmal beim Liebesspiel einsetzen, wird sie bestimmt unglaubliches Talent beweisen.«

Sie riß die Augen auf, und er spürte, daß ihre Hand zitterte. Es war keine Reaktion, die Widerwillen ausdrückte. Clare sehnte sich nach körperlicher Nähe, obwohl er bezweifelte, daß sie selbst sich dessen bewußt war. Er mußte ihre Sehnsucht ausnutzen, mußte sie ganz langsam steigern, bis sie so übermächtig wurde, daß sie sie nicht mehr unterdrücken konnte. Aber er mußte wirklich behutsam vorgehen, sonst würde sie sich mit aller Kraft gegen ihn wehren.

Wieder fragte er sich, was sich wohl als stärker erweisen würde: ihre Tugend oder seine Gabe, zu überzeugen. Diese Ungewißheit war spannender als alles, was er seit Jahren erlebt hatte.

Er ließ Clare los und band die Pferde fest, dann legte er wie zufällig eine Hand auf ihren Rücken und führte sie zu der nächsten Stelle, wo der Schiefer zutage trat. Durch den Mantel und das Hemd spürte er, wie sie sich versteifte, sich dann jedoch wieder entspannte und die Berührung akzeptierte. Während er das Gefühl ihrer geschmeidigen Bewegungen unter seiner Hand auskostete, lächelte er innerlich. Intimität war ein Netz, das aus sehr vielen verschiedenen Fäden gesponnen wurde, und jede kleine Unterwerfung ihrerseits war ein Punkt für ihn.

Als sie den Schieferaustritt erreicht hatten, ließ er sie los und untersuchte die unregelmäßigen Schichten des dunklen Gesteins. »Ich wußte gar nicht, daß sich Schiefer in so dünne Platten spalten läßt.«

»Das ist auch nicht immer so. Dies ist eine besonders hochwertige Art. Aber selbst der Schiefer, der viel Ton enthält, ist zur Bedachung noch gut geeignet.«

Plötzlich kam ihm ein Gedanke. »Treten Sie einen Schritt zurück.« Dann hob er einen recht großen Stein auf und schleuderte ihn mit aller Kraft auf die Felsnase. Es krachte fürchterlich und Steinsplitter flogen umher, als sich eine dicke Platte ablöste. Was blieb, war eine absolut ebene Oberfläche.

Nicholas strich mit der Handfläche über den Schiefer. »Das würde einen guten Billardtisch abgeben.«

Sie runzelte die Stirn. »Schiefer als Billardplatte? Wie kommen Sie denn darauf?«

»Holz verzieht sich leicht, besonders in so feuchten Gegenden wie Wales«, erklärte er. »Man nehme ein paar Schieferplatten wie diese, schichte sie übereinander, bespanne sie mit Stoff, und schon hätte man einen hervorragenden Billardtisch.«

»Es wäre eine Schande, guten Schiefer für solche Vergnügungen zu verwenden.«

»Jetzt erteile ich *Ihnen* eine Lektion, Clare. Mit dem Vergnügen läßt sich gewöhnlich mehr Gewinn machen als mit dem Nützlichen.« Er klopfte sich die Hände ab und wandte sich um. »Mein Zimmermann soll die Oberfläche des alten Tisches in Aberdare damit erneuern. Wenn es funktioniert, dann haben wir einen ganz neuen Markt für den hochwertigsten Schiefer.« Beiläufig legte er ihr einen Arm um die Schultern. »Führen Sie mich noch ein bißchen herum und zeigen Sie mir alles.«

Die nächste Stunde lang kletterten sie in dem Steinbruch herum, überprüften die Ausmaße des Feldes und die Qualität des Schiefers, der an der Oberfläche zu sehen war, und lachten über die Kapriolen der Lämmer, die um ihre Mutterschafe herumsprangen. Nicholas stellte fest, daß es ihm genauso viel Spaß machte, mit Clare zu arbeiten, wie mit ihr zu zanken. Ihre schnelle Auffassungsgabe und die unverblümte Art zu reden war etwas, das er bei seinen bisherigen Frauenbekanntschaften noch nicht erlebt hatte. Außerdem sah sie in ihren schweren Stiefeln und den Lederhosen zum Anbeißen aus.

Schließlich standen sie am niedrigsten Punkt, an dem der Schiefer zutage trat. Nicholas blickte den Hang hinab. Dann zeigte er auf eine Kammlinie, die sich südwestlich den Berg hinunterwand. »Dies ist die beste Stelle, um Schienen anzulegen. Es ist nicht weit bis zum Fluß und alles noch Aberdare-Land.«

»Wie bald könnte im Steinbruch mit dem Abbau begonnen werden?«

Er überlegte einen Moment. »Wahrscheinlich im Sommer. Vielleicht ist die Förderbahn dann noch nicht fertig, aber man kann den abgebauten Schiefer ja noch eine Weile hier lagern. Bevor es losgeht, muß ich nach London fahren, um die Finanzierung in die Wege zu leiten. Wir werden uns auch einen großen Schieferbruch ansehen müssen, um uns mit der Technik vertraut zu machen, vielleicht einen erfahrenen Geschäftsführer engagieren. Dann ist da die Sache mit dem neuen Anlegeplatz an der Küste. Wir brauchen erst den geeigneten Ort, dann einen Ingenieur.« Er blickte gedankenverloren ins Tal hinab. Es gab unglaublich viele Dinge, um die er sich würde kümmern müssen, denn die finanziellen Mittel zu stellen, reichte nicht aus. Geld allein konnte die persönliche Überwachung nicht ersetzen.

»Sie lächeln«, sagte sie sanft, »als ob Sie sich auf die Aufgabe freuen.«

»Meine Gefühle sind gemischt. Ich hatte eigentlich die Absicht gehabt, Aberdare zu verkaufen, aber alles, um was Sie mich bitten, wird mich nur noch enger an den Besitz binden. Zumindest für die nächsten ein, zwei Jahre.«

»Aberdare verkaufen?« Clare war genauso entsetzt, als hätte er vorgehabt, mit Sack und Pack und Schafen nach China überzusiedeln. »Aber Sie sind Waliser . . . ›und dies ist seit Jahrhunderten das Zuhause der Davies‹!«

»Ich bin kein Waliser«, gab er zurück. »Ich bin zur Hälfte Zigeuner. Mein Großvater hat zwar stets verkündet, er sei ein Nachkomme walisischer Könige, aber die Wahrheit ist, daß die Davies' so viele englische Erbinnen geheiratet haben, daß mehr englisches als walisisches Blut in ihren Adern fließt. Aberdare stellt nur einen kleinen Teil meines Vermögens dar, und ich täte nichts lieber, als diesem Ort für immer den Rücken zu kehren.«

Als er ihre entsetzte Miene sah, setzte er hinzu: »Der Gedanke schockiert Sie mehr als alles andere, was ich getan haben mag, nicht wahr?«

»Sie können bestimmt nicht verkaufen, selbst wenn Sie es wollten«, sagte sie, als sie sich wieder ein wenig gefaßt hatte. »Ist Ihr Besitz nicht Familiengut, so daß Sie nur lebenslanges Nutzungsrecht haben, praktisch als Treuhänder für Ihren eigenen Erben?«

Er schüttelte den Kopf. »Erbgut muß in jeder Generation neu als solches festgelegt werden. Normalerweise geschieht das am einundzwanzigsten Geburtstag des Erben oder wenn er heiratet. Die Söhne meines Großvaters starben jedoch, bevor sie erben konnten, und da der alte Mann mich nie wirklich als Nachkomme akzeptiert hat, schob er es immer wieder auf. Dann starb er plötzlich und unerwartet, und ich bekam seinen Besitz ohne die schriftliche Festsetzung. Ich denke, wenn ich es versuchte, könnte ich die Tradition brechen.«

»Aber Sie *sind* sein Erbe und wären es auch dann gewesen, wenn seine zweite Frau noch einen Sohn bekommen hätte«, sagte sie verwirrt. »Was hatte er denn zu erreichen gehofft, indem er sich weigerte, diese Tatsache zu akzeptieren?«

»Er hat um ein Wunder gebetet«, erwiderte Nicholas trocken. »Er war sehr fromm, mein Großvater. Er glaubte fest daran, daß Gott ihm noch etwas Besseres verschaffen würde als diesen Erben, der durch Zigeunerblut verdorben ist.«

Clare hörte aus seinem spöttischen Tonfall noch etwas anderes heraus und sah ihn aufmerksam an. »Haben Sie ihn deswegen gehaßt?«

Nicholas konnte sich nur darüber wundern, daß er ihr, die ihm praktisch fremd war, mehr von sich enthüllt hatte, als seinen engsten Freunden. »Das braucht Sie nicht zu interessieren, meine Liebe.« Er nahm ihren Arm und führte sie den Hügel hinauf zu den Pferden. »Hat Ihnen schon mal jemand gesagt, daß Sie viel zu schlau sind?«

»Ist schon gelegentlich erwähnt worden.« Sie schwang sich in den Sattel und blickte ernst auf ihn hinab. »Ihr Großvater hatte den Ruf, ein guter Christ und ein gewissenhafter Lord zu sein. Langsam bekomme ich den Eindruck, daß die Wahrheit weniger schmeichelhaft ist.«

»Ich sagte es ja. Sie sind zu klug, Clare.« Er stieg ebenfalls auf und wendete sein Pferd. »Wieso interessieren die alten Geschichten Sie überhaupt?«

»Sollte eine Mätresse sich nicht für ihren Liebhaber interessieren?« fragte sie sanft.

Ihre Blicke trafen sich, und Nicholas spürte, daß tief in seinem Inneren etwas berührt wurde, und er fühlte sich einen Moment seltsam verwundbar. Diese Frau konnte ihm sehr wehtun, wenn er nicht aufpaßte. Rasch zog er sich auf die Ebene der gutmütigen Kabbelei zurück. »Eine Mätresse sollte sich ein wenig für ihren Liebhaber interessieren, aber nicht zu sehr. Geld und Leidenschaft bilden die Basis einer solchen Beziehung.«

Sie dachte nicht daran, sich damit abspeisen zu lassen. »Da ich weder das eine noch das andere will, was bleibt mir dann?«

»Die Rolle der Schutzheiligen für einen Steinbruch«, antwortete er prompt. »Vielleicht nenne ich ihn ›Große Clare‹.« Als sie ein Gesicht zog, fuhr er fort: »Wo wir gerade bei Ihren Plänen sind – ich hätte mir gerne die Grube angesehen. Könnten Sie das über Ihre Freunde in die Wege leiten?«

»Ich bin ganz sicher, daß George Madoc, der Geschäftsführer, nur zu glücklich sein wird, den Mann zu empfangen, der das meiste Land in dieser Gegend besitzt.«

Er machte eine ungeduldige Handbewegung. »Ich will nicht unbedingt mit Madoc sprechen . . ., jedenfalls jetzt noch nicht. Lieber würde ich die Grube mit jemandem besichtigen, der sich dort auskennt, um mich selbst von den Problemen überzeugen zu können, die Sie erwähnt haben.«

Wieder hatte Clare das Gefühl, als würde sie von einem Wirbelsturm mitgerissen werden. Sie hatte weder erwartet, daß Nicholas so schnell handeln, noch daß er seinen Teil der Abmachung so gründlich erfüllen würde. »Mein Gruppenleiter arbeitet als Hauer in der Grube. Bestimmt nimmt er Sie mit hinunter, um Ihnen die Anlage zu zeigen.«

»Könnte das seine Stellung gefährden?«

»Vielleicht«, gab sie zu. »Aber wenn er gefeuert wird, könnten Sie ihn im Steinbruch anstellen. Er ist ein hervorragender Arbeiter.«

»Gut. Dann arrangieren Sie das bitte so schnell wie möglich für mich, vorzugsweise für einen Zeitpunkt, zu dem Madoc nicht anwesend ist. Wir müssen ja keinen Ärger heraufbeschwören.«

Dann schwiegen sie beide. Es war fast Mittag und für die Jahreszeit ungewöhnlich warm. Da Nicholas keine Kopfbedeckung trug, beschloß Clare, daß auch sie ihren Hut abnehmen konnte. Nach dem langen kalten Winter fühlten sich die Sonnenstrahlen herrlich auf ihrem Gesicht an.

Nicholas stieg ab, um ein Tor zu öffnen, das auf eine Weide führte, auf der Vieh graste. Es war eine Geste der Höflichkeit, die sie zu schätzen wußte, denn wäre er allein gewesen, hätte er wahrscheinlich einfach über den Zaun gesetzt.

Als er das Tor wieder hinter ihnen schloß, bemerkte er: »Sie haben recht damit, daß die ansässige Landwirtschaft dringend neuen Schwung braucht. Da jedes Jahr die besten Tiere nach London gebracht werden, hat sich die Qualität des Viehs in ganz Wales erheblich verschlechtert. Wenn wir in London sind, werde ich mich darum kümmern, zwei ausgezeichnete Zuchtbullen zu erstehen. Wir werden sie sowohl für das Aberdare-Vieh verwenden, als auch den hiesigen Kleinbauern die Möglichkeit zugestehen, sie für ihre Kühe einzusetzen.«

Nicholas Übermut schien ansteckend zu sein, denn Clare hörte sich plötzlich sagen: »Ich nehme an, die Einrichtung eines lokalen Zuchtdienstes ist das erste, an das ein Frauenheld und Lebemann denkt!«

Anstatt beleidigt zu sein, lachte Nicholas laut auf. »Wenn Sie nicht aufpassen, fange ich an zu glauben, daß Sie einen Sinn für Humor haben. Und zwar einen ganz biestigen!«

Rhonda wurde langsamer, und Clare merkte erst jetzt, daß sie schon wieder an den Zügeln gezogen hatte. Gütiger Himmel, Nicholas konnte wirklich charmant sein. Nervös suchte sie nach einem sichereren Thema. »Ist es wahr, daß Sie von Ihren Reisen seltsame Tiere mitgebracht haben?«

Er grinste. »Ein paar, ja. Kommen Sie, ich zeige sie Ihnen.«

Er lenkte sein Pferd nach rechts und führte sie auf ein höhergelegenes, felsigeres Gebiet des Grundstücks zu. Sie kamen an eine hohe Mauer, die recht neu wirkte, und ritten durch das Tor, das darin eingelassen war.

Nachdem er das Tor wieder geschlossen hatte, stieg Nicholas ab, band sein Pferd in einem Platanenwäldchen an, dann half er Clare vom Pferderükken. »Wir können von hier aus zu Fuß gehen.«

Wieder legte er ihr die Hand leicht auf den Rücken und führte sie so in den Wald. Mit Unbehagen stellte sie fest, wie angenehm es war, sich der Illusion hinzugeben, beschützt und behütet zu werden. Nicht allein zu sein . . .

Obwohl sie vor Schreck zusammenzuckte, war sie erleichtert, als das drückende Schweigen von einem lauten, heiseren Schrei zerrissen wurde. Dem ersten folgten sogleich eine Reihe ähnlicher Schreie. »Das hört sich an wie eine Herde Esel«, sagte sie ein wenig enttäuscht.

Er lächelte. »Abwarten.«

Sie traten aus dem Wald heraus und kamen an einen kleinen See, der künstlich angelegt zu sein schien. Clare blieb stehen und blinzelte erstaunt. Sie traute ihren Augen nicht. »Was ist denn das?«

Am Ufer des Sees watschelten etwa ein Dutzend Kreaturen, wie sie sie noch nie gesehen hatte. Die schwarzweißen Tiere waren etwa zwei Fuß hoch und gingen aufrecht, schienen jedoch überhaupt keine Beine zu haben. Ihr watschelnder, schwankender Gang war so unwiderstehlich komisch, daß sie laut auflachen mußte.

Mit einem eselähnlichen Schrei begann eines der Wesen mit einem Kameraden zu zanken. Nach einer kurzen Balgerei rannte das zweite Tier quakend auf den See zu, tauchte mit dem Kopf voran ins Wasser und verschwand.

»Darf ich vorstellen? Clare, die Pinguine. Liebe Pinguine, dies ist Clare!« Nicholas nahm ihre Hand und half ihr über die dicken Steine zum Kiesufer hinunter. Ein paar Pinguine zogen sich ins hohe Gras zurück, die meisten aber schienen sich nicht weiter um die Störenfriede zu kümmern. Einige standen einfach da und hielten ihre schwarzen Schnäbel hoch, was ihnen ein arrogantes Aussehen verlieh. Andere wieselten herum, als wären die Menschen gar nicht vorhanden.

Einer wagte sich sogar heran und pickte hoffnungsvoll in Clares Stiefel. Enttäuscht musterte er sie anschließend erst mit einem kleinen runden Auge, dann legte er den Kopf so schief, daß er sie mit dem anderen ansehen konnte. Sie mußte wieder lachen. »Ich habe schon von Pinguinen gelesen, aber ich hätte mir niemals denken können, daß sie so nett und lustig sind. Meine Kinder wären entzückt. Dürfte ich meine Schulklasse mal hierherbringen?«

Als der Earl eine Braue hochzog, fiel ihr ein, daß es ja gar nicht mehr ›ihre‹ Kinder waren, zumindest nicht für die nächsten drei Monate. Er schien jedoch nicht darauf hinweisen zu wollen. »Sicher, warum nicht?« sagte er. »Solange Ihre Schüler sie nicht nervös machen.«

Clare bückte sich und streichelte den glatten Kopf des Tieres, das sich immer noch neugierig mit ihr beschäftigte. Die Federn waren kurz, hart und steif. »Ich dachte, Pinguine würden in sehr viel kälteren Gegenden wohnen. Ist es ihnen hier denn nicht zu warm?«

»Diese Pinguine stammen von den Inseln beim Kap der Guten Hoffnung. Das Klima ist dem von Wales nicht unähnlich.« Als er einen Kiesel warf, wackelte sofort ein Pinguin herbei, musterte den Stein interessiert und nahm ihn dann für sein Nest mit. »Es scheint ihnen hier recht gutzugehen, aber es war schwer, sie herzubringen. Ich mußte den Laderaum auf dem Schiff mit in Stroh verpacktem Eis füllen, damit sie den heißesten Teil der Reise überstehen konnten.«

»Sie wirken unglaublich tapsig.«

»Nur an Land. Im Wasser dagegen sind sie so wendig und anmutig wie Fische. Beobachten Sie mal die zwei dort, die jetzt in den Teich gehen.«

Clare blickte in die Richtung, in die er wies, und sah, wie sich die Tiere, die an Land so unbeholfen und plump wirkten, im Wasser plötzlich auf wundersame Weise in schnelle und elegante Wesen verwandelten. Die Pinguine verschwanden unter Wasser, schienen ewig nicht mehr auftauchen zu wollen, brachen dann durch die Oberfläche und tauchten so schnell wieder ein, daß man ihnen mit den Augen fast nicht folgen konnte. »Ich könnte stundenlang zusehen. Jetzt kann ich verstehen, warum Sie solche Mühen auf sich genommen haben, sie herzubringen.«

Er musterte die Tiere nachdenklich. »Eine Weile habe ich überlegt, ob ich eine Menagerie nur für schwarzweiße Tiere einrichten sollte.«

»Vielleicht deswegen, weil Sie selbst auch immer Schwarz und Weiß tragen und sich einen Lebensraum erschaffen wollten, mit dem Sie verschmelzen konnten?«

Er grinste. »Nein. Eher deswegen, weil ich Zebras genauso gerne habe wie Pinguine. Zebras stammen aus Afrika und sehen aus wie gestreifte Ponys. Sie stürmen ganz dicht beieinander über die Steppe, so als wären sie bei der Kavallerie gedrillt worden oder würden zu Astley's Circus gehören.«

Fasziniert versuchte Clare, sich einen solchen Anblick vorzustellen. »Das hört sich phantastisch an. Warum haben Sie Ihre Idee schließlich fallenlassen?«

»Zebras sind in der Hitze der afrikanischen Sonne und den endlosen Steppen zu Hause. Ich hatte Angst, daß sie mir im feuchten, regnerischen Wales wegsterben könnten. Die Pfauen beschweren sich unablässig über das Wetter, aber da ich nicht derjenige war, der sie aus Indien hergeschleppt hat, weigere ich mich, mich schuldig zu fühlen.«

»Jeder beschwert sich über das Wetter in Wales. Das ist das bedeutendste Merkmal zur Beschreibung walisischer Identität.«

Er lachte in sich hinein. »Das stimmt. Trotzdem hat mir das Wetter gefehlt, als ich fort war. Es ändert sich wenigstens dauernd, was interessanter ist, als Woche um Woche langweiliger Sonnenschein.«

Drei weitere Pinguine warfen sich in den Teich. »Am besten beobachtet man sie unter Wasser«, sagte Nicholas nun. »Es ist wie ein Wasserballett. Sie spielen wie Otter miteinander.« Er sah sie plötzlich schelmisch an. »Kommen Sie, sehen wir ihnen zu. Es ist schon so schön warm – ideal zum Schwimmen.« Er entfernte sich ein paar Schritte vom Ufer und zog Jacke und Weste aus, dann löste er seinen Binder.

Augenblicklich waren die Pinguine vergessen, und Clare starrte ihn entgeistert an. »Sie können sich doch nicht einfach ausziehen und in den See springen!«

»Natürlich kann ich das.« Er ließ den Binder auf seine anderen Kleider fallen. »Wenn Sie eine richtige Mätresse wären, dann würden Sie es mir gleichtun. Obwohl wir es in diesem Fall vielleicht gar nicht bis zum Wasser schaffen würden.«

»Das meinen Sie nicht ernst«, sagte sie nervös.

»Ach, Clare, wie wenig Sie mich kennen.« Er setzte sich auf einen Stein und zog seine Stiefel aus, stand dann wieder auf und knöpfte sich sein Hemd am Hals auf. »Ich hoffe nur, die Pinguine kommen nicht auf die Idee, meine Sachen zum Nestbau zu verwenden. Mein Kammerdiener würde vor Wut in die Luft gehen.«

Als er sich nun das Hemd über den Kopf zog und gebräunte, glatte Haut entblößte, konnte Clare nur noch stammeln: »Nicht. Das . . . das tut man nicht!«

»Wieso nicht? Pinguine, Zebras, Pfauen und alle anderen Kreaturen der Erde laufen in der Hülle umher, die Gott ihnen gegeben hat. Es ist absolut unnatürlich, daß Menschen sich ständig bedecken und verhüllen. In den wärmeren Teilen der Erde tut man es auch gar nicht.« Lachend warf er sein Hemd auf den Kleiderhaufen.

Seine Brust und seine Schultern waren so herrlich muskulös wie die einer griechischen Statue, doch lebendig und warm und verlockender, als Marmor es je hätte sein können. Clare war wie gelähmt und unfähig, den Blick abzuwenden. Sie starrte auf seine Brust, auf die dichte Matte schwarzen Haars, die sich nach unten verjüngte und in einem schmalen Streifen in dem Saum seiner Hose verschwand.

»Und Sie wollen wirklich nicht mitkommen? Das Wasser wird zwar kalt sein, aber die Sonne scheint warm, und ein Pinguinballett ist ein seltenes Schauspiel.« Er begann, seine Hose aufzuknöpfen.

Clare nahm Reißaus. Ohne einen Blick zurück rief sie keuchend: »Ich warte bei den Pferden!«

Sein Lachen folgte ihr bis in den Wald.

Clare rannte, bis sie den See nicht mehr sehen konnte. Sie lehnte sich mit hämmerndem Herzen an einen Baum und versuchte, wieder zu Atem zu kommen. Dann traf sie wie ein Blitzschlag eine abstoßende Erkenntnis: Sie wäre viel lieber geblieben und hätte sich seinen nackten Körper angesehen.

Sie bohrte die Nägel so fest in den Baumstamm, daß die Rinde absprang. Wie konnte sie sich etwas so schrecklich Unmoralisches wünschen? Wie konnte sie sechsundzwanzig Jahre untadeligen Verhaltens einfach vergessen?

Ihre Gedanken rasten, suchten eine ruhige, vernünftige Ausrede, um zurückzukehren und ihm beim Schwimmen zuzusehen. Vielleicht . . ., vielleicht würde seine maskuline Ausstrahlung etwas von dem Geheimnisvollen verlieren, wenn sie ihm zusah. Dann müßte sie beim nächsten Mal, wenn er sich ungehörig aufführte, nicht mehr so schrecklich verwirrt reagieren . . .

Noch als sie den Gedanken im Kopf formulierte, erkannte sie, daß sie sich selbst belog. Die schlichte Wahrheit lautete, daß ihre Willenskraft nicht ausgeprägt genug war, um ihre Neugier zu unterdrücken. Voller Selbstvorwürfe setzte sie sich wieder in Bewegung und ging durch das Wäldchen zurück. Als sie den Rand erreichte, duckte sie sich hinter einen Strauch, denn Nicholas durfte sie keinesfalls entdecken. Sie würde vor Scham sterben!

Gerade ging er auf das Wasser zu, und seine Haut schimmerte im Sonnenlicht golden. Fasziniert starrte sie auf den kräftigen Bogen seines Rückgrates, dann auf die festen Muskeln seiner Hinterbakken und Schenkel, die sich bei jedem Schritt anspannten. Er wirkte wunderbar heidnisch und fügte sich so harmonisch in die Natur wie der Wind in den Bäumen.

Sie hielt den Atem an und dachte mit Wehmut daran, daß sie für diesen Adam niemals die Eva würde sein können.

Als das Wasser ihm bis zu den Oberschenkeln reichte, sauste ein Pinguin heran. Augenblicklich tauchte Nicholas in den See und blieb so lange unter Wasser, daß Clare sich Sorgen zu machen begann. Doch dann brach er, lachend und von Pinguinen umzingelt, etwa in der Mitte des Sees wieder an die Oberfläche, und sein schwarzes Haar klebte ihm an Kopf und Nacken.

Wie viele Frauen hatten ihn wohl schon so gesehen und sich nach seinem herrlichen, männlichen Körper gesehnt?

Wie viele Frauen hatte er verführt und vergessen?

Der Gedanke ernüchterte sie auf der Stelle. Nicholas war ein Schürzenjäger, ein Lebemann und ein Schuft, der keinen Versuch machte, zu leugnen, daß er abscheuliche Dinge getan hatte. Clare spielte nur zufällig und vorübergehend in seinem Leben eine Rolle; statt hinter ihm herzuseufzen wie ein dummes, junges Ding, sollte sie sich besser darauf konzentrieren, die nächsten drei Monate zu überstehen, ohne ihre Würde und ihren guten Ruf zu verlieren.

Und dennoch weckte sein Anblick in ihr Gefühle, von denen sie nicht gewußt hatte, daß sie sie empfinden konnte.

Blind zog sie sich in den Wald zurück, wandte sich um und ging zurück zu den Pferden. Sie schlang die Arme um Rhondas Hals, verbarg ihr Gesicht in dem warmen Fell und fühlte sich schrecklich verwirrt und einsam.

Nicholas besaß einen tödlichen Charme, und die Erkenntnis, daß sie ihm verfallen konnte, verursachte ihr Übelkeit. Als sie seine Herausforderung angenommen hatte, hatte sie sich für stark und moralisch zu gefestigt gehalten, als daß sie der Versuchung der fleischlichen Lust erliegen könnte. Doch die wenigen Stunden in seiner Gegenwart ließen sie inzwischen befürchten, daß er mit seiner Erfahrung im Umgang mit dem weiblichen Geschlecht ihre Prinzipien nur allzu leicht unterwandern konnte.

Wenn Clare die Frau gewesen wäre, für die die Leute sie im allgemeinen hielten, dann hätte sie die Kraft, ihm zu widerstehen. Aber sie war diese Frau nicht.

Sie war eine Betrügerin.

Ihr ganzes Leben lang hatte sie hart gearbeitet, um die Menschen um sich herum davon zu überzeugen, daß sie wahrhaftig gläubig und zutiefst gottesfürchtig war. Sie war das Paradebeispiel einer devoten Methodistin gewesen, die denen half, die Hilfe brauchten, und jene tröstete, die von Kummer geplagt waren. Und mit dieser Verstellung hatte sie Erfolg gehabt, denn niemals wäre es jemandem in den Sinn gekommen, am Glauben und an der Frömmigkeit von Thomas Morgans Tochter zu zweifeln.

Doch tief in ihrem Herzen verbarg sie das schändliche Wissen, daß sie nichts als eine Hochstaplerin war. Niemals hatte sie erfahren, wie es war, Gott in seinem innersten Wesen zu *erkennen*, obwohl dieses Erkennen Herz und Seele ihrer Religion war. Nicht einmal hatte sie den verzückten Zustand der Ekstase, die Vereinigung mit Gott erlebt, die sie bei ihren Freunden schon gesehen hatte.

Ihr Versagen war ihr finsteres Geheimnis gewesen, das sie niemandem je enthüllt hatte. Nicht ihrem Vater, der angenommen hatte, daß ihre Seele so ergeben wie die seine war; nicht Owen Morris, der als ihr Gruppenleiter auch ihr geistiger Mentor war.

Nicht, daß ihr der Glaube fehlte. Sie glaubte wirklich daran, daß die Welt von göttlicher Hand geformt war; daß Güte besser als Gewalt war; daß der Gottesdienst Lebenszweck war. Und vor allem glaubte sie daran – sie *mußte* es glauben –, daß Taten wichtiger als Worte waren. Wenn die Zeit kam, daß sie vor ihren Schöpfer treten mußte, dann würden ihre guten Taten vielleicht das Versagen ihrer Seele wieder aufwiegen.

Sie preßte sich die Faust auf den Mund, um einen verzweifelten Schluchzer zu unterdrücken. Es war so entsetzlich ungerecht – sie war keine unschuldige Heidin, die ohne Schuldgefühle auf Nicholas reagieren durfte. Doch ihr Glaube war auch nicht stark genug, um ihm zu widerstehen.

Aber eine Sache war nun sicher: In den nächsten drei Monaten würden sie lernen, was die Hölle war.

Kapitel 5

EIN PINGUIN HATTE sich mit Nicholas' Binder davongemacht, doch seine anderen Kleider waren alle noch vorhanden. Nachdem er sich mit seiner Weste ein wenig abgetrocknet hatte, zog er sich an und ging leise pfeifend zu den Pferden zurück. Clare saß mit gekreuzten Beinen unter einem Baum und wirkte unnahbar. Zu seinem Bedauern war nichts mehr von der zauberhaften Schüchternheit zu merken, die zutage getreten war, als er begonnen hatte, sich zu entkleiden.

Er streckte ihr eine Hand entgegen, um ihr aufzuhelfen. »Sie hätten mitkommen sollen. Die Pinguine waren in Höchstform.«

Sie ignorierte seine Hand und kam ohne Hilfe auf die Füße. »Wahrscheinlich wäre ich von Ihnen so geblendet gewesen, daß ich sie kaum bemerkt hätte«, erwiderte sie bissig.

»Ah, ich mache also langsam Eindruck auf Sie«, sagte er fröhlich.

»Das würde ich auch nie abstreiten.«

Wolken hatten sich vor die Sonne geschoben, so daß es kühler wurde, und der Ritt zurück verlief schweigend. Nachdem er die Pferde in den Stall gebracht hatte, geleitete Nicholas Clare ins Haus zurück. Es freute ihn, als er feststellte, daß sie seine beiläufige Berührung inzwischen als normal akzeptierte.

Seine gute Laune verflüchtigte sich, sobald er das Haus seines Großvaters betrat. Als er sie in den großen Salon führte, fragte er: »Was halten Sie von diesem Haus, Clare?«

Sie zögerte. »Es ist ziemlich prächtig«, sagte sie nach einer Weile.

Er sah sich angewidert um. »Aber gefällt es Ihnen?«

Clare runzelte die Stirn. »Die Frage ist nicht fair. Ich bin eine einfache Frau mit einem bäurischen Geschmack. Ich weiß einen Eichenstuhl zu schätzen, vielleicht eine gut getünchte Wand, ich kann mich an einer schönen Decke erfreuen, aber was weiß ich denn schon über edle Möbel, Kunst oder adeligen Geschmack?«

»Das bedeutet ja nicht, daß Ihre Meinung nicht zählt. Noch einmal: Gefällt dieses Haus Ihnen?«

»Ehrlich gesagt, finde ich es bedrückend.« Ihr Blick wanderte im Zimmer herum. »Hier steht so viel herum. Jedes kleine Fleckchen scheint mir ausgefüllt mit Bildern, Stoff oder Porzellan, Stücke, von denen jedes wahrscheinlich ein Jahr lang eine arme Familie ernähren könnte. Zweifellos verrät alles exzellenten Geschmack«, sie strich mit einem Finger über einen Bilderrahmen und runzelte die Stirn, als sie die Staubschicht sah, »obwohl die Haushaltsführung zu wünschen übrig läßt. Aber ich ziehe mein Häuschen vor.«

»Es steht zuviel herum«, wiederholte er. »Ganz genau meine Meinung. Zigeuner sind meistens nicht gerne innerhalb von vier Wänden, und dieses Haus hat mir immer das Gefühl gegeben, es wollte mich ersticken.«

»Sie sehen sich selbst als Zigeuner?«

Er zuckte die Achseln. »Wenn es mir paßt.« Er nahm eine Porzellanfigur auf, die einen Löwen darstellte, der ein ungehorsames Kind verschlang. Nicht verwunderlich, daß sein Großvater sie gemocht hatte. Nicholas hatte sich immer gewünscht, sie zerschmettern zu dürfen.

Nun, warum nicht? Mit einer geschmeidigen Bewegung holte er aus und warf das Stück in den Kamin. Es zersprang mit einem erfreulich lauten Krachen.

Zufrieden drehte sich Nicholas zu Clare um, die argwöhnisch zugesehen hatte. »Ich gebe Ihnen die Erlaubnis, zu ändern, was immer Sie ändern möchten«, sagte er. »Packen Sie den Kram weg, stellen sie weitere Hausmädchen an. Sie können saubermachen, streichen, tapezieren – was immer Ihnen gefällt. Da es Ihre Schuld ist, daß ich in diesem Mausoleum länger bleiben muß, als ich es vorhatte, können Sie sich ebensogut darum bemühen, es bewohnbar zu machen. Kaufen Sie, was Sie für nötig halten, und lassen Sie die Rechnungen auf mich ausstellen. Auf diese Art wird nicht nur mehr Geld in die hiesige Wirtschaft fließen, sondern Sie machen Williams auch eine gewaltige Freude. Ich glaube, er findet seine Anstellung hier todlangweilig. Ich werde ihm sagen, er solle Ihren Anweisungen genauso folgen wie meinen.«

»Gehört es etwa zu den Pflichten einer Mätresse, das Haus ihres Geliebten neu einzurichten?« fragte sie erschrocken.

»Die meisten Mätressen würden vor Freude ohnmächtig werden, wenn sie diese Gelegenheit bekämen«, versicherte er ihr. »Hätten Sie Lust, sich auf dem Speicher umzusehen? Dort oben stehen noch massenhaft Möbel. Vielleicht finden Sie etwas, das Ihrem Geschmack eher entspricht.«

Ein wenig betäubt, schüttelte sie den Kopf. »Später vielleicht. Bevor ich irgend etwas verändere, muß ich mir erst alles ansehen und überlegen.«

»Kluges Weib.« Er warf einen Blick auf die Uhr auf dem Kaminsims. »Ich muß mich jetzt mit meinem Verwalter treffen, überlasse Sie also sich selbst. Wir essen um sechs. Wenn Sie vorher baden möchten, läuten Sie von Ihrem Zimmer aus. Die Dienerschaft sollte es eigentlich schaffen, Ihnen heißes Wasser herzuschaffen. Bis heute abend?«

Als er ging, fühlte er sich bereits etwas weniger erdrückt von diesem Haus. Drei Monate unter dem Einfluß von Clares gesundem Sinn fürs Praktische würden das Gebäude sicherlich erheblich verschönern. Vielleicht sah es irgendwann gar nicht mehr so sehr nach dem Heim seines Großvaters aus.

In der folgenden Stunde sah Clare sich die allgemein genutzten Räume an. Die grundlegenden Strukturen und Proportionen waren gefällig, aber die Möbel schienen eher nach Pracht als nach Bequemlichkeit ausgesucht worden zu sein, und überall stand einfach zuviel herum.

Als sie sich einen Überblick verschafft hatte, ging sie in ihr Schlafzimmer, das so groß war wie ihr gesamtes Haus im Dorf. Auch dieses war zu vollgepackt, aber die blauen Vorhänge und Bettstoffe waren sehr hübsch. Wenn sie die unnötigen Möbel hinausschaffte und die zwei abstoßenden Bilder von toten Tieren abhängte, könnte es ein sehr angenehmes Zimmer werden.

Erschöpft ließ sie sich auf das Bett fallen und faltete die Hände hinter dem Kopf, um über all das nachzudenken, was geschehen war, seit sie auf Aberdare angekommen war. Es kam ihr eher wie Tage denn wie Stunden vor.

Sie konnte immer noch nicht glauben, daß der Earl ihr ganz unbekümmert die Herrschaft über seinen Haushalt übertragen hatte, und dies mit der uneingeschränkten Vollmacht, auszugeben, was immer sie wollte. Inzwischen hatte sie sich ein wenig von ihrer Überraschung erholt und freute sich jetzt schon darauf, Schwung in dieses düstere, vernachlässigte und verstaubte Anwesen zu bringen. Den Rest des Nachmittags verbrachte sie damit, Pläne zu schmieden, Listen zu erstellen und Fragen zu notieren, die geklärt werden mußten.

Als die Uhr fünf schlug, sah sie von ihren Papieren auf. Es war Zeit, sich auf das erste Abendessen mit Nicholas vorzubereiten.

Die Arbeit hatte ihr inneres Gleichgewicht wieder stabilisiert, und sie fühlte sich emotional nicht mehr so angegriffen wie vorhin am See. Dennoch zermürbte es sie, in einem so großen Haus zu sein. Allein das Läuten nach einem Bad machte sie nervös, denn die Morgans hatten niemals Dienstboten besessen.

Doch die Beklommenheit ließ nach, als sich herausstellte, daß die kleine Zofe, die auf das Läuten herbeieilte, eine frühere Schülerin von ihr war. Dilys war ein ausgesprochen liebes Mädchen, das seine Lehrerin immer sehr bewundert hatte, und

Dilys akzeptierte Miss Morgans Anwesenheit so, als wäre es ganz normal für eine Lehrerin, als Gast unter dem Dach eines Earls zu weilen.

Darüber hinaus stellte Clare fest, daß es nicht unangenehmer war, Dilys um ein Bad zu bitten, als einen Schüler zu veranlassen, ein Verb zu konjugieren. Dennoch konnte sie nicht anders, als Dilys zur Hilfe zu eilen, als das Mädchen mit zwei schweren Kesseln, voll mit heißem Wasser, hereinschwankte. Wahrscheinlich hätte eine Lady dabeigestanden und das Mädchen sich abmühen lassen, aber das konnte sie eben nicht.

Das riesige Sitzbad war eine reine Freude. Clare war noch nie in den Genuß von soviel heißem Wasser auf einmal gekommen. Sie blieb so lange darin, daß sie sich anschließend in aller Eile anziehen und frisieren mußte.

Nur eines ihrer Kleider war für den Abend geeignet, und es war alt und niemals schick gewesen. Doch das tiefe Blau des Stoffes paßte wunderbar zu ihren Augen, und der Ausschnitt ließ einiges an Haut an ihrem Hals frei.

Sie blickte an sich herunter und überlegte, wie sie wohl in einem modischen, tiefausgeschnittenen Kleid aussehen würde. Doch dann gestand sie sich mit Bedauern ein, daß das Ergebnis nicht besonders bemerkenswert wäre, selbst wenn sie ein solches Kleid besäße und den Mut gehabt hätte, es auch noch zu tragen.

Sie bürstete ihr Haar und steckte es zu einem Knoten in ihrem Nacken zusammen, dann musterte sie sich kritisch im Spiegel. Durch die feuchte Hitze des Bades umrahmte ihr Haar in sanften Wellen ihr Gesicht und nahm ihm ein wenig von der üblichen

Strenge. Zum Glück war ihr Teint rein und besaß den natürlichen Rosé-Ton der Waliser.

Ihr Spiegelbild zeigte ihr genau den Menschen, der sie war: eine bescheidene Frau mit bescheidenen Mitteln. Ihr Stolz gebot es, sich so gut herzurichten, wie sie es konnte, doch sie sah immer noch zu gewöhnlich aus, als daß der Earl of Aberdare wegen ihr die Beherrschung verlieren könnte. Dafür dankte sie dem Himmel. Es war schon schlimm genug, daß er es als Teil des Spieles betrachtete, sie im Laufe der drei Monate zu verführen; aber wenn er wirklich mit Herz und Lenden dabei war, dann würde sie ihm vielleicht nicht widerstehen können.

Sie wischte sich die Handflächen, die plötzlich schwitzig waren, am Kleid ab und machte sich auf den Weg zum Speisezimmer. Der Tag war bald vorbei, und sie fragte sich nervös, wann der Earl wohl seinen Kuß eintreiben würde. Und noch wichtiger: Wie würde sie wohl reagieren, wenn er es schließlich tat?

Nicholas befand sich bereits im Familien-Wohnzimmer und schenkte sich einen Drink ein. In seinem gutgeschnittenen schwarzen Rock und den Hosen sah er aus, als wäre er mit dem Prinzregenten zum Essen verabredet. Sie blieb im Türrahmen stehen, als sie sich bewußt wurde, wie schlichtweg lächerlich die Situation war. Was in aller Welt tat sie, die einfache Clare Morgan, hier auf Aberdare?

Beim Klang ihrer Schritte blickte er auf, und hielt mitten in der Bewegung inne. »Sie sehen reizend aus, Clare.«

Es lag soviel Wärme in seiner Stimme, daß sie unwillkürlich erschauderte. Er war nicht nur vermögend und gutaussehend, er besaß auch das Talent, einer Frau das Gefühl zu geben, schön und begehrenswert zu sein. Vielleicht war das eine notwendige Eigenschaft für einen Frauenhelden, denn sicher würde jede Frau sich nach Kräften bemühen, dem Mann zu zeigen, daß sie es auch wirklich war.

»Vielen Dank«, sagte sie und versuchte so zu klingen, als wären Komplimente etwas ganz Normales für sie. »Ist es sehr unschicklich, wenn ich feststelle, daß Sie mit Ihrem Aussehen das Herz eines jeden Mädchens brechen könnten, das leicht zu beeindrucken ist?«

Er sah sie hoffnungsvoll an. »Gehören Sie zu der Sorte Mädchen?«

»Nicht im geringsten.« Doch sie konnte ein Lächeln nicht unterdrücken.

»Wie schade.« Er griff nach einer Karaffe. »Möchten Sie einen Sherry?«

Tatsächlich erwog sie einen Augenblick, ja zu sagen, schüttelte dann aber den Kopf. »Nein, danke.«

»Ach, ich vergaß . . . Methodisten lehnen jedes Getränk ab, das eine stärkere Wirkung haben könnte, nicht wahr?« Er stellte die Karaffe wieder ab. »Aber Ale trinken Sie, nicht wahr?«

»Natürlich. Wer nicht?«

Er nahm eine andere Flasche. »Dann probieren Sie doch mal von diesem deutschen Wein. Er ist weniger stark als Ale.« Als sie immer noch zögerte, setzte er hinzu: »Ich schwöre, daß Sie davon nicht so betrunken werden, daß Sie nachher auf den Tischen tanzen.« Er stieß einen Seufzer des Bedauerns aus. »Leider.«

Sie kicherte. »Also gut, ich probiere ihn. Aber Sie brauchen sich ohnehin keine Sorgen um den Tisch zu machen – ich tanze nämlich auch nicht.«

»Gütiger Gott, das habe ich auch ganz vergessen.« Er entkorkte die Flasche und schenkte ihr ein Glas Wein ein. »Was tun denn Methodisten, um Spaß zu haben?«

»Beten und Singen«, erwiderte sie prompt.

»Dann muß ich Ihr Repertoire erweitern.« Er reichte ihr ein Glas. »Sollen wir auf einen für beide Seiten zufriedenstellenden Ausgang unserer Verbindung trinken?«

»Gerne.« Sie hob ihr Glas. »Möge die Mine in drei Monaten sicherer, und mögen die Bewohner von Penreith wohlhabender und glücklicher sein. Außerdem wünsche ich mir, daß Sie von Gott erleuchtet und zu einem frommen, gottesfürchtigen Mann werden und ich wieder nach Hause kehre, ohne meinem Beruf oder meinem Ruf geschadet zu haben.«

Er stieß sein Glas leicht an das ihre, und seine schwarzen Augen funkelten. »Meine Version von ›für beide Seiten zufriedenstellend‹ unterscheidet sich in einigen Punkten von Ihrer.«

»Und auf welche Weise?«

Er grinste. »Das sage ich besser nicht. Sonst gießen Sie mir Ihren Wein sofort über den Kopf.«

Mit leichtem Erstaunen wurde sie sich gewahr, daß sie mit einem Mann scherzte! Und nicht nur, daß sie ihn selbst mit Zweideutigkeiten und Anspielungen neckte – sie genoß das Geplänkel auch noch.

Dennoch war sie überzeugt, sich ganz und gar unter Kontrolle zu haben . . ., bis sie den Fehler beging, Nicholas ins Gesicht zu sehen. Er musterte sie mit einer Intensität, die so spürbar war, als würde er sie anfassen. Als sie in seine dunklen Augen blickte, fühlte sie sich eingefangen und konnte ihren Blick nicht mehr abwenden. Ihr Blut schien plötzlich heiß aufzuwallen und in jede Stelle zu strömen, die er mit seinem Blick berührte. Zuerst kribbelten ihre Lippen, dann begann ihr Hals zu pulsieren, als würde er sie mit den Fingerspitzen liebkosen.

Als sein Blick zu ihren Brüsten wanderte, wurden ihre Brustspitzen vor Sehnsucht hart. Gütiger Himmel, wenn er sie auf einen Meter Entfernung schon so durcheinanderbrachte, was würde erst geschehen, wenn er sie berührte?

Bevor sie ganz die Fassung verlor, rettete sie das leise Läuten der Glocke, die zum Essen rief. Nicholas wandte sich ab und entließ sie so aus dem Bann seines Blicks. »Kommen Sie. Mal sehen, was der Koch zustande gebracht hat. Ich habe seit meiner Rückkehr nach Aberdare nicht mehr ordentlich gegessen, also weiß ich noch nicht, wie talentiert er ist. Eigentlich weiß ich noch nicht einmal, ob es sich um eine Sie oder einen Er handelt.«

»Ich habe vorhin mit Williams gesprochen, und er sagte, daß eines der zwei Zimmermädchen, Gladys, vorübergehend zwangsweise als Köchin fungiert«, sagte Clare und hoffte inständig, daß ihre Stimme gefaßt klang. »Sie brauchen niemanden, der Ihre Mätresse spielt – Sie brauchen eine Haushälterin, die Ihr Haus in Ordnung bringt.«

»Könnten Sie nicht beides tun?«

Wieder legte er ihr die Hand auf den Rücken, eine Geste, die ein wenig besitzergreifend war. Sie zuckte zusammen, denn der Stoff ihres Kleides war dünner als die Sachen, die sie am Mittag getragen hatte, und es fühlte sich fast so an, als hätte er seine Hand auf nackte Haut gelegt.

Er bemerkte es natürlich. »Und da habe ich gedacht, Sie würden sich in meiner Gegenwart langsam behaglicher fühlen«, sagte er sanft. »Sie brauchen keine Angst zu haben, Clare.«

Sie blickte ihn stirnrunzelnd an. »Keine Angst? Wenn ich nur ein bißchen Verstand hätte, wäre ich *entsetzt*. Sie sind doppelt so groß wie ich und wahrscheinlich viermal so stark. Ich bin Ihnen gänzlich ausgeliefert! Die Tatsache, daß ich mich freiwillig in Ihrem Haus befinde, gibt Ihnen praktisch freie Hand, alles – mit Ausnahme von Mord vielleicht – zu tun, und die Leute würden bloß sagen, daß ich bekommen habe, was ich verdiene, da ich mich so schamlos verhalten habe.«

Sein Gesicht verfinsterte sich. »Ich wiederhole es gerne: Ich interessiere mich nicht für unwillige Frauen. Trotz meiner gesellschaftlichen Stellung und meiner körperlichen Kraft sind Sie diejenige, die die Macht besitzt, denn Sie können jederzeit nein sagen. Zum Beispiel bei so etwas . . .« Er hob die Hand und strich ihr sanft mit den Fingerknöcheln über die Wange.

Seine langsame Berührung brannte verlockend und alarmierend auf ihrer Haut. Clare fühlte sich plötzlich entsetzlich verwundbar, als würde seine Liebkosung ihre Vernunft vertreiben und Sehnsüchte hervorholen, die sie selbst sich nicht eingestehen wollte.

»Soll ich weitermachen?« murmelte er.

Von ganzem Herzen wünschte sie sich, ja zu sagen. »Nein!« fauchte sie.

Er ließ die Hand augenblicklich sinken. »Sehen Sie? Sie können mich ganz leicht bremsen.«

Glaubte er wirklich, daß es ihr *leicht*gefallen

war? Ha, offenbar war er doch nicht allwissend ... Ihre Nerven waren zum Zerreißen gespannt! »Warum treiben Sie jetzt nicht endlich Ihren Kuß ein und bringen es hinter sich? Ich könnte das Essen besser genießen, wenn ich mich nicht wie eine Maus fühlen müßte, vor der eine Katze auf der Lauer liegt.«

Er lächelte träge. »Diesmal darf ich nein sagen. Die Vorfreude macht einen Teil des Vergnügens bei der Liebe aus. Da ich nur einen einzigen Kuß bekommen werde, möchte ich ihn so lange wie möglich hinausschieben.« Er führte sie ins Eßzimmer. »Aber keine Angst – ich verspreche, nicht über den Tisch zu hüpfen, bevor sie sich nicht genügend gestärkt haben.«

Er mußte doch wissen, daß sie sich gar nicht einmal so sehr davor fürchtete, er würde nicht aufhören – sie hatte mehr Angst davor, daß sie nicht würde nein sagen können! Der Gedanke stärkte ihre Entschlußkraft. Ja, er hatte Kraft und war weit erfahrener als sie, aber das hieß ja nicht, daß sie diesen Wettstreit verlieren mußte. Sie mußte einfach stärker sein!

Dies im Sinn, ermutigte sie ihn, über seine Reisen zu sprechen, um ihn auf ein weniger gefährliches Thema zu bringen. Zu ihrer Überraschung hatte er sehr viel vom Kontinent gesehen. Als er einen Besuch in Paris erwähnte, fragte sie: »Wie konnten Sie denn während Napoleons Kontinentalsperre solche Reisen unternehmen?«

»Indem ich mit meinem übelbeleumdeten Volk gezogen bin. Nicht einmal Napoleons Armeen können Zigeuner davon abhalten, hinzugehen, wo sie hinwollen. Ich schloß mich einer *Kumpania* an und wurde zu einem einfachen Roma-Pferdehändler. Niemand ist je auf die Idee gekommen, ich könnte Brite sein.« Mit einem mißbilligenden Blick auf seine versalzene Lauchsuppe, schenkte er Wein in beide Gläser nach.

Sie schob erleichtert ihren Teller von sich; die Suppe war wirklich erstaunlich schlecht. »Wenn Sie Gefallen am Spionieren hätten, wäre das ja die perfekte Tarnung gewesen.«

Nicholas bekam augenblicklich einen Hustenanfall. Als sie ihm einen überraschten Blick zuwarf, winkte er ab. »Hab' mich verschluckt. Tut mir leid.«

Clare legte den Kopf schief. »Seltsames Zusammentreffen. Oder war es das schlechte Gewissen, weil ich den Nagel auf den Kopf getroffen habe?«

»Sie sind entschieden zu klug.« Er nippte an seinem Glas und überlegte einen Augenblick. »Ich denke, es kann nicht schaden, wenn ich Ihnen erzähle, daß ein alter Freund von mir in der Tat im Spionagegeschäft tätig ist. Ich habe ihm gelegentlich Informationen übermittelt, von denen ich glaubte, daß sie für ihn interessant wären. Manchmal habe ich auch als Kurier fungiert, wenn es meinen eigenen Plänen entgegenkam. Allerdings war ich nie mit Leib und Seele Spion. Für meinen Geschmack kommt es der Arbeit nur zu nahe.«

Es machte sie neugierig, daß er nur widerstrebend zugab, seinem Land gedient zu haben. Vielleicht war er doch nicht der Tunichtgut, für den sie ihn gehalten hatte. Allerdings war es auch durchaus möglich, daß Spionieren für ihn bloß ein weiteres Abenteuer gewesen war.

Williams und Dilys betraten gemeinsam das Zimmer. Das Mädchen räumte die Teller vom ersten

Gang ab, während sie dem Earl immer wieder nervöse Blicke zuwarf. Williams stellte eine Platte mit leicht verkohlt wirkendem Lamm vor seinen Herrn und servierte dann ein halbes Dutzend weiterer Gerichte. Als der Butler fort war, sägte Nicholas an dem Fleisch herum. »Wenn die Suppe etwas über Gladys' Talente aussagt, dann würde ich sagen, sie ist in der Küche nicht in ihrem Element. Der Braten sieht nicht gerade vielversprechend aus.«

Als Clare das ledrige Fleisch kostete, mußte sie zustimmen. Nicholas verzog das Gesicht, als er seines probierte. »Also, was das Essen angeht, *muß* etwas unternommen werden.«

Als sie seinen abschätzenden Blick auffing, legte sie die Gabel nieder und bedachte ihn mit einem warnenden Stirnrunzeln. »Ja, ich bin eine gute Köchin, aber ich werde keine Zeit haben, um in der Küche zu stehen. Und versuchen Sie ja nicht, mich davon zu überzeugen, daß eine Mätresse auch für ihren Geliebten kochen sollte.«

»Ich habe überhaupt nicht daran gedacht, daß Sie Ihre wertvolle Zeit in der Küche vergeuden sollten.« Er grinste schelmisch. »Obwohl gute Mätressen mit Nahrungsmitteln ganz interessante Dinge veranstalten können. Möchten Sie wissen, welche?«

»Nein!«

»Na, dann vielleicht ein andermal.« Er piekte in eine Kartoffel auf seinem Teller, die prompt in eine formlose weiße Masse zerfiel. »Kennen Sie einen anständigen Koch, der nach einer Stellung sucht?«

»Nicht hier im Tal. Sie könnten vielleicht jemanden in Swansea finden, aber wahrscheinlich fahren Sie besser, wenn Sie in London suchen. Da gibt es doch bestimmt Agenturen, die darauf spezialisiert sind, französische Chefköche für adelige Häuser zu finden.«

»Französische Maîtres sind normalerweise launisch, und ich fürchte, die meisten würden in Wales vor Langeweile eingehen. Gibt es hier in der Nähe denn überhaupt keine guten walisischen Landköche?«

Clare zog die Brauen zusammen. »Ich dachte, daß solche Mahlzeiten für einen Gentleman viel zu schlicht und phantasielos sind.«

»Ich mag die Landküche, wenn sie gut zubereitet ist.« Nach intensiver Musterung legte er einen schwärzlich wirkenden Klumpen Irgendwas an den Tellerrand. »Ich fürchte, das würden nicht einmal die Pinguine futtern. Sind Sie wirklich sicher, daß Sie keine fähige Person kennen, die bald anfangen könnte – vorzugsweise gleich morgen?«

Seine Ungeduld entlockte ihr ein Lächeln. »Ich kenne in Penreith eine Frau, die vor ihrer Hochzeit als Küchenhilfe auf Aberdare gearbeitet hat. Sie hat den Beruf der Köchin nicht wirklich gelernt, aber wann immer ich bei ihr zu Hause gegessen habe, schmeckte es köstlich. Und sie kann eine Stelle gebrauchen. Ihr Mann ist letztes Jahr in der Grube umgekommen.«

Nicholas spießte eine suspekt aussehende Substanz auf die Gabel. Sie war braun und dampfte. »Was ist denn das? Nein, sagen Sie's mir lieber nicht, ich will es gar nicht wissen. Also, wenn Sie diese Witwe hier herauflocken können, dann wäre ich Ihnen ewig dankbar.«

»Ich werde sehen, was sich machen läßt.« Clare rümpfte die Nase, als sie den kalten, grauen und matschigen Rosenkohl anstarrte. »Ich denke, es liegt ganz und gar auch in meinem Interesse.«

Nach ein paar weiteren Minuten, in denen sie schweigend und ohne Begeisterung kauten, ergriff Nicholas wieder das Wort. »Sie hatten ja jetzt Zeit zum Überlegen. Ist Ihnen schon etwas eingefallen, wie Sie das Haus neu gestalten wollen?«

»Als ich mir die ebenerdigen Zimmer angesehen habe, hat sich mein erster Eindruck bestätigt: Eine gründliche Reinigung und ein paar Möbelstükke weniger werden schon Wunder bewirken.« Clare probierte ein Apfelküchlein, das zwar nach nichts schmeckte, aber zumindest eßbar war. »Ich würde nichts Grundlegendes verändern – wenn Sie einmal wieder heiraten, wird Ihre Frau sicher ihre eigenen Pläne haben.«

Nicholas stellte sein Weinglas so heftig ab, daß es zu zerspringen drohte. »Machen Sie sich darüber keine Gedanken – ich werde nie wieder heiraten!«

Seine Stimme klang gepreßt, und seine Miene war finster wie eine Sturmwolke. Er sah aus wie ein Mann, der seine verstorbene Frau innig geliebt hatte und noch immer um sie trauerte.

Caroline, Viscountess Tregar, die Tochter eines Earls, hatte den Titel und ein Vermögen mit in die Ehe gebracht. Als sie auf Aberdare gewesen war, hatte sie sich nur selten ins Dorf verirrt, aber Clare hatte sie einmal ausreiten sehen. Nicholas' Frau war groß, anmutig und herrlich blond gewesen. Sie hatte so reizend ausgesehen, daß man einfach stehenbleiben und ihr hinterhersehen mußte. Es war kein Wunder, daß der Verlust Nicholas noch schmerzte. Zudem mußte sein Kummer noch durch das Wissen verstärkt werden, daß er selbst nicht ganz unschuldig an dem frühzeitigen Tod seiner Frau gewesen war.

Erneut fragte sich Clare, was wirklich in der verhängnisvollen Nacht geschehen war, in der sowohl der alte Earl als auch Lady Tregar gestorben waren. Sie konnte sich kaum vorstellen, daß Nicholas so verrückt vor Begierde gewesen war, daß er gegen jeglichen Anstand verstoßen und mit der Frau seines Großvaters geschlafen hatte. Die zweite Countess, Emily, war nur ein paar Jahre älter als ihr Stiefenkel gewesen, aber niemand hätte ihr einen zweiten Blick zugeworfen, wenn Caroline gleichzeitig im Zimmer gewesen wäre.

Es sei denn . . ., es sei denn, Nicholas hatte seinen Großvater so sehr gehaßt, daß er den alten Mann auf diese grausame Art und Weise hatte treffen wollen.

Der Gedanke, daß Nicholas die Gräfin aus einem solch scheußlichen Grund verführt haben könnte, drehte Clare den Magen um. Eine Reihe schrecklicher Bilder zuckten durch ihren Kopf: Nicholas und die Frau seines Großvaters auf frischer Tat ertappt; der alte Earl, dessen Herz die Szene nicht ertrug; Caroline, die, durch den Aufruhr alarmiert, herbeieilte und dann entsetzt floh, nur um auf der Flucht vor dem Ungeheuer, das sie geheiratet hatte, umzukommen.

Wenn es so geschehen war, dann mußte man Nicholas in gewisser Hinsicht für den Tod seines Großvaters und den seiner Frau verantwortlich machen, selbst wenn er beide nicht eigenhändig umgebracht hatte. Doch Clare konnte einfach nicht glauben, daß er so etwas Abscheuliches getan hatte. Obwohl er ein Lebemann, ein Frauenheld und

Schürzenjäger war, hatte sie noch keine Bösartigkeit in seinem Charakter entdecken können.

Und doch war es durchaus denkbar, wie sie sich grimmig eingestehen mußte, daß er aus einem Impuls heraus gehandelt hatte. Aber selbst wenn er unabsichtlich eine Katastrophe ausgelöst hatte, dann hätte er allen Grund der Welt, sich schuldig zu fühlen.

Ihr war übel. Entnervt schob sie den Teller von sich.

Ohne etwas von ihren Gedanken zu ahnen, sagte Nicholas: »Sie haben recht. Bei dieser Mahlzeit sollte man nicht länger als nötig verweilen.«

Einen Augenblick war Clare aus dem Gleichgewicht gebracht; es war unmöglich, die alptraumhaften Bilder in ihren Gedanken mit dem charmanten Mann in Einklang zu bringen, der ihr gegenübersaß. Und sie erkannte plötzlich, daß sie solche Gedanken aus ihrem Kopf verbannen mußte, wenn sie drei Monate lang in seiner Gesellschaft überstehen wollte. Sie würde sonst verrückt werden. Schon jetzt sah Nicholas sie finster an und schien sich zu fragen, was mit ihr auf einmal nicht stimmte. Mühsam sammelte sie sich, um sich ihm zuzuwenden. »Soll ich mich nun zurückziehen, damit Sie Ihren Port einnehmen können?«

Seine Miene entspannte sich. »Ach, lassen wir den Port ausfallen. Ich finde Sie weitaus interessanter – genau wie eine Mätresse es sein sollte.«

»Ich fühle mich im Moment überhaupt nicht interessant.« Sie stand auf. »Kann ich jetzt auf mein Zimmer gehen, oder gehört es zu unserer Abmachung, daß ich Ihnen den ganzen Abend Gesellschaft leiste?«

Auch er stand nun auf. »Ich möchte Sie nicht dazu zwingen, meine Gegenwart länger als nötig ertragen zu müssen – aber ich würde mich dennoch freuen, wenn Sie freiwillig noch ein wenig blieben. Es ist noch früh.«

Seine Worte klangen ein wenig wehmütig – vielleicht fühlte er sich einsam. Nun, das sollte sie nicht überraschen, denn er hatte schließlich weder Familie noch Freunde auf Aberdare. Dennoch war es ihr bisher nicht in den Sinn gekommen, daß er unter solch banalen Dingen wie Einsamkeit leiden konnte.

Ihr Mitgefühl siegte über das Bedürfnis, allein sein zu können. »Wie vergnügen sich denn die Herren und Damen der Gesellschaft am Abend?« Als sie ein nun bereits bekanntes Funkeln in seinen Augen entdeckte, setzte sie hastig hinzu: »Nein! Was Sie denken, mache ich nicht!«

Er gluckste. »Sie sind nicht nur klug, Sie können offenbar auch noch Gedanken lesen. Da Sie sich mit meiner Lieblingsbeschäftigung offenbar nicht anfreunden können – lassen Sie uns Billard spielen.«

»Kennen Sie denn keinen ehrbaren Zeitvertreib?« fragte sie zweifelnd. »In der Bibliothek zu lesen, wäre doch eine nette, ruhige Abendbeschäftigung!«

»Ein andermal. Keine Sorge, Billard ist nicht von Natur aus unmoralisch. Der einzige Grund, warum anständige Menschen das Spiel verdammen, ist, daß man dabei so schnell in schlechte Gesellschaft gerät.« Seine Mundwinkel zogen sich nach oben. »Da Sie mich sowieso schon am Hals haben, kann ich mir nicht vorstellen, daß eine harmlose Billardpartie die Lage noch verschlimmern könnte.«

Sie hörte sich selbst kichern, als er einen Kerzenleuchter nahm und ihr vorausging. Plötzlich wurde ihr schmerzlich bewußt, daß die wahre Gefahr nicht in schlechter Gesellschaft, sondern im gemeinsamen Lachen lag. Es würde ihr schwerfallen, darauf verzichten zu müssen, wenn sie Aberdare wieder verließ.

Kapitel 6

DAS BILLARDZIMMER LAG ganz am anderen Ende des Hauses. Während Clare die Kerzen in dem Leuchter an der Decke anzündete, entfachte Nicholas ein Holzfeuer, denn der Frühlingsabend war recht frisch. Anschließend zog er das samtene Tuch vom Tisch, das die Platte schützen sollte. Als der Staub aufflog, nieste Clare herzhaft.

»Tut mir leid.« Er faltete das Tuch zusammen und ließ es in eine Ecke fallen. »Wieder eine sträfliche Vernachlässigung der Haushaltspflicht.«

»Langsam glaube ich, meine Rolle als Haushälterin wird zuviel Zeit in Anspruch nehmen, als daß ich noch die Mätresse spielen könnte.«

»Ich kann gut mit Staub leben«, sagte er eilig.

Clares Lippen verzogen sich erneut zu dem unwillkürlichen, hastig unterdrückten Lächeln, das Nicholas so faszinierte. Ihr dieses Lächeln zu entlocken, war, als versuchte man, ein scheues Fohlen mit einer Karotte zu ködern; Geduld war der Schlüssel.

Er nahm einen Satz elfenbeinerner Kugeln aus einem Schrank und plazierte sie auf dem grünen

Bezug des Tisches. »Wollen Sie den keulenförmigen Billardstock oder ein Queue?«

»Was ist denn der Unterschied?«

Er reichte ihr den Stock, der eine breite, abgeflachte Spitze hatte. »Der Ball wird eher geschoben – wie beim Beilkespiel, falls Sie das jemals gespielt haben sollten. Man muß sich nicht vornüberbeugen.« Er setzte den Stock an den Stoßball und schickte die Kugel in eine Ecktasche, um es ihr zu demonstrieren.

»Und das Queue?«

Er zog seinen Rock aus, um mehr Bewegungsfreiheit zu bekommen, beugte sich dann vor, visierte eine Kugel an und holte aus. Der Spielball stieß eine rote Kugel in eine Tasche, prallte dann an eine zweite Kugel und versenkte diese ebenfalls. »Das Queue erlaubt mehr Flexibilität und Kontrolle über den Stoßball. Doch ich könnte mir vorstellen, daß Sie den anderen Stock bevorzugen . . ., er ist moralischer!«

Clare zog ihre dunklen Brauen hoch. »Wie kann ein Stück Holz moralisch sein?«

»Er erspart einer Dame, sich zu bücken und dadurch den verderbten Mannsbildern, die möglicherweise anwesend sind, ihre entzückenden Fesseln zeigen zu müssen«, erklärte er.

Ihr volle Lippen bebten, und sie preßte sie fest aufeinander.

Er sah sie amüsiert an. »Warum erlauben Sie sich nicht endlich, offen zu lächeln? Es muß doch eine gewaltige Anstrengung sein, in meiner Gegenwart ständig eine ernste Miene beizubehalten.«

Seine kreuzbrave, fromme Lehrerin kicherte. Er hätte es nicht für möglich gehalten, wenn er es nicht mit eigenen Ohren gehört hätte.

»Sie haben recht«, sagte sie ein wenig kläglich. »Sie haben keinen seriösen Knochen in Ihrem Leib, und es fällt mir sehr schwer, meine Würde aufrecht zu halten. Aber ich gebe mein Bestes.« Sie wog beide Billardstöcke in der Hand. »Ich denke, es macht keinen Unterschied, welchen von beiden ich benutze, da ich, wie ich befürchte, einem absoluten Könner in die Hände gefallen bin.«

Er rollte eine rote Kugel über den grünen Bezug auf eines der Löcher zu. Mitten im Lauf hoppelte die Kugel über eine Unebenheit und wurde nach rechts abgelenkt. »Der Tisch ist so verzogen, daß Geschick nicht allzu viel ausmacht. Ich bin gespannt, wie sich eine Schieferoberfläche auswirken wird.«

»Wie sind die Regeln bei diesem Spiel?«

»Es gibt eine ganze Reihe unterschiedlicher Spiele, und man kann sich je nach Lust und Laune immer neue ausdenken. Wir fangen am besten mit etwas Einfachem an.« Er deutete auf den Tisch. »Ich habe sechs rote und sechs blaue Kugeln aufgelegt. Die weiße ist der Stoßball, mit dem man die anderen Kugeln in die Taschen befördert, der aber selbst nicht versenkt werden darf. Jeder von uns bekommt eine Farbe. Wenn Sie Rot nehmen, bekommen Sie einen Punkt für jede, die Sie einlochen. Wenn Sie aus Versehen eine blaue versenken, wird Ihnen wieder ein Punkt abgezogen. Derjenige, der an der Reihe ist, spielt so lange weiter, wie er Punkte macht.«

Clare stellte den einen Billardstock ab und wanderte um den Tisch herum. Sie beugte sich vor und versuchte, mit dem Queue zu stoßen. Die harte Holzspitze traf den Stoßball seitlich, und die Kugel kullerte ein wenig zur Seite. Sie runzelte die Stirn. »Das ist schwerer, als es aussieht.«

»Alles ist schwerer, als es aussieht. Das ist eine Grundregel des Lebens.« Er wanderte ebenfalls um den Tisch herum. »Lassen Sie mich es Ihnen zeigen. Ich verspreche, ich schaue auch nicht auf ihre Fesseln.«

Wieder huschte das Lächeln über ihre Lippen. »Lügner.«

»Mißtrauisches Weib.« Er nahm das Queue und begann, ihr schrittweise zu erklären, wie man vorgehen mußte. »Legen Sie das meiste Gewicht auf das rechte Bein und knicken sie in der Hüfte ab. Die linke Hand unterstützt das Queue. Visieren Sie die Kugel am Queue entlang an und versuchen Sie, die Kugel in ihrem Mittelpunkt zu treffen.« Er zeigte es ihr noch einmal.

Als Clare sich vornüber beugte, um es selbst zu probieren, lehnte er sich gegen den Tisch, neigte den Kopf, verschränkte die Arme vor der Brust und musterte genüßlich und unverhohlen ihre Fußknöchel. Sie ignorierte ihn demonstrativ.

Ihre Fesseln waren wirklich einer eingehenden Musterung wert, so wie der Rest von Clare auch. Sie hatte nicht die Art von auffälliger Figur, die Männerblicke schon aus der Entfernung anzog, und ihre Kleider waren so geschneidert, daß sie eher verbargen als lockten. Doch sie hatte eine hübsche Gestalt, und wenn sie sich entspannte, bewegte sie sich mit einer angeborenen Anmut, die angenehm auffiel. Er freute sich darauf, sie einmal in vorteilhafteren Kleidern zu sehen. Noch lieber allerdings hätte er sie ganz ohne gesehen.

Nachdem Clare noch ein wenig geübt hatte, begannen sie das Spiel. Sie legten fest, daß Nicholas nur dann einen Punkt bekam, wenn die Kugel zweimal von der Bande abprallte, bevor sie in einer Tasche verschwand. Diese Erschwernis für ihn und die Unebenheiten des Tisches verhinderten, daß Clare hoffnungslos unterlegen war.

Amüsiert registrierte er, daß seine gestrenge Lehrerin mit der Begeisterung eines Kindes spielte: bei Fehlstößen ärgerte sie sich, bei Treffern strahlte sie vor Zufriedenheit bis über beide Ohren. Er fragte sich unwillkürlich, wie oft sie etwas nur zum eigenen Vergnügen tat. Wahrscheinlich überaus selten; es war anzunehmen, daß sie seit ihrer Kindheit ihre Zeit mit harter Arbeit und guten Taten verbracht hatte.

Doch im Augenblick amüsierte sie sich prächtig. Sie hatte zwei Kugeln nacheinander eingelocht und streckte sich nun über den Tisch, um eine dritte anzuvisieren. Ein paar Strähnchen hatten sich aus ihrer strengen Frisur gelöst und ringelten sich nun anziehend um ihr Gesicht. Ihre vorgebeugte Stellung betonte zudem die appetitliche Rundung ihres Hinterteils. Die Versuchung, ihr einen Klaps darauf zu verpassen, war gewaltig.

Mit Bedauern bezwang er den Impuls. Er hätte damit nur die harmonische Atmosphäre zwischen ihnen verdorben. Wenn sie nicht gerade ihre Stacheln aufstellte, war sie eine überaus angenehme Gesellschaft – intelligent, humorvoll und mit einer Menschenkenntnis ausgestattet, die ihre mangelnde Erfahrung in weltlichen Dingen wieder wettmachte.

Nun spielte sie den Ball, traf die Kugel aber nicht richtig, und diese driftete zur Seite ab. »Mist! Schon wieder ein Fehlstoß!«

Er grinste. Billard mochte ja nicht wirklich unmoralisch sein, aber man konnte nicht leugnen, daß das Reden über Kugeln, Schäfte, Stöße und Löcher höchst zweideutig war, wenn man von Natur aus so lüstern war wie er. Zum Glück bemerkte Clare in ihrer Unschuld nichts von der unterschwelligen Obszönität ihrer Unterhaltung. »Starke Worte, Clarissima«, sagte er mit gespielter Mißbilligung. »Ich fürchte, ihre moralischen Grundsätze geraten tatsächlich ins Wanken, wenn Sie länger dem Billardspiel ausgesetzt sind.«

Sie legte die Hand auf ihre Lippen, um ihr Lächeln zu verbergen. »Ich denke, es liegt nicht am Spiel, sondern an der schlechten Gesellschaft.«

Nicholas warf ihr einen anerkennenden Blick zu und beugte sich dann über den Tisch, um seine nächste Kugel anzuvisieren. Er bewegte sich mit lässiger Eleganz, wobei sein weißes Hemd die Breite seiner Schultern und seine schmalen Hüften betonte. O ja, schlechte Gesellschaft; dunkel und teuflisch attraktiv – der Traum jedes Mädchens mit romantischem Herzen und der Alptraum jedes Vaters, der für seine Tochter das Beste wollte. Sie mußte sich zwingen, den Blick von ihrem Gefährten am Tisch zu wenden.

Im Laufe des Abends hatte er gelernt, wie man die übelsten Beulen im Tisch umging. Obwohl er sich auferlegt hatte, die Kugel erst zweimal gegen die Bande zu spielen, versenkte er mühelos seine letzten vier Kugeln hintereinander, so daß das Spiel zu Ende war.

»Was für ein Glück, daß wir nicht um irgendeinen Einsatz gespielt haben«, bemerkte sie. »Sie würden mich an den Bettelstab bringen.«

Da er gesiegt hatte, konnte er großzügig sein. »Für eine Anfängerin haben Sie sich sehr gut geschlagen, Clare. Sie werden bei jedem weiteren Spiel besser werden. Mit ein bißchen Übung haben Sie mich bald eingeholt.«

Sie fühlte sich absurderweise geschmeichelt, obwohl sein Kompliment in den Augen eines Methodisten recht zweifelhaft war. »Sollen wir noch eine Partie spielen?«

Die Kaminuhr begann die nächste volle Stunde zu schlagen. Sie warf einen Blick hinüber. »Schon elf!« sagte sie überrascht. Der Tag war fast vorbei, und der Augenblick der Wahrheit stand ihr bevor. Bei diesem Gedanken war es mit Clares gelöster Haltung augenblicklich vorbei.

In der schwachen Hoffnung, er hätte vielleicht vergessen, daß ihm ein Kuß zustand, sagte sie: »Zeit ins Bett zu gehen. Ich habe morgen sehr viel zu tun – ich muß nach Penreith und eine Köchin finden, Ihren Besuch in der Grube in die Wege leiten, nachsehen, ob meine Freundin Marged in der Schule auch wirklich zurechtkommt . . ., ach, jede Menge.«

Sie stellte das Queue in den Halter und wandte sich zur Tür. Bevor sie noch einen einzigen Schritt machen konnte, ließ Nicholas sein Queue vorschnellen, bohrte die Spitze in die Wand neben ihr und versperrte ihr somit den Weg. »Haben Sie nicht etwas vergessen?« fragte er gedehnt.

Sie zuckte zusammen. »Ich hab's nicht vergessen. Aber ich hatte gehofft, Sie.«

Er musterte sie mit einer Miene, die sie an ein Raubtier denken ließ, das sich auf seine Beute freute. »Kaum. Nicht, wo ich doch den ganzen Tag auf meinen Kuß gewartet habe.«

Er senkte das Queue und trat vor. Als er seinen Arm hob, machte sie einen Satz rückwärts und kam sich anschließend wie eine Närrin vor, da er nur seinen Billardstock zurückstellte.

Dann wandte er sich zu ihr um und betrachtete sie mit einem nachdenklichen Blick. »Ist die Aussicht, von mir geküßt zu werden, denn so furchtbar? Ich habe bisher noch keine Beschwerden erhalten. Ganz im Gegenteil.«

Sie stand schon mit dem Rücken an der Wand und konnte nicht weiter zurückweichen. »Na, dann machen Sie schon«, sagte sie gepreßt.

Plötzliches Begreifen leuchtete in seinen Augen auf. Er nahm ihr Kinn und hob es an, so daß sie ihm direkt in die Augen sehen mußte. »Clare, Sie sind noch nie anders als in freundschaftlicher Absicht geküßt worden, stimmt's?«

Sie konnte diese demütigende Tatsache nicht leugnen. »Bisher hat kein Mann es gewollt.«

Auch in dieser Sache war er edelmütig genug, sich weder über ihre Unerfahrenheit noch über ihre Furcht lustig zu machen. »Ich bin ziemlich sicher, daß es Männer gibt, die davon träumen, Sie zu küssen, aber wahrscheinlich haben Sie sie zu sehr eingeschüchtert, als daß einer auch nur den Versuch gewagt hätte.« Er begann, ihre Lippen mit seinem Daumen zu streicheln. »Entspannen Sie sich, Clarissima. Ich möchte überzeugen, nicht verschrekken.«

Die rhythmische Bewegung des Daumens war überaus sinnlich, und er verwirrte sie damit noch mehr als am Tag zuvor, als er ihr die Haare gelöst hatte. Ihre Lippen entspannten und öffneten sich leicht, und sie berührte instinktiv seinen Daumen mit ihrer Zunge. Sie schmeckte Salz und etwas, das irgendwie männlich war, dann errötete sie plötzlich, als ihr auffiel, wie dreist sie sich benahm.

Er tat, als habe er davon nichts bemerkt. »Wenn das Ihr erster Kuß ist, dann beginnen wir mit etwas Einfachem. Schließlich liegen ja noch drei Monate vor uns.« Nicholas legte ihr die Hände auf die Schultern und neigte den Kopf.

Clares Miene erstarrte, als sie sich auf das gefaßt machte, was kommen würde. Doch anstatt sie auf den Mund zu küssen, drückte er seine Lippen auf die zarte Haut ihres Halsansatzes.

Clare keuchte auf, als sie ihren Puls unter dem sanften Druck seines Mundes spürte. Sie hatte geglaubt, sie wäre auf alles vorbereitet gewesen, aber nun mußte sie feststellen, daß sie gegen diese unerwartete Liebkosung nicht gewappnet war. Hitze und ein Hauch Feuchtigkeit; Empfindungen, die in ihrem Körper abwärts strömten, sie schwach machten und in verborgenen, unaussprechlichen Stellen pulsierten.

»Ihre Haut ist wunderschön«, murmelte er, während seine Lippen über die empfindsame Stelle zwischen Hals und Schulter wanderten. »Keltische Seide, glatt und verführerisch.«

Sie hatte das Gefühl, als müßte sie etwas tun, doch ihr fiel nichts ein. Zögernd legte sie eine Hand auf seine Taille und spürte seine festen Muskeln unter dem teuren Batist.

Er hauchte warm und neckend in ihr Ohr, dann knabberte er vorsichtig an ihrem Ohrläppchen. Clares Finger bewegten sich unruhig über seine Rippen.

Als er begann, Schultern und Oberarme sanft

zu massieren, schloß Clare die Augen und ließ sich in dem Meer der Sinnlichkeiten treiben. Ohne daß es ihr wirklich bewußt war, bewegten sich ihre Hände dabei, so wie ein Kätzchen, das Hunger hat, die Pfötchen auf dem mütterlichen Bauch bewegte. Dikke Locken hatten sich aus ihrer straffen Frisur gelöst und purzelten nun über ihre Schulter, um die zarte Haut federleicht zu kitzeln. Sie fühlte sich, als wäre sie aus warmem Wachs, das er modellieren konnte, wie immer er wollte.

Dann spürte sie ein leichtes Zupfen in ihrem Nacken, und seine Hand glitt tiefer, um sich warm und weich zwischen ihre Schulterblätter zu legen. Der Schock überkam sie so jäh, als hätte ihr jemand einen Eimer Eiswasser über den Kopf gegossen – er hatte den obersten Knopf ihres Kleides geöffnet! Als sie spürte, wie seine Finger an dem nächsten Knopf nestelten, strebte sie weg von ihm. »Gibt es keine Zeitbegrenzung für Küsse?« fragte sie und raffte den kläglichen Rest ihrer Fassung zusammen. »Ich denke, dieser hier war lang genug.«

Er machte keinen Versuch, sie festzuhalten. Vielleicht atmete er ein wenig schneller – ansonsten schien er von dem Kuß vollkommen ungerührt. »Ein Kuß hat eigentlich keine festgelegte Dauer«, erwiderte er freundlich. »Er ist vorbei, wenn einer der beiden Teilnehmer entscheidet, daß es reicht.«

»Fein. Der heutige Kuß ist damit vorbei.« Sie griff sich in den Nacken und mühte sich mit zitternden Händen ab, den Knopf wieder zuzumachen.

»Und? War es so schlimm, wie Sie gedacht haben, Clarissima? Es kam mir nicht so vor, als hätte er Ihnen mißfallen.«

Am liebsten hätte sie gar nicht geantwortet,

doch sie war von Natur aus zu ehrlich, um ihn anzulügen. »Ich . . . es hat mir nicht mißfallen.«

»Haben Sie denn immer noch Angst vor mir?«

Er berührte eine ihrer gelösten Locken mit schmetterlingshafter Leichtigkeit. Die Berührung hätte unbemerkt bleiben können . . ., doch sie war sich jeder seiner Gesten überdeutlich bewußt. Sie schloß für einen kurzen Moment die Lider, öffnete sie dann wieder und sah ihm fest in die Augen. »Aristophanes hat mal gesagt: Jungen bewerfen Frösche aus Spaß mit Steinen, doch die Frösche sterben im Ernst. Sie werden mein Leben vernichten, es in tausend Stücke zerbrechen und dann einfach, ohne einen Gedanken daran zu verschwenden, daraus verschwinden. Ja, Mylord, ich habe Angst vor Ihnen.«

Er wurde sehr ernst. »Nur starre Dinge können brechen. Vielleicht muß Ihr Leben ein wenig splittern.«

»Das hört sich ja sehr tiefsinnig an.« Sie verzog den Mund. »Ihr Leben ist vor vier Jahren zu einem Trümmerhaufen geworden. Sind Sie dadurch glücklicher?«

Seine Miene wurde hart. »Wir sollten jetzt wirklich schlafengehen. Ich muß morgen nach Swansea, wir sehen uns also erst beim Abendessen.« Er nahm die staubige Samtdecke vom Boden auf und warf sie über den Billardtisch.

Clare nahm einen schmalen Kerzenleuchter von der Anrichte und verließ den Raum fast im Laufschritt. Sie blieb kein einziges Mal stehen, bis sie das ihr zugewiesene Zimmer erreicht hatte. Dort angekommen, schloß sie die Tür, stellte den Leuchter ab und ließ sich, die Hände an die Schläfen gepreßt, in einen Sessel fallen.

Ein Tag, ein Kuß war geschafft. Wie um Himmels willen sollte sie noch neunzig weitere überstehen?

Sie hatte die Umarmung eines praktisch fremden Mannes genossen, dessen Absichten ganz und gar unehrenhaft waren. Und als wäre das noch nicht genug, mußte sie sich eingestehen, daß sie sich schändlicherweise bereits auf den Kuß des kommenden Tages freute. Um der Reinheit ihrer Seele willen sollte sie so schnell wie möglich verschwinden. Das Dorf konnte sich schließlich um sich selbst kümmern. Niemand hatte sie darum gebeten, sich für Penreith aufzuopfern; ihre jetzige Lage hatte sie nur sich selbst und ihrem eigenen Pflichtbewußtsein zuzuschreiben.

Der Gedanke an Flucht kühlte ihre fiebrigen Gedanken ein wenig ab. Der Earl war bereit, Dinge zu tun, die Hunderten von Menschen zugute kommen würden, und es wäre der reine Wahnsinn, all das nur wegen einer altjüngferlichen Nervenkrise aufzugeben. Sie reagierte einfach sehr heftig auf etwas, das nichts als eine neue, allerdings aufrüttelnde Erfahrung gewesen war; morgen würde sie für seine Verführungskünste schon nicht mehr so empfänglich sein.

Nachdem sie sich entkleidet und ihr Flanellnachthemd angezogen hatte, flocht sie ihr Haar zu einem dicken Zopf, kletterte in das riesige Bett und befahl sich, einzuschlafen. Schließlich würde sie ihre ganze Kraft brauchen, um sich gegen den Teufelsgrafen behaupten zu können.

Nicholas stand vor dem Kamin und blickte müßig in die sterbende Glut. Das Haus kam ihm nicht mehr so bedrückend vor, seit sie hier war, aber dafür hatte sie eine beunruhigende Wirkung auf ihn. Vielleicht lag es ja nur daran, daß er es nicht gewöhnt war, mit solcher Unschuld umzugehen. Die Kombination aus Unerfahrenheit und kühlem, praktischen Denken, die Clares Wesen ausmachte, war seltsam liebenswert. Und einen kurzen Augenblick lang hatte sie sich seiner Liebkosung hingegeben, war so biegsam wie eine Weide im warmen Sommerwind geworden. Bis ihr Verstand wieder eingesetzt hatte.

Er wollte derjenige sein, der sie lehrte, daß Verlangen keine Sünde war. Und er wollte es verdammt noch mal am liebsten schon in dieser Nacht tun.

Während er mit den Finger unruhig auf das Kaminsims trommelte, verfluchte er die Abmachung, die ihn daran hinderte, vor morgen den nächsten Verführungsversuch zu machen. Die Erinnerung an Clares staunende Augen und ihre seidige Haut würde es ihm schwermachen, Schlaf zu finden.

Plötzlich legte er den Kopf in den Nacken und lachte laut auf. Vielleicht verärgerte ihn ihre Zurückweisung ja, vielleicht benahm er sich wie ein enttäuschter Liebhaber, aber er fühlte sich auch lebendiger als je zuvor. Und das hatte er diesem Methodisten-Biest zu verdanken.

Leise öffnete Clare die Tür der Dorfschule und betrat den hinteren Teil des schlichten, weißgetünchten Raumes. Die meisten Schüler arbeiteten für sich, während Marged den jüngsten mit gedämpfter Stimme Rechnen beibrachte.

Als Clare eintrat, wandten sich die Köpfe, und

sie hörte Geflüster und Kichern. Auch Marged blickte auf. Mit einem Lächeln ergab sie sich dem Unvermeidlichen. »Zeit zur Mittagspause. Sagt Miss Morgan hallo, und dann raus mit euch.«

Erlöst umringten die Kinder Clare, als wäre sie schon Monate und nicht erst etwas mehr als einen Tag fortgewesen. Sie ließ sich stürmisch begrüßen und gab die angemessenen Kommentare (»Oh, du kannst jetzt also auch subtrahieren, Ianto? Das ist ja wunderbar.«), dann ging sie zu ihrer Freundin und umarmte sie. »Wie läuft es?«

Lachend hockte sich Marged auf die Kante des zerschrammten Tisches. »Gestern dachte ich, ich überleb' den Tag nicht. Wenn du hiergewesen wärest, hätte ich dich auf den Knien angefleht, mir die Kinder wieder abzunehmen. Aber heute geht es besser. Noch zwei Wochen, und ich denke, ich hab' den Bogen raus.« Sie drehte sich eine Locke ihres hellen Haares um den Finger, während sie nach den richtigen Worten suchte. »Es ist harte Arbeit, aber auch so befriedigend, wenn ich einem Kind etwas erkläre und sich sein Gesicht plötzlich erhellt, weil es verstanden hat. Ich weiß gar nicht, wie ich das beschreiben soll.« Sie lachte etwas verlegen. »Aber du kennst das natürlich.«

Es versetzte Clare einen Stich, als sie sich eingestehen mußte, daß sie selbst seit Jahren nicht mehr ein solches Vergnügen am Unterrichten empfunden hatte – und das, obwohl sie leidenschaftlich an den Sinn und Wert der Schulbildung glaubte. Zu oft hatte sie sich im stillen bei der Routine, den ständigen Wiederholungen gelangweilt. Vielleicht war das der Grund, warum sie es so genoß, von Nicholas gefordert zu werden; es machte wirklich Spaß, Verstand und Schlagfertigkeit mit einem intelligenten Erwachsenen zu messen, der nicht vorauszuberechnen war.

Diese Gedanken impften ihr ein leichtes Schuldgefühl ein. »Lord Aberdare will sich selbst von den Arbeitsbedingungen in der Mine überzeugen, und er möchte nicht unbedingt George Madoc als Führer dazu. Meinst du, Owen wäre bereit, ihm die Grube zu zeigen?«

Marged biß sich auf die Lippe. »Wenn Madoc das herausfindet, könnte Owen Ärger bekommen.«

»Ich weiß, das Risiko besteht«, gab Clare zu. »Aber wenn das Schlimmste eintrifft und Owen entlassen wird, dann findet Seine Lordschaft bestimmt eine neue Beschäftigung für ihn. Sag es bitte noch niemandem außer Owen, aber Aberdare ist gewillt, den alten Schieferbruch wieder zu eröffnen.«

»Dann hast du also Erfolg gehabt! Clare, das ist wunderbar!«

»Es ist ein bißchen früh, um die Haut des Bären zu verkaufen, aber bisher läßt es sich gut an. Er wird wohl auch mit Lord Michael Kenyon über die Grube sprechen, aber ich schätze, er will zunächst die Probleme einfach mit eigenen Augen sehen, statt dem Wort irgendeiner Frau zu glauben.«

»Ich halte es für gut, daß er die Mine selbst besichtigen will – niemand versteht wirklich, wie gefährlich es dort ist, bevor er nicht dortgewesen ist!« Marged dachte einen Moment nach. »Madoc geht jeden Mittag für etwa zwei Stunden nach Hause, um zu essen, also ist der morgige Tag genauso gut wie jeder andere. Ich stimme es mit Owen ab, wenn er heute abend nach Hause kommt. Wenn es Probleme gibt, schicke ich dir eine Nachricht nach

Aberdare, aber wenn du nichts hörst, dann komm mit dem Earl kurz nach zwölf morgen mittag zur Grube.« Nachdem dies also geklärt war, sah Marged Clare mit leuchtenden Augen an. »Und wie kommst du mit dem Teufelsgrafen zurecht?«

»Ganz gut.« Clare nahm einen stumpfen Federkiel und ein Messer vom Tisch und begann, ohne sich dessen wirklich bewußt zu sein, die Feder zu spitzen. »Er war zwar überhaupt nicht begeistert, daß ich mich tatsächlich seiner Herausforderung gestellt habe, aber schließlich hat er sich mit Würde in sein Schicksal gefügt.«

»Was für eine Art von Arbeit wirst du denn nun dort tun?«

Das Messer rutschte unter dem Druck ab und fuhr Clare fast in den Zeigefinger. »Sieht aus, als würde ich dort als eine bessere Haushälterin fungieren. Aberdare hat mir die Vollmacht gegeben, Dienstboten einzustellen, das Haus zu putzen, auf Vordermann zu bringen und neu einzurichten, so daß man darin leben kann.«

»Und was hält Rhys Williams davon?«

»Ich habe heute morgen mit ihm gesprochen, und er ist froh darüber. Es war keine leichte Aufgabe für ihn, das gewaltige Haus mit nur zwei Zimmermädchen in Ordnung zu halten.« Sie schnitzte weiter an der Spitze der Feder herum. »Ich habe den ganzen Morgen damit verbracht, im Dorf nach Leuten zu suchen, die aushilfsweise arbeiten, aber die Aussicht auf eine feste Anstellung bekommen würden, wenn der Earl beschließt, das Haus weiter zu bewohnen.«

»Da dürftest du keine Schwierigkeiten gehabt haben, jemanden zu finden.«

Clare nickte. »Jeder, mit dem ich gesprochen

habe, hat sofort eingewilligt. Nicht nur das – sie sind auch alle nach dem Gespräch direkt nach Aberdare marschiert. Rhys Williams müßte inzwischen gut ein Dutzend Leute um sich haben, die schrubben und staubwischen, und Mrs. Howell werkelt in der Küche herum. Das Haus muß sicher neu eingerichtet werden, aber zumindest ist es in Kürze blitzsauber.«

»Hat Lord Aberdare schon irgend etwas getan, was seinem Ruf als Schürzenjäger alle Ehre macht?«

Das Messer schnitt den Federkiel in der Mitte durch. »Oh, tut mir leid . . ., ich habe ihn ruiniert!« Clare legte das Messer vorsichtig auf das Pult zurück. »Mir kommt er eher wie ein einsamer Mann als ein Schürzenjäger vor. Vielleicht trauert er ja noch um seine Frau. Es scheint ihm zu gefallen, mich als Gesellschaft zu haben – da hat er jemanden, den er necken kann.«

»Das klingt interessanter als Hausarbeit.«

»Oh, das hätte ich fast vergessen. Ich habe die berühmten ›seltsamen Tiere‹ gesehen. Es sind Pinguine – überaus faszinierende Wesen. Lord Aberdare hat gesagt, die Kinder dürften kommen und sie sich ansehen.«

»Wunderbar! Vielleicht können wir in ein paar Wochen, wenn das Wetter besser wird, einen Ausflug organisieren. Ein paar Wagen müßten wir ohne Schwierigkeiten bekommen!«

Nun ging ihr Gespräch zum Thema Schule über, und nachdem Clare Marged noch ein paar Fragen beantwortet hatte, verabschiedete sie sich von ihrer Freundin und fuhr nach Aberdare zurück.

Das Haus zu betreten war, als würde sie in einen Wirbelwind geraten. In der Halle und dem angrenzenden großen Salon wimmelte es vor arbeitenden Leuten, und da es Waliser waren, sangen sie alle gemeinsam, wobei sie genausoviel Können wie Begeisterung an den Tag legten. Der harmonische Gesang verlieh der Geschäftigkeit eine festliche Atmosphäre, und Clare bekam einen kurzen Eindruck davon, wie Aberdare sein würde, wenn es seine Düsterkeit verloren hätte und wirklich bewohnt wäre.

Rhys Williams polierte gerade die festangebrachten Messingleuchter. Als er sah, wie Clare sich wie betäubt umblickte, ging er zu ihr, um sie zu begrüßen. Clare hatte sein schmales Gesicht noch nie so lebendig gesehen.

»Das Haus erwacht zum Leben«, sagte er stolz. »Ich habe beschlossen, Ihrem Rat zu folgen und die Arbeiten erst einmal auf die Halle und das Wohnzimmer zu konzentrieren, da es auf den Earl den meisten Eindruck machen wird.«

»Es macht vor allem auf *mich* Eindruck.« Clare schüttelte in ehrfürchtigem Staunen den Kopf, als sie den Salon betrat. »Es ist wirklich unglaublich, wieviel schöner es schon aussieht, wenn man nur die häßlichsten Möbelstücke und Dekorationsstücke rausschafft.« Es war soviel entfernt worden, daß nun Lücken entstanden waren, die aufgefüllt werden mußten. »Seine Lordschaft sagte mir, auf dem Speicher wären noch andere Möbel gelagert. Glauben Sie, daß sich etwas davon für den Salon eignet?«

»Nun, ein paar schöne Stücke stehen dort oben schon. Gehen wir doch jetzt hinauf.« Der Butler hängte seinen Polierlappen über einen Türknauf, nahm Clare ihre Haube und ihren Schal ab und führte sie dann hinauf. »In den letzten Jahren, als das Haus so entsetzlich trüb und leer war, habe ich mich oft gefragt, was ich unternehmen würde, wenn es mir gehörte. Die Proportionen und die jeweilige Lage der einzelnen Zimmer sind sehr schön. Ich denke, mit wenig Aufwand könnte man aus Aberdare ein herrliches Haus machen. Aber natürlich kann ich nicht ohne Anweisungen Seiner Lordschaft handeln.«

Sie hielten an, um Lampen anzuzünden, dann stiegen sie die letzte, sehr steile Treppe zum Speicher hinauf. »Da der Earl mir die Erlaubnis gegeben hat, etwas zu verändern, würde ich gerne Ihre Vorschläge hören«, sagte Clare. »Vielleicht können wir sie ja umsetzen.«

Williams führte sie durch einen ganzen Wald aus schemenhaften Gegenständen in einen kleineren Raum des Dachbodens. »Diese Stücke standen einmal im Salon, und ich würde sie wieder dorthin bringen. Die Möbel sind zwar alt – Mitte letztes Jahrhundert –, aber prächtig gearbeitet und sehr elegant.« Er zog eine Staubhülle von einem kleinen Sofa. »Verbannt von der Laune der Mode. Lady Tregar ist es gewesen, die die krokodilbeinigen Sofas hat anschaffen lassen.« Er rümpfte leicht die Nase. »Was beweist, daß gute Abstammung und guter Geschmack nicht zwingend zusammengehören.«

Clare lächelte. Sie konnte sich wirklich glücklich schätzen: Williams war nicht nur gewillt, sich an ihre Anweisungen zu halten, sondern behandelte sie trotzdem noch mit der Offenheit, die er anderen Bewohnern von Penreith entgegenbringen würde. Es war zwar nicht fein, dies auszunutzen, um Klatschgeschichten zu erfahren, aber sie konnte nicht widerstehen. »Wie war Lady Tregar denn so?«

Die Miene des Butlers wurde plötzlich teilnahmslos. »Das kann ich wirklich nicht sagen, Miss Morgan. Ich war damals noch ein anzulernender Butler und habe Ihre Ladyschaft nur selten zu Gesicht bekommen. Jedenfalls war sie sehr schön.« Nach einer kurzen Pause fügte er hinzu: »Möchten Sie ihr Porträt sehen?«

»Aber ja. Ich wußte ja nicht, daß es eins von ihr gibt.«

»Der alte Earl hat es in Auftrag gegeben, als sein Enkel heiratete.« Williams führte Clare wieder durch den großen Raum in einen weiteren Nebenraum des Speichers. Dort nahm ein großes Holzgestell, das in Fächer eingeteilt war, die ganze Länge der Wand ein. In den Fächern standen mit Tüchern verhängte, viereckige, flache Gegenstände. »Ich habe den Zimmermann angewiesen, dies zu bauen, damit die Gemälde angemessen geschützt werden können«, erklärte Williams.

Er zog eines heraus, nahm das Tuch darüber ab und hob die Laterne an, um das Bild zu beleuchten. Es war eine großartige Darstellung einer jungen Frau in dem Kostüm einer griechischen Nymphe. Sie stand auf einer blumenübersäten Wiese, der Wind verwehte ihr goldenes Haar, und die weißen Stoffbahnen schmiegten sich eng an ihren üppigen, schöngeformten Körper.

Clare musterte das makellose Gesicht, die kühlen grünen Augen und die Andeutung ihres Lächelns, das ihr eine mysteriöse Aura verlieh. Dies war also die Frau, die Nicholas geheiratet und mit der er sein Bett geteilt hatte, und die nun seine Nächte mit Kummer und Schuld erfüllte. »Ich habe Lady Tregar einmal aus der Ferne gesehen, aber sie war sogar noch schöner, als ich es gedacht hatte.«

»Ich habe noch keine gesehen, die ihr gleichkam«, sagte Williams schlicht.

»Wieso hängt das Bild denn nicht unten?«

»Ich nehme an, die Witwe des Earls hat das Porträt hier heraufschaffen lassen, als sie das Haus schloß und nach London umgezogen ist.«

Er meinte Emily Davies, die zweite Frau des alten Earls. Hatte sie den ungebärdigen Enkel ihres Mannes geliebt und war auf Nicholas' wunderschöne Frau eifersüchtig gewesen? Das würde erklären, warum das Porträt auf den staubigen Dachboden verbannt worden war.

Clares Miene verhärtete sich. In diesem Haus waren zu viele düstere Emotionen verborgen; vielleicht war es nun an der Zeit, ein paar davon dem hellen Tageslicht auszusetzen. »Ich finde, das Bild würde sich gut über einem der Kamine im Salon machen. Lassen Sie es hinunterschaffen.«

Williams setzte zum Protest an, besann sich dann aber. »Wie Sie wollen, Miss Morgan.« Er dachte kurz nach und fügte dann hinzu: »Was halten Sie davon, dies hier über den anderen Kamin zu hängen? Es war ursprünglich dort gewesen, aber die Witwe hat es zur gleichen Zeit hinaufbringen lassen wie Lady Tregars Porträt.«

Er zog ein anderes Bild hervor, das den alten Earl in voller Größe zeigte. Obwohl das weiße Haar verriet, daß es nicht lange vor seinem Tod gemalt worden sein konnte, strahlte seine Haltung noch die Kraft und die Energie eines jüngeren Mannes aus, und auch sein Gesicht war so arrogant, wie es immer gewesen war. Ein beeindruckender Mann, aber Clare wußte, daß Nicholas nicht jeden Tag auf das Bild würde blicken wollen. »Nein, lassen wir das hier oben. Ich sehe mal, ob ich in dem Bestand etwas anderes finden kann.«

Bald hatte sie zwei zauberhafte Landschaftsbilder ausgewählt, die es verdienten, unten zu hängen. Als drittes suchte sie ein anderes Porträt aus, das Nicholas selbst darstellte. Er stand neben einem Pferd, die Zügel in der Hand, und Jagdhunde lagen zu seinen Füßen. Clare hielt einen Moment den Atem an, denn es war schwer, dem sorglosen Charme dieses attraktiven, lachenden jungen Mannes zu widerstehen. Dies war der Nicholas, für den sie als Kind so geschwärmt hatte.

Doch dann runzelte sie verwirrt die Stirn. Die Kleidung stimmte nicht, wirkte zu altmodisch, und Haut- und Haarfarbe waren nicht dunkel genug. »Ist das vielleicht der Vater Seiner Lordschaft?«

Williams hockte sich hin und spähte auf die kleine Plakette unten im Rahmen. »›Der Ehrenwerte Kenrick Davies‹.« Der Butler richtete sich wieder auf. »Er ist gegangen, bevor ich hier angefangen habe. Ich habe dieses Bild nur einmal gesehen und bin einfach davon ausgegangen, es stellte Master Nicholas dar.«

»Hängen Sie es über den Kamin, der näher an der Halle liegt, und Lady Tregars Bild über den anderen.« Clare klopfte sich an ihrem Kleid den Staub von den Händen. »Vielleicht schaffen wir es ja, den Salon fertigzubekommen, bevor Lord Aberdare aus Swansea zurückkehrt.«

Und sie wollte dabei sein, wenn er das Porträt seiner verstorbenen Frau sah. Wie würde er reagieren?

Kapitel 7

DIE SPÄTNACHMITTAGSSONNE SANDTE ihre schrägen Strahlen durch die Fenster, als sie mit den Arbeiten im Salon fertig waren. Clare dankte allen, die mitgeholfen hatten, und entließ sie dann für den heutigen Tag.

Bevor sie zum Baden nach oben ging, unterzog sie den Salon einer letzten intensiven Musterung. Ein kritischer Mensch hätte bemängeln können, daß die Wände einen neuen Anstrich brauchten und die Polster der Möbel ihre beste Zeit schon hinter sich hatten, aber im großen und ganzen konnte das Resultat sich sehen lassen. In der Hoffnung, daß Nicholas angenehm überrascht sein würde, trat sie hinaus in die Eingangshalle und atmete glücklich ein. Die neue Köchin, Mrs. Howell, hatte den ganzen Tag gearbeitet, und nun zog der appetitanregende Duft von gebratenem Fleisch und gebackenem Brot durch das Haus.

Zu ihrer Bestürzung suchte sich der Earl ausgerechnet diesen Augenblick dazu aus, barhäuptig, windzerzaust und eine aufgerollte Peitsche in der Hand haltend durch die Tür hereinzumarschieren.

»Hallo, Clare«, sagte er lächelnd. »Hatten Sie einen ausgefüllten Tag?«

Brummig fragte sie sich, wieso Schlammspritzer auf Stiefeln und Rock ihm ein verwegenes Aussehen verliehen, während sie mit ihren Flecken auf dem Kleid bloß schäbig aussah. Das Leben war wirklich ungerecht. Warum hatte er nicht eine halbe Stunde später kommen können? »Allerdings«, antwortete sie ihm. »Und Sie?«

»Ich habe den Ingenieur aufgetrieben, der die Förderbahnen in Merthyr Tydfil konstruiert hat, außerdem habe ich einen guten Platz für die Anlegestelle an der Küste gefunden. Ich erzähle Ihnen alles beim Essen.« Er schnupperte. »Hier riecht es aber köstlich. Haben Sie tatsächlich eine Köchin hier herauflocken können?«

»Ja, aber das ist noch nicht alles.« Sie bedeutete ihm, ihr in den Salon zu folgen, wobei sie versuchte, nicht so nervös auszusehen, wie sie sich fühlte.

Er trat ein, blieb dann wie angewurzelt stehen und stieß staunend einen leisen Pfiff aus. »Gütiger Gott, der Raum ist so hell und freundlich, daß es mir gar nicht wie auf Aberdare vorkommt. Wie haben Sie denn das alles in so kurzer Zeit geschafft?«

»Das war weniger mein Verdienst. Williams hatte die Ideen, und die Leute, die ich heute morgen engagiert habe, haben die Arbeit erledigt.« Sie mußte es nun ausgesprochen hören. »Gefällt das Ergebnis Ihnen?«

»Und wie.« Nicholas schenkte ihr ein umwerfendes Lächeln und begann, den Raum eingehend zu mustern. Er betastete eine Blüte in einer Vase voller Nelken. »Wo haben sie denn zu dieser Jahreszeit schon Blumen herbekommen?«

»Ob Sie's glauben oder nicht, sie stammen aus dem Gewächshaus von Aberdare. Der Gärtner hat in den letzten vier Jahren weiterhin Blumen und Gemüse gezüchtet, weil ihm niemand gesagt hat, er solle es lassen.«

Der Earl sah sie verdutzt an. »Der alte Iolo mit dem Holzbein?« Als Clare nickte, fuhr er fort: »Es ist ernüchternd, darüber nachzudenken, wieviel Macht ich selbst in der Zeit über dieses Anwesen besaß, in der ich noch nicht einmal einen Gedanken daran verschwendet habe. Iolo, Williams und die anderen aus dem Stammpersonal, die ihre Arbeit in diesen vier Jahren einfach weitergeführt haben – diese Art von Loyalität verdiene ich gar nicht.«

»Nein, das ist wahr«, stimmte Clare etwas bissig zu. »Aber wenn es Sie ein bißchen tröstet, dann lassen Sie sich gesagt sein, daß sich ihre Loyalität vermutlich eher auf ihre Löhne statt auf Ihre Person bezog. Außerdem glaube ich, daß Iolo die nicht verwendeten Produkte aus dem Gewächshaus auf dem Markt von Penreith verkauft hat, so daß er aus Ihrer Abwesenheit immerhin einen Nutzen gezogen hat.«

»Dennoch . . .« Nicholas' Stimme verebbte, als sein Blick nun auf das Porträt Kenrick Davies' fiel. Nach einem langen Schweigen fragte er: »Mein Vater?«

»Das sagt zumindest die kleine Plakette im Rahmen. Das Bild stand auf dem Speicher. Sie haben es noch nie gesehen?«

»Nein, nie. Mein Großvater hat es wahrscheinlich nach oben schaffen lassen, als er meinen Vater enterbt hat.« Er sah sich das Bild aufmerksam an. »Jetzt verstehe ich, warum meine Abstammung niemals in Frage gestellt wurde.«

»Erinnern Sie sich denn überhaupt nicht an Ihren Vater?«

»Ganz wenig. Er hat viel gelacht. Ich vermute, daß das Zigeunerleben ein abenteuerliches Spiel für ihn war. Es gefiel ihm sehr, aber ich denke, er wäre eines Tages in die Welt der Gadsche zurückgekehrt, wenn er nicht vorher an dem Fieber gestorben wäre.«

Er wandte sich um und begann, durch den Raum zu schlendern. »Es gefällt mir, wie Sie die Möbel gestellt haben, daß man sich zu kleinen Gruppen zusammensetzen kann. Es gibt dem Raum irgendwie mehr Gemütlichkeit, macht ihn intimer.«

Clare fühlte sich geschmeichelt; das war in der Tat ihre Idee gewesen. Sie bewegte sich an der Wand entlang, folgte ihm durch den Raum und ließ ihn nicht aus den Augen, um aus seinen Reaktionen zu schließen, was ihm am besten und was am wenigsten gefiel. Er ertastete sich die Neuerungen: leicht strich er mit der Handfläche über den Satinholztisch, drückte den Peitschengriff in die dicken Polster eines Sessels und bohrte seine Stiefelspitze in den prächtigen Perserteppich, den sie aufgerollt auf dem Dachboden gefunden hatten.

Schließlich wandte er sich zu ihr um, öffnete den Mund, um etwas zu sagen, erstarrte dann aber. »*Wo zum Teufel kommt das denn her?*«

Sein Zornesausbruch kam so unerwartet, daß Clare einen Augenblick wie gelähmt verharrte. Dann fiel ihr ein, daß sie unter dem Porträt Lady Tregars stand. Sie schluckte und brachte dann hervor: »Vom Speicher.«

Nicholas holte mit der Peitsche aus und schlug mit einer raschen, zornigen Bewegung aus dem

Handgelenk zu. Clare keuchte entsetzt und riß instinktiv den Arm hoch, um ihr Gesicht zu schützen.

Sie hörte das leise Sirren, dann ein häßliches Klatschen. Clare spürte nichts und fragte sich einen kurzen Augenblick verwirrt, ob sie nur deswegen keinen Schmerz empfand, weil sie vor Schreck wie betäubt war.

Erst als Nicholas zum zweiten Schlag ausholte, begriff sie, daß nicht sie das Ziel gewesen war. Der Riemen fetzte wild über das gemalte Gesicht seiner verstorbenen Frau.

»Befreien Sie mich davon! *Sofort!*« knurrte er, wandte sich um und stampfte aus dem Zimmer. Die Tür knallte so heftig ins Schloß, daß die Glaszylinder der Lampen klirrten.

Wie vom Donner gerührt sank Clare in einen Sessel. Sie hatte erwartet, daß er auf das Porträt überrascht, vielleicht mit Kummer reagieren würde, und sie hatte im Geiste eine kleine Rede vorbereitet, die davon handelte, Verluste zu verarbeiten und wieder in die Zukunft zu schauen. Doch seine Wut zeigte ihr, daß sie sich in ihrer Annahme gründlich geirrt hatte. Sicher war es möglich, daß sein Zorn Ausdruck von Kummer und Schuldbewußtsein war – aber seine Miene hatte weit mehr an Haß als an Liebe denken lassen.

Mit bebenden Händen klingelte sie nach Williams. Dieser erschien prompt und sah sie wachsam an. »Seine Lordschaft mochte den neuen Salon nicht?«

»O doch, den Salon schon. Es war das Porträt, das er nicht ausstehen konnte.« Sie wies auf das Gemälde. »Es muß entfernt werden. Sofort.«

Der Butler riß die Augen auf, als er entdeckte,

daß über Lady Tregars Gesicht ein sauberes ›X‹ eingeschlitzt war. Sein Blick flog zu Clare, doch er stellte keine Fragen. »Ich werde es sofort abnehmen. Soll die Stelle frei bleiben?«

Clare gab sich Mühe, einen klaren Gedanken zu fassen. »Nehmen Sie das Bild von dem alten Schloß im Sonnenuntergang. Es hat etwa die gleiche Größe.«

Dann ging sie hinauf und bat um ein Bad. Dieses Mal hatte Dilys beim Tragen der Kessel Hilfe, und die beiden Mädchen plapperten fröhlich. Das Haus erwachte tatsächlich zum Leben.

Das dampfendheiße Wasser linderte sowohl ihre Angst als auch den Schmerz in ihren strapazierten Muskeln. Sie beschloß, an diesem Abend einfach so zu tun, als hätte sein Ausbruch nicht stattgefunden. Das bedeutete, sie mußte sich anziehen und frisieren, um eine passable Gesellschaft zum Dinner abzugeben – immer vorausgesetzt, Nicholas sprach nach dem Vorfall überhaupt noch mit ihr.

Nachdem sie sich abgetrocknet hatte, machte sie ihr Haar strenger zurecht als am Abend zuvor. Sie mußte jedoch dasselbe blaue Kleid anziehen, da sie nichts anderes hatte, was für den Anlaß geeignet war. Als sie hinunterging, machte sie sich auf Ärger gefaßt.

Der Salon war leer, als sie eintrat, aber Nicholas erschien pünktlich, als die Uhr sechs schlug. Er war ebenso tadellos gekleidet wie am Abend zuvor. »Sollen wir sofort ins Speisezimmer gehen? Ich bin wirklich gespannt auf die Fähigkeiten unserer neuen Köchin!«

Sie war ungemein erleichtert, daß auch er offenbar so tun wollte, als wäre nichts passiert, aber als sie seinen Arm nahm, spürte sie seine verspannten Muskeln unter dem schwarzen Ärmel. Sein Zorn war noch nicht versiegt, aber wenigstens war er nicht gegen sie gerichtet.

Während Williams und ein neu eingestellter Lakai das Essen servierten, begann er sich zu entspannen. Als die Platten auf dem Tisch standen und die Diener sich zurückziehen wollten, hielt Nicholas sie auf. »Williams, wie ich hörte, haben Sie maßgeblich zu den Verbesserungen im Salon beigetragen. Gut gemacht.«

Das Gesicht des Butlers verfärbte sich rosa vor Freude, und er warf Clare einen kurzen dankbaren Blick zu. »Vielen Dank, Mylord. Es war mir ein Vergnügen.«

Clare mußte Nicholas bewundern. Offenbar war er sich bewußt, daß ein paar anerkennende Worte eine wirksame Methode waren, sich der Loyalität der Dienstboten zu versichern. Aus dem, was man sich erzählte, schloß sie, daß der alte Earl diese Kunst nicht beherrscht hatte.

Während Nicholas den Braten schnitt, bemerkte er: »Wieder gebratenes Lamm, aber diesmal so zubereitet, wie es sein sollte. Kroß gebraten mit Ebereschengelee, oder?«

»Genau. Eine von Mrs. Howells Spezialitäten.«

Die Bratkartoffeln waren heiß und knusprig, der Spargel zart und die sautierte Forelle ließ sich leicht von den Gräten lösen. Es war das beste Essen, das Clare seit Monaten bekommen hatte. Wenn Nicholas über die Schlichtheit der Mahlzeit die Nase gerümpft hätte, dann wäre sie mit Sicherheit versucht gewesen, ihm den Porree in Käsesauce über den Kopf zu gießen, aber er aß mit offensichtlichem Vergnügen.

Nachdem er sich von allem ein zweites Mal genommen hatte, schob er den Teller mit einem glücklichen Seufzen zur Seite. »Verdoppeln Sie Mrs. Howells Lohn.«

Clare hätte fast ihre Gabel fallengelassen. »Aber Sie wissen doch gar nicht, wieviel sie jetzt bekommt.«

»Wieviel auch immer – sie ist mehr wert.«

»Wie Sie wünschen, Mylord.« Sie lächelte. »Unsere Köchin von gestern, Gladys, ist seit heute erstes Hausmädchen. Sie kann exzellent putzen.«

Er lachte in sich hinein und schenkte sich Wein nach. Dann erzählte er ihr, was er in Swansea erreicht hatte. Als er fertig war, berichtete Clare ihm in Kürze, was sich im Haushalt und beim Personal getan hatte, und daß der Besuch in der Grube auf morgen angesetzt war. Es war eine seltsam vertraute Unterhaltung, so wie sie vielleicht Ehepaare führten, und sie schuf eine sehr häusliche Atmosphäre.

Unauffällig räumten die Diener das Geschirr ab und servierten Kaffee, während Clare und Nicholas berieten, was als nächstes zu tun war. Sie war überrascht, als sie die Uhr zehn schlagen hörte. Plötzlich überkam sie Müdigkeit, und sie stand auf. »Es war ein anstrengender Tag. Ich gehe jetzt ins Bett.«

»Kommen Sie her«, sagte er weich.

Ihre Müdigkeit war plötzlich wie weggeblasen und wurde durch eine Mischung aus angespannter Vorfreude und Argwohn ersetzt; bei dem, was sich am Nachmittag abgespielt hatte, war sie halb überzeugt gewesen, daß er auf den Kuß verzichten würde.

Er rückte den Stuhl vom Tisch ab, blieb aber sitzen. Als sie nah genug bei ihm war, nahm er ihre Hand und zog sie zu sich heran, bis sie neben seinem Stuhl stand. Sein Gesicht befand sich nur wenige Zentimeter unter ihrem, und sie sah zum ersten Mal, wie unglaublich lang seine Wimpern waren. Er sah wirklich verboten gut aus.

Er hielt ihre Hand immer noch fest. »Wo soll ich Sie denn heute küssen?« fragte er mit einem anzüglichen Unterton.

Da ihr Bein sich an seinen harten Schenkel drückte, war ihre Konzentrationsfähigkeit schwer beeinträchtigt. Sie gab sich Mühe, ihrer Stimme einen gestrengen Lehrerinnen-Tonfall zu verleihen. »Ich nehme an, die Frage war rhetorisch gemeint. Sie haben sich doch bestimmt schon entschieden.«

Er lächelte. »Noch nicht.«

Sein Blick wanderte zu ihrem Hals, wo er sie am Abend zuvor geküßt hatte, und ihr Puls beschleunigte sich unwillkürlich. Als er dann ihren Mund betrachtete, leckte sie sich leicht über die Unterlippe. Bestimmt wollte er sie heute abend auf den Mund küssen.

Doch wieder überraschte er sie, indem er dieses Mal seine Lippen auf ihre Hand drückte. Zuerst atmete er einfach nur sanft und warm gegen die empfindliche Haut. Dann begann seine Zunge, ihre Handfläche zu liebkosen. »Der weibliche Körper ist wie eine Symphonie«, murmelte er, »und jedes Ihrer Körperteile ist ein Instrument, das danach schreit, gespielt zu werden.«

Ihre Finger krümmten sich instinktiv und strichen über seine Wange. Sie spürte das schwache Piksen von Koteletten auf seiner ansonsten glattrasierten Haut, ein Gefühl, das seltsam erotisch, weil so ausgesprochen maskulin war.

Seine festen Lippen wanderten höher, und schließlich nahm er ihren kleinen Finger in den Mund. Druck, Hitze, Feuchtigkeit, eine Essenz des Verlangens, die sie kaum mehr als unbewußt begriff. Ihre Atmung beschleunigte sich, ihre Glieder wurden weich. Als hätte man sie hypnotisiert, sank sie nieder, bis sie auf seinem Knie saß. Dumpf war ihr bewußt, daß sie sich unmöglich benahm, aber sie schien keinen eigenen Willen mehr zu besitzen.

Seine Lippen zogen eine Spur über die bleiche, zarte Haut ihres Handgelenks. Verzückt atmete sie seufzend aus und lehnte sich an ihn. Mit ihrer freien Hand streichelte sie über sein Haar. Es war schwarz wie Ebenholz, weich, dicht, sinnlich, lebendig.

Einmal mehr schien sie zu zerschmelzen, und sie fragte sich hilflos, wie es ihm gelingen konnte, sie so rasch in diesen Zustand zu versetzen. Sie wußte, sie hätte ihn bitten sollen, aufzuhören, aber die Wärme, die durch ihren Körper strömte, war so köstlich, daß sie es einfach nicht fertigbrachte.

Bis sie bemerkte, daß eine Hand auf ihrem Schenkel lag und langsam aufwärts wanderte. Für die Dauer eines Herzschlags zog sie in Erwägung, ihn weitermachen zu lassen, bis er die pulsierende Stelle zwischen ihren Beinen fand. Er würde die Sehnsucht stillen . . .

Dann kehrte ihr gesunder Menschenverstand zurück. »Genug!« Sie sprang von seinem Schoß auf und stolperte in ihrer Hast, von ihm fortzukommen.

Fast hätte sie aufgeschrien, als er ihr Handgelenk packte, bis sie begriff, daß er sie nur festhalten wollte, damit sie nicht zu Boden stürzte.

»Es ist zwar überhaupt nicht genug, aber morgen ist ja auch noch ein Tag.« Er ließ sie los. Auch seine Atmung war schneller als normal. »Gute Nacht, Clarissima.«

Sie starrte ihn mit aufgerissenen Augen an – wie ein Reh, das von einem Jäger in die Ecke gedrängt worden war. Dann packte sie, wie am Abend zuvor, einen Leuchter und hastete aus dem Zimmer.

Nicholas nahm seine Serviette vom Tisch und faltete sie gedankenverloren zusammen. Clare war anders als alle Frauen, die er bisher kennengelernt hatte. Ganz sicher nicht wie Caroline . . .

Das Porträt. Er hatte es ganz vergessen. Oder besser, er hatte die Existenz des Bildes einfach aus seinem Gedächtnis verdrängt. Es war verdammt gut getroffen, und der Schock, es zu sehen, war fast so groß gewesen, als wenn sie ihm persönlich gegenübergestanden hätte. Was für ein Narr er war! Hatte er ernsthaft geglaubt, er würde sie vergessen können, solange er in diesem Haus wohnte?

Als er feststellte, daß er die Serviette zu einer Schlinge gedreht hatte, warf er sie angewidert auf den Tisch. Es war doch viel besser, an Clare und ihre süße Weiblichkeit zu denken, als über der Vergangenheit zu brüten.

Als sie ihr kleines Spiel begonnen hatten, war er in der Lage gewesen, ganz sachlich in Betracht zu ziehen, daß er mit dem Versuch, sie zu verführen, durchaus scheitern konnte. Doch nun fand er diesen Ausgang nicht länger akzeptabel. Dies war ein Spiel, das er gewinnen würde. In der Zwischenzeit würde er der einen Leidenschaft frönen, die ihn immer schon am besten zerstreut hatte. Er stand auf und machte sich auf den Weg zum entlegensten Winkel des Hauses.

Als Clare in ihrem sicheren Schlafzimmer angekommen war, riß sie ein Fenster auf und atmete tief die kühle, feuchte Luft ein. Draußen fiel ein leichter Frühlingsregen vom Himmel, und das regelmäßige Tröpfeln beruhigte ihre Nerven ein wenig. Reumütig mußte sie sich eingestehen, daß momentan niemand in ihr die kühle, gefaßte Lehrerin erkennen würde, der die Leute in Penreith ihre Kinder anvertraut hatten.

Langsam kam sie zu dem Schluß, daß Nicholas wirklich der Teufel sein mußte; er besaß jedenfalls ein unglaubliches Talent, sie in Versuchung zu führen. Das ärgerliche war, daß sie mit all ihren Sinnen auf ihn reagierte. Sie mußte lernen, ihren Verstand zu gebrauchen, sich rational statt emotional zu verhalten. Dann würde sie ihm auch widerstehen können.

Es hörte sich so leicht an, wenn er nicht in der Nähe war.

Sie ließ das Fenster offenstehen, zog ihr Nachthemd an und glitt unter das Laken. Es dauerte eine Weile, bis ihre Spannung endlich nachließ, aber schließlich lullte das stete Rauschen des Regens sie ein.

Sie schwebte gerade in dem Zustand zwischen Wachsein und Schlummer, als ein Hauch von Musik wie Fragmente eines Traumes durch das Klopfen des Regens drang. Zuerst genoß sie es einfach.

Plötzlich jedoch ließ eine Erkenntnis sie

schlagartig hellwach auffahren. Wie konnte mitten in der Nacht in einem fast leeren Haus Musik erklingen? Und dann *solche* Musik – zarte, fragile Töne, so flüchtig und schwer faßbar wie Feengesang.

Die Haare in ihrem Nacken richteten sich auf. Hatte sie jemals etwas davon munkeln hören, daß es Geister auf Aberdare gab? Nun, nicht daß sie an Geister glaubte, das verstand sich ja von selbst.

Sie schlüpfte aus dem Bett, ging zum offenen Fenster und lauschte angestrengt in die Nacht hinaus. Zuerst hörte sie nur den Regen und das ferne Blöken eines Schafes. Dann erhaschte sie eine weitere unheimliche Klangfolge dieser Musik, die so durch und durch walisisch war wie die steinigen Hügel, die über das Tal wachten. Und obwohl sie durch die nächtliche Luft zu ihr drang, schienen die Laute aus dem Haus zu kommen.

Morgen früh würden viele der jüngeren Dienstboten in das Haus einziehen, doch heute schliefen nur sechs Leute unter diesem Dach. Einen Augenblick fragte sie sich, ob Williams ein Musikant war, der mitten in der Nacht übte. Aber er war im Dorf aufgewachsen, und sie hätte bestimmt davon gewußt, wenn er ungewöhnlich musikalisch gewesen wäre.

Mit einem Seufzen nahm sie eine Kerze, schlüpfte in ihre Schuhe und legte sich eine alte, wollene Stola um. Da die Neugier, woher die Musik wohl stammen mochte, sie ohnehin wachhalten würde, konnte sie ebensogut versuchen, die Quelle gleich auszumachen.

Mit der Kerze in der Hand entriegelte sie ihre Tür und trat in den Flur. Das Licht flackerte im

Luftzug, und die tanzenden grotesken Schatten an den Wänden und das Trommeln des Regens verliehen ihr das Gefühl, mitten in eine Spukgeschichte hineingeraten zu sein. Sie schauderte und überlegte kurz, ob sie Nicholas wecken sollte, verwarf den Gedanken aber. Der Teufelsgraf nackt im Bett war weit gefährlicher, als jeder Geist es sein könnte.

Ihre Suche führte sie zu einem Zimmer im entlegensten Teil des Erdgeschosses. Ein schwaches Licht drang unter der Tür hervor, was sie höchst ermutigend fand – es war anzunehmen, daß Geister keine Lampen brauchten.

Vorsichtig drehte sie den Türknauf. Als die Tür halb geöffnet war, hielt sie verblüfft inne. Dort im Zimmer hielt sich kein Phantom auf.

Aber ein Geist hätte sie weniger überrascht.

Kapitel 8

EIN ZUGEDECKTER FLÜGEL in der Ecke ließ darauf schließen, daß sie sich im Musikzimmer des Hauses befand, aber es war Nicholas, an dem ihr faszinierter Blick hängenblieb. Er saß mit verträumter Miene auf einem Stuhl vor dem flackernden Feuer und hielt eine kleine Harfe gegen seine linke Schulter gepreßt. Die Reglosigkeit seiner Gestalt kontrastierte mit der Lebendigkeit seiner Finger, die unermüdlich über die Saiten tanzten und dem Instrument eine Melodie entlockten, die an helle, zerbrechliche Glocken erinnerte.

Auch wenn sie ihn überall wiedererkannt hätte, so kam er ihr doch plötzlich wie ein Fremder vor. Er war nicht länger der launische Aristokrat oder der bedrohliche Schürzenjäger, sondern wirkte wie die Verkörperung eines legendären keltischen Barden – ein empfindsamer, gequälter Mann mit Gaben, die über die eines gewöhnlichen Menschen hinausgingen.

Die Verwundbarkeit, die sie in seiner Miene entdeckte, berührte Clare, und eine innere Stimme flüsterte, daß er und sie vielleicht doch gar nicht so verschieden waren. Und solche Gedanken waren gefährlich.

Nun begann er auf Walisisch zu singen, und seine tiefe Stimme klang süß und voll wie dunkler Honig.

Maienzeit, schönste Zeit,
Süß sind die Vögel, grün ist der Wald . . .

Nach zwei weiteren Zeilen ging die fröhliche Musik in eine klagende Moll-Tonart über.

Wenn der Kuckuck in den Wipfeln singt,
Dann wird mein Leid gar groß.
Es brennt der Rauch, Leid läßt sich nicht verbergen,
Denn meine Lieben, die sind tot.

Leise wiederholte er die letzte Zeile und legte all das Leid der Welt in seine Stimme.

Clare hatte die Melodie zwar noch nie gehört, aber sie erkannte die Verse, die aus dem mittelalterlichen *Black Book of Caermarthen* stammten, einer der ältesten walisischen Schriften überhaupt. Tränen brannten nun in ihren Augen, denn die Worte hatten sie noch nie so tief berührt. Die Magie der Weise weckte in ihr eine tiefe Traurigkeit, und sie beklagte all das, was sie verloren hatte, all das, was sie niemals haben würde.

Erst als die letzten Töne verklangen, war auch der Bann vorbei, und sie seufzte tief.

Das Geräusch ließ Nicholas' Kopf herumfahren, und seine Finger fuhren unwillkürlich über die Saiten, was einen schrillen Mißton hervorbrachte. Seine Verletzlichkeit hatte sich in einem Sekundenbruchteil zu Feindseligkeit gewandelt. »Sie sollten im Bett liegen, Clarissima.«

»Sie auch.« Sie betrat das Zimmer und schloß

die Tür hinter sich. »Warum nennen Sie mich so?«

Seine Miene entspannte sich. »Clare bedeutet klar, rein, direkt. Clarissima ist der Superlativ auf italienisch. Am klarsten, reinsten, direktesten. Es paßt zu Ihnen.«

Sie ging zu ihm und hockte sich auf die Kante eines Stuhles neben ihm. »Ich wußte gar nicht, daß sie musikalisch begabt sind.«

»Das ist auch keine allgemein bekannte Tatsache«, erwiderte er trocken. »In alten Zeiten hat ein walisischer Gentleman die Harfe beherrschen müssen, um sich seinem Rang würdig zu erweisen, aber wir sind inzwischen nicht mehr so zivilisiert. Verraten Sie mein geheimes Laster nicht.«

»Musik ist doch kein Laster – es ist eine der großen Freuden des Lebens«, sagte sie. »Wenn das eine Stichprobe Ihres wilden, verderbten Gebarens war, dann muß ich anzweifeln, ob Sie wirklich der rücksichtslose Frauenheld und Lebemann sind, für den die Welt Sie hält.«

»Meine ernsthaften Laster sind ja hinreichend bekannt. Da Harfe zu spielen einen unangenehm engelhaften Beigeschmack hat, behalte ich es für mich, um meinen Ruf nicht zu verderben.« Er zupfte den kurzen Refrain eines bekannten, unanständigen Liedes. »Wir kennen doch beide den Wert eines unbefleckten Rufs.«

»Eine nette Erklärung, aber purer Blödsinn.« Sie musterte ihn nachdenklich. »Warum haben Ihre Augen Blitze geschleudert, als ich hier hereingeplatzt bin?«

Vielleicht war es die Intimität der späten Stunde, die ihn dazu veranlaßte, ihr eine ehrliche

Antwort zu geben, statt sie weiter zu necken. »Ein Gentleman weiß Musik – wie Kunst oder Architektur – zu schätzen, aber er verschwendet keine Zeit damit, sie auszuüben. Sollte ein Mann von Stand hartnäckig darauf bestehen, ein Instrument spielen zu wollen, dann soll er doch bitteschön etwas Angemessenes wie Geige oder Klavier wählen. Ein Gentleman vergeudet seine Zeit ganz entschieden *nicht* mit etwas, das so gewöhnlich und bäurisch wie die walisische Harfe ist.« Er hielt eine Saite fest und glitt dann mit zwei Fingern daran herunter, so daß die Harfe weinte wie eine Elfe mit gebrochenem Herzen.

Clare schauderte, als das Instrument einen so gequälten Laut von sich gab. »Ich nehme an, Sie zitieren den alten Earl. Aber ich kann mir nur schwer vorstellen, daß er Ihre Musik nicht gemocht hat. Sie spielen und singen wunderbar.«

Nicholas lehnte sich in seinem Stuhl zurück, kreuzte die Fußgelenke und verschränkte die Arme locker über der Harfe vor seiner Brust. »Die meisten Waliser von gewöhnlicher Abstammung würden eher singen als essen, wenn sie wählen müßten. Zigeuner würden tanzen, bis ihnen die Füße bluten. Mein Großvater verabscheute solche Exzesse. Die Tatsache, daß ich Harfespielen lernen wollte, war für ihn nur mal wieder Bestätigung dafür, was für schlechtes Blut in meinen Adern floß.« Müßig zupfte er ein paar wehmütig klingende Noten. »Das ist auch ein Grund, warum ich Walisisch gelernt habe. *Cymric* ist eine uralte, urtümliche Sprache, eine für Krieger und Poeten. Ich fand, ich mußte es sprechen können, um der Harfe gerecht zu werden.«

»Und wo haben Sie gelernt, so gut zu spielen?«

»Ein Hirte in den Bergen zeigte es mir. Tam the Telyn.«

»Thomas die Harfe«, übersetzte sie. »Ich habe ihn als Kind einmal spielen gehört. Es war wunderschön. Es hieß immer, er sei der Harfenist von Llewelyn dem Großen gewesen, der uns an den vergangenen Ruhm Wales' erinnern soll.«

»Vielleicht war Tam wirklich einer der großen Barden, die zurückgekehrt sind – irgendwie war sein Talent schon unheimlich. Er hat seine Harfe selbst und in der mittelalterlichen Bauweise hergestellt.« Nicholas strich über das gebogene Holz. »Der Klangkörper ist aus einem einzigen Weidenstück gefertigt, und die Saiten sind, wie die früheren, nicht aus Darm, sondern aus Draht. Ich habe eine nach seiner Anweisung gebaut, aber ihr Klang war längst nicht so voll. Tam hat mir diese überlassen, bevor er starb.«

»Sie spielen besser als jeder Harfenist, den ich bisher bei einem *Eisteddfod* gehört habe. Sie sollten mal bei einem solchen walisischen Sänger- und Dichterfest mitmachen.«

»Nie und nimmer, Clare«, sagte er, und plötzlich war seine melancholische Stimmung wie weggeblasen. »Ich spiele nur für mich allein.«

»Liegt es vielleicht daran, daß Sie es nicht ertragen können, wenn andere Sie bewundern? Sie scheinen mit der Geringschätzung der Leute besser zurechtzukommen.«

»Das ist ganz richtig«, erwiderte er samtweich. »Jeder Mensch sollte nach etwas streben, und ich will das seelenlose Ungeheuer sein, dessen Existenz für den anständigen, gottesfürchtigen Teil der Menschheit eine Beleidigung bedeutet.«

Sie lächelte. »Ich kann nicht glauben, daß jemand, der so wie Sie Musik machen kann, seelenlos ist. Außerdem hätte mein Vater niemanden, der wirklich verderbt gewesen wäre, so geschätzt, wie er Sie geschätzt hat.«

Wieder strich er mit den Fingern über die Saiten. »Wenn Ihr Vater nicht gewesen wäre, wäre ich von Aberdare weggelaufen. Ich bin mir nicht sicher, daß er mir einen Gefallen getan hat, als er mich zum Bleiben überredete, aber sein Talent, ein ungebärdiges Kind zu zähmen, war in jedem Fall bewundernswert.«

»Wie hat er es denn geschafft? Mein Vater hat sehr selten über seine Arbeit gesprochen, weil er der Meinung war, er sei nur Gottes Instrument gewesen.«

»Wußten Sie, daß meine Mutter mich für hundert Guineas an meinen Großvater verkauft hat?« Bevor Clare ihr Entsetzen über seine beiläufig dahingesagten Worte ausdrücken konnte, griff er wieder in die Saiten, und düstere, tiefe Akkorde hingen bebend in der Luft. »Als ich nach Aberdare kam, war ich erst sieben und hatte noch niemals eine Nacht in einem Haus geschlafen. Wie ein Tier in der Falle brüllte ich, wehrte ich mich, versuchte verzweifelt, zu entkommen. Man sperrte mich im Kinderzimmer ein und verbarrikadierte die Fenster, damit ich auf keinen Fall fliehen konnte. Der alte Earl ließ Ihren Vater rufen, denn er hielt sehr viel von dessen religiösem Schaffen. Wahrscheinlich hoffte er, Reverend Morgan würde mir den Teufel austreiben.«

»Mein Vater war doch kein Exorzist.«

»Nein. Er kam einfach mit einem Korb voll Essen in mein Zimmer und setzte sich auf den Boden, damit er in etwa auf gleicher Höhe mit mir war.

Dann begann er, ein Stück Hammelpastete zu verzehren. Ich war argwöhnisch, aber er wirkte harmlos. Außerdem bekam auch ich langsam Hunger, da ich seit einigen Tagen nichts mehr gegessen hatte ... Immer wenn ein Lakai mir etwas zu essen brachte, warf ich es ihm an den Kopf.

Aber Ihr Vater versuchte nicht, mich zu etwas zu zwingen, und er schimpfte auch nicht, als ich mir etwas aus dem Korb nahm. Nachdem ich es runtergeschlungen hatte, bot er mir Ale und Pfannkuchen mit Beeren an. Er reichte mir auch eine Serviette mit der freundlichen Empfehlung, daß ich mir Finger und Mund damit abwischen sollte, weil ich dann besser aussehen würde.

Dann fing er an, mir Geschichten zu erzählen. Von Joshua und den Mauern von Jericho. Von Daniel in der Löwengrube. Samson und Delilah – die Stelle, wo Samson den Tempel einreißt, gefiel mir besonders, da ich mich genauso fühlte, seit ich auf Aberdare eingesperrt war.« Nicholas legte den Kopf zurück an die Stuhllehne. Das Licht des Feuers ließ seine feingemeißelten Züge golden schimmern. »Ihr Vater war der erste, der mich wie ein Kind, statt wie ein wildes Tier behandelt hat, das man unbedingt zähmen muß. Am Ende lag ich zusammengerollt und schluchzend in seinen Armen.«

Clare hätte am liebsten selbst geweint, als sie sich den einsamen, verzweifelten kleinen Jungen vorstellte. Von seiner eigenen Mutter verkauft zu werden! Mühsam schluckte sie den Kloß in ihrer Kehle hinunter. »Mein Vater war der mitfühlendste Mann, den ich je gekannt habe.«

Nicholas nickte. »Ja, der alte Earl hatte eine gute Wahl getroffen. Ich denke nicht, daß irgend jemand anderer es geschafft hätte, mich dazu zu bringen, die Situation als gegeben zu akzeptieren. Er sagte mir, daß Aberdare nun mein Zuhause sein würde, und daß ich, wenn ich mich ein bißchen entgegenkommend verhalten würde, bald freier und wohlhabender sein würde, als jeder Zigeuner es je gewesen war. Also ging ich hinunter zu dem alten Earl und schlug ihm einen Handel vor.«

Er schnitt eine Grimasse. »Offenbar hatte ich schon immer einen Hang zu merkwürdigen Abmachungen. Ich sagte meinem Großvater, daß ich mein Bestes geben würde, um die Art von Erbe zu werden, den er sich wünschte – elf Monate im Jahr. Als Gegenleistung mußte er mir einen Monat gewähren, den ich bei den Roma verbringen durfte.

Natürlich paßte es dem Alten gar nicht, aber Reverend Morgan überzeugte ihn, daß es die einzige Möglichkeit war, mich zu angemessenem Verhalten zu bewegen. So wurde Ihr Vater also mein Lehrmeister. Die nächsten zwei oder drei Jahre kam er praktisch jeden Tag nach Aberdare, wenn er nicht gerade auf Reisen war. Neben den üblichen Dingen, die man in einer Schule lernt, brachte er mir bei, wie man sich als Gadscho verhält. Schließlich war ich soweit, auf ein Internat zu gehen, wo man mich weiter formen sollte, bis ich mir zumindest nach außen hin den Anschein geben konnte, ein anständiger englischer Gentleman zu sein.« Er warf ihr einen ironischen Blick zu. »Bevor ich fortging, schenkte ich ihm das Buch mit der Widmung, das Sie benutzt haben, um mich zu erpressen.«

Sie hatte keine Lust, sich schuldig zu fühlen. »Also sind Sie Ihren Wurzeln treu geblieben, indem sie jedes Jahr zum Volk Ihrer Mutter zurückgekehrt sind. Das war ein bemerkenswert vorausschauendes Denken für ein Kind.«

»Nicht vorausschauend genug.« Er spielte eine kurze, spöttische Weise an. »Ich glaubte damals, ich könnte mir das Zigeunerleben wie einen Anzug überstreifen, dann wieder ablegen und unverändert sein. Doch so einfach war es nicht – wenn jemand ständig eine Rolle spielt, wird sie irgendwann verinnerlicht.«

»Ich kann mir vorstellen, daß es schwer gewesen ist, diese beiden Welten in Einklang zu bringen«, sagte sie. »Könnte es sein, daß Sie oft den Eindruck hatten, Sie wären weder Fisch noch Fleisch?«

Er lachte humorlos. »Das ist eine adäquate Beschreibung.«

»Je mehr ich erfahre, desto weniger überrascht es mich, daß Sie Ihren Großvater gehaßt haben.«

Nicholas neigte den Kopf und zupfte die Saiten erst in einer auf-, dann einer absteigenden Oktave. »Zu sagen, daß ich ihn haßte, ist . . . zu einfach. Er war mein einziger Verwandter, und ich wollte es ihm rechtmachen – zumindest manchmal. Ich lernte Manieren und Sitten, Griechisch und Geschichte und Landwirtschaft, doch nie konnte ich ihn zufriedenstellen. Wissen Sie, was mein unverzeihlichster Fehler war?«

Clare schüttelte den Kopf. »Strecken Sie die Hand aus«, forderte er sie auf.

Sie tat es, und er hielt die seine daneben. Neben ihrer hellen keltischen Haut wirkte seine wie Milchkaffee. »Die Farbe meiner Haut – etwas, das ich nicht ändern konnte, selbst wenn ich es gewollt hätte. Wenn ich etwas heller gewesen wäre, dann, denke ich, hätte mein Großvater vermutlich irgendwann vergessen können, welche Abstammung ich hatte. Statt dessen sah er jedesmal, wenn er mich anblickte, den ›verdammten schwarzen Zigeuner‹, wie er es so charmant ausdrückte.« Nicholas bewegte seine langen, geschmeidigen Finger und starrte darauf, als sähe er sie zum ersten Mal. Mit einem bitteren Unterton fuhr er fort: »Lächerlich – und sicher unchristlich –, jemanden wegen seiner Hautfarbe zu hassen, und doch können solch trivialen Dinge das ganze Leben beeinflussen.«

»So wie Sie sind, sind Sie vollkommen«, sagte Clare mit Nachdruck.

Er schien vollkommen verblüfft. »Ich war nicht auf Komplimente aus.«

»Das war kein Kompliment. Das war eine objektive Beurteilung nach ästhetischen Gesichtspunkten«, sagte sie hochmütig. »Eine guterzogene Frau würde einem Mann niemals auf so vulgäre Art schmeicheln wollen.«

Er grinste, und seine Miene entspannte sich. »Also gehöre ich in dieselbe Kategorie wie griechische Vasen und Renaissance-Gemälde.«

»Sie sind interessanter als beides.« Sie legte den Kopf schief. »War das Leben für Sie leichter, als sie mit den Zigeunern umherzogen?«

»In den meisten Fällen ja. Meine Mutter war ein Waisenkind gewesen, hatte keine engen Verwandten mehr gehabt, und so gesellte ich mich jeweils zu der *Kumpania,* die Aberdare am nächsten war. Sie nahmen mich immer auf, wie man ein streunendes verlassenes Hündchen aufnehmen würde.« Er zögerte einen Moment. »Es machte mir immer viel Spaß, aber mit der Zeit begann ich, mein Volk mit anderen Augen zu sehen. Die Roma halten sich für vollkommen frei und ungebunden, aber tatsächlich sind sie in ihren eigenen Sitten und Gebräuchen gefangen. Mangelnde Bildung, die Stellung der Frau, der Stolz auf Unehrlichkeit, die gewöhnlich auf Kosten jener Gadsche geht, die es am wenigsten verschmerzen können, die Reinheitsgebote – irgendwann war ich soweit, daß ich solche Dinge nicht mehr hinnehmen konnte, ohne sie in Frage zu stellen.«

»Dennoch haben Sie den Zigeunern einen Lagerplatz auf Aberdare zugewiesen.«

»Natürlich – sie sind mein Volk. Jeder Rom kann bleiben, solange er möchte. Als Gegenleistung verlange ich von ihnen, die Leute im Dorf nicht zu belästigen.«

»Dann ist das wohl der Grund, warum wir seit Jahren keinen Ärger mehr mit Zigeunern hatten«, sagte Clare verblüfft. »Ich weiß noch: Als ich klein war, hat meine Mutter mich immer rasch ins Haus gebracht und die Tür verriegelt, wenn sie ins Dorf kamen. Sie sagte, Zigeuner wären Diebe und Heiden und würden Kinder stehlen.«

Er gluckste. »Die zwei ersten Punkte könnten stimmen, aber die Roma haben keinen Grund, Kinder zu stehlen – sie haben jede Menge eigener.«

»Ich habe früher immer davon geträumt, von Zigeunern gestohlen zu werden«, gestand sie. »Ich dachte, es müßte doch nett sein, wenn jemand mich so dringend will.«

Dummerweise war Nicholas nicht entgangen, was sie mit ihrer Bemerkung enthüllt hatte. »Fühlten Sie sich denn unerwünscht, Clarissima? Ich habe mich früher manchmal gefragt, wie es wohl sein mochte, Reverend Morgan als Vater zu haben.

Ein Mann von unerschütterlicher Tugend, mitfühlend, jemand, der sich Zeit für jeden nahm, der ihn brauchte.« Er schlug einen leisen, hellen Ton an. »Doch ich kann mir vorstellen, daß es nicht so leicht ist, mit einem Heiligen zu leben.«

Sie fühlte sich, als hätte er ihr mitten ins Herz gestochen. Wie konnte dieser Schürzenjäger es wagen, etwas zu erkennen, was noch kein anderer begriffen hatte – was sie sich selbst kaum eingestehen mochte? »Es ist schon sehr spät«, preßte sie hervor. »Da ich jetzt weiß, daß Sie kein Gespenst sind, sollte ich ein wenig schlafen.«

»Wie rasch Sie vor einer unbequemen Frage fliehen«, murmelte er. »Sie gehören offenbar zu den Menschen, die nur allzu gern andere aushorchen, aber niemand Einblick in *ihr* Inneres gewähren wollen.«

»Da gibt es nichts auszuhorchen.« Sie stand auf. »Ich bin nur eine einfache Frau, die ein unkompliziertes Leben führt.«

Er lachte. »Sie mögen ja vieles sein, ›einfach‹ gehört jedenfalls nicht dazu. Sie brodeln doch vor Intelligenz und unterdrückten Emotionen.« Er spielte ein paar verhaltene, bedächtige Töne, die sie unwillkürlich an eine Katze denken ließ, die sich an einen Vogel heranpirschte. »Möchten Sie das Gefühl haben, daß man Sie will, Clarissima? Ich will Sie. Sie besitzen die geheimnisvolle, hintergründige Vielschichtigkeit eines guten Weines – ein Getränk, das man immer und immer wieder kosten und genießen sollte. Und so hübsche Fesseln ... Ich bin so froh, daß Sie sich gestern beim Billard dazu entschlossen haben, mit dem Queue zu spielen.«

Ohne seine Bemerkung einer Erwiderung zu

würdigen, zog sie sich nur die formlose Stola um ihre Schultern und stolzierte auf die Tür zu. Er begleitete jeden ihrer Schritte mit einem klangvollen Zupfen der Saiten.

Sie beschleunigte ihren Schritt, die Harfenklänge wurden schneller.

Sie hielt an, und die Musik verstummte.

Clare wirbelte zu ihm herum. »Machen Sie sich nicht über mich lustig.«

Er legte eine Hand auf die Harfe, um die Töne zu ersticken, dann stellte er die Harfe auf den Boden. »Ich mache mich nicht über Sie lustig – ich lade Sie nur ein, an dem Festmahl des Lebens teilzunehmen, das auch Lachen enthält.« Er hob sich auf die Füße, und das Feuer warf dramatische Schatten auf sein dunkles Gesicht. »Und im übrigen auch Begierde. Ich kenne kein besseres Mittel als die Lust, um die Kümmernisse des Alltags wenigstens für eine Weile aus den Gedanken zu verdrängen.«

Sie schauderte. »Ich verstehe jetzt, warum man Sie den Teufelsgrafen nennt. Sie predigen die Lehren des Bösen.«

»Im Laufe meiner Erziehung hat man mir eine ganze Menge religiöse Lektionen in den Rachen gestopft. Ich kann mich nicht daran erinnern, gehört zu haben, daß das Vergnügen an sich verderbt ist. Das Böse schadet anderen, während die Liebe eine Quelle gegenseitiger Freude ist.« Er ging nun langsam auf sie zu. »Mitternacht ist vorbei – ein neuer Tag! Soll ich mir meinen nächsten Kuß abholen?«

»Nein!« Sie wirbelte herum und stürzte aus der Tür.

Das letzte, was sie hörte, war ein leises Lachen. »Sie haben recht. Es wäre schade, schon jetzt davon Gebrauch zu machen. Bis später, Clarissima.«

Während sie durch die Korridore hastete, fiel ihr ein Sprichwort ein: Wer mit dem Teufel essen will, sollte einen langen Löffel nehmen. Wie wahr, dachte sie mit einem Anflug von Trotz. Sie war dem Teufel zu nah gekommen – Nicholas' Art zu denken, seine Ansichten wurden für sie immer leichter nachvollziehbar.

Und es war nicht genug, daß sie auf dem besten Weg zur ewigen Verdammnis war – sie schien sich inzwischen auch noch darauf zu freuen!

Kapitel 9

ALS DIE MINE in Sicht kam, zügelte Nicholas sein Pferd, um sich aus der Ferne einen ersten Eindruck zu verschaffen. Die Grube bot nicht gerade ein angenehmes Bild. Ein Schornstein ragte über die Gebäude hinweg und stieß schwarzen Qualm in den bewölkten Himmel. Um die rußigen Häuser herum hatte man achtlos den Abraum aufgehäuft, und im Umkreis von hundert Yards wuchs kein einziger Baum.

»Der Hauptschacht befindet sich genau in der Mitte der Gebäude«, sagte Clare. »Er wird zur Bewetterung, also Frischluftzufuhr, zum Ein- und Ausfahren und zum Heraufholen der Kohle benutzt.« Sie wies nach links. »Von hier aus ist er nicht zu sehen, aber es existiert noch ein kleiner, älterer Schacht, der der *Bychan* genannt wird. Er wird jetzt hauptsächlich nur noch zur Bewetterung, manchmal aber auch als Einstieg zum südlichen Ende des Grubenfelds benutzt.«

Obwohl sie noch mehr als eine Viertelmeile entfernt waren, war das Hämmern der Dampfmaschine bereits deutlich zu hören. »Kommt der Lärm von der Maschine, die das Wasser aus der Grube pumpt?« fragte Nicholas.

»Ja. Es ist eine alte Newcomen-Maschine. Die neuen Watts sind viel leistungsstärker.«

Er trieb sein Pferd wieder an, und sie ritten den Abhang hinunter. »Und die Maschine ist eines der Probleme?«

Sie nickte. »Vor allem ist sie zu klein für eine Mine von diesem Ausmaß. Zudem ist sie fast hundert Jahre alt und wenig verläßlich.«

»Warum ist sie noch nicht ersetzt worden? Als Michael Kenyon die Mine gekauft hat, hatte er doch vor, sie zu modernisieren, um die Produktion zu steigern.«

»Lord Michael hat anfangs auch einiges getan. Dann hat er jedoch rasch das Interesse verloren und die Grube der Führung George Madocs überlassen«, erklärte sie. »In der Mine gibt es noch einige alte Wasserseigen, Rinnen oder Stollen neben der Strekke, die die unteren Ebenen entwässern. Und so hat George Madoc beschlossen, daß es eine Geldverschwendung bedeutet, eine bessere Pumpe zu kaufen. Das ist im übrigen auch seine Ausrede, den altmodischen Göpel dazu zu benutzen, Lasten auf und ab zu bewegen. Eine moderne dampfbetriebene Winde wäre schneller, leistungsstärker und viel sicherer.«

»Madoc scheint nicht gerade weitblickend zu sein. Neue Anlagen sind zwar teuer, machen sich aber bald bezahlt. Es überrascht mich, daß Michael die Kontrolle über die täglichen Arbeitsvorgänge der Zeche abgegeben hat – er war immer ein kluger Kopf, was Geschäfte betraf.«

Er warf Clare einen Blick zu. »Wie Sie wissen, gehörte die Grube einmal den Davies', doch mein Großvater fand irgendwann, daß sie mehr Mühe machte, als Gewinn einbrachte. Als Michael mich einmal besuchte, stattete er aus Interesse der Mine einen Besuch ab. Er glaubte, daß sie mit einer besseren Verwaltung ziemlich rentabel sein könnte, und so machte er meinem Großvater ein Angebot. Dieser war heilfroh, das Ärgernis loszuwerden, solange das Land in seiner Hand bleiben würde.«

»Deswegen hat die Zeche also den Besitzer gewechselt«, bemerkte sie trocken. »Niemand hielt es für nötig, das den Leuten, die dort arbeiteten, mitzuteilen. Man erzählte sich, daß Lord Michael plötzlich einen Narren an diesem Tal gefressen hatte und sich daher aus einer Laune heraus Haus und Geschäft kaufte.«

»Das ist nicht ganz falsch – Michael hat sich tatsächlich in diesen Teil von Wales verliebt, als er zum ersten Mal nach Aberdare kam. Er war nicht der erstgeborene Sohn und erbte daher kein Land. So kaufte er Bryn Manor zur gleichen Zeit, als er die Mine erwarb.« Dann durchfuhr Nicholas ein Gedanke. »Hat er sein Haus genauso vernachlässigt wie die Zeche?«

»Soweit ich weiß, hat Lord Michael seit Jahren keinen Fuß mehr ins Tal gesetzt. Mindestens fünfzehn Leute verloren ihre Stelle, als Bryn Manor geschlossen wurde.« Clare begleitete den letzten Satz mit einem vielsagenden Blick.

Nicholas zog den Kopf ein. »Der Adel hat diesem Tal nicht gerade Glück gebracht, hm?«

»Seit Jahren verschlechtert sich die Lage hier. Nur absolute Verzweiflung konnte mich dazu bringen, einen berüchtigten Taugenichts wie Sie um Hilfe zu bitten.«

Als er das schelmische Funkeln in ihren Augen entdeckte, erwiderte er prompt: »Na, wenigstens *das* entwickelt sich günstig. Überlegen Sie doch nur, was ich Ihnen für eine phantastische Gelegenheit biete, endlich zur Märtyrerin zu werden.«

Ihre Blicke begegneten sich, und beide brachen in lautes Gelächter aus. Verdammt, aber er mochte diese Frau mit ihrem bissigen Humor. Sie war mehr als fähig, sich gegen ihn zu behaupten.

Beide wurden wieder ernst, als sie die verrußten Gebäude erreichten. »Was ist das für ein Lärm, der da aus dem großen Schuppen kommt?« fragte er.

»Die Kohle wird vom tauben Gestein getrennt, gereinigt und sortiert. Die meisten der Übertage-Arbeiter sind damit beschäftigt.«

Er wischte sich über die Flecken, die auf seiner weißen Manschette erschienen. »Das scheint auch die Quelle des Kohlenstaubs zu sein, der hier alles einhüllt.«

»Da Sie Schwarz tragen, sollte es Ihnen nichts ausmachen.« Sie wies auf einen kleinen Schuppen. »Da können wir die Pferde unterstellen.«

Als sie abstiegen, kam ein stämmiger, muskulöser Mann auf sie zu. Clare stellte sie einander vor. »Lord Aberdare, dies ist Owen Morris.«

»Owen!« Nicholas streckte ihm die Hand entgegen. Er mußte recht laut sprechen, damit man ihn durch den ganzen Lärm hören konnte. »Clare hat nicht gesagt, wer mein Führer sein wird.«

Der Bergmann lächelte, und sie drückten sich die Hände. »Ich wußte nicht, ob du mich nach all den Jahren noch wiedererkennst.«

»Wie könnte ich dich vergessen? Ich habe anderen Jungen gezeigt, wie man Forellen mit der

Hand fängt, aber du warst der einzige, der den Dreh richtig raushatte. Wie geht es Marged?«

»Gut. Sie ist jetzt noch hübscher als früher«, sagte Owen voller Liebe. »Sie wird sich freuen, daß du dich an sie erinnerst.«

»So ein Mädchen vergißt man nicht so schnell. Allerdings habe ich mich damals kaum getraut, ihr auch nur guten Tag zu sagen. Ich hatte immer Angst, daß du mir gleich den Hals umdrehen würdest.« Während er noch sprach, musterte Nicholas das Gesicht seines alten Freundes. Unter dem Kohlenstaub hatte er den üblichen blassen Teint eines Bergarbeiters, schien aber gesund und zufrieden. Schon als Kind hatte er ein beneidenswert heiteres Gemüt besessen.

»Du solltest dich besser umziehen«, sagte Owen jetzt. »Es wäre schade, wenn du dir deinen schicken Anzug aus London ruinierst.«

Nicholas folgte Owen brav in einen weiteren Schuppen, wo er seine Überkleidung abstreifte und ein Hemd, eine lockere Jacke und eine derbe Hose anzog. Obwohl der rauhe Stoff gründlich gewaschen worden war, klebte an der Hose noch alter Ruß, der nie mehr abgehen würde. Er grinste, als er den dick ausgepolsterten Filzhut aufsetzte, der seine Aufmachung vervollständigte. Sein Schneider in London hätte Bauchschmerzen bekommen, wenn er ihn so gesehen hätte.

»Schieb die in ein Knopfloch«, befahl Owen, als er ihm zwei Kerzen reichte. »Hast du Feuerstein und Stahl?« Nicholas hätte sie in seinem Rock gelassen, wenn Owen ihn nicht daran erinnert hätte. Als er die Zunderbüchse in die Jackentasche schob, fragte er: »Noch etwas?«

Owen nahm eine Handvoll Ton aus einer Holzkiste und modellierte einen Klumpen um den unteren Teil zweier Kerzen. »Nimm hiervon eine. Wenn wir kriechen müssen, kannst du sie mit dem Ton an deinem Hut befestigen.«

Sie traten hinaus, wo Clare, ebenfalls in Grubenkleidung, schon auf sie wartete. In den sackartigen Kleidern sah sie aus wie ein junger Bursche.

»Sie kommen mit uns?« fragte Nicholas überrascht.

»Das ist nicht mein erster Besuch in der Grube«, sagte sie kühl.

Ihn überkam ein irrationaler Beschützerdrang, der ihn fast dazu verleitet hätte, es ihr zu verbieten, aber er war vernünftig genug, den Mund zu halten. Abgesehen davon, daß er kein Recht hatte, Clare Befehle zu erteilen – sie hatte auch mehr Erfahrung mit Zechen als er. Zudem ließ ihr Gesichtsausdruck darauf schließen, daß sie ihn sofort beißen würde, wenn er sie aufzuhalten versuchte. Nicht, daß es ihm etwas ausgemacht hätte, von ihr gebissen zu werden, aber jetzt war weder der richtige Ort noch die richtige Zeit dazu.

Um zum Schachtmund zu gelangen, mußten sie den Göpel umrunden, der wie ein auf die Seite gelegtes großes Wasserrad aussah. Von Pferden gezogen, betrieb er die quietschenden Seilwinden, die über dem Hauptschacht hingen.

Als sie sich näherten, wurde gerade ein Korb mit Kohle heraufgehievt. Zwei Arbeiter schwangen die Ladung zur Seite und kippten den Inhalt in einen Wagen. In diesem Augenblick kam ein älterer Mann aus einer Hütte. »Das is' dein Besucher, Owen?«

»Aye. Lord Aberdare, dies ist Mr. Jenkins, der Anschläger. Er regelt den Förderverkehr, kümmert sich also um alles, was in die Grube reingeht oder aus ihr rauskommt.«

Nicholas streckte ihm die Hand entgegen. Nach einem Augenblick der Verblüffung nahm der Mann die Hand, schüttelte sie hastig und tippte sich dann an die Hutkrempe. »Is' mir 'ne Ehre, Mylord.«

»Ganz im Gegenteil – es ist *mir* eine Ehre, die Zeche besichtigen zu dürfen. Ich gebe mir Mühe, den Leute nicht im Weg herumzustehen.« Er blickte in den gähnenden Schacht. »Wie kommt man hinunter?«

Mr. Jenkins stellte einen der Seilzüge fest und gluckste heiser. »Zünden Sie Ihre Kerze an der in der Bude an, und dann fassen Sie das Seil, Mylord.«

Nicholas sah genauer hin und entdeckte nun, daß an unterschiedlichen Stellen des Seils jeweils ein Bündel Schlingen hingen. »Lieber Gott, so fahren die Leute ein und aus? Ich dachte, inzwischen wären die Metallkäfige üblich.«

»In modernen Zechen sind sie es auch«, antwortete Clare.

Aber Penreiths Grube war primitiv und risikoreich, was der Grund dafür war, daß sich Nicholas nun hier befand. Er sah zu, wie Owen seine Kerze entzündete, dann durch eine Schlinge trat und sich hineinsetzte, wobei er sich mit einer Hand am Seil festhielt. Nicholas, dem plötzlich sehr deutlich bewußt wurde, daß er über einem gut hundert Fuß tiefen Loch stand, tat es ihm nach. Er wußte, daß man ihn auf die Probe stellte. In dieser Gegend Peer zu sein, bedeutete nichts, wenn man nicht den Mut bewies, dasselbe zu tun, was jeder Bergmann hier jeden Tag tat.

Doch mochte es schon beängstigend sein, sich in die Schlinge zu setzen, so war es kaum zu ertragen, Clare dasselbe tun zu sehen. Als sie einen Schritt über den gähnenden Abgrund machte, mußte Nicholas erneut seinen Beschützerinstinkt niederzwingen.

Quietschend und kreischend setzte sich die Winde in Bewegung, und sie fielen hinab in die Dunkelheit. Die Kerzen flackerten heftig, als die rauchige Luft an ihnen entlangrauschte. Während es abwärts ging, drehte sich das Seil, und Nicholas fragte sich unwillkürlich, ob es Männer gab, die losließen, weil ihnen schwindlig wurde. Clare hockte versetzt etwas über ihm, und so konzentrierte er sich auf ihren schmalen Rücken. Wenn sie nur ein Anzeichen von Gleichgewichtsverlust zeigen würde, konnte er sie wenigsten augenblicklich festhalten. Aber Clare hing so ruhig da, als säße sie zum Tee an ihrem heimischen Herd.

Als das Licht von oben immer schwächer wurde, erkannte Nicholas unter sich einen roten Fleck, der größer wurde, je tiefer sie sanken. Clare hatte ihm zuvor erklärt, daß am Grund des Schachts ein Feuer als Teil des Lüftungssystems brannte. Das erklärte sowohl den Rauch als auch die Hitze, die von unten zu ihnen heraufdrang; es war, als würden sie in einen Kamin hinabsteigen.

Er blickte wieder hinunter und sah plötzlich, daß das Feuer zum Teil von einem riesigen schwarzen Gegenstand verdeckt wurde, der mit tödlicher Geschwindigkeit von unten auf sie zuschoß. Instinktiv spannte er alle Muskeln an, obwohl er genau wußte, daß er keine Chance hatte, falls es zu einer Kollision kommen würde.

In einer gewaltigen Druckwelle sauste das Ding an ihnen vorbei und verpaßte Owen nur um Zentimeter. Der Bergmann zuckte nicht einmal mit der Wimper. Nicholas stieß die Luft erleichtert aus, als er sah, daß es nur ein Korb mit Kohle gewesen war. Dennoch: Wenn das Seil, an dem sie sich festhielten, sich mehr bewegt hätte, hätte leicht einer von ihnen getroffen werden können. Die Grube brauchte wirklich eine dampfbetriebene Seilwinde und vergitterte Körbe.

Nach etwa zwei Minuten verlangsamte sich der Abstieg, und sie hielten wenige Meter neben dem brüllenden Lüftungsfeuer an. Als sie sich aus den Schlingen befreiten, sah Nicholas, daß sie sich in einem langen, sehr breiten Stollen befanden. Etwas weiter entfernt beluden verrußte Gestalten einen weiteren Korb mit Kohle. »Dieser Ort hier hat entfernte Ähnlichkeit mit den Höllenregionen, die Ihr Vater immer mit solchem Vergnügen beschrieben hat«, bemerkte er.

Clare lächelte ein wenig. »Dann, denke ich, müßten Sie sich doch hier zu Hause fühlen, Old Nick.«

Er erwiderte ihr Lächeln, konnte ihr jedoch ganz und gar nicht zustimmen. Der Rom in ihm sehnte sich stets nach frischer Luft und freien Plätzen – zwei Dinge, die in Zechen stets knapp bemessen waren. Er hustete und blinzelte gegen seine brennenden Augen an, während ihm wieder einfiel, warum selbst die kindliche Neugier ihn als Jungen niemals hierhergeführt hatte.

»Gehen wir zum Westflöz«, sagte Owen. »Dort

arbeiten nicht so viele, und du wirst mehr sehen können.«

Ein halbes Dutzend Tunnel gingen vom Hauptstollen ab. Während sie durch einen Quergang marschierten, der sie zu ihrem Ziel führen würde, mußten sie mehreren Wagen voller Kohle ausweichen. »Die Förderwagen nennt man auch Hunte«, erklärte Owen, als zwei junge Burschen einen an ihnen vorbeischoben. »Enthält etwa fünf Zentner Kohle. Die Jungen heißen Schlepper. Größere Zechen haben Schienen, auf denen die Wagen gezogen werden können – macht die Arbeit leichter.«

Owen bog in einen anderen Gang ab, Clare folgte, und Nicholas bildete das Schlußlicht. Die Decke war nicht hoch genug, als daß Nicholas aufrecht stehen konnte. Plötzlich nahm er einen feuchten, seltsamen Geruch wahr, den er nicht definieren konnte.

Owen blickte über die Schulter zurück. »Gas ist das große Problem hier. Stickwetter sammelt sich am Grund der verlassenen Stollen – man kann daran ersticken. Schlagwetter ist noch schlimmer, weil es explodieren kann. Wenn die Dichte zu groß wird, kriecht ein Kumpel hinein und entzündet das Gas. Dann legt er sich flach auf den Boden und läßt die Flammen über sich hinwegrasen.«

»Mein Gott, das hört sich ja selbstmörderisch an.«

Owen warf wieder einen Blick über die Schulter. »Das ist es, aber das heißt nicht, daß du den Namen Gottes mißbrauchen sollst. Auch wenn du ein Lord bist«, fügte er mit einem kleinen Augenzwinkern hinzu.

»Du weißt, daß ich immer einer der höchst

weltlichen Sorte war, aber ich gebe mir Mühe, meine Zunge im Zaum zu halten«, versprach Nicholas. Dann fuhr es ihm durch den Sinn, daß ja auch Clare an seiner unbedachten Art zu reden Anstoß nehmen konnte. Vielleicht sollte er auf Romani fluchen. »Jetzt, wo du es erwähnst – ich habe von dieser Praktik gehört, das Gas zu verbrennen, aber ich dachte, man sieht inzwischen davon ab, weil er zu gefährlich ist.«

»Dies ist eine sehr konservative Grube, Mylord«, sagte Owen trocken.

»Wenn du mich schon wegen meiner frevlerischen Reden ausschimpfst, dann nenn mich auch wenigstens wieder Nicholas.« Er wischte sich mit dem Ärmel über die Stirn. »Bilde ich mir das nur ein, oder ist es hier wärmer als oben?«

»Das ist keine Einbildung«, antwortete Clare. »Je tiefer die Grube, desto wärmer ist es.« Sie blickte über ihre Schulter. »Das liegt daran, daß wir hier näher an der Hölle sind, wissen Sie.«

Nicholas Lächeln dauerte an, bis sein Fuß auf etwas Weiches trat, das quiekend und mit dem Geräusch kratzender Krallen davonstob. Als er um sein Gleichgewicht kämpfte, stieß er mit dem Kopf an die Decke und stieß einen Schwall wilder Flüche aus. Auf Romani.

»Alles in Ordnung?« fragte Clare besorgt.

Er betastete behutsam seinen Schädel. »Der Hut hat den Stoß ganz gut gedämpft. Worauf bin ich überhaupt getreten?«

Sie legte ihm eine kühle Hand auf die Stirn. »Wahrscheinlich auf eine Ratte. Hier unten gibt es jede Menge davon.«

Owen, der ebenfalls stehengeblieben war, fügte hinzu: »Und ziemlich freche Biester. Manchmal stehlen sie den Männern das Brot direkt aus den Händen.«

Nicholas setzte sich wieder in Bewegung. »Hat man schon einmal in Erwägung gezogen, eine Katze herunterzubringen?«

»Hier gibt es einige, und die sind dick und zufrieden«, sagte Clare. »Die Ratten und Mäuse sind so zahlreich, daß sie sich fröhlich weitervermehren.«

Vor ihnen war ein schwaches, metallisches Rasseln zu hören, und als sie um eine Ecke bogen, sah Nicholas, daß eine Eisentür ihnen den Weg versperrte. »Huw, mach die Tür auf!« rief Owen.

Die Tür schwang quietschend auf, und ein kleiner Junge von vielleicht sechs Jahren steckte den Kopf heraus. »Mr. Morris!« sagte er erfreut. »Sie hab' ich aber lange nich' gesehen.«

Owen blieb stehen und zauste dem Jungen durchs Haar. »Ich habe an der Ostwand gearbeitet. Wie ist es so als Grubenjunge?«

»Na ja, leicht, aber auch langweilig. Ich sitz' den ganzen Tag im Dunkeln. Und ich mag die Ratten nich', Sir, überhaupt nich'«, sagte der Junge.

Owen nahm eine seiner Kerzen, zündete sie an und gab sie dem Jungen. »Dein Vater gibt dir keine Kerze?«

Huw schüttelte den Kopf. »Er sagt, die sind zu teuer fürn Kind, das bloß vier Pence am Tag kriegt.«

Nicholas runzelte die Stirn. Dieser Junge arbeitete für nur vier Pence am Tag in diesem schwarzen Höllenloch? Entsetzlich.

Owen kramte ein Bonbon aus seiner Hosentasche und gab es Huw. »Bis später.«

Sie gingen durch die Tür und weiter den Tunnel entlang. Als sie außer Hörweite waren, sagte Nicholas: »Was zum Teufel tut das Kind hier unten?«

»Sein Vater braucht Geld«, antwortete Clare mit harter Stimme. »Huws Mutter ist tot, und sein Vater, Nye Wilkins, ist ein gieriger, stets betrunkener Kerl, der den Jungen in die Zeche geschleppt hat, als er gerade fünf war.«

»Die Hälfte der Bergleute sind der Kirche ergeben, die andere Hälfte der Taverne«, sagte Owen. »Vor fünf Jahren stand unsere Clare während des Gottesdienstes auf und sagte laut, daß die Kinder in die Schule und nicht in die Grube gehörten. Es gab eine hitzige Diskussion, doch bevor der Tag zu Ende war, hatte jeder der Anwesenden in der Zion-Kapelle versprochen, sein Kind nicht arbeiten zu lassen, bevor es das zehnte Lebensjahr erreicht hat.«

»Es wundert mich nicht, daß sie sich durchgesetzt hat. Ich wünschte, ich wäre dabeigewesen«, bemerkte Nicholas. »Gut gemacht, Clare.«

»Ich tue, was ich kann«, sagte sie knapp, »aber es ist niemals genug. Es sind noch mindesten sechs Jungen in Huws Alter hier unten. Sie sitzen den ganzen Tag im Dunkeln bei diesen Türen, die die Wetterströme durch die Stollen kontrollieren.«

Nun kamen sie an einem Gang vorbei, der mit ein paar Brettern zugenagelt war. »Warum ist der Tunnel hier versperrt?«

Owen überlegte einen Moment. »An seinem Ende befindet sich anderes Gestein, das Flöz verschwindet plötzlich.« Er runzelte nachdenklich die Stirn. »Komisch, daß er vernagelt ist. Sackstrecken gibt es genug.«

»Vielleicht ist das Stickwetter darin besonders übel«, überlegte Clare.

»Das wird's wohl sein«, stimmte Owen zu.

Sie setzten ihren Weg fort, drückten sich flach an die Wand, wenn ein Förderwagen vorbeigeschoben wurde, und erreichten schließlich das Ende des Stollens. Auf engem, ungleichmäßig ausgehauenem Raum arbeiteten knapp ein Dutzend Männer mit Schaufeln und Spitzhacken. Sie blickten nur kurz und unbeteiligt auf, um die Neuankömmlinge zu mustern, und fuhren mit ihrer Arbeit fort.

»Das sind Hauer«, erklärte Owen. »Sie schlagen die Kohle aus der Wand, schaffen das Restgestein hinter sich, und dann werden die Stützbalken weiter nach vorne gebracht, um den Abbauraum abzustützen.«

Sie beobachteten die Arbeiter eine Weile schweigend. Die Kerzen standen in Tonklumpen an verschiedenen Stellen, damit die Hauer die Hände frei hatten. Jeder von ihnen hatte hinter sich einen Wagen stehen, in den die Kohle kam, denn die Hauer wurden nach der Menge bezahlt, die sie schlugen. Fasziniert sah Nicholas zu, wie sich die Arbeiter verrenkten, um an die Kohle zu kommen. Einer kniete, ein anderer lag auf dem Rücken, ein dritter versuchte zusammengekrümmt, das Flöz von unten auszuhöhlen.

Dann fiel Nicholas ein Mann auf, der ganz am Ende des Stollens arbeitete. Er wandte sich mit gedämpfter Stimme an Clare. »Der Mann dahinten hat keine Kerze. Wie kann er denn sehen, was er macht?«

»Gar nicht«, erwiderte Clare. »Blethyn ist blind.«

»Machen Sie Witze?« fragte Nicholas ungläubig. »Die Zeche ist doch viel zu gefährlich für einen Blinden! Und woher weiß er, ob er Kohle oder etwas anderes schlägt?«

»Durch Tasten und das Geräusch, das seine Hacke auf dem Gestein macht«, sagte Owen. »Blethyn kennt jeden Winkel, jede Biegung in der Grube. Einmal, als ein Schacht überflutet und die Kerzen gelöscht wurden, hat er sechs von uns hinausgeführt und in Sicherheit gebracht.«

In diesem Moment sagte einer der Hauer: »Es ist Zeit für eine neue Sprengladung.«

Ein anderer richtete sich auf und wischte sich den Schweiß aus dem Gesicht. »Aye. Bodvill, du bist dran.«

Ein stämmiger, verschlossen wirkender Mann legte seine Hacke nieder, nahm einen großen Handbohrer auf und begann, ein Loch in die Felswand zu bohren. Die anderer Hauer räumten ihre Werkzeuge in die Wagen und schoben sie in den Tunnel zurück.

Nicholas, Clare und Owen traten beiseite. »Wenn das Loch tief genug ist, wird es mit Schwarzpulver gefüllt«, erklärte Owen, »und dann mit einem langsam brennenden Zünder gesprengt.«

»Aber kann die Explosion nicht den Schacht einstürzen lassen?«

»Nicht, wenn es richtig gemacht wird«, antwortete Clare.

Ihre Stimme klang gepreßt, und Nicholas warf ihr einen verdutzten Blick zu. Auch sie schien kurz vor einer Explosion zu stehen. Einen Augenblick fragte er sich, was wohl der Grund dafür sein mochte, doch dann kam ihm die Erkenntnis, und er hätte sich selbst treten können, daß er nicht sofort daran gedacht hatte.

Sie hatte ihm doch erzählt, daß ihr Vater hier unten umgekommen war. Clares angespannte Miene verriet sehr deutlich, was es sie kosten mußte, in der Zeche herumzulaufen. Am liebsten hätte er sie in die Arme gezogen und beruhigende Worte gemurmelt, aber er unterdrückte den Impuls. Sie sah nicht so aus, als wollte sie sein Mitgefühl.

Der letzte Hauer, der sich zurückzog, war ein vierschrötiger Kerl mit einem kampflustig vorgeschobenen Kinn. Als er die Besucher erreicht hatte, blieb er stehen und blinzelte Nicholas an. »Sie sin' doch der Zigeunergraf, nich' wahr?«

»Manchmal nennt man mich so.«

Der Mann spuckte aus. »Dann sagen Se Ihrem verdammten Freund Lord Michael, er soll 'n Auge auf Madoc halten. Der alte George hat 'n besseres Leben, als 'n Geschäftsführer von 'ner Mine haben soll.« Damit drehte der Hauer sich zu seinem Karren um und schob wieder an.

Als der Mann verschwunden war, fragte Nicholas: »Könnte es sein, daß Madoc sich an den Gewinnen der Mine widerrechtlich bereichert?«

»Das kann ich wirklich nicht sagen«, antwortete Owen, der sich plötzlich nicht mehr wohl in seiner Haut zu fühlen schien. »Das wäre eine ziemlich harte Anschuldigung.«

»Du bist viel zu anständig«, warf Clare ein. »Nimm einen gierigen Geschäftsführer und einen nachlässigen Besitzer, und die Veruntreuung ist garantiert.«

»Wenn das wahr ist und Michael es herausfindet«, sagte Nicholas, »dann möchte ich nicht in Madocs Haut stecken. Michael ist ein ziemlich aufbrausender Mensch.«

Bodvill zog den Bohrer aus der Wand und fing an, das Loch mit Schwarzpulver zu füllen. »Gehen wir«, sagte Owen. »Ich möchte dir auf dem Rückweg noch etwas anderes zeigen.«

Nachdem sie eine Weile dieselbe Strecke zurückgegangen waren, bogen sie in einen Gang, der sie zu einem gewaltigen Stollen führte, dessen Dekke von massiven eckigen Pfeilern abgestützt wurde. Owen hob die Kerze, um den Stollen zu beleuchten. »Ich wollte dir die Abbaupfeiler und die Arbeitsstände zeigen. Größere Flöze werden gewöhnlich auf diese Art abgebaut. Es hat Vorteile, aber etwa die Hälfte der Kohle bleibt in den Pfeilern zurück.«

Interessiert musterte Nicholas eine der Stützen und stellte fest, daß die grobbehauene Oberfläche den dunklen Schimmer von Kohle besaß.

Plötzlich brüllte Owen los: »Zieh den Kopf ein, Junge!« Schon packte er Nicholas am Arm und riß ihn zurück.

Ein dickes Felsstück krachte genau da zu Boden, wo Nicholas gerade noch gestanden hatte. Es zersprang beim Aufprall in tausend Stücke, und Nicholas blickte ein wenig zittrig zur zerklüfteten Dekke hinauf. »Vielen Dank, Owen. Wie hast du das so schnell sehen können?«

Mit einem Hauch Humor antwortete Owen: »Höhlen sind von Gott geschaffen und sehr stabil. Gruben, die durch Menschenhand entstanden sind, zerfallen leicht. Wenn man in einer Zeche arbeitet, lernt man, stets mit einem Auge darauf zu achten, was über einem geschieht. Es bedarf eines scharfen Verstands und Kraft, ein guter Bergmann zu sein.«

»Lieber du als ich«, erwiderte Nicholas trocken. »Ein Rom würde sterben, wenn er hier unten arbeiten müßte.«

»Sterben ist leicht – in dieser Zeche hier viel zu leicht.« Owen machte eine umfassende Geste durch die Höhle. »Madoc will die Säulen ausbeuten lassen . . ., die Kohle herausholen. Meint, es wäre Verschwendung, sie hier so stehenzulassen.«

Nicholas runzelte die Stirn. »Stürzt dann nicht die Decke ein?«

»Möglich.« Owen zeigte auf einen der hölzernen Tragebalken. »Genügend Stützpfeiler könnten das Risiko verringern, aber Madoc hat keine Lust, für mehr Holz zu zahlen, als unbedingt nötig.«

Nicholas schnitt eine Grimasse. »Der Mann wird mir immer unsympathischer, und dabei habe ich ihn noch nicht einmal kennengelernt.«

»Dann warten Sie nur, bis Sie ihn tatsächlich treffen«, sagte Clare beißend. »Ihr Antipathie wird sich in pure Abscheu verwandeln.«

»Clare, das war eine überaus unchristliche Bemerkung«, sagte Owen mit mildem Tadel. »Kommt jetzt. Wir sollten gehen.«

Als sie ihm aus dem Stollen folgte, sagte Clare reumütig: »Du hast recht. Es tut mir leid.«

Nicholas war nicht traurig, daß die Besichtigung zu Ende war. Während er hinter Clare herging, blickte er abwechselnd auf die Stollendecke über ihr und auf den anmutigen Schwung ihrer Hüften. Nun konnte er sich Gedanken darüber machen, wann und wie er den heutigen Kuß einfordern sollte.

Als sie den Hauptschacht erreichten, legte Owen den Kopf leicht schief. »Die Pumpe ist mal wieder ausgefallen.«

Nicholas lauschte und stellte fest, daß das konstante Wummern der Maschine aufgehört hatte. Über dem Schacht lag tiefe Stille. »Passiert das oft?«

»Ein-, zweimal in der Woche. Hoffentlich können die Maschinisten sie schnell wieder hinbekommen. Bei dem ganzen Regen steigt das Wasser enorm schnell in den Stollen, wenn die Pumpe mehr als ein oder zwei Stunden ausfällt.« Er setzte sich wieder in Bewegung.

Nicholas wollte ihm folgen, hielt aber inne, als er in der Ferne ein lautes, hohlklingendes Donnern hörte. Das Geräusch hallte durch die Gänge und Stollen und ließ den Boden unter ihren Füßen erzittern.

»Bodvills Sprengung«, bemerkte Owen.

Plötzlich wirbelte Clare herum und starrte in den Gang, aus dem sie gekommen waren. »Hört mal!«

Verwirrt drehte auch Nicholas sich um und blickte angestrengt in den Gang. Die Sicht war durch eine Kurve in etwa hundert Fuß Entfernung versperrt, aber die Luft schien sich seltsam zusammenzupressen. Der Druck stieg, und irgend etwas, das sich nach Wasser anhörte, brauste auf sie zu.

Bevor er noch den Mund öffnen konnte, um eine Frage zu stellen, schoß eine gewaltige Woge um die Kurve und flutete den Gang bis zur Decke. Mit tödlicher Geschwindigkeit raste das Wasser auf sie zu.

Kapitel 10

ALS DIE WOGE auftauchte, brüllte Owen: »Die Wände rauf und festhalten! Ich muß Huw helfen!« Schon rannte er mit der Kerze in der Hand davon.

Clare packte Nicholas' Arm und zerrte ihn auf den nächsten Stützpfeiler zu. »Schnell! Wir müssen so hoch wie möglich!«

Nicholas ließ die Kerze fallen, packte Clare um die Taille und schob sie so hoch hinauf, wie er konnte. Mit den Füßen nach Vorsprüngen tastend, kletterte sie weiter, während Nicholas ihr folgte. Die wild flackernde Kerze, die auf der Krempe ihres Hutes befestigt war, zeigte ihm, daß ein kurzer Schrägbalken die Entfernung zwischen Fels und Holz überbrückte. Es gelang ihm, einen Arm darum zu schlingen; mit dem anderen hielt er Clare in der Taille fest.

Dann hatte der brausende Strom sie erreicht. Die Kerze erlosch, als sie mit solcher Wucht überspült wurden, daß Nicholas seine ganze Kraft aufbieten mußte, um sich und Clare an dem Pfeiler festzuhalten. Irgend etwas Schweres rammte sie und rauschte dann wieder davon, doch der Gegenstand hätte ihm um ein Haar Clare entrissen.

Die Strömung war gewaltig. Clare klammerte sich verzweifelt an ihn. Als sie sich einigermaßen sicher festhalten konnte, drehte er sie um, bis ihr Rücken gegen die Felswand gepreßt war und sein Körper sie abschirmte. Wieder krachte etwas heftig gegen seine Rippen und preßte das bißchen an Luft, was er noch hatte, aus ihm heraus. Wenigstens hatte Clare diesmal nichts abbekommen.

Die Sekunden verstrichen, ohne daß die Flut abebbte. Langsam wurde das Brennen in seinen Lungen unerträglich. Würde er hier unten ertrinken müssen, hier, in diesem Loch, wo es weder Himmel noch Wind gab? Er barg sein Gesicht in Clares Haar und fühlte die seidigen Strähnen um seine Wange wirbeln. Was für eine Verschwendung! Was für eine verfluchte Verschwendung zweier Menschenleben! Und er hatte geglaubt, er hätte noch soviel Zeit . . .

Schon spürte er, wie ihm langsam schwarz vor Augen und Clares Umklammerung schwächer wurde, als die Strömung endlich nachzulassen schien. Vielleicht würde nun auch der Wasserstand sinken, und er drehte sein Gesicht aufwärts. Zu seiner unglaublichen Erleichterung stellte er fest, daß zwischen Wasser und Decke bereits ein schmaler freier Streifen entstanden war.

Begierig sog er den Atem ein, verlagerte aber gleichzeitig Clare in seinen Armen, damit er sie ein wenig anheben konnte. Clares Kopf brach durch die Wasseroberfläche, und sie begann augenblicklich zu husten und zu spucken. Ihr schlanker Körper verkrampfte sich unter der heftigen Reaktion ihrer malträtierten Lungen. In der bedrohlichen Finsternis kam sie ihm so unglaublich zerbrechlich vor, daß er sie unwillkürlich fester an sich zog.

Einige Minuten lang klammerten sie sich nur aneinander und genossen den Luxus, frei atmen zu können. Das Wasser sank, bis es knapp dreißig Zentimeter unter der Decke weiterströmte. »Haben Sie irgendeine Vermutung, was zum Teufel überhaupt geschehen ist?« fragte Nicholas.

Clare hustete wieder, und es dauerte eine Weile, bis sie wieder etwas hervorbringen konnte. »Die Sprengladung muß eine verborgene Quelle geöffnet haben. Das kommt gelegentlich vor, aber normalerweise ist die Auswirkung nicht so schlimm.«

»Und die Pumpe ist nicht funktionsfähig«, sagte er grimmig. »Hoffen wir, daß sie bald repariert ist.«

Der kalte Wasserstrom zerrte noch immer an ihnen, und der Holzpfeiler war ihr einziger Halt. Er tastete mit einem Fuß herum, bis er einen kleinen Absatz gefunden hatte, auf den er sich stellen konnte, damit sein Arm ein wenig entlastet wurde. Wie lange würden sie hier wohl hängen müssen? Irgendwann würden die Erschöpfung und Kälte ihren Tribut fordern. »Wenn der Wasserpegel wieder steigt, werden wir versuchen müssen, hinauszuschwimmen, allerdings könnten wir uns in der Dunkelheit leicht verirren. Ich denke, im Moment sind wir am besten damit bedient, wenn wir hierbleiben und beten, daß das Wasser irgendwann weiter sinkt.«

Clare ließ sich die Chance, mit Witzeleien den Ernst der Lage aufzulockern, nicht entgehen. »Sie und beten? Ich glaube, ich habe zuviel Wasser in den Ohren.«

Er lachte in sich hinein. »Mein Freund, der berüchtigte Michael, war Soldat, bevor er sich entschloß, statt dessen einfach nur reich zu werden. Er meinte einmal, daß es auf dem Schlachtfeld keinen Ungläubigen gäbe.«

Er spürte ihr leises Lachen eher, als daß er es hörte, doch es war schnell vorbei. Als sie sprach, war ihre Stimme sehr ernst. »Glauben Sie, daß Owen und Huw sich in Sicherheit bringen konnten?«

»Bestimmt«, sagte er und hoffte, daß sein Optimismus nicht fehl am Platz war. »Owen hatte einen guten Vorsprung, und so weit kann es bis zu der Wettertür, die der Junge bedient, nicht mehr gewesen sein. Entweder sie hängen an einem Pfeiler wie wir oder aber sie hatten noch das Glück, durch die Tür zu kommen, bevor das Wasser diese erreichte. Dann hätten sie genug Zeit gehabt, sich auf eine höhere Ebene zu retten.«

»Lieber Gott, ich hoffe es«, flüsterte sie. »Aber wahrscheinlich sind andere Bergarbeiter vom Wasser überrascht worden. Brodvill zum Beispiel, der die Sprengladung gezündet hat. Er konnte sich noch nicht weit zurückgezogen haben, als sie explodierte.«

Ihr ganzer Körper zitterte erbärmlich. Er konnte sich denken, warum. »Ist Ihr Vater in diesem Teil der Mine umgekommen?«

»Nein, es war am anderen Ende.« Sie brach ab, schwieg und platzte dann plötzlich heraus: »Ich hasse die Grube! Lieber Gott, ich hasse sie! Wenn ich die Zeche morgen zumachen könnte, dann würde ich nicht einen Augenblick zögern! So viele sind hier schon umgekommen! So viele . . .« Ihr Stimme verebbte, und sie verbarg ihr Gesicht an seiner Schulter.

»Haben Sie noch jemanden verloren, der Ihnen sehr am Herzen lag?« fragte er ruhig.

Eine lange Weile war nichts zu hören außer dem leisen Rauschen des Wassers. Dann sagte sie stockend: »Ich . . . ich war einmal verliebt . . . Wir waren noch sehr jung. Ich war fünfzehn, Ivor ein Jahr älter. Aber ich hatte ihn sehr gern und er mich auch. Manchmal, nach der Kirche, redeten wir miteinander, versuchten unsere Gefühle auszudrücken, aber wir taten es mit Worten, die jeder mithören konnte, wenn er wollte.« Sie schauderte, dann sprach sie weiter, und ihre Worte klangen so emotionslos, daß ihr Kummer dadurch nur um so deutlicher ausgedrückt wurde. »Bevor sich die Dinge überhaupt entwickeln konnten, gab es eine Gasexplosion. Er verbrannte bei lebendigem Leib.«

Nicholas, der in diesem Tal aufgewachsen war, kannte die unschuldige Leidenschaft junger Dorfbewohner, die ihren Partner fürs Leben gefunden hatten. Obwohl ein Zyniker sicher sagen würde, daß auch solche Affären in reiner animalischer Lust verwurzelt waren, wußte Nicholas es besser; er mußte nur daran denken, wie Owen Marged den Hof gemacht hatte. Von Anfang an hatte zwischen den beiden eine so innige, spürbare Verbindung bestanden, daß es wehgetan hatte, sie zusammen zu sehen. Nicholas war schlichtweg neidisch gewesen. Ob dieser junge Ivor dem Geschenk ihrer ersten Liebe würdig gewesen war? Clare würde es niemals erfahren, aber sie würde auch niemals einen Verrat an ihrem Liebsten begehen können, denn er war gestorben, bevor ihre knospende Liebe sich noch entwickeln konnte.

Seit sie in die Zeche eingefahren waren, hatte Nicholas seine Beschützerinstinkte unterdrücken müssen. Nun gab er den Kampf auf. Er wollte ihr helfen, so gut er konnte. »Es ist sehr tapfer von Ihnen, sich dennoch in die Grube zu wagen«, flüsterte er. Er beugte den Kopf und strich mit seinen Lippen über ihr nasses Gesicht.

Sie stieß ein leises, erstauntes Seufzen aus, als sich ihre Lippen trafen, und ihr Kopf fiel gegen seine Schulter. Ihr Mund war so warm, so betörend warm im Kontrast zur kalten Haut ihrer Wangen. Das Wasser verringerte ihr Gewicht, und es war ganz leicht, ihren nachgiebigen Körper an sich zu ziehen. Ihre durchnäßte Kleidung klebte an ihren Körpern, und der Stoff erwärmte sich dort, wo sie sich berührten. Es fühlte sich fast so an, als wäre gar keine Kleidung mehr zwischen ihnen, aber es schien ihr nichts auszumachen, daß sein Schenkel sich zwischen ihren befand oder ihre Brüste sich gegen seinen Oberkörper preßten.

Anfangs küßte er sie sanft, fast züchtig. Nur war ganz und gar nichts Züchtiges an dem Verlangen, das sie in ihm weckte. Versuchsweise öffnete er ein wenig die Lippen. Sie tat es ihm unwillkürlich nach, und ihr Atem vermischte sich.

Nun schon forscher, berührte er mit der Zungenspitze ihre Lippen. Sie zuckte leicht zurück, und für einen qualvollen Augenblick befürchtete er, sie würde beschließen, daß der heutige Kuß nun vorbei sei. Doch statt dessen tippte ihre Zunge leicht die seine an, und ihre Hände bewegten sich zögernd und ungeschickt auf seinem Rücken.

Sie schmeckte süß wie ein Sommerwein. Er wußte, wie verrückt es war, ausgerechnet jetzt, da ihr Leben in Gefahr war, solche Lust zu verspüren, aber für einen Moment konnte er das Wasser, die Finsternis, ihre bedrohliche Lage vergessen. Nur noch Clare war real. Er hob sein Bein, so daß sie sicherer auf seinem Schenkel saß, und sie reagierte mit ihrem ganzen Körper, der plötzlich so flüssig wie das Wasser um sie herum zu sein schien. Es lag etwas überaus Erotisches in ihren zarten, tastenden Versuchen, seine Liebkosungen zu erwidern, denn es war wie ein Vorgeschmack auf noch verborgene Leidenschaft.

Clare hatte damit gerechnet, daß ein richtiger Kuß von ihm ein Ansturm auf all ihre Sinne bedeuten würde, ein Ansturm, der sie vollkommen aufwühlen würde. Was sie nicht erwartet hatte, war solch eine hinreißende Zärtlichkeit. Instinktiv begriff sie, daß diese Liebkosung nichts mit den ersten beiden Küssen zu tun hatte, als er absichtlich nicht ihren Erwartungen entsprochen hatte, um ihre Reaktionen zu testen. Dieser Kuß aber war geteilte Wonne, denn die Gefahr hatte aus den einstigen Widersachern Gefährten gemacht.

Und die Gefahr war noch nicht vorüber. Widerwillig drehte sie ihr Gesicht zur Seite. »Ich . . ., ich glaube, wir sollten aufhören.«

»Sie glauben? Sie sind nicht sicher?«

Bevor sie antworten konnte, legte sich sein Mund erneut über ihren und löste ihren schwachen Widerstand auf. Sie drängte sich an ihn und erbebte, als seine Hände aufwärts wanderten und ihre Brüste seitlich streiften. Seine leichte Berührung erregte sie in einem Ausmaß, das sie schockierte.

Mit der Erregung kamen Schuldgefühl und akute Verlegenheit, als sie bemerkte, daß sich ihre Lenden auf höchst schändliche Art an den seinen rieben. Sie stieß sich von ihm ab und sagte fest: »Ich bin sicher.«

Er stieß einen Seufzer des Bedauerns aus. »Wie schade.« Der Griff, mit dem er sie festhielt, lokkerte sich ein wenig.

Sie wand sich ein Stück seinen Schenkel entlang, bis sie nicht mehr ganz so nah beieinander waren. Dennoch war es schwer, eine würdige Haltung einzunehmen, wenn man sich aneinander klammern mußte, um nicht zu fallen und zu ertrinken.

Der Gedanke weckte erneut das Entsetzen, das sie empfunden hatte, als die Strömung sie beinahe in die Tiefe gezogen hatte. Nicholas war ihr einziger Halt, die einzige Sicherheit in einer Welt gewesen, in der plötzlich nur noch Chaos zu herrschen schien. Wenn er nicht so stark, so zäh gewesen wäre, dann wäre sie ein weiteres Opfer der Zeche geworden. »Sie haben mir das Leben gerettet, Mylord.«

»Reine Selbstsüchtigkeit. Ohne Sie wird aus meinem Haushalt nie etwas.«

Seine Witzelei munterte sie wieder etwas auf. »Aber wenn ich nicht da wäre, um Ihnen Ihr Leben schwerzumachen«, konterte sie, »dann könnten Sie ohne Bedenken Aberdare verlassen.«

»Wer hat gesagt, daß das Leben einfach sein muß?« Er schmiegte sein Gesicht in die Kuhle zwischen ihrem Hals und ihrer Schulter.

Sie hielt den Atem an. Ihr ursprüngliches Abkommen hatte einen Kuß pro Tag vorgesehen; naiv wie sie war, hatte sie nicht geahnt, wie viele verschiedene Möglichkeiten ein Mann hatte, eine Frau mit Berührungen zu verführen. Sie mußte sich unbedingt von seiner gefährlichen Nähe ablenken. »Das Wasser ist noch ein paar Zentimeter gefallen«, sagte sie.

»Stimmt. Am besten finden wir heraus, ob es schon niedrig genug ist, daß ich stehen kann, ohne zu ertrinken.« Er nahm ihre Hand und legte sie auf den Balken, dann entwirrte er ihre Glieder und begann hinabzusteigen.

Ihre Finger rutschten von dem nassen Holz ab, und plötzlich schwebte sie haltlos im Wasser. Mit einem erstickten Schrei versuchte sie panisch, nach dem Holz zu greifen, aber sie war schon abgetrieben und ertastete nur glitschigen Stein, an dem sie sich nicht festhalten konnte.

Im gleichen Augenblick hatte er sie schon gepackt und zog sie nun sachte zurück. »Ich hätte zuerst fragen sollen, ob Sie schwimmen können.«

Sie schüttelte den Kopf. Dann fiel ihr ein, daß er sie ja nicht sehen konnte. »Leider nein.«

»Also gut, versuchen wir es mit mehr Vorsicht.«

Dieses Mal legte Nicholas ihre beiden Händen um den Balken und vergewisserte sich, daß sie sich gut festhielt, bevor er sich fortbewegte. »Das Wasser steht mir bis zum Kinn. Und die Strömung ist nicht mehr ganz so schlimm. Sie werden sich an meinen Rücken klammern müssen. Ich fände es ausgesprochen schade, Sie in der Dunkelheit zu verlieren.«

»Da bin ich absolut Ihrer Meinung«, sagte sie. »Wo wir gerade von Dunkelheit sprechen, haben Sie nicht Feuerstein und Stahl dabei? Vielleicht können wir eine Kerze damit entzünden.«

»Haben Sie Ihre denn noch? Ich habe meine verloren, als das Wasser über uns hinwegrauschte. Hätte sie besser fester verknotet. Mal sehen . . .« Platschend suchte er nach dem Kästchen und holte es an die Oberfläche. »Tut mir leid, der Inhalt ist völlig durchnäßt. Schade, daß ich nicht wirklich Old Nick bin – dann könnte ich mit einem Fingerschnipsen Kerzen entzünden.«

Das Wasser schwappte ihr entgegen, als er sich auf sie zubewegte. »Ich drehe Ihnen meinen Rücken zu«, erklärte er ihr. »Kommen Sie an Bord.«

Sie schlang die Arme um seinen Hals und ihre Beine um seine Taille. Er klemmte seinen linken Arm um ihr linkes Bein und begann dann durch das tiefe Wasser zu waten, wobei er den rechten Arm ausgestreckt vor sich hielt, um nicht gegen eine Wand zu laufen.

»Ich könnte mich an der Wand entlangtasten«, schlug Clare vor.

»Gute Idee. Dann können wir die Richtung besser halten.«

Er bewegte sich langsam und anmutig durch das Wasser, und seine Hüftmuskeln spannten sich auf höchst sinnliche Art an der Innenseite ihrer Schenkel. Plötzlich schoß ihr ein Gesprächsfetzen durch den Kopf, den sie einmal von einer Unterhaltung zweier Frauen aufgeschnappt hatte. Die eine, eine ältere Witwe, hatte zu der anderen gesagt, sie sehne sich danach, endlich mal wieder einen guten Mann zwischen den Beinen zu haben. Clare hatte rasch ihre Ohren vor dieser vulgären Bemerkung verschlossen, aber nun konnte sie sie besser verstehen. Obwohl sie natürlich wußte, daß die Witwe auf etwas anderes angespielt hatte, erzeugten Nicholas'

Bewegungen ein tiefe, lustvolle Sehnsucht zwischen ihren Beinen, die sich, von dort ausgehend, in ihrem ganzen Körper auszubreiten schien. Am liebsten hätte sie ihre Hüften an den seinen bewegt, um das Verlangen zu stillen.

Statt dessen vergrub sie ihr glühendes Gesicht nur in seinem Nacken. Wie sollten sie nach diesem Ereignis wieder zu einer normalen, ungefährlichen Beziehung zurückkehren? Allerdings . . ., wann war diese Beziehung schon sicher gewesen? Seit sie auf Aberdare eingezogen war, um sich seiner Hilfe zu versichern, drohte ihrer Seele ständig Gefahr!

Während sie nachdachte, tasteten ihre Finger die rechte Wand ab und glitten über rauhen Fels, der gelegentlich durch Holz unterbrochen wurde. Zweimal hatten sie bereits einen Nebenschacht passiert.

Dann berührte sie etwas anderes. Kühl und naß, aber nachgiebig, mit borstigen Stoppeln. Ihre Hand tastete sich tiefer und berührte rauhen Stoff. Sie stieß einen Schrei aus und fuhr zurück.

»Was ist?« fragte Nicholas.

Sie antwortete mit bebender Stimme. »Da . . . da ist ein Toter.«

Er blieb stehen. »Nicht zwingend. Könnte er noch am Leben sein?«

Die Haut hatte sich schwammig angefühlt, und der Gedanke daran ließ sie schaudern. »Ich glaube nicht.«

»Wahrscheinlich der arme Bodvill – bei dem ersten Schwall Wasser hat mich etwas gerammt, und es kann ein menschlicher Körper gewesen sein. Wenn ihm nicht mehr zu helfen ist, müssen wir ihn hierlassen, Clare!«

Sein nüchternen Tonfall half ihr, die Fassung zu bewahren. Ihre größte Angst war gewesen, daß es sich bei dem Toten um Owen handeln könnte. Doch ihr Freund war glattrasiert, dieser hier nicht.

Nicholas setzte sich wieder in Bewegung. Nachdem sie einen sicheren Abstand zu der Leiche hatten, wischte Clare sich die Hand an ihrem Schenkel ab – eine bedeutungslose Geste, da sie sich fast bis zum Hals im Wasser befand – und streckte dann den Arm aus, um sich weiter an der Wand entlangzutasten.

Der Schacht kam ihr endlos vor, viel länger, als er bei Licht gewesen zu sein schien. Sie begann sich gerade zu fragen, ob sie vielleicht irgendwann versehentlich in einen Nebengang abgebogen waren, als Nicholas wieder anhielt. »Verdammt. Hier geht es nicht weiter.« Nach einem Moment setzte er hinzu: »Nein. Ich habe mich geirrt. Aber die Decke senkt sich hier unter die Wasseroberfläche ab.«

Clare versuchte sich stirnrunzelnd zu erinnern. »Wir sind auf dem Hinweg durch ein Stück Tunnel gekommen, wo Sie Ihren Kopf einziehen mußten, erinnern Sie sich? Die Strecke war nicht besonders lang.«

»Um ehrlich zu sein, habe ich nicht besonders darauf geachtet. Ich weiß nur noch, daß ich manchmal aufrecht gehen konnte und manchmal eben nicht.« In seiner Stimme klang Besorgnis. »Ich möchte Sie nicht mit unter Wasser ziehen, ohne zu wissen, wie lang dieser niedrige Abschnitt ist. Können Sie sich an einem Balken festhalten, während ich den Gang erkunde?«

Das letzte, was Clare wollte, war, in einem gefluteten Schacht mit einer herumtreibenden Leiche allein zu sein, doch was blieb ihr übrig? »Etwa zehn Fuß hinter uns habe ich einen Stützbalken ertastet. Es wird schon gehen«, sagte sie ruhig.

Er ging also zurück, bis sie den Pfeiler erreicht hatten. »Können Sie festen Halt finden?«

»Der Balken ist genau richtig«, versicherte sie ihm.

Er gab ihr einen flüchtigen Kuß auf die Stirn, sagte dann aber mit kummervoller Stimme: »Tut mir leid, ich hab's vergessen. Habe ich jetzt schon den Kuß für morgen verbraucht?«

»Unter diesen Umständen werde ich wohl davon absehen, ihn auf Ihre Rechnung zu setzen«, sagte sie feierlich.

»Na, wenn das so ist ...« Er schlang seine Arme um sie und küßte sie wieder, diesmal auf den Mund und weit ausgiebiger als kurz zuvor.

Seine Umarmung schickte sehr willkommene Wärme direkt bis zu ihren eiskalten Füßen. Sie versuchte, streng zu klingen, als er endlich von ihr abließ. »Lord Aberdare, Sie sind impertinent.«

Er lachte in sich hinein. »Natürlich.« Dann schwamm er, nicht länger durch zusätzliches Gewicht behindert, zu der Stelle, an der sich die Decke senkte.

Clare lauschte angestrengt und versuchte, durch die Geräusche zu verfolgen, was er tat. Er hielt inne, um ein paarmal tief einzuatmen und seine Lungen mit soviel Luft wie möglich zu füllen. Dann ein leises Plätschern, und er war fort.

Das Wasser um sie herum kam ihr augenblicklich ein paar Grad kälter vor. Clare schauderte, als sie sich plötzlich bewußt wurde, was für entsetzliche Dinge geschehen konnten. Wenn sie vom Hauptschacht abgekommen waren, konnte Nicholas in ungeahnte Gefahren geraten. Streng befahl sie sich, sich nicht unnötig verrückt zu machen; der Teufelsgraf hatte bereits bewiesen, daß er auf sich selbst aufpassen konnte – und auf sie ebenfalls.

Trotzdem kam es ihr wie eine Ewigkeit vor, bis er endlich nach Luft ringend wieder durch die Wasseroberfläche brach. Als er sich ein wenig erholt hatte, schwamm er auf Clare zu. »Der Tunnel steigt ein wenig an, so daß das Wasser drüben etwas niedriger ist. Ich denke, wir schaffen es – aber es wird nicht gerade angenehm. Sie werden ihre Lungen bis zum äußersten strapazieren müssen. Glauben Sie, Sie können sich meiner Obhut anvertrauen?«

»Natürlich – Sie brauchen mich doch noch, um Ihren Haushalt auf Vordermann zu bringen!« Nun, da er wieder bei ihr war, kamen ihr die Scherze leicht von den Lippen.

Er lachte und zog sie durchs Wasser, bis sie die Stelle erreicht hatten, wo sie abtauchen mußten. »Atmen Sie ein paarmal tief ein und halten sie meine linke Hand mit ihren beiden Händen fest. Wenn Sie bereit sind, drücken sie sie zweimal.«

Sie tat, wie ihr geheißen. Dann signalisierte sie ihre Bereitschaft, und er tauchte unter die Oberfläche und zog sie mit sich in die Tiefe. Er schwamm seitlich unter Clare, und seine Beine brachten sie mit kräftigen, scherenartigen Bewegungen voran. Es kostete nicht viel Kraft, aber was die Annehmlichkeit anging, so hatte er vollkommen recht gehabt. Sie vertraute ihm durchaus, aber als sie spürte, wie ihr die Luft ausging, stieg Panik in ihr auf. Der Drang, sich an die Oberfläche zu strampeln, wurde immer stärker. Ihr Herz hämmerte immer heftiger, und sie zwang sich, die Luft langsam auszustoßen.

Als sie glaubte, ihre brennenden Lungen könnten nicht eine Sekunde länger aushalten, bewegte er sich aufwärts, und sie durchbrachen die Wasseroberfläche. Wieder klammerte sie sich an Nicholas, während sie nach Luft rang. »Tapferes Mädchen«, murmelte er, während er ihr beruhigend über den Rücken streichelte.

»Nicht tapfer«, stieß sie keuchend hervor. »Und auch kein Mädchen. Ich bin eine mürrische, altjüngferliche Lehrerin.«

Er lachte und küßte sie wieder. Sie war sich darüber im klaren, daß sie das Recht hatte, ihn daran zu hindern – schließlich hatte er sein Konto schon mächtig überzogen –, aber sie tat es nicht. Seine Küsse gaben ihr Mut, und davon brauchte sie soviel wie möglich. Sie konnte noch genug über ihr Seelenheil nachgrübeln, wenn sie wieder im sicheren Tageslicht standen.

Neues pulsierendes Verlangen durchströmte sie und belebte ihren erschöpften Körper. Es dauerte eine Weile, bis sie begriff, daß das rhythmische Wummern nicht nur in ihrem Inneren, sondern überall um sie herum war. Dumpfe Vibrationen drangen durch Wasser und Stein. Erleichtert hob sie den Kopf. »Die Pumpe arbeitet wieder.« Vorsichtig ließ sie sich an ihm herab und stellte fest, daß ihr Kopf gerade noch über der Wasseroberfläche war, wenn sie mit den Füßen auf dem Boden stand.

»Halleluja. Ich finde, das schreit nach einem Kuß. Zur Feier des Augenblicks.« Wieder zog er sie in die Arme und erforschte ihren Mund.

Lachend stieß sie ihn von sich. »Haben Sie denn gar nichts anderes im Kopf als das?«

»Manchmal schon«, gab er zu. »Aber dann nur zwangsläufig.« Er fing sie wieder ein und hob sie hoch, bis ihre Münder auf gleicher Höhe waren.

Jedesmal fiel es ihr leichter, sich seinem Kuß hinzugeben. Einmal mehr ließ sie sich von Wasser und Begierde treiben. Es war wie im Paradies. Das Paradies in der Kohlenzeche . . .

Nein! Sie mußte wieder zur Vernunft kommen. So lehnte sie sich ein Stück zurück und sagte: »Wenn wir nicht aufhören, fängt das Wasser gleich an zu kochen.«

»Clarissima!« sagte er erfreut. »Das ist das Netteste, was Sie je zu mir gesagt haben.«

Zum Glück versuchte er nicht noch einmal, sie zu küssen, da es um ihre Willenskraft sehr schlecht bestellt war. Schließlich ließ er sie herab, legte ihr einen Arm um die Schulter, und sie gingen weiter.

Bald erreichten sie eine Wand, die ein metallisches Geräusch erzeugte, als Nicholas sie unter Wasser abtastete. »Ich glaube, wir haben die Wettertür erreicht, an der Huw gearbeitet hat.«

Zu ihrer Erleichterung schwamm nirgendwo ein kleiner toter Körper umher. Nicholas tauchte durch die überflutete Öffnung und rief dann Clare, ihm zu folgen.

Als sie auf der anderen Seite auftauchte, wäre sie am liebsten in Jubelgeschrei ausgebrochen. Flakkerndes Kerzenlicht bewegte sich auf sie zu! Etwa sechs Männer kamen ihnen durch hüfthohes Wasser entgegen, Owen als erster. »Clare, Nicholas! Seid ihr das?« rief er.

»Wir sind beide gesund und munter«, antwortete Nicholas. »Hast du Huw retten können?«

»Ja, obwohl es eine knappe Sache war. Ich mußte ihn sofort hinausbringen. Der arme Bengel ist vollkommen verschreckt.«

»Im Schacht treibt ein Ertrunkener«, sagte Clare nun. »Hat es andere Todesfälle gegeben?«

»Das muß Bodvill sein, möge er in Frieden ruhen«, erwiderte Owen. »Ansonsten ist niemand umgekommen oder ernsthaft verletzt. Wir haben Glück gehabt.«

Einer der anderen Männer wandte sich an Owen. »Wir sollten Bodvill sofort holen.«

»Er ist nicht weit hinter dem Stück Tunnel, wo sich die Decke absenkt«, erklärte Nicholas.

Der Bergmann nickte und ging mit drei anderen Männern auf die Metalltür zu. Das Wasser war konstant gesunken, und inzwischen konnte man mit brennenden Kerzen hindurch.

Clare und die anderen wateten auf den Hauptschacht zu. »Verzeiht, daß wir so lange gebraucht haben«, sagte Owen. »Vor uns liegt ein Stück Tunnel, das wir erst passieren konnten, nachdem die Pumpe wieder zu arbeiten begonnen hatte.«

»Ist ja nichts weiter geschehen, obwohl ich schon nettere Nachmittage verbracht habe«, sagte Nicholas trocken. »Ist jeder Tag so wie dieser, oder hat man extra für meinen Besuch ein kleines Abenteuer arrangiert?«

Owen seufzte. »Ich wünschte wirklich, daß der heutige Tag eine Ausnahme wäre.«

Der Zwischenfall wird einen positiven Effekt haben, dachte Clare, während sie erschöpft durch das Wasser watete. Nun, da Nicholas selbst miterlebt hatte, wie schlecht die Arbeitsbedingungen in der Grube waren, war sie bereit zu wetten, daß sich schon sehr bald etwas ändern würde.

Kapitel 11

NICHOLAS WUSSTE, WIE erschöpft Clare sein mußte, und so schlang er einen Arm um ihre Taille, als die Seilwinde sie quietschend hinaufzog. Nachdem er sie durch die halbe Mine geschleppt hatte, wollte er sie gewiß nicht während der letzten Etappe noch verlieren. Müde lehnte sie sich gegen ihn und war offensichtlich froh über seinen stützenden Arm.

Oben schwang er sich auf festen Boden und half Clare dann hinüber. Der Wind blies kalt durch ihre durchweichten Kleider.

Huw wartete voller Furcht am Einstieg. Seine Miene hellte sich auf, als er Owen entdeckte, der gleichzeitig mit Clare und Nicholas heraufgekommen war. »Ich bin so froh, daß Sie in Ordnung sind, Mr. Morris. Dies ist ein ganz böser Ort!«

Owen tätschelte dem Jungen die Schulter. »So schlecht ist es gar nicht, Bergmann zu sein, Huw. Wenn auch nicht jedermanns Geschmack.«

»Ich schwör' zu Jesus, unserm Herrn, daß ich nie wieder da runtergeh'.«

Noch während er sprach, brachte der Göpel weitere Männer herauf. Einer von ihnen war ein großer, hagerer Kerl. »Das hab' ich mitgekriegt, Junge, und ich will's nie wieder hören«, bellte er. »Damit du endlich zu jammern aufhörst, nehme ich dich jetzt sofort wieder mit runter!«

Das kleine Gesicht des Jungen wurde leichenblaß. »N . . . nein, Da, ich will nich'.«

»Ich bin dein Vater, und du wirst tun, was ich dir sage«, knurrte der Mann. Er ging drohend auf den Jungen zu und wollte sein Handgelenk packen.

Der Junge schrie auf und versteckte sich hinter Owen. »Bitte, Mr. Morris. Helfen Sie mir.«

»Der Junge ist fast ertrunken, Wilkins«, sagte Owen mit ruhiger Stimme. »Er braucht etwas Warmes zu essen und sein Bett, keinen weiteren Ausflug in die Grube.«

»Mischen Sie sich da nicht ein, Morris.« Wilkins machte wieder eine Bewegung auf Huw zu, wobei er fast vornüber kippte.

Owens Miene verhärtete sich. »Sie sind betrunken. Lassen Sie den Jungen in Frieden, bis Sie wieder nüchtern sind.«

Der Bergmann explodierte wie eine Ladung Schwarzpulver. Die Faust schwingend, stürmte er auf Owen zu. »Sag mir nicht, was ich mit meinem Sohn zu tun habe, du phrasendreschender Methodistenbastard!« brüllte er.

Owen wich mit einem raschen Schritt aus. Dann schickte er seinen Gegner mit sichtlicher Befriedigung und einem gezielten Fausthieb gegen das Kinn zu Boden. Anschließend kniete er sich neben den Jungen. »Am besten kommst du zu mir nach Hause, Huw«, sagte er freundlich. »Dein Dad ist heute ein wenig außer sich.«

Die angsterfüllte Miene des Jungen ging Nicholas augenblicklich zu Herzen, denn es erinnerte ihn an seine eigene Kindheit. Und als er sah, wie Owen mit Huw sprach, mußte Nicholas unwillkürlich an Reverend Morgan denken.

Um die Erinnerung zu unterdrücken, wandte er sich rasch ab – gerade rechtzeitig, um Wilkins taumelnd mit der Spitzhacke in der Hand auf die Füße kommen zu sehen. Mit wutverzerrtem Gesicht holte er hinter Owens Rücken damit aus.

Warnrufe erklangen, doch Nicholas war schon vorgeschossen, packte nun Wilkins' Handgelenk und drehte es mit soviel Kraft um, daß der Mann erneut zu Boden stürzte. Brüllend stolperte der Bergmann wieder auf die Füße.

Nicholas trat ihm in den Bauch, so daß Wilkins flach auf den Rücken fiel. Dann griff Nicholas die Hacke und ließ sie hinab, bis das schwere Mittelstück Millimeter über Wilkins' Kehle schwebte. Der Mann stank nach billigem Whiskey. Er konnte nicht einmal mit einem Hund zurechtkommen, geschweige denn einem Kind. »Ich mache Ihnen ein Angebot«, sagte Nicholas kühl. »Der Junge ist eigensinnig und will nicht in die Zeche, also ist er Ihnen kaum von Nutzen. Ich könnte ihn Ihnen abnehmen für, sagen wir, zwanzig Guineas. Er müßte jahrelang in der Grube arbeiten, um soviel zu verdienen, und Sie würden die Kosten für sein Essen und seine Kleidung sparen.«

Verwirrt blinzelnd sah Wilkins ihn an. »Wer zum Teufel sind Sie?«

»Ich bin Aberdare.«

Wilkins Gesicht verzerrte sich wieder. Ohne sich um seine prekäre Lage zu kümmern, knurrte er: »Steht der Zigeuner also auf kleine Jungs! Konnte Ihre Frau deswegen Ihren Anblick nicht mehr ertragen?«

Nicholas' Hand krampfte sich um den Griff der Hacke, als er gegen das Bedürfnis ankämpfen mußte, dem Kerl unter ihm den Kehlkopf zu zertrümmern. »Sie haben mir noch keine Antwort gegeben, Wilkins«, sagte er, als er seine Selbstbeherrschung wiedererlangt hatte. »Zwanzig Guineas, Wilkins. Überlegen Sie mal, wieviel Whiskey Sie dafür bekommen.«

Der Gedanke an das Geld ließ den Bergmann verstummen. Nachdem er eine Weile angestrengt nachgedacht hatte, antwortete er: »Wenn Sie die Brut haben wollen, dann kriegen Sie ihn für fünfundzwanzig. Er ist sowieso nutzlos. Tut nichts außer winseln und jammern und nach mehr Essen schreien.«

Nicholas warf einen Blick auf die Leute, die sich um sie herum versammelt hatten und die Szene schweigend beobachteten. »Sie alle können bezeugen, daß Mr. Wilkins freiwillig alle Rechte an seinem Sohn Huw für eine Summe von fünfundzwanzig Guineas an mich abtritt?«

Die meisten Zuschauer nickten. Ihre Mienen ließen keinen Zweifel daran, was sie von einem Mann hielten, der seinen Sohn verkaufte.

Nicholas nahm die Hacke weg, und Wilkins kam schwerfällig auf die Füße. »Sagen Sie mir, wo Sie wohnen. Sie bekommen das Geld heute abend. Mein Verwalter wird eine Quittung verlangen.«

Wilkins nickte, und Nicholas warf die Spitzhacke zur Seite. »Und wo Sie jetzt gerade schon stehen . . .«, begann er mit samtiger Stimme. »Möchten Sie vielleicht noch ein paar Verleumdungen äußern? Da ich nicht bewaffnet bin, können wir Ihre Behauptungen über meine Familie von Mann zu Mann besprechen.«

Obwohl der Bergmann mindestens doppelt so schwer war wie Nicholas, schlug er die Augen nieder. Sehr leise, so daß nur Nicholas es verstehen konnte, murmelte er: »Treiben Sie's doch, mit wem Sie wollen, Zigeunerbastard!«

Nicholas hatte genug von Wilkins. Er wandte sich an Owen. »Wenn ich für Huws Kosten aufkomme, würdest du ihn dann mit deinen eigenen Kindern aufziehen? Oder wenn das nicht geht, kennst du eine Familie, die ihn aufnehmen würde?«

»Marged und ich nehmen ihn.« Owen hob den Jungen auf die Arme. »Würdest du gerne für immer bei mir bleiben, Huw? Aber du müßtest in die Schule gehen!«

Dem Jungen standen die Tränen in den Augen. Er nickte, dann vergrub er sein Gesicht an Owens Hals.

Während Owen dem Jungen beruhigend den Rücken tätschelte, sann Nicholas zynisch über die Macht des Geldes nach. Für lächerliche fünfundzwanzig Guineas konnte man einem Kind ein neues Leben kaufen. Adeliges Blut war natürlich etwas teurer; Nicholas hatte den alten Earl viermal soviel gekostet. Zweifellos wäre der Preis noch höher gewesen, wenn sein Zigeunerblut ihn nicht minderwertig gemacht hätte.

Mit unbewegtem Gesicht wandte er sich ab. Was allein zählte, war, daß der Junge nun zu Menschen kam, die ihn gut behandelten.

Die ganze Zeit hatte Clare die Szene schweigend, doch sehr aufmerksam beobachtet. Als Nicholas ihr jetzt einen Blick zuwarf, sagte sie: »Vielleicht gibt es doch noch Hoffnung für Sie, Mylord.«

»Kommen Sie ja nicht auf den albernen Gedanken, ich sei menschenfreundlich geworden«, fauchte er. »Ich habe aus reiner Halsstarrigkeit gehandelt.«

Sie grinste. »Oh, daß Sie bloß keiner mit einer guten Tat in Verbindung bringt. Gott behüte. Man könnte Sie ja dafür glatt aus dem Verein für Schurken und Schufte rauswerfen.«

»Nein, kann man nicht. Ich bin einer der Gründer«, konterte er. »Und nun ziehen Sie sich schon trockene Kleider an, bevor Sie mir hier erfrieren. Und ein Bad könnten Sie auch gebrauchen. Sie haben soviel Kohlenstaub an sich, daß Sie aussehen wie ein Kaminkehrer.«

»Sie desgleichen, Mylord.« Immer noch lächelnd drehte sie sich um und ging zu dem kleineren Schuppen, in dem sie ihre Kleider gelassen hatte.

Nicholas, Owen und Huw betraten den anderen Schuppen. Obwohl Owen normalerweise länger arbeitete, hatte die Überflutung den Arbeitsalltag durcheinander gebracht, so daß er beschloß, Huw schon früher nach Hause zu bringen.

Auch Nicholas zog sich um. »Bist du sicher, daß Marged nichts dagegen hat, wenn du mit einem Kind nach Hause kommst?« fragte er.

»Nein, bestimmt nicht«, versicherte Owen ihm. »Huw ist ein freundlicher, heller Bursche, und Marged hat mehr als einmal gesagt, sie wünschte sich, er wäre unser Sohn. Da Wilkins den Jungen nicht in die Sonntagsschule hat gehen lassen, bringt sie ihm das Alphabet und Zählen bei, wann immer sich die Gelegenheit dazu bietet. Außerdem füttert sie ihn praktisch schon länger durch. Der arme Kleine hat immer Hunger.«

Während sie sich unterhielten, zog Huw sein nasses, zerlumptes Hemd aus und enthüllte einen knochigen Rücken, der mit häßlichen Striemen übersät war. »Ich hätte große Lust, rauszugehen und Wilkins den Kopf abzureißen. Oder soll ich lieber dir dieses Vergnügen überlassen?«

»Führ mich bloß nicht in Versuchung«, sagte Owen wehmütig. »Jetzt, wo Wilkins uns den Jungen abgetreten hat, sollten wir es lieber dabei belassen. Er hat Jahre in der Armee verbracht und freut sich über jede Gelegenheit, eine Prügelei anzufangen. Wir brauchen ihn uns nicht zu einem noch ärgeren Feind zu machen, als er es ohnehin schon ist. Außerdem«, setzte er fromm hinzu, »war unser Herr Jesus gegen Gewalt.«

Nicholas grinste und zog sich seinen Rock über. »Und dies von einem Mann, der Wilkins so sauber niedergestreckt hat wie ein professioneller Boxer?«

»Nun, manchmal muß man eben den Gottlosen den rechten Weg mit starker Hand weisen«, erwiderte Owen mit einem leichten Augenzwinkern. »Selbst Jesus hat einmal die Geduld verloren und die Geldwechsler aus dem Tempel geworfen.«

Nun kam Huw zu ihnen und schob seine kleine Hand vertrauensvoll in die Owens. Wieder war Nicholas an Reverend Morgan erinnert. Den Jungen seinem brutalen Vater abzukaufen, war wirklich eine von Nicholas' nützlicheren Taten gewesen.

Als alle drei den Schuppen verließen, sah Nicholas, daß man Bodvills Leichnam bereits heraufgeholt hatte und ihn nun neben dem Zechenhäuschen niederlegte. Überwacht wurde die Aktion von einem Mann mit dem kräftigen Körperbau eines Bergmanns, teuren Kleidern und dem unverkennbaren Auftreten einer Autoritätsperson. »Das ist Madoc«, murmelte Owen.

Das hatte sich Nicholas bereits gedacht. Er wollte den Geschäftsführer zwar kennenlernen, zog es jedoch vor, dies unter anderen Umständen zu tun. Er blickte sich nach Clare um und sah sie in den Jungenkleidern, die sie zum Reiten trug, aus dem kleineren Schuppen kommen. Bei der Menge von Leuten, die geschäftig hin und her liefen, durfte es kein Problem sein, die Pferde zu holen und unauffällig zu verschwinden.

Doch das Glück war nicht mit ihnen. Als Madoc sich von dem Ertrunkenen abwandte, fiel sein Blick auf Clare. »Was tun Sie denn schon wieder hier, Sie kleine Unruhestifterin?« brüllte er. »Ich habe Ihnen doch gesagt, Sie sollen Ihren frommen Arsch aus meiner Zeche raushalten.«

Auch dieser Mann flehte offenbar darum, daß man ihn um einen Kopf kürzer machte. Aber Nicholas war schließlich in die Mine gekommen, um sie zu besichtigen, nicht um einen Krieg anzufangen. Bevor Clare etwas antworten konnte, trat er vor und sagte friedfertig: »Wenn Sie wütend sind, dann geben Sie mir die Schuld. Ich habe Miss Morgan gebeten, mich herzubringen.«

Madoc wirbelte herum. »Und wer zum Teufel sind *Sie* ?«

»Der Earl of Aberdare.«

Der Geschäftsführer war einen Augenblick aus der Fassung gebracht. Dann gewann seine Großmäuligkeit die Oberhand. »Sie haben dieses Grundstück widerrechtlich betreten, Lord Aberdare. Verschwinden Sie von hier, und kommen Sie nicht wieder.«

»Die Minengesellschaft hat das Land von der Familie Davies gepachtet«, erwiderte Nicholas mit täuschender Ruhe. »Vergessen Sie nicht, daß es mir immer noch gehört. Bessere Manieren wären durchaus angebracht.«

Mit sichtbarer Anstrengung drängte Madoc seinen Zorn zurück. »Verzeihen Sie meine Schroffheit, aber wir hatten gerade einen tödlichen Unfall, und die Zeit für einen Besuch ist denkbar schlecht.« Plötzlich verengten sich seine Augen, als ihm ein Gedanke kam. »Waren Sie bereits in der Grube?«

»Ja. Ein denkwürdiges Erlebnis«, sagte Nicholas trocken.

Madoc wirbelte herum und starrte die umstehenden Arbeiter mit finsterem Blick an. »Wer hat Aberdare mit nach unten genommen?«

In der Annahme, daß jeder, der die Tat zugab, augenblicklich entlassen werden würde, warf Nicholas Owen einen warnenden Blick zu. »Noch einmal meine Schuld. Ich fürchte, ich habe den Eindruck vermittelt, ich hätte Ihre Erlaubnis. Ihre Angestellten waren höchst zuvorkommend.«

Der Geschäftsführer schien kurz vor einem Herzinfarkt zu stehen. »Es interessiert mich nicht, ob Sie ein Earl oder der Besitzer des Landes sind«, grollte er. »Sie hatten kein Recht, hier hinter meinem Rücken rumzuschnüffeln und meine Leute zu belügen. Ich hätte nicht übel Lust, Sie dafür vor Gericht zu belangen.«

»Oh, tun Sie das«, sagte Nicholas fröhlich. »Ich habe schon lange kein Gefängnis mehr von innen gesehen, ich bin richtiggehend überfällig. Aber die Grube gehört doch immer noch meinem alten Freund Lord Michael Kenyon, oder nicht? Ich wollte ihn besuchen, nun, da ich wieder zurück bin. Er würde solch unhöfliches Benehmen, wie Sie es mir gegenüber an den Tag legen, sicherlich nicht gutheißen.«

Madocs Unbehagen drückte sich in seiner trotzigen Antwort aus. »Na, dann machen Sie's doch! Seine Lordschaft hat mir absolute Handlungsvollmacht über die Zeche gegeben und noch nie etwas mißbilligt, was ich zu ihren Gunsten getan habe.«

»Sicherlich ist es ihm eine große Erleichterung, einen so gewissenhaften Geschäftsführer zu haben«, sagte Nicholas. Er blickte zu Clare, die schweigend die Pferde herangeführt hatte. »Können wir, Miss Morgan? Ich habe alles gesehen, was ich sehen wollte.«

Sie neigte anmutig den Kopf, und sie stiegen auf. Nicholas konnte Madocs Blick in seinem Rükken spüren, als sie von dem Zechengrundstück ritten. Wenn Blicke töten könnten, wäre er auf der Stelle vom Pferd gefallen.

Als sie weit genug von der Mine entfernt waren, wandte er sich an Clare. »Ich habe mir heute zwei Feinde gemacht, und es ist noch nicht mal Zeit zum Tee. Für einen Tag keine schlechte Leistung.«

»Das ist nicht witzig«, fuhr Clare ihn an. »Nye Wilkins gehört zu den Typen, die eines Nachts im betrunkenen Zustand auf die Idee kommen könnten, Ihre Ställe in Brand zu setzen, um sich für die Demütigung zu rächen.«

»Und Madoc ist noch schlimmer. Ich verstehe jetzt, warum es keinen Sinn gehabt hat, ihn um

Neuerungen zu bitten. Er ist ein gefährlicher Mann.«

Sie blickte ihn überrascht an. »Das habe ich auch schon immer gedacht. Aber ich habe bisher angenommen, daß meine Meinung von ihm durch meine Abneigung gefärbt worden ist.«

»Madoc ist ein brutaler, kleiner Tyrann, der bis aufs Messer kämpfen würde, um seine Macht zu bewahren. In die Ecke getrieben, wird er wahrscheinlich vor nichts zurückschrecken«, sagte Nicholas nachdenklich. »Ich kenne diese Sorte Mensch. Es erstaunt mich, daß Michael so einen Typ eingestellt hat, aber daß er sein Tun auch noch billigt, kommt mir fast schon absurd vor. Langsam frage ich mich, was Michael die letzten paar Jahre gemacht hat. Tot kann er nicht sein, denn davon hätte ich gehört, aber er scheint mir überraschend nachlässig bei den Dingen geworden zu sein, die ihm bisher immer wichtig waren.«

»Vielleicht sind sie ihm inzwischen nicht mehr wichtig«, sagte Clare. »In vier Jahren kann sich jeder Mensch ändern.«

»Wie wahr. Dennoch finde ich es seltsam, daß es Michael gleichgültig geworden sein soll. Er hat sich immer sehr intensiv um solche Angelegenheiten gekümmert. Manchmal sogar zuviel.« Gedankenverloren streichelte Nicholas den Hals seines Pferdes. »Wenn ich nach London fahre, werde ich unseren gemeinsamen Freund Lucien fragen, wo Michael ist und was er tut. Lucien weiß immer alles über jeden.«

Clare fiel ein, daß Marged den Namen schon öfter erwähnt hatte. »Gehört Lucien auch zu Ihren Gefallenen Engeln?«

Nicholas sah sie verdutzt an. »Himmel, ist dieser Spitzname bis Wales durchgedrungen?«

»Ich fürchte ja. Woher stammt der Titel denn?«

»Wir vier – Lucien, Rafael, Michael und ich – haben uns in Eton kennengelernt und sind Freunde geworden«, erklärte er. »In London sind wir oft zusammen unterwegs gewesen. Die höhere Gesellschaft liebt Spitznamen, und irgendeine Lady hat uns ›Gefallene Engel‹ getauft, weil wir jung und ein bißchen ungestüm waren, wie junge Männer in diesem Alter eben sind. Dazu kam, daß zwei von uns die Namen von Erzengeln tragen. Das war alles, es hatte nichts zu bedeuten.«

»Die Version, die ich kenne, lautet, daß Sie alle so schön wie Engel und so durchtrieben wie Teufel waren«, sagte sie ernst.

Er grinste. »Klatsch ist eine wunderbare Sache – viel interessanter als die Wahrheit. Wir waren bestimmt keine Heiligen, aber wir haben weder irgendwelche bedeutenden Gesetze übertreten, noch unsere Familien in den finanziellen Ruin getrieben, noch irgendeiner jungen Lady die Zukunft verdorben.« Er überlegte einen Moment. »Zumindest damals nicht. Für die letzten vier Jahre kann ich nicht bürgen.«

In seiner Stimme klang Bedauern mit. »Sie freuen sich sicher darauf, Ihre Freunde bald wiederzusehen.«

»Ja, allerdings. Wo Michael sich herumtreibt, weiß ich nicht, aber Lucien hat einen Posten in Whitehall und Rafael ist im House of Lords aktiv, also sind beide fast sicher in London anzutreffen.« Er blickte sie an. »Wir fahren übermorgen.«

Clares Kinnlade fiel herab. »Sie nehmen mich wirklich nach London mit?«

»Natürlich. Das habe ich schon an dem Tag gesagt, als sie mit Erpressungsabsichten nach Aberdare kamen.«

»Ja, aber . . ., aber Sie waren betrunken. Ich dachte, Sie vergessen es . . . oder überlegen es sich noch einmal.«

»Was könnte angenehmer sein, als Ihnen eine neue Garderobe zu kaufen? Obwohl es recht hübsch aussieht, wie das nasse Hemd an Ihrem Körper klebt. Tragen Sie eigentlich etwas darunter?«

Ihre Hände krampften sich um die Zügel, so daß das Pony seinen Schritt verlangsamte. Angewidert zwang sie sich, den Griff wieder zu lockern. Die arme Rhonda durfte wirklich nicht darunter leiden, daß es offenbar ihr Schicksal war, von Nicholas in Verlegenheit gebracht zu werden. »Ich konnte mich nicht dazu durchringen, trockene Kleider über nasse Unterwäsche zu ziehen.«

»Eine Entscheidung, die sowohl aus praktischen als auch ästhetischen Gründen sehr klug war. Nur scheint mir, als wären Sie schon halb erfroren.« Er streifte sich seinen Rock ab und warf ihn ihr zu. »Es geht zwar gegen meine Prinzipien, junge Frauen dazu zu ermutigen, mehr Stoff am Leib zu tragen, als unbedingt nötig, aber ziehen Sie das doch besser über.«

Sie versuchte, ihm den Rock zurückzugeben. »Und dann erfrieren Sie.«

»Ich habe zu viele Nächte schon unter freiem Himmel geschlafen, als mich um Kälte zu kümmern.«

Sie gab also nach und hüllte sich in den Rock ein. Der Stoff war noch von seinem Körper gewärmt und strömte einen schwachen, maskulinen Duft aus, den sie überall identifiziert hätte. Den Rock zu tragen, war, als hätte er seine Arme um sie geschlungen. Nur nicht so gefährlich.

Es würde interessant sein, London kennenzulernen, aber dieser Besuch würde die merkwürdige Art von Nähe und Vertrautheit, die sich zwischen ihnen entwickelte, sicherlich aufheben. In London hatte er seine Freunde, vielleicht sogar Mätressen von früher, um sich die Zeit zu vertreiben. Er würde Clares Gegenwart kaum noch wahrnehmen. Und ihr Leben würde wieder leichter werden.

Sie fand, sie hätte sich über die Aussicht wirklich ein wenig mehr freuen sollen.

Der Rest des Tages verlief in jener angenehmen Routine, die sich bereits in den wenigen Tagen ihres Lebens auf Aberdare entwickelt hatte. Clare nahm ein ausgedehntes Bad und wusch sich den Dreck und den Geruch der Zeche von ihrem Körper und aus den Haaren. Danach besprach sie mit Williams die Maßnahmen zur Neugestaltung der Räumlichkeiten, obwohl sie von den Ereignissen des frühen Nachmittags noch recht angegriffen war. Die Dienstboten hatten sich heute darauf konzentriert, den Speisesaal zu reinigen und umzuräumen, und das Ergebnis war prachtvoll. Sie und Williams legten fest, in welchen Räumen in ihrer Abwesenheit gearbeitet werden sollte. Dann stellten sie Listen von Tapeten und Stoffen zusammen, die sie in London erwerben wollte.

Nach einem exzellenten Abendessen von Mrs. Howell zogen sich Clare und Nicholas in die Bibliothek zurück. Dort beschäftigte er sich mit Korrespondenz und Kalkulationen – und dies mit einer

Konzentration, die seinem Ruf, ein verschwenderischer Nichtsnutz zu sein, Lügen strafte.

Clare nutzte mit Vergnügen die Gelegenheit, die Bücherregale zu inspizieren, die Schätze enthielten, die über ihre kühnsten Träume hinausgingen. Wenn sie und Nicholas nach den drei Monaten noch freundschaftlich miteinander umgingen, dann würde er ihr vielleicht erlauben, gelegentlich ein paar Bücher auszuleihen.

Sie blickte auf und musterte sein Profil. Wie immer, wenn sie ihn ansah, empfand sie Verwunderung: Er sah einfach viel zu gut aus – teils nach Zigeuner, teils aristokratisch –, und er war so unberechenbar wie intelligent. Er und sie waren so verschieden wie Katz und Maus, und es war einfach unmöglich, sich eine Zukunft vorzustellen, in der sie Freunde sein würden. Es war eher wahrscheinlich, daß dieses dreimonatige lächerliche Abkommen in eine Katastrophe münden würde, und dann wäre es gewiß nicht der Teufelsgraf, der zu leiden hatte.

Scharf rief sie sich in Erinnerung, daß niemand sie gezwungen hatte, nach Aberdare zu kommen. Sie wandte sich ab und widmete sich wieder den Büchern. Die Sammlung war gut sortiert und umfaßte Literatur in einem halben Dutzend Sprachen. Einige Bücher waren sogar in Walisisch.

Andere Abteilungen deckten Gebiete wie Geschichte, Geographie und Naturphilosophie ab. Clares Vater hatte sich manchmal theologische Schriften ausgeliehen. Obwohl der alte Earl es als seine Pflicht betrachtet hatte, in der anglikanischen Kirche zu bleiben, hatte er nonkonformistische Tendenzen gezeigt. Wahrscheinlich war das der Grund gewesen, daß er einen Methodisten ausgesucht hatte, um seinen Enkel zu erziehen.

In der Mitte der Theologie-Abteilung stand eine gewaltige Bibel, die einen kostbaren, goldgeprägten Ledereinband besaß. In der Annahme, es handele sich um die Familienbibel der Davies', zog Clare den Band aus dem Regal und legte ihn auf den Tisch. Gedankenverloren blätterte sie darin herum und las einige von ihren Lieblingsversen.

Vorne war ein Stammbaum eingezeichnet worden, und sie fand es ergreifend, die verschiedenen Handschriften und Tinten anzusehen, die sorgsam jede Geburt, jeden Todesfall und jede Heirat eingetragen hatten. Blasse Flecken, vielleicht Tränen, hatten ein Todesdatum verschmiert. Ein verblaßter, hundert Jahre alter Eintrag vermerkte die Geburt eines Gwilym Llewellyn Davies und an der Seite überschwenglich: »Endlich ein Sohn!« Das Kind war Nicholas' Urgroßvater.

Während sie die Einträge studierte, begriff sie, warum der alte Earl so um einen Erben besorgt gewesen war. Die Familie war niemals kinderreich gewesen, und Nicholas hatte keine direkten Verwandten, zumindest keine in der männlichen Linie. Wenn er an seinem Entschluß festhielt, nicht noch einmal zu heiraten, würde der Grafentitel wahrscheinlich mit ihm sterben.

Sie blätterte weiter, um sich die neuesten Einträge anzusehen. Die zwei Ehen des Earls, die Geburt seiner drei Söhne waren mit einer kräftigen Handschrift vermerkt, die seine eigene sein mußte. Obwohl alle drei Söhne geheiratet hatten, standen unter den Namen der beiden ältesten keine Einträge für Kinder.

Ihre Lippen preßten sich zusammen, als sie zu Kenricks Namen kam. Im Gegensatz zu den anderen Eintragungen, die alle mit Tinte gemacht worden waren, hatte man Kenricks Heirat mit ›Marta, Familienname unbekannt‹ und die Geburt von ›Nicholas Kenrick Davies‹ mit Bleistift geschrieben. Dies bewies einmal mehr, wie widerstrebend der alte Earl seinen Erben akzeptiert hatte. Sie mußte daran denken, wieviel Wärme Owen Huw entgegengebracht hatte, der nicht einmal von seinem Blut war. Ach, wenn der alte Earl seinem Enkel doch nur ein Zehntel dieser Liebe vermittelt hätte!

Traurig blätterte sie zur nächsten Seite. Mehrere gefaltete Papiere rutschten heraus. Sie warf einen kurzen Blick darauf, dann sah sie genauer hin und murmelte: »Wie seltsam.«

Sie hatte Nicholas nicht stören wollen, doch nun lehnte er sich in seinem Stuhl zurück und streckte sich genüßlich. »Was ist seltsam, Clarissima?«

»Nichts Wichtiges.« Sie ging zu seinem Schreibtisch und legte die Dokumente unter das Licht der Öllampe. »Diese zwei Papiere sind notariell beglaubigte Kopien des Kirchenregisters, in das die Heirat Ihrer Eltern und Ihre Geburt eingetragen wurden. Beide Dokumente sind fleckig und abgewetzt, als seien sie zu lange in einer Tasche herumgetragen worden.«

Sie wies auf die anderen beiden. »Diese Dokumente sind ebenfalls Duplikate, obwohl sie ziemlich schlecht kopiert worden sind. Das Seltsame daran ist, daß sie keinen legalen Wert haben, weil sie nicht durch einen Notar beglaubigt wurden. Dennoch sind sie aber genauso gefaltet und verschmutzt wie die

Originale. Ich denke mir, Ihr Großvater hat die Kopien von den Kopien machen lassen, aber ich sehe weder, wozu, noch warum sie so abgenutzt aussehen.«

Nicholas nahm eine der nicht beglaubigten Kopien. Einen Sekundenbruchteil später traten die Sehnen auf seinem Handrücken hervor, und die Luft um sie herum schien plötzlich vor Spannung zu knistern, als hätte ein Blitz eingeschlagen.

Clare blickte auf und entdeckte, daß er das Papier mit derselben zerstörerischen Wut anstarrte, die ihn beim Anblick des Porträts seiner Frau übermannt hatte. Und kurz danach hatte er das Bild zerfetzt! Ihr stockte der Atem. Was machte ihn nur so wütend?

Er griff nach dem zweiten Papier und zerknüllte die beiden Blätter mit unnötiger Heftigkeit. Dann stand er auf, ging steif durch den Raum und warf die Dokumente ins Feuer. Augenblicklich schossen die Flammen hoch.

Betroffen sah Clare ihn an. »Was ist denn los, Nicholas?«

Er starrte ins Feuer, wo die Papiere langsam zu Asche verbrannten. »Nichts, was Sie belasten müßte.«

»Die Gründe für Ihren Zorn vielleicht nicht, der Zorn selbst aber durchaus«, sagte sie ruhig. »Sollte eine gute Mätresse ihren Geliebten nicht ermutigen, seine Sorgen auszusprechen?«

»Vielleicht darf eine Mätresse fragen, aber das bedeutet nicht, daß sie eine Antwort bekommt«, fuhr er sie an. Dann schien er seine Schroffheit zu bereuen, und er setzte hinzu: »Ihre gute Absichten werden gebührend gewürdigt.«

Nach einem längeren Schweigen kam Clare zu dem Schluß, daß ihr Nicholas' gelungene Imitation einer Ziegelmauer noch unangenehmer war, als sein plötzlicher Zornesausbruch kurz zuvor. Sie unterdrückte einen Seufzer, schob die anderen Papiere wieder in die Bibel und stellte den Band zurück ins Regal. Er ignorierte sie mit steinerner Miene und stocherte mit einem Schürhaken in der Glut herum.

»Morgen ist Sonntag, und ich möchte in die Kirche, also gehe ich jetzt besser schlafen.« Sie hatte dies nur aus Höflichkeit gesagt, nicht weil sie glaubte, Nicholas würde es zur Kenntnis nehmen. Doch er blickte auf.

»Schade, daß ich Sie heute nicht mehr küssen kann«, sagte er. »Zu dumm von mir, meine ganze Ration in der Mine aufzubrauchen.«

Sie schaute ihn überrascht an. In seiner Miene war kein Zorn mehr zu entdecken – statt dessen etwas, das Einsamkeit und Verzweiflung gefährlich nahekam. Nur Gott allein wußte, warum die Dokumente ihn so in Aufruhr versetzt hatten, aber Clare konnte es nicht ertragen, ihn so leiden zu sehen. Mit einer Kühnheit, die vier Tage zuvor noch undenkbar gewesen wäre, durchquerte sie das Zimmer, blieb vor ihm stehen, legte ihm die Hände auf die Schultern und sagte schüchtern: »Sie haben keinen Kuß mehr gut, aber ich kann Sie doch küssen, oder?«

Ihre Blicke verschränkten sich ineinander, und sie starrte in schwarze, gequälte Augen. »Sie können mich küssen, wann immer Sie wollen«, antwortete er heiser.

Sie spürte, wie sich seine Muskeln anspannten, doch er hielt still und wartete darauf, daß sie den ersten Schritt machte. Sie stellte sich auf die Zehenspitzen und legte ihre Lippen auf seine.

Seine Arme schlangen sich mit unmißverständlicher Begierde um sie. »Ah, Gott, es fühlt sich so gut an.«

Ihre Münder paarten sich tief und hitzig. Sie überließ ihm nun die Initiative, und was als freundlicher Gute-Nacht-Kuß gedacht war, entwickelte sich zu etwas ganz anderem.

In der Grube war es dunkel gewesen, als sie sich geküßt hatten, so daß ihr die schockierende Intimität erspart geblieben war, ihm in die Augen sehen zu müssen. Sein durchdringender Blick machte sie verlegen, und sie schloß rasch die Lider, nur um festzustellen, daß ihre anderen Sinne sich zu schärfen schienen, wenn das Sehen sie nicht mehr ablenkte. Das Prasseln des Regens am Fenster, die feuchte, samtige Rauheit seiner Zunge. Ein scharfer Geruch, der aus Rauch, Seife und Nicholas bestand; sein Atem, rauh und begierig – aber vielleicht war es auch ihr eigener Atem. Das Knistern und Poltern der Kohlen, die durch das Gitter fielen; das zarte Reiben von Händen, die über ihren Rücken strichen.

Und das Geräusch einer sich öffnenden Tür.

Augenblicklich war sie wieder in der Realität. Sie nahm ihre Lippen von seinen und blickte über seine Schulter. Im Türrahmen stand eine der neuen Zofen, Tegwen Elias, ein Gemeindemitglied mit hoher Moral und loser Zunge.

Die zwei Frauen starrten einander stumm an.

Das ungläubige Entsetzen in Tegwens Miene machte Clare mit übelkeiterregender Heftigkeit deutlich, wie verderbt ihr Verhalten war. Was sie tat, war falsch, und an dieser Tatsache gab es nichts zu rütteln.

In diesem Augenblick löste sich die schockierte Erstarrung der Zofe. Sie wich heftig zurück und schloß die Tür.

Nicholas, der sich nur auf Clare konzentriert hatte, war das Zwischenspiel entgangen. »Wenn Sie wieder zu Atem gekommen sind«, sagte er und strich ihr verführerisch über die Hüften, »kann ich Sie dann vielleicht zu einem weiteren Kuß überreden?«

Sie blickte zu ihm hoch, einen Augenblick hin und her gerissen zwischen dem, was sie in seinen Armen erwartete, und dem, was sie in Tegwens Augen gesehen hatte. »Nein. Nein, ich muß gehen«, sagte sie unsicher.

Er hob die Hand, wie um sie aufzuhalten, aber sie rauschte an ihm vorbei und flüchtete aus der Bibliothek.

Wäre sie doch nur zehn Minuten früher gegangen.

Das Zimmer war so leer ohne Clare. Nicholas starrte ins Feuer und fragte sich, ob ihre Vernunft jemals aufhören würde, gegen die Reaktionen ihres Körpers anzukämpfen. Jedesmal, wenn sie zusammenkamen, war es dasselbe. Zuerst war sie scheu und schien Zweifel zu haben. Dann begann sie, auf ihn zu reagieren und sich ihm wie eine Blume in der Dämmerung zu öffnen. Und am Ende fiel ihr wieder mit vernichtender Plötzlichkeit ein, daß sie nicht genießen durfte, was doch so ausgesprochen natürlich war.

In bitterer Enttäuschung rammte er seine Faust

auf den Kaminsims. Wenn sie ihr tugendhaftes Getue überwände, dann würde sie eine wunderbare Geliebte sein: sinnlich, intelligent, verständnisvoll. Ihr Drang, gute Taten zu vollbringen, wäre zwar gelegentlich etwas ermüdend, aber sie im Bett zu haben, wäre dieses kleine Opfer mehrfach wert.

Er zweifelte nicht daran, daß sie über die drei Monate hinaus bei ihm bleiben würde, wenn er sie wirklich dazu verführen könnte, seine Mätresse zu werden. Außerdem hätte sie dann auch keine Möglichkeit mehr, nach Penreith zurückzukehren und dort ein normales Leben zu führen. Also mußte er sie als erstes in sein Bett bekommen.

Langsam hatte er es verflucht satt, daß sie jedesmal wie ein Kaninchen im Bau verschwand, wenn ihr Gewissen sie einholte.

Kapitel 12

IN DIESER NACHT schlief Clare ausgesprochen schlecht. Es war leicht gewesen, ihre Verfehlung zu beschönigen, solange sie unter Nicholas' Bann gestanden hatte. Ein Kuß war schließlich nur ein Kuß, eher ungezogen als sündig. Doch sie hatte sich durch Tegwens Augen gesehen und war nun gezwungen, den Tatsachen ins Auge zu sehen. Sie konnte nicht mehr leugnen, daß sie schwach war, daß sie sich schändlich nach lustvoller Berührung sehnte.

Während sie schlaflos im Dunkeln lag, hörte sie den lokenden Klang von Nicholas' Harfe. Mehr als alles andere auf der Welt wünschte sie sich, diesem Sirenengesang zu folgen, ihren Kummer in seinen Armen zu vergessen. Aber natürlich würde das alles nur noch viel schlimmer machen.

Mit schweren Lidern und noch schwererem Herzen stand sie am nächsten Morgen auf. Der Gedanke, zur Kirche zu gehen, brachte ihre Hände zum Zittern, aber sie konnte nicht einfach fernbleiben. Sie hatte noch nie einen Sonntagsgottesdienst versäumt, und wenn sie es jetzt tat, käme es einem Eingeständnis ihrer Schuld gleich.

Als sie ihr strenges, graues Sonntagskleid anzog, fragte sie sich, ob Tegwen in der Kirche sein würde. Und wenn ja, würde das Mädchen erzählen, was sie gesehen hatte? Düster erkannte sie, daß die Frage nicht ›ob‹ sondern ›wann‹ lauten mußte. Tegwen würde es sicher kaum erwarten können, die skandalösen Neuigkeiten zu verbreiten. Das Mädchen liebte es, im Mittelpunkt zu stehen, und die Geschichte vom Teufelsgrafen, der die Lehrerin küßte, war doch zu gepfeffert, um ihr widerstehen zu können. Wenn die Sache noch nicht umging, dann würde es nicht mehr lange dauern.

Auf dem Weg nach Penreith las Clare die neue Köchin, Mrs. Howell, auf, die ebenfalls zur Kirche wollte. Mrs. Howell war erfreut über die Mitfahrgelegenheit und konnte die ganze Fahrt nicht aufhören, Clare dafür zu danken, daß sie ihr die Stelle auf Aberdare verschafft hatte. Offenbar hatte sie noch nichts gehört, das Clares Unbescholtenheit in Frage stellte.

Sie kamen an, als die Leute bereits ihre Plätze einnahmen. Normalerweise hätte Clare die vertrauten Bänke, die weißgetünchten Wände und die glänzenden Holzbohlen auf dem Boden als tröstend empfunden. Heute jedoch ertappte sie sich dabei, wie sie sich umsah, ob irgendeiner der Gläubigen sie seltsam musterte.

Nach einem raschen Blick über die Gemeinde wußte sie, daß Tegwen nicht anwesend war. Als Clare auf ihren üblichen Platz neben Marged huschte, lächelte ihre Freundin ihr zu und machte eine Kopfbewegung zu Huw, der zwischen Owen und Trevor, Margeds ältestem Sohn, saß. Huws schmales Gesicht leuchtete vor Glück, und sein kleiner Körper war in warme, derbe Kleider gehüllt, aus denen einer seiner neuen Brüder herausgewachsen war. Zum ersten Mal in seinem kurzen Leben besaß Huw ein echtes Zuhause. Wenn Clare darüber nachdachte, was der Junge in der Zeche und in den Händen seines brutalen Vaters hatte durchmachen müssen, erschienen ihr die eigenen Problem bedeutungslos.

Der Geistliche auf der Kanzel nannte eine Hymne, und Gesang erscholl. Musik ist ein elementarer Bestandteil des Methodistengottesdienstes, und das Singen brachte Clare Gott näher, als ein Gebet es je gekonnt hatte. Schon nach den ersten Noten löste sich ihre Spannung ein wenig.

Ihr Seelenfrieden dauerte nur so lange an, bis ein Nachzügler eintraf und sich in den hinteren Bänken niederließ. In dem leisen Flüstern, das einsetzte, hörte Clare plötzlich ihren Namen fallen. Mit einem Gefühl der Übelkeit schloß sie die Augen und wappnete sich gegen das, was kommen würde.

Die Zion-Kapelle hatte keinen eigenen Priester, so daß der Gottesdienst von Gemeindemitgliedern und Geistlichen, die das Dorf besuchten, abgehalten wurde. Die heutige Predigt wurde von einem Prediger namens Marcross aus dem benachbarten Dorf gesprochen, aber er brach ab, als das Geflüster immer aufdringlicher wurde. Mit donnernder Stimme rief er: »Und was, bitteschön, ist wichtiger als das Wort Gottes?«

Noch mehr Gemurmel und das Knarren von Holz, als jemand aufstand. Dann drang eine grelle weibliche Stimme durch die Kapelle. »Unter uns befindet sich heute Verderbtheit! Die Frau, der wir unsere Kinder anvertraut haben, ist eine Sünderin und Heuchlerin. Und doch wagt sie es, mit uns in diesem Gotteshaus zu sitzen.«

Clare preßte die Lippen zusammen, als sie die Rednerin als Tegwens Mutter identifizierte. Gwenda Elias hatte sehr bestimmte Ansichten über den Platz einer Frau, und sie war noch nie mit Clare selbst oder mit ihrer Arbeit als Lehrerin einverstanden gewesen. Und nun besaß Mrs. Elias eine Waffe, mit der sie sich bei Clare für jede Auseinandersetzung, die die beiden Frauen je gehabt hatten, rächen konnte.

Marcross runzelte die Stirn. »Das sind ernsthafte Beschuldigungen, Schwester. Haben Sie Beweise? Das Haus Gottes ist nicht der richtige Ort für Klatsch und Tratsch.«

Jeder Kopf der Gemeinde wandte sich nun zu Mrs. Elias um. Sie war eine große, stämmige Frau, der die Bemühung um Rechtschaffenheit tiefe Falten ins Gesicht gegraben hatte. Sie hob eine Hand, wies auf Clare und sagte mit dröhnender Stimme: »Clare Morgan, Tochter unseres geliebten früheren Priesters, Lehrerin unserer Kinder, ist der gemeinen fleischlichen Lust erlegen. Vor vier Tagen zog sie ins Haus des Lord Aberdare, den man auch den Teufelsgrafen nennt. Sie behauptete, sie solle seine Haushälterin werden. Doch gestern abend hat meine Tochter, die auf Aberdare arbeitet, dieses schamlose Flittchen halbnackt in den Armen des Lord Aberdare überrascht. Es ist nur Gottes Gnade zu verdanken, daß mein unschuldiges Kind die beiden nicht dabei gesehen hat, wie sie Unzucht trieben!« Ihre Stimme bebte theatralisch. »Dem Himmel sei Dank, daß Ihr lieber Vater dies nicht mehr erleben muß!«

Alle Augen richteten sich auf Clare. Ihre Freunde, ihre Nachbarn, ihrer früheren Schüler – alle starrten sie schockiert und entsetzt an. Obwohl manche Gesichter Unglauben ausdrückten, ließen viele – *zu* viele – erkennen, daß sie sie bereits verurteilt hatten.

Marcross schien nicht glücklich darüber, daß er in einen Dorfkrach hineingezogen wurde. »Was haben Sie vorzubringen, Miss Morgan? Unzucht ist immer eine Sünde, aber bei einer Frau, die in der Gemeinde eine Vertrauensstellung innehat, ist sie natürlich besonders verabscheuungswürdig.« Zustimmendes Gemurmel erhob sich.

Aus Clares Gesicht wich alles Blut, und sie fühlte sich entsetzlich schwach. Sie hatte gewußt, daß es schwierig werden würde, aber die Realität übertraf ihre schlimmsten Befürchtungen. Dann nahm Marged ihre Hand und drückte sie. Als Clare ihre Freundin anblickte, las sie in deren Gesicht Sorge, aber auch Liebe und Vertrauen.

Dies gab Clare die Kraft, aufzustehen. Sie packte die Lehne der Bank vor sich und nahm all ihren Mut und ihre Würde zusammen. »Tegwen war eine meiner Schülerinnen, daher weiß ich, daß sie schon immer eine lebhafte Phantasie hatte. Ich kann nicht leugnen, daß sie gestern abend einen Kuß beobachtet hat. Ich fühlte mich Lord Aberdare zu . . . zu Dank verpflichtet, einmal, weil er mir gestern das Leben gerettet hat, und zum anderen wegen anderer Taten, die dem ganzen Dorf zugute kommen werden.«

Sie schloß kurz die Augen, während sie nach Worten suchte, die ehrlich waren, sie aber nicht zu sehr belasteten. »Ich will nicht behaupten, daß das, was ich getan habe, klug oder richtig war, aber ganz gewiß ist es weit von Unzucht entfernt, und ich schwöre, daß ich genauso anständig bekleidet war wie jetzt.«

Eine piepsige Kinderstimme fragte: »Was is' Unzucht?«

Fast gleichzeitig standen mehrere Frauen auf und scheuchten ihre Sprößlinge hinaus. Mehr als eine Frau warf einen sehnsüchtigen Blick über die Schulter zurück, aber es war absolut undenkbar, die Kinder der Diskussion eines derartigen Themas auszusetzen. Als Marged ihre Lieben um sich scharte, lächelte sie Clare noch einmal ermutigend zu, dann war auch sie draußen.

Als die Kirche von allen unschuldigen Seelen befreit war, nahm Mrs. Elias ihren Angriff wieder auf. »Sie können schlecht leugnen, daß Sie im Haus des Earls wohnen. Und daß Sie gegen die guten Sitten verstoßen, auch nicht!«

»Ihre eigene Tochter lebt unter Lord Aberdares Dach«, bemerkte Clare. »Sind Sie nicht um ihre Tugend besorgt?«

»Meine Tegwen wohnt mit den anderen Dienstboten zusammen und bekommt den Earl kaum zu Gesicht, *Sie* aber sind ständig mit ihm zusammen. Versuchen Sie ja nicht, das abzustreiten. Und selbst wenn Sie die Wahrheit sagen und noch nicht seine Geliebte sind«, das begleitende verächtliche Schnauben unterstrich Mrs. Elias' Unglauben, »dann ist es nur eine Frage der Zeit, wann Ihre Tugend unterliegt. Wir haben doch alle vom Teufelsgrafen gehört, wie er die Frau seines Großvaters verführt und dadurch den Tod des alten Earl und den seiner eigenen Frau verursacht hat.«

Echte Gefühle drohten, ihren Redefluß zu ersticken. »Ich war Kammerzofe bei Lady Tregar, und sie selbst hat mir mit Tränen in den Augen von dem Ehebruch ihres Gatten erzählt. Seine Untreue hat ihr das Herz gebrochen. Und als man dann seine Niederträchtigkeit aufdeckte, hat er ihr soviel Angst eingejagt, daß sie in ihren Tod gerannt ist.« Nun wurde ihre Stimme ätzend. »Sie sind so selbstgefällig, sich Ihrer Tugend so sicher, daß Sie denken, Sie könnten sich mit dem Satan anfreunden, ohne schwach zu werden! Schämen Sie sich, Clare Morgan, schämen Sie sich! Sie haben sich doch immer für etwas Besseres gehalten, weil Sie Thomas Morgans Tochter sind. Aber ich sage Ihnen: Nun, da Sie im Haus des Teufels wohnen, werden Sie bald sein Balg tragen.«

In Clare regte sich nun Zorn, und dieser gab ihr neue Kraft. »Wen möchten Sie denn lieber verurteilen? Mich oder Lord Aberdare?« fragte sie scharf. »Ich weiß, daß Sie Ihre Herrin geliebt haben und immer noch um sie trauern. Doch niemand, außer dem Earl selbst, weiß, was sich zwischen ihm und seiner Frau wirklich abgespielt hat, und es steht uns nicht zu, über ihn Gericht zu halten. Ja, Seine Lordschaft hat einen üblen Ruf, aber nach dem, was ich von ihm kennengelernt habe, ist er weit weniger verdorben, als ihm nachgesagt wird. Hat einer von den Anwesenden persönlich etwas erlebt, was auf ausgesprochen niederträchtiges Verhalten von seiten des Earls schließen läßt? Wenn ja, dann habe ich davon noch nichts gehört. Hat er jemals eines der Mädchen aus dem Dorf verführt? Niemand in Penreith hat ihn je als Vater eines Kind angegeben.« Sie machte eine Pause, während ihr

Blick über die Gemeinde glitt. »Und ich schwöre vor Gott, daß ich nicht die erste sein werde!«

Das folgende Schweigen wurde durch Gwenda Elias unterbrochen. »Jetzt verteidigen Sie ihn auch noch! Für mich ist das ein klarer Beweis, daß Sie seinen Lockungen erliegen. Nun gut, dann gehen Sie doch zu diesem Teufel, aber nehmen Sie kein Kind von uns mit dorthin, und hoffen Sie nicht auf unsere Vergebung, wenn Sie sich selbst ruiniert haben!«

Eine murmelnde Männerstimme erklang. »Sie hat zugegeben, daß ihr Verhalten unschicklich ist. Da frag' ich mich bloß, was sie nicht zugibt.«

Clares Knöchel traten weiß hervor, als sich ihre Hände um die Banklehne krampften. Vielleicht standen Unterwürfigkeit und Beichte einem Christen besser zu Gesicht, aber der Teil ihres Wesens, den sie bisher immer unterdrückt hatte, verlangte, daß sie kämpfte. Sie blickte den Mann, der gesprochen hatte, direkt an. »Mr. Clun, ich habe eine Woche lang jede Nacht bei ihrer Mutter gesessen, bis sie starb. Hielten Sie mich damals für eine Lügnerin?«

Dann sah sie ein weiteres anklagendes Gesicht. »Mrs. Beynon, als ich Ihnen nach der Überschwemmung half, Ihr Haus zu putzen und ich Ihnen neue Vorhänge nähte, dachten Sie da über mein mögliches, unmoralisches Verhalten nach?« Ihr eisiger Blick wanderte weiter. »Mr. Lewis, als Ihre Frau krank war und Sie keine Arbeit hatten, sammelte ich Kleider und Essen für Sie und Ihre Kinder. Fanden Sie mich da verdorben?«

Die drei, die sie sich herausgesucht hatte, sahen weg, um ihrem Blick nicht begegnen zu müssen.

Schweigen lastete über den Leuten, als Owen Morris aufstand. Als Geistlicher niederen Ranges und Gruppenleiter, war er einer der Menschen in der Gemeinde, denen am meisten Respekt gezollt wurde. »Nur Gott darf richten, Mrs. Elias. Es ist nicht an uns, zu verurteilen oder zu vergeben.« Sein ernster Blick glitt zu Clare. »Clare Morgan hat uns allen wie kein anderes Gemeindemitglied gedient. Als der Earl verlangte, sie solle als Gegenleistung für seine Hilfe für das Dorf bei ihm arbeiten, hat sie freiwillig auf das Unterrichten verzichtet, damit die Kinder nicht einmal durch einen Hauch von Skandal in Mitleidenschaft gezogen werden würden. Clare Morgan hat sich niemals etwas zuschulden kommen lassen. Wenn sie sagt, sie sei unschuldig, dann sollten wir ihr doch glauben, nicht wahr?«

Ein zustimmendes Gemurmel ging durch die Menge, aber es war alles andere als einmütig. »Sagen Sie doch, was Sie wollen«, fauchte Mrs. Elias, »aber ich weigere mich, unter einem Dach mit einem Weib zu beten, das mit Lord Aberdare verkehrt.« Sie drehte sich um und stolzierte den Gang zur Tür entlang. Nach einem Augenblick standen andere, Männer wie Frauen, auf und folgten ihr.

Einen Moment verharrte Clare wie gelähmt, als ihr bewußt wurde, daß die Gemeinde wegen ihr auseinanderzufallen drohte. Wenn sie nicht sofort etwas unternahm, dann würden sich die Mitglieder unweigerlich in Gruppen für oder gegen Clare aufteilen. Das Ergebnis wäre furchtbar, denn die Liebe und Freundschaft, die Zweck dieser Gemeinschaft war, würde darunter zu leiden haben, wenn nicht sogar in Haß umschlagen. »Wartet!« rief sie.

Die Leute blieben stehen und wandten sich zu ihr um. Mit bebender Stimme fuhr Clare fort: »Ich gebe zu, daß das, was ich tue, nicht über jeden Tadel erhaben ist. Und bevor die Gemeinde, die mein Vater so liebte, gespalten wird, ist es wohl besser, wenn ich gehe.« Zittrig sog sie die Luft ein. »Ich verspreche, nicht eher wiederzukommen, bis es keinen Anlaß mehr für Anschuldigungen gibt.«

Owen setzte zum Protest an, verstummte aber, als sie den Kopf schüttelte. Mit hocherhobenem Kinn und mühsam aufrechterhaltener Würde ging sie auf die Tür zu. Eine Stimme begleitete ihren Abgang mit den bewundernden Worten: »Das nenn' ich wahren christlichen Edelmut!«

»Klug von ihr, zu gehen, bevor man sie rauswirft«, zischte eine andere Stimme. »Bei all ihrer Bildung und ihrer Hochnäsigkeit ist sie doch nicht besser als jeder andere.«

Clare mußte an zwei Mitgliedern ihrer Gruppe vorbeigehen. Edith Wickes sah sie düster an – nicht wirklich böse, aber sicherlich mißbilligend. Jamie Harkin, der frühere Soldat, streckte die Hand nach ihr aus und schenkte ihr ein aufmunterndes Lächeln. Sein Mitgefühl ließ fast die Tränen fließen, die sie bisher so mühsam unterdrückt hatte. Sie nickte ihm zu, dann öffnete sie die Tür und trat in den kühlen Frühlingsmorgen hinaus.

Die Kinder spielten fröhlich draußen, während die meisten Mütter sich bei den Fenstern herumtrieben, um möglichst viel von den Geschehnissen in der Kirche mitzubekommen, während sie ihre neugierigen, unverheirateten Mädchen auf sichere Distanz hielten. Marged kam zu ihr und umarmte sie. »O Clare, Liebes«, flüsterte sie. »Bitte paß auf dich auf. Ich habe dich mit dem Earl aufgezogen, aber dies ist kein Scherz mehr.«

»Das kann man wohl sagen«, stimmte Clare zu. Sie versuchte zu lächeln. »Mach dir keine Sorgen, Marged. Ich verspreche dir, ich lasse mich nicht von ihm ruinieren.«

Unfähig, noch jemand anderem gegenüberzutreten, kletterte sie auf ihren Wagen und fuhr davon. Es war entsetzlich, sich vorzustellen, daß innerhalb eines Tages ganz Penreith über sie tratschen würde und sehr viele Leute die Gerüchte nicht einmal nur anzweifeln würden.

Noch schlimmer aber war das Eingeständnis, daß die Zweifler recht hatten. Sie hatte in der Tat ein wollüstiges Verhalten an den Tag gelegt, sie *war* empfänglich für Nicholas' diabolische Verführungsstrategien. Und trotz ihres tapferen Schwurs, daß sie ihre Tugend verteidigen würde, wußte sie, wie entsetzlich wahrscheinlich es war, daß sie an ihrem Verderben mitwirken würde, wenn sie nicht bald Aberdare verließ.

Nicholas, der wußte, daß Clare zur Kirche hatte gehen wollen, war früh am Morgen losgeritten, um den Schafhirten zu besuchen, der seine Tiere auf den höchsten Hügeln von Aberdare grasen ließ. Dieses Weideland hatte auch Tam the Telyn einst für sich beansprucht.

Er war schon auf dem Rückweg, als er auf dem Pfad, der zu den Ruinen der mittelalterlichen Burg – das ursprüngliche Aberdare – führte, eine Bewegung sah. Er schirmte seine Augen mit der Hand ab und blickte angestrengt über das Tal hinweg. Zu seiner Überraschung sah er Clares Ponywagen, der sich langsam den Hügel hinaufbewegte.

Er wartete, bis der Wagen die Stelle erreichte, an der der Pfad zu steil zum Fahren wurde. Clare stieg ab, band das Pferd fest und setzte den Weg zu Fuß fort.

Die Sonne war hinter den Wolken hervorgekommen, und so nahm er an, daß sie bei der alten Burg die Aussicht genießen wollte, denn man hatte von dort den allerschönsten Blick über das Tal. Er bekam Lust, sich zu ihr zu gesellen, und so ritt er gemächlich durch das Tal. Anders als das Pony mit dem Wagen, hatte sein Hengst keine Schwierigkeiten auf dem steilen Pfad. Oben angekommen, band er das Tier in einer windgeschützten Ecke an und machte sich auf die Suche nach Clare.

Er fand sie auf der höchsten Brustwehr, wo der Wind an Kleid und Stola zerrte und ihrem Teint eine frische Röte verlieh. Ohne zu bemerken, daß er sich näherte, starrte sie ins Tal hinab. Von diesem hochgelegenen Punkt aus war Penreith nur eine Ansammlung von Spielzeughäuschen und die Mine nicht mehr als ein schwaches Rauchfähnchen. In den geschützten Nischen, die nach Süden gingen, öffneten die ersten Osterglocken ihre Blüten.

Ruhig und leise, um sie nicht zu erschrecken, sprach er sie an. »Eine herrliche Aussicht, nicht wahr? Das hier war mein Lieblingsplatz, als ich klein war. Die Höhe und die steinernen Mauern schaffen die Illusion von Sicherheit.«

»Aber Sicherheit *ist* nur eine Illusion.« Sie wandte sich zu ihm um. »Lassen Sie mich gehen, Nicholas. Sie haben Ihren Spaß gehabt. Ich möchte nach Hause.«

Die Angst durchfuhr ihn ganz plötzlich. »Sie bitten darum, die Abmachung aufzuheben?«

»Wenn Sie nach London fahren, brauchen Sie meine Gesellschaft doch nicht.« Müde strich sie ein paar Locken zurück, die unter ihrer Haube entwischt waren. »Sie haben nun selbst gesehen, was getan werden muß, um dem Dorf zu helfen, also brauchen Sie mich dafür auch nicht mehr.«

»Nein!« brach es aus ihm heraus. »Ich werde für Penreith gar nichts tun, wenn Sie Ihren Teil unseres Handels nicht erfüllen.«

»Warum denn nicht?« sagte sie verwirrt. »Das Schicksal anderer Menschen kümmert Sie durchaus – das hat doch Ihr Verhalten in der Mine und Huw gegenüber deutlich gemacht. Inzwischen wollen Sie den Dorfbewohnern doch bestimmt helfen, weil Ihnen ihr Wohlergehen am Herzen liegt, und nicht weil wir einen lächerlichen Handel ausgemacht haben.«

»Sie überschätzen meine Selbstlosigkeit«, fuhr er sie an. »An dem Tag, an dem Sie Aberdare verlassen, gehe ich auch. Von mir aus können das Dorf und die Zeche zur Hölle fahren.«

Sie riß schockiert die Augen auf. »Wie können Sie so herzlos sein, wenn es Ihnen so leicht fällt, etwas zu tun?«

»So bin ich eben, meine kleine Unschuld«, sagte er sarkastisch. »Meine Liebsten und Nächsten haben mir das nur allzu gut eingebleut. Selbstsüchtigkeit hat mir weit mehr genützt, als Vertrauen oder Edelmut es je geschafft hätten, und ich werde diese Einstellung jetzt gewiß nicht aufgeben. Wenn Sie wollen, daß ich den Retter spiele, dann müssen Sie verdammt noch mal meinen Preis bezahlen.«

»Und der Preis ist mein Leben!« schrie sie, die Augen voller Tränen. »Heute morgen bin ich in der Kirche öffentlich von Leuten angeklagt worden, von denen ich glaubte, sie würden mich respektieren. Selbst meine treuesten Freunde machen sich Gedanken über das, was ich tue. Es hat nur vier Tage gebraucht, um einen sechsundzwanzig Jahre alten, untadeligen Ruf zu untergraben. Nur weil Ihnen dieses Spielchen im Moment beliebt, verliere ich meine Freunde, meine Arbeit und alles, was meinem Leben je einen Sinn gegeben hat.«

Es tat ihm weh, ihren Schmerz zu sehen, aber wenn er nachgab, würde er sie verlieren. »Sie wußten von Anfang an, daß der Preis hoch sein würde«, antwortete er kühl. »Und Sie sagten, ›dann soll es so sein‹. Es ist leicht, Mut zu beweisen, wenn nichts von einem verlangt wird, aber nun sind Sie zum ersten Mal auf Widerstand gestoßen und zeigen, wie Sie wirklich sind. Feige sind Sie, Clare Morgan.«

Sie erstarrte, die Tränen versiegten unvergossen. »Sie wagen es, von Feigheit zu sprechen? Ein Mann, der auf eine Krise damit reagiert, daß er von zu Hause wegrennt und vier Jahre nicht wiederkommt?«

»Hier geht es nicht um meine Schwächen, sondern um Ihre«, gab er zurück. »Wenn Sie gehen wollen – bitte. Bewahren Sie sich Ihre kostbare Tugend, die Ihnen, ach, so viel wert ist. Aber ich bin nicht dumm genug, um meine Zeit und mein Geld in Ihre Pläne zu stecken, ohne mehr als nur ein herablassendes Lächeln dafür zu bekommen. Wenn Sie vor Ablauf der drei Monate gehen, dann bleibt der Schieferbruch geschlossen. Ich werde mich nicht darum bemühen, die Zeche zu modernisieren, und

Aberdare wird ohne Personal leerstehen, bis ich eine Möglichkeit gefunden habe, den Kasten zu verkaufen.«

Ihre Augen verengten sich voller Zorn. »Glauben Sie etwa, daß ich eher in Ihrem Bett landen werde, wenn Sie mich gefangenhalten?«

Es war vor allem Zorn gewesen, der sie dazu getrieben hatte, seine Herausforderung anzunehmen, und wenn er nicht aufpaßte, dann würde dieser Zorn sie auch von ihm entfernen. Er bemühte sich um eine freundlichere Stimme. »Ich bin kein Gefängniswärter, Clare. Die Entscheidung liegt ganz bei Ihnen. Ich weiß, daß es furchtbar sein muß, von Ihren eigenen Leuten verurteilt zu werden. Doch soweit ich über den Glauben der Methodisten Bescheid weiß, ist es doch nur Ihr Gewissen allein, das sich vor Gott verantworten muß. Können Sie ehrlich behaupten, daß Sie sich für das, was zwischen uns vorgefallen ist, schämen?«

Sie lachte bitter. »So muß die Schlange zu Eva gesprochen haben.«

»Wahrscheinlich«, stimmte er zu, »denn die Erkenntnis, die die Schlange anbot, war die des Fleisches. Adam und Eva aßen den Apfel, wurden sich ihrer Nacktheit – ihrer Sexualität – bewußt und aus dem Paradies vertrieben. Ich für meinen Teil habe immer gedacht, daß der Garten Eden ein todlangweiliger Ort sein muß – Perfektion ist immer langweilig. Ohne die Fähigkeit, Böses zu tun, gibt es keine Möglichkeit, gut zu sein. Die Welt, in der wir leben, ist grausamer als das Paradies, aber auch viel interessanter, und die Liebe und die Leidenschaft machen sehr, sehr viel wieder wett.«

»Sie haben als Kind offenbar genug von Religion mitbekommen, um zu wissen, wie man sie zum Wanken bringt«, sagte sie scharf. »Aber Sie haben die Lektion über Barmherzigkeit verpaßt. Die Welt muß voll von schönen, erfahrenen Frauen sein, die sich über Ihre ungeteilte Aufmerksamkeit freuen würden. Warum bestehen Sie darauf, daß ich gegen meinen Willen bei Ihnen bleibe?«

»Weil es vielleicht andere Frauen gibt, ich aber Sie will!« Er trat zu ihr und legte seine Hände auf ihre Arme. »Wollen Sie wirklich behaupten, meine Aufmerksamkeiten gefielen Ihnen nicht?«

Sie versteifte sich. »Darum geht es doch gar nicht.«

»Nicht?« Als er sie küßte, wärmten sich ihre kalten Lippen rasch unter den seinen. »Ist das auch gegen Ihren Willen?« murmelte er.

Sie erwiderte seinen Kuß mit Verzweiflung, und er spürte, daß seine Liebkosung für sie genauso tröstend wie bedrohlich war. Wenn er sie jetzt an sich binden konnte, dann war sie für immer sein, dessen war er sich sicher.

Ohne aufzuhören, zog er sie behutsam ein paar Meter die Brüstung entlang in den Schutz einer Mauer. Während der Wind ihre Röcke um die Fesseln flattern ließ, band er ihre scheußliche Haube los. Ein kurzer Ruck, und ihr volles, dunkles Haar war frei. Seine Hand glitt unter ihre Stola und legte sich auf ihre Brust, knetete sanft die Rundung, während sein Daumen über die eine Spitze strich, bis sie hart wurde. Sie keuchte auf und bog sich ihm entgegen.

Die kleinste Reaktion ihres Körpers erregte ihn mit einer Leichtigkeit, die ihn fast schockierte. Seine Hüften drängten sich gegen ihre und hielten sie zwischen der rauhen Steinmauer und seinem Körper fest. Sie wich ein Stück zur Seite und bewegte sich nervös, aber nicht, um ihm zu entkommen, sondern eher, als suchte sie instinktiv die Position, in der sie sich am besten an ihn schmiegen konnte.

Während er die feuchten Tiefen ihres Mundes erforschte, schob er seine Hand in ihren Nacken und tastete nach den Häkchen an ihrem hochgeschlossenes Kleid. Rasch enthakte er das erste, dann das zweite. Er hielt einen Moment inne, um ihre seidige Haut zu liebkosen, dann zog er das Kleid ein wenig herunter, bis er ihre blassen Schultern entblößt hatte.

Sie duftete nach Lavendel und Thymian – ein Duft, der so dezent und bescheiden war wie Clare selbst, aber es lag auch ein Hauch Ungezähmtheit darin. Er begann, eine Reihe von schmetterlingszarten Küssen auf ihren Hals zu plazieren, dann wanderte sein Mund ihr Schlüsselbein entlang. Heftig, fiebernd, drückte sie ihr Becken gegen ihn.

Er reagierte mit einem Stöhnen, und sein ganzer Körper erstarrte. Durch die Lagen Stoff, die sie trennten, spürte sie ein Zucken in der harten Schwellung, die sich gegen ihren Bauch preßte.

»O Clare, du verhext mich«, sagte er heiser.

Sie wünschte sich nichts mehr, als hexen zu können, so daß sie nicht darüber nachdenken mußte, daß sie eine vernichtende Entscheidung zu treffen hatte. Doch vielleicht hatte sie sich bereits entschieden, als sie sich nicht gegen seine Umarmung gewehrt hatte.

Die Empfindungen waren so verzehrend, so überwältigend, daß es lange dauerte, bis sie bemerkte, daß ihr linkes Bein deswegen so eiskalt wurde, weil er ihre Röcke Millimeter für Millimeter über ihr Knie hinaufschob. Seine warme Hand strich über ihr Strumpfband und liebkoste die zarte Haut an der Innenseite ihres Oberschenkels. Ihre Atmung stockte, und eine gefährliche, verzweifelte Sehnsucht durchdrang ihren ganzen Körper.

Was sie schließlich rettete, war nicht die Erkenntnis, wie schändlich sie sich benahm, sondern die unbekannte heiße Feuchtigkeit, die sich an geheimen Stellen ihres Körpers ausbreitete. Plötzlich wurde sie verlegen, obwohl sie nicht wußte, warum. So nahm sie all ihre Kraft zusammen. »Nicht weiter«, preßte sie hervor.

Mit einer Stimme, die rauh vor Begierde war, flüsterte er: »Wenn du endlich deine Zweifel vergessen willst, dann laß mich weitermachen. Ich schwöre dir, du wirst es nicht bereuen.«

»Das können Sie nicht garantieren. Es ist viel wahrscheinlicher, daß ich mir selbst niemals verzeihen werde.« Wieder brannten Tränen in ihren Augen, als sie seine Oberarme packte und ihn ein Stück von sich weghielt. »Warum wollen Sie denn unbedingt mein Leben zerstören?«

Er stieß seinen Atem langsam und stockend aus. »Nicht weinen, Clare. Bitte nicht weinen.« Er lockerte seinen Griff, dann wandte er sich ab und ließ sich mit dem Rücken an der Wand herabgleiten, bis er auf dem Boden hockte. Er packte ihre Hand, zog sie auf seinen Schoß und zog sie an sich, so daß ihr Kopf an seiner Schulter ruhte. Während sie mit ihren verwirrenden Emotionen kämpfte, streichelte er sie unschuldig und zärtlich, als wäre sie ein verschrecktes Kind.

Langsam ebbte das Fieber, das ihren Körper

beherrscht hatte, ab. Sie zwang sich, der Realität ins Augen zu sehen. Noch war Zeit, Nicholas zu verlassen, noch konnte sie zu ihrem normalen Leben im Dorf zurückkehren. Es würde sicherlich einen Skandal geben – den hatte sie ja bereits verursacht – aber der Aufruhr würde sich bald legen. Zu gehen war die einfachste, sicherste und schicklichste Lösung.

Doch wenn sie sich dafür entschied, dann würde sie den Rest ihres Lebens das Wissen um ihre Feigheit mit sich herumtragen müssen. Nicholas hatte die Macht, Hunderten von Menschen aus der Misere zu helfen, und wenn sie ging, wäre es nicht nur feige, sondern auch selbstsüchtig.

Ihren Ruf und ihr gewohntes Leben zu opfern, um dem Dorf zu helfen, stellte sich als weit quälender heraus, als sie es erwartet hatte. Doch sie hätte es ohne Schwierigkeiten ertragen können, wenn sie verabscheut hätte, wozu er sie drängte. Als leidende Märtyrerin wäre ihr Gewissen rein gewesen. Das, was den Mahlstrom aus Schuldgefühl und Zweifel erzeugte, war die Tatsache, daß Nicholas in ihr Gefühle erzeugte, die sie glücklicher machten, als sie je zuvor gewesen war.

Er war ein Ehebrecher und ein Schürzenjäger, ein Mann, der sich offen zu seiner Selbstsüchtigkeit bekannte, einer, der keinerlei Bedürfnis verspürte, seine Macht und sein Vermögen für etwas anderes als zu seinem eigenen Vergnügen einzusetzen. Und dennoch berührte er ihr Innerstes auf eine Art, die sie nie zuvor erfahren hatte. Und seltsamerweise – obwohl ihre Anschauungen absolut gegensätzlich waren – schien er sie zu verstehen, wie niemand anderer es konnte.

Der böige Frühlingswind raschelte in ihren Röcken und spielte mit ihrem Haar. Es war beißend kalt in diesem Winkel, doch Nicholas spendete ihr Wärme und Trost. Sie seufzte, und ihre Hand drückte seinen Oberarm. Aller Moral und Vernunft zum Trotz, fühlte sie sich in seinen Armen geborgen.

Er sah sie zärtlich an. »Wangen wie blühende Rosen – ein Klischee, das schon jeder liebeskranke Bursche verwendet hat, der je ein Gedicht für seine Liebste schreiben wollte. Doch nichts beschreibt besser die entzückende Farbe in Ihrem Gesicht. Walisische Rosen, die auf keltischer Haut blühen.« Er strich ihr zart über die Wange. »Bitte gehen Sie nicht, Clare.«

Selbst wenn sie sich schon entschieden hätte, die Zärtlichkeit in seiner Stimme hätte ihren Entschluß zunichte gemacht. Es war erstaunlich, aber Nicholas schien sie wirklich bei sich haben zu wollen; sie war für ihn also doch mehr als nur ein lustiger Zeitvertreib. Und obwohl sie eben durch ihre eigene Leidenschaft unfähig gewesen war, dies wirklich wahrzunehmen und zu schätzen, erinnerte sie sich nun an seine Begierde, an die Art, wie er zu beben begonnen hatte, als sie seine Berührungen erwidert hatte.

Doch die Tatsache, daß auch sie etwas in ihm berührte, konnte ihr nicht ihre Sicherheit garantieren. Es war eher wahrscheinlich, daß sie beide gemeinsam in Flammen aufgehen würden. Sie sprach ihre Schlußfolgerung laut aus. »Wenn ich jetzt gehe, sollte es mir noch gelingen, meinen brüchigen Ruf wieder zu leimen. Zu bleiben bedeutet, mein ganzes bisheriges Leben aufzugeben. Mich wissentlich zu ruinieren.«

»Es ist nicht wahr, daß Leidenschaft immer Ruin zur Folge hat. Wenn körperliche Liebe Freude bereitet und niemandem wehtut, was kann daran falsch sein?«

»Ich vermute, daß Männer dies seit dem Sündenfall immer schon zu unschuldigen Jungfrauen gesagt haben«, erwiderte sie trocken. »Und Frauen, die dumm genug sind, es zu glauben, müssen ihre Kinder in der Gosse zur Welt bringen und im Armenhaus aufziehen. Wer behauptet bitte, daß niemandem wehgetan wird?«

»Es ist sicher falsch, eine ungewollte Schwangerschaft zu riskieren, nur um seinen Spaß zu bekommen – ein Verbrechen der Mutter und dem Kind gegenüber«, stimmte er ihr zu. »Aber es gibt recht wirksame Methoden, das zu verhüten.«

»Interessant, sofern es stimmt«, sagte sie, »aber selbst wenn kein Risiko besteht, darf man sich diesem Akt nicht einfach hingeben.«

Er schüttelte den Kopf. »Ich denke, wenn allgemein bekannt wäre, daß man Schwangerschaften verhindern kann, dann würden sich die Ansichten über das, was man darf und was nicht, sehr rasch ändern. Unsere momentane Moral bezüglich der Sexualität ist aus der Notwendigkeit entstanden, Frauen, Kinder und die Gesellschaft vor der Folgen unbedachter körperlicher Liebe zu schützen. Und wenn es keine solchen negativen Folgen gäbe – wenn Männer und Frauen frei entscheiden könnten, ob sie sich aus purem Vergnügen, nicht aus moralischen Gründen, hingeben dürfen oder eben nicht –, dann würde unsere Welt und unsere Weltanschauung sehr verschieden von der jetzigen sein.«

»Aber wäre die Welt dann eine bessere? Vielleicht für Männer, die ihre Gelüste befriedigen und dann mit leichtem Herzen und reinem Gewissen verschwinden dürften. Ich weiß nicht, ob Frauen genauso achtlos sein könnten.«

»Einige durchaus, Clare«, sagte er mit einer seltsam gepreßten Stimme. »Glauben Sie mir, es gibt Frauen, die genauso herzlos und unbekümmert sind wie jeder Mann.«

»Ich bin sicher, daß Sie eine ganze Reihe Frauen dieser Sorte kennengelernt haben.« Sie seufzte verbittert. »Sie sind wirklich ein Heide, Nicholas. Ein unmoralischer Teufel mit versilberter Zunge, der die Sünde als etwas Erstrebenswertes verkaufen kann. Sie glauben, daß ich mich irgendwann Ihrem Charme ergebe, wenn ich nur lange genug mit Ihnen zusammen bin.«

Er küßte sie leicht auf die Stirn. »Das ist meine innigste Hoffnung.«

Ihr Lachen klang leicht verzweifelt und auch ein wenig verärgert. Er gab sich wirklich Mühe, es ihr so schwer wie möglich zu machen.

Aber nun war es Zeit, ihr Vorgehen genau festzulegen. Sie spielte mit einem seiner Knöpfe, während sie ihre Gedanken ordnete.

Erstens: Sie mußte um der Leute willen bleiben, die von der Hilfe des Earls profitieren würden; ihr Pflichtgefühl ließ einfach keine andere Möglichkeit zu. Da dies so war, mußte sie sich also nach Kräften bemühen, die nächsten drei Monate so unbeschadet wie möglich durchzustehen. Grimmig akzeptierte sie, daß sie sich in dieser Zeit zahlreicher kleiner Verstöße gegen die Moral schuldig machen würde. Sie würde beten müssen, daß der Verzicht auf schlimmere Sünden etwas war, das die kleineren wieder aufwog.

Plötzlich schoß ihr ein Gedanke durch den Kopf. Nicholas war ein Mann, der daran gewöhnt war, seine Gelüste rasch zu befriedigen. Bald würde er von schlichten Küssen genug haben. Wenn er jedoch von ihr immer wieder abgewiesen wurde, wenn sie sich permanent weigerte, ihm mehr zu geben, dann würde ihm sicher irgendwann die Geduld ausgehen. Vielleicht würde er sie dann bitten zu gehen, sich jedoch immer noch verpflichtet fühlen, seinen Teil der Abmachung zu erfüllen.

Fasziniert spielte sie diesen Gedanken im Geiste durch. Um damit Erfolg zu haben, müßte sie lernen, wie sie seine Begierde anfachen konnte, während sie selbst beherrscht und kontrolliert genug blieb, um immer wieder nein zu sagen. Aber das Spiel mit der Sinnlichkeit war sehr gefährlich, und er war darin weitaus erfahrener als sie. Doch vielleicht ließ sich dieser Vorteil dadurch ausgleichen, daß die Leidenschaft der Männer stärker war als die der Frauen. Also faßte sie einen Entschluß. »Mein Gewissen läßt nicht zu, daß ich gehe, wenn zu bleiben bedeutet, daß dadurch so viel Gutes erzeugt wird. Aber ich warne Sie – Ihr Ziel ist Verführung. Meins aber, Sie davon zu überzeugen, daß ich den ganzen Aufwand nicht wert bin.«

Er stieß erleichtert den Atem aus, dann schenkte er ihr ein atemberaubendes Lächeln. »Ich bin sehr froh, daß Sie bleiben. Ich bin gespannt, was Sie unternehmen wollen, um Ihr Ziel zu erreichen, aber ich fürchte, Sie werden nicht viel Erfolg haben.«

»Wir werden sehen, Mylord.« Als sie in seine

dunklen Augen blickte, spürte sie, wie sich eine boshafte freudige Erwartung in ihr regte. Nun war sie nicht länger das hilflose Opfer, das seiner größeren Erfahrung und Kraft unterlegen war. Ihre Macht über ihn war begrenzt, aber bei Gott, sie würde sie so gut, wie es ihr möglich war, nutzen.

Kapitel 13

CLARE SPÄHTE AUS dem Fenster ihrer Reisekutsche und nahm mit aufgerissenen Augen den Anblick in sich auf, den London in der Dämmerung bot. »Meine Güte. Daß es so viele Menschen auf der Welt gibt«, brachte sie atemlos hervor.

Nicholas lachte in sich hinein. Er saß neben ihr, lehnte lässig an den dicken Polstern und hatte seine Arme vor der Brust verschränkt. »Die Landmaus kommt in die Stadt.«

Sie sah ihn in gespielter Verärgerung finster an. »Wahrscheinlich waren Sie absolut unbeeindruckt, als Sie zum ersten Mal nach London kamen!«

»Ganz und gar nicht«, erwiderte er fröhlich. »Ich war siebzehn und derart gefesselt, daß ich fast aus dem Kutschenfenster gefallen wäre. Man kann die Stadt lieben oder hassen, aber kalt läßt sie niemanden. London ist unglaublich vielseitig, und ich habe vor, Ihnen einiges davon zu zeigen.«

Die Kutsche machte einen Schlenker, und der Fahrer eines anderen Gefährts warf ihrem Mann auf dem Bock einen Schwall schmutziger Schimpfwörter an den Kopf. Clare lauschte und zog irritiert die Brauen zusammen. »Spricht der Kutscher eine fremde Sprache? Ich kann ihn gar nicht verstehen.«

»Er spricht eine besonders grauenhafte Form von Cockney, dem Ostlondoner Dialekt. Außerdem benutzt er Wörter, die wohlerzogene junge Damen nicht kennen dürfen«, sagte Nicholas.

Sie warf ihm einen spitzbübischen Blick zu. »Könnten Sie mir denn seine Bemerkungen übersetzen?«

Er zog die Brauen hoch. »Ich habe zwar das starke Verlangen, Sie zu verderben, aber doch nicht durch eine schmuddelige Sprache!«

Sie lächelte und sah wieder aus dem Fenster. Die lange Reise von Wales bis London war anstrengend gewesen, aber sie hatte die Fahrt genossen. Seit das Geschehen in der Burgruine sie gezwungen hatte, sich in ihre Situation zu fügen, konnte sie mit Nicholas entspannter umgehen, und ihre Beziehung war nun vor allem durch viel Neckerei und gutmütigen Spott gekennzeichnet.

Noch besser: Sie hatte gelernt, daß es möglich war, seine Liebkosungen zu genießen, ohne sich davon überwältigen zu lassen. Der tägliche Kuß war zu einem angenehmen Zwischenspiel geworden, das so lange andauerte, bis Nicholas' Hände unbotmäßig zu wandern begannen. Dann rief ihn Clare zur Ordnung, und er gehorchte jedesmal. Sie spürte, daß er sich genau wie sie zurückhielt, die Küsse genoß, ohne sich jedoch zu erlauben, von der Begierde davongetragen zu werden.

Aber das konnte nicht lange so weitergehen; über kurz oder lang würde Nicholas alles an Verführungskunst aufbieten, um sie umzustimmen. Aber wenn dieser Tag kam, würde sie sicher die

Kraft aufbringen können, ihm zu widerstehen, denn schon jetzt fühlte sie sich jeden Tag stärker, ja, sie fand, sie war auf dem besten Wege, ihm ebenbürtig zu werden. Zumindest innerhalb der engen Grenzen ihrer merkwürdigen Beziehung.

Und nun wollte sie vor allem erst einmal London genießen.

Inzwischen fuhren sie durch Straßen, die sauberer und ruhiger waren, und schließlich kam die Kutsche ruckelnd zum Stehen. Der Kutscher öffnete die Tür und ließ das Treppchen hinunter, und Nicholas half Clare hinaus. Es war schon fast dunkel, und alles, was sie vom Aberdare-Haus sehen konnte, war eine breite klassizistische Fassade. »Braucht dieser Besitz ebenso dringend eine Haushälterin?« fragte sie.

»Vor ein paar Tagen habe ich meinen Londoner Agenten informiert, daß ich kommen würde, also müßte das Haus mindestens gereinigt und mit ein paar Dienstboten ausgestattet sein.« Er bot ihr den Arm. »Aber als Geliebte sind Sie natürlich auch hier Herrin des Haushaltes und dürfen Änderungen vornehmen lassen, wenn Sie mögen.«

Leicht gequält gestand sie sich ein, daß dies eine andere, weit subtilere Art der Verführung war. Es war berauschend, wie eine Lady behandelt zu werden, und zu spüren, daß ihre Meinung respektiert wurde. Doch das Wissen, daß diese Situation nur vorübergehend war, half ihr, die Dinge im richtigen Licht zu sehen und nicht übermütig zu werden.

Als sie die marmornen Stufen hinaufging, schwand ihr Wohlgefühl ein wenig. Bis zu diesem Moment hatte Nicholas Vergnügen an ihrer Gesellschaft gefunden. Doch London bot viele andere, viel aufregendere Vergnügungen. Er konnte nun durchaus ihrer überdrüssig werden und sie nach Hause schicken, bevor die Woche um war.

Dann hätte sie gewonnen, oder etwa nicht?

Die verschwenderisch eingerichteten Räume waren in gutem Zustand, obwohl man merkte, daß das Haus jahrelang leergestanden hatte, denn es besaß die unpersönliche Atmosphäre eines Hotels. Nicholas gab Clare vor der kleinen Dienerschaft als seine Cousine aus, wie er es auf ihrer Reise nach London getan hatte, als er in den Gasthöfen getrennte Zimmer verlangt hatte.

Anfangs schienen die Diener nicht zu wissen, was sie von Clare halten sollten. Sie vermutete, sie wirkte zu bäurisch, als daß man ihr die aristokratische Herkunft abnahm, war aber wahrscheinlich als Mätresse noch undenkbarer. Wie auch immer – die Dienstboten waren Londoner und somit schwer zu schockieren, also schienen sie dieses Thema mit einem kollektiven Schulterzucken abzutun und kümmerten sich ausschließlich um das, wofür sie eingestellt worden waren und großzügig entlohnt wurden. Clare stellte fest, daß ihr die Meinung der Dienstboten ohnehin gleichgültig war. Es hatte große Vorteile, unter Fremden zu leben, statt sich tagtäglich vor Menschen verantworten zu müssen, die man schon sein ganzes Leben kannte.

Am ersten Morgen in der Stadt erwachte Clare, innerlich vor Aufregung brodelnd. Als sie nach unten kam, befand Nicholas sich bereits im Frühstückssalon, wo er Kaffee trank und die *Morning Post* las. Als sie eintrat, stand er höflich auf. »Guten Morgen, meine Liebe. Haben Sie gut geschlafen?«

»Es geht so . . . Mayfair ist fast so geräuschvoll wie Penreiths Zeche. Aber ich denke, ich kann mich daran gewöhnen.« Clare warf einen Blick auf die *Morning Post*. »Unglaublich. Die Zeitung am gleichen Tag, an dem sie herauskommt, lesen zu können, statt erst eine Woche später! Das nenne ich Luxus.«

Schmunzelnd schenkte er ihr heißen Tee ein. »London ist das Zentrum der Welt, Clare. Viele der Nachrichten werden hier gemacht!«

Nachdem sie sich ihr Frühstück aus der reichen Auswahl der Speisen, die auf der Anrichte warmgehalten wurden, zusammengestellt hatten, nahmen beide Platz. »Ich habe eben in die Gesellschaftsspalte gesehen«, sagte Nicholas. »Kein Lord Michael Kenyon, kein Earl of Strathmore wird erwähnt, aber der Duke of Candover ist in der Stadt.«

In Clare regte sich Panik. »Ein Duke?«

Nicholas interpretierte ihre alarmierte Miene richtig. »Das ist Rafe. Keine Angst. Er mag Duke sein und dazu reicher als Krösus, aber er würde sich niemals gestatten, dadurch unerträglich zu werden. Er ist ein überzeugter Vertreter der zurückhaltenden Gentleman-Art.«

»Ich war immer schon neugierig, was einen Gentleman ausmacht. Abgesehen von Geld und reichen Vorfahren.«

Er grinste und faltete die Zeitung zusammen. »Laut Rafe darf ein englischer Gentleman niemals ausfallend werden. Es sei denn, er beabsichtigt genau das.«

»Die Definition ist aber nicht besonders ermutigend«, sagte sie mit einem Lächeln. »Und ich nehme an, der Earl of Strathmore ist Ihr Freund Lucien?«

»Exakt. Aber seien Sie unbesorgt. So hochwohlgeboren wie ihre Titel klingen, sind meine Freunde doch vor allem ein tolerantes Grüppchen – das müssen sie schon sein, um mich zu ertragen.« Er lächelte, als er sich erinnerte. »Ich lernte Lucien in Eton kennen, als ein paar Jungen gerade beschlossen hatten, daß ein Kerl, der so dunkel und fremdländisch wirkte wie ich, eine Tracht Prügel verdient hätte. Lucien fand, daß vier gegen einen nicht sehr sportlich war und schlug sich daher auf meine Seite. Es hat uns beide blaue Augen gebracht, aber wir schafften es, die Kerle loszuwerden. Seitdem sind wir Freunde.«

»Ich glaube, der Earl of Strathmore gefällt mir.« Clare aß den letzten Bissen ihrer Eier mit Würstchen. Sie waren nicht so gut wie Mrs. Howells, aber annehmbar. »Ist einer von den Gefallenen Engeln verheiratet, oder geht das gegen den Ehrenkodex von Lebemännern?«

»Soweit ich weiß, sind alle ledig, obwohl ich so lange fort war, daß inzwischen alles passiert sein kann.« Er wühlte in seiner Tasche und brachte ein paar Banknoten zum Vorschein, die er Clare reichte. »Nehmen Sie das. London ist ein teures Pflaster, und Sie werden ein bißchen Kleingeld brauchen.«

Clare lächelte wie betäubt, während sie die Scheine betastete. »Zwanzig Pfund. Das ist mein Jahreslohn als Lehrerin.«

»Wenn Sie damit andeuten, daß die Welt ungerecht ist, dann würde ich das nicht bestreiten wollen. Vielleicht sollte die Stiftung Ihren Lohn erhöhen.«

»Zwanzig Pfund ist schon großzügig – es gibt Lehrer in Wales, die bloß fünf Pfund jährlich bekommen. Allerdings haben sie gewöhnlich auch noch eine andere Stelle. Ich bekomme darüber hinaus noch als eine Art zusätzliches Entgelt Nahrungsmittel oder kleinere Dienstleistungen von den Schülern und ihren Familien. Ich weiß nicht, ob ich in eine Welt passe, in der zwanzig Pfund Kleingeld bedeuten.« Sie schob die Banknoten über den Tisch auf ihn zu.

»Sie können in jede Welt hineinpassen, die Sie sich aussuchen«, sagte er scharf. »Wenn Ihnen zwanzig Pfund zu übertrieben vorkommen, dann behalten Sie es als Fluchtgeld. Sie werden es brauchen, um nach Penreith zurückzukehren, falls ich unerträglich werde – eine Möglichkeit, die wir nicht außer acht lassen dürfen!«

Wie gewöhnlich ließ sie sich durch seinen Unsinn besänftigen. »Also gut, obwohl es mir komisch vorkommt, von Ihnen Geld zu nehmen.«

Er zwinkerte ihr zu. »Wenn ich Sie für unmoralische Dinge bezahlen würde, dann bekäme ich nicht viel für mein Geld. Wie auch immer – sehen Sie die zwanzig Pfund als Wiedergutmachung, daß ich Sie gegen Ihren Willen nach London geschleppt habe.«

Sie ergab sich und schob das Geld in ihre Tasche. »Mit Ihnen zu streiten, ist nicht gerade leicht.«

»Streite niemals mit einem Zigeuner, Clare – wir werden weder von Logik noch von Würde gehemmt.« Er kam auf die Füße und streckte sich genüßlich. »Wenn Sie mit dem Frühstück fertig sind, sollten wir etwas wegen Ihrer Garderobe unternehmen.«

Rasch senkte sie die Augen. Es lag etwas ausgesprochen Unanständiges in der Art, wie er sich streckte; seine katzenhafte Sinnlichkeit konnte die solideste und vernünftigste Lady aus dem Konzept bringen.

Sie hatte sich einmal für vernünftig gehalten. Doch es fiel ihr immer schwerer, sich an diesen Wesenszug zu erinnern.

Das elegante Schneidergeschäft trug den Namen »Denise«, wie ein diskretes kleines Schild über der Tür verriet. Denise selbst war alles andere als diskret; sobald sie eintraten, stieß eine dralle Blondine ein Quieken aus und warf sich in Nicholas' Arme.

»Wo warst du denn, Zigeunerschuft?« schrie sie. »Ich habe mich förmlich nach dir verzehrt!«

Er hob sie in die Luft und drückte ihr einen dicken, herzlichen Kuß auf, dann setzte er sie wieder auf die Füße und tätschelte ihr üppiges Hinterteil. »Das sagst du doch zu allen, Denise.«

»Ja«, gab sie freimütig zu. »Aber bei dir meine ich es so.« Als sie grinste, zeigten sich kesse Grübchen in den Wangen. »Zumindest so, wie ich es immer meine.«

Clare beobachtete die Szene, kam sich unsichtbar vor und spürte den Wunsch in sich aufkeimen, jemandem den Hals umzudrehen. Zwar hatte sie gewußt, daß Nicholas seine Küsse großzügig verteilte, mochte es aber überhaupt nicht, dies bestätigt zu sehen. Und schon gar nicht mit so einem lockeren Frauenzimmer wie dem da.

Doch bevor ihr Blut zu kochen beginnen konnte, wandte sich Nicholas halb zu ihr um. »Denise, das ist meine Freundin Miss Morgan. Sie braucht eine komplette Garderobe, vom Unterhemd angefangen.«

Die Schneiderin nickte und begann langsam um ihre neue Kundin herumzugehen. Als sie ihre Bestandsaufnahme beendet hatte, verkündete sie: »Satte Farben, schlichte Schnitte, provozierend, ohne vulgär zu wirken.«

»Genau das, was ich mir auch gedacht habe«, erwiderte Nicholas. »Fangen wir gleich an?«

Denise scheuchte sie in ein mit dicken Teppichen ausgelegtes Anprobezimmer, wo sich eine Näherin und ein sehr junges Lehrmädchen zu ihnen gesellte. Clare wurde angewiesen, sich auf ein Podest in der Mitte des Zimmers zu stellen. Bald darauf wurde sie nur noch wie ein unbelebter Kleiderständer behandelt, während Nicholas und Denise Stoffe über sie drapierten und über Schnitte, Farben und Materialien diskutierten.

Denises fröhliches Wesen riß sowohl Nicholas als auch Clare mit, und bald schon war ihre anfängliche Verärgerung verschwunden. Es war schon ein komisches Gefühl, die volle Aufmerksamkeit zweier Menschen zu haben, die auf ihre äußere Erscheinung weit mehr Wert legten als sie selbst – zumal die in Frage kommenden Kleider ganz und gar anders waren als solche, die man in Wales für angemessen hielt. Hätte sie ihre Garderobe allein aussuchen müssen, so hätte sie schon vor der unglaublichen Vielfalt der Möglichkeiten kapituliert.

Um ihren Geist zu beschäftigen, überlegte sie, was sie gerne sehen und tun wollte, während sie in London war. Als Denise allerdings eine Bahn blauer, traumhaft schöner Seide über ihre Schulter drapierte, wurde sie aus ihren Überlegungen herausgerissen. »Die Farbe ist einfach perfekt, nicht wahr?« fragte sie.

»Dein Auge ist mal wieder unfehlbar«, stimmte Nicholas zu. »Der Stoff wird ein umwerfendes Abendkleid abgeben.«

Während die beiden sich nun in eine Diskussion über Schnitte ergingen, kam das Lehrmädchen herbei, um die Seide wieder auf die Rolle zu wikkeln. Doch als die Seide über ihr Schultern rutschte, griff Clare unwillkürlich danach und hielt sie fest. Es war der schönste Stoff, den sie je gesehen hatte. Die Seide schimmerte in allen Blautönen, und das Material war so fein, als wäre es aus einer Wolke gesponnen. Sie preßte es an ihr Gesicht und rieb ihre Wange daran, bis sie sah, daß Nicholas sie beobachtete. Peinlich berührt, ließ sie den Stoff fallen.

»Es ist nicht verboten, sich an schönen Dingen zu erfreuen«, bemerkte er amüsiert.

»Diese Seide ist viel zu extravagant. Ein dekadenter Luxus«, sagte sie streng, obwohl ihre Wange noch dort kribbelte, wo die Seide sie liebkost hatte. »Es gibt sinnvollere Möglichkeiten, Ihr Geld auszugeben.«

»Vielleicht«, sagte er, immer belustigter, »aber ein Kleid aus dieser Seide wird einfach herrlich zu Ihren Augen passen. Und Sie werden sich herrlich darin fühlen.«

Sie hätte gerne abgestritten, daß sie irgendein Vergnügen daran haben würde, ein solch wunderschönes, unnützes Kleid zu tragen, aber sie konnte es nicht; ihr verräterisches Herz sehnte sich nach dieser blauen Seide. Sie hatte ja gewußt, daß Nicholas' Herausforderung ihre Tugend auf eine harte Probe stellen würde, aber es war deprimierend, wie anfällig sie für eitlen Luxus und weltlichen Plunder war. Im Geiste rezitierte sie jeden Bibelvers, der ihr einfiel, in dem vor den Tücken der Eitelkeit gewarnt wurde.

Es half nichts. Sie wollte die blaue Seide immer noch.

Nachdem über Schnitte und Stoffe entschieden worden war, fragte Nicholas, ob Denise fertige Sachen dahatte, die Clare passen würden. Denise konnte mit drei Kleidern aufwarten, die sie ihnen mit dem bissigen Kommentar präsentierte, die Lady, die diese bestellt hätte, könnte gut und gerne auf sie warten, da sie für den letzten Schwung noch nicht bezahlt hatte.

Um das erste anzuprobieren, verschwand Clare hinter einem Wandschirm. Mit der Hilfe von Marie, der Näherin, zog sie ein Hemd aus Musselin über, das so fein gewebt war, daß es fast durchsichtig wirkte. Dann schnürte die Näherin sie in ein kurzes, leichtes Korsett. Clare machte sich auf Schlimmes gefaßt, da sie praktisch nie etwas Derartiges trug, doch das Kleidungsstück erwies sich als weniger unangenehm, als sie es erwartet hatte.

»Mademoiselle hat so eine schmale Taille, daß es fast nicht nötig ist«, murmelte Marie, »aber es wird den Sitz des Kleides verbessern.« Die Näherin nahm ihre Maße für die Kleider, die noch gemacht werden sollten, und ließ dann ein Kleid aus rosafarbenem Chaly über ihren Kopf fallen. Als das Mädchen an ihrem Rücken herumnestelte, um das Kleid zuzumachen, begann Clare langsam zu verstehen, warum die Damen der Gesellschaft Zofen brauchten.

Bevor sie Clare erlaubte, sich im Spiegel zu betrachten, zauberte Marie eine crèmefarbene Seidenrose hervor und steckte sie in Clares dunkles Haar.

»*Très bien.* Es fehlen zwar noch ein paar Kleinigkeiten, und eine andere Frisur brauchen Sie auch, aber *Monsieur le Compte* wird bestimmt zufrieden sein.«

Als Clare endlich ihrem Spiegelbild gegenübertreten durfte, blinzelte sie überrascht. Der rosafarbene Chaly ließ ihre Haut schimmern und ihre Augen riesig wirken. Sie sah aus wie eine Lady – und zwar eine *attraktive* Lady! Sie fand sich sogar – der Himmel mochte ihr vergeben – ziemlich umwerfend. Dann betrachtete sie mit Unbehagen ihren Ausschnitt. Nicht nur, daß er alarmierend tief war; das Korsett hob auch noch ihre Brust an! Obwohl Clare sich darüber im klaren war, daß sie eher bescheiden ausgestattet war, sah sie in diesem modischen Kleid dennoch recht . . . gut bestückt aus.

Sie mußte den Drang niederzwingen, ihre nackte Haut mit den Händen zu bedecken, als sie schüchtern hinter dem Wandschirm hervortrat. Nicholas und Denise brachen ihre Unterhaltung ab und starrten sie an. Während die Schneiderin zufrieden nickte, wanderte Nicholas um Clare herum. Seine Augen funkelten entzückt. »Ich dachte mir schon, daß das Kleid etwas für Sie sein würde, aber trotzdem bin ich beeindruckt. Es bedarf nur einer kleinen Änderung.«

Er zog mit der Handkante eine Linie quer über ihr Mieder. »Der Ausschnitt sollte bis hier gehen.«

Sie keuchte auf; einmal, weil er ihre Brüste – in aller Öffentlichkeit! – berührt hatte, zum anderen, weil der Ausschnitt, den er angezeigt hatte, einfach schockierend tief war. »Ich weigere mich, etwas so Unanständiges zu tragen.«

»Was ich vorschlage, ist doch noch sehr dezent.« Er zog eine andere Linie, diesmal knapp oberhalb ihrer Brustwarzen. »*Das* wäre unanständig.«

Entsetzt warf Clare Denise einen Blick zu. »Er macht Witze, oder?«

»Gar nicht«, erwiderte die Schneiderin munter. »Ich habe Kundinnen, die kein Kleid kaufen, aus dem sie nicht fast herausquellen. Hält das Interesse der Gentlemen wach, heißt es.«

»Das kann ich mir vorstellen«, murmelte Clare unbesänftigt. »Ich trag's jedenfalls nicht.«

»Seien Sie doch nicht so hartnäckig.« Nicholas schenkte ihr sein teuflischstes Grinsen. »Das Dekolleté, das ich vorschlage, ist gewagter, als Sie es wollen, aber viel konservativer, als ich es gern hätte. Ist das nicht ein guter Kompromiß?«

Sie mußte einfach lachen. Und immerhin würde sie in diesem Kleid ja niemand sehen, der sie kannte. »Also gut. Aber wenn ich mir eine Lungenentzündung hole, dann müssen Sie dafür geradestehen.«

»Ich halte Sie schon warm«, sagte er, und das Leuchten in seinen Augen verhieß nichts Gutes.

Clare zog sich hastig hinter den Wandschirm zurück, während sie sich sagte, daß es schließlich nichts ausmachte, ob diese Fremden glaubten, sie sei seine Geliebte.

Das nächste, was sie anprobierte, war ein Tageskleid, und auch wenn der Ausschnitt etwas anständiger war – in Penreith hätte immer noch jeder bei dem Anblick die Augenbrauen hochgezogen.

Als einen Augenblick niemand in der Nähe war, der mithören konnte, wandte sich Clare an Nicholas. »Was für eine Art Kundschaft kommt eigentlich hierher? Ich habe nicht den Eindruck, daß in diesem Geschäft ausgerechnet die angesehensten Persönlichkeit der höheren Gesellschaft verkehren.«

»Sehr gut beobachtet«, erwiderte er. »Die Frauen, die hierher kommen, sind jene, die so verführerisch wie möglich aussehen wollen. Ein paar davon sind zwar Damen der Gesellschaft, aber es kommen auch viele Schauspielerinnen und Kurtisanen.« Er legte den Kopf ein wenig schief. »Beleidigt Sie das?«

»Sollte es wohl«, gab sie zu, »aber ich wäre in jedem vornehmen Geschäft fehl am Platz. Außerdem gefällt mir Denise irgendwie.«

Sie brachen ihre Unterhaltung ab, als das Lehrmädchen herankam und ihnen zur Stärkung Tee und Kuchen brachte. Nicholas und Denise stürzten sich in eine engagierte Diskussion über Strümpfe, Schuhe, Handschuhe, Umhänge und Wäschestücke, über die eine anständige Frau nicht sprach. All das würde noch benötigt werden, und allein ihnen zuzuhören, ermüdete Clare.

Nicholas schien in dieser Aufgabe jedoch richtig aufzugehen. Nach drei Stunden sagte er ausgelassen: »Und nun, meine Liebe, werde ich Ihnen das sinnlichste Erlebnis bescheren, das Sie sich vorstellen können.«

»O nein«, sagte sie entsetzt. »Ich versuche ja, eine gute Mätresse zu mimen, aber es ist bestimmt nicht nett von Ihnen, mich zu demütigen.«

»Habe ich etwas von Demütigung gesagt?« Er half ihr in den offenen Wagen, dann nahm er dem Diener die Zügel aus der Hand, und dieser kletterte hinten auf die Kutsche.

Als sie sich in den Londoner Verkehr stürzten, fragte Clare mißtrauisch: »Wollen Sie mich zu einer . . . einer Art Orgie verleiten?«

»Aber Clare!« Er warf ihr einen mißbilligenden Blick zu. »Was wissen Sie denn über Orgien?«

»Nicht viel. Nur, daß sie schlecht und verderbt sind und von einer Anzahl Personen veranstaltet werden, die sich wie Tiere benehmen«, sagte sie beißend.

Er lachte. »Keine schlechte Definition. Natürlich gibt es alle möglichen Arten von Orgien, doch ich denke, es bedarf mindestens dreier Parteien, um diese Bezeichnung zu verdienen. Allerdings müssen nicht alle notwendigerweise menschlich sein.«

Während Clare noch mit ihrer Verlegenheit kämpfte, kam ein Karren aus einer Seitenstraße geschossen und wäre fast mit ihnen zusammengestoßen. Geschickt wich Nicholas aus, doch dem schmierigen Cockney reichte das nicht. Mit einer dicken, erloschenen Zigarre zwischen den Lippen stieß er einen Schwall von Flüchen aus, die sich auf verdammte geschniegelte Lackaffen bezogen, die glaubten, die Straße würde ihnen gehören.

»Was für ein unangenehmer Zeitgenosse«, bemerkte Nicholas. »Dem muß man ein paar Manieren beibringen.«

Mit einem kräftigen Ruck des Handgelenks ließ Nicholas die Peitsche vorschnellen, und die Zigarre war aus dem Mund des Karrenlenkers verschwunden. Verdattert schielte der Cockney auf den ausgefransten Stummel zwischen seinen Lippen.

Beeindruckt, aber auch entsetzt, keuchte Clare auf. »Lieber Himmel, wenn Sie danebengetroffen hätten, hätte der Mann ein Auge verlieren können.«

»Ich treffe nie daneben«, sagte Nicholas ruhig. Er ließ die Peitsche erneut knallen, und die Mütze des Karrenlenkers segelte durch die Luft, um in

Clares Schoß zu landen. Sie hatte zwar einen schwachen Luftzug gespürt, aber die rasche Bewegung der Peitsche nicht sehen können.

In stummer Faszination starrte Clare auf die zerknautschte Mütze. »Es heißt, daß ein Mann, der gut mit der Peitsche umzugehen weiß, eine Fliege vom Führpferd seines Gespanns schlagen kann«, erklärte Nicholas, »aber es gibt nur sehr wenige, die das wirklich fertigbringen.« Die Peitsche knallte wieder, und die Mütze wirbelte zurück durch die Luft, um erneut auf dem Schädel des vollkommen verwirrten Karrenkutschers zu landen. »Ich bin übrigens einer dieser wenigen.«

Nachdem seine Vorstellung vorbei war, fädelte Nicholas ihren Wagen wieder in den Verkehr ein. »Um auf das faszinierende Thema der Orgien zurückzukommen – es ist eine ziemlich verbreitete männliche Phantasie, mit zwei Frauen zugleich ins Bett zu gehen. Nun, eigentlich ist der Ausdruck ›ins Bett gehen‹ unpassend, denn meistens braucht man soviel Platz, daß man auf dem Boden endet. Da ich ein wißbegieriger Mensch bin, habe ich einmal beschlossen, diese Phantasie auszuleben. Ich nehme an, man könnte dies dann schon als Orgie bezeichnen.« Er lenkte den Wagen in eine breitere Straße. »Wissen Sie, was mir von dieser Orgie am lebhaftesten in Erinnerung geblieben ist?«

Clare, puterrot, preßte sich die Hände über die Ohren. »Ich will davon nichts mehr hören!«

Ihren Protest ignorierend, fuhr Nicholas genüßlich fort: »Teppiche scheuern an den Knien, *daran* erinnere ich mich. Damit sich ja keine der Damen langweilte, mußte ich permanent hin und her krabbeln. Es war ziemlich erschöpfend, und ich habe eine Woche lang gehinkt.« Er hielt nachdenklich inne. »Außerdem hat es mich gelehrt, daß Phantasien auch besser solche bleiben sollten.«

Clare brach in hilfloses Gelächter aus. »Sie sind einfach unmöglich«, keuchte sie, während sie nach Luft schnappte. Wirklich, nur Nicholas schaffte es, eine hoffnungslos obszöne Geschichte in etwas Lustiges umzuwandeln. Vielleicht würde sein »sinnlichstes Erlebnis« am Ende doch nicht so gräßlich werden.

Daß er vor einer gewaltigen gotischen Kirche anhielt, überraschte sie dann aber doch. Sie erkannte das Gebäude von einem Kupferstich, den sie einmal gesehen hatte. »Aber das ist doch Westminster Abbey!«

Nicholas warf die Zügel dem Diener zu, dann half er Clare aus dem Wagen. »Recht haben Sie.«

Eine Weile standen sie nur da, während ihr verzückter Blick über die Fassade glitt und sie jede Einzelheit in sich aufnahm. Kein Abbild konnte der Pracht und der Ausdruckskraft der Struktur gerecht werden. Jede Linie der Kirche und ihrer Zwillingstürme strebte zum Himmel – ein wortloser Tribut an den Glauben derer, die das Bauwerk errichtet hatten.

Nicholas nahm ihren Ellenbogen, und sie gingen auf den Eingang zu. Wenn er sie nicht geführt hätte, wäre sie über ihre eigenen Füße gestolpert, denn sie konnte ihren Blick einfach nicht von dieser herrlichen Front abwenden.

Das Innere war sogar noch prächtiger als das Äußere. Obwohl andere Besucher und Gläubige anwesend waren, ließen Größe und Höhe der Kirche sie bedeutungslos erscheinen und gaben ihr das Gefühl, mit Nicholas allein zu sein. Dunkle Schatten, wie Juwelen funkelnde Fenster, spitze Bögen und ein Wald gewaltiger Säulen; Clare war so betäubt von dem Reichtum und der Vielfalt, daß es ihr schwerfiel, die Abtei als Ganzes zu erfassen.

Sie hielt Nicholas' Arm, während sie einen Seitengang entlanggingen. »Dieses Gebäude ist dazu errichtet worden, Menschen mit der Macht und der Allgewalt Gottes zu beeindrucken«, murmelte sie. Unwillkürlich hatte sie leise gesprochen.

»Alle großartigen Gotteshäuser haben diesen Zweck«, erwiderte er ruhig. »Ich war schon in Kirchen, Moscheen, Synagogen und indianischen Tempeln, und alle haben es geschafft, einem den Eindruck zu vermitteln, es sei etwas dran an dem ganzen Theater, das um die Religion gemacht wird. Aber ich war auch schon in Schreinen, die kleiner waren als die Zion-Kapelle in Penreith, und manche kamen mir heiliger als alle anderen zusammen vor.«

Sie nickte abwesend, zu überwältigt, um eine vernünftige Unterhaltung führen zu können. Die Wände waren bestückt mit Monumenten berühmter Briten. Es kam ihr unvorstellbar vor, daß sie über die sterblichen Überreste so vieler großer Männer und Frauen wanderte: Edward I. und Henry VIII., Elizabeth, die jungfräuliche Königin, und ihre Kusine und Feindin, Mary, Königin von Schottland. Geoffrey Chaucer, Isaac Newton und die beiden William Pitts, der Ältere und der Jüngere. Als sie die Kapelle von Edward dem Bekenner, der sowohl Heiliger als auch König gewesen war, erreichten, flüsterte sie: »Ist denn jede wichtige Persönlichkeit aus Englands Geschichte hier begraben?«

Er lachte leise. »Nein, obwohl es so aussehen

könnte. Die Verbindung von spektakulärer Architektur und Geschichte ist recht überwältigend, nicht wahr?« Er zog seine Taschenuhr hervor und blickte auf die Zeit, dann wandte er sich um, und sie gingen den Gang, den sie gekommen waren, zurück.

Nach einer kurzen Weile setzte plötzlich ein Tosen von Musik ein. Clare stockte der Atem, und ein Schauer lief ihr das Rückgrat herab. Es war eine Orgel, die da gespielt wurde; kein anderes Instrument besaß soviel Kraft und den majestätischen Klang, um eine solch gewaltige Kirche zu füllen.

Die Orgel wurde von einem Chor Engel begleitet. Nun, natürlich keine Engel, obwohl die Stimmen ihr wahrhaft engelsgleich vorkamen. Irgendwo verborgen in den unsichtbaren Nischen der gewaltigen Kirche erhoben sich scheinbar Hunderte von Männerstimmen zu triumphierenden Hymnen. Die Musik hallte von den Steinmauern wider, drang in die letzten Winkel des Bauwerks und erfüllte die Atmosphäre mit solch konzentrierter Intensität, daß das Paradies selbst Mühe gehabt hätte, etwas Besseres hervorzubringen.

Nicholas atmete hingerissen aus. »Sie üben für die Osterchoräle.« Er nahm Clares Hand und zog sie in den Schutz einer Nische, die von einer gewaltigen Statue überschattet wurde.

Dort lehnte er sich entspannt an die Mauer zurück, schloß die Augen und gab sich ganz der Musik hin. Er schien die Töne in sich aufzunehmen, wie eine Blume die Sonne absorbierte. Sie hatte ja schon erfahren, daß er Musik liebte, aber beim Anblick seines Gesichtes kam sie zu dem Schluß, daß das Wort ›Liebe‹ nicht stark genug war. Er sah aus wie ein gequälter Engel, der eine Möglichkeit zur Erlösung entdeckt hatte.

Langsam, ohne sich dessen wirklich bewußt zu sein, rückte sie näher an ihn heran, bis ihr Rücken über sein weißes Leinenhemd strich. Einer seiner Arme schlang sich um ihre Taille und zog sie an sich. Seine Umarmung hatte nichts Lustvolles an sich; sie teilten nur ein Erlebnis, das zu tiefgreifend, zu innig für Worte war. Auch sie schloß nun die Augen und erlaubte sich, diesen Moment auszukosten. Die übernatürliche Macht der Musik. Nicholas' Stärke und Wärme. Freude.

Das dritte Lied war Händels »Halleluja-Chor«, ein Musikstück, das so aufwühlend wie unmißverständlich war. Sie schauderte unter der Heftigkeit der Emotionen, die aus den Tiefen ihrer Seele drangen.

König der Könige, Herr aller Herren . . . Religiöser Glaube und Leidenschaft, Schönheit und Liebe, Sinnlichkeit und Zärtlichkeit, das Heilige und das Profane – all das war nun untrennbar miteinander verschmolzen und trieb ihr Tränen der Sehnsucht in die Augen. *Für immer und ewig* . . .

Es mochte Blasphemie sein, diese Gefühle zu verbinden, aber sie konnte sie nicht mehr trennen, genauso wenig wie sie hätte sagen können, was noch zu ihrem und was schon zu Nicholas' Körper gehörte. In diesem Augenblick existierte sie einfach nur noch und brauchte und wollte vom Leben nicht mehr.

Als der Chor verklang, spielte die Orgel ein brausendes Solo, das die alten Steine der Abbey zu lockern drohte. Langsam löste sich Clare aus ihrem Trancezustand. Sie öffnete die Augen und sah zwei

Ladys vorübergehen, die sie finster musterten. Ihr Blick erinnerte sie daran, daß Nicholas' Arm immer noch um ihre Taille lag, und so löste sie sich widerstrebend von ihm.

Sie drehte sich zu ihm um, sah ihn an und konnte nicht mehr wegsehen. »Ich habe immer schon gedacht, daß die Hölle durch das Fehlen von Musik gekennzeichnet sein muß«, sagte er sanft.

Das Gefühl der Nähe, einer intensiven Verbundenheit pulsierte zwischen ihnen. Und irgend etwas an ihm war anders. Sie brauchte eine Weile, um zu erkennen, daß sein Gesicht zum ersten Mal wirklich offen war. Normalerweise versteckten seine Schlagfertigkeit und sein absichtlich oberflächliches Gehabe die Tatsache, daß er sein wahres Ich zurückhielt, aber nun war die Maske, die ihn schützte, verschwunden. Was sie in seinen Augen entdeckte, war Verwundbarkeit, und sie überlegte, wie lange es wohl her war, daß er jemanden freiwillig so tief in seine Persönlichkeit hatte hineinblicken lassen. Wenn er es überhaupt jemals zugelassen hatte.

Dann fragte sie sich plötzlich, was er in ihren Augen sehen mochte. Voller Unbehagen schaute sie weg und zerriß so das Band zwischen ihnen. Sie mußte sich räuspern, bevor sie etwas hervorbringen konnte. »Das war wundervoll. Und Sie hatten recht – es war wirklich die sinnlichste Erfahrung meines Lebens.«

»Und ganz entschieden ehrbar.« Er bot ihr seinen Arm.

Clare spürte immer noch die Wärme dieses Armes, der um ihrer Taille gelegen hatte. Sie ließ ihre Hand in seine Armbeuge gleiten, und sie verließen schweigend die Kirche. Nach dem Chor konnte alles andere nur die erhabene Stimmung zerstören.

Draußen jagte ein frischer Wind Wolkenfetzen über den Himmel. Nicholas winkte dem Wagen, und kurz darauf schlängelten sie sich durch den Westminster-Verkehr. Die ruhigen Straßen des vornehmen Mayfair-Viertels waren eine echte Erholung dagegen, und Clare freute sich darauf, nach Hause zu kommen. Ja, vielleicht würde sie sich nach der Aufregung bei der Schneiderin und in der Kirche sogar den Luxus eines Nickerchens gönnen.

Nicholas waren indes die Überraschungen noch nicht ausgegangen. Als sie durch eine ruhige Wohngegend fuhren, zügelte er plötzlich die Pferde vor einem Haus. »Ah, das sieht ja so aus, als ob die Familie anwesend ist.«

Wieder reichte er dem Diener die Zügel, sprang leichtfüßig aufs Pflaster und streckte den Arm aus, um Clare zu helfen.

»Wer ist anwesend?« fragte sie, als sie neben ihm auf der Straße stand.

Mit leuchtenden Augen führte er sie die Stufen hinauf und schlug mit dem Löwenkopfklopfer gegen die Tür. »Na, meine gute alte Granny!«

Granny. Großmutter? Aber die Mutter seines Vaters war doch schon vor Jahren gestorben, und falls seine Zigeunergroßmutter noch lebte, dann würde sie wohl kaum in einem Haus in Mayfair residieren.

Die Erkenntnis traf sie wie ein Schlag, als die Tür aufschwang. Entsetzt begriff Clare, daß er von der jungen Witwe seines Großvaters sprechen mußte: Emily, Countess of Aberdare – die Frau, von der man allgemein annahm, sie sei Nicholas' Geliebte gewesen. Die Frau, die die Ursache eines üblen Skandals gewesen war, der zwei Leben gefordert hatte.

Kapitel 14

ALS CLARE MIT Nicholas das Haus betrat, empfand sie den ausgeprägt unchristlichen Drang, ihm den Hals umzudrehen. Es war in Penreith allgemein bekannt, daß ein Diener Nicholas in jener Nacht im Schlafzimmer der Countess vorgefunden hatte, als der alte Earl und Caroline umgekommen waren. Trotz dieser Tatsache hatte sich in Clare etwas gesträubt, die offensichtliche Schlußfolgerung daraus zu ziehen. Obwohl sie sich damals einfach eingeredet hatte, sie wäre nur unparteiisch, dachte sie im Rückblick nun, daß sie vermutlich nur nicht hatte glauben wollen, daß Nicholas so ein gemeiner Schuft war. Jetzt würde sie die beiden also zusammen sehen und dadurch wahrscheinlich die Wahrheit erfahren. Und sie mußte sich eingestehen, daß sie gar nicht wissen wollte, was damals tatsächlich geschehen war.

Als der würdevolle Butler die Gäste hereinließ und sie nach dem Namen fragte, stürmte ein nacktes Kleinkind durch die Eingangshalle, was der Förmlichkeit des Empfangs einigen Abbruch tat. Ein keuchendes Kindermädchen war dem Balg dicht auf den Fersen, und ein paar Sekunden später erschien auch eine lachende Lady, die etwa Mitte Dreißig zu sein schien.

Ihr Blick wanderte zu den Gästen, und ihre Miene veränderte sich. »Nicholas!« rief sie und streckte ihm die Hände entgegen. »Warum hast du mich nicht benachrichtigt, daß du wieder in England bist?«

Er nahm ihre Hände und küßte sie auf beide Wangen. »Ich bin erst gestern in London angekommen, Emily.«

Clare sah der Begrüßung mit regloser Miene und eisigem Schweigen zu. Für ihren Geschmack hatte Nicholas heute schon entschieden zu viele Frauen geküßt. Die Witwe des alten Earls strahlte vor Gesundheit und Glück und sah gute zehn Jahre jünger aus als damals, als sie noch auf Aberdare gelebt hatte. Und wenn man die Zuneigung sah, die die beiden offenbar füreinander empfanden, konnte man sich leicht vorstellen, daß sie einmal Liebende waren.

Nicholas wandte sich um und zog Clare vorwärts. »Kennst du vielleicht meine Begleitung hier noch?«

Die Countess stutzte, sagte aber schließlich: »Sie sind Miss Morgan, die Lehrerin aus Penreith, nicht wahr? Wir lernten uns kennen, als Nicholas die Stiftung für die Schule ins Leben rief.«

Nun war Clare an der Reihe, verdattert zu sein. »Nicholas? Ich dachte, die Schule sei Ihr Projekt gewesen!«

»Da mein Gemahl dazu neigte, jede fortschrittliche Idee von Nicholas zu mißbilligen, hielten wir es für besser, wenn ich damit an die Öffentlichkeit trat«, erklärte die Countess. »Ich hoffe, die

Schule macht sich gut. Sind Sie immer noch Lehrerin dort?«

»Meistens schon«, warf Nicholas ein. »Sie hat sich gerade drei Monate freigenommen, um zu versuchen, mich zu erziehen.«

Die Countess sah neugierig von ihm zu Clare und zu Nicholas zurück, doch bevor sie etwas dazu sagen konnte, kam das junge Kindermädchen mit dem fröhlich gurgelnden Nackedei auf dem Arm zurück. »Es tut mir leid, Ma'am«, sagte sie. »Ich habe keine Ahnung, wie Master Williams sich einfach so davonstehlen konnte.«

Die Countess beugte sich vor und küßte ihren Sohn auf die Wange. »Unglaublich einfallsreich, nicht wahr?« sagte sie stolz.

»Fallreich, fallreich!« krähte das Kind.

»Also ist das mein Patenkind.« Lachend nahm Nicholas dem Mädchen den Jungen aus dem Arm. »Bei seiner Abneigung gegen Kleidung wird er in den nächsten Jahren recht preiswert einzukleiden sein. Vielleicht steckt in ihm ein wenig von der Freiheitsliebe der Zigeuner.«

Clare konnte nicht anders: Sie mußte immer wieder nach Ähnlichkeiten zwischen dem Kind und Nicholas suchen. Aber wenn es eine gab, so konnte sie sie nicht entdecken. Das Kind war blond und blauäugig – ein echter englischer Junge. Außerdem war er zu klein, um das Produkt einer Liaison zu sein, die vor vier Jahren stattgefunden hatte.

Die helle Stimme der Countess unterbrach ihre Gedanken. »Verzeihen Sie mir meine Unhöflichkeit, Miss Morgan. Wie Sie sehen, geht hier mal wieder alles drunter und drüber, aber hätten Sie

Lust, zum Tee zu bleiben? Nicholas und ich haben uns viel zu erzählen.«

Nicholas lachte in sich hinein und reichte William dem Kindermädchen zurück. »Ich sehe schon, was du in den letzten Jahren getan hast!«

Die Countess errötete wie ein Schulmädchen, als sie ihre Gäste in das Wohnzimmer geleitete und nach Erfrischungen klingelte. Clare nippte an der Teetasse und knabberte an kleinen Kuchen, während die anderen beiden Neuigkeiten austauschten. War sie dazu nach London gekommen? Um zuzusehen, wie Nicholas Frauen bezauberte? Der Gedanke machte sie ausgesprochen übellaunig.

Nach einer halben Stunde zog Nicholas ein leuchtend bemaltes, rundes hölzernes Objekt aus seiner Tasche. »Ich habe ein kleines Geschenk für William mitgebracht. Es kommt von den Ostindischen Inseln, wo man es Jo-Jo nennt.« Er schlang den Seidenfaden um seinen Finger und ließ das Spielzeug den Faden auf und ab laufen, wobei es ein leises sirrendes Geräusch von sich gab.

»Mein Bruder hatte ein ähnliches Spielzeug, als wir klein waren«, sagte die Countess, »aber seines wurde Bandalore genannt. Mal sehen, ob ich es noch kann.« Aber ihre Versuche blieben ohne Erfolg. Als das Jo-Jo schließlich zum dritten Mal schlaff am Seil herabbaumelte, gab sie es Nicholas zurück. »Ich fürchte, ich bin außer Übung.«

»Wenn du nichts dagegen hast, gehe ich hinauf ins Kinderzimmer und zeige es William.«

»Er wird begeistert sein.« Die Countess klingelte nach dem Butler, der Nicholas das Kinderzimmer zeigen sollte.

Clare fühlte sich nicht sehr wohl dabei, mit der

Countess allein zu bleiben, aber das änderte sich rasch, als die Frau sie mit ihren nußbraunen Augen neugierig ansah. »Bitte verzeihen Sie Nicholas und mir, daß wir so unhöflich waren, Sie zu vernachlässigen. Vier Jahre sind eine lange Zeit, und dieser Taugenichts hat so gut wie nie geschrieben.«

»Bestimmt sind Sie froh, daß er wieder zu Hause ist, Lady Aberdare«, sagte Clare so neutral wie möglich.

»Ja, obwohl er mich an diese furchtbare Zeit erinnert.« Die Countess nahm einen der Butterkuchen. »Übrigens benutze ich den Titel nicht mehr, Miss Morgan. Nun bin ich nur noch einfach Mrs. Robert Holcroft. Oder Emily für eine Freundin von Nicholas.«

»Sie verzichten auf den Titel? Das ist aber ungewöhnlich. Ich dachte immer, Frauen Ihres Standes behalten Ihren Titel bei, wenn sie einen Bürgerlichen heiraten.«

Emilys Miene verhärtete sich. »Ich wollte nie eine Countess sein. Robert – mein Mann – und ich wuchsen zusammen auf und wußten schon sehr früh, daß wir heiraten wollten. Aber er war der jüngere Sohn eines Gutsherrn und daher ohne großartige Aussichten, ich dagegen die Tochter eines Viscounts. Als Lord Aberdare seinen ausgesprochen schmeichelhaften Antrag machte, bestanden meine Eltern darauf, daß ich annahm, obwohl er vierzig Jahre älter war als ich.«

»Es tut mir leid«, sagte Clare kleinlaut. »Das wußte ich nicht. Sie machten immer einen so heiteren und fröhlichen Eindruck. Niemand in Penreith ahnte, daß die Ehe nicht nach Ihrem Geschmack war.«

»Lord Aberdare wollte eine junge Zuchtstute,

die ihm Nachwuchs gebären sollte.« Sie begann, den Kuchen zwischen ihren Finger zu zerkrümeln. »Er war recht . . . gewissenhaft in der Ausübung seiner ehelichen Pflichten, aber ich erwies mich als echte Enttäuschung für ihn. Es war eine schwierige Zeit. Nicholas war mir ein . . . gewaltiger Trost.« Der Butterkuchen war inzwischen nur noch ein Häufchen goldgelber Krümel.

Für Clare hörte sich dies nach einem Eingeständnis an, daß Emily und Nicholas ein Liebespaar gewesen waren. Doch offenbar war die Affäre keine gewesen, die aus purer egoistischer Lustbefriedigung bestanden hatte – zumindest nicht von Emilys Seite. Obwohl Clare den Ehebruch nicht guthieß, konnte sie durchaus verstehen, wie eine unglückliche Frau sich in eine Liaison mit ihrem gutaussehenden, charmanten und etwa gleichaltrigen Stiefenkel verstricken lassen konnte. Da sie nicht wußte, was sie sonst sagen sollte, bemerkte sie: »William ist der lebende Beweis dafür, daß die Kinderlosigkeit Ihrer ersten Ehe nicht Ihre Schuld war.«

»Glauben Sie ja nicht, daß mich dieses Wissen *nicht* unglaublich befriedigt hat«, antwortete Emily trocken. »Wo auch immer der vierte Earl of Aberdare jetzt ist – und vermutlich ist es ein sehr heißer Ort –, dann weiß er hoffentlich, daß ich nicht unfruchtbar bin.« Sie strich sich über ihren Bauch. »Und im Herbst wird William ein Brüderchen oder ein Schwesterchen bekommen.«

»Wie herrlich. Ich gratuliere.« Clare konnte die Frage, die ihr schon länger im Kopf herumging, nun nicht länger für sich behalten. »Warum erzählen Sie das alles einer Fremden?«

Emily zuckte die Schultern. »Weil man mit Ihnen gut reden kann. Weil Nicholas sie hergebracht hat. Weil Sie aus Penreith sind. Ich denke, der letzte Grund ist der wichtigste. Wenn Sie in diesem Tal leben, dann müssen Sie auch von dem Skandal wissen, der den Tod meines Mannes und den von Nicholas' Frau begleitet hat. Der Himmel allein weiß, was für Geschichten im Umlauf waren, aber die Gerüchte können kaum schlimmer als die Wahrheit gewesen sein. Ich verließ Wales, sobald mein Ehemann begraben war. Zu der Zeit war ich von den Ereignissen viel zu betäubt, um mir großartig Gedanken darüber zu machen, was die Leute dachten, aber hier scheint sich mir die Gelegenheit zu bieten, ein paar Dinge richtigzustellen.«

Clare überlegte, wie Nicholas diese Affäre wohl erlebt hatte. Hatte er Emily geliebt? Tat er es noch? Nun, das konnte sie natürlich schlecht fragen. Stattdessen sagte sie: »Ja, es hat die wildesten Vermutungen über das, was geschehen ist, gegeben, aber inzwischen ist die Sache schon halb vergessen. Da Sie und Nicholas fortgegangen sind und sonst niemand etwas wußte, hatten die Klatschmäuler wenig Stoff, mit dem sie arbeiten konnten.«

»Gut.« Emily legte die Stirn in Falten. »Robert hat mir geholfen, die fürchterliche Zeit endlich zu überwinden. Ich vermute, Nicholas kann sich nicht so glücklich schätzen. Vielleicht können *Sie* ihm ja dabei helfen, Vergangenes endlich vergangen sein zu lassen.«

»Ich . . . ich finde diese Unterhaltung recht seltsam«, sagte Clare etwas hilflos.

»Sie haben wohl recht.« Emily lächelte. »Ich weiß nicht genau, was zwischen Ihnen und Nicholas ist, aber er hätte Sie nicht hergebracht, wenn Sie ihm nichts bedeuten würden. Er braucht jemanden, dem *er* etwas bedeutet. Jemanden, dem er vertrauen kann.«

Bevor Clare erklären konnte, daß die Situation eine andere war, als Emily annahm, kehrte Nicholas aus dem Kinderzimmer zurück. Als die Unterhaltung wieder zu anderen Themen überging, kam Clare zu dem Schluß, daß es sogar besser war, nicht antworten zu müssen, denn sie wußte ohnehin nicht mehr, was sie denken oder sagen sollte. Sie war in einer Welt aufgewachsen, wo es nur Schwarz und Weiß gab, wo Richtig richtig und Falsch falsch war. Leider bestand der Bereich um Nicholas herum hauptsächlich aus Grautönen.

Ein paar Minuten später, als Clare und Nicholas sich gerade verabschieden wollten, kehrte Emilys Mann nach Hause zurück. Robert Holcroft war ein untersetzter, blonder Mann mit einem ansteckenden Lächeln. Als er Nicholas vorgestellt wurde, schüttelte er diesem begeistert die Hand. Er hätte sich schon so lange darauf gefreut, sagte er, sein Gegenüber endlich einmal kennenzulernen. Falls er wußte, daß Emily und Nicholas ein Paar gewesen waren, dann ließ er es sich jedenfalls nicht anmerken.

Dann saßen sie wieder im Wagen. »Ich freue mich, daß Lady Aberdare nun ihr Glück gefunden hat«, sagte Clare. »Als sie nach der Beerdigung ihres Mannes vor vier Jahren das Tal verlassen hat, war es, als wäre sie vom Erdboden verschluckt. Kein Mensch wußte, wie es ihr erging.«

»Sie wollte die Jahre in Wales vergessen, und das kann ihr niemand verübeln«, erwiderte Nicholas trocken. »Sie heiratete Holcroft auf den Tag genau ein Jahr nach Großvaters Tod. Er hat eine Ausbildung als Rechtsanwalt, ist jetzt aber ein aufgehender Stern im Parlament. Eines Tages wird er es bis zum Kabinettsminister bringen.«

»Welchen Bezirk vertritt er?«

»Leicestershire.« Nicholas verlangsamte die Kutsche und bog dann nach rechts in eine ruhigere Straße ein. »Ich vergebe den Sitz für diesen Bezirk, und als Emily mir schrieb, daß Holcroft in die Politik gehen wollte, habe ich ihn ihm gegeben. Wie ich gehört habe, macht er sich gut – klüger und mit besseren Grundsätzen ausgestattet, als der Kerl, der vor ihm dort war.«

Verdutzt sah sie ihn an. »Sie haben das Vergaberecht für das Mandat für Leicestershire?«

»Unter anderem. Unser korruptes politisches System ermöglicht mir eine wirksame Kontrolle der Sitze in drei verschiedenen Counties. Auch wenn der Aberdare-Titel in Wales verwurzelt ist, kommt der größte Teil des Familienvermögens heute woanders her.«

Clare wurde plötzlich schlagartig bewußt, wie wenig sie darüber wußte, wieviel Macht ein Mann in Nicholas' Position ausübte. »Kein Wunder, daß Mr. Holcroft sich so gefreut hat, Sie kennenzulernen. Sind Sie deswegen auch Williams Pate?«

Nicholas lächelte. »Mir gefällt der Gedanke besser, daß hierbei Freundschaft im Spiel ist. Emily war auf Aberdare immer wie eine Insel der Wärme. Ihr gesunder Menschenverstand war dringend nötig.«

Für Clare klang das nicht nach einem Mann, der an gebrochenem Herzen litt. Offenbar mochte er

Emily sehr gerne, aber Clare zog eine unsinnige Befriedigung aus der Tatsache, daß Emily offenbar nicht die große Liebe seines Lebens gewesen war. »Wenn Sie in der Lage gewesen sind, Holcroft ins Parlament zu bringen, dann müssen Sie auf Ihren Reisen ja Ihre Geschäfte ziemlich genau verfolgt haben.«

»Etwa alle sechs Monate holte mich ein Paket mit Papieren ein, und ich sandte meine Instruktionen zurück an meinen Handlungsbevollmächtigten.« Er warf ihr einen ironischen Blick zu. »Ich bin nicht ganz so verantwortungslos, wie es mein Ruf erscheinen läßt.«

»Das kann wohl kaum jemand sein«, erwiderte sie bissig.

Nicholas lachte. »Sie sind die perfekte walisische Rose: zart, süßduftend und mit gemeinen Dornen ausgestattet.« Er streckte den Arm aus und strich ihr mit den behandschuhten Knöcheln übers Kinn. »Und es sind gerade diese Dornen, die Sie so interessant machen.«

Wollte man es als Kompliment werten, so war es nicht besonders viel, aber Clare wußte es trotzdem zu schätzen. Sie konnte eben weit besser piksen als auf herkömmliche Art bezaubern.

Clare visierte den Stoßball sehr sorgfältig an, dann stieß sie zu. Das Queue traf die Elfenbeinkugel, glitt aber ab, und der Stoßball verfehlte die Zielkugel. »Mist! Schon wieder daneben!« Sie drehte das Queue um und musterte feindselig die Spitze. »Das Problem ist, daß das Holz so glatt und hart ist. Wäre es regelwidrig, wenn man ein anderes Material am Ende befestigt – etwas, das nicht so leicht abgleitet wie blankes Holz?«

»Das wäre wahrscheinlich nicht regelwidrig, aber kein echter Billardliebhaber würde es billigen. Die Kunst ist doch, trotz Material gut zu spielen, nicht durch.« Nicholas beugte sich über den Tisch und versenkte die Kugel sauber. »Wenigstens ist dieser Tisch gerade und eben. Ganz im Gegensatz zu dem in Aberdare, der an ein umgepflügtes Feld im Winter erinnert.«

»Wenn wir wieder zu Hause sind, sollte der Tisch eigentlich schon seine neue Schieferplatte haben. Ich bin gespannt, wie es funktionieren wird.«

Da ihr erster Tag in London so voller Aufregung gewesen war, fand Clare es sehr angenehm, mit Nicholas einen ruhigen Abend zu verbringen. Und es hatte Vorteile, daß sie der Billardlehrling war, denn so konnte sie ihm die meiste Zeit beim Spielen zusehen. Wenn er sich mit raubtierhafter Anmut um den Billardtisch herumbewegte, bot er einen Anblick, der jede Frau entzückt hätte. Ein angenehmes Kribbeln durchfuhr sie, als sie überlegte, wann er wohl seinen heutigen Kuß einfordern würde. Wenn er es nicht bald tat, dann würde sie ihn vielleicht von sich aus küssen. Er schien es zu mögen, wenn sie es tat.

Nicholas setzte zum nächsten Stoß an. Nachdem der Spielball effektvoll dreimal von der Bande geprallt war, stieß er die anvisierte Kugel in die Tasche.

Bevor Clare ihm ein Kompliment machen konnte, erklang eine gedehnte Stimme von der Tür her. »Eine gewisse Kunstfertigkeit beim Billard zeichnet einen Gentleman aus, aber *zu* gut zu spielen läßt auf eine falsch verbrachte Jugend schließen.«

»Lucien!« Nicholas ließ das Queue auf den Tisch fallen und ging auf den Mann zu, um ihn überschwenglich in die Arme zu schließen. »Du hast also meine Nachricht bekommen. Ich freue mich, daß du heute abend noch kommen konntest.«

»Immer noch so unbeherrscht wie früher«, murmelte Lucien, doch Clare sah, daß er die Umarmung mit deutlicher Zuneigung erwiderte.

Während die beiden sich begrüßten, musterte sie den Neuankömmling, der so elegant gekleidet war, daß man ihn beinahe schon als Stutzer bezeichnen konnte. Er sah fast so gut aus wie Nicholas, doch er war blond und wirkte ausgesprochen britisch. Er war offenbar der Luzifer der Gefallenen Engel gewesen, der Morgenstern, der der hellste und schönste gewesen war, bevor er sich gegen den Himmel aufgelehnt hatte. Zudem mußte er sich so lautlos wie eine Katze bewegen, denn weder Clare noch Nicholas hatten ihn hereinkommen hören.

Nachdem er sich von seinem Freund losgemacht hatte, stellte Nicholas die beiden einander vor. »Clare, Sie werden schon erraten haben, daß dies Lord Strathmore ist. Lucien, meine Freundin Miss Morgan.«

Waren sie und Nicholas Freunde? Als Beschreibung ließ der Begriff vieles unausgesprochen. Lächelnd wandte sie sich an den anderen Mann. »Es ist mir ein Vergnügen, Sie kennenzulernen, Lord Strathmore. Nicholas hat schon viel von Ihnen erzählt.«

»Lügen, alles Lügen«, sagte er prompt. »Man hat mir nie etwas beweisen können.«

Clare lachte, und er beugte sich galant über ihre Hand. Als er sich wieder aufrichtete, entdeckte sie, daß seine Augen eine ungewöhnliche grüngoldene Farbe hatten, die sie einmal mehr an eine Katze erinnerten. Er musterte sie neugierig, als wollte er ihre Position innerhalb Nicholas' Umfeld bestimmen. Kein unverheiratetes Fräulein würde einen Abend allein im Haus eines Mannes verbringen. Andererseits konnten auch ihre neuen Kleider nicht verhehlen, daß Clare kaum der Typ Frau war, mit denen Nicholas sonst unanständige Dinge anstellte.

»Sie sind Waliserin, Miss Morgan?« fragte Lord Strathmore.

»Und da habe ich gedacht, mein Englisch wäre makellos.«

»Ein Hauch von walisischem Akzent verleiht der Stimme eine gewisse Musikalität.« Sein Lächeln bewies, daß er Nicholas im Bereich Charme genauso ebenbürtig war wie im Äußeren.

Nicholas wandte sich an Clare. »Macht es Ihnen etwas aus, wenn wir das Spiel später fortsetzen?«

Sie lächelte. »Ich gebe auf – ich habe ja sowieso keine Chance, zu gewinnen.«

»In diesem Fall . . .« Nicholas reichte seinem Freund das Queue. »Glaubst du, du bekommst die letzten beiden in die Taschen?«

Lucien beugte sich über den Tisch und stieß zu. Der Spielball sauste über die Platte und stieß erst eine, dann die andere Kugel in die Taschen. »Auch ich habe meine Jugend nicht so verbracht, wie ich sollte.«

Nachdem das Gelächter abgeebbt war, sagte Clare: »Ich werde mich zurückziehen. Sie beide haben bestimmt viel zu besprechen.«

Nicholas legte ihr einen Arm um die Schultern.

»Bleiben Sie noch etwas. Ich wollte Lucien fragen, ob er etwas über Michael Kenyon weiß, und die Antwort betrifft Sie genauso wie mich.«

Lord Strathmore runzelte die Stirn, sagte aber nichts, bis die drei sich in der Bibliothek niedergelassen hatten, und die beiden Männer Brandy tranken, während Clare an einem sehr kleinen Sherry nippte. Sie und Nicholas saßen in zwei nebeneinanderstehenden Lehnsesseln, Lord Strathmore ihnen gegenüber auf einem Sofa. Das Zimmer war hauptsächlich durch das Kohlenfeuer beleuchtet, das ein warmes, behagliches Licht erzeugte.

Nicholas beschrieb kurz die Situation in der Grube von Penreith. »Michael scheint sich aus dem Geschäft ganz zurückgezogen zu haben, was ihm überhaupt nicht ähnlich sieht. Weißt du, wo er im Augenblick ist? Ich hatte keinen Kontakt mehr mit ihm, seit ich England verlassen habe, aber ich möchte ihn sobald wie möglich sprechen.«

Lucien zog die Augenbrauen hoch. »Du weißt nicht, daß er in die Armee zurückgekehrt ist?«

»Liebe Güte, ich hatte keine Ahnung! Als er sie verließ, hat er doch geschworen, daß er für den Rest seines Lebens genug vom Soldatendasein hatte.«

»Zweifellos meinte er es damals auch so, aber nicht lange, nachdem du das Land verlassen hast, hat er sich ein neues Offizierspatent gekauft.«

Nicholas runzelte die Stirn, und Clare sah die Sorge in seinem Blick. »Du willst mir doch jetzt nicht sagen, daß der dumme Kerl losmarschiert ist und sich hat umbringen lassen, oder?«

»Keine Sorge, Michael ist nicht kleinzukriegen. Er hat die letzten vier Jahre hauptsächlich damit verbracht, die Franzosen auf der Halbinsel zu bekämpfen. Er ist jetzt Major und so etwas wie ein Held.«

Nicholas lächelte. »Das hört sich ganz nach Michael an. Fein, daß er sein explosives Temperament lieber an seinen Feinden austobt als an seinen Freunden.«

Lucien blickte in sein Glas und schwenkte den Brandy langsam darin. »Wo wir gerade bei seinem Temperament sind . . ., habt ihr beide den Kontakt abgebrochen, weil ihr Streit oder etwas in der Art hattet?«

»Nein. Ich habe ihn sogar Monate vor meiner Abreise kaum noch gesehen, obwohl er da meistens in Penreith war. Er war sehr mit Plänen und Projekten zur Modernisierung der Mine beschäftigt. Deswegen wundert es mich ja auch, daß er sie seitdem vernachlässigt hat.« In Gedanken versunken, streckte Nicholas den Arm aus und legte seine Hand über die Clares. »Wo ist er denn jetzt? In Frankreich?«

»Nein, du hast Glück. Im Winterlager hat er sich eine Krankheit geholt und ist auf Wellingtons ausdrücklichen Befehl nach Hause gebracht worden. Er ist im Augenblick in London und hat sich schon wieder ganz gut erholt, obwohl sein krankheitsbedingter Urlaub noch nicht vorbei ist.« Lucien verstummte und starrte brütend in sein Glas.

»Also hast du ihn getroffen und machst dir Sorgen um ihn«, schloß Nicholas. »Was stimmt denn nicht?«

»Zuviel Krieg, denke ich«, sagte Lucien langsam. »Ich habe ihn neulich im Park beim Ausreiten getroffen. Er ist ausgezehrt wie ein hungriger Wolf, und mir kommt es vor, als ob er unter einer dünnen

Oberfläche nur mühsam seine Aggressivität verbirgt. Vielleicht ist es ja auch Verzweiflung. Das Land mag von seinem Militärdienst profitiert haben, er aber nicht, fürchte ich.«

»Wohnt er im Ashburton-Haus? Ich würde ihn gerne besuchen.«

»Nein, er hat sich irgendwo Zimmer genommen, ich weiß aber nicht, wo.« Lucien lächelte ein wenig verbittert. »Ich hatte zwar den Eindruck, daß er sich freute, mich zu sehen, aber er wollte freiwillig überhaupt nichts preisgeben. Er erinnert mich an ein wildes Tier, das sich in seinem Bau verkriecht. Obwohl er seit einigen Monaten in London ist, hat er nicht viele Anstalten gemacht, seine alten Freunde besuchen zu wollen.«

»Du kannst in Erfahrung bringen, wo er wohnt – du weißt doch immer alles über jeden.«

»Ich erzähle aber sehr selten alles, was ich weiß.« Lucien blickte auf, und seine Augen glänzten im Feuerschein golden. »Vielleicht ist es besser, wenn du ihn nicht besuchst. Als Michael und ich uns unterhielten, fiel dein Name und – nun ja, ich will nicht behaupten, daß er buchstäblich die Zähne gefletscht hat, aber ich hatte den Eindruck, er hätte es gern getan.«

Nicholas' Finger schlossen sich fester um Clares Hand. »Es wäre unangenehm, wenn er aus irgendeinem Grund bei meinem Anblick einen Wutanfall bekäme, aber ich muß wirklich mit ihm über die Mine in Penreith sprechen. Wenn er sich nicht mehr richtig darum kümmern will, kann er mir die Pacht zurückverkaufen, aber dies ist mein Land und sind meine Leute, und ich lasse nicht zu, daß der gegenwärtige Mißstand beibehalten wird.«

Clare blickte, überrascht von seinen eindringlichen Worten, auf. Es hörte sich sehr danach an, als hätte Nicholas ihr Anliegen zu seiner Sache gemacht, auch wenn er ihr gedroht hatte, fortzugehen, wenn sie ihn verließ.

»Du bist genauso dickköpfig wie Michael«, sagte Lucien mit einem Hauch Verärgerung. »Wenn schon die Gefahr besteht, daß es Ärger gibt, dann schlage ich vor, wir arrangieren ein Treffen in der Öffentlichkeit. Rafe veranstaltet nächste Woche einen Ball, und Michael sagte, er würde kommen. Natürlich wirst du eingeladen, sobald Rafe erfährt, daß du in London bist.«

»Wunderbar.« Nicholas entspannte sich und lächelte Clare an. »Rafes Bälle sind berühmt. Es wird Ihnen gefallen.«

Lucien runzelte die Stirn. »Ich bin mir nicht sicher, daß das Ereignis für Miss Morgan das richtige ist.«

»Nicht?« Nicholas sah ihn herausfordernd an. »Du redest wie ein alter verknöcherter Moralapostel. Rafe würde niemals etwas wirklich Vulgäres veranstalten. Ich denke, es wird ihr Spaß machen.«

»Es ist trotzdem kein Ort für eine ehrbare unverheiratete Frau.«

»Nur daß ich nicht ehrbar bin«, sagte Clare gelassen, als sie aufstand. »Nicholas kann es Ihnen erzählen, falls es Sie interessiert. Ich freue mich sehr, Sie kennengelernt zu haben, Lord Strathmore. Nicholas, wir sehen uns morgen.«

Er stand ebenfalls auf. »Ich bin in einer Minute zurück, Luce.«

Nicholas begleitete sie in die Eingangshalle und schloß die Tür der Bibliothek hinter sich. »Hatten Sie gedacht, Sie könnten entkommen, ohne den Kuß über sich ergehen lassen zu müssen?«

Sie gluckste. »Ich habe darauf gehofft, daß Sie es nicht vergessen.« Sie trat auf ihn zu und hob ihm das Gesicht entgegen.

Wie immer war der Kuß betörend und ließ ihr Blut im ganzen Körper pulsieren. Seine Hand wanderte abwärts, bis sie auf ihrem Po liegen blieb und sie fest an ihn drückte. Sie hätte sich fast losgemacht. Doch dann meldete sich eine schelmisch-teuflische Stimme in ihrem Kopf, die ihr zuflüsterte, daß Nicholas bald zu seinem Freund zurückkehren mußte. Sie konnte ihn also ohne Gefahr so necken, wie sie es in einer anderen Situation nicht gewagt hätte.

Zart nagte sie an seiner Unterlippe. Er keuchte auf, und seine Hände begannen, drängend ihren ganzen Körper zu kneten. Selbst überrascht über ihre Kühnheit, ließ sie ihre Hand hinabgleiten, bis sie den faszinierenden und alarmierenden Hügel männlichen Fleisches erreicht hatte. Als sie ihre Hand darauflegte, wurde er augenblicklich hart, und sein ganzer Körper versteifte sich. »Luce kann nach Hause gehen. Machen wir oben weiter«, flüsterte er rauh.

Ein bißchen betäubt durch die Heftigkeit seiner Reaktion, machte sie sich aus seiner Umarmung los. »Sie dürfen nicht so unhöflich sein. Sie haben Ihren Freund doch Jahre nicht gesehen«, brachte sie atemlos hervor.

Schon wandte sie sich zum Gehen um, als er nach ihrer Hand griff und sie zu sich drehte. Seine Stimme war weich, tief und verführerisch. »Soll ich später zu Ihnen kommen und Ihnen zeigen, was als nächstes an der Reihe ist?«

Sie schauderte, teils aus Angst, teils aus Erregung. Sie neckte einen Tiger, und wenn sie nicht aufpaßte, würde der Tiger sie zu seiner Mahlzeit machen. Sie entzog ihm ihre Hand und sagte leichthin: »Nach so einem anstrengenden Tag brauche ich dringend meine Nachtruhe.«

»Bald werden Sie ja sagen.« Seine schwarzen Augen bohrten sich in ihre. »Ich schwöre es.«

»Verlassen Sie sich nicht darauf, Nicholas. Vergessen Sie nicht: Ihr Ziel ist es, mich zu verführen, meines, Sie zur Aufgabe zu bringen.«

Er lachte laut auf. »Sie sind ein Biest, Clare. Aber dies ist ein Wettstreit, den ich zu gewinnen beabsichtige.«

Sie schenkte ihm ein zuckersüßes Lächeln. »Dann bereiten Sie sich auf die Niederlage vor, Mylord.« Sie wandte sich um und huschte übermütig die Treppe hinauf.

Ihre ausgelassene Stimmung dauerte an, bis sie ihr Zimmer betrat. Nachdem sie die Tür verriegelt hatte, lehnte sie sich dagegen und ließ ihren Blick über die kostspielige Ausstattung des Raumes gleiten. Goldene Engel tanzten an der Decke, goldene Samtbehänge hüllten das meisterhaft geschnitzte Bett ein, und ihre Füße standen auf einem chinesischen Teppich, der wahrscheinlich mehr kostete, als sie in ihrem ganzen Leben verdienen konnte. Plötzlich fühlte sie sich vollkommen fehl am Platz. Gütiger Himmel, was tat die schlichte, vernünftige Clare Morgan aus Penreith an so einem Ort?

An erster Stelle waren es gute Absichten gewesen, die sie zu Nicholas geführt hatten, aber ihr unseliges Temperament hatte sie dazu gebracht, diesen Pakt mit dem Teufel zu schließen. Seitdem umtanzten sie beide sich in einem ausgefeilten Muster von Schritten, kamen sich näher und entfernten sich voneinander, wobei sie dennoch immer weiter aufeinander zu gezogen wurden. In der Mitte der Tanzfläche lauerte die Vernichtung, und dies sowohl in gesellschaftlicher als auch in religiöser Hinsicht. Und dennoch tanzte sie weiter, denn sie hatte sich noch niemals zuvor so lebendig gefühlt. Wenn alle Sünden so aufregend, so süß waren, dann war es kein Wunder, daß die Menschheit vor allem aus Sündern bestand.

Einen Augenblick stellte sie sich ihren Vater vor, wie er vor ihr stand und sie mit tiefer Enttäuschung betrachtete – eine Enttäuschung, die ihr weher tat, als jeder Zornesausbruch es gekonnt hätte. Sie wußte, daß sie seinen hohen Anforderungen nicht genügte. Das hatte sie noch nie gekonnt, und seit sie Nicholas kennengelernt hatte, war sie wie durchtränkt von Stolz, Zorn und Lust.

Plötzlich überkam sie ein heftiges Gefühl der Trostlosigkeit, eine tiefe, schreckliche Verzweiflung. Zum ersten Mal, seit sie Penreith verlassen hatte, kniete sie nieder und versuchte zu beten. *Vater unser, der Du bist im Himmel . . .*

Ein ätherischer Vater im Himmel war keine Hilfe – nicht, wenn die reale, tröstende Wärme von Nicholas dagegenstand. Er wollte sie. Auch wenn sein Verlangen nur vorübergehend war und genauso dem Ehrgeiz, ein Spiel zu gewinnen, entsprang wie dem Bedürfnis, seine Lust zu befriedigen, so war er doch echt und existent und unwiderstehlich. Noch nie hatte sie jemand so sehr begehrt.

Es bedeutete ihr soviel, gewollt und begehrt zu werden.

Es wäre leichter gewesen, Nicholas zu widerstehen, wenn er wirklich böse gewesen wäre, aber er war genausowenig ein Teufel wie sie eine Heilige. Am besten konnte man ihn wohl mit dem Begriff Heide bezeichnen. Ein Heide ohne Moral. Aber er war gut zu ihr, und manchmal spürte sie, daß er genauso einsam war wie sie. Und sie kam langsam zu dem Schluß, daß die Einsamkeit sie noch stärker zu ihm hinzog als das Begehren . . .

Sie versuchte, sich wieder auf das Gebet zu konzentrieren, aber bei *. . . und führe uns nicht in Versuchung* brach sie erneut ab.

Es war zu spät, denn die Versuchung war überall um sie herum. Wahrscheinlich war sie ihr nur deswegen noch nicht erlegen, weil sie immer noch den ehrgeizigen Wunsch besaß, Nicholas in seinem eigenen Spiel zu schlagen. Wenn sie ehrlich zu sich selbst war, mußte sie sich eingestehen, daß ihre Tugend wenig zu ihrem Widerstand beitrug.

Wenn es ihr gelang, ihre Jungfräulichkeit zu bewahren, dann konnte sie nach Penreith zurückkehren und sich dem Klatsch und den Gerüchten stellen, denn sie würde ein reines Gewissen haben. Aber was sollte aus ihr werden, wenn sie es nicht schaffte? Sie konnte sich nicht vorstellen, als entehrte Frau ihr früheres Leben wieder aufzunehmen. Doch sie konnte wohl kaum an eine Zukunft mit einem Mann denken, der sie hauptsächlich ins Bett bekommen wollte, um zu beweisen, daß er es schaffte. Eine Heirat stand außer Frage, und als seine Geliebte konnte sie nicht leben, selbst wenn er sie weiterhin begehren sollte.

Sie gab es auf, die vorgegebenen Phrasen zu zitieren und sandte statt dessen ein Gebet aus ihrem Herzen zum Himmel. *Lieber Gott, gib mir die Kraft, mich aus diesem gefährlichen Tanz zu befreien, bevor ich mich selbst vernichte.*

Sie wiederholte die Worte wieder und wieder, und es war der verzweifeltste Hilferuf, den sie je an Gott gerichtet hatte. Doch obwohl sie keinen Laut von sich gab und angestrengt lauschte, erhielt sie kein Zeichen, daß irgend jemand sie erhört hatte. Sie fühlte keine geistige Präsenz, hatte keine innere Erkenntnis, welchem Pfad sie folgen sollte. Sie war allein, niemand hielt schützend die Hand über sie. Die einzige Wirklichkeit war dieser Tanz der Verführung, und seine schwindelerregenden Drehungen brachten sie immer näher an den Abgrund der Finsternis, Gefahr und Begierde.

Sie schlug die Hände vors Gesicht und ließ ihren Tränen freien Lauf. Noch niemals zuvor hatte sie sich so allein gefühlt.

Als Nicholas die Bibliothek wieder betrat, schenkte Lucien gerade Brandy in beide Gläser nach. »Miss Morgan meinte, sie wäre keine ehrbare Frau und daß du mir mehr darüber sagen könntest, wenn es mich interessiert.« Er nahm einen kleinen Schluck aus seinem Glas. »Es interessiert mich. Und wie.«

Mit ein paar knappen Sätzen umriß Nicholas die Abmachung, die er und Clare getroffen hatten, ließ aber die Einzelheiten ihres Handels absichtlich weg.

Dennoch stieß Lucien einen gemurmelten Fluch aus, als Nicholas seinen Bericht geendet hatte. »Verdammt, Nicholas, was zum Teufel ist in dich gefahren? Du hast ja immer wilde Eskapaden geliebt, aber daß du ein unschuldiges Mädchen ruinieren willst, das geht über mein Verständnis!«

»Clare ist kein unschuldiges Mädchen«, erwiderte Nicholas. »Sie ist eine sechsundzwanzigjährige Frau und gebildet genug, um als Blaustrumpf beschimpft zu werden. Außerdem hat sie einen bewundernswert regen Verstand. Sie ist aus freiem Willen bei mir.«

»Ach ja?« In Luciens Augen erschien jenes grüne Glitzern, das bedeutete, daß er sein Gegenüber nicht so davonkommen lassen würde. »Wenn du das Bedürfnis hast, der weiblichen Hälfte der Menschheit einen Schlag zu versetzen, dann such dir ein Flittchen, die es verdient hat. Ruiniere nicht das Leben einer anständigen Frau, indem du ihr Gewissen und ihre Herzensgüte als Waffen gegen sie einsetzt.«

Nicholas knallte sein Glas auf den Tisch. »Verdammt noch mal, Lucien, ich habe dir nie das Recht gegeben, mich zu maßregeln. Deswegen bin ich auch nie offizielles Mitglied deiner heimlichtuerischen kleinen Organisation geworden, sondern habe nur gelegentlich Aufträge übernommen.«

Lucien hob seine Hand. »Pax, Nicholas, ich mische mich gewöhnlich auch nicht so gern in die Angelegenheiten anderer Leute, aber diese Sache gefällt mir nicht, und es sieht nicht so aus, als hätte Miss Morgan jemand anderen, der für sie Partei ergreift.«

»Ich habe doch nicht die Absicht, ihr wehzutun.«

»Das hast du aber schon. Du mußt doch wissen, wie im Dorf geklatscht wird. Sie wird große Schwierigkeiten bekommen, wenn sie wieder in ihr normales Leben zurückkehren will.«

Nicholas stand auf und begann eine ruhelose Wanderung durch die Bibliothek. »Fein. Dann bleibt sie eben bei mir.«

»Als Langzeitgeliebte?« fragte Lucien verblüfft.

»Warum nicht? Ich könnte es schlimmer treffen. Wie schon oft.«

»Wenn du so denkst, dann heirate sie.«

»Niemals«, erwiderte Nicholas ohne Umschweife. »Ich habe schon einmal geheiratet, und das war einmal zuviel.«

Nach einem langen Schweigen sagte Lucien sanft: »Ich habe mich schon oft gefragt, was zwischen dir und der schönen Caroline vorgefallen ist.«

Nicholas wirbelte auf dem Absatz herum und funkelte seinen Freund wütend an. »Luce, Freundschaft kann auf Dauer nur funktionieren, wenn man Grenzen einhält, die nicht überschritten werden dürfen. Wenn dir unsere Freundschaft etwas bedeutet, dann kümmere dich um deine eigenen Angelegenheiten.«

»Offenbar war es noch schlimmer, als ich vermutet habe. Tut mir leid, Nicholas.«

»Schon gut. Wenigstens hatte sie den Anstand zu sterben.« Nicholas nahm sein Glas und hob es zu einem spöttischen Toast. »Auf Caroline, die mir so viele nützliche Dinge über das Leben und die Liebe beigebracht hat.« Dann stürzte er den Brandy in einem einzigen Schluck hinunter.

Lucien schwieg. Er hatte angenommen, daß Nicholas in vier Jahren genug Zeit gehabt hätte, sich von dem Vorfall zu erholen, der ihn damals veranlaßt hatte, fluchtartig das Land zu verlassen. Doch offenbar war das nicht Fall. Und er machte sich langsam über Nicholas genauso viele Sorgen wie über Michael.

Aber auch er hatte in den vergangenen Jahren ein paar Lektionen gelernt. Eine davon lautete, daß man nicht viel für einen Freund tun konnte . . ., außer ihm ein Freund zu sein.

Kapitel 15

CLARE SCHLIEF SEHR wenig, doch in den langen finsteren Stunden der Nacht gelang es ihr, sich mit ihrer Situation so weit zu arrangieren, daß es erträglich war. Ein guter Methodist sollte sich durch innere Überzeugung leiten lassen, und sie wußte nur eines ganz sicher: Sie wollte mit Nicholas so lange wie möglich zusammen sein. Nicht jedoch als seine Geliebte; sie konnte sich nicht vorstellen, daß sie sich einen solch vernichtenden Fehltritt jemals vergeben würde.

Aber als sie die Zeit, die sie mit Nicholas verbracht hatte, im Geist noch einmal durchlebte, so stachen die Ereignisse in ihrer Erinnerung in lebhaften Farben hervor, während ihr vorheriges Leben in seinen Grauschattierungen in den Hintergrund trat. Dies war der Zenit ihres Lebens, und sie spürte, daß nach diesen drei Monaten nichts und niemand sie mehr so aufwühlen würde, wie Nicholas es tat. Und da dies der Fall war und sie wohl ohnehin zur Hölle fahren würde, konnte sie ebensogut ihre Zeit mit dem Mann genießen, anstatt sich selbst dauernd gedanklich für ihre Verderbtheit zu kasteien. Sie konnte den Rest ihres Lebens bereuen.

Sie zog sich sorgfältig an, obwohl sie annahm, daß Nicholas wohl erst spät aufstehen würde, da er vermutlich mit Lord Strathmore bis in die frühen Morgenstunden geredet hatte. Daher war sie überrascht, als sie herunterkam und ihn gerade aus dem Frühstückssalon treten sah.

Er stellte sich ihr in den Weg, als sie die unterste Stufe erreicht hatte. Ohne ein Wort zu sagen, zog er sie in seine Arme und küßte sie. Da sie noch auf der Stufe stand, waren sie fast gleich groß, was ihr sehr angenehm war. In seiner Umarmung lag Zärtlichkeit und überraschenderweise ein Hauch von Sehnsucht. Und als sie ihre Arme um seinen Nacken schlang, fragte sie sich unwillkürlich, ob auch er sich in dieser Nacht einsam und verlassen gefühlt hatte.

Der Kuß war vorbei, doch sie hielten sich weiterhin in den Armen. Ein bißchen schüchtern sagte Clare: »Sie haben sich Ihren Kuß aber früh abgeholt.«

»Ich überrasche Sie so gerne. Wenn Sie heute noch einen weiteren wollen, werden *Sie* wohl an mich herantreten müssen. In der richtigen Stimmung werde ich mich auch kooperativ verhalten.« Seine Worte waren locker dahingesagt, doch seine Augen sahen sie eindringlich an. »Ich werde den größten Teil des Tages unterwegs sein, aber am späten Nachmittag bin ich zurück. Gibt es etwas, das Sie heute abend besonders gerne unternähmen?«

»Ich hatte immer schon die heimliche Sehnsucht danach, Astley's Amphitheater zu besuchen«, gestand sie. »Geht das?«

Seine Augen begannen zu funkeln. »Sie mögen Clowns und Kunstreiter? Kein Problem – heute abend wird es bestimmt eine Vorstellung geben. Überlegen Sie sich schon einmal, was Sie sonst noch gerne sehen oder tun möchten, solange wir in London sind. Ich glaube, in der Bibliothek steht ein Führer für die Stadt.« Er legte ihr einen Arm um die Taille, und sie gingen gemeinsam frühstücken.

Der Tag legte das Schema für die nächsten fest: Nicholas verbrachte einen Teil seiner Zeit mit der Erledigung von Geschäften, seine Freizeit war Clare vorbehalten. Er schien die Sehenswürdigkeiten Londons genauso zu genießen, wie Clare es tat.

Morgens ritten sie regelmäßig im Park aus, nachmittags besichtigten sie alles von den Kronjuwelen im Tower über die Egyptian Hall bis zu Week's Mechanical Museum, das unter anderem eine abstoßende Tarantel zum Aufziehen ausstellte. Sie weigerte sich, Madame Tussaud's Wachsfigurenkabinett zu besuchen, denn sie wußte, daß ihr die lebensechten Figuren der Opfer der Französischen Revolution Alpträume verursachen würden. Nicholas schleppte sie sogar zu Möbeltischlern und in Stoffgeschäfte, so daß sie die neue Ausstattung für Aberdare auswählen konnte.

Ein paarmal war Lucien zum Essen eingeladen, und seine kühl ironische Art bildete einen starken Kontrast zu Nicholas' lebhafter Begeisterungsfähigkeit. Lucien benahm sich Clare gegenüber sehr höflich, obwohl er einen Beschützerinstinkt zu entwickeln schien, als wäre er ihr großer Bruder. Sie war zwar ein wenig eingeschüchtert von seiner Reserviertheit, mochte ihn aber sehr.

Um ihrer seelischen Unversehrtheit willen versuchte sie, die täglichen Küsse so leicht und lokker über sich ergehen zu lassen, wie es ihr möglich war. Nicholas schien sie zu nichts drängen zu wollen, obwohl seine wandernden Hände immer mehr Territorium absteckten, und sie mußte feststellen, daß sie ihn nur ungern zur Ordnung rief.

Im großen und ganzen war es eine idyllische Zeit, auch wenn Clare vermutete, daß es sich um die Ruhe vor dem Sturm handelte. Welcher Art dieser Sturm sein würde, konnte sie allerdings nicht sagen. So untersagte sie sich von vornherein, sich unnötige Sorgen darüber zu machen. Die Zeit verstrich unaufhaltsam, und das Beste, was sie tun konnte, war, jedes bißchen Spaß, das sie aus den Stunden mit Nicholas ziehen konnte, zu genießen.

Clare beugte sich über den Billardtisch, visierte die Kugel an und stieß zu. Sobald das Queue den Spielball traf, wußte sie, daß sie nicht ganz mittig gestoßen hatte, aber wenigstens war die Spitze nicht abgeglitten. Nun rollte der Ball voran und stieß die Zielkugel in die Tasche. »Halleluja!« sagte sie entzückt.

Der Londoner Haushalt benötigte kaum Aufsicht. Da Clare kein Talent zum Müßiggang hatte, teilte sie ihre freie Zeit zwischen Bibliothek und Billardzimmer ein, denn sie wollte Nicholas ernsthaft Konkurrenz machen. Sie hatte nur langsam Fortschritte gemacht, bis sie eine Straße weiter einen Schuster fand, der ihr eine lederne Spitze zurechtschnitt und sie auf das Queue klebte. Heute benutzte sie den veränderten Stock zum ersten Mal, und das Ergebnis war bemerkenswert.

Sie versuchte es erneut, dann ein drittes Mal,

und lochte jeden Ball sauber ein. Zufrieden betrachtete sie die Queuespitze. Das Leder dämpfte jeden Stoß, reduzierte die Anzahl der Fehlstöße und verlieh ihr eine viel größere Zielgenauigkeit. Lächelnd machte sie sich wieder an ihr Training. Das nächste Mal, wenn sie und Nicholas spielten, würde er sein blaues Wunder erleben.

»Nur noch einen Augenblick, Miss.« Polly, die Zofe, steckte die letzte Haarnadel in ihre Frisur. »So. Perfekt.«

Beeindruckt musterte Clare ihr Spiegelbild. Dem Mädchen war es gelungen, ihr Haar in weiche Locken zu legen, die nicht zuckersüß, sondern sehr elegant aussahen. »Sie haben großartige Arbeit geleistet. Ich hatte schon Angst, daß Sie mit meinem Haar etwas furchtbar Kompliziertes anstellen, so daß ich mich fühlen würde, als hätte ich Vogelnester auf dem Kopf.«

»Es ist ja noch gar nicht so lange her, daß Frauen *tatsächlich* Vogelnester auf dem Kopf trugen, von den Miniaturschiffen und Vasen mit frischen Blumen mal ganz zu schweigen«, sagte Polly. »Meine Großmutter war die Zofe einer Lady, und sie hat mir viele Geschichten über diese Modelaunen erzählt.« Sie schob eine Welle in die richtige Position. »Aber Sie haben herrliches Haar, so dick und glänzend. Eine einfache Frisur unterstreicht es am besten.«

»Und jetzt das Kleid.«

Clare stand auf und streckte die Arme in die Luft, während Polly das blaue Seidenkleid über ihren Kopf fallen ließ. Es war an diesem Nachmittag geliefert worden – gerade noch rechtzeitig für den Ball des Duke of Candover –, und Clare würde es nun zum ersten Mal tragen.

Während Polly an ihrem Rücken Häkchen schloß und Bänder zuband, strich Clare über den Stoff und genoß das Gefühl des fließenden, luxuriösen Materials. Wahrscheinlich war das Ereignis heute abend die einzige Gelegenheit, zu der sie es tragen konnte, denn sie hatte starke Zweifel, daß die Zukunft noch viele Bälle für sie bereithielt.

Als Polly fertig war, drehte sich Clare um und betrachtete sich im Spiegel. Sie hatte nie zuvor ein Gesellschaftskleid besessen und starrte wie vom Donner gerührt auf ihr Abbild in dem mannshohen Spiegel. Sie sah aus wie eine Fremde – eine verführerische, raffinierte und weltgewandte Fremde.

Polly bemerkte ihren Gesichtausdruck. »Sie sehen umwerfend aus, Miss«, sagte sie ermutigend.

»Ich erkenne mich nicht einmal.« Das schimmernde, irisierende Blau der Seide ließ ihren Teint zartrosa strahlen und ihre Augen wie gewaltige Saphire leuchten. Sie drehte sich ein wenig hin und her, um zu sehen, wie die Seide sich eng an eine unglaublich schmale Taille schmiegte und sich über den Hüften leicht bauschte. Als sie die große Fläche nackter Haut über dem Ausschnitt musterte, zogen sich ihre Brauen perplex zusammen. »Wie können ein Kleid und ein Korsett aus einer vollkommen gewöhnlichen Figur etwas schon fast Sinnliches machen?«

»Sie haben die günstigste Figur, die man haben kann, Miss. Manche würden sie vielleicht durchschnittlich nennen, aber Sie haben genug Rundungen, um im richtigen Kleid schön üppig zu wirken, während Sie im Alltag dennoch immer gertenschlank aussehen.«

Clare schüttelte zweifelnd den Kopf. »Ich weiß nicht, ob ich den Mut habe, dies in aller Öffentlichkeit zu tragen.«

»Auf dem Ball werden jede Menge Damen mit tieferen Ausschnitten sein.«

»Aber werden das dann auch Damen sein?« fragte Clare düster.

»Warten Sie. Dies wird etwas helfen. Seine Lordschaft hat es Ihnen schicken lassen.« Polly nahm ein samtbezogenes Kästchen vom Tisch und öffnete es.

Clare riß die Augen auf. In der Schatulle lag eine dreireihige Perlenkette. Nicholas behandelte sie wahrhaftig wie eine Geliebte, selbst wenn er nichts für sein Geld bekam.

Polly holte die Halskette heraus und schloß sie um Clares Hals. Die kühlen Perlen liebkosten ihre Haut, und das matte Weiß betonte die Seidenblumen, die in ihr Haar geflochten waren. Und, ja, Clare kam sich jetzt nicht mehr so nackt vor. »Danke für Ihre Mühe, Polly. Sie haben es geschafft, aus einem Schweineohr eine Seidenbörse zu machen.«

Die Zofe schniefte. »Ich habe nur aus dem, was Sie schon hatten, das Beste gemacht. Ich kenne Ladys, die dafür töten würden, einen Teint wie Sie zu haben – und Sie brauchen nicht einmal einen Hauch Puder oder Rouge.«

Clare machte eine fahrige Geste zu ihrem Spiegelbild. »Aber ich bin mir ja selbst fremd! Ich kenne diese Frau da gar nicht!«

»Aber Sie sind es, Miss, wenn es sich auch vielleicht um eine Seite von Ihnen handelt, mit der Sie nicht so recht vertraut sind.« Sie runzelte die Stirn. »Ich glaub', man kann das auch besser sagen, aber mir fällt nicht ein, wie.«

Die Uhr schlug neun. Zeit, nach unten zu gehen, wo Nicholas wartete. Clare drapierte einen kostbaren Kaschmirschal um ihre Schultern, verließ das Zimmer und ging die Treppe hinunter.

Er wartete unten in der Halle und sah auf seine teuflische Art noch besser aus als sonst. Wie immer trug er Schwarz, das durch sein weißes Hemd und die weiß auf weiß besticke Weste noch vertieft wurde. Als er ihre Schritte hörte, blickte er mit einem Lächeln zu ihr auf. »Hat Ihnen noch niemand erklärt, daß die vornehme Dame niemals pünktlich kommt?«

»Ich bin weder vornehm noch eine Dame.«

Er setzte gerade zu einer Erwiderung an, als sie unten angekommen war und ins Lampenlicht trat. Und Nicholas verschlug es den Atem. »Niemand, der Sie so sieht, würde Ihnen das abnehmen.«

Das unverhüllte Verlangen in seinen Augen machte sie verlegen, doch gleichzeitig fühlte sie sich plötzlich auch weiblich und attraktiv wie nie zuvor. Dennoch konnte sie eine Bemerkung nicht unterdrücken. »Sie wollen aber doch jetzt keinen Meineid leisten und beschwören, ich wäre schön?«

Während sie die letzten Schritte auf ihn zukam, sagte er: »Schön vielleicht nicht.«

Das versetzte ihr einen Stich; sie hätte doch lieber den Meineid gehört.

»Bezaubernd ist ein besseres Wort.« Er griff nach dem Ende ihrer Stola und ging um sie herum, so daß er ihre Schultern entblößte. »Unwiderstehlich.« Der Schal fiel lautlos auf den Boden und bauschte sich um ihre Füße. Er beugte sich vor und preßte warme feste Lippen auf ihren Hals. »Eine unglaublich wirkungsvolle Mischung aus Unschuld und Sinnlichkeit.«

Ein seltsames, berauschendes Gefühl ließ sie leicht erschaudern, und es rührte sowohl von seinem Kuß als auch von seiner Bewunderung her. Ganz plötzlich fühlte sie sich *wirklich* wie die Frau eben im Spiegel – sie war verführerisch und ausgesprochen weiblich, und sie beherrschte die Spiele der Liebe genauso wie Nicholas. Es war, als wäre sie von dem Geist einer anderen besessen – von einer Frau, die ganz und gar nicht anständig war.

»Ich freue mich, daß es Ihnen gefällt.« Sie hob ihre Hand und strich ihm mit den Fingerspitzen über die Wange. Er hatte sich frisch rasiert, und sein Kinn war sehr glatt und weich. »Habe ich Ihnen schon einmal gesagt, daß Sie der bestaussehende Mann in Großbritannien sind – wenn nicht sogar in ganz Europa?«

Er lachte leise und griff nach ihr. »Sollen wir diesen Austausch von Komplimenten nicht oben weiterführen?«

Anmutig wich sie seinen Händen aus und wußte gleichzeitig, daß ihrem Kleid durch diese Bewegung eine Wolke Parfum entweichen würde – ein Wildrosenduft, den Polly ihr vorgeschlagen hatte. »Wir sollten jetzt gehen. Wir dürfen die Chance nicht verpassen, auf Lord Michael zu treffen.«

»Sie haben gelernt. Sie werden langsam gefährlich, Clarissima«, murmelte er und sah sie amüsiert und verlangend zugleich an.

»Ich habe ja den besten Lehrmeister.«

Er lachte, dann hob er die Stola wieder auf und

legte sie ihr um die Schultern. Die leichte Berührung seiner Finger jagte wildes Feuer durch ihre Adern. Sie nahm seinen Arm, und sie gingen hinaus zu der wartenden Kutsche.

Als sie sich drinnen niederließen, fragte Clare: »Warum meinte Lord Strathmore, daß der Ball nicht der richtige Ort für mich sein würde? Veranstaltet der Duke Orgien?«

»Nein, nichts dergleichen, obwohl es stimmt, daß ein paar Familien ihre unverheirateten Töchter nicht auf seine Bälle gehen lassen. Rafes Abende sind recht locker – die Art von Gelegenheiten, wo ein Mann sich mit seiner Mätresse trifft und dabei vielleicht auf seine Frau stößt, die ein Stelldichein mit ihrem Liebhaber hat.« Nicholas verschränkte seine Finger mit ihren und ließ die Hände auf seinem Knie ruhen. »Die meisten Frauen werden aus der vornehmen Gesellschaft kommen, aber einige Edelkurtisanen sind sicher auch anwesend.«

»Und wie kann man sie unterscheiden?«

»Die am grellsten Gekleideten sind die Ladys«, erklärte er. »Kurtisanen geben sich meist dezenter.«

Sie lächelte. Die Dunkelheit der Kutsche machte es ihr leicht, auf seine Neckereien einzugehen. Polly hatte recht gehabt: Die provozierende Frau in dem Spiegel war echt gewesen – sie entsprang einem Teil von Clares Wesen, dessen Existenz sie sich niemals zugestanden hatte. Und als ihr Knie wie zufällig seines berührte, bereute sie nicht, daß sie sich auf diese Art veränderte. Bereuen konnte sie später immer noch.

In der Dunkelheit fand Nicholas' Mund den ihren, und sie küßten sich lange und ausgedehnt, während seine Hand unter die Stola glitt und ihren

Nacken liebkoste. Noch ein paar Minuten mehr, und sie würde willenlos zu seinen Füßen liegen und ihm gewähren, was immer er wollte.

Ihr fiel ein, daß Angriff die beste Verteidigung war, und so legte sie ihm eine Hand aufs Knie und drückte leicht zu. Ein Beben durchlief seinen Körper.

»Ganz entschieden gefährlich«, sagte er mit einer Stimme, die nicht ganz gleichmäßig war. Seine Hand wanderte zu ihren Brüsten. »Möchten Sie gerne erfahren, wie weit man in einer Kutsche kommt?«

Sie stieß ein perlendes Lachen aus. »Sie haben mir doch gesagt, daß das Haus des Dukes nicht weit von Ihrem ist.«

»Das meinte ich nicht, und das wissen Sie auch, Sie Biest.«

Ihre Brustspitze richtete sich auf, als er sie durch die Seide neckte. Noch mehr davon, und sie würden tatsächlich ausprobieren, welche Grenzen eine Kutsche hatte. Sie atmete tief ein. »Ich denke, wir sollten aufhören.«

Seine Hand wanderte auf sicheres Territorium und blieb auf ihrer Taille liegen. »Für den ganzen Abend?«

Sie dachte nach. »Für den Augenblick. Es ist zu früh, um sich überhaupt nicht mehr zu berühren.«

»Das finde ich auch.« Er setzte sich auf der samtbezogenen Bank zurück, hielt aber ihre Hand weiterhin fest.

Während Clares Atmung sich langsam wieder beruhigte, erkannte sie, daß es Vertrauen war, das dieses wahnsinnige Spiel möglich machte. Wann immer sie ihn aufzuhören bat, hörte Nicholas tatsächlich auf, und seine Selbstbeherrschung verlieh ihr die Möglichkeit, sich wie die verführerische Sirene zu benehmen. Sie lächelte in der Dunkelheit. Was würde wohl als nächstes kommen?

Kapitel 16

SIE STANDEN IN einer kurzen Empfangsreihe im Candover-Haus und warteten, bis sie an der Reihe waren. Clare wandte sich halb zu Nicholas um. »Haben Sie den Duke inzwischen schon besucht, seit wir in London sind?«

»Ich bin vorbeigefahren, aber er war nicht da, also habe ich meine Karte dagelassen.« Nicholas lächelte. »Rafe schickte mir eine Einladung zum Ball mit einer kurzen Drohung, er würde mich am Jakkenkragen herschleifen, wenn ich nicht freiwillig auftauchte.«

»Dabei werden Sie wahrscheinlich gerade mal ›Hallo‹ zueinander sagen können«, bemerkte sie. »Es heißt doch immer, die Londoner Bälle müssen gedrängt voll sein, um als schick und aufregend zu gelten.«

»Rafe kümmert sich nicht darum, was gerade in Mode ist, er erfindet neue. Und da er sich in großen Menschenmengen nicht wohl fühlt, ist die Anzahl seiner Gäste immer erfreulich mäßig. Was seine Veranstaltungen übrigens auch exklusiver macht.«

Sie warf ihm einen neckenden Blick zu. »Und

unverheiratete Mädchen lädt er gar nicht erst ein, weil sie ohnehin nicht kommen dürfen?«

»Rafe hat kein Interesse an wohlerzogenen Jungfrauen«, erwiderte Nicholas trocken. Er deutete auf eine Frau, die bei ihrem Gastgeber stand, und fügte hinzu: »Das ist Lady Welcott, laut Lucien seine gegenwärtige Geliebte.«

»Eine verheiratete Frau?«

Nicholas nickte. »Die einzigen Frauen, die Rafe interessieren. Sie kennen die Regeln und machen keinen Ärger, indem sie sich in ihn verlieben.«

Schon bevor Clare die Worte aussprach, wußte sie, daß sie sich sehr wie die Tochter eines Predigers anhören würde. »Gehört Ehebruch in der vornehmen Gesellschaft zum Lebensstil?«

Er zuckte die Achseln. »Da sehr viele Ehen innerhalb des Adels aus familiären oder finanziellen Gründen geschlossen werden, ist es kaum ein Wunder, daß die Leute sich ihr Vergnügen woanders suchen.«

War Nicholas deswegen seiner Frau untreu geworden? Selbst das prächtige Kleid konnte Clare nicht genug Mut verleihen, ihm diese Frage zu stellen. Statt dessen sagte sie nur: »Aber der Duke wird doch bestimmt in der Lage sein, eine Frau seiner Wahl zu heiraten, ohne daß andere Gründe eine Rolle spielen.«

»Das hätte er einmal auch fast – er verliebte sich Hals über Kopf in ein Mädchen, als er gerade seinen Abschluß in Oxford gemacht hatte. Ich habe sie nie kennengelernt, weil ich zu der Zeit noch auf der Universität war, aber er schrieb mir in einem Brief von ihr. Oder besser, er sandte mir ein paar unzusammenhängende Zeilen, in der er von einer

›Göttin, die auf Erden wandelt‹ oder so ähnlich, stammelte und mir verkündete, daß am Ende der Saison die Verlobung offiziell bekanntgegeben werden sollte. Das war das erste und letzte Mal, daß ich Rafe so durcheinander erlebt habe.«

»Und dann ist das Mädchen gestorben, und er konnte nie wieder eine finden, die ihr gleichkam?« fragte Clare mitfühlend.

Mit einem harten Glitzern in den Augen antwortete Nicholas: »Nein, sie hat ihn betrogen. Ist es nicht das, was Liebe bedeutet?«

Clare verschlug es förmlich den Atem. Dann brachte sie stammelnd hervor: »Das ist wahrhaftig die zynischste Bemerkung, die ich je in meinem Leben gehört habe.«

»So? Meine Erfahrung lehrte mich etwas anderes. Jeder, der jemals behauptet hat, er würde mich lieben –« Seine Stimme brach abrupt ab.

Er hatte versehentlich etwas von dem preisgegeben, was ihn zu dem gemacht hatte, was er heute war. Als Clare das erkannte, ergriff sie seine Hand, die nicht auf ihre Berührung reagierte. »Ich nehme an, daß manche Leute zu lieben behaupten, wenn ihre wahren Motive aus Bedürftigkeit, einem Wunsch nach Kontrolle oder anderen eigennützigen Dingen entspringen«, sagte sie nachdenklich. »Doch es gibt auch Menschen wie Owen und Marged oder Emily und Robert Holcroft. Glauben Sie denn, in ihrer Liebe käme Verrat oder Betrug vor?«

Seine Hand schloß sich ein wenig fester um ihre. »Nein, vermutlich nicht. Vielleicht ist aufrichtige Liebe eine Gabe, oder schlichtweg Glück, das manche haben und manche nicht.«

»Manchmal denke ich das auch«, sagte Clare wehmütig. »Wenn Sie nicht an Liebe glauben, an was glauben Sie dann?«

Er schien eine Weile nachzudenken. »An Freundschaft, denke ich.«

»Nun, an Freundschaft zu glauben, ist nicht das schlechteste«, stellte sie fest. »Aber manchmal ist eine enge Freundschaft auch eine Art Liebe.«

»Ja, wahrscheinlich.« Er lächelte voller Selbstironie. »Aber da der Einsatz geringer ist, ist auch die Möglichkeit zum Betrug weniger wahrscheinlich, was die Freundschaft sicherer macht.«

Nun waren sie in der Schlange ganz vorn, und Clare sah den Duke of Candover zum ersten Mal. Er war groß, ausgesprochen attraktiv und fast so dunkel wie Nicholas. Ihn umgab ein aristokratisches Flair, das ihm, wie Clare annahm, so natürlich war wie das Atmen. Höflich, gefällig, beherrscht – das Paradebeispiel eines echten englischen Gentleman.

Der vorherige Gast setzte sich in Bewegung, und Rafe wandte sich ihnen zu. Augenblicklich erhellte sich seine Miene. »Nicholas! Wie schön, daß du kommen konntest!« Er schüttelte dem anderen mit echter Begeisterung die Hand. »Wahrscheinlich werden wir heute abend nicht viel Zeit füreinander haben, und daher hoffe ich, daß du morgen mit mir bei White's ißt!«

So wie Clare Lucien schon deswegen sympathisch gewesen war, weil er einem unterlegenen Schuljungen zur Seite gestanden hatte, so mochte sie Rafe auf Anhieb, weil er sich so deutlich über das Wiedersehen freute. Mochte Nicholas auch von Liebe nichts halten – er besaß offenbar das Talent, sich Freunde zu machen.

Nun zog er sie heran. »Rafe, dies ist meine Freundin Miss Morgan.«

Ihre Unterhaltung kurz zuvor hatte bewirkt, daß sie plötzlich zu schätzen wußte, als seine Freundin vorgestellt zu werden. Lächelnd sah sie den Duke an. »Es ist mir ein Vergnügen, Euer Gnaden.«

Er verbeugte sich elegant. »Das Vergnügen liegt ganz bei mir, Miss Morgan.« Seine Augen hatten eine sehr englische, graue Farbe, und sie sah in ihren kühlen Tiefen sowohl Neugier als auch männliche Anerkennung. Rafe wandte sich nun halb um. »Lady Welcott, der Earl of Aberdare und Miss Morgan.«

Die Geliebte des Dukes war einige Jahre älter als er, vielleicht um die vierzig. Sie war eine gutaussehende, blonde Frau, die reif und erfahren wirkte; keine von der Art, die sich Hals über Kopf in einen Mann verlieben würde, der keine Lust auf tiefere Gefühle hatte. Clare mußte unwillkürlich an die »Göttin, die auf Erden wandelt« denken, die Rafe zu dieser Art Beziehung gebracht hatte. Sie unterdrückte einen Seufzer. Armer Duke. So viele Menschen wünschten sich Liebe, aber nie schien es genug davon zu geben, um jedem seine Portion zuzuteilen.

Lady Welcott bedachte Clare mit einem flüchtigen Nicken, doch ihre Augen begannen zu leuchten, als sie sich Nicholas zuwandte. »Lord Aberdare«, sagte sie herzlich und streckte die Hand aus. »Sie erinnern sich vielleicht nicht, aber wir haben uns kennengelernt, als Sie noch der Viscount Tregar waren. Ich glaube, es war in Blindheim.«

Er beugte den Kopf über ihre Hand. »Ich vergesse niemals eine attraktive Frau.«

Lady Welcott war natürlich zu vornehm, um dümmlich zu grinsen, aber nach Clares giftiger Beurteilung kam ihr Lächeln dem schon sehr nah. Ihre Ladyschaft ließ graziös den Fächer flattern und sagte: »Da Sie nun nach England zurückgekehrt sind, hoffe ich doch, daß man Sie in London öfter sieht.«

»Aber ganz bestimmt.« Sein Lächeln war hinreißend. Sein Lächeln war immer hinreißend.

Wenn auch der Duke von diesem Austausch nur leicht amüsiert wirkte, so hatte Clare das heftige Bedürfnis, entweder Ihre Ladyschaft oder Nicholas kurz und fest in die Kniekehle zu treten. Als Nicholas sich ihr mit einem leicht spöttischen Blick zuwandte, war Clare überzeugt, daß er ihre Gedanken lesen konnte. »Wir halten die Begrüßung auf«, sagte er. »Wenn wir heute keine Gelegenheit bekommen, miteinander zu reden, dann sehen wir uns morgen bei White's.«

Er nahm Clares Arm und führte sie in die gewaltige Eingangshalle. »Wenn Sie gesellschaftlich Erfolg haben wollen, Clare, dann müssen Sie lernen, Ihr Mienenspiel zu kontrollieren. Ich hatte schon Angst, Sie würden Lady Welcott anspringen.«

»Ich will gar keinen gesellschaftlichen Erfolg«, sagte sie bissig. »Und ganz sicher war es nicht besonders höflich von Ihrer alternden Ladyschaft, vor meiner Nase mit Ihnen herumzuturteln.«

Er grinste. »Entdecke ich da einen Hauch von Eifersucht? Ich dachte, das sei eine der sieben Todsünden.«

»Eifersucht nicht, sondern Neid, übrigens gemeinsam mit Lust, Zorn, Stolz, Habgier, Faulheit und Gefräßigkeit«, gab sie zurück.

»Ich bin mit der Liste bestens vertraut.« Seine

Augen tanzten. »Jeder braucht schließlich Ideale, an die er sich halten kann.«

Nun mußte sie einfach lachen. »Sie sind unmöglich!«

»Ich gebe mir Mühe«, erwiderte er bescheiden.

Sie traten durch einen Bogen aus scharlachroten Blumen in einen großen Ballsaal, in dem kostbar gekleidete Männer und Frauen tanzten und herumschlenderten. Doch obwohl es Clares erster großer Ball war, war es weniger die Schar der Gäste, die sie in Erstaunen versetzte, sondern die Dekoration.

Die Wände und die hohen Decken waren ganz schwarz gestrichen, was soviel von dem Licht aus den Leuchtern absorbierte, daß in dem Raum ein mysteriöses Halbdunkel herrschte. Die schwarzen Wände schufen zudem einen spektakulären Hintergrund für die weißen, gut angestrahlten Marmorstatuen, die auf Podesten in den Ecken des Saals standen. Die lebensgroßen Skulpturen stellten allesamt Frauen in dünnen, klassisch drapierten Tuniken dar, die sehr viel Haut freiließen. »Die Griechen und Römer waren ein lockeres Völkchen, nicht wahr?« bemerkte Clare.

Nicholas grinste. »Sehen Sie sich die Statuen mal eine Weile an.«

Sie tat, wie geheißen, und keuchte auf, als eine Skulptur plötzlich die Position veränderte. »Gütiger Himmel! Sie leben!«

»Rafe mag es, wenn man seine Bälle lange in Erinnerung behält.« Nicholas wies auf eine andere »Skulptur«. Ein Mann lehnte an einem Podest und sprach mit schmachtendem Blick auf die schöne Frauengestalt ein, die darauf stand. »Ich nehme an, es sind Damen der Nacht, die stattlich dafür bezahlt werden, sich mit weißer Farbe und Puder zu bedekken und den Abend über stillzustehen. Ich könnte mir vorstellen, daß der Bursche dort drüben gerade versucht, mit seiner Lieblingsnymphe eine private Abmachung zu treffen.«

»Und der Duke hat nichts dagegen?«

»Nun, ich denke, es würde ihm nicht gefallen, wenn die Dame vom Podest springt und sich mit dem Kerl in einen Alkoven zurückzieht, aber wenn der Ball vorbei ist, können sie wohl tun und lassen, was sie wollen.«

Clare sah, wie die falsche Statue langsam ein geweißtes Augenlid zumachte, um dem Mann, der ihr den Fuß streichelte, zuzublinzeln. Sie hatte so wenig Stoff am Leib, daß man klar erkennen konnte, was für eine bemerkenswerte Figur sie besaß. »Ich verstehe langsam, warum die Leute ihre unverdorbenen Töchter nicht mit herbringen wollen«, sagte sie ein wenig schwach.

Die Musiker auf der Galerie begannen zu spielen, und die Gäste formierten sich zum Tanz. Die Männer bildeten eine Reihe, die Frauen stellten sich ihnen gegenüber auf. Clare bemerkte, daß sie unwillkürlich mit dem Fuß den Rhythmus tappte.

»Hätten Sie Lust zu tanzen?« fragte Nicholas.

»Ich kann es nicht«, antwortete sie, ohne das Bedauern aus ihrer Stimme fernhalten zu können.

»Hm, ich vergaß, daß Tanzen unmethodistisch ist.« Er blickte auf ihren tappenden Fuß herab. Als sie ihn rasch unter den Kleidersaum zurückzog, sagte er: »Das ist ein ziemlich einfacher Volkstanz. Wenn Sie einmal genau zusehen, dann sollten Sie in der Lage sein, mitzumachen, falls sie noch einen spielen. Das heißt natürlich, wenn Ihr Gewissen es zuläßt.«

Nach einer kurzen Überlegung sagte sie: »Mein Gewissen ist seit Wochen durch zahlreiche Schockerlebnisse betäubt. Tanzen kann es kaum verschlimmern.«

Dem ersten Volkstanz folgte ein ähnlicher, und Clare und Nicholas mischten sich unter die Tanzenden. Es machte viel Spaß, und sie stolperte nur ein einziges Mal über ihre Füße, und das zum Glück, als Nicholas gerade nah genug bei ihr war, um sie aufzufangen. Sie stellte fest, daß sie sich prächtig amüsieren konnte, wenn sie ihr Schuldgefühl erst einmal erfolgreich unterdrückt hatte.

Der nächste Tanz war ein Walzer, so daß sie sich von der Tanzfläche zurückzogen. »Und, Clare? Finden Sie, daß der verderbte Walzer so aussieht, als würde er die westliche Zivilisation zum Sturz bringen?« fragte Nicholas.

»Wohl nicht.« Sie beobachtete die Paare, die über das Parkett schwebten. »Für mich sieht es so aus, als müßte es wunderschön mit einem Partner sein, den man gern hat, und ganz scheußlich mit einem, den man nicht ausstehen kann.«

»Wenn Sie Lust haben, kann ich Ihnen einen Tanzlehrer besorgen, der es Ihnen beibringt. Es ist nicht ganz so einfach, es ohne Einweisung zu lernen.«

Das Angebot war verlockend, aber ihr Gewissen war wohl doch noch nicht ganz abgestorben. »Vielen Dank, aber ich kann mir nicht vorstellen, daß ich in Zukunft viele Gelegenheiten haben werde, Walzer zu tanzen.«

»Wir werden sehen«, war seine rätselhafte Antwort.

Plötzlich rauschte ein draller Rotschopf auf Nicholas zu. Clare vollkommen ignorierend, warf sie sich ihm in die Arme und quiekte: »Mein lieber Old Nick, du bist wieder zu Hause! Du mußt mich unbedingt besuchen. Hill Street zwölf. Meinem gegenwärtigen Gönner macht es bestimmt nichts.«

Er pflückte sie gelassen von seiner Brust. »Das hast du das letzte Mal auch gesagt, Ileana, und dann mußte ich mich am Ende doch duellieren. Ich kann von Glück sagen, daß dein Mann der Stunde ein verdammt schlechter Schütze war, denn ich konnte kaum leugnen, daß seine Beschwerde berechtigt war.«

»Ach, Henry konnte nichts besonders gut – das war ja auch der Grund, warum ich dich damals eingeladen habe.« Sie klatschte ihm mit ihrem Fächer auf das Handgelenk. »Also, wann kommst du?«

»Tut mir leid, ich bin leider anderweitig beschäftigt.« Sein Blick glitt zu Clares versteinertem Gesicht. »Im übrigen mache ich niemals zweimal denselben Fehler.«

Die Rothaarige zog einen Schmollmund. »Ich wollte nur höflich sein. Um der alten Zeiten willen, weißt du?« Sie öffnete den Fächer und fächelte heftig damit. »Es ist ja nicht so, als ob ich dich nötig hätte. Mein augenblicklicher Gönner ist knapp eins neunzig und ist mit *allem* bestens ausgestattet.«

Statt beleidigt zu sein, brach Nicholas in lautes Gelächter aus. »Schon recht, Ileana. Du solltest deine Zeit nicht mit so einem kümmerlichen Kerl wie mir verschwenden.«

Die rotbemalten Lippen der Rothaarigen verzogen sich zu einem widerwilligen Lächeln, und zum ersten Mal sah sie Clare an. »Genießen Sie ihn, solange Sie ihn haben, Herzchen. Im Bett oder auch sonst – so einen wie Nicholas gibt's kein zweites Mal.«

Als Ileana davonwogte, sagte Clare durch zusammengebissene Zähne: »Kann man die Frauen hier einteilen in solche, mit denen Sie früher schon geschlafen haben, und solche, die hoffen, Sie in Zukunft dazu überreden zu können?«

Seine Mundwinkel zuckten. »Wahrscheinlich ist es vergebliche Liebesmüh, Ihnen zu sagen, Sie sollten sich nicht ärgern, aber bitte nehmen Sie doch zur Kenntnis, daß ich nicht auf ihr Angebot eingegangen bin. Obwohl ich mich der versuchten Verführung, der Vernichtung Ihres guten Rufs und zahlloser anderer geringerer Verfehlungen schuldig gemacht habe, werde ich eines bestimmt nicht tun. Nämlich Sie vor anderen Leuten zu demütigen!«

Er legte seine Hand auf ihren Nacken und begann, ihn sanft zu kneten. Sie entspannte sich ein wenig, während sie sich reumütig eingestehen mußte, wie gut er die Lage erkannt hatte. Stolz war eine der Todsünden, der auch sie sich schuldig bekennen mußte, denn es wäre ihr unerträglich gewesen, wenn Nicholas ihr öffentlich dieses ordinäre Flittchen vorgezogen hätte. »Hatten Sie nicht gesagt, daß die Kurtisanen sich diskreter als die Ladys verhalten würden?«

»Ausnahmen bestätigen die Regel.«

Eine bekannte Stimme unterbrach sie. »Guten Abend, Nicholas, Miss Morgan.« Lord Strathmore schlenderte auf sie zu. »Ich glaube, ich habe Michael eben auf das Kartenzimmer zugehen sehen, aber ich war nicht nah genug, um ganz sicher sein zu können.«

»Vielleicht kann ich ihn mir jetzt schnappen«, erwiderte Nicholas. »Bleibst du bei Clare, bis ich wiederkomme?«

»Natürlich.«

Als Nicholas sich seinen Weg durch die Menschenmenge bahnte, sagte Lord Strathmore nachdenklich: »Da geht der lebendige Beweis für die Vorteile des gemischten Blutes.«

Clare sah ihn verdutzt an. »Was meinen Sie damit?«

Lord Strathmore wies mit dem Kopf in Nicholas Richtung. »Vergleichen Sie ihn doch einmal mit diesem überzüchteten Haufen hier.«

Sie lachte und begriff; es gab keinen einzigen Mann in diesem Ballsaal, der soviel Vitalität wie Nicholas ausstrahlte. »Ich verstehe, was Sie meinen. Neben ihm wirkt jeder schon halbtot.« Sie blickte ihren Begleiter schelmisch an. »Sind Sie auch überzüchtet?«

»Natürlich. Der Gründer der noblen Strathmore-Dynastie war ein robuster Räuberbaron, aber im Laufe der Jahrhunderte hat sich das Blut verdünnt. Ein oder zwei Zigeunerinnen täten dem Stammbaum überaus gut.« Er lächelte sie engelhaft an. »Da ich nicht in dem Ruf stehe, meine Leidenschaft mit mir durchgehen zu lassen, wußte Nicholas, daß Sie in meiner Obhut sicher sind.«

»Ich würde meinen, daß der Mangel an Leidenschaft dem Ruf eines Lebemanns abträglich ist.«

»Ich bin kein Lebemann, höchstens im Verband.« Er lächelte. »Aber es wird allgemein angenommen, ich hätte finstere Geheimnisse.«

»Also sind Sie kein Lebemann, sondern ein Spion?« sagte Clare leichthin.

Strathmores Miene änderte sich abrupt. »Hat Nicholas Ihnen etwa erzählt . . .?« Dann brach er ab und zog ein Gesicht. »Ich glaube, ich habe zuviel gesagt.«

Obwohl Clares Bemerkung zum größten Teil scherzhaft gemeint war, konnte Lord Strathmores Reaktion nur eins bedeuten. »Nicholas hat einmal erwähnt, daß er auf seinen Reisen auf dem Kontinent für einen alten Freund auch ein paar Informationen gesammelt und als Bote fungiert hat. Da Sie in Whitehall arbeiten, läge die Vermutung nahe, daß er Sie gemeint hat.«

»Bei Ihrer raschen Auffassungsgabe, könnten Sie glatt selbst anfangen.« Strathmores Lächeln ließ ihn jünger und weniger weltverdrossen wirken. »Ich gestehe ja gerne ein, daß ich nicht ganz so nutzlos bin, wie ich vorgebe, aber ich würde es dennoch zu schätzen wissen, wenn Sie Ihre Schlußfolgerungen für sich behalten würden.«

»Dieses Gespräch ist so mehrdeutig, daß ich es kaum jemand anderen gegenüber erwähnen kann, Lord Strathmore.«

»Ah, intelligent *und* diskret.« Er seufzte theatralisch. »Warum lerne ich niemals Frauen wie Sie kennen? Ich werde mich damit begnügen müssen, Sie zu bitten, mich Lucien zu nennen, wie meine Freunde es tun. Dann darf ich Clare zu Ihnen sagen, wenn Sie nichts dagegen haben.«

»Ganz und gar nicht, Lucien.«

Er bot ihr seinen Arm. »Nun, da wir offiziell Freunde sind, sollten wir uns ein Glas Punsch besorgen. Ich finde es ziemlich warm hier drin.«

Mit einem Lächeln schob sie ihre Hand in seine Armbeuge, und sie gingen gemeinsam durch den

Ballsaal zu einem Alkoven, wo Weinpunsch aus einem Krug, den eine nackte Meerjungfrau hielt, in ein Becken sprudelte. Hier war es jedoch wirklich eine Statue, obwohl Clare sicher war, daß der Duke eine echte Nixe angeheuert hätte, wenn er eine dafür gefunden hätte.

Strathmore hielt ein Glas unter den Punschstrom, reichte es Clare und füllte sich ebenfalls eins. »Und gefällt Ihnen Ihr erster Ball?«

»Ja, aber ich hoffe, es ist nicht zu offensichtlich, daß ich hier nicht hingehöre.«

»Sie wirken auf mich gefaßt und absolut heimisch«, versicherte er ihr. »Niemand käme auf den Gedanken, daß Sie eine Lehrerin aus Wales sind, die nolens volens in eine fremde Welt gezerrt wurde.«

Er geleitete Clare zurück in den Ballsaal, wo sie den tanzenden Paaren zusahen. »Nicholas verdient eine anständige Tracht Prügel für das, was er Ihnen antut. Obwohl ich nachvollziehen kann, wieso er sich so anstellt.«

»Ich hoffe, das ist als Kompliment gemeint.«

»Ist es.« Sein lockeres Gehabe fiel von ihm ab. »Sie brauchen nicht erst von mir zu hören, daß Nicholas weit komplizierter ist, als er zu sein vorgibt. Das war er zwar schon immer, aber nur Gott weiß, was sich seit dieser katastrophalen Geschichte vor vier Jahren in den Tiefen seines komischen Zigeunerhirns abspielt. Er braucht irgend etwas oder irgend jemanden, und Sie sind in dieser Hinsicht eine echte Hoffnung. Auch wenn Sie jeden Grund dafür haben, ihm für das, was er aus Ihrem Leben macht, böse zu sein, kann ich nur hoffen, daß Sie Geduld mit ihm haben.«

»Um fair zu bleiben, muß ich gestehen, daß ich für die Situation genauso verantwortlich bin wie er. Ich hätte ihn ja nicht um Hilfe bitten, geschweige denn, auf diese alberne Abmachung eingehen müssen.« Dann dachte sie über Luciens letzten Satz nach. »Aber ich bin für ihn nicht wirklich von Bedeutung, höchstens insofern, als ich ihn in Penreiths Belange hineingezogen habe.« Sie grinste. »Manchmal denke ich, daß Nicholas nicht weiß, ob er mich wie eine Geliebte oder wie ein Schoßtier behandeln soll.«

Lucien lächelte anerkennend, schüttelte dann aber den Kopf. »Sie bedeuten ihm weit mehr als das eine oder das andere. Auch wenn ich daran zweifle, daß er selbst weiß, *wieviel.*«

Luciens Bemerkungen waren interessant, aber Clare glaubte nicht, daß er recht hatte. Während sie an ihrem Punsch nippte, kam sie zu dem Schluß, daß der ausgesprochen kühle, vorgeblich überzüchtete Lord Strathmore insgeheim ein kleiner Romantiker war.

Und das war einfacher zu glauben, als daß sie Nicholas etwas bedeutete.

Kapitel 17

DIE HÄLFTE ALLER Gäste auf dem Ball hielt Nicholas auf, um ihn zu Hause willkommen zu heißen. Neben freundlichen Begrüßungen erhielt er drei unverhohlene Angebote und fünf gewaltige Winke mit dem Zaunpfahl; gut, daß er Clare in Luciens Obhut gelassen hatte. Nicht daß er ihr die Eifersucht vorwarf – im Gegenteil, er fand sie ganz entzückend. Jeden Tag verwandelte sich Clare mehr in eine echte Frau, und von der tugendhaften Lehrerin war immer weniger vorhanden.

Als Nicholas endlich das Kartenzimmer erreicht hatte, war Michael Kenyon längst verschwunden, wenn er überhaupt je dort gewesen war. Nicholas fragte mehrere Leute, ob sie Lord Michael gesehen hatten, aber niemand schien sich sicher zu sein. Schließlich machte Nicholas sich enttäuscht wieder auf den Weg zurück, um Lucien und Clare zu suchen.

Als er durch die Eingangshalle ging, sah er, wie ein von der Reise staubiger Mann eingelassen wurde und zum Duke of Candover hinübereilte, der immer noch späte Gäste begrüßte. Als Rafe die Nachricht des Boten hörte, stieß er einen Jubelschrei aus, dann drehte er sich um und rannte, immer zwei Stufen auf einmal nehmend, die Treppe hinauf. Nicholas versuchte zu raten, was bei einem Mann, dessen legendäre Gelassenheit der Luciens in nichts nachstand, eine solche Reaktion bewirken konnte, aber seine Vorstellungskraft reichte dazu nicht aus. Mit einem Schulterzucken ging er wieder in den Ballsaal, wo gerade eine Quadrille getanzt wurde.

Er brauchte einige Minuten, um Clare auszumachen, aber Luciens Größe und das helle Haar ließen ihn wie einen Leuchtturm aus der Menge ragen. Als Nicholas sich ihnen gerade näherte, brach die Musik abrupt ab. In der plötzlichen Stille erklang Rafes Stimme laut und deutlich durch den ganzen Ballsaal. »Meine Freunde, ich habe wunderbare Nachrichten!«

Nicholas schaute auf und entdeckte den Duke oben auf der Galerie inmitten seines kleinen Orchesters. Seine Stimme vibrierte vor Aufregung, als er nun verkündete: »Ich habe gerade erfahren, daß Napoleon abgedankt hat. Der Krieg ist vorbei!«

Zuerst herrschte ein verblüfftes Schweigen. Dann stieß jemand einen begeisterten Jubelschrei aus. Immer mehr Leute stimmten ein, bis das Candover-Haus unter dem tosenden Lärm einzustürzen drohte.

Während Nicholas seinem Hochgefühl ebenfalls lauthals Luft machte, drängelte er sich durch die Menge auf Clare zu; nur ein Kuß wurde dieser Feierstimmung gerecht. Zu seinem allergrößten Mißvergnügen war Lucien, da er neben ihr stand, schneller, und zog Clare so begeistert in die Arme, daß es sie von den Füßen riß.

Nachdem Lucien sie wieder auf den Boden gestellt hatte, zog Nicholas sie in seine Arme und wandte sich bissig an seinen Freund. »Ich nehme an, es wäre sehr kleinlich, dir die Leber rauszuschneiden, aber das nächste Mal suchst du dir bitte selbst ein Mädchen.«

Ohne sich einschüchtern zu lassen, schlug Lucien grinsend seinem Freund auf die Schultern. »Der Krieg, der so lange gedauert hat, ist vorbei! Ist das nicht phantastisch? Wir haben's geschafft!«

Clare war aufgedrehter, als er sie je zuvor gesehen hatte. Sie schlang die Arme um Nicholas und küßte ihn überschwenglich. Schließlich mußte sie aufhören, um Luft zu holen. »Auch wenn Napoleon im letzten Jahr schon in der Defensive war, ist es kaum zu fassen, daß das Ende gekommen ist«, sagte sie voller Staunen. »Endlich, endlich haben wir Frieden.«

Nicholas mußte an die zerstörten Gebiete in Europa denken und zog Clare fester an sich. »Gott sei Dank ist der Krieg niemals auf britischem Boden geführt worden. Unsere Verluste sind im Vergleich zu denen der meisten europäischen Nationen gering.«

Lucien strahlte immer noch. »Mit ein bißchen Glück werde ich in meinem ganzen Leben niemals mehr etwas verdammt Nützliches tun müssen.«

Nicholas lachte auf. »Nach allem, was du die letzten Jahre für dein Land getan hast, kannst du den Rest deines Lebens auf der faulen Haut liegenbleiben.«

Um sie herum spielten sich ähnliche Szenen der Freude ab. In ihrer Nähe stand ein Mann in Gardeuniform, die einen leeren Ärmel hatte. Sein verbliebener Arm lag fest um der Taille seiner Frau, während beide hemmungslos weinten. Selbst die »Statuen« vergaßen ihre Rolle, sprangen zu Boden und tauchten in den allgemeinen Tumult ein. Ein Hoch auf Wellington erklang, ein weiteres auf seine Männer.

Nicholas schaute hinauf zur Galerie und versteifte sich. »Ist das da oben bei Rafe nicht Michael?«

Lucien folgte seinem Blick. »Allerdings. Will wahrscheinlich hören, ob Rafe Einzelheiten weiß. Gott weiß – so wie er aussieht, hat Michael für den Frieden einen höheren Preis bezahlt als alle anderen.«

»Vielleicht habe ich ja das Glück, daß diese Verkündung ihn in gute Laune versetzt hat.«

Nicholas nahm Clares Hand und schlängelte sich durch die jubelnde und feiernde Menge, während Lucien ihnen auf den Fersen folgte. Sie stiegen die Treppe in der Eingangshalle hinauf und wandten sich oben nach links einem schwach beleuchteten Korridor zu, der vermutlich parallel zur Wand des zwei Stockwerke hohen Ballsaals verlief.

Am Ende des Gangs kam der Duke gerade mit einem großen, schlanken Mann aus einer Tür, die zu dem Balkon führte, auf dem die Musiker sich befanden. Hinter ihnen begann die Kapelle gerade einen Triumphmarsch zu spielen, der leiser wurde, als der Duke die Tür schloß.

Während Rafe und sein Begleiter in eine ernsthafte Unterhaltung versunken den Flur entlang auf sie zu kamen, hatte Clare Gelegenheit, Major Lord Michael Kenyon genauer zu betrachten. Lucien hatte ihn mit einem Wolf verglichen, und es stimmte, daß seine Krankheit ihn ausgezehrt hatte. Doch auch mit den stark hervortretenden Knochen im Gesicht sah er immer noch gut aus, und er bewegte sich mit dem Selbstbewußtsein eines Athleten. Er war ein würdiges Mitglied der Gefallenen Engel. Und das vor allem, dachte sie, weil sein glänzendes, kastanienbraunes Haar so gut mit dem Blond und Schwarz der anderen beiden kontrastierte.

Nicholas verlangsamte nun seinen Schritt. »Meinen Glückwunsch, Michael. Da du einer der Männer gewesen bist, die für diesen Sieg gekämpft haben, hast du mehr Grund zu feiern, als die meisten anderen.«

Lord Michael erstarrte, und aus seinem Gesicht verschwand die freudige Lebendigkeit. Seine Augen waren von einem dunklen Grün und blickten seltsam gequält. »Typisch für dich, einen Moment des Glücks zu verderben, Aberdare«, sagte er barsch. »Unter den jetzigen Umständen werde ich nicht tun, was ich geschworen habe, wenn ich dich jemals wiedersehen sollte, aber verschwinde verdammt noch mal aus meinen Augen, bevor ich meine Meinung ändere.«

Nicholas hielt immer noch Clares Hand, und sie spürte, wie seine Finger kalt wurden. Mit schmerzlichem Mitgefühl wurde ihr klar, daß Nicholas trotz Luciens Warnung nicht ernsthaft geglaubt hatte, daß sein alter Freund zu einem Feind geworden war.

Selbst jetzt schien er es noch nicht glauben zu wollen, denn er sagte sanft: »Eine komische Begrüßung, nachdem wir uns jahrelang nicht gesehen haben. Sollen wir es noch einmal versuchen?« Er trat vor und streckte dem anderen die Hand entgegen.

»Es ist lange her, Michael. Ich bin froh, daß du diesen Krieg überlebt hast.«

Der andere Mann zuckte zurück, als stände er einer Giftschlange gegenüber. »Glaubst du, ich scherze? Du solltest es besser wissen!«

Der Duke unterbrach die beiden scharf. »Wenn es irgend etwas zu klären gibt, dann ist mein Arbeitszimmer der bessere Ort dafür.«

Durch pure Willenskraft dirigierte er sie in ein Zimmer, das nur ein kurzes Stück entfernt war. Dann zündete er mehrere Lampen an. »Heute ist ein guter Tag, um Frieden zu schließen. Wenn es zwischen euch irgend etwas gibt, das schon jahrelang schwärt, dann solltet ihr euch jetzt damit auseinandersetzen.«

Die unterschwelligen, aber trotz allem heftigen Gefühle, die von den Männern ausgingen, erzeugten in dem Raum eine fast unerträgliche Spannung, und Clare merkte, daß sie praktisch unsichtbar war. Diese vier hatten sich in der rauhen Atmosphäre eines Internats kennengelernt und waren zusammen aufgewachsen. Ein Netz aus geteilten Erfahrungen hielt die Freunde zusammen – ein Netz, das über viele Jahre hinweg gewoben worden war, das aus Erinnerungen an Freude und Kummer, an Streit und Zusammenhalt bestand. Nun drohte einer dieser Freunde, dieses Netz zu zerreißen.

Der Major hatte sich hinter den Schreibtisch zurückgezogen, und sein zorniger, wilder Blick erinnerte Clare an ein in die Enge getriebenes Raubtier. »Das ist nicht deine Angelegenheit, Rafe. Und deine auch nicht, Lucien.« Dann wandte er sich an Nicholas, und in seiner Stimme klang etwas mit, das sich wie echtes Bedauern anhörte. »Als ich erfuhr, du hättest das Land verlassen, dachte ich, du hättest wenigstens die Größe, für immer fortzubleiben.«

Mit gepreßter Stimme fragte Nicholas: »Würde es dir etwas ausmachen, mir zu sagen, was ich deiner Meinung nach getan haben soll?«

»Spiel nicht den Unschuldigen, Aberdare. Vielleicht glauben die anderen dir, aber ich nicht.«

Rafe setzte zum Sprechen an, aber Nicholas hob die Hand, um ihn daran zu hindern. »Dann vergiß bitte einen Augenblick meine vermeintlichen Schandtaten, Michael. Ich muß mit dir über etwas rein Geschäftliches sprechen. Deine Mine in Penreith wird auf höchst unverantwortliche Art und Weise geführt. Nicht nur, daß dein Geschäftsführer die Arbeiter wissentlich großen Risiken aussetzt, er scheint dich auch übers Ohr zu hauen, was den Gewinn betrifft. Wenn du nicht die Zeit oder die Lust hast, dich selbst darum zu kümmern, dann verkaufe mir die Grube zurück, so daß ich das Nötige veranlassen kann.«

Nach einen Moment ungläubigen Schweigens stieß der Major ein Gelächter aus, das Clare einen kalten Schauder über den Rücken jagte. »Wenn Madoc dich ärgert, sollte ich seinen Lohn vielleicht erhöhen.«

Clare wußte, daß in Nicholas der gleiche Zorn aufstieg, den auch sie empfand, doch es gelang ihm bemerkenswert gut, seine Stimme ruhig zu halten. »Benutze die Zeche nicht als Waffe gegen mich, Michael. Die Männer, die ihr Leben dort riskieren müssen, sind nicht schuld an dem, was auch immer du mir vorwirfst.«

»Du bist zu einem alten zänkischen Weib geworden, Aberdare«, erwiderte Michael kalt. »Bergbau ist immer schon gefährlich gewesen, und das wird es immer sein. Die Bergleute wissen und akzeptieren das.«

»Es gibt einen Unterschied zwischen Mut und Tollkühnheit«, gab Nicholas zurück. »In den letzten Wochen habe ich mich erkundigt, wie viele Unfälle und Todesfälle es in ähnlichen Minen gibt. Die Zeche in Penreith ist vier- oder fünfmal gefährlicher als die anderen, und es ist nicht unwahrscheinlich, daß es bald eine größere Katastrophe geben wird. Ich habe mit eigenen Augen gesehen, wie schlecht der Zustand der Anlage ist.«

»Du warst in meiner Mine?« Die grünen Augen verengten sich. »Bleib ihr in Zukunft verdammt noch mal fern! Wenn ich höre, daß du widerrechtlich dort auftauchst, dann veranlasse ich Madoc, dir das Gesetz auf den Hals zu hetzen.«

»Langsam begreife ich, warum er immer noch seine Stellung hat – du redest genau wie er«, sagte Nicholas trocken. »Wenn du mir nicht glaubst, dann sieh es dir doch selbst an. Ich kann dir garantieren, daß du bestätigen wirst, daß die Zeche dringend ein paar Neuerungen benötigt. Natürlich vorausgesetzt, daß du nicht zu der Art von Offizieren gehörst, die ihre Männer gerne abschlachten lassen. Du bist der einzige, der schnell Veränderungen bewirken kann, also verdammt, stell dich deiner Verantwortung.«

Michaels Gesicht verzerrte sich. »Auf gar keinen Fall werde ich etwas tun, was dir zupaß kommt.«

»Vergiß nicht, daß mir das Land gehört. Wenn du dich weigerst, etwas an den Arbeitsbedingungen zu verändern, dann finde ich schon eine Möglichkeit, den Pachtvertrag aufzulösen. Ich möchte nicht gerne damit vor Gericht gehen, da so etwas bekanntlich lange dauert und in der Zeit bereits ein weiteres Unglück geschehen kann. Aber wenn es nicht anders geht, dann werde ich es tun, das schwöre ich!« Nicholas Stimme wurde hart. »Und bei Gott, wenn Menschen grundlos umkommen, nur weil du verbohrt bist, dann werde ich dich persönlich dafür zur Rechenschaft ziehen.«

»Warum darauf warten, bis sich die Lage zuspitzt?« Michael zerrte zerknautschte Handschuhe aus seiner Tasche und kam um den Tisch herum. Bevor irgend jemand begriff, was er vorhatte, schlug er Nicholas die Handschuhe quer übers Gesicht. »Ist das deutlich genug? Such dir deine Sekundanten aus, Aberdare.«

In dem schockierten Schweigen, das folgte, waren die fernen Geräusche der überschwenglichen Feier unten deutlich zu hören. Clare war wie betäubt. Dies mußte ein Alptraum sein! Das konnte einfach nicht passieren – Lord Michael konnte sich doch nicht ernsthaft mit einem Mann duellieren wollen, den er Jahre nicht gesehen hatte . . . und der einer seiner besten Freunde gewesen war!

Nicholas Wange rötete sich, wo die Handschuhe ihn getroffen hatten, doch er schlug nicht zurück. Statt dessen betrachtete er seinen alten Freund von Kopf bis Fuß, als ob er ihn zum ersten Mal sähe. »Der Krieg kann Menschen zum Wahnsinn treiben, und das hat er offensichtlich mit dir getan.« Er drehte sich zu Clare um, und sie entdeckte die Qual in seinen Augen. »Ich kämpfe nicht mit einem Verrückten. Kommen Sie, Clare, es ist Zeit zu gehen.«

Er nahm ihren Arm und führte sie zur Tür. Als

er nach dem Türknauf greifen wollte, knurrte Michael: »Feigling!«

Etwas sirrte durch die Luft, und die Spitze eines bösartig aussehenden Dolches bohrte sich zwischen Clare und Nicholas in die Tür. Clare starrte entsetzt auf den noch zitternden Schaft. Die tödliche Klinge steckte unfaßbar dicht neben ihr im Holz!

»Keine Angst, Clare«, sagte Nicholas ruhig. »Wenn er mich hätte treffen wollen, dann hätte er mich auch getroffen.« Er packte den Griff des Messers und zog es aus dem Holz, dann drehte er sich zu Michael um. »Ich kämpfe nicht mit dir, Michael«, wiederholte er. »Wenn du mich töten willst, dann mußt du einen kaltblütigen Mord begehen, und ich kann mir nicht vorstellen, daß du dich so sehr geändert hast.«

Die Augen des Majors waren wie Feuer. »Dein Vertrauen ist fehl am Platz, Aberdare, aber ich würde dich lieber im fairen Kampf töten! Stell dich, verdammt!«

Nicholas schüttelte den Kopf. »Nein. Wenn du mich für einen Feigling halten willst, bitte schön. Mir ist deine Meinung über mich im höchsten Maße gleichgültig.« Er nahm wieder Clares Arm.

Michael begann, mit den Fingern auf dem Mahagonitisch herumzutrommeln. »Weiß deine kleine Hure, daß du deinen Großvater und deine Frau umgebracht hast?«

Plötzlich ging alles so schnell, daß Clare mit den Augen nicht mehr folgen konnte. Nicholas wirbelte herum und schleuderte das Messer durch das Zimmer. Es blieb zitternd in der Tischplatte nur Millimeter neben Michaels Fingern stecken. »Clare ist eine Lady, etwas, das zu erkennen du offenbar unfähig bist«, sagte er, und nun war seine Stimme nicht mehr gelassen. »Also gut, wenn du kämpfen willst, dann tun wir es eben. Doch da du der Herausforderer bist, liegt die Wahl der Waffen bei mir.«

Lucien setzte zum Sprechen an, aber Michael schnitt ihm mit einer Geste das Wort ab. »Jede Zeit, jeder Ort, jede Waffe.«

»Die Zeit ... jetzt!« sagte Nicholas. »Der Ort ... hier. Und die Waffe ... die Peitsche!«

Das Gesicht des Majors wurde dunkelrot. »Peitsche? Mach dich nicht über mich lustig, Aberdare. Du hast die Wahl zwischen Pistolen oder Degen. Wir können auch Messer nehmen, wenn du willst, aber nicht so etwas Banales wie Peitschen.«

»Das sind meine Bedingungen. Nimm an oder laß es.« Nicholas lächelte eiskalt. »Überleg doch nur, wie befriedigend es für dich sein wird, mich auszupeitschen – *falls* du gut genug bist, was ich nicht glaube.«

»Ich bin gut genug, dir die Haut in Streifen abzuziehen, wie du es verdienst!« knurrte Michael. »Gut. Fangen wir an.«

Rafe explodierte. »Jetzt reicht es aber! Seid ihr beide eigentlich vollkommen verrückt geworden? In meinem Haus wird so ein Unsinn nicht veranstaltet!«

Ruhig mischte sich Lucien ein. »Wenn Michael unbedingt gewalttätig werden will, so ist es besser, wenn wir beide anwesend sind.«

Stumm sahen Rafe und Lucien sich an. Endlich sagte Rafe voller Abscheu: »Vielleicht hast du recht.«

»Bist du mein Sekundant, Luce?« fragte Nicholas.

»Natürlich.«

Der Major lud nun seinen Zorn auf Lord Strathmore ab. »Die Araber haben ein Sprichwort: Auch jeder Freund meines Feindes ist mein Feind. Er soll sich einen anderen suchen.«

Lucien sah ihn hart an. »Ihr seid beide meine Freunde, und die wichtigste Funktion eines Sekundanten ist die des Vermittlers, der sich bemüht, beide Parteien dazu zu bringen, den Streit ohne Blutvergießen beizulegen. Du kannst damit anfangen, uns zu erzählen, was du gegen Nicholas vorzubringen hast.«

Michael schüttelte den Kopf. »Nein. Ich werde euch bestimmt nicht erzählen, was geschehen ist. Nicholas weiß es, ob er es nun zugibt oder nicht. Wenn du darauf bestehst, für ihn einzutreten, dann kündige ich unsere Freundschaft auf.«

»Dann ist das deine Entscheidung, nicht meine«, sagte Lucien ernst.

Michael wandte sich an Rafe. »Vertrittst du mich, oder schlägst du dich auch auf die Seite dieses Zigeunerbastards?«

Rafe sah ihn finster an. »Verdammt seltsam, einen Ehrenhandel vertreten zu müssen, in dem eine Partei nicht weiß, worum es geht.«

»Vertrittst du mich?« wiederholte der Major.

Rafe seufzte. »Also gut. Als dein Sekundant frage ich dich, ob Nicholas etwas tun kann – sich entschuldigen oder sonst etwas –, um diesen Streit zu schlichten.«

Michaels Lippen verzogen sich zu einem freudlosen Lächeln. »Nein. Was er getan hat, kann nicht wiedergutgemacht werden.«

Rafe und Lucien tauschten erneut einen Blick aus. Dann sagte der Duke: »Na dann. Gehen wir in den Garten. Es ist noch zu kalt, als daß sich viele Gäste im Gebüsch herumtreiben könnten. Ich hole zwei Peitschen aus der Sattelkammer, dann treffe ich euch da.«

Sie verließen das Zimmer und folgten Rafe zum Hintereingang die Treppe hinunter. Als Lucien bemerkte, daß Clare die Absicht hatte, mitzugehen, runzelte er die Stirn. »Sie bleiben besser hier. Ein Duell ist nichts für Frauen.«

Sie warf ihm einen ebenso düsteren Blick zu. »Alles an diesem lächerlichen Duell ist derart unnormal, daß es wohl kaum noch etwas ausmacht, ob ich dabei bin oder nicht.«

Als Strathmore noch zögerte, mischte sich Nicholas ein. »Spar dir deinen Atem, Lucien. Clare kann einen Haufen kleiner Kinder in Schach halten, also wird sie uns leicht die Stirn bieten können.«

Clare fand, daß er weniger beunruhigt wirkte als die anderen. Da sie seinen Umgang mit der Peitsche schon erlebt hatte, wußte sie, daß er sich keine Sorgen zu machen brauchte, aber Lord Michaels Verhalten machte ihr angst. Der Mann schien wie besessen, und nur der Himmel wußte, was er tun würde, wenn er Nicholas nicht in diesem Duell umbringen konnte.

Sie stiegen eine schmale Treppe hinunter, dann traten sie ins Freie. Clare schauderte, als die kühle Aprilluft sie umgab. Nicholas zog seinen Rock aus und legte ihn ihr um die Schultern. »Hier. Ich brauche das gleich ohnehin nicht mehr.«

Sie nickte und zog die warme Wolle fest um

sich. Es war schwer, sich vorzustellen, daß sie vor einer halben Stunde noch fröhlich gescherzt und herumgealbert hatte.

Der Garten war für ein Londoner Stadthaus erstaunlich groß, und ganz an seinem Ende konnte man kaum noch die Geräusche vom Ball hören. Hinter dem Ballsaal befand sich eine kleine Terrasse, auf der man im Sommer tanzen konnte. Es gab genug Fackelhalter auf dem Grundstück, und Rafe und Lucien zündeten einige Fackeln an und verteilten sie, so daß genug Licht auf die ausgewählte Fläche fiel. Der Wind ließ das Feuer flackern, und wilde Schatten zuckten über den Rasen.

Der Major wirkte nun, da das Duell bevorstand, ruhiger. Auch er zog Rock und Krawatte aus, während Nicholas noch weiterging und Weste, Schuhe und Strümpfe abstreifte.

Als die Fläche abgesteckt war, untersuchten Rafe und Lucien feierlich die beiden Kutscherpeitschen und kamen überein, daß beide im wesentlichen gleich waren. Als sie den beiden Gegnern hingehalten wurden, nahm Nicholas die, die ihm am nächsten war, ließ sie probeweise durch die Luft knallen und nickte zufrieden. Michael tat dasselbe, während seine Augen vor angespannter Erwartung Feuer sprühten.

»Es gibt keine vorgefertigten Regeln für ein Duell mit Peitsche«, sagte der Duke, »also legen wir jetzt welche fest. Ihr stellt euch Rücken an Rücken auf und geht acht Schritte, wenn ich es sage, dann dreht ihr euch um. Ich lasse mein Taschentuch fallen, und wenn es den Boden berührt, könnt ihr anfangen.« Er blickte beide nacheinander an. »Das Duell ist vorbei, wenn Lucien und ich es sagen. Sollte einer von euch dann nicht aufhören, dann stoppen *wir* ihn. Ist das klar?«

»Glasklar«, sagte Nicholas. Sein Gegner machte sich nicht die Mühe, zu antworten.

Lucien entfernte sich ein paar Schritte von den Kämpfern und zog Clare bis zum Rand der Terrasse. »Sie bleiben hier«, sagte er leise. »Eine Kutscherpeitsche hat eine gewaltige Reichweite.«

Sie nickte schweigend und versuchte, nicht daran zu denken, was alles passieren konnte. Wenn eine Peitsche vielleicht auch nicht tödlich war, konnte man damit in einem Sekundenbruchteil ein Auge zerstören. Sie bezweifelte zwar, daß Nicholas vorhatte, sein Gegenüber zu verstümmeln, aber Michael mochte denken, daß sein ehemaliger Freund es verdient hatte, geblendet zu werden – was auch immer er getan haben sollte.

Nun durchliefen die beiden Gegner das Ritual: Sie stellten sich Rücken an Rücken, warteten auf das Kommando des Dukes und entfernten sich acht Schritte voneinander.

Als die beiden Männer sich einander zugewandt hatten, hielt Rafe sein Taschentuch in die Luft und ließ es fallen. Clare starrte gebannt auf das weiße, flatternde Tuch, während es zu Boden segelte. Kurz bevor es auf dem Steinboden landete, wurde es von einer kleinen Bö ergriffen und ein Stück hochgewirbelt.

Michael hatte entweder nicht gesehen, daß das Taschentuch noch nicht zu Boden gefallen war, oder er konnte nicht länger warten – er schlug zu. Nicholas, der noch nicht darauf vorbereitet war, konnte gerade noch einen Arm hochreißen, um sein Gesicht zu schützen. Die Peitsche schlang sich mit einem häßlichen Klatschen um seinen Unterarm, zerfetzte das Hemd und schnitt durch die Haut darunter.

Während sich das Hemd rot verfärbte, erklang die hämische Stimme des Majors. »Das erste Blut, Aberdare.«

»Das nächste Mal weiß ich Bescheid und fange auch verfrüht an.« Noch während er sprach, holte Nicholas aus. Ein schwaches, gefährliches Sirren war zu hören, dann zeichnete sich auf Michaels Wange ein roter Striemen ab. Der Major schnappte nach Luft, schlug aber augenblicklich zurück, wobei er diesmal auf Nicholas' Füße zielte. Nicholas sprang wie ein Tänzer in die Luft und holte zum nächsten Schlag aus. Ein blutroter Streifen erschien auf Michaels Brust.

Der Major ließ sich nicht beirren. Nicholas konnte sich rasch drehen, so daß das grausame Leder nur über seine Schulter fetzte. Clare mußte sich eine Hand auf den Mund pressen, um nicht laut aufzuschreien. Sie hatte Prügeleien von Schuljungen gesehen, einmal auch betrunkene Bergleute, die sich eine Schlägerei lieferten, aber dieses Duell war wild und grausam wie der Krieg.

Mit einem Knurren machte Michael einen Satz nach vorn, um näher an seinen Gegner heranzukommen. »Ich habe Jahre darauf gewartet, du Bastard!«

Mit einem erstaunlich leichten Zucken des Handgelenks ließ Nicholas die Peitsche fliegen, und die Schnur wickelte sich um die von Michael. »Dann kannst du ja noch etwas länger aushalten.«

Er riß den Griff zurück, um Michael zu entwaffnen, aber diesem gelang es, seine Peitsche festzuhalten, wenn er auch durch den Ruck auf die Knie fiel. Fast eine Minute lang kämpften die Männer um die Oberhand, zogen und zerrten, daß die Muskeln hervortraten. Dann lösten sich die Schnüre plötzlich voneinander, und beide fielen hintüber.

Statt sofort wieder anzugreifen, duckte Nicholas sich wie ein Ringer und machte ein paar Schritte zur Seite, die Peitsche erhoben und zum Ausholen bereit. Michael machte es ihm nach, und sie umkreisten einander langsam und geschmeidig, während ihre Mienen in angespannter Konzentration verzerrt waren.

Selbst in dem flackernden, unsteten Licht konnte man die beiden nicht verwechseln. Nicholas, der Zigeuner, bewegte sich leichtfüßig und flink, Michael, der Soldat, mit der aggressiven und sturen Entschlossenheit, seinen Gegner zu vernichten. Es war nichts zu hören außer dem schwachen Scharren von Michaels Stiefeln auf den Steinfliesen.

Als Nicholas erneut geschickt einem Schlag auswich, keuchte Michael: »Du kannst gut laufen, du dreckiger Zigeuner.«

»Ich schäme mich nicht für das, was ich bin, Michael.« Mit einem kraftvollen Schwung des Handgelenks verpaßte Nicholas seinem Gegenüber einen weiteren Riß im Hemd. »Kannst du dasselbe von dir behaupten?«

Seine Provokation löste einen Wutausbruch aus. Der Major stürzte vor, wobei er mit seiner Peitsche unablässig auf seinen Gegner eindrosch und die Schläge nur so auf Nicholas herabhagelten. Das häßliche Geräusch von Peitschenknallen und zerfetzendem Stoff und von Haut ließ Clare verzweifelt aufstöhnen. Warum wich Nicholas denn nicht aus? Warum stand er da, ließ sich schlagen und hielt nur einen Arm zum Schutz vor seinen Kopf?

Sie erfuhr den Grund, als sich Michael noch einen weiteren Schritt vorwagte und fast sein ganzes Gewicht auf den vorderen Fuß legte. Das war der Augenblick, auf den Nicholas gewartet hatte. Er ließ die Peitsche durch die Luft sausen, und die Lederschnur schlang sich um Michaels gestiefelten Knöchel.

Der Schlag selbst war nicht bedeutend, aber als Nicholas mit beiden Händen am Griff seiner Peitsche riß, schwankte Michael und stürzte hart zu Boden. Durch die Plötzlichkeit konnte er seinen Sturz nicht abfangen, rollte herum, und sein Kopf schlug hörbar auf den Steinboden auf.

Dann, plötzlich, war alles vorbei. Michael lag reglos auf dem Boden, und die Stille wurde nur von Nicholas' rauher, heftiger Atmung unterbrochen. Clare schickte ein rasches Dankgebet zum Himmel, daß Nicholas der Sieger war, dann hastete sie zu dem Mann am Boden hinüber. Sie hatte sich oft genug um Verletzungen kümmern müssen, die auf dem Schulhof passierten, und das war ihr nun von Nutzen, als sie vorsichtig seinen blutenden Schädel untersuchte.

Nicholas ließ sich neben sie fallen. Sein Hemd hing in Fetzen an seinem Körper, und er blutete aus mindestens einem Dutzend Wunden, doch mit einem raschen Blick versicherte Clare sich, daß die Schnitte nicht besonders tief waren. Er selbst kümmerte sich ohnehin nicht darum, sondern starrte nur auf den bewußtlosen Mann. »Ist es schlimm?« fragte er mit bebender Stimme.

Clare antwortete erst, als sie Michaels Puls

und Atmung überprüft und die Kopfwunde untersucht hatte. »Ich glaube nicht. Er wird eine Gehirnerschütterung haben, aber ich bin sicher, der Schädel ist nicht gebrochen. Kopfwunden bluten immer sehr stark, so daß es meist schlimmer aussieht, als es ist. Hat jemand ein Taschentuch?«

Ihr wurde ein kostbar besticktes Tuch mit einem ›C‹ darauf in die Hand gedrückt. Sie faltete es und preßte es fest auf die Wunde.

»Gott sei Dank, daß es nicht schlimmer ist«, murmelte Nicholas. »Ich wollte ihn ein wenig bremsen, nicht umbringen.«

»Gib dir nicht die Schuld«, sagte Lucien nüchtern. »Er hat dich ja schließlich zu diesem Unsinn gezwungen. Wenn du Pistolen oder Degen gewählt hättest, dann wäre jetzt wahrscheinlich einer von euch beiden tot.«

»Aber es war dumm von mir, mich überhaupt in einen Kampf verwickeln zu lassen«, erwiderte Nicholas. Seine Stimme verriet die Wut, die er auf sich selbst empfand. »Ihr habt gesehen, wie Michael sich vorher verhalten hat. Glaubt ihr, er wird dies hier als Ende des Streits ansehen können?«

Das Schweigen, das folgte, war Antwort genug.

Als das erste Taschentuch durchweicht war, nahm Clare ein anderes, diesmal eins mit dem Strathmore-›S‹ darauf. Zum Glück hatte die Blutung fast aufgehört. Nicholas gab ihr seine Krawatte, und Clare benutzte sie, um das Taschentuch in einem provisorischen Verband an seinem Platz zu befestigen. Dann blickte sie auf. »Er sollte so wenig wie möglich bewegt werden. Könnte er bei Ihnen bleiben, Euer Gnaden?«

»Ja, sicher.« Mit einer seltsamen Art Bewunderung in den Augen, fügte der Duke hinzu: »Da Sie so gut in unsere Bande von Rüpeln zu passen scheinen, können Sie mich ebensogut Rafe nennen.«

Clare setzte sich auf ihre Fersen zurück. »Ich weiß nicht, ob ich imstande bin, einen Duke beim Vornamen zu nennen.«

»Dann denken Sie sich den Duke einfach weg. Denken Sie an mich als an jemanden, der bei Nicholas' Fischfanglektionen kläglich gescheitert ist.«

Sie lächelte, denn sie erkannte, daß sein Scherz der Erleichterung entsprang, daß nicht mehr passiert war. »Also gut, Rafe.«

Der Duke fuhr fort: »Luce, glaubst du, wir beide können ihn reinschleppen? Ich habe keine Lust, irgendwelche Diener dabeizuhaben.«

»Das schaffen wir schon«, war die Antwort. »Er ist mindestens zwanzig Pfund leichter, als er sein sollte.«

Als die beiden Michael von den Steinen hoben, fiel das zerfetzte Hemd von seinem Körper und entblößte ein scheußliches Narbengeflecht, das sich von der Schulter bis zu seiner Taille erstreckte. Alle starrten entsetzt darauf, und Nicholas stieß einen leisen Fluch aus.

»Er wurde bei Salamanca von einem Schrapnell getroffen«, sagte Rafe grimmig. »Und das offenbar schlimmer, als er damals behauptet hat.«

Inzwischen war Michael wieder ein wenig zu Bewußtsein gekommen, so daß er kein totes Gewicht mehr war, sondern seine Arme um die Schultern seiner Freunde legen konnte.

Nicholas zog Strümpfe und Schuhe an und sammelte die Peitschen auf. Und als Clare und Nicholas den anderen folgten, dankte sie im stillen noch einmal Gott dafür, daß dieses Duell nicht mit einer Katastrophe geendet hatte. Dennoch war sie nicht wirklich erleichtert, denn es war zu befürchten, daß Nicholas recht behalten würde: Der Kampf dieses Abends würde Lord Michaels Zorn nicht besänftigen.

Kapitel 18

NICHOLAS LEHNTE JEDE Versorgung seiner Wunden ab, akzeptierte jedoch einen locker sitzenden Rock von Rafe, denn sein eigener saß sehr eng, und ihn anzuziehen kam nicht in Frage. Innerhalb weniger Minuten saßen er und Clare in einer Kutsche, die sie nach Hause bringen sollte. Die anderen Gäste waren noch so sehr in Feierstimmung, daß keiner besonders darauf achtete, als sie das Haus verließen.

Sie schwiegen, während die Kutsche über das Straßenpflaster rumpelte. Nicholas saß Clare gegenüber auf der Kante des Polsters, um sich nicht mit seinem mißhandelten Rücken anlehnen zu müssen. Als er ihr vor seinem Haus aus der Kutsche half, waren seine Bewegungen ausgesprochen steif.

Nachdem sie eingetreten waren, sagte Clare bestimmt: »Bevor Sie sich hinlegen, will ich die Striemen reinigen und behandeln.« Sie bedachte ihn mit ihrem Lehrerinnenblick, der keinen Widerspruch duldete. »Ich weiß ja, wie gerne Sie den Stoiker spielen, aber es gibt Grenzen.«

Er grinste sie voll Selbstironie an. »Einverstanden, die habe ich nämlich erreicht. Wo wollen Sie die Behandlung durchführen?«

»Ihr Zimmer wird am besten sein. Ich ziehe mich eben um und komme zu Ihnen, sobald Polly für mich die nötigen Dinge besorgt hat.« Sie ging in ihr Zimmer, in dem Polly ein Nickerchen hielt. Sie erwachte sofort, half Clare beim Ausziehen und machte sich auf die Suche nach Verbandszeug und Arzneien.

Vielleicht war es die Strafe für ihre Gottlosigkeit: Clares blaues Seidenkleid war durch Lord Michaels Blut und die Steinfliesen, auf die sie sich gekniet hatte, ruiniert. Sie zog sich ihr praktisches weißes Flanellnachtkleid an und hüllte sich in einen wunderschönen roten Hausmantel aus Samt, der zu ihrer Londoner Garderobe gehörte. Nachdem sie ihr Haar ausgebürstet und es in einen lockeren Zopf geflochten hatte, setzte sie sich und wartete auf Pollys Rückkehr.

Die nervöse Energie, die sie während des Duells und auf der Nachhausefahrt aufrecht gehalten hatte, fiel plötzlich von ihr ab, und sie fühlte sich erschöpft und ausgelaugt. Sie lehnte sich in dem Ohrensessel zurück, preßte die Hände an die Schläfen und ergab sich ihrem Zittern, als die furchtbaren Erlebnisse des Abends sie einholten. Jeder einzelne Peitschenhieb dieses scheußlichen Duells hatte sich in ihre Erinnerung gebrannt. Wenn Lord Michael seinen Willen bekommen hätte und die beiden es mit Pistolen oder Degen ausgetragen hätten . . . Sie schauderte und versuchte, ihre Gedanken in eine andere Richtung zu lenken.

Obwohl sie den Major während des Duells am liebsten erschlagen hätte, tat er ihr nun entsetzlich leid. Wenn seine heftigen Beschuldigungen gegen Nicholas auch einem verstörten Geist entsprungen waren – er schien sie aber zu glauben, denn sein gequälter Zorn war echt gewesen. Sie seufzte. Er war nicht der erste Soldat, den der Krieg zu einem Wrack gemacht hatte, und leider würde er auch nicht der letzte sein. Vielleicht würden sein Geist und seine Seele mit der Zeit heilen – sie hoffte es für ihn.

Bis dahin jedoch war er eine echte Gefahr. Obwohl Nicholas seinen alten Freund nicht für fähig hielt, einen kaltblütigen Mord zu begehen, war Clare sich dessen gar nicht so sicher. Vielleicht war es an der Zeit, nach Wales zurückzukehren. Michael hatte angedeutet, daß er Nicholas nicht gesucht hätte; mit ein wenig Glück würde aus den Augen dann auch aus dem Sinn bedeuten.

Als Polly mit einem Tablett voller Verbandszeug, Tinkturen und Mittelchen und einer Schüssel heißen Wassers zurückkehrte, zwang Clare mühsam ihren erschöpften Körper aus dem Sessel. Sie nahm das Tablett, schickte das Mädchen zu Bett und ging zu Nicholas' Zimmer. Die Tür war nur angelehnt, also stieß sie sie auf und trat ein.

Nicholas hockte vor der Feuerstelle und legte Kohlen nach. Clare ließ vor Schreck fast das Tablett fallen, denn auf den ersten Blick sah es so aus, als wäre er nackt. Als sie noch einmal genauer hinsah, entdeckte sie, daß er sich ein Handtuch um die Lenden geschlungen hatte. Es war das absolute Minimum, um eine gewisse Anständigkeit zu vermitteln, aber viel zuwenig, als daß es für ihren Seelenfrieden gut war.

Es machte sie schrecklich nervös, diesen herrlichen, muskulösen Körper, den sie beim Schwimmen heimlich beobachtet hatte, nun so dicht vor sich zu haben. Noch nervöser machte es sie, seine zahlreichen Wunden und Striemen zu sehen. Viel zu spät begriff sie, daß er sich die Kleider ausgezogen hatte, damit sie ihn behandeln konnte. Aber gleichzeitig gab der Gedanke ihr auch neue Kraft; sie war jetzt seine Krankenschwester, nicht seine Geliebte.

Er hatte genug nachgelegt und befestigte das Gitter wieder vor dem Kamin, dann stand er auf und nahm einen Kelch vom Tisch. »Möchten Sie einen Brandy? Heute abend ist, glaube ich, der geeignete Zeitpunkt, vorübergehend Ihren Widerstand gegen harte Drinks aufzugeben.«

Clare wog rasch in ihrem Inneren das Für und Wider ab, dann sagte sie: »Methodisten sollen Entscheidungen danach treffen, was ihr Herz ihnen rät, und mein Herz sagt mir jetzt, daß ich durchaus etwas zur Beruhigung gebrauchen könnte.«

Er schenkte ein wenig Brandy in ein Glas und reichte es ihr. »Trinken Sie langsam. Er ist weit aus stärker als ein Sherry.«

»Sollten Sie mich nicht im Gegenteil ermutigen, ordentlich zuzulangen? Ich habe gehört, es sei eine beliebte Verführungstechnik, eine Frau betrunken zu machen.«

»Ich habe das schon in Erwägung gezogen, aber das wäre nicht besonders nett«, erwiderte er mit trokkenem Humor. »Ich werde Sie lieber auf faire Art verführen.«

»Nein, werden Sie nicht, weder fair noch sonst irgendwie«, gab sie zurück. Obwohl der erste kleine Schluck Brandy fast einen Hustenanfall auslöste, fand sie das warme Brennen danach sehr angenehm.

Während sie an ihrem Drink nippte, folgte ihr Blick ihm, wie er mit dem Glas in den Hand durch den Raum schlenderte. So unbekleidet wie er war, bot er einen Anblick, der ihre Konzentration empfindlich störte. In dem Versuch, ihn unvoreingenommen zu betrachten, konzentrierte sie sich auf seine Wunden und stellte fest, daß seine Arme und der Oberkörper das meiste abbekommen hatten. Seine herrlich muskulösen Beine waren unversehrt . . .

Krankenschwester, Clare! Denk daran, daß du im Augenblick eine Pflegerin sein sollst. »Wir sollten jetzt anfangen«, sagte sie knapp und stellte ihr Glas ab. »Setzen Sie sich bitte.«

Schweigend gehorchte er. Clare begann damit, die Wunden sanft auszuwaschen, um Schmutz und Stoffpartikel zu entfernen, die sich durch die Hiebe in die Schnitte gesetzt hatten. Er starrte geradeaus und nippte gelegentlich an seinem Brandy, während Clare versuchte, sich nicht von der Bewegung seiner Muskeln ablenken zu lassen, wann immer er seine Position auf dem Stuhl veränderte. Doch jeder Gedanke an fleischliche Gelüste verschwand, wenn der Schmerz selbst für seine stoische Ruhe zu viel wurde und er unwillkürlich zusammenzuckte.

Als sie Basilikum-Puder auf die Wunden streute, sagte sie: »Die Verletzungen sind häßlich und müssen höllisch wehtun, aber sie sind nicht besonders tief, und keine blutet noch. Ich hatte Schlimmeres befürchtet.«

»Peitschen sind verheerender, wenn das Opfer nicht ausweichen kann, zum Beispiel, wenn ein Soldat an einen Pfahl gebunden ist und ausgepeitscht wird«, erklärte er ihr abwesend. »Ein bewegliches Ziel kann der Wucht der Schläge entgehen.«

Nun kümmerte sie sich um seinen linken Oberarm, der an mehreren Stellen verwundet war. Seine Finger packten das Glas fester, als sie das getrocknete Blut von dem tiefen Riß an seinem Handgelenk wischte. »Komisch, daß die Wunden sich auf den Oberkörper konzentrieren. Lord Michael scheint keine große Phantasie zu besitzen – er hat immer nur auf die gleichen Stellen gezielt.«

Nicholas griff nach der Karaffe und schenkte sich Brandy nach. »Er hat versucht, mir das Genick zu brechen. Wenn es ihm gelungen wäre, die Schnur um meinen Hals zu schlingen und dann kräftig zu reißen, wie ich es mit seinem Fuß getan habe, dann hätte er gute Chancen auf Erfolg gehabt.«

Sie hielt entsetzt mitten in der Bewegung inne. »Wollen Sie damit sagen, daß er die ganze Zeit ernsthaft versucht hat, Sie umzubringen?«

Er zog die Brauen hoch. »Aber natürlich. Michael sagte, er wolle mich tot sehen, und er war immer schon ein Mann, dem man glauben kann, was er sagt.«

Clares Hände begannen zu zittern. Nach einem raschen Blick in ihr Gesicht stand Nicholas auf und führte sie zu einem Sessel. Sie vergrub ihr Gesicht in den Händen, als sie die schreckliche Vision von dem, was hätte passieren können, nicht mehr zurückdrängen konnte.

»Tut mir leid – ich hätte es Ihnen nicht erzählen dürfen«, sagte Nicholas, der sich wieder auf seinen Hocker setzte. »Er hätte es nicht schaffen können. Ich habe ein- oder zweimal solche Auseinandersetzungen unter Zigeunern gesehen, so daß ich mich ein wenig in den Grundtechniken im Umgang mit der Peitsche auskenne.«

Nach einem kurzen, heftigen Kampf gegen die aufsteigende Hysterie schaute Clare auf. »Wie Sie schon gesagt haben – er ist wirklich verrückt. Haben Sie irgendeine Ahnung, warum er seinen Wahnsinn ausgerechnet gegen Sie richten muß?«

»Warum fragen Sie sich nicht, ob Michael nicht vielleicht recht hatte, als er mich beschuldigte, meinen Großvater und meine Frau umgebracht zu haben?«

Sie machte eine ungeduldige Geste. »Ich denke, er wollte uns nur schockieren, und da kamen ihm die plötzlichen Todesfälle eben gerade recht. Im übrigen bezweifle ich, daß ihn meine Reaktion großartig gekümmert hat. Ich glaube, er wollte vor allem einen Keil zwischen Sie und Ihre anderen Freunde treiben.«

Nicholas stand auf und begann herumzugehen. »Was für ein kühler Kopf. Aber Sie müssen doch zumindest einmal in Erwägung gezogen haben, daß ich ein Mörder sein *könnte*.«

»Natürlich habe ich vor vier Jahren, als die beiden gleichzeitig starben, über diese Möglichkeit nachgedacht.« Sie verschränkte die Hände im Schoß. Er glaubte, sie wäre kühl und gelassen, und sie war entschlossen, genau das zu sein. »Wie auch immer – auch wenn Sie gelegentlich etwas aufbrausend sind, kann ich mir einfach nicht vorstellen, daß Sie auf diese Art gewalttätig werden.«

Er spielte mit dem Klingelzug und wand ihn um den Bettpfosten. »Gibt es denn verschiedene Arten von Gewalttätigkeit?«

»Aber ja«, erwiderte sie. »Man kann sich leicht

vorstellen, daß Lord Michael zu einem Mord fähig ist. Lucien vielleicht auch unter extremen Bedingungen – ganz bestimmt kann er so rücksichtslos sein, wie es die Situation erfordert. Aber obwohl Sie gefährlich sein können, wie Sie heute abend bewiesen haben, würden Sie in einer schwierigen Lage wohl eher lachen oder weggehen. Ich kann einfach nicht glauben, daß Sie jemanden töten würden, höchstens in Notwehr, und dann auch nur, wenn Sie es überhaupt nicht mehr vermeiden können.«

Sein Mund verzog sich. »Ich war verdammt nahe dran, Michael umzubringen.«

»Das war ein Unfall«, erwiderte sie scharf. »Glauben Sie, ich hätte nicht bemerkt, wie sehr Sie sich zurückgehalten haben? Er kann mit einer Peitsche umgehen, Sie können es aber noch besser. Sie hätten ihn in Stücke reißen können, wenn Sie es gewollt hätten. Statt dessen haben Sie zugelassen, daß er Sie mehr als nötig verwundet, damit Sie auf die Chance warten konnten, ihn kampfunfähig zu machen.«

»Ihnen entgeht sehr wenig.« Er ging zu seiner Kommode und begann, Münzen nach Größen aufzustapeln. »Vielleicht ist das ein Nachteil.«

Mir entgeht gar nichts, was dich betrifft, Nicholas. Ihre Finger verschränkten sich fester. »Durch die Arbeit meines Vaters gingen viele verschiedene Leute in unserem Haus ein und aus. Ich konnte gar nicht verhindern, ein wenig über Menschen zu lernen.«

»Sie haben Michael, Lucien und mich recht treffend nach unserem Hang zur Gewalttätigkeit charakterisiert«, bemerkte er, während er sich ganz auf die Münzen konzentrierte. »Was ist mit Rafe?«

Sie überlegte. »Ich kenne ihn kaum. Ich vermute, er ist wie Sie – die Sorte von Mensch, die keinen Streit sucht, sich aber gut hält, wenn sich der Ärger nicht mehr vermeiden läßt.«

»Sie sind sogar noch gefährlicher, als ich es gedacht habe«, sagte er leicht amüsiert. »Sie haben recht, wenn Sie meinen, ich würde eher weggehen – ich glaube, diese Neigung steckt in allen Zigeunern. Wir sind immer verfolgt worden. Um als Rasse zu überleben, haben wir gelernt, die Zelte heimlich abzubrechen und uns davonzustehlen, statt zu warten, daß man uns abschlachtet.«

»Wer davonrennt, bleibt wenigstens am Leben«, bemerkte sie.

»So ist es.« Die Münzen waren nicht mehr interessant genug, und er wandte seine Aufmerksamkeit seinem silbernen Kartenetui zu. »Sie haben gefragt, warum Michael mich als Zielobjekt ausgesucht hat. Ich kann mir nur vorstellen, daß sein Zorn mit dem alten Earl zusammenhängt. Michael hatte kaum eine Beziehung zu seinem Vater, dem Duke of Ashburton, aber er und mein Großvater kamen aus irgendeinem Grund ganz gut miteinander zurecht. Der Alte hat öfter gesagt, er wünschte sich, er hätte statt meiner Michael als Erben.«

Nicholas nahm die Karten aus dem Etui und fächerte sie zwischen Daumen und Zeigefinger auf. »Mein Großvater war bis zu der Nacht, in der er starb, ein gesunder, kräftiger Mann. Vielleicht glaubt Michael tatsächlich, daß ich den alten Burschen mit irgendeinem Zigeunergift oder einem bösen Zauber umgebracht habe.«

Clare fand, daß er unnatürlich leidenschaftslos über das sprach, was ihn damals zutiefst verletzt haben mußte. »Haben Sie Michael jemals um sein gutes Verhältnis zu Ihrem Großvater beneidet?«

Er schob die Karten zusammen und steckte sie zurück ins Kästchen. »Vielleicht hätte ich es getan, wenn ich jünger gewesen wäre. Aber als Michael nach Penreith kam, kümmerte es mich schon nicht mehr. Wenn es beide glücklich machte, daß Michael den Ersatzenkel spielte, dann sollten sie ihren Spaß damit haben. Ich war die meiste Zeit gar nicht anwesend.«

Clare fragte sich, ob der alte Earl absichtlich versucht hatte, die beiden Freunde gegeneinander auszuspielen, um seinem Enkel wehzutun. Konnte der Earl so gemein, so grausam gewesen sein? Wenn ja, dann hatte er viel zu bereuen. Und wie Emily, so hoffte auch Clare, daß er das an einem sehr heißen Ort tat.

Sie kam zu dem Schluß, daß sie nun ihre Arbeit zu Ende bringen sollte, damit sie in ihr Zimmer gehen und dort zusammenbrechen konnte. Also nahm sie einen Tiegel mit Kräutersalbe, ging zu ihm und begann, die Salbe auf den Striemen zu verteilen, die nicht geblutet hatten.

Er sog scharf die Luft ein, als sie eine empfindliche Stelle an seinem Rücken berührte, regte sich aber nicht. »Wie steht es denn mit Ihrem Hang zur Gewalttätigkeit, Clare? Ich glaube Ihnen nicht, daß Sie zu harmlos sind, um einen unschuldigen Pinguin zu erschrecken.«

»Ich bin der festen Meinung, daß Frieden besser als Krieg ist, daß man besser seine andere Wange hinhält, als jemandem das Genick zu brechen.« Sie strich Salbe auf einen Kratzer, der sich vom Schlüsselbein bis zu den Rippen zog. »Aber auch wenn ich nicht besonders stolz darauf bin, es zuzugeben, denke ich, daß ich gewalttätig werden könnte, wenn es um die Personen geht, die mir etwas bedeuten. Zum Beispiel, wenn irgendein Bösewicht in meine Schule käme und die Kinder bedrohen würde.« Oder wenn jemand Nicholas etwas antun wollte, huschte es durch ihre Gedanken.

Sie ging zurück zum Tablett, um das Verbandszeug zu holen. »Ich werde die schlimmsten Wunden hiermit abdecken.« Sie verband sein Handgelenk, dann begann sie, einen langen Musselinstreifen um seine Brust zu winden.

»Wie küßt Lucien?« Seine beiläufige Frage hätte sie fast umgeworfen.

»Was?« Sie war so verblüfft, daß sie fast den Verband hätte fallen lassen. »Oh, stimmt ja, er hat mich geküßt, als Napoleons Abdankung verkündet wurde. Es war ein recht netter Kuß, denke ich – ich habe nicht sehr darauf geachtet.« Sie schlang das lose Ende unter seinem Arm durch und verknotete es auf seiner Schulter. Der Stoff wirkte sehr weiß auf seiner dunklen Haut. »Er war nicht Sie.«

»Das nächste Mal, wenn Lucien ein wenig zurechtgestutzt werden muß, dann sage ich ihm, wie desinteressiert Sie waren.«

»Aber Sie würden doch nicht . . .« Sie sah ihn unsicher an. »Ach, Sie machen Witze.«

»Natürlich. Albernheit ist meine starke Seite.« Nicholas trat einen Schritt von ihr weg und rollte seine Schulter, um festzustellen, wie weh sie tat. »Wie kommen Sie darauf, daß Lucien eine rücksichtslose Ader haben könnte? Sie haben recht, aber es überrascht mich doch, daß Sie es herausgefunden haben, nachdem Sie ihn nur ein paarmal gesehen haben. Und bei diesen Gelegenheiten hat er sich von seiner besten Seite gezeigt.«

Sie ordnete Verband und Salben auf dem Tablett. »Das ist nur so ein Gefühl. Obwohl er den Müßiggänger recht gut spielt, hat er irgend etwas an sich, was mich an polierten Stahl erinnert.«

Sie lächelte. »Er war ein wenig schockiert, als ich die Vermutung äußerte, daß seine Arbeit in Whitehall das Sammeln von Informationen beinhaltet.«

»Lieber Himmel, das haben Sie herausgefunden? Sie sollten sich selbst als Spionin einstellen lassen.« Nicholas trank sein Glas aus und warf dann der Karaffe einen abschätzenden Blick zu.

»Nehmen Sie etwas Laudanum«, schlug sie vor. »Das hilft schneller und auf sanftere Art, als wenn Sie versuchen, den Schmerz durch Alkohol zu betäuben.«

»Ich brauche weder das eine noch das andere.« Seine Lippen preßten sich zusammen, und er stellte das leere Glas ab. »Vielen Dank, daß Sie mich zusammengeflickt haben. Es tut mir leid, daß Ihr erster Ball so enden mußte.«

»Nun ja, es war gewiß ein unvergeßliches Erlebnis.« Sie nahm das Tablett und ging auf die Tür zu.

»Clare. Bitte, gehen Sie noch nicht.« In seiner Stimme lag etwas seltsam Angespanntes.

Sie drehte sich wieder um. »Ja?«

Er starrte aus dem Fenster auf die ausgestorbene Straße hinunter. Seine Atmung war zu schnell, und seine Hand krampfte sich um den Vorhang. Als er nichts sagte, fragte sie: »Wollten Sie noch etwas?«

Er sprach, als müßte er sich jedes einzelne

Wort mühsam abringen. »Clare, würden Sie . . . würden Sie diese Nacht bei mir bleiben?«

»Sie wollen, daß ich mit Ihnen schlafe?« fragte sie dümmlich. Seine Frage überraschte sie noch mehr als seine vorherige, als es um Luciens harmlosen Kuß gegangen war.

Er drehte sich um, und das Geräusch seines rauhen Atems erfüllte das Zimmer. Erst jetzt bemerkte sie, daß er ihr zum ersten Mal, seit sie Lord Michael getroffen hatten, in die Augen sah, und sie war schockiert, welche Qual in seinem Blick lag.

Ganz plötzlich begriff sie, was sie schon vorher hätte merken müssen. Seine Gelassenheit war nur gespielt gewesen. Und sie, die sich für so aufmerksam und mitfühlend hielt, hatte nicht verstanden, was seine uncharakteristische Beschäftigung mit irgendwelchen Dingen und seine Weigerung, sie direkt anzusehen, bedeutete.

Nun war seine mühsam aufrechterhaltene Fassade zusammengebrochen und enthüllte, welcher Kummer darunterlag. Sein Anblick tat ihrem Herzen weh; sie hatte zwar geahnt, wie bitter es für einen Mann, der an Freundschaft glaubte, sein mußte, von einem engen Freund zurückgewiesen zu werden, doch es war noch weit schlimmer, als sie sich vorgestellt hatte.

Er interpretierte ihre Miene falsch. »Nicht als Geliebte . . .«, sagte er stockend, »sondern als . . . Freundin.« Seine Hand ballte sich zur Faust, die Sehnen traten wie Stricke hervor. »Bitte.«

Am liebsten hätte sie um ihn geweint, doch sie stellte nur das Tablett ab und sagte: »Natürlich. Wenn Sie es möchten.«

Er war mit schnellen Schritten bei ihr und zog

sie in eine heftige, fast verzweifelte Umarmung. »Vorsicht«, protestierte sie. »Ich will Ihnen nicht wehtun.«

»Das werden Sie nicht«, antwortete er gepreßt.

Sie glaubte ihm nicht, aber es war sehr offensichtlich, daß sein Bedürfnis nach Nähe jeden körperlichen Schmerz überlagerte. Seine Sehnsucht war fast greifbar. Er suchte Wärme, Freundschaft – alles, was den Verrat, den er heute abend hatte erfahren müssen, weniger schmerzhaft machen konnte.

Behutsam, um seine Wunden nicht zu berühren, schlang sie ihre Arme um seine Taille und legte ihren Kopf an seine Wange. So standen sie eine ganze Weile nur da und hielten sich fest. Als seine Atmung sich wieder ein wenig beruhigt hatte, ließ er sie los. »Sie frieren ja. Klettern Sie ins warme Bett, ich komme gleich nach.« Er ging in sein Ankleidezimmer, während sie die Lampen löschte, dann ihren Hausmantel auszog und ihn über einen Stuhl legte. Nur noch das rote Glühen der Kohlen spendete Licht, als sie unter die Decke schlüpfte. Zwar machte die Situation sie verlegen, aber sie zweifelte keinen Augenblick daran, daß sie das Richtige tat, denn Mitgefühl war wichtiger als Schicklichkeit.

Eine Minute später kam er in einem Nachthemd zurück. Sie lächelte leicht, denn sie vermutete, daß er es nur aus Achtung vor ihrer jungfräulichen Empfindsamkeit angezogen hatte; das Hemd wirkte nämlich nagelneu und ungetragen.

Er schlüpfte an ihrer Linken ins Bett, so daß sie sich auf der Seite befand, die weniger Striemen abbekommen hatte. Er küßte sie leicht auf den

Mund, zog ihren Kopf auf seine Schulter und fuhr mit den Fingern in ihr Haar. »Ich wollte nicht allein sein«, flüsterte er.

»Auch ich bin froh, heute nacht nicht allein sein zu müssen«, sagte sie aufrichtig, als sie sich an seine Seite schmiegte. Sie war sich seines körperlichen und seelischen Schmerzes nur allzu bewußt, wußte aber auch, daß ihre Anwesenheit ihm half, wie nichts anderes es hätte schaffen können.

Andersherum traf es genauso zu.

Er sprach noch einmal, und es klang vernichtet. »Er hat mich immer Nicholas genannt.«

Und nun hatte Michael das unpersönliche ›Aberdare‹ benutzt. Im stillen formulierte Clare einen Schwur: Was auch immer die Zukunft bringen würde – sie wollte niemals zu den Menschen gehören, die Nicholas' Freundschaft verraten hatten.

Kapitel 19

NICHOLAS HATTE NICHT erwartet, einschlafen zu können, aber Clares Wärme und ihre Nähe hatten seinen Kummer und seine Schmerzen überwinden können. Er erwachte in der Dämmerung und blieb sehr still liegen, um die Frau, die in seinem Arm schlummerte, nicht zu wecken. Das Schlimmste war vorbei: Er hatte schon öfter Verrat überlebt, und er würde es auch diesmal schaffen. Aber ohne Clare neben ihm wäre es viel schwerer gewesen.

Am Abend zuvor war er überzeugt gewesen, sich gut genug verstellt zu haben – bis zu dem Augenblick, als sie ihn hatte allein lassen wollen. In diesem Moment hatte ihn eine Woge der Verzweiflung überflutet, und er hätte Clare, wenn es nötig gewesen wäre, auf Knien angefleht, bei ihm zu bleiben.

Es wäre besser gewesen, wenn er sich hätte beherrschen können, bis sie aus dem Zimmer hinaus gewesen wäre, denn es war immer schlecht, Schwächen zu zeigen. Doch er war niemals ein Mensch gewesen, der etwas bereute, was sich nicht mehr ändern ließ, und so tat er es auch jetzt nicht.

Ganz sicher bereute er es nicht, Clare in seinem Bett zu haben. Es hing noch ein Hauch ihres exotischen Parfums in den Laken und erinnerte ihn lebhaft daran, wie umwerfend sie gestern ausgesehen hatte. Und an diesem Morgen, als er sie betrachtete, wie sie in ihrem schlichten weißen Nachthemd und mit den gelösten Haaren neben ihm schlief, wirkte sie auf ihn verführerischer, als jede erfahrene käufliche Dame es hätte tun können.

Er konnte nicht anders; er gab sich der Vorstellung hin, sie wären bereits ein Liebespaar. Dann würde er sie gleich mit einem Kuß wecken, der den ersten Schritt auf dem Weg zur Erfüllung bedeuten würde. Sein Blick glitt zu ihrem Mund. Selbst wenn sie die Lippen in bester Schulmeisterinnen-Manier schürzte, konnte sie nicht verbergen, wie schön und voll diese waren. Und in dem gedämpften Licht des frühen Morgens wirkten sie so aufreizend, daß er sich kaum zurückhalten konnte, sich über sie zu beugen und sie zu küssen.

Dann ging er im Geist die aufregendsten Küsse durch, die sie geteilt hatten. Die Liste war recht lang, denn Clare hatte sich in den sinnlichen Künsten als gelehrige Schülerin erwiesen. Das erstaunte ihn nicht weiter, denn er hatte die Erfahrung gemacht, daß intelligente Frauen die besten Partnerinnen im Bett waren. Wenn sie endlich ein Liebespaar waren, würde sich Clare gewiß als unvergleichlich herausstellen.

Aber da dies noch nicht der Fall war, mußte er versuchen, seine Begierde im Zaum zu halten. Er war sicher, daß dies kein ernsthaftes Problem für ihn darstellen würde – bis er sich dabei ertappte, daß er schon ihren schlanken Körper streichelte.

Als er sich selbst befahl, damit aufzuhören, blieb seine Hand auf ihrer Brust liegen, weigerte sich aber, sich fortheben zu lassen. Durch das schlichte Flanellhemd spürte er ihr Herz schlagen.

Er mußte seine Hand endlich fortnehmen. Er befahl es sich mit Nachdruck und schaffte es, sie ein paar Millimeter anzuheben – weit genug, daß seine Fingerspitzen anfangen konnten, ihre Brustspitzen zu liebkosen. Sie richteten sich sofort auf.

Sollte er lachen oder fluchen? Die Weigerung seines Körpers, seinem Willen zu gehorchen, wäre lustig gewesen – wenn er nicht gewußt hätte, wie gefährlich die Folgen waren!

Clare seufzte zufrieden und schmiegte sich enger an ihn, während ihre Hand tiefer glitt. Einen Augenblick gewann seine Lust die Oberhand, so daß er sich über sie beugte. Er wollte ihr einen tiefen Kuß geben, der sie erregte, bevor sie richtig wach war. Er freute sich darauf, das Nachthemd hochzustreifen, um ihre seidige Haut zu entblößen. Wenn er ihre Brüste küßte, würde sie diesen entzückenden Laut tief in der Kehle von sich geben. Schließlich würden ihre Augen sich genüßlich schließen, um sich mit ihrem Körper endlich dem hinzugeben, das zu genießen ihr Verstand sich hartnäckig weigerte. Die Phantasie war so lebhaft, daß sie ihn fast überwältigt hätte.

Aber natürlich durfte er nichts dergleichen tun. Einen Augenblick lang war er wie gelähmt, gefangen im Zwiespalt zwischen Lust und Gewissen. Um die Erstarrung zu lösen, zwang er seine Gedanken zu dem schlimmsten Moment seines Lebens – ein Erlebnis, das in ihm eine solche Übelkeit erregte, daß es sein Verlangen dämpfte. Es erlosch nicht ganz, aber es reichte aus, daß er sich wieder bewegen konnte.

Nachdem er vorsichtig seinen rechten Arm unter ihrem Kopf hervorgezogen hatte, glitt er aus dem Bett und zuckte erst einmal zusammen, als alle Prellungen, Striemen und Wunden sich mit brennender Intensität bemerkbar machten. Doch trotz aller Vorsicht wachte Clare auf.

Ihre langen, schwarzen Wimpern flatterten, dann sah sie ihn ernst an. In ihren blauen Augen entdeckte er leichte Verlegenheit, aber keine Reue. »Konnten Sie schlafen?«

»Besser als erwartet.«

Sie setzte sich auf, kreuzte die Beine und zog sich die Decke um den Körper. Noch schläfrig, musterte sie ihn neugierig. »Sie sagen immer, Sie wollten mich verführen, aber dann lassen Sie eine einmalige Gelegenheit verstreichen. Nicht, daß ich Ihnen böse bin, aber es kommt mir doch komisch vor.«

Er lächelte ein wenig schief. »Ich habe Sie gebeten, als Freundin zu bleiben, und wußte, daß Sie mir diese Art von Bitte nicht abschlagen würden. Dies auszunutzen, wäre mehr als niederträchtig gewesen.«

Sie stieß ein leises, kehliges Lachen aus. »Der Ehrenkodex der Männer scheint mir höchst seltsam und unberechenbar.«

»Das ist zweifellos wahr.« Sein Blick wanderte zu ihrem Hals, wo ein winziges Dreieck nackter Haut zu sehen war. Da es der einzige unbedeckte Teil von ihr war, hatte es eine überraschend erotische Wirkung auf ihn. Zum Glück trug er selbst dieses voluminöse Nachthemd, das den Beweis seiner wachsenden Erregung gut verbarg. Er mußte sich zwingen, an erhabenere Dinge zu denken, und sagte daher: »Die Ehre ist, wie der Glaube der Methodisten, eine höchst individuelle Angelegenheit. Ich habe keine Probleme damit, Sie zu verführen und Ihren Ruf zu ruinieren, aber niemals durch eine List.«

»Was für eine Art Zigeuner sind Sie?« fragte sie neckend. »Ich dachte immer, Täuschung gehörte zum Lebensstil des Volkes Ihrer Mutter.«

Er lächelte. »Stimmt, aber ich wurde durch Erziehung nach den Maßstäben britischer Moral verdorben.«

Sie nagte an ihrer Unterlippe, was in ihm den Wunsch erzeugte, dasselbe zu tun. Der Gedanke war so anziehend, daß er ihre nächsten Worte fast nicht mitbekommen hätte. »Fahren wir bald wieder nach Hause? London war sehr schön, aber in Penreith gibt es noch soviel zu tun.«

»Versuchen Sie, mich aus der Schußlinie zu ziehen?«

»Ja«, gab sie zu. »Ich kann mir nicht vorstellen, daß Lord Michael über den Ausgang des gestrigen Duells besonders entzückt ist.«

»Nein, aber er wird mich nicht hinterrücks erschießen«, sagte Nicholas ermutigend. »Außerdem werde ich mich auf keinen Fall mehr dazu überreden lassen, irgendeinen Kampf auszutragen.«

Clare sah nicht überzeugt aus. »Hoffentlich haben Sie recht, aber ich würde trotzdem gerne bald nach Wales zurückkehren. Ich habe soviel von London gesehen, wie ich momentan verarbeiten kann.«

»Die meisten geschäftlichen Dinge sollten sich in den nächsten Tagen erledigen lassen«, sagte er. »Dann können wir uns auf den Weg machen.«

»Fein.« Nun sah sie glücklicher aus und schlüpfte aus dem Bett. »Es wird Zeit, daß ich in mein eigenes Zimmer zurückhusche. Es ist noch früh genug, daß vermutlich keiner von den Dienern entdecken wird, wo ich die Nacht verbracht habe.«

»Macht es denn etwas aus, was sie denken?«

Sie lächelte ein wenig bitter, als sie ihren Samtmantel überstreifte. »Wohl nicht, aber da ich nicht so aufgewachsen bin wie Sie, besitze ich leider nicht Ihre grandiose Gleichgültigkeit der Meinung anderer Leute gegenüber.«

Als sie die Hand auf den Türknauf legte, überkam ihn dasselbe vernichtende Gefühl wie am Abend zuvor, als sie Anstalten gemacht hatte, in ihr Zimmer zu gehen. Es war zwar nicht mehr so ausgeprägt, aber dennoch unmißverständlich. Er mußte sie aufhalten, auch wenn er einen kompletten Narren aus sich machte. »Ich glaube, ich hätte gerne meinen Kuß.«

Sie drehte sich um. »Wollen Sie ihn nicht lieber für später aufheben?«

»Sie können gerne mehr haben, wenn Sie wollen.« Mit zwei Schritten war er bei ihr und zog sie in die Arme. Zwar stockte ihr der Atem, als sie seine Erektion spürte, aber sie sträubte sich nicht.

Voller Wonne nagte er bedächtig an der Unterlippe, die ihm kurz zuvor so anziehend erschienen war. Sie öffnete den Mund, und ihr rauher Atem strich zart über seine Wange. Als seine Zunge in heiße, feuchte Tiefen eindrang, hieß ihre ihn willkommen, stieß gegen seine und zog sich blitzschnell zurück, wie um ihn zu locken.

Der Kuß dauerte an, nahm ihren Atem und beschleunigte ihren Puls. Dumpf wurde ihm bewußt, daß er sie gegen die Tür drückte, und daß ihre Lenden sich gegeneinander rieben. Ihr Hausmantel und ihr Nachthemd ließen sich leicht hinaufschieben, und seine Hand umschloß ihre nackten Hinterbakken und drückte sie fester an seine Erektion. »Ach, Clare«, flüsterte er heiser, »du bist so wunderbar. So begehrenswert.«

Warum hatte er auch sprechen müssen? Sie öffnete die Augen. »Wir . . . wir sollten aufhören.«

Er war an einem Punkt angekommen, an dem er fast ihre Abmachung vergessen hätte. »Gestern hat es keinen offiziellen Kuß gegeben. Kann ich den jetzt nachholen?« Ohne auf eine Antwort zu warten, drückte er seine Lippen auf ihre Kehle.

Sie keuchte auf, brachte jedoch noch ein »Nein!« hervor. »Gestern ist vorbei. Sie können nicht rückwirkend Küsse geltend machen. Im übrigen gab es ja jede Menge inoffizielle.«

Ein archaischer, sehr männlicher Trieb in ihm hinderte ihn daran, schon aufzuhören. Er massierte ihren Po und knetete genüßlich die glatte feste Rundung. »Kann ich dann den für morgen haben?«

Sie stieß ein Kichern aus, das sich fast hysterisch anhörte. »Wenn ich zählen sollte, wie weit Sie schon im voraus geküßt haben, dann würde ich irgendwo im Jahr 1830 landen. Genug jetzt, Nicholas.«

Genug. Er stieß rasselnd die Luft aus. *Nimm die Hände weg, auch wenn es nur wieder Leere erzeugt. Laß ihr Nachthemd über die schöngeformten Schenkel fallen. Stemm deine Hände gegen die Tür und stoß dich ab, weg von ihr. Schau woanders hin, nicht auf ihre vollen Lippen und ihre Augen, die von Leidenschaft verschleiert sind.*

Benimm dich anständig. Anständig.

Und jetzt öffne die Tür, damit sie gehen kann, bevor es verdammt noch mal zu spät dazu ist.

Aber eines mußte er ihr noch sagen. »Clare.« Er schluckte hart und entfernte sich einen Schritt von ihr. »Danke, daß Sie bei mir geblieben sind.«

Sie lächelte ihn sehr lieb an. »Dazu sind Freunde da.« Dann war sie fort.

Er starrte eine lange Weile auf die geschlossene Tür, während Körper und Geist sich nach Erfüllung sehnten – Erfüllung von schlichten und weniger schlichten Bedürfnissen.

Wer hätte gedacht, daß seine gestrenge Lehrerin so sinnlich sein würde?

Und wer hätte vorhersagen können, daß die ärgerliche Person, die nach Aberdare gekommen war, um ihn zu schikanieren, seine Freundin werden würde?

Der würdevolle Türsteher bei White's grüßte Nicholas, als wäre sein letzter Besuch erst gestern gewesen. Der exklusive Club sah immer noch genauso aus wie vor vier Jahren; eine Veränderung wäre eine echte Überraschung gewesen.

Da Rafe noch nicht eingetroffen war, spazierte Nicholas ins Lesezimmer und nahm sich eine Ausgabe der *Times*. Wie erwartet, beherrschte Napoleons Abdankung die Schlagzeilen, dazu natürlich die Spekulationen über die Zukunft und die unvermeidliche Selbstbeweihräucherung der Briten ob ihres Mutes und ihrer Weisheit.

Beim Klang der vertrauten Stimme hob Nicholas den Kopf und sah Rafe, der auf ihn zukam. Auf halber Strecke wurde er von einem überschäumendem Jüngling aufgehalten, der mit seinem Anliegen herausplatzte. »Haben Sie schon gehört, Euer Gnaden? Es heißt, daß die Bourbonen wieder auf den französischen Thron gehoben werden sollen.«

Rafe bedachte den jungen Mann mit einem indignierten Blick und sagte mit eisiger Stimme: »Ach?«

Der Bursche wurde tiefrot und zog sich dann, Entschuldigungen murmelnd, zurück.

Nicholas hatte mit einem sardonischen Blick zugesehen. Als Rafe ihn erreichte, sagte er: »Vor vier Jahren hast du impertinente Menschen noch nicht so vollendet zum Teufel jagen können.«

»Das hoffe ich schwer«, erwiderte Rafe mit einem Grinsen. »Ich habe immerhin intensiv geübt.«

Nicholas mußte einfach lachen. »Wie viele Menschen auf der Welt dürfen dich so sehen, wie du wirklich bist?«

»Die arrogante Seite an mir ist durchaus echt, aber da du selbst nicht arrogant bist, fehlt dir bei anderen der Blick dafür«, bemerkte Rafe. »Aber wenn du wirklich wissen willst, bei wie vielen Menschen ich mich gegenwärtig ein wenig entspannen kann, so ist die Antwort: etwa sechs.«

In einer seltenen Geste der Zuneigung legte er Nicholas eine Hand auf die Schulter. Weil er nicht darauf gefaßt war, zuckte dieser zusammen.

»Verflucht.« Rafe ließ hastig seine Hand sinken. »Tut mir leid . . ., du hast so normal ausgesehen, da habe ich ganz vergessen, daß dein Rücken wie ein Schachbrett aussehen muß. Ist es sehr übel?«

Nicholas zuckte die Achseln, obwohl es wehtat. »Nichts, was wirklich dramatisch wäre.«

Rafe wirkte nicht überzeugt, ließ das Thema aber fallen. »Macht es dir etwas aus, wenn wir jetzt gleich in den Frühstücksraum gehen? Ich war gestern abend als Gastgeber so beschäftigt, daß ich nicht viel gegessen habe, und irgendwie habe ich auch das Frühstück verpaßt.«

»Gut.« Während sie auf den Frühstücksraum zugingen, fügte Nicholas hinzu: »Nach dem, was gestern geschehen ist, war ich nicht sicher, ob du unsere Verabredung einhalten würdest. Michael wird das bestimmt als Verschwörung mit dem Feind betrachten.«

»Sei nicht albern – ich lasse doch keinen Freund fallen, weil ein anderer vorübergehend ein wenig durcheinander ist.« Rafe lächelte. »Außerdem erfährt er ja davon nichts.«

Im Frühstücksraum standen kalter Braten und andere kleine kalte Gerichte auf einem Buffet. Zu diesem frühen Zeitpunkt waren nur wenige Tische besetzt. Sie stellten sich ihr Essen zusammen und fanden einen Platz in einer ruhigen Ecke, in der sie sich unter vier Augen unterhalten konnten. Als der Kellner den Duke sah, brachte er ungefragt eine Flasche Weißwein, stellte sie auf den Tisch und zog sich dann wieder zurück. Nicholas wartete, bis sie allein waren. »Wie geht es Michael heute?«

Rafe schnitt eine eingelegte Zwiebel durch und aß die Hälfte zusammen mit einem Stück Fleisch. »Körperlich geht es ihm gut – bis auf die höllischen Kopfschmerzen, unter denen er zu leiden hat. Der Doktor, der ihn untersuchte, hat Clares Diagnose bestätigt.« Er warf Nicholas einen kurzen Blick zu. »Sie gefällt mir gut. Sie trägt einen kühlen Kopf auf den Schultern.« Er dachte einen Moment nach und fügte dann hinzu: »Übrigens hat sie auch sehr entzückende Schultern.«

»Da hast du zweimal recht«, erwiderte Nicholas. Er hatte keine Lust, die merkwürdige Beziehung, die er zu Clare hatte, zu erklären. »Ich bin froh, daß Michael nicht ernsthaft verletzt ist. Aber was ist mit seinem seelischen Zustand?«

»Als ich heute morgen bei ihm war, benahm er sich zivilisiert, aber sehr zurückhaltend, fast so, als wäre ich ein Fremder. Er hat kein Wort über das Duell fallen lassen.« Rafe zögerte und überlegte offenbar einen Moment, ob er noch mehr sagen sollte. »Als ich deinen Namen erwähnte, verschloß er sich ganz und gar. Nicht eine Bemerkung darüber, warum er gestern abend aus der Haut gefahren ist. Keine Andeutung, ob er dich in Zukunft mit seinen Tötungsabsichten verfolgen will.«

»Wenn er es tut, dann lasse ich mich nicht noch einmal zu einem Kampf verleiten«, sagte Nicholas.

»Nicht einmal, wenn er Miss Morgan beleidigt?«

Nicholas' Lippen preßten sich zusammen, seine Stimme blieb aber ruhig. »Nicht einmal dann. Meine Geduld kann schier grenzenlos sein. Es ist mir auch egal, ob er der ganzen Welt verkündet, daß ich ein Feigling bin – diese Art Stolz besitze ich nicht.«

»Vielleicht willst *du* nicht kämpfen. Aber das bedeutet nicht, daß er es nicht tut.«

Nicholas warf dem Duke einen scharfen Blick zu. »Wie zornig Michael auch immer sein mag – er wird mich nicht einfach ohne Warnung umpusten.«

Rafe wirkte besorgt. »Ich wünschte, ich wäre mir da so sicher wie du.«

Nicholas schnaubte. »Du kennst Michael – er kann ein starrsinniger Idiot sein, aber er würde niemals etwas so Niederträchtiges tun.«

»Vier Jahre Krieg können jeden Menschen verändern. Das hat er doch praktisch selbst gesagt.«

Weil Rafe es war, der dies sagte, versuchte Nicholas ernsthaft, über die Bemerkung nachzudenken. Er kannte Michael Kenyon seit über zwanzig Jahren, hatte gute Zeiten und manchmal auch schlechte mit ihm durchlebt. Michael hatte immer schon ein aufbrausendes Temperament besessen – doch sein Ehrgefühl war stets ebenso heftig hervorgetreten. Michael war gefährlich, ja, aber hinterhältig? Niemals. Nicholas schüttelte den Kopf. »So sehr kann er sich nicht verändert haben – nicht Michael.«

»Du hast wahrscheinlich recht, und ich mache mir einfach zu viele Sorgen.« Rafe schenkte Wein in die Gläser nach. »Im übrigen wird er zu beschäftigt sein, um sich eingehend um Blutrache zu kümmern. Heute morgen hat er gesagt, er würde sein Patent nun, da der Krieg vorbei ist, lieber verkaufen, als in die Armee zurückzukehren.«

»Gut. Wenn keine Schlachten seinen Wahnsinn nähren können, dann wird er vielleicht mit der Zeit wieder der, der er einmal war.«

»Das hoffe ich sehr.« Mit erzwungener Fröhlichkeit änderte Rafe das Thema. »Kannst du dich wirklich daran erinnern, Lady Welcott in Blindheim getroffen zu haben, oder wolltest du nur höflich sein?«

»Nein, ich kann mich erinnern, obwohl es sich für einen Gentleman nicht geziemt, die Umstände dieser Begegnung zu enthüllen.« Nicholas grinste. »Nicht einmal ich täte das.«

»Schon gut – ich kann's mir vorstellen.« Rafe spießte ein Stück Fleisch auf die Gabel. »Ich glaube, die Lady und ich gehen bald wieder getrennte Wege. Sie ist in letzter Zeit recht ermüdend.«

Da dies keine Bemerkung war, die ein kluger Mann kommentierte, kümmerte Nicholas sich lieber um seine Pastete. Rafes lockere, unverbindliche Affären dauerten selten länger als sechs Monate, und Lady Welcott war nicht die Frau, die dies ändern würde.

Er dachte an Clare, an ihren Starrsinn und ihre lästige, hehre Moral – und an ihre Wärme und Aufrichtigkeit. Obwohl seine kleine walisische Rose einen ordentlichen Anteil an Dornen besaß, würde er immer noch lieber die kurze Zeit mit ihr verbringen als ein ganzes Jahr mit einer von Rafes glatten, gefügigen Damen.

Er aß einen weiteren Happen Pastete. Die Wochen verstrichen, und es war nun an der Zeit, Clare zu seiner Geliebten zu machen. Er mußte die nächsten Tage dazu nutzen, denn es war anzunehmen, daß sie eher in der Anonymität Londons nachgeben würde als in Penreith, wo sie ständig an ihr altes Leben – und ihre lästigen Moralvorstellungen – erinnert wurde.

Er trank seinen Wein aus. Bevor die drei Monate um waren, mußte sie ganz und wahrhaftig sein werden. Kein anderer Ausgang dieses Abkommens war für ihn annehmbar. Denn er würde sie nicht gehen lassen.

Nun schob er seinen leeren Teller weg. »Was hast du eigentlich gemacht, als ich nicht im Land war? Läßt du diesen herrlichen Rotfuchs immer noch bei Rennen laufen?«

»Nein, aber er hat ein ebenso herrliches Fohlen gezeugt«, erwiderte Rafe. So unterhielten sie sich eine Weile über Pferde, dann Politik, schließlich über andere Dinge, und Nicholas fühlte sich ausgesprochen wohl. Rafe war wie Lucien ein Freund, mit dem sich stets rasch wieder die alte Vertrautheit herstellen ließ – wie lange auch immer man sich nicht gesehen hatte.

Michael war auch einmal so gewesen.

Zornig schob Nicholas den Gedanken beiseite und stand auf. »Ich habe eine Verabredung mit meinem Anwalt, deswegen muß ich jetzt los. Ich werde in ein paar Tagen nach Wales zurückkehren, aber es wird nicht lange dauern, bis ich mich in London wieder blicken lasse.«

»Fein. Überleg dir, ob du Lust hast, diesen Sommer ein paar Wochen nach Castle Bourne zu kommen.«

»Wenn die Geschäfte in Penreith geregelt sind, wird es mir ein Vergnügen sein. Wenn ich nicht fortkann, bist du auf Aberdare stets willkommen.«

Als die beiden Männer sich die Hände schüttelten, sagte Rafe ernst: »Ich weiß, daß du dir wegen Michael keine größeren Sorgen machst, aber . . . bitte, tu mir einen Gefallen! Sei vorsichtig.«

Als Abschiedswort war diese Bemerkung sehr ernüchternd.

Clare war unglaublich froh, daß Nicholas außerhalb des Hauses zu tun hatte, denn sie mußte sich erst von dem Rausch ihres morgendlichen Kusses erholen. Die Nacht, die sie in seinem Bett verbracht hatte, hatte sie für seine Liebkosungen noch weiter sensibilisiert, und die Gefahr, sich ihm hinzugeben, war größer denn je. Es erstaunte sie ernsthaft, daß sie noch in der Lage gewesen war, ihn zur Ordnung zu rufen, obwohl sie sich bereits in ein wimmerndes Weibchen verwandelt hatte.

Gott sei Dank hatte er den Kuß für diesen Tag bereits eingefordert, denn sie fühlte sich immer noch verletzlich und überempfindlich. Vielleicht sollte sie seinen Kuß auf den Hals mitzählen, den er ihr gegeben hatte, während er versucht hatte, einen anderen auszuhandeln. Wenn sie diesen auf seinen Konto verbuchte, dann hätte sie einen weiteren Tag Gnadenfrist.

Als Nicholas zum Abendessen zurückkam, hatte sie es schließlich geschafft, ihre fleischlichen Gelüste so weit zu bezwingen, daß es erträglich war. Solange sie nicht noch eine Nacht bei ihm verbrachte, würde ihre Tugend nicht gefährdet sein.

Als sie die Mahlzeit beendet hatten, fragte er: »Würden Sie mit mir in die Bibliothek gehen? Ich möchte Ihnen den Pachtvertrag der Penreith-Mine zeigen. Vielleicht entdecken Sie etwas, das der Anwalt und ich übersehen haben.«

»Sie suchen nach einem Weg, den Pachtvertrag zu lösen, um die Mine selbst zu übernehmen?«

»Genau.« Er zog ein Gesicht. »Mein Anwalt meinte, man könnte alles vor Gericht bringen, aber dieser spezielle Vertrag ist so simpel gehalten, daß es schwierig ist, eine Schwachstelle zu finden. Ein langes, kompliziertes Dokument läßt sich viel leichter auseinandernehmen.«

Obwohl sie sich oft über geschäftliche Dinge unterhielten, war es das erste Mal, daß Nicholas sie ausdrücklich um ihre Hilfe bat, und sie fühlte sich geschmeichelt. Überhaupt war sein ganzes Verhalten an diesem Abend anders als sonst, und ein herrlicher Gedanke schoß ihr durch den Kopf: Da sie jetzt anerkanntermaßen Freunde waren, würde er vielleicht seine Verführungskampagne einstellen.

Bisher war ihre Beziehung eine seltsame Mischung aus Kameradschaft und Provokation gewesen, doch die vergangene Nacht hatte etwas verändert, das spürte sie. Das, was zwischen ihnen war, besaß nun mehr Tiefe und Wärme als simple Lust. Nicholas wußte, wie verheerend es sich für sie auswirken würde, wenn er sie verführte, und da sie jetzt Freunde waren, wollte er ganz bestimmt nicht ihr Leben zerstören.

Je länger sie darüber nachdachte, desto überzeugter war sie, daß sie sich vor seinen Avancen nun nicht mehr zu fürchten brauchte. Was ihre Theorie unterstützte, war die Tatsache, daß er sie noch nicht einmal angefaßt hatte, seit er nach Hause gekommen war, und das war sicher ungewöhnlich für einen Mann, der so gerne etwas berührte.

Auch wenn sie seine Küsse vermissen würde – und wie sehr! –, würde ihr dieses riskante Spiel, das sie beide spielten, nicht fehlen. Seit Wochen balancierte sie am Rand eines Abgrunds, immer nur einen winzigen Schritt vom Absturz entfernt. Es würde weit weniger gefährlich und anstrengend sein, die letzten Wochen wie Bruder und Schwester zu verbringen. Und am Schluß konnte sie dann mit einem reinen Gewissen nach Penreith zurückkehren.

Sie war nicht so dumm, zu glauben, daß Nicholas fortan im Zölibat leben würde. Aber wenn er die Hoffnung aufgegeben hatte, sie in sein Bett zu bekommen, dann würde er rasch eine geeignetere Frau finden. Der Gedanke machte sie nicht gerade glücklich; um es genau zu sagen, drehte er ihr sogar den Magen um. Aber solange sie keine Einzelheiten kannte, würde sie es ertragen können. Lieber seine Freundin sein, als sich in die endlose Reihe schnell vergessener Geliebten einzuordnen.

In der Bibliothek gab er ihr eine Kopie des Pachtvertrags, und sie setzte sich, um sie zu lesen. Während sie das tat, nahm er seine Harfe und spielte eine sanfte Weise.

Clare hatte das Dokument dreimal gelesen, als sie aufschaute. »Ich verstehe jetzt, was Sie meinten. Es ist wirklich einfach. Hier steht nur, daß Lord Michael Kenyon und seine Bevollmächtigten das Recht haben, für die nächsten einundzwanzig Jahre Kohle aus dem oben angegebenen Gebiet zu fördern. Wenn die Pachthöhe sich auf einen gewissen Prozentsatz des Gewinns beziehen würde, dann hätten Sie etwas in der Hand, wenn Sie Madoc Betrug nachweisen könnten, aber da es sich um eine feste Summe handelt, kann das nicht funktionieren.«

»Und dummerweise werden die fünfhundert Pfund ausgesprochen pünktlich bezahlt«, sagte Nicholas. »Ich habe extra nachgesehen, weil ich auf verspätete Zahlung hoffte, aber ich hatte kein Glück.«

»Besteht die Möglichkeit, daß die Schächte der Mine inzwischen weiter vorgetrieben worden sind? Vielleicht über die Grenzen des gepachteten Grundstücks hinaus?«

Seine Brauen flogen hoch. »Ein guter Gedanke. Das werde ich nachprüfen lassen. Noch etwas?«

»Tut mir leid. Mehr fällt mir auch nicht ein.«

Er lächelte. »Ihre Idee ist besser als die meines Rechtsanwalts. Er hatte vorgeschlagen, Klage auf der Basis einzureichen, daß Michael ungebührlichen Einfluß auf meinen Großvater ausgeübt hat, damit er ihm die Schürfrechte verpachtete, wodurch mir ein Teil meines rechtmäßigen Erbes vorenthalten wurde. Aber das ist ein schwaches Argument: Erstens sind fünfhundert Pfund mehr als angemessen, und zweitens war mein Großvater im Vollbesitz seiner geistigen Kräfte, als er den Vertrag erstellen und unterschreiben ließ. Trotzdem werden wir noch darüber nachdenken. Vielleicht fällt uns dabei noch etwas Wirksameres ein, mit dem sich ein Prozeß anstrengen läßt.«

Er zupfte wieder an der Harfe und begleitete die Melodie diesmal mit walisischem Gesang. Clare streifte ihre Schuhe ab und kuschelte sich mit untergezogenen Füßen auf das Sofa. Beim zweiten Lied überredete er sie, mit einzustimmen, und obwohl ihre Stimme nicht bemerkenswert war, hatte die lebenslange Übung in der Kirche sie kräftig und flexibel gemacht, und wie alle Menschen auf dem Land liebte sie das Singen.

So sangen sie Lied um Lied, manchmal auf Englisch, manchmal auf Walisisch. Clare stimmte ein, wenn sie den Text kannte, und lauschte zufrieden, wenn das nicht der Fall war. Es war ein Abend, wie Freunde ihn verbringen sollten, und sie genoß jede Minute, jede Note. Zugegeben – Nicholas bot ein unfaßbar romantisches Bild, wie er sich so über die Harfe beugte und seinen ganzen Körper zum Spielen einsetzte, aber gegen diesen Eindruck konnte sie sich nun einmal nicht wehren. Was zählte, war, daß sie beide das Zusammensein genießen konnten, ohne vor dem anderen auf der Hut sein zu müssen.

Zumindest glaubte sie das, bis er anfing, Liebeslieder zu singen. Jeder seiner Blicke war eine Liebkosung, jeder herzergreifende Satz zielte auf sie, und sie war schon fast verloren, bevor sie die Gefahr überhaupt bemerkte. Ohne eine einzige Berührung ließ er ihren Widerstand schmelzen und bereitete sie auf kommende Freuden vor.

Ihre zufriedene Verträumtheit schwand. Sie setzte sich auf und sagte anklagend: »Sie versuchen schon wieder, mich zu verführen.«

Er spielte erst das Lied zu Ende, bevor er sie mit einem unschuldigen Lächeln bedachte. »Ich habe Sie seit heute morgen nicht mehr berührt.«

Sie runzelte die Stirn. »Aber mit den Liedern, die sie singen, könnten Sie jeder Frau den Kopf verdrehen.«

Sein Lächeln wurde breiter. »Na, das hoffe ich doch.«

Sie hatte sich also geirrt! Nichts hatte sich verändert. »Ich hatte gehofft, daß Sie es aufgegeben hätten, mich verführen zu wollen«, sagte sie voller Bitterkeit. »Wenn wir Freunde sind, wie können Sie dann mein Leben vernichten wollen?«

»Das dumme ist, daß ich Leidenschaft einfach nicht als zerstörerisch empfinden kann.« Seine Finger tanzten über die Saiten. »Ich sehe sie als ... befreiend. Eine Erfüllung. Wie ich schon sagte, als wir diese Wette abschlossen: Wenn ich gewinne, gewinnen wir beide.«

»Und wenn ich gewinne, verlieren Sie«, erwiderte sie knapp. »Und ich ziehe genau das vor.« Sie stellte die Füße auf den Boden, streifte ihre Schuhe über und stand auf, um zur Tür zu gehen. Es war albern, sich betrogen zu fühlen – der Glaube, daß

Nicholas seine Verführungsabsichten aufgegeben hatte, war ganz allein ihrem Wunschdenken entsprungen. Trotzdem fühlte sie sich zutiefst verletzt. Als er sie gestern nacht gebraucht hatte, hatte sie augenblicklich all ihre Bedenken verworfen, nur um ihm zu helfen. Doch was bekam sie jetzt dafür?

Sie hatte die Tür fast erreicht, als er wieder zu singen begann. Sie kannte das Lied, das von dem Dichterfürsten Hywel ap Owain Gwynedd aus dem zwölften Jahrhundert stammte. Die Weise hatte sie jedoch noch nie so sehr bezaubert wie jetzt, als Nicholas die Worte sang:

Ich will jene Maid, die so wundersam schlank.
Im purpurnen Umhang so schön und so rank.

Wie hypnotisiert von der Musik blieb sie stehen und wandte sich langsam zu ihm um. Das dunkle Feuer in seinen Augen löste ihren Zorn und ihren Widerstand auf, und seine Stimme war wie Samt, als er die sehnsuchtsvolle Klage eines Mannes sang, der sich nur nach einer Frau verzehrte.

Du willst nicht verraten, wie du mich siehst.
Doch ich wähle dich, deren Schweigen so süß!

Widerwillig machte sie einen Schritt nach dem anderen auf ihn zu. Seine Augen funkelten, und seine Stimme stieg zum Ende des Liedes an.

Meine Wahl ist getroffen, es reuet mich nicht.
Sie ist süß meine Dame, und ich weiß, ich tat recht.

Schließlich erstarben die Klänge, und er hob die Hand, um sie zu sich zu winken. »Der Kuß muß von Ihnen kommen.«

Sein Bann war so mächtig, daß sie ihre Hand in seine legte. Zigeunermagie. Magie der Musik.

Old Nick, mit all seiner teuflischen Macht.

Voller Verachtung auf sich selbst erkannte sie plötzlich, wie nah sie daran war, sich hinzugeben. Sie entzog ihm ihre Hand. »Sie sind wie eine Spinne. Sie weben Ihr Netz aus Noten, um eine dumme Fliege einzufangen. Aber es funktioniert nicht.«

Sein Lächeln war ein wenig reumütig. »Mit einem anderen Wesen zu verschmelzen, ist die ultimative Vereinigung. Danach streben die Menschen, wenn sie sich paaren, aber sie schaffen es bestenfalls nur für ein paar kurze Augenblicke.« Er entlockte der Harfe tiefe, melancholische Töne, die sich um seine Worte zu ranken schienen. »Wer behauptet denn, daß die Fliege die Vereinigung, die das Ende der Einsamkeit bedeutet, nicht genießen kann?«

Sein Talent, alles in romantische Worte zu hüllen, brachte sie in Rage. »Eine entzückende Metapher«, fauchte sie, »aber in der Realität fängt sich die Spinne so ihr *Abendessen*. Die Fliege stirbt, während die Spinne nach weiteren Dummköpfen sucht, die sie verschlingen kann.« Sie wirbelte auf dem Absatz herum und ging zur Tür. »Suchen Sie sich ein anderes Opfer.«

Sie hörte ein dumpfes Vibrieren der Saiten, als er die Harfe zu Boden stellte und hinter ihr her kam. »Clare.«

Widerstrebend drehte sie sich zu ihm um. »Sie haben kein Recht, mich aufzuhalten – Sie haben Ihren Kuß für heute schon bekommen. Und den für morgen auch schon.«

»Das weiß ich durchaus«, sagte er zerknirscht.

Er stand so dicht bei ihr, daß sie seine Körperwärme spürte. Dennoch berührte er sie nicht. »Ich darf Sie nicht küssen, aber Sie dürfen *mich* küssen.« Er schenkte ihr ein bezauberndes Zigeunerlächeln. »Ich sträube mich auch, wenn Sie das möchten.«

Ihr Zorn gewann Oberhand. »Das ist kein Scherz, verdammt!«

»Warum sind Sie so aufgebracht?« fragte er ruhig.

Sie blinzelte, um die Tränen zurückzudrängen, die ihr in den Augen standen. »Sie behaupten, an Freundschaft zu glauben, aber sie tun es nur, wenn die Freundschaft nach Ihren Bedingungen funktioniert. Sie sind so unglaublich selbstsüchtig. Wie jeder andere Mann, den ich kenne.«

Er fuhr zurück, und sie sah mit Befriedigung, daß sie ihm wehgetan hatte. Er brauchte eine Weile, um wieder zu sprechen. »Vielleicht ist echte Freundschaft zwischen Mann und Frau deswegen so selten, weil beide Geschlechter etwas anderes darunter verstehen. Sie denken offenbar, daß unsere Freundschaft platonisch sein sollte, während ich glaube, daß die körperliche Liebe durch Freundschaft erhöht wird.« Seine Fingerspitzen berührten ihr Haar zart wie ein Lufthauch. »Ja, ich möchte Sie lieben, und wahrscheinlich liegt darin eine gewisse Selbstsucht. Aber wenn ich nur eine Lust befriedigen wollte, dann könnte ich das einfacher woanders tun. Doch mit Ihnen würde es weit mehr bedeuten.«

Die Zärtlichkeit in seiner Stimme ließ sie fast zusammenbrechen, aber wenn sie weichen würde, war sie verloren. »Sie könnten mit Ihren zuckersüßen Worten in Newcastle Kohle verkaufen, aber dieses Mal werden Sie nicht bekommen, was Sie wollen. Egal wie Sie es verkleiden, Tatsache ist, daß Ihr Verlangen an erster Stelle kommt, und was ich will, ist zweitrangig.«

Sie wußte, daß sie unvernünftig reagierte, und es hätte sie nicht überrascht, wenn auch er wütend geworden wäre, doch seine Antwort war sanft. »Sie waren diejenige, die behauptet hat, die Leute aus Penreith und die Bergarbeiter wären wichtiger als Ihr eigenes Wohlergehen. Ich gebe mein Bestes, um dafür zu sorgen, daß sie den Wohlstand und die sicheren Arbeitsbedingungen bekommen, die Sie für sie möchten. Ja, mein Ziel in unserer Abmachung ist die körperliche Liebe, und ich versuche lediglich, Sie dazu zu bringen, es auch zu wollen. Und ich habe Erfolg damit, nicht wahr? Deswegen sind Sie auch so verärgert.«

Ihre Aufrichtigkeit zwang sie zu einem Eingeständnis. »Ja, Sie haben recht. Aber deswegen bin ich nicht weniger wütend. Gute Nacht, Nicholas.«

Sie rauschte durch die Tür hinaus und schlug sie heftig hinter sich zu. Er versuchte, sie dazu zu verleiten, gegen ihre eigenen Interessen, gegen ihre innerste Überzeugung zu handeln, aber bei Gott, sie würde den Spieß herumdrehen. Er wollte sie also! Fein, dann würde sie sich diese Tatsache zunutze machen, um ihn genauso zu peinigen, wie er es mit ihr tat.

Dennoch sollte er das letzte Wort behalten, denn als sie im Bett lag, drangen die Klänge der alten Ballade *»The Raggle Taggle Gypsies, O!«* bis in ihr Zimmer. Sie kannte die Geschichte der hochwohlgeborenen Dame, die Gold und Seide und ihren frisch angetrauten Gemahl im Stich ließ, um mit einem zerlumpten, armen Zigeuner davonzulaufen.

Die Lady aus der Ballade war ein verkommenes Weibsstück und sollte sich einmal ihr Hirn untersuchen lassen, wenn sie eine kalte, offene Lichtung einem Bett aus Gänsefedern vorzog. Doch wenn der Zigeuner, der die Adelige zum Fortlaufen verführt hatte, ein wenig wie Nicholas war, dann konnte Clare es der Frau kein bißchen verübeln.

Kapitel 20

ALS CLARE AM nächsten Morgen erwachte, war sie zwar nicht mehr ganz so wütend, aber nicht weniger entschlossen, Nicholas eine Lektion zu erteilen.

Die gemalte Szene an der Decke ihres Zimmers stellte Satyre dar, die hinter kichernden Nymphen herjagten, und als sie eine Weile auf das anzügliche Gemälde gestarrt hatte, wußte sie plötzlich, was sie zu tun hatte. Verfolgung und Rückzug war das Beziehungsmuster, das sich zwischen Mann und Frau seit eh und je abspielte – die wachsame Flucht der Frau, die sich für den bestmöglichen Partner aufsparen wollte; der Mann, der ihr nachjagte, weil er sie erobern wollte. Das war auch das Muster der Beziehung zwischen ihr und Nicholas bisher gewesen.

Da es genau das war, was ihre Lage so unangenehm machte, wollte sie sich in gleicher Art an ihm rächen – es war an der Zeit, die Nymphe zu spielen. Sie würde sich also wie ein echtes Flittchen benehmen, bis er vor Verlangen halb verrückt war. Dann würde sie einfach weggehen und ihn mit seiner Enttäuschung und seinem Schmerz sitzenlassen.

Es war dumm, daß ihr Rachedurst so etwas ausgesprochen Unchristliches war. Aber nach einem Monat in Nicholas' Gesellschaft war ihre Seele schon so geschwärzt, daß ein weiterer moralischer Fehltritt nicht mehr sehr ins Gewicht fallen konnte.

Was sie allerdings besorgt machte, war das Wissen, daß sie mit ihrem Vorhaben eine Unreife an den Tag legte, die einer erwachsenen Frau nicht gut zu Gesicht stand. Sie hatte sich niemals in ihrem ganzen Leben so blödsinnig und engstirnig benommen. Und reuevoll erkannte sie, daß es nur ein weiteres Zeichen ihrer moralischen Entartung war, daß sie sich bereits darauf freute.

Wichtig war, daß sie das Risiko nicht übersah. Sie konnte sich durch die eigene Leidenschaft davontragen lassen und Nicholas damit genau das geben, was er wollte. Wenn es geschah, dann hatte sie es auch verdient, aber es war ja schließlich nicht unmöglich, ihm zu widerstehen. Immerhin war sie fähig gewesen, nach einer langen Nacht in seinen Armen noch nein sagen zu können – eine Demonstration ihrer Willenskraft, die sie noch immer selbst überraschte.

Die größte Gefahr lag darin, daß Nicholas vielleicht nicht aufhören, nicht mehr auf ihr Nein hören *konnte*, wenn sie ihn zu sehr erregte. Auch dafür würde sie ihn schlecht verantwortlich machen können. Aber sie hatte großes Vertrauen in seine Selbstbeherrschung, denn schließlich hatte sie diese schon oft genug erleben können. Weder war er ein ungestümer Jüngling, noch war sie Helena von Troja, deren Schönheit die Männer um den Verstand brachte.

Die Vorfreude entlockte ihr ein Lächeln, als sie

die Hände hinter dem Kopf verschränkte. Nun, da sie sich zu einer Strategie entschlossen hatte, mußte sie nur noch überlegen, wann und wo sie mit der Ausführung ihres Planes beginnen sollte.

Nicholas war erleichtert, daß Clare nicht mehr böse auf ihn war; zwar kam sie ihm stiller vor als sonst, aber sie schmollte jedenfalls nicht. Dafür hütete er sich auch tunlichst, einen Kuß zu fordern, denn er hatte sich ja am Tag zuvor schon zwei außer der Reihe gestohlen.

Dennoch: Er mußte endlich einen Weg finden, das kleine Biest zu verführen. Dummerweise war er noch nie einer Frau wie Clare begegnet. Die meisten Frauen ließen sich durch teure Kleider und Schmuck erweichen; Clare willigte nur ein, so etwas zu tragen, um ihren Teil ihrer Abmachung einzuhalten. Die meisten Frauen wurden anschmiegsam und bekamen einen verträumten Blick, wenn man sie mit Gedichten und Liebesliedern umwarb. Und obwohl Clare dies nicht kaltgelassen hatte, war es dennoch nicht genug gewesen, daß sie deswegen ihren lästigen moralischen Anspruch in den Wind geschrieben hätte.

Wäre sie wirklich fromm gewesen, dann hätte er ihren Widerstand besser verstehen können, aber er war davon überzeugt, daß ihre Frömmigkeit nicht tief ging. Unter ihrer Haut steckte eine rein heidnische Sinnlichkeit; ein paarmal hatte er etwas davon zu spüren bekommen. Er vermutete, daß sie aus purem Starrsinn tugendhaft blieb. Sie hatte geschworen, daß er sie nicht verführen würde, und sie wollte dies wahrmachen, und wenn es sie beide vernichtete. Dieses dickköpfige Weib.

Aber so hartnäckig sie auch sein mochte – er war es erst recht.

Am Tag nach dem kußfreien erschien eine besonders anziehend aussehende Clare zum Abendessen. Nicholas beobachtete mit bewunderndem Blick, wie sie durch den Salon auf ihn zukam. Sie trug ein rosafarbenes Kleid, dem die Gratwanderung zwischen bescheiden und provozierend gelang. Auch ihr Haar war anders als sonst frisiert, und er sehnte sich danach, mit seinen Fingern durch die Ringellöckchen und Wellen zu fahren. Sie wirkte ganz und gar nicht wie die Lehrerin vom Land; sie war eine weltgewandte Lady, in der ein kleiner Teufel steckte.

»Sie sehen heute abend ganz besonders reizend aus.« Er bot ihr den Arm. »Hat die Zofe nicht Lust, mit uns nach Wales zu kommen?«

»Polly ist wirklich gut, aber ich brauche in Wales keine Zofe«, erwiderte Clare mit leichter Überraschung. »Ich bin mein ganzes Leben ohne ausgekommen.«

»Die meisten modischen Kleider, die wir für Sie gekauft haben, lassen sich nur schwer ohne Hilfe anziehen. Außerdem hat das Mädchen Talent zum Frisieren.«

»Also gut«, willigte Clare ein. »Ich frage sie, ob sie gewillt ist, zwei Monate in Wales zu verbringen, bevor ich nach Hause gehe.«

Er verabscheute es, wenn sie davon sprach, ihn zu verlassen, aber er sagte nichts darauf. Es würde ihren Starrsinn nur verstärken, wenn er ihr von seinen langfristigen Plänen erzählte. »Ich habe die dringendsten Geschäfte erledigt«, sagte er, als er ihr den Stuhl zurechtrückte. »Wir könnten also übermorgen nach Aberdare zurückkehren.«

Ihre Augen leuchteten auf. »Gerne.«

»Bevor wir die Arbeit im Schieferbruch beginnen, würde ich gerne einen Besuch in Penrhyn machen, um zu sehen, wie eine solche Anlage im größeren Maßstab geführt wird.« Auch er setzte sich nun. »Wenn wir durch Zentralwales reiten, würden wir hin und zurück jeweils zwei oder drei Tage brauchen. Meinen Sie, Sie könnten das schaffen?«

»Wenn wir uns nicht so schnell fortbewegen«, sagte sie, »dann wäre es sicher schön, im Frühling einen Ausflug zu Pferd zu machen.«

»Fein. Dann würde ich sagen, wir machen uns etwa eine Woche nach unserer Rückkehr nach Aberdare auf den Weg.«

Sie aßen sehr lange, denn die Unterhaltung plätscherte angenehm dahin. Es war spät, als sie endlich ihren Kaffee tranken, und Nicholas hätte es nicht überrascht, wenn Clare sich sofort zurückgezogen hätte. Statt dessen sah sie ihn so unschuldig an, daß er augenblicklich mißtrauisch wurde.

»Haben Sie Lust auf Billard?« fragte sie. »Ich habe ein wenig geübt, und ich würde gerne mal wieder mit einem Gegner spielen.«

Er hatte Lust, und so gingen sie ins Billardzimmer. Clare nahm ihr Queue und ließ es müßig durch die Finger gleiten. »Sollen wir um irgend etwas spielen?«

»Sie müssen ja ernsthaft geübt haben«, erwiderte er amüsiert. Als er den Kerzenleuchter, der über dem Tisch hing, etwas herabsenkte, fragte er: »Was hätten Sie denn im Sinn?«

Ihre Augen funkelten. »Wenn ich gewinne, dürfen Sie mich nie mehr küssen.«

»Ist nicht drin, tut mir leid«, erwiderte er prompt, »es sei denn, Ihr Einsatz bestünde darin, daß Sie heute abend nicht nein sagen dürften, sollte ich gewinnen.«

»Ist nicht drin«, erwiderte sie. »Irgendwelche anderen Vorschläge?«

Während er die Kerzen entzündete, dachte er über andere Möglichkeiten nach. »Wir können Strip-Billard spielen. Der, der verliert, muß nach jeder Partie ein Kleidungsstück ausziehen.«

»Ich nehme nicht an, daß das eine Standardversion ist!«

»Nein, aber ich habe nach diesem Prinzip schon Karten gespielt, und man kann es ebensogut auf Billard anwenden, finde ich. Der Verlierer ist der, der als erster splitternackt dasteht.« Er grinste, als er den Leuchter wieder nach oben zog und das Seil festmachte. »Also?«

Sie überlegte einen Moment. »Na gut. Obwohl ich eher kapituliere, als mein Unterhemd auszuziehen, wenn es so weit kommen sollte.«

»Das ist in Ordnung. Aber wir sollten mit der gleichen Anzahl Kleidungsstücke beginnen.« Er zählte im Geiste. »Wenn ich meinen Rock ausziehe, habe ich noch etwa zehn Sachen an, was in etwa auch auf Sie zutreffen müßte, wenn Sie nicht gerade noch mehrere Unterröcke unter diesem entzückenden Kleid tragen.«

Mit leicht geröteten Wangen machte auch sie innerlich Inventur, dann nickte sie. »Zehn auch bei mir. Sollen wir anfangen?«

»L a d i e s first.«

Nachdem er die Kugeln plaziert hatte, beugte sie sich über den Tisch. Sofort war ihre Konzentration ganz und gar auf das Queue und die anvisierte Kugel gerichtet.

Eine Frau, die Billard spielte, bot einem Zuschauer tausend erfreuliche Anblicke: schmale Fesseln, ein unwiderstehlich gerundetes Hinterteil, einen aufregend tiefen Einblick in den Ausschnitt. Und während Nicholas dies alles noch mit Entzükken genoß, gelang es ihr, alle sechs Kugel einzulochen und das Spiel zu gewinnen, bevor er überhaupt ein einziges Mal zum Zug gekommen war.

Er lachte auf. »Sie haben *tatsächlich* geübt.« Er zog einen seiner polierten Stiefel aus und stellte ihn an die Wand, dann plazierte er die Kugeln für das nächste Spiel. Nachdem er vier seiner roten in die Taschen befördert hatte, verfehlte er die fünfte, als die Kugel gegen eine weiche Stelle der Bande prallte und schlimm abdriftete.

Also war Clare wieder an der Reihe, und erneut versenkte sie alle sechs Kugeln hintereinander. Nachdem Nicholas seinen zweiten Stiefel abgestreift hatte, musterte er sie nachdenklich. »Zeigen Sie mir mal Ihr Queue.«

Sie reichte es ihm, und er betrachtete die Spitze. »Das Ende ist mit Leder bezogen?« Als sie nickte, fragte er: »Darf ich ein paar Stöße damit ausprobieren?«

Sie erlaubte es ihm großzügig, und seine Experimente mit dem Queue zeigten überraschende Erfolge. Schließlich gab er ihr den Stock zurück. »Clarissima, Sie haben das Spiel revolutioniert. Ich habe noch nie mit einem Queue gespielt, das eine derartige Kontrolle erlaubt.«

»Ich war selbst erstaunt.« Sie biß sich auf die Lippe. »Da ich das bessere Queue besitze, ist es nicht mehr gerecht, wenn Sie sich die Partie durch komplizierte Karambolagen erschweren. Wir sollten jetzt auf gleichem Niveau spielen.« Sie lächelte spitzbübisch. »Ich möchten meinen Vorteil nicht ungebührlich ausnutzen.«

»Sie können, was mich betrifft, alles ausnutzen, was Sie wollen«, sagte er fröhlich.

Er erwartete als Antwort auf seine zweideutige Bemerkung mindestens einen biestigen Blick, aber sie meinte statt dessen nur »Später vielleicht«, und unterstrich ihre Worte mit einem wundervollen Augenaufschlag. »Doch jetzt spielen wir Billard. Ich werde auch versuchen, erst gegen die Bande zu spielen.«

»Das sollte uns in etwa ebenbürtig machen.« Während sie das nächste Spiel vorbereitete, lehnte er sich müßig an den Tisch und versuchte herauszufinden, was an diesem Abend anders an ihr war.

So gerne er geglaubt hätte, daß sie einfach ihren Widerstand aufgegeben und entschieden hatte, sich in das Unvermeidliche zu fügen und es zu genießen, so wenig brachte er es fertig. Die kleine Hexe versuchte wahrscheinlich nur, ihn durch eine vernichtende Niederlage im Billard auf seinen Platz zu verweisen. Und mit dem verbesserten Queue und dem unbestreitbaren Talent zu diesem Spiel wäre es ihr auch gelungen, wenn ihre angeborene Fairneß sie nicht dazu verleitet hätte, den Schwierigkeitsgrad auszugleichen.

Es fiel ihm schwer, den Blick von ihr zu wenden, denn alle ihre Bewegungen waren durch unterschwellige Sinnlichkeit gekennzeichnet. Als sie die zweite Kugel versenkte, erkannte er, daß Clare von der Aura einer erfolgreichen Kurtisane umgeben war – einer Frau, die sich ihrer Weiblichkeit und ihrer Macht über Männer absolut sicher war. Da nicht anzunehmen war, daß sie sich neben der Kunst des Billardspiels auch noch in das Wissen der käuflichen Damen vertieft hatte, war ihre verstärkte erotische Ausstrahlung doch erstaunlich.

Er war so in seine Gedanken verloren, daß sie laut wiederholen mußte, was sie schon einmal gesagt hatte. »Nicholas, Sie sind dran.«

Er beugte sich über den Tisch und visierte den Stoßball an. Da er immer schon sehr gut Billard gespielt hatte und ihm der unbedingte Wille zum Sieg fehlte, hatte er in den letzten Jahren eher nachlässig gespielt, doch Clares gesteigertes Können reizte seinen Ehrgeiz. Er räumte den Tisch konsequent, so daß ihr am Schluß nichts anderes übrig blieb, als ein Kleidungsstück auszuziehen.

Gehorsam trat sie einen Schuh vom Fuß und zeigte ihm den Bruchteil einer Sekunde ihren Fußknöchel. Als sie ihren bestrumpften Fuß wieder auf den Boden setzte, sagte sie: »Hmm, der Teppich fühlt sich herrlich weich an.« Ihre Zehen gruben sich genüßlich in den dicken Flor.

Nicholas empfand das Bedürfnis, sich auf den Boden zu legen, damit sie auf ihm dasselbe machen konnte. Doch statt dessen legte er wieder die Kugeln auf den Tisch und schwor sich, so gut wie nie zu spielen, um noch mehr von ihr zu sehen zu bekommen.

Die Unterhaltung verebbte, und die Spannung wuchs, während sie sich den Kugeln widmeten, als wären sie professionelle Spieler. Da sie sich praktisch ebenbürtig waren, entschieden vor allem Unregelmäßigkeiten in der Tischplatte und an der Bande die meisten Spiele.

Nicholas Krawatte gesellte sich zu seinen Stiefeln, dann mußte sich Clare von ihrem zweiten Schuh trennen. Als sie das nächste Mal verlor, setzte sie sich und zog ihren Rock bis zum Knie hinauf.

Fasziniert beobachtete er, wie sie ihr herrlich geformtes Bein in die Luft streckte und den linken Strumpf abrollte. »Ein Strumpfband bleibt ohne Strumpf oben, andersrum geht es aber nicht«, erklärte sie fast entschuldigend. »Deswegen kommt der Strumpf zuerst.«

»Nur logisch«, sagte er mit plötzlich trockenem Mund. Obwohl sie den Rock wieder brav auf die Knöchel herabließ, verfehlte er die nächste Kugel. Spitzbübisch grinsend lochte Clare ihre Kugeln mit sechs Stößen ein.

Nachdem er seine graue Samtweste ausgezogen hatte, kniete er sich vor die Feuerstelle und legte Brennstoff nach, denn die Nacht war kühl, und sie beide mußten auf immer mehr Kleidungsstücke verzichten. Er lächelte in sich hinein; der einzige echte Vorteil, der ihm blieb, war die Tatsache, daß es ihn weit weniger verlegen machen würde als Clare, nackt zu sein.

Ihr nächster Strumpf wurde mit dem gleichen Zeremoniell abgestreift wie der erste. Er sah anerkennend zu, schaffte es aber, den nächsten Stoß präzise auszuführen. Sein Pech, daß die Bande bei seiner vierten Kugel nicht mitspielen wollte, und so übernahm Clare und gewann die Partie.

Er zog den ersten Socken aus, ein paar Minuten später war auch der zweite dran. Und es war wirklich ein herrliches Gefühl, barfuß auf dem Teppich zu stehen.

Die Spannung, womit Clare wohl als nächstes ihre Spielschuld bezahlen würde, schärfte seine Zielgenauigkeit, und er gewann die nächste Partie. Wieder raffte sie ihre Röcke gerade hoch genug, um das Strumpfband zu entblößen, das oberhalb des Knies befestigt war. Zu seinem Entzücken sah er, daß es mit einer rosafarbenen Satinrose geschmückt war. Sie ließ sich Zeit, es loszubinden, dann saß sie da und musterte es eine Weile nachdenklich. Mit einem hinterhältigen Lächeln warf sie es ihm zu.

Er fing das Strumpfband mit einer Hand auf und entdeckte, daß der Stoff noch warm von ihrer Haut war und schwach ihren Duft ausströmte. Während sie die nächste Partie begann, schlang er das Band um seine Finger, bis es Raumtemperatur hatte und er den Duft nicht mehr wahrnehmen konnte.

Dann wand er das Band um sein Handgelenk und spielte. Die fünfte Kugel ging daneben, und wieder war Clare an der Reihe. Sie trat zu ihm und beugte sich direkt neben ihm über den Tisch, so daß ihr Rock über seine nackten Füße strich. Natürlich hätte er Platz machen können, aber er dachte gar nicht daran.

Während sie ihren Stoßball anvisierte, bewunderte er die stramme Rundung ihres Hinterteils. Doch als sich seine Hand bereits zu einem Tätscheln anhob, zog er sich hastig zurück, bevor er einen gräßlichen Fauxpas beging: Ein Gentleman störte *niemals* die Konzentration eines Gegners.

Sie versenkte den Ball und verlagerte dann ihre Position. Obwohl ihre ganze Aufmerksamkeit dem Tisch gewidmet schien, streiften ihre nackten

Zehen seine, als sie sich bewegte. Sein Blick wurde magisch von ihren Füßen angezogen. Sie hob den linken Fuß etwas an, als sie ihr Gewicht auf dem rechten ausbalancierte. Bisher war ihm nicht aufgefallen, was für hübsche Füße sie hatte.

»Nicholas.«

Er blinzelte und blickte auf.

»Sie müssen etwas ausziehen«, schnurrte sie.

Mit dem Entschluß, ihr auch hierin ebenbürtig zu sein, knöpfte er sein Hemd mit ausgefeilter Lässigkeit am Hals auf. Dann zog er die Hemdzipfel aus der Hose und zog das Hemd über den Kopf, wobei er dafür sorgte, daß seine Muskeln wirkungsvoll zuckten. Als er aus dem Leinenstoff auftauchte, sah er, daß Clare ihn mit weit aufgerissenen Augen anstarrte. Er trug zwar ein Unterhemd, aber es war ein ärmelloses Stück, das mehr als genug von seiner gebräunten Haut sehen ließ.

Sie schluckte hart und riß ihren Blick los, um sich wieder dem Tisch zuzuwenden, doch sie war aus dem Konzept gebracht und lochte keine einzige Kugel ein.

Voller Vorfreude räumte er den Tisch in kürzester Zeit ab. »Und nun das andere Strumpfband, wie ich annehme?«

Sie schenkte ihm ein neckendes Lächeln. »So ist es.« Sie hockte sich auf eine Sesselkante, um ihre Vorstellung von eben zu wiederholen. Doch das Band wollte diesmal nicht so wie sie, und nachdem sie eine Weile daran herumgenestelt hatte, schaute sie auf. »Das Band ist verknotet, und ich bekomme es nicht auf. Würden Sie mir helfen?«

Er fühlte sich wie eine Forelle, die man kunstvoll anlockte und einfing. Jeden Augenblick würde er nach Luft schnappend am Ufer zappeln, aber es kümmerte ihn nicht sehr. Er kniete sich vor den Sessel und stellte ihren nackten Fuß auf seinen Oberschenkel. Dann ließ er seine Hände langsam ihr Bein hinaufgleiten, bis er das Strumpfband erreicht hatte.

Das Band war wirklich vollkommen verknotet, und seine Finger schienen gleichermaßen unentwirrbar, als er sich bemühte, den Knoten zu lösen. Die Haut an der Innenseite ihres Schenkels war zart und weich, und sie bebte, als er darüber strich. Er allerdings auch.

Als er es endlich geschafft hatte, das Band aufzuknoten, hatte ihr hinaufgeschobener Rock die Hälfte ihres Oberschenkels entblößt, und beide atmeten heftiger als normal. Er löste das Band von ihrem Bein und reichte es ihr. »Bitte schön.«

»Es gehört zu dem anderen«, sagte sie mit erotisch rauher Stimme. »Lassen Sie mich es machen.« Er hob den Arm, und sie wand ihm das Strumpfband ums Handgelenk.

Ihre Blicke trafen sich und hielten einander fest. Ihre Augen blickten aufreizend und einladend, und er fragte sich, ob der Zeitpunkt gekommen war, sich seinen Kuß abzuholen.

Sie nahm ihm die Entscheidung ab, indem sie sich vorbeugte und ihre Lippen geöffnet und heiß auf die seinen preßte. Sie schmeckte nach süßem, wildem Honig.

Er hatte auf seinen Fersen gesessen, doch nun richtete er sich auf, was ihn zwischen ihre Knie brachte. Ihr Rock knautschte sich zwischen ihnen zusammen, als er seine Arme um ihre Taille schlang. Während sie sich in seine Umarmung schmiegte, rückte sie unwillkürlich vor und rutschte plötzlich von der Kante. Sie prallte gegen ihn, riß ihn um, und sie lagen lachend und ein wenig verlegen aufeinander auf dem Boden.

Das Lachen ebbte ab, und er spürte plötzlich ihre Lenden an den seinen. Er wollte sie gerade wieder küssen, als sie aufblickte: »Sind Sie bereit für das nächste Spiel?«

Seine Hände packten ihre Schultern. »Ich bin für ein ganz anderes Spiel bereit.«

»Aber wollen Sie denn nicht herausfinden, wie das eine ausgeht?« Sie unterstrich ihre Frage mit einem Lächeln, das Eva wahrscheinlich schon für die Verzauberung Adams verwendet hatte.

Er stieß ein etwas unsicheres Gelächter aus und schaffte es, sie von seinem Körper zu klauben. Sie ließ nicht nur auf einmal ihrer natürlichen Sinnlichkeit freien Lauf, sie schien auch genau zu wissen, daß eine Verzögerung die ultimative Belohnung kostbarer machte. Er mußte ihre Klugheit bewundern – aber etwas weniger davon hätte es auch getan.

Er kam auf die Füße, dann half er ihr auf. »Ich bin bereit, wenn Sie noch wissen, wer an der Reihe ist.«

Sie lachte sprudelnd. »Ich, glaube ich.«

Der Spieler, der anfing, gewann auch meistens, und so war es auch jetzt. Nicholas mußte nun auch auf sein Unterhemd verzichten.

Als er es über den Kopf zog, krampften sich ihre Finger um das Queue, und sie starrte fasziniert auf seine entblößte Brust. »Lange können wir nicht mehr spielen. Uns gehen die Wetteinsätze aus«, sagte sie.

»Ja, bald ist es soweit«, stimmte er erfreut zu.

Nun war er wieder an der Reihe. Er machte einen Fehler, und Clare übernahm, aber auch sie hatte Pech. Noch einmal war er dran, dann verlor Clare.

Sie warf ihm einen provozierenden Blick zu. »Ich brauche noch einmal Ihre Hilfe. Wie Sie schon bemerkt haben, lassen sich Kleider wie diese nur schwer ohne Hilfe ausziehen.«

»Es ist mir ein Vergnügen«, sagte er, und meinte es ausgesprochen ehrlich.

Das Kleid war im Rücken mit einem komplizierten System aus Haken und Bändern verschlossen. Sein Glück, daß er bereits Erfahrung damit hatte, Damen aus Kleidern zu helfen, sonst hätte er vermutlich den Rest des Abends damit verbracht, das Rätsel der Verschlüsse zu lösen.

Als er es geschafft hatte, schob er das Kleid vorsichtig von ihren Schultern. Der rosafarbene Stoff kräuselte sich und entblößte ihre cremefarbene Haut. Er konnte nicht widerstehen, beugte sich vor und küßte ihren Nacken durch die schwarzen Haarsträhnchen.

Sie stieß den Atem mit einem kleinen Schauder aus, und er verlagerte seine Aufmerksamkeit auf ihre Ohrmuschel, dann auf die Seite ihres Halses, schließlich auf die Kuhle zwischen Halsansatz und Schulter. Gleichzeitig zog er ihr Kleid tiefer, über die Taille, über die Hüften, bis es zu ihren Füßen auf den Boden fiel.

Sie drehte sich, nur noch in Unterrock, Korsett und Hemd, zu ihm um. Ihre Pupillen waren so erweitert, daß ihre Augen fast schwarz wirkten. Er glaubte schon, sie würde in seine Arme kommen, doch sie leckte sich nur leicht mit der Zungenspitze über die Lippen. »Jetzt bin ich wieder dran.«

Da ihre Frisur bereits in der Auflösung begriffen war, zog er die restlichen Nadeln heraus, bevor sie fortfuhren. Schimmernde Locken purzelten über ihre Schultern und fielen tanzend und federnd bis auf ihre Hüften, als sie das Queue wieder aufnahm. Sie versenkte fünf Kugeln, doch bei der letzten fielen ihr die Haare ins Gesicht, und sie verpatzte den Stoß.

Nicholas mußte ein paarmal tief einatmen, um sich wieder zu beruhigen, dann setzte er das Queue an. Mehr durch Glück als durch Können lochte er die sechs Kugeln ein und sah sie hoffnungsvoll an. »Brauchen Sie auch bei dem Unterrock Hilfe?«

Sie lachte und schüttelte den Kopf. »Nein, aber wenn Sie noch ein Spiel gewinnen, dann müssen Sie mir bei dem Korsett helfen.« Sie löste das Band, das den Unterrock in ihrer Taille hielt, und zog ihn sich dann mit einem kleinen, verlegenen Kichern über den Kopf. Der spitzenbesetzte Saum raschelte aufreizend um sie herum.

Unter dem Petticoat kamen ein knielanges, leicht durchscheinendes Hemd und ein kurzes Korsett zum Vorschein. Nur mit Mühe wandte er den Blick ab und wieder dem Billardtisch zu. Immer wenn er bisher mit einer Frau zusammengewesen war, die so spärlich bekleidet war, hatte es im Bett geendet, und er hoffte inständig, daß es diesmal nicht anders sein würde.

Es gelang ihm, den ersten Ball zu versenken. Clare sah von der anderen Seite des Tisches zu. Als er die nächste Kugel anvisierte, kreuzte sie die Arme auf der Bande und stützte sich darauf. Ihre

Brüste waren so rund und makellos wie die Elfenbeinkugeln, und sie schienen jeden Moment auf den Tisch kullern zu wollen.

Derart wirkungsvoll abgelenkt, bohrte er die Queuespitze ins Tuch, statt die Kugel zu treffen. »Sie kleines Biest«, sagte er lachend. »Das ist ein gemeiner Trick.«

Sie schien keine Reue zu empfinden. »Wenn sie mein Haar nicht gelöst hätten, wäre die letzte Partie nicht an Sie gegangen.«

Mit der zufriedenen Miene einer Katze vor dem Sahnetopf versenkte sie alle sechs Kugeln, dann richtete sie sich auf und wartete, daß er seine Hosen auszog.

Er war sich ihres Blickes sehr wohl bewußt, als er die Hose aufknöpfte und abstreifte, so daß er nur noch in seinen knielangen Unterhosen dastand. Das Spiel war fast vorbei, aber er wollte verdammt sein, es enden zu lassen, bevor sie nicht das Korsett ausziehen mußte.

Sie begann wieder und stieß drei Kugeln in die Taschen, bis die vierte durch eine Delle im Tuch abdriftete.

Das war Nicholas' Chance. Konzentriert wie selten zuvor in seinem Leben, versenkte er die erste Kugel, dann die zweite. Seine Zielgenauigkeit versagte ein wenig bei der dritten, aber der Stoßball erwischte die Kugel gut genug, um sie zu versenken.

Noch drei. Er wischte sich die Hände an dem zerknitterten Hemd ab, beugte sich vornüber und lochte die vierte ein. Er riß sich zusammen, riskierte alles und versenkte die letzten beiden mit zwei tollkühnen Stößen, die mit Können nichts zu tun hatten.

Um seine Vorfreude zu verbergen, beschäftigte er sich damit, ihre blauen Kugeln in die Taschen zu bugsieren. »Zeit fürs Korsett, Clarissima.«

Mit leicht schwingenden Hüften ging sie zu ihm und drehte ihm den Rücken zu, damit er das Stück aufbinden konnte. Da ihre schlanke Figur kein Korsett der üblichen Länge brauchte, trug sie die kürzere Version, die nur bis zur Taille ging. Das Korsett war aus weichem, wattiertem Barchent gemacht und verlieh dem weiblichen Körper unter dem Kleid eine wunderbare Silhouette, während es die Brüste aufreizend anhob.

Obwohl er schon eine ordentliche Zahl an Korsetts aufgebunden hatte, benahmen sich seine Finger diesmal ausgesprochen ungeschickt. Die Tatsache, daß das dünne Material des Hemdchens die Konturen ihrer Beine und Hüften durchscheinen ließ, trug nicht gerade dazu bei, seine Gelassenheit aufrechtzuerhalten.

Als das Korsett geöffnet war, streifte er die schmalen Träger von ihren Schultern, dann schob er seine Hände unter ihren Achseln durch und bedeckte ihre Brüste. Unter dem Hauch von Stoff richteten sich ihre Spitzen direkt auf. Als er die harten Knospen mit seinen Daumen streichelte, sog sie scharf die Luft ein. Dann lehnte sie sich langsam zurück, bis ihr Körper sich fest an den seinen schmiegte.

Das war das Ende seiner Selbstbeherrschung. Er packte sie um die Taille und setzte sie schwungvoll auf die Kante des Billardtisches, so daß ihre Gesichter auf gleicher Höhe waren. Sein Kuß schien sie verschlingen zu wollen, und ihre Reaktion war alles andere als zurückhaltend. Wie betäubt stellte er sich zwischen ihre Beine und schob den Saum ihres Hemdchens hinauf.

Plötzlich ließ sie ihre Hand an seinem Oberkörper herabgleiten, bis sie zögernd seine harte, heiße Erektion berührte, und der Schock raubte ihm fast den Verstand. Ohne etwas von seiner Umgebung wahrzunehmen, drückte er sie auf den Tisch zurück. Er war nur noch von einem einzigen Gedanken beherrscht: Er wollte den letzten Fetzen Stoff entfernen, der sie beide noch trennte.

»Genug. Nicholas!« Ihre Stimme wurde lauter. »Hör auf! *Sofort!*«

Er hielt inne und versuchte, seinen verschwommenen Blick auf ihr Gesicht zu konzentrieren. »Himmel, Clarissima, nicht dieses Mal«, sagte er heiser. Seine Hand glitt ihren Schenkel hinauf. »Laß mich dir zeigen, wie . . .«

Ihre Miene drückte aus, was für ein Gefühlschaos in ihrem Inneren herrschte, aber ihre Stimme ließ keinen Zweifel aufkommen. »Nein! Der heutige Kuß ist zu Ende!«

Er war wie gelähmt, nicht fähig, weiterzumachen, nicht fähig, sich zurückzuziehen. In dem angespannten Schweigen war das Schlagen der Uhr im Wohnzimmer deutlich zu hören. Eins, zwei, drei . . .

Zwölf. Triumphierend sah er sie an. »Mitternacht! Der nächste Tag, Clarissima, der nächste Kuß.«

Dann beugte er sich über sie und preßte seine hungrigen Lippen auf ihre Brust.

Kapitel 21

ES HATTE CLARE jeden Fetzen Selbstdisziplin gekostet, die Worte auszusprechen, die Nicholas bremsten, und als seine heißen Lippen nun irgend etwas Magisches mit ihrer Brust veranstalteten, war es um sie geschehen. Sie bog sich ihm entgegen und wußte schon nicht mehr, warum sie ihn hatte hindern wollen, weiterzumachen, denn ihr Verlangen ließ keinen freien Willen mehr zu.

Er zog den Träger ihres Hemds über die Schulter und liebkoste die andere Brust, doch diesmal war kein Stoff mehr dazwischen. Wie im Fieber strich sie unablässig über seinen nackten Rücken und grub ihre Nägel in seine Muskeln. Seine Fingerspitzen zogen eine brennende Linie bis an ihre intimste Stelle zwischen ihren Schenkeln. Als er sie dort berührte, stöhnte sie tief auf und rollte den Kopf hin und her.

Erfahren liebkoste er die feuchten Hautfalten, spreizte, öffnete sie. Dann fühlte sie einen harten Druck, der sich steigerte, langsam, aber unerbittlich. Instinktiv wußte sie, daß er ihr die Erfüllung geben wollte, nach der ihr Körper schrie, und sie richtete sich ein wenig auf, um seinen Körper, sein Gewicht an ihrem zu spüren.

Dann fühlte sie einen Schmerz so heftig, daß ihre Lust schwand. Es fühlte sich an, als würde er sie auseinanderreißen! Panisch stemmte sie sich gegen seine Schultern, um ihn wegzudrücken. »Halt!«

Er erstarrte. Sie sah sein verzerrtes Gesicht über ihr, sah seinen brennenden Blick. Der harte Schaft, der sich gegen sie drückte, pochte bedrohlich, als ob er sich aus eigenem Willen in sie zwängen wollte.

Schmerz und Panik drohten sie zu überwältigen. »Bitte . . . nicht!«

Einen Augenblick hing die Entscheidung in der Schwebe. Die Sehnen auf seinen Armen traten wie Stahlseile hervor. Dann, plötzlich, drückte er sich mit einem leisen Fluch von ihr ab.

Der Erleichterung folgte sogleich Entsetzen und Verwirrung. Lieber Gott, wie hatte sie das zulassen können? Sie preßte sich das Handgelenk auf die Lippen und versuchte, das bittere Schamgefühl zu unterdrücken, das sie durchströmte. *Wer Wind sät, wird Sturm ernten.*

Der Hysterie nahe, setzte sie sich auf und zog ihr Hemd herunter, um ihren Körper so gut wie möglich zu bedecken. Nicholas saß vornübergebeugt auf dem Boden und hielt den Kopf gesenkt. Seine Hände krampften sich um das jeweils andere Handgelenk, und er zitterte genauso wie sie.

Voller Schuldgefühle wandte sie den Blick ab. Ja, sie war wütend gewesen. Aber sie hatte ihm doch nur eine Lektion erteilen, nicht ihn und sich selbst in solch ein Elend stürzen wollen.

Nachdem er ein paarmal tief eingeatmet hatte,

sagte Nicholas mit bitterem Humor: »Deine Nachahmung einer frömmelnden Lehrerin ist nicht übel, aber für die Rolle des provozierenden Flittchens hättest du einen Preis verdient.«

Die Tränen, die sie zurückzuhalten versucht hatte, brachen aus ihr heraus, und sie begann in krampfhaften Schluchzern zu weinen. In ihrem Abscheu auf sich selbst, stieß sie keuchend hervor: »Du brauchst damit nicht aufzuhören. Ich bin nicht nur ein Flittchen, sondern auch eine religiöse Schwindlerin, eine Heuchlerin! Ein paar Augenblicke lang wollte ich ein gefallenes Mädchen sein, und selbst das habe ich nicht richtig hinbekommen.« Sie vergrub ihr Gesicht in den Händen. »Ich wünschte, ich wäre niemals geboren worden.«

Es dauerte lange, bis er wieder etwas sagte. »Das scheint mir ein bißchen extrem. Was hätte dein Vater ohne dich tun sollen?«

»Mein Vater wußte ja kaum, daß seine Tochter überhaupt lebte.« Ihr wurde die Kehle eng, als sollte sie dafür büßen, daß sie ausgesprochen hatte, was sie sich selbst niemals hatte eingestehen wollen.

Und dieser verdammte Mann begriff die Bedeutung ihrer gequält hervorgestoßenen Bemerkung viel zu rasch. »Du glaubst nicht, daß er dich liebte?«

»Oh, er hat mich geliebt«, sagte sie knapp. »Er war ein Heiliger – er hat jeden geliebt. Er hatte Zeit, Mitgefühl und einen guten Rat für jeden, der ihn darum bat. Aber ich konnte nicht bitten, also habe ich davon nicht viel bekommen.« Sie senkte den Kopf, um Nicholas' Blick nicht begegnen zu müssen. »Du bist der einzige, der mich je gefragt hat, wie es wohl war, mit einem Heiligen zu leben.

Also werde ich dir die Wahrheit sagen: Es war die reine Hölle. Das erste, was mir meine Mutter beibrachte, war, daß ein Prediger an erster Stelle Gott dient – die Familie mußte hinter dieser Arbeit immer zurückstehen. Ich gab mir schrecklich viel Mühe, so zu sein, wie mein Vater es von mir erwartete – fromm, immer heiter und großzügig. Ich nehme an, ich dachte, daß mein Vater vielleicht mehr Zeit für mich haben würde, wenn ich sein Leben so leicht wie möglich gestaltete. Aber das traf nie ein.«

Sie verzog den Mund. »Als du mir sagtest, wie er dir geholfen hat, als du nach Aberdare kamst, da war ich richtig eifersüchtig, weil du damals mehr von seiner Zeit bekommen hast als ich. Kein sehr großzügiges Denken, nicht wahr?«

»Es ist nur allzu menschlich, sich die Liebe der Eltern zu wünschen. Vielleicht kommen wir über einen Mangel daran nie hinweg.«

»Ich weiß auch gar nicht, warum ich dir das erzähle«, sagte sie kläglich, während ihre Nägel sich in ihre Handflächen bohrten. »Deine Familie war viel schlimmer als meine. Zumindest hat mein Vater mich nie verkauft oder mir gesagt, er wünschte sich lieber ein anderes Mädchen als Tochter. Denn wenn ihm einfiel, daß ich da war, dann dankte er mir immer sehr höflich, daß ich mich so gut um ihn kümmerte.«

»Es ist kein Problem, jemanden zu verabscheuen, der einen offen verraten hat«, bemerkte Nicholas. »Ich könnte mir denken, daß es viel zersetzender und schmerzlicher ist, einem selbstlosen Heiligen zu grollen, denn sein Verrat geschieht auf viel subtilere Art. Zudem scheint ja jeder in deinem

Dorf zu glauben, du müßtest ebenso selbstlos und heilig sein wie er.«

Er begriff einfach zu viel. Wütend wischte sie sich die Tränen aus den Augen. »Aber ich bin keine Heilige. Auch wenn ich immer gerne gegeben habe, wollte ich auch immer etwas als Gegenleistung dafür, und niemals bin ich darüber hinweggekommen, daß ich es nicht bekommen habe. Ich bin selbstsüchtig und gierig, und ich verdiene es, aus der Gemeinde ausgestoßen zu werden.«

»Wieso hast du dich als Betrügerin bezeichnet?«

Sie starrte auf ihre Hände, die fest ineinander verschränkt waren. »Meine Religion basiert auf der direkten Erfahrung der Wesenheit Gottes – das Erkennen. In den Anfängen des Methodismus' befragte John Wesley persönlich angehende Mitglieder, um sicherzustellen, daß ihr Glaube und ihre Erfahrungen echt waren. Wenn man das mit mir gemacht hätte, dann wäre ich gescheitert, denn ich habe niemals – nicht ein einziges Mal! – das Gefühl göttlicher Präsenz erfahren. Bei anderen habe ich es schon erlebt – manchmal, wenn ich gerade mit meinem Vater sprach, hörte er plötzlich nicht mehr zu, sondern blickte entrückt in die Ferne, als der Geist des Glaubens ihn durchströmte.« Ihre Stimme brach. »Auch darauf war ich neidisch. Als ich noch jünger war, betete ich jeden Abend zu Gott, daß er mir wenigstens für einen Augenblick diese Verbindung zum Heiligen Geist zugestehen würde. Aber auch wenn mein Verstand glaubte, so war mein Herz doch leer.

Die schreckliche Ironie der Sache ist, daß die anderen Leute von meinen intensiven Gebeten erfuhren und mich in der Folge für ausgesprochen fromm hielten. Als ich eine Leiterrolle in der Gemeinde ablehnte, wurde allgemein angenommen, ich wäre nur zu bescheiden dafür. Ich hätte die Wahrheit sagen sollen, aber es war einfacher, vorzugeben, daß ich das war, wofür die anderen mich hielten. Mein selbstloses Verhalten gab mir das Gefühl, wirklich jemand zu sein. Aber seit ich dich kennengelernt habe, sind all meine Vorwände nichtig, meine Masken weggerissen worden. Ich habe nichts mehr. Ich bin überhaupt kein richtiger Mensch mehr.«

Sie hatte gar nicht bemerkt, daß er aufgestanden war und das Zimmer durchquert hatte, bis er sanft ihr Haar berührte. »Für mich bist du sehr wohl jemand, Clare, auch wenn du nicht die Frau bist, für die du dich gehalten hast.« Seine Hand glitt zu ihrem Nacken und begann dort, ihre verspannten Muskeln zu massieren. »Es wird einige Zeit dauern, bis du erkennst, wer du wirklich bist. Das Alte muß zerstört werden, damit Platz für Neues geschaffen werden kann, und dieser Prozeß ist schmerzlich und nicht einfach. Wenn du auch auf lange Sicht glücklicher sein wirst, tut es mir trotzdem leid, daß ich auf diese Art und Weise dazu beigetragen habe, diese Art von Erwachen auszulösen. Es hört sich vielleicht verrückt an, aber obwohl ich in Kauf genommen hätte, dich zu ruinieren, wollte ich dir niemals wehtun.«

Sie legte ihre Wange in seine Hand. Was für ein seltsames Gespräch. Statt Zorn schienen sie beide nur noch tiefe Resignation zu empfinden. »Es ist nicht deine Schuld, Nicholas. Nichts, was du getan hast, könnte so schlimm sein als das, was ich mir selbst angetan habe. Und ich schäme mich entsetzlich für das, was ich versucht habe, *dir* anzutun.« Sie versuchte zu lächeln. »Jetzt verstehe ich auch, warum Gott die Rache für sich reserviert hat. Wenn ein Sterblicher sich zu rächen versucht, kann viel zuviel schieflaufen.«

»Zwischen Männern und Frauen läuft eine ganze Menge schief«, antwortete er bitter. »Es ist erstaunlich, daß die menschliche Rasse überhaupt überlebt hat. Tiere können sich wenigstens paaren, ohne nachzudenken.«

Vielleicht war das ihr Problem – sie dachte zuviel nach. Sie seufzte. »Ich weiß auch nicht, warum ich dir ausgerechnet meine schlimmsten Seiten offenbaren mußte. Wahrscheinlich ist das die Sühne für das, was ich getan habe. Oder tun wollte.«

Seine Finger schlossen sich fester um ihre Hand. »Es schmeichelt mir sehr, daß du mich ausgesucht hast, um diese Dinge einmal auszusprechen. Hör auf, dich selbst zu kasteien, Clare – deine sogenannten Sünden sind nicht schwerwiegend. Eher ein Produkt der Verwirrung als echter Verderbtheit.«

»Eine Frau in meinem Alter sollte nicht mehr so verwirrt sein.«

Er entfernte sich einen Augenblick von ihr, dann kehrte er zurück und ließ seinen Rock über ihre Schultern fallen. »Geh ins Bett. Ich werde hier aufräumen. Niemand wird erfahren, was . . . fast geschehen ist.«

Sie spürte, daß es ihr selbst jetzt noch wichtig war. Mit seiner Hilfe kletterte sie vom Tisch. Sie konnte sich immer noch nicht dazu durchringen, ihm in die Augen zu sehen, aber sie stellte erleichtert fest, daß er seine Hosen wieder angezogen hatte.

Sie schlüpfte aus dem Zimmer und tappte barfuß durch das schlafende Haus. Der Mond stand fast voll am Himmel und warf genug Licht hinein, daß sie den Weg ohne Probleme fand.

Erst als sie ihr Zimmer erreicht hatte, bemerkte sie, daß sie blutete. Ein gurgelndes, hysterisches Gelächter stieg aus ihrer Kehle empor. War sie nun keine Jungfrau mehr? Konnte man teilweise Jungfrau sein? Nicholas würde dazu wahrscheinlich etwas sagen können, aber sie wußte, sie würde es nicht über sich bringen, ihm eine solche Frage zu stellen, selbst wenn er der Verantwortliche für ihren halbjüngferlichen Zustand war.

Während sie Watte suchte, um das Blut aufzunehmen, kam ihr in den Sinn, daß es wahrhaftig bittere Ironie des Schicksals wäre, wenn sie nun offiziell ruiniert wäre, ohne wenigstens etwas Spaß dabei gehabt zu haben. Sie schlang sich eine Decke um den Körper und setzte sich mit angezogenen Beinen auf die Fensterbank. Sie war noch zu angespannt, um ins Bett zu gehen.

Widerstrebend wanderten ihre Gedanken zu dem Augenblick zurück, in dem die Leidenschaft alles andere aus ihrem Geist verbannt hatte. Zum ersten Mal begriff sie, wie dieses Gefühl jemanden wahrhaft für Ehre, Verstand und Anstand blind machen konnte. Sie hatte nicht einmal darüber nachgedacht, wie *vulgär* es war, auf einem Billardtisch defloriert zu werden. Wenn der plötzliche Schmerz sie nicht aufgeweckt hätte, dann wären Nicholas und sie nun ein Liebespaar.

Obwohl sie schon andeutungsweise von verheirateten Frauen gehört hatte, daß der Verlust der Jungfräulichkeit mit Schmerzen verbunden sein konnte, hatte sie es immer so verstanden, daß es sich nur um ein kurzes Unbehagen handelte, das schnell vorbeiging. Offenbar schienen Frauen auch in dieser Hinsicht unterschiedlich veranlagt zu sein. Sollte sie froh darüber sein, daß sie zu den schwierigeren Fällen gehörte, weil der Schmerz sie vor einer gewaltigen Dummheit bewahrt hatte? Oder sollte es ihr leid tun? Wahrscheinlich wäre sie glücklicher, wenn sie der Tugend endgültig den Rücken gekehrt hätte; wenigstens wäre sie nicht so durcheinander.

Nun, da sowohl die Leidenschaft als auch der Schmerz abebbten, versuchte Clare sich der Frage zu stellen, ob sie ihre kleine Rache in der heimlichen Hoffnung geplant hatte, daß Nicholas sie mit seiner betörenden Männlichkeit überwältigen würde. Wenn es ihm gelungen wäre, dann würde sie nun geborgen und warm in seinen Armen schlafen. Eine Sünderin, ja, aber eine glückliche.

Sie blickte in das kalte Gesicht des Mondes hinauf, der unbeteiligt über dem vor Leben sprudelnden London hing. In der alten westlichen Mythologie war der Mond immer weiblich: Diana, die Mondgöttin, aggressive Jungfrau. Wie hätte Diana auf Nicholas reagiert? Clare grinste verbittert. Wahrscheinlich hätte sie Bogen und Pfeile weggeworfen und Nicholas auf ein weiches Moosbett im Wald niedergezogen.

Sie zog die Decke enger um ihre Schultern. Wie sehr vermißte sie die solide Sicherheit ihrer früheren Existenz. Sie hatte zwar immer leichte Zweifel verspürt, ob das Leben nicht doch mehr zu bieten hatte, diese aber meistens ignorieren können. Dann hatte sie Nicholas kennengelernt, und das, was sie für ein sicheres Bollwerk gehalten hatte, war eingestürzt, als wäre es auf Sand gebaut gewesen. Seitdem waren ihre Nerven durch ständige neue Eindrücke, durch immer neue Veränderungen strapaziert worden.

Doch obwohl sie schließlich zugegeben hatte, daß sie eine heuchlerische, schlechte Christin war, konnte sie doch ihre Moralvorstellungen nicht gänzlich verwerfen. Tief in ihrem Herzen war sie davon überzeugt, daß es nicht recht sein konnte, Nicholas' Geliebte zu werden. Wenn sie sich ihm nur hingab, um ihre Lust zu befriedigen, würde sie sich ein ganzes Leben lang dafür verachten. Und von einer ganz nüchternen Warte aus betrachtet mußte sie eine Närrin sein, wenn sie sich mit einem Mann einließ, der sie weder lieben noch heiraten würde.

Vielleicht war diese ganze Diskussion um Geliebte oder Nicht-Geliebte nun ohnehin nicht mehr relevant. Auch wenn Nicholas nach diesem Fiasko erstaunlich zärtlich gewesen war, so konnte sie sich dennoch nicht vorstellen, daß er sie noch länger in seiner Gesellschaft würde haben wollen. Das könnte immerhin bedeuten, daß Clare zumindest eins ihrer früheren Ziele erreicht hatte: Vielleicht würde er sie nun aus freien Stücken nach Hause schicken.

Aber in diesem Fall wäre ein Sieg kein Triumph.

Mit einem Seufzen, schwang sie die Beine von der Fensterbank und ging ins Bett. Sie konnte den Ausgang des Abends nicht mehr ändern, und es war viel zu früh, als daß sie jetzt schon erkennen konnte, welche Art Frau sich offenbaren würde, nun, da sie sich nicht mehr hinter einer sorgsam aufrechterhaltenen Fassade verstecken mußte. Viel dringlicher war es nun, ihrem müden Geist eine Lösung abzuringen, wie sie Nicholas morgen früh unter die Augen treten sollte.

Nicholas mußte aus geschäftlichen Gründen früh das Haus verlassen, wofür er sehr dankbar war. Es war schwer, sich zu vergegenwärtigen, daß erst eine kurze Zeit vergangen war, seit Clare in sein Leben gewirbelt war. Sie beide schienen Probleme, die ein ganzes Leben füllen könnten, in wenige Wochen quetschen zu wollen. Die Nacht zuvor hatte sich ihre Beziehung verändert, und er hatte keine Ahnung, was als nächstes kommen mochte. Er begehrte sie mehr denn je, doch ihr Fast-Zusammenbruch war für ihn genauso quälend gewesen wie für sie.

Als er das Geschäftliche erledigt hatte, überlegte er kurz, in einem sehr diskreten, sehr teuren Etablissement vorbeizuschauen, dessen Mädchen warm und willig waren. Doch fast augenblicklich verwarf er den Gedanken; mit einer Fremden zu schlafen, würde sein Verlangen nach Clare nicht auslöschen und sein Gefühl der Einsamkeit eher noch vertiefen.

Sein Haus befand sich in der Nähe des Hyde Park, und Clare ging oft zu dieser Stunde spazieren, und so entschloß er sich, diesen Weg nach Hause zu nehmen. Da es ein naßkalter Tag war, war im Park wenig Betrieb, und bald schon machte er Clare und ihre getreue Zofe aus, die ihr brav folgte.

Er übergab seinem Diener die Zügel mit der Order, nach Hause zu reiten, und entließ das Mädchen mit einer Geste. Als er sich Clares Schritt anpaßte, warf sie ihm einen Blick zu, der zeigte, daß sie nicht überrascht war. Sie trug ihre schlichtesten Kleider, und unter ihren Augen waren Schatten zu sehen, aber sie hatte ihre gewohnte Fassung wiedererlangt.

»Du hast ein bemerkenswertes Talent, lautlos zu verschwinden und wieder aufzutauchen«, sagte sie. »Wie eine Katze.«

Er zog ihre Hand unter seinen Ellenbogen, und sie schlenderten zu dem kleinen See, der die *Serpentine* genannt wurde. »Ich bin schon froh, daß du überhaupt mit mir sprichst.«

Sie seufzte und blickte zur Seite. »Ich habe keinen Grund, wütend auf dich zu sein. Alles, was geschehen ist, ist meinem Eigensinn und meinem schlechten Urteilsvermögen zuzuschreiben.«

»Vielleicht hältst du dich nicht für eine gute Christin, aber ganz gewiß bist du eine Meisterin darin, dich mit Schuldgefühlen zu quälen.«

Ihr Kopf fuhr herum, und sie sah ihn indigniert an. »Lieber das, als gar kein Gewissen zu haben, wie eine gewisse Person, die mir bekannt ist.«

Er tätschelte ihre Hand in seiner Armbeuge. »Gut. Ich mag es viel lieber, wenn du mich anfauchst. Das ist wenigstens die normale Clare.«

Sie konnte das Lächeln nicht ganz unterdrükken. »Wenn normal bedeutet, daß ich den Wunsch verspüre, mit dir eine Schlägerei anzufangen, dann bin ich in Hochform.«

»Die erste Zigeunerregel für den Kampf lautet, man soll niemals mit jemandem eine Schlägerei anfangen, der einige Zentimeter größer ist als man selbst.«

»Ich werd's mir merken.«

Sie hatten das Ufer des Sees erreicht, in dem

Enten mit lautem Gequake herumpaddelten und zwei kleine Jungen unter dem wachsamen Blick ihres Kindermädchens Spielzeugboote schwimmen ließen. Sie wanderten langsam um das Gewässer herum, und Nicholas deutete mit dem Kopf auf die kleinen Boote. »Lucien hat mir erzählt, daß man plant, die Siegesfeierlichkeiten im Juni hier zu veranstalten. Wahrscheinlich wird der Prinzregent die Schlacht von Trafalgar auf der *Serpentine* nachstellen lassen.«

»Meinst du das ernst?«

»Ganz und gar«, bestätigte er ihr. »Plus Feuerwerk, Paraden und einem hübsch-vulgären Jahrmarkt für die niederen Stände. Wenn du auf das Spektakel Lust hast, fahren wir wieder nach London.«

»Ich kann nicht zwei Monate im voraus entscheiden – ich kann mir ja kaum vorstellen, wie ich den nächsten Tag überstehen soll.« Sie schaute mit gequälten Augen auf. »Wir können nicht so weitermachen. Das siehst du doch ein.«

Sein Mund preßte sich zusammen. »Und warum nicht?«

»Wir haben bisher ein gefährliches Spiel gespielt. Wir haben einander geneckt und provoziert und sind dadurch immer näher an die Grenzen des anderen gekommen«, sagte sie offen. »Zwischen meiner Hysterie und deiner ständigen Enttäuschung liegt nichts als Vernichtung. Wir müssen aufhören.«

»Vielleicht hast du recht«, gab er widerstrebend zu. »Was schlägst du als Lösung vor?«

»Ich denke, uns beiden ist am besten gedient, wenn ich nach Hause, nach Penreith gehe.«

Eine Welle der Furcht schlug über ihm zusammen. »Was ich schon einmal gesagt habe, bleibt bestehen«, sagte er rauh. »Verlaß mich, bevor die drei Monate um sind, und ich kümmere mich um gar nichts mehr, was Penreith betrifft.«

Sie blieb stehen und starrte ihn an. »Ich begreife einfach nicht, warum dir soviel an meiner Anwesenheit liegt. Ich dachte eigentlich, inzwischen würdest du dich schon deswegen für die Mine einsetzen, weil du Lord Michael ärgern willst.«

Er begriff sich selbst nicht, aber er wußte verdammt genau, daß er sie nicht gehen lassen wollte. Instinktiv hob er die Hand, um sie mit einer Berührung zu überreden. Clare jedoch versteifte sich in einer angedeuteten, doch unmißverständlichen Ablehnung.

Seine Eingeweide krampften sich zusammen, und er ließ die Hand sinken. Ihm fiel nur eine einzige Lösung ein, wenn sie ihm auch überhaupt nicht gefiel. »Ich verzichte auf meine täglichen Küsse. Das sollte uns helfen, unseren Seelenfrieden zu erhalten. War es nicht das, was du ursprünglich als Wetteinsatz für unsere gestrige Billardpartie vorgesehen hattest?«

Sie zog die Brauen zusammen. »Jetzt verstehe ich noch weniger. Gestern abend hast du den Verzicht auf dein Kußrecht glattweg abgelehnt.«

»Das war gestern. Heute ist alles anders.« Er nahm ihren Arm, um sie wieder zum Gehen zu bewegen. Langsam entspannte er sich, denn es sah so aus, als würde sie akzeptieren. »Du mußt doch merken, daß mir etwas an deiner Gesellschaft liegt. Wenn wir wieder in Aberdare sind, schaue ich mich mal nach einem Hund um, aber bis dahin werde ich wohl mit dir vorliebnehmen müssen.«

Sie lächelte, und ihre Miene wurde weicher.

»Da du es so schmeichelhaft ausdrückst, wie könnte ich da ablehnen?«

Er war so froh über ihr Lächeln. Doch als sie zum Aberdare-Haus zurückgingen, fuhr ihm durch den Kopf, daß er nur noch zwei Monate Zeit hatte, um sie zum Bleiben zu überreden. Und die Waffen der Verführung standen ihm nun nicht mehr zur Verfügung.

Als der Duke of Candover heimkehrte, war sein Hausgast gerade dabei, seine Sachen zu packen. »Habe ich dich zu sehr vernachlässigt, Michael?« fragte er und versuchte, sein Unbehagen nicht durchschimmern zu lassen.

Mit ausdrucksloser Miene antwortete sein Freund: »Ganz und gar nicht. Aber ich kann nicht noch mehr Zeit verschwenden, indem ich wie ein Invalide herumliege – ich habe zuviel zu tun. Mit mir ist alles in Ordnung, ich hatte schon mal schlimmere Kopfschmerzen.« Dann erinnerte er sich an seine gute Erziehung und fügte hinzu: »Vielen Dank für deine Pflege.«

»Warum gibst du nicht deine Mietwohnung auf und bleibst bei mir?« schlug Rafe vor. »Diese Hütte ist so verdammt groß, daß ich mich immer über Gesellschaft freue.«

»Ich verlasse London. Ich habe meine geschäftlichen Interessen zu lange vernachlässigt – es wird Zeit, daß ich mich persönlich darum kümmere.«

Rafe spürte das Kribbeln im Nacken. »Ich nehme an, das schließt die Mine in Penreith ein?«

Michael nahm den Hut, den der Butler ihm reichte, und setzte ihn auf, so daß seine Augen von der Krempe beschattet wurden. »Ja, natürlich.«

Der Duke hätte am liebsten laut geflucht. »Ein Krieg ist gerade vorbei. Ich kann nur hoffen, daß du keinen neuen anfangen wirst.«

»Niemand liebt den Frieden mehr als ein Soldat außer Dienst«, erwiderte Michael, doch sein Gesichtsausdruck war undefinierbar. »Ich gebe dir Bescheid, wenn ich wieder in London bin.«

Er wandte sich um und ging ohne einen weiteren Blick zurück.

Kapitel 22

FÜR DIE FAMILIE Morris war der Sonntag genauso der Tag der Familie wie auch der Tag des Herrn. Gewöhnlich gingen sie jeden Sonntag nach dem Mittagessen spazieren. Manchmal begleitete Marged sie, meistens aber blieb sie daheim, weil sie, wie sie freimütig zugab, die Ruhe und das Alleinsein genießen wollte. Und was Owen betraf, so genoß er es ebenfalls, mit seinen Kindern allein zu sein. Wenn ein Mann nicht ein wenig darauf achtete, hatte er schnell die wichtigsten Jahre seiner heranwachsenden Sprößlinge verpaßt.

Es war ein typisch walisischer Tag, an dem Regenschauer und Sonnenschein sich abwechselten. Auf Drängen Trevors, seines ältesten Sohnes, nahmen sie einen anderen Weg als sonst in die Berge. Nur wenige Leute benutzten diese Strecke, da sie an Bryn Manor, Lord Michael Kenyons Anwesen, vorbeiführte, wo man Besucher nicht schätzte. Das Grundstück war mit einer abweisenden Steinmauer umgeben – ganz anders als die Aberdare-Besitzungen, über die kreuz und quer öffentliche Pfade verliefen. Wie auch immer – Owen wußte, daß es keinerlei Probleme geben würde, solange sie den

Kenyon-Besitz nicht widerrechtlich betraten, und dieser Weg war an einem Frühlingstag besonders hübsch.

Megan, ganz die kleine Lady, spazierte neben ihrem Vater her, während die Jungen wie ein Rudel Welpen hierhin und dorthin liefen. Der Anblick des kleinen Huws, der mit seinen eigenen Söhnen herumtollte, tat Owens Herz gut. Seit der Junge nicht mehr in der Mine arbeiten mußte, schien er ein paar Zentimeter gewachsen zu sein. Außerdem nahm er inzwischen ordentlich zu und hatte eine gesündere Hautfarbe angenommen. Laut Marged war er ein gelehriger Schüler, der sich in jede neue Unterrichtsstunde so ausgehungert stürzte wie auf die Mahlzeiten bei Tisch.

Als der Pfad sich nun bergauf schlängelte, fragte Owen seine kleine Tochter: »Du hast bald Geburtstag. Gibt es etwas, das du dir besonders wünschst?«

Sie blickte ihn von der Seite an. »Ein Kätzchen.«

Er zog die Brauen hoch. »Wir haben doch schon eine Katze.«

»Aber ich will ein *Kätzchen*«, erklärte sie. »Für mich ganz allein.«

Er mußte ein Lächeln verbergen. »Kätzchen werden irgendwann auch zu Katzen«, warnte er sie, »und wenn du eins bekommst, dann mußt du dich auch ganz allein darum kümmern. Immerhin wirst du zehn – du bist ja fast erwachsen. Wenn du sicher bist, daß du es dir wirklich wünschst, dann rede ich mal mit deiner Mutter. Wenn sie allerdings etwas dagegen hat –«

Megan unterbrach ihn mit einem ganz und gar

nicht damenhaften Jubeln. »Mama hat gesagt, sie will mit dir reden, und wenn du nichts dagegen hast, dann kriege ich eins. Ethelwyns Katze hat gerade Junge gekriegt, und in zwei Wochen darf man sie von ihrer Mutter wegnehmen.«

Owen grinste. Er hatte von Anfang an gar keine Chance gehabt. Allerdings hätte er Megan auch nichts abschlagen können. Sie sah ihrer Mutter viel zu ähnlich.

Doch sein Wohlbehagen schwand, als Trevor aus dem Wald stürmte. »Dada! Komm schnell! Es geht um Huw!« keuchte er. »Er ist ein bißchen weiter weggelaufen, um Blumen für Mama zu pflücken, und plötzlich kam er angerannt, als wär der Teufel hinter ihm her! Ich hab' ihn gefragt, was denn passiert ist, aber er heult nur und sagt nichts.«

Owen beschleunigte seine Schritte. Nach ein paar Minuten erreichten sie die beiden anderen Kinder. Huw schluchzte heftig und hielt die lädierten Osterglocken fest an seine Brust gepreßt. Trevors jüngerer Bruder David tätschelte ihm hilflos den Rücken und war sichtlich erleichtert, als sein Vater sich näherte.

Owen nahm Huw auf seine Arme und murmelte beruhigend. Auch wenn der Bursche inzwischen gediehen war, so war er doch immer noch dürr und klein und schrecklich hilflos. Als die Tränen des Kindes langsam versiegten, fragte er: »Was ist denn passiert, mein Junge?«

Huw rieb sich mit einer schmuddeligen Faust das Auge. »Ich . . . ich hab' die Tore der Hölle gesehen, Onkel Owen.«

Obwohl er ihn ruhig ausfragte, bekam Owen von dem Jungen keine zusammenhängende Erklärung, also traf er schließlich eine Entscheidung. »Trevor, du bringst Megan und David nach Hause. Huw kann mir zeigen, was er gesehen hat.«

Trevor führte seine Geschwister gehorsam auf den Pfad zurück. Huw sah ihnen unglücklich hinterher, aber als Owen ihn an die Hand nahm, setzte er sich trotzdem in Bewegung. Sie gingen immer tiefer in den Wald hinein, bis sie eine zerfallene Steinmauer erreichten. Huw ließ Owens Hand los und kletterte durch ein Loch in der Mauer.

Owen runzelte die Stirn. »Das ist Privatbesitz, das Grundstück der Kenyons. Du hättest es nicht betreten dürfen.«

»Ich hab' aber soviel Blumen gesehen und wollte welche für Tante Marged pflücken«, erklärte Huw schuldbewußt. »Ich bin gar nicht weit gegangen.«

Owen wußte, daß es besser war, wenn der Junge mit dem Ursprung seiner Angst konfrontiert wurde – er würde sonst vielleicht Alpträume bekommen. Also zwängte er sich durch den schmalen Spalt in der Mauer. Auf der anderen Seite angekommen, stand er vor einem Hügel, auf dessen Kuppe leuchtende Narzissen blühten. Der Hang war zwar stark bewaldet, aber die Zweige hatten noch keine Blätter, so daß man Rauch von der anderen Seite aufsteigen sehen konnte.

Furchtsam drehte Huw sich um und legte mahnend den Finger auf die Lippen. Dann duckte er sich ein wenig und hastete gebückt den Hang hinauf, bis er den Kamm erreichte, von dem aus man ein kleines Tal überblickte. Als sie sich hinter einem Busch versteckt hatten, legte Owen seinen Arm um Huw und schaute hinab, um festzustellen, was den Jungen so erschreckt hatte.

›Die Tore der Hölle‹ erwiesen sich als schäbige Hütte, die in den Hang auf der anderen Seite gebaut worden war. Der ungewöhnliche Lichteinfall der Sonne ließ den aufsteigendem Qualm seltsam infernalisch leuchten, was erklärte, warum mit Huw die Phantasie durchgegangen war. »Schau mal, Junge. Siehst du, wie die Sonne von hinten durch den Rauch hindurchscheint? Das ist bloß die Hütte eines Waldhüters.«

Huw antwortete zwar nicht, entspannte sich aber ein wenig. Dennoch machte Owen nicht sofort kehrt, sondern musterte die Hütte neugierig. Es war schon merkwürdig, daß an einem so warmen Frühlingstag ein so großes Feuer in der Hütte brannte.

Während sie die Hütte beobachteten, wurden die Rauchschwaden dünner und verflüchtigten sich schließlich ganz. Ein paar Augenblicke später schwang die Tür der Hütte auf, und zwei dunkelgekleidete Männer traten heraus. Huw verbarg ängstlich sein Gesicht in Owens Jacke. »Dämonen«, flüsterte er.

Es waren George Madoc und Huws Vater, Nye Wilkins. Zum Glück hatte Huw seinen Vater nicht gesehen. Womöglich hätte der Anblick des Mannes, der ihn so gequält hatte, noch zu seinem Glauben beigetragen, daß er in die Unterwelt geblickt hatte.

Madoc verschloß die Tür sorgfältig, und die beiden entfernten sich sowohl von der Hütte als auch von ihren heimlichen Beobachtern. Während Owen ihnen nachsah, überlegte er, welcher Bedeutung er dem Gesehenen beimessen sollte. Als Lord Michael Kenyons Geschäftsführer hatte Madoc natürlich ein Recht, hier zu sein; Madocs eigenes Haus stand ja auch auf Kenyon-Besitz, nur etwas näher zum Dorf hin. Doch was hatte er in dieser baufälligen, versteckt gelegenen Hütte zu tun gehabt? Und warum war Nye Wilkins hier? In der Zeche scharwenzelte er ständig in Madocs Nähe umher, aber heute war Sonntag. Owen konnte sich kaum vorstellen, daß die beiden auch privat miteinander umgingen; Madoc legte zuviel Wert auf die Hierarchie.

Als von den beiden Männern nichts mehr zu sehen war, drehte sich Owen halb zu Huw. »Warte hier. Ich möchte mir das näher ansehen.«

Owen schlich geduckt zur Hütte und spähte dort vorsichtig durch eines der kleinen Fenster. Der Raum war beherrscht von einem gewaltigen Ofen, der Owen an einen ähnlichen erinnerte, den er einmal in einer Töpferei in Swansea gesehen hatte. Er konnte allerdings nicht glauben, daß Madoc sich für Steingut oder ähnliches interessierte. So betrachtete er die Werkzeuge und Gerätschaften, die auf dem grob zusammengezimmerten Tisch lagen. Einige erkannte er, einige waren ihm fremd.

Nachdenklich kehrte er zu Huw zurück, und sie machten sich auf den Heimweg. Vielleicht ging seine Phantasie mit ihm durch und dies war wirklich nicht von Bedeutung. Auf jeden Fall wollte er mit Nicholas Davies über diese geheimnisvolle Hütte sprechen, sobald dieser aus London zurückgekehrt war.

Clare kam schnell zu dem Schluß, daß das Leben ohne Küsse einfacher war, da sie nun nicht mehr an einem gefährlichen Abgrund entlangbalancieren mußte. Doch leider war es auch langweiliger. Sie vermißte nicht nur den körperlichen Kontakt, sondern auch die lockere Vertrautheit im Umgang mit Nicholas, die gleichzeitig verschwunden war. Nicholas berührte sie praktisch nur noch bei höflichen Gesten, zum Beispiel wenn er ihr in die Kutsche hineinhalf, ansonsten nicht mehr. Obwohl sie sich immer noch gut verstanden und unterhalten konnten, hatte ein Teil von ihm in sich zurückgezogen. Auf der Rückreise nach Aberdare zog er es meistens vor, zu reiten, statt mit Clare und Polly in der Kutsche zu fahren. Dies reduzierte zwar die Anspannung, die sie stets in seiner Nähe überfallen hatte, ließ die Reise jedoch auch weit länger erscheinen als die Fahrt nach London.

Clare hatte seltsam gemischte Gefühle, als sie das Tal erreichten. Es war ihr Zuhause – es gab keinen Ort auf der Welt, der ihr vertrauter war. Dennoch hatte sie das Gefühl, als sei sie eine andere Frau als die, die vor einigen Tagen abgereist war. Sie hatte sich verändert, und ihr Zuhause würde nie mehr dasselbe sein.

Nach ihrer Ankunft auf Aberdare begab sie sich zuerst zu Rhys Williams. Sie erzählte ihm, welche Anschaffungen sie in London getätigt hatte, und nannte das voraussichtliche Ankunftsdatum der Sachen. Dann fragte sie schließlich ohne Umschweife: »Sind irgendwelche Dienstboten gegangen, weil sie nicht mit einer unmoralischen, lasterhaften Frau in einem Haus wohnen wollten?«

Nach einem kurzen Zögern antwortete der Butler mit gleicher Offenheit. »Zwei. Tegwen Elias und Browyn Jones. Browyn wollte eigentlich nicht, aber ihre Mutter hat darauf bestanden.«

Es hätte schlimmer kommen können. In diesem Tal nahm man die Sache mit der Moral sehr ernst. »Wird es weitere Probleme geben?« fragte Clare.

»Ich glaube nicht. Ich hätte leicht zwei neue Mädchen einstellen können, aber ich wollte lieber auf Ihre Rückkehr warten.« Er lächelte ein wenig verbittert. »In dieser Gegend sind gute Stellen rar. Es gibt nicht viele, die nur wegen ein bißchen Klatsch auf ihre verzichten. Ich täte es auch nicht.«

Also waren die äußeren Bedingungen für sie von Vorteil. Sie überlegte einen Moment, ob sie ihn fragen sollte, was er persönlich von ihrer Moral – oder, was das betraf, ihren Mangel an solcher –, hielt, ließ es dann jedoch sein. Sie wollte es doch lieber nicht wissen.

Am folgenden Tag begutachtete sie, was während ihrer Abwesenheit getan worden war. Rhys Williams und die Angestellten hatten hervorragende Arbeit geleistet: Die Gesellschaftsräume waren hell, sauber und nicht länger mit zu vielen häßlichen Möbelstücken vollgestopft. Mit den Tapeten, Farben und Stoffen, die sie in London geordert hatte, würde das Haus bald so herrlich aussehen, wie es der Würde des Anwesens entsprach.

Doch obwohl sie mit den Fortschritten im Haus zufrieden sein durfte, wuchs ihre Nervosität, je näher der Abend rückte. Heute war der Tag ihres Gruppentreffens, und sie war sich ganz und gar nicht sicher, wie sie empfangen werden würde. Nicholas fiel ihre Stimmung beim Dinner auf, und er fragte sie, ob irgend etwas nicht stimmte. Sie erklärte es ihm. »Ich würde mich ja bereit erklären, mit dir zu gehen, aber das wird wahrscheinlich das Problem eher noch verstärken. Und ich nehme nicht an, daß du erwägst, ganz fernzubleiben?«

Sie schüttelte den Kopf. »Das wäre feige. Und noch schlimmer, es könnte den Anschein erwecken, mir wären meine alten Freunde nicht mehr gut genug, da ich ja jetzt mit dem Adel auf du und du bin.« Ihr Gesicht verhärtete sich. »Wenn sie mich auffordern, wieder zu gehen, dann weiß ich wenigstens, wo ich stehe.«

Nach dem Essen ging Clare auf ihr Zimmer und zog eines ihrer alten Kleider an. Dazu brauchte sie auch wenigstens keine Hilfe. Die Mitglieder ihrer Gruppe waren ihre engsten Freunde und die Menschen, auf deren Vertrauen sie noch am ehesten hoffen konnte. Doch tief in ihrem Herzen fühlte sie, daß sie es verdiente, von den Treffen ausgeschlossen zu werden. Auch wenn sie im eigentlichen Sinn noch Jungfrau war, so hatte sie sich auf jeden Fall eines überaus unmoralischen Verhaltens schuldig gemacht. Und das schlimmste daran war, daß es ihr gar nicht leid tat. Sie war verwirrt und unglücklich, empfand aber keine echte Reue.

Kurz vor Beginn des Treffens hielt Clare ihren Wagen vor dem Haus der Familie Morris. Als sie eintrat, verstummten augenblicklich alle Gespräche. Elf Augenpaare richteten sich auf sie. Marged brach das Schweigen, in dem sie zu Clare ging und sie freundlich an sich drückte. »Clare, ich freue mich, dich zu sehen. Kannst du bald mal in die Schule kommen? Die Kinder vermissen dich.« Sie lächelte. »Und außerdem sind sie ausgesprochen begierig darauf, Lord Aberdares Pinguine kennenzulernen.«

Clare war froh, daß ihrer Freundin auf ihrer

Seite stand, aber das bedeutete nicht unbedingt, daß auch die anderen ihr Wohlwollen entgegenbrachten. Sie blickte im Raum umher und lächelte probeweise. Einige Leute erwiderten das Lächeln, Hugh Lloyd zwinkerte ihr zu. Als letztes sah Clare Edith Wickes an, die am wenigsten mit ihrer Kritik hinterm Berg halten würde. »Bin ich bei euch noch willkommen?« fragte Clare.

Edith schnalzte verächtlich mit der Zunge. »Du hast es nicht gerade klug angestellt, Kind. Das halbe Tal ist fest davon überzeugt, daß du ein leichtes Mädchen bist.«

»Ich bin nicht die Geliebte Lord Aberdares«, erwiderte Clare und war zutiefst dankbar, daß sie das ehrlich behaupten konnte.

»Nun, das wollen wir auch nicht hoffen«, sagte Edith energisch. »Aber es gibt ein paar Leute, die nur allzu bereitwillig das Gegenteil glauben, wie zum Beispiel unsere Mrs. Elias.« Sie rümpfte die Nase. »Wenn der Herr am Tag des Jüngsten Gerichts die Schafe von den Ziegen trennt, dann wird er hier nicht viel gute Wolle finden. Sie meinte, du wärest dir sicher zu fein, zum Treffen zu kommen, da du ja nun in dem großen Haus wohnst, aber ich wußte es besser.«

Clare hätte vor Erleichterung am liebsten laut geseufzt. Sie umarmte Edith dankbar. »Vielen Dank, daß ihr Vertrauen in mich habt. Ich kann zwar nicht behaupten, daß mein Verhalten einwandfrei gewesen ist, aber ich habe auch nichts Furchtbares getan. Wie macht sich die Sonntagsschule?«

In seiner Eigenschaft als Leiter unterbrach Owen das Gespräch. »Geplaudert wird später, meine Damen – wir sollten jetzt beginnen. Singen wir ein Lied für Unseren Herrn.«

Das vertraute Ritual aus Gesang, Gebeten und Gesprächen entspannte Clare, und als sie an der Reihe war, zu sprechen, da sagte sie nur kurz, daß London sowohl voller Aufregungen als auch Versuchungen gewesen war, und daß sie froh wäre, wieder zu Hause zu sein.

Als das Treffen vorbei war, blieben die Mitglieder noch, denn es gab Tee und Kuchen und die Möglichkeit, Clare über ihre Erlebnisse in London auszufragen. Nachdem sie sie mit Geschichten über den Tower, mechanische Ungeheuer und die vielen anderen Sehenswürdigkeiten zufriedengestellt hatte, erhob Clare sich mit Bedauern. »Ich muß jetzt leider gehen.«

Die ganze Gruppe machte sich nun zum Aufbruch fertig, und Owen wandte sich an Clare. »Ich bringe dich nach Aberdare, Clare. Ich möchte nicht, daß du eine solche Strecke allein fährst.«

Sie warf ihm einen neugierigen Blick zu, denn im Tal passierte so gut wie nie etwas, willigte aber ohne Protest ein. Als sie dann beide auf dem Weg waren, gab er zu, daß er vor allem mit Nicholas sprechen wollte. Es ginge um nichts Wichtiges, wirklich nicht, aber vielleicht war es etwas, das Seine Lordschaft interessieren würde.

Als hätte er auf Clares Rückkehr gewartet, kam Nicholas aus der Bibliothek in die Eingangshalle, sobald sich die Vordertür öffnete. Bei Owens Anblick lächelte er herzlich und schüttelte dem Mann ehrlich erfreut die Hand. »Das ist ein angenehmer Zufall. Ich habe nämlich ein paar Fragen und hatte gehofft, daß du sie mir beantworten könntest.«

»Ich hätte auch ein paar Fragen«, meinte Owen.

»Soll ich bleiben oder gehen?« fragte Clare.

»Bleiben«, antwortete Nicholas und führte die beiden in die Bibliothek. »Owen, du zuerst. Worum geht es?«

Owen ließ sich in einem weichen Ledersessel nieder. »Mag sein, daß es nichts von Bedeutung ist, aber vor ein paar Tagen habe ich etwas beobachtet, was mir ein wenig seltsam vorkommt.« Dann beschrieb er die Hütte, die er und Huw auf dem Kenyon-Grundstück entdeckt hatten.

»In der Tat interessant«, bemerkte Nicholas, als Owen geendet hatte. »Und was könnte es deiner Meinung nach bedeuten, wenn es denn überhaupt eine Bedeutung hat?«

»Wenn ich Schlüsse ziehen sollte, dann würde ich sagen, daß die Hütte zum Abscheiden von Edelmetallen benutzt wird«, sagte Owen zögernd. »Möglicherweise Gold, wahrscheinlicher aber Silber.«

»Kann das denn sein?« fragte Nicholas überrascht. »Ich weiß zwar, daß man in Wales gelegentlich auf Gold oder Silber gestoßen ist, aber es war niemals viel und schon gar nicht in dieser Gegend.«

»Manchmal findet man sehr reines Silber in strähnenartigen Ansammlungen, die man Drahtsilber nennt«, erklärte Owen. »Ich habe so etwas mal gesehen. Erstaunliches Zeug – so rein, daß man es praktisch nur mit einem heißen Ofen schmelzen und in Barren gießen kann. Der Ofen, den ich in der Hütte gesehen habe, wäre durchaus ausreichend. Ich glaube zwar nicht, daß man in einem Kohleflöz Silber finden kann, aber erinnerst du dich an den verschlossenen Schacht? Ich habe dir erklärt, daß sich das Gestein dort ändert. Es könnte sein, daß dieses andere Gestein Silber enthält.«

»Also hat Wilkins vielleicht durch Zufall Silber entdeckt und ist sofort zu Madoc gegangen. Wenn es sich um kleine Mengen handelt, kann man sie ohne Schwierigkeiten aus der Mine holen, ohne daß jemand etwas merkt. Und das Kenyon-Grundstück ist der ideale Ort, um es herauszuschmelzen, da Lord Michael nicht anwesend ist und Madoc auf dem Besitz nach dem Rechten sieht.«

»Und warum sollte Wilkins zu Madoc gehen, anstatt einen wertvollen Fund für sich zu behalten?« fragte Clare.

»Nye Wilkins ist nicht klug genug, das Silber auszufällen oder zu verkaufen. Er braucht einen Partner, der davon Ahnung hat. Wie Madoc«, antwortete Owen. »Wenn wir richtig geraten haben, dann machen die zwei bestimmt einen hübschen Extragewinn.«

»Aber das ist doch genau, wonach wir gesucht haben!« Clare sprang vor Aufregung förmlich aus dem Sessel. »Lord Michaels Pachtvertrag bezieht sich nur auf Kohle, er besitzt kein umfassendes Förderrecht. Wenn Madoc und Wilkins Silber oder irgendein anderes Erz aus der Zeche holen, dann hast du eine Grundlage für eine Klage. Selbst wenn Lord Michael keine Ahnung davon hat, was seine Angestellten da tun, dann muß die Gesellschaft doch bestimmt trotzdem haften, wenn dir dadurch ein Schaden entsteht.«

Einen Augenblick herrschte Schweigen. Dann stieß Nicholas einen Jubelschrei aus und riß Clare in die Arme, um ihr einen Kuß aufzudrücken. Gerade noch rechtzeitig besann er sich und küßte sie nur leicht und flüchtig.

Dann wandte er sich zu Owen um. »Ich habe Lord Michael Kenyon in London getroffen. Er war im Krieg, daher konnte er sich nicht um seine Geschäfte kümmern. Da er sich schlichtweg geweigert hat, irgendwelche Veränderungen einzuleiten, haben wir nach einer Möglichkeit gesucht, den Pachtvertrag zu lösen. Und jetzt, Gott sei Dank, haben wir durch dich und Huw eine solche bekommen.«

Owen lächelte. »Damit hast du recht . . . *Gott* sei Dank. Es kann unmöglich ein Zufall gewesen sein, der Huw und mich erst zu der Hütte und dann zu dir geführt hat.«

Nicholas hatte keine Lust, sich über theologische Themen zu streiten. »Bisher sind das ja alles nur Spekulationen. Was wir brauchen, sind handfeste Beweise. Kannst du mich noch einmal mit in die Zeche nehmen? Wenn wir beide bezeugen können, daß wir etwas gesehen haben, das auf illegale Ausbeutung hinweist, dann kann ich vor Gericht gehen, den bestehenden Vertrag lösen und das Geschäft selbst übernehmen.«

Owen runzelte die Stirn. »Noch einmal in die Mine zu gelangen, wird nicht leicht sein. Madoc hat angeordnet, ihn sofort zu benachrichtigen, falls du wieder auf dem Grundstück gesichtet wirst. Selbst wenn die meisten Leute dort anständig sind, so würden sie doch nicht gegen den Befehl von Madoc handeln.«

»Und wenn wir nachts runtergehen? Wenn wir erst mal unter der Erdoberfläche sind, dann ist es doch sowieso egal, welche Tages- oder Nachtzeit es ist.«

»Nach deinem ersten Besuch hat Madoc einen Zaun um den Einstieg ziehen lassen, und nachts laufen Wachen mit Hunden herum. Die könnten wir ja vielleicht irgendwie umgehen, aber den Göpel zu betreiben, ohne daß es jemand bemerkt, dürfte unmöglich sein. Diese übertriebenen Maßnahmen kamen uns allen ein wenig schwachsinnig vor.« Owen zuckte die Schultern. »Allerdings haben wir ihn immer schon für etwas verrückt gehalten.«

»Der Hauptschacht ist also für uns unerreichbar«, sagte Clare. »Aber was ist mit dem alten Bychan-Schacht, der hauptsächlich zur Bewetterung benutzt wird?«

Owen riß die Augen auf. »Ein Lob an dein Gedächtnis, Mädchen! Ich hatte den alten Zugang schon fast vergessen.«

»Könnte man dort hinein?« fragte Nicholas.

»Ich denke schon«, antwortete Owen nachdenklich. »Er ist sehr eng, aber es hängt noch ein Korb darin, in dem eine einzelne Person herabgelassen werden kann. Man macht das mit Hilfe eines Ponys und einer anderen Person, wir bräuchten also nur noch einen Helfer bei der Aktion. Zudem geht der alte Schacht sehr nahe an dem verbarrikadierten Tunnel nach unten, so daß man nicht weit laufen müßte. Es könnte klappen.«

»Dann würde ich sagen, daß wir es in vier Tagen versuchen. Das wäre Zeit genug, damit mein Anwalt in Swansea die rechtliche Seite überprüfen kann«, schlug Nicholas vor. »Außerdem denke ich, wir sollten uns die Hütte einmal von innen ansehen. Wenn dort Silber geschmolzen wird, müßte man irgendwelche Spuren davon finden können. Was ein weiterer Beweis wäre.«

Owen nickte. »In vier Tagen also. In der Zeit kann ich dann auch überprüfen, ob Seil und Korb im alten Schacht soweit noch intakt sind.« Seine Miene wurde grimmig. »Je eher etwas getan wird, desto besser. In den letzten zwei Wochen hat sich das Problem mit den Gasen verstärkt, und drei Tunnel sind eingestürzt, weil sie miserabel abgestützt waren. Es ist zwar keiner mehr umgekommen, aber ich habe das dumpfe Gefühl, daß in nicht allzu ferner Zeit etwas Entsetzliches geschehen wird.«

»In einer Woche wird die Zeche wieder mir gehören, und ich werde die notwendigen Maßnahmen zur Modernisierung sofort veranlassen«, sagte Nicholas zuversichtlich. Sein Instinkt sagte ihm, daß er nun wirklich ein Mittel gefunden hatte, um Lord Michael die Leitung der Mine zu entreißen. Und wenn Michael das nicht gefiel, dann war das wirklich verdammt bedauerlich!

Kapitel 23

GEORGE MADOC HATTE keine Chance, sich auf den Besuch seines Arbeitgebers vorzubereiten. Lord Michael Kenyon marschierte einfach in sein Büro, ohne dem Sekretär Zeit zu lassen, ihn anzukündigen.

Madoc hätte in dem hageren Mann mit den harten Augen den vornehmen, jungen Lord beinahe nicht erkannt, der ihn vor Jahren eingestellt hatte. Doch als der Fremde mit seiner tiefen Stimme sprach, wußte Madoc, wen er vor sich hatte. »Tut mir leid, daß ich einfach so ohne Vorwarnung hier hereinschneie, Madoc, aber ich habe mich sehr kurzfristig entschlossen, nach Penreith zu reisen.«

Madoc kam stolpernd auf die Füße und nahm die ausgestreckte Hand. »Lord Michael. Was für eine Überraschung«, stammelte er. »Ich wußte gar nicht, daß Sie wieder in England sind.«

»Ich wurde vor ein paar Monaten wegen Krankheit beurlaubt. Da der Krieg nun vorbei ist, werde ich mein Offizierspatent verkaufen und mich wieder aktiver um meine Geschäfte kümmern.« Ohne auf eine Aufforderung zu warten, setzte Lord

Michael sich. »Als erstes möchte ich bitte die Bücher der letzten vier Jahre sehen.«

»Gibt meine Geschäftsführung Anlaß zur Beschwerde?« fragte Madoc steif und gab sich Mühe, dabei eher indigniert als besorgt zu klingen.

»Aber gar nicht – Sie haben beachtliche Gewinne erzielt. Nein, ich möchte mich nur wieder mit dem Geschäft vertraut machen.« Seine Lordschaft lächelte schwach und humorlos. »Nach den Jahren in der Armee muß ich mich erst einmal wieder an das zivilisierte Leben gewöhnen.«

»Natürlich.« Madoc dachte rasch nach. »Die alten Bücher sind bei mir zu Hause. Ich hole sie und lasse sie Ihnen bringen. Wohnen Sie im Gasthaus?«

»Nein, auf Bryn Manor. Ich war gerade auf dem Weg dorthin, als ich dachte, ich könnte auch eben bei Ihnen vorbeischauen.«

»Sie wollen hierbleiben?«

Kenyon zuckte die Schultern. »Ich weiß es noch nicht. Aber ich habe zumindest keine Eile, wieder abzureisen. Wales ist im Frühling sehr schön.«

»Möchten Sie eine Tasse Tee? Oder etwas Stärkeres?«

»Nicht nötig.« Lord Michael stand auf und begann, ruhelos in dem Büro herumzuwandern. »Hat Lord Aberdare Ihnen in irgendeiner Hinsicht Ärger gemacht?«

»Ein bißchen«, antwortete Madoc verdutzt. »Woher wissen Sie das?«

»Ich habe ihn in London getroffen. Er hat mir eine Lektion über die Sicherheit im Bergbau erteilt«, sagte Lord Michael trocken. »Wir hatten eine Diskussion – eine recht heftige.«

Madoc schnaubte verächtlich. »Der Earl scheint

nicht zu begreifen, daß der Bergbau immer eine riskante Angelegenheit ist.«

»Genau das habe ich ihm auch gesagt.« Seine Lordschaft sah Madoc finster an. »Hat er widerrechtlich meinen Besitz betreten?«

»Einmal. Ich wies ihn an, zu gehen, und stellte Wachen auf. Bisher ist er nicht wieder hier gewesen.«

»Fein. Wenn es doch noch einmal geschieht, dann vertraue ich darauf, daß Sie alles Notwendige tun, um seine Person von meinem Besitz zu entfernen.«

In Madoc keimte ein Gedanke auf. »Um ehrlich zu sein, hatte ich doch ein paar Hemmungen, dem Earl den Zutritt zu verwehren, auch wenn er uns ziemlich auf die Nerven gegangen ist. Ich dachte, er ist ein Freund von Ihnen.«

»War. Nicht mehr«, sagte Lord Michael mit eisiger Stimme. »Aberdare hat genug Schaden angerichtet. Ich werde nicht zulassen, daß er sich nun auch noch in meine Geschäfte einmischt. Informieren Sie mich sofort, falls er wieder versucht, Ärger zu machen.«

»Mach' ich, Sir. Und die Bücher schicke ich Ihnen morgen früh.«

Mit einem knappen Nicken verließ Lord Michael das Büro und schloß die Tür hinter sich.

Madoc sank in seinen Stuhl, nahm eine kleine Flasche Whiskey aus seiner Tischschublade und schenkte sich mit zitternden Händen eine anständige Menge ein. Lord Michael Kenyon war immer schon ein beunruhigend seltsamer Mensch gewesen, aber nun schien er durch und durch gefährlich. Warum hatte der Bastard sich nicht einfach im Krieg umbringen lassen können?

Madoc gratulierte sich selbst dazu, die falschen Bücher stets auf dem neuesten Stand gehalten zu haben. Er würde sie vorsichtshalber heute nacht noch einmal durchgehen, aber er glaubte nicht, daß Seine verdammte Lordschaft etwas finden würde, was ihn mißtrauisch machen konnte. Schließlich holte er aus der Zeche einen ordentlichen Profit heraus. Nicht soviel, wie er gekonnt hätte, aber es gab nichts in den Büchern, aus dem man schließen könnte, daß Madoc sich etwas beseite geschafft hatte.

Nichtsdestoweniger war Lord Michaels Rückkehr eine Katastrophe. Schon damals, als er die Mine erstanden hatte und begeistert bei der Sache gewesen war, hatte der Kerl die unangenehme Eigenschaft gezeigt, immer dann aufzutauchen, wenn man ihn am wenigsten erwartete, und er war zudem immer bedauerlich aufmerksam gewesen. Er könnte durchaus eine Diskrepanz zwischen den Beträgen, die angeblich für die Stützung der Schächte ausgegeben worden waren, und dem tatsächlichen Zustand der Tunnel bemerken. Außerdem könnte er über Hinweise auf Madocs erträgliches kleines Nebengeschäft stolpern. Nun, letzteres mußte er also im Augenblick einstellen.

Als der Alkohol seine Hände beruhigte, lehnte er sich mit finsterer Miene in seinem Stuhl zurück. Als Sohn eines Ladeninhabers aus Swansea hatte er hart arbeiten müssen, um dorthin zu kommen, wo er jetzt war. Seit vier Jahren verwaltete er die Mine mit einer Sorgfalt, als würde sie ihm selbst gehören, und er wollte verdammt sein, wenn er nun nur noch Befehle von einem überzüchteten Aristokraten entgegennehmen würde.

Dummerweise gehörte eben jenem überzüchteten Aristokraten die Gesellschaft. Madoc würde also zunächst den gehorsamen Diener spielen müssen. Mit etwas Glück würde Kenyon sich bald langweilen und Penreith wieder verlassen, so daß sich die Dinge wieder normalisieren konnten. Wenn nicht ...

Madoc machte sich keine Mühe, den Gedanken zu Ende zu bringen, doch als er sich nachschenkte, begann er darüber nachzudenken, wie er seine Situation etwas verbessern könnte. Seine erste Idee war vollkommen simpel, besaß aber nur eine leidliche Chance auf Erfolg. Wenn er damit scheiterte, würde er einen komplizierteren Plan ausführen, für den er allerdings weitere Männer anheuern mußte. Und das war ein großes Risiko. Wie auch immer – wenn es nötig werden sollte, dann wußte er, wo er nach den richtigen Schurken suchen mußte. Er kannte Männer, die Befehle befolgen und den Mund halten konnten.

Als er seinen Whiskey austrank, umspielte ein zufriedenes Lächeln seine Lippen. Seine erste Reaktion auf Lord Michaels plötzliches Erscheinen war zwar Zorn gewesen, aber je länger er darüber nachdachte, desto deutlicher erkannte er, daß er nun endlich bekommen konnte, was ihm zustand. Er war schlauer als Aberdare oder Michael Kenyon, und er hatte weit härter für seine Ziele gearbeitet. Diese beiden waren doch nur schwächliche Narren, und so war für George Madoc endlich die Zeit gekommen, sich zum mächtigsten Mann im Tal aufzuschwingen.

Die kleine Olwen rannte aufgeregt hinter einem

nervösen Pinguin her, und Clare beschloß, lieber einzugreifen. Sie legte dem Mädchen eine Hand auf den Arm und sagte: »Verschreck den armen Kerl nicht, Olwen. Denk nur, wie beängstigend es für ihn und seine Freunde sein muß, so viele Fremde zu Besuch zu haben.«

Eigentlich ertrugen die Pinguine die Invasion recht gut. Als der fragliche Vogel bemerkte, daß Olwen nicht mehr hinterherkam, verfiel er wieder in ein langsameres Tempo und begann uninteressiert hier und dort im Gras zu picken. Olwen entdeckte eine weiße Feder, hob sie auf und beäugte den Pinguin abschätzend. »Ich tu' ihm nichts, Miss Morgan«, versprach sie.

Erst jetzt bemerkte Clare, daß Olwen bereits eine ganze Handvoll schwarzer und weißer Federn in ihrer kleinen Faust hielt. »Willst du die zu Hause deinem kleinen Bruder zeigen?«

Das Kind blickte sie mit feierlichem Ernst an. »Wenn ich genug Federn finde, dann kann ich mir vielleicht selbst einen Pinguin machen.«

Clare lächelte. »Vielleicht eine Pinguinpuppe, aber einen echten können nur Mama und Papa Pinguin machen.«

Olwen zog die Nase kraus. »Wir werden ja sehen.«

Dann zog sie ab, um noch mehr Federn zu sammeln. Clare lachte und betrachtete zufrieden die fröhlich aufgedrehten Kinder. Das Pinguin-Picknick war ein voller Erfolg.

Am Tag nach dem Treffen hatte Clare Marged vorgeschlagen, den Kindern die Tiere zu zeigen. Ihre Freundin hatte darauf hingewiesen, daß bald der erste Mai war, und was war geeigneter als ein

Picknick, um den Einzug des Frühlings gebührend zu feiern?

Die Organisation war keine Schwierigkeit gewesen – zum Glück, denn sie hatten bloß zwei Tage Zeit. Man hatte drei Aberdare-Karren mit Stroh ausgelegt und zur Schule gebracht, wo die kichernden und kreischenden Kinder eingeladen wurden. Mit von der Partie waren einige Mütter, die darauf aufpassen sollten, daß kein übereifriges Kind verlorenging. Und so waren die Karren dann über den Aberdare-Besitz bis zum Pinguin-Teich gezockelt.

Selbst das gewöhnlich unbeständige Wetter hatte an diesem Tag mitgespielt, und es war warm und sonnig. Nicht daß Regen das Picknick verdorben hätte: Die Waliser waren ein zähes Volk, und das zeigte sich schon bei den Kindern. Dennoch waren der blaue Himmel und die laue Brise allemal angenehmer.

Clare fuhr nicht in den Karren mit, sondern saß auf Rhonda, der freundlichen Ponystute. Nicholas war ebenfalls zu Pferd. Sie war überrascht gewesen, daß er sich bereit erklärt hatte, mitzukommen, aber er meinte mit einem Augenzwinkern, er müsse schließlich seine Pinguine davor beschützen, von den Kinder zu Tode geliebt zu werden.

Was auch immer der wahre Grund sein mochte – er hatte genauso viel Spaß an dem Ausflug wie die Kleinen. Clare fiel auf, daß er die für Kinder typische Fähigkeit besaß, im Augenblick zu leben. Es war selten, daß dieser Zug das Erwachsenwerden überstand. Sie beneidete ihn darum, denn sie konnte sich nicht mehr erinnern, wann sie zuletzt ein solches unkompliziertes Vergnügen empfunden hatte. Doch in seinem Gesicht stand der pure Spaß an der Freude, als er an die aufgeregten Pinguine einen Eimer Fische fütterte, den er von Aberdare mitgebracht hatte.

Sie hatte eine andere Art Vergnügen kennengelernt. In seinen Armen ...

Sie wandte vorsichtshalber ihr glühendes Gesicht ab, als sie ein pitschnasses Kind geschickt aus dem Teich hievte. Obwohl sie und Nicholas nun harmlos wie Bruder und Schwester zusammenlebten, ließ ihr hartnäckiges Erinnerungsvermögen sie nicht vergessen, wie es vorher gewesen war.

Energisch sagte sie sich, daß die Situation so besser war. Bevor eine innere Stimme ihr widersprechen konnte, gesellte sie sich zu den anderen Frauen, die gerade begannen, die Hammelpasteten und Johannisbeerkuchen zu verteilen, die die Köchin von Aberdare ihnen mitgegeben hatte. Zum Glück waren die Picknick-Körbe gut gefüllt, denn die Pinguine bekamen einen beachtlichen Anteil von der Mahlzeit ab.

Inzwischen hatte der Himmel sich bezogen, so daß sie ihr Mahl beendeten und die Sachen zusammenzupacken begannen. Nicholas hob die kleinsten Kinder in die Karren, wo sich die meisten sofort wie gut abgefütterte Welpen ins Stroh kuschelten und einnickten. Anschließend gab er den Fahrern ein Signal, und die Karren rumpelten von der Lichtung.

Nicholas und Clare bildeten das Schlußlicht. Weil Nicholas' schwarzer Hengst zu temperamentvoll war, ritt er einen verläßlichen Braunen, der sich in Gegenwart der Kinder brav verhielt. »Das hat Spaß gemacht. Das müssen wir bald noch einmal machen.«

Clare lächelte, als sie Rhonda antrieb. »Ich bin

froh, daß du so denkst, denn du wirst kaum eine Wahl haben. Wenn die Kinder nach Hause kommen und ihren Familien davon erzählen, wird der gesellschaftliche Druck dich zwingen, ein Fest zu veranstalten, zu dem das ganze Dorf kommen kann. Ein Samstagnachmittag wird am besten sein.«

Er lachte laut. »Also gut. Wie wär's am Mittsommertag? Wenn das ganze Dorf kommt, dann wäre es wohl günstiger, das Picknick auf einer weiter unten gelegenen Lichtung zu veranstalten und den Gästen nur in kleinen Gruppen den Zugang zu dem Pinguin-Teich zu gewähren. Ich möchte nicht, daß die gierigen Viecher auf die Idee kommen, daß Johannisbeerkuchen ihrer normalen Fischmahlzeit vorzuziehen ist.«

Sie ritten in kameradschaftlichem Schweigen nebeneinander her. Vor ihnen stimmte Marged ein Lied an, und bald war die Luft von den hellen Stimmchen der Kinder, die wach waren, erfüllt. Für Clare war dies einer der perfekten Augenblicke, wo alles stimmte und man einfach nur glücklich war.

Als sie ein Drittel des Weges den Berg hinabgeritten waren, sagte Nicholas beiläufig: »Vielleicht hast du es noch nicht gehört, aber gestern ist Michael Kenyon ins Tal zurückgekehrt. Angeblich wohnt er auf Bryn Manor und will nach der Mine sehen.«

Clares Kopf flog herum. »Er ist hier?«

»Wie man mir sagte.« Er lächelte leicht. »Sieh mich nicht so entsetzt an, Clarissima. Bryn Manor ist das einzige Haus, das Michael besitzt, so ist es ja nur ganz natürlich, daß er dort einzieht.«

»Es ist nicht natürlich, wenn er entschlossen ist, den Streit mit dir weiterzuführen.« Voller Unbehagen schweifte ihr Blick über die Hügel, die sie umgaben. »Er ist gefährlich, Nicholas.«

»Ja, aber auch intelligent. Er wird mich kaum ermorden, solange er der erste ist, den man verdächtigen wird«, argumentierte Nicholas. »Ich vermute, daß er nach dem Duell ein wenig nachgedacht hat und nun einfach einmal selbst nachsehen will, wie es in der Zeche steht.«

Ohne Überzeugung murmelte Clare: »Ich hoffe, du hast recht.«

Vor ihnen herrschte ein paar Sekunden Schweigen, da das erste Lied zu Ende war und erst über das nächste abgestimmt werden mußte. Der Himmel war inzwischen bleigrau, und man hörte das Rumpeln eines Donners in der Ferne. Einen Augenblick später krachte es wieder, diesmal schon viel näher. Clares Pony scheute, und Nicholas' Tier stieg mit einem schrillen Wiehern.

Nicholas fluchte laut, als er versuchte, sich auf dem Rücken zu halten. Schließlich hatte er den Fuchs wieder unter Kontrolle, und er beugte sich vor, um Rhonda auf die Flanke zu schlagen. »Vorwärts! Hinter die nächste Biegung!« bellte er. »Los jetzt!«

Das Pony schoß los, der Fuchs stürmte hinterher. Clare fiel fast vom Rücken, doch nach ein paar Augenblicken, in denen ihr das Herz stehenzubleiben drohte, schaffte sie es, ihr Gleichgewicht wiederzufinden. Sie flogen den Hang hinunter, bis der Pfad sich um ein paar vorspringende Felsen wand.

»Du kannst sie etwas zügeln«, rief Nicholas. »Hier müßten wir sicher sein.«

Clare tat wie geheißen und warf Nicholas einen Blick zu. Bevor sie fragen konnte, warum sie plötzlich losgestürmt waren, sah sie das Blut, das am Hals des Fuchses herunterlief. »Gütiger Himmel! Das war kein Donner, sondern ein Gewehrschuß!« keuchte sie. »Bist du verletzt?«

»Nein. Caesar hat einen Streifschuß abbekommen, aber ich bin unversehrt.« Er beugte sich vor und untersuchte die Wunde seines Tiers. »Nur ein Kratzer. Es wird eine Narbe geben, aber es ist nicht wirklich etwas passiert.«

»Nicht wirklich?« schrie Clare. »Du hättest tot sein können!«

»Es wäre nicht das erste Mal, daß ein Wilderer versehentlich jemanden erschießt. Wir hatten Glück.« Er streichelte den schweißverklebten Hals des Braunen und murmelte unzusammenhängende Wörter, um das Tier zu beruhigen.

Clare hätte ihn für seine Begriffsstutzigkeit am liebsten getreten. »Und du glaubst wirklich, daß es purer Zufall ist, ja? Gestern ist Lord Michael nach Penreith zurückgekehrt und heute schießt jemand auf dich?«

Nicholas sah sie ruhig an. »Das *ist* ein Zufall. Woher hätte Michael denn wissen sollen, wo er mich heute findet?«

»Jeder im Dorf weiß von dem Ausflug«, sagte sie wütend.

In diesem Punkt mußte Nicholas ihr zustimmen. »Aber wenn Michael mich erschießen wollte, dann würde er nicht das Risiko eingehen, daß eine verirrte Kugel ein Kind oder eine Frau trifft.« Er preßte ein Taschentuch auf die Wunde am Pferdehals. »Vor allem würde er mich nicht verfehlen.«

Clare wußte, daß es ihr kaum etwas nützen würde, jetzt hysterisch zu werden. »Ich halte es dennoch für gesünder, wenn wir annehmen, daß der Schütze doch Lord Michael war«, sagte sie daher behutsam. »Ein paar Vorsichtsmaßnahmen könnten dir dein Leben retten.«

»Was soll ich denn deiner Meinung nach tun?« Nicholas trieb sein Pferd in eine langsame Gangart. »Ich könnte Vermutungen darüber anstellen, aus welcher Richtung der Schuß gekommen ist, aber wer auch immer ihn abgefeuert hat, ist inzwischen längst weg. Wenn ich zum Richter ginge und Michael wegen versuchten Mordes anzeige, dann würde man mich rausschmeißen, weil ich nicht den geringsten Beweis für meine Behauptung habe. Und selbst wenn die Kugel für mich gedacht war, dann kann ich wohl kaum den Rest meines Lebens im Haus hocken und jedes Fenster vermeiden, damit ja niemand eine Chance bekommt, mich abzuknallen – dann wäre ich schon lieber tot.«

Er warf ihr einen Blick zu. »Ich sage das nicht, um dich zu beruhigen, Clare – ich bin wirklich davon überzeugt, daß ein Wilderer versehentlich auf mich geschossen hat. Wenn Michael etwas von mir will, dann wird er mir direkt gegenübertreten.«

»Wie lange willst du ihn denn noch in Schutz nehmen?« fragte sie hilflos. »Ich bewundere ja deine Loyalität, aber ich kann nicht begreifen, wie du dir so sicher sein kannst, was Michael tun wird und was nicht. Du hast ihn vier Jahre nicht gesehen, und er hat sich in der Zeit gewaltig verändert.«

Nicholas schwieg eine ganze Weile. Schließlich sagte er: »Natürlich ist kein Mensch gänzlich vorausberechenbar. Aber man kann jemanden so gut kennen, daß man versteht, innerhalb welcher Grenzen er agiert. Michael ist einer der wenigen Menschen, die ich derart gut kenne. Es überrascht mich nicht, daß er wütend, verbittert und aggressiv ist – die Ansätze dazu hat er immer schon in sich gehabt. Aber gleichzeitig ist sein Ehrgefühl genauso ein Teil seines Wesens wie sein Blut. Ja, er ist gefährlich. Aber ich kann und will niemals glauben, daß er niederträchtig ist.«

»Gestern bist du in der Hütte auf dem Kenyon-Besitz gewesen und hast die Bestätigung dafür bekommen, daß dort Silber geschmolzen wird«, sagte sie. »Morgen früh werden du und Owen in die Grube hinabsteigen, um Beweise für eine illegale Ausbeutung zu suchen. Falls du welche findest – glaubst du denn ernsthaft, daß Lord Michael gemütlich danebensteht und zusieht, wie du seine Gesellschaft ruinierst?«

Er musterte sie kühl. »Ich habe nicht unbedingt vor, sein Geschäft zu vernichten. Er muß nur die Sicherheitsbedingungen verbessern, dann kann er die Grube behalten. Aber wenn er Schwierigkeiten machen will . . .«, Nicholas zuckte die Schultern, »dann läßt es sich nicht ändern.«

Aufgeben wollte sie dennoch nicht. »Ich verlange ja nicht, daß du dich den Rest deines Lebens im Haus versteckst. Aber könntest du wenigstens ein bißchen auf der Hut sein?«

»Keine Sorge – als ich in London war, habe ich mein Testament überarbeitet. Sollte mir etwas zustoßen, wirst du Treuhänderin eines Fonds, mit dem dir genügend Geld zur Verfügung steht, um alles Erforderliche zu Penreiths Wohlstand zu unternehmen. Im übrigen ist eine hübsche Pension für dich eingeschlossen, um dich für deine Mühe zu entschädigen.« Er grinste. »Du solltest wirklich darum beten, daß Michael mich erschießt, denn sowohl du als auch das Dorf werden von meinem Tod profitieren.«

Diese Mal schlug sie wirklich zu. Zumindest versuchte sie es, doch er fing ihre Hand mit Leichtigkeit ein und hielt sie fest, während er sein Pferd zum Stehen brachte. Auch ihr Pony hielt gehorsam an. »Wofür sollte das denn sein?«

»Wie kannst du es wagen, mir nahezulegen, ich solle um deinen Tod beten!« Tränen kullerten über ihre Wangen. »Es gibt Dinge, über die man keine Scherze macht.«

»Das Leben ist ein Scherz, Clarissima.« Er küßte sanft ihre Fingerspitzen, dann ließ er ihre Hand los. »Und das Lachen darüber ist die einzige Möglichkeit, es durchzustehen. Verschwende deine Zeit nicht mit Sorgen um mich.«

»Ich kann nicht anders«, flüsterte sie. »Und du weißt es.«

Sein Gesicht verhärtete sich, und er blickte weg. Dann trieb er sein Pferd wieder an.

Sie ritten schweigend hintereinander her. Sie wußte, daß er begriffen hatte, was in ihren Augen zu lesen war. Aber er konnte es sich genauso wenig eingestehen wie sie selbst.

Kapitel 24

Als Nicholas aufwachte, war die Welt draußen in dichten Nebel gehüllt. Er lächelte zufrieden – perfekte Bedingungen für einen heimlichen Besuch in der Zeche.

Nachdem er sich abgetragene Bergarbeiterkleidung angezogen hatte, ging er hinunter, um eine Kleinigkeit zu essen. Clare erwartete ihn bereits, und sie sah ihn ernst an, als sie aufstand, um ihm Kaffee einzuschenken. »Bitte sei vorsichtig.«

»Bestimmt.« Er trank seinen dampfendheißen Kaffee, dann strich er Marmelade auf eine Scheibe Brot. »Heute abend haben wir gewonnen.« An seinem Brot kauend, verließ er das Haus und ging zu den Ställen.

Der wallende Nebel verlieh dem Ritt nach Penreith eine unheimliche Schönheit, und Nicholas brodelte innerlich vor Aufregung. Es war schon komisch: Wie sehr hatte er sich anfangs gesträubt, als Clare ihn dazu bringen wollte, sich um Penreiths Wohlergehen zu kümmern! Nun fühlte er sich lebendiger als je zuvor! Wenn er Clare nur noch dazu bringen könnte, sich um *sein* Wohlergehen zu kümmern . . .

Der Gedanke ernüchterte ihn wieder ein bißchen. Lange konnte er diese verdammte geschwisterliche Beziehung nicht mehr aufrechterhalten. Clares ganz eigene Mischung aus Leidenschaftlichkeit und Prüderie hatte etwas sehr Erotisches, und er konnte gewisse Bilder einfach nicht verdrängen. Niemals mehr würde er einen Billardtisch gelassen betrachten können.

Nun war es ganz aus mit seiner fröhlichen Stimmung. Die gegenwärtige Situation war fast nicht zu ertragen; die Zukunft sah noch trüber aus, denn sie schien wirklich die Absicht zu haben, nach den drei Monaten zu gehen. Ohne Zweifel gab es eine Lösung für dieses Dilemma, aber er wußte verdammt noch mal einfach nicht, was für eine.

Erleichtert sah er, daß er den Treffpunkt – eine kleine Ansammlung von Bäumen nicht weit von der Mine – erreicht hatte. Owen wartete bereits neben einem etwas älteren Mann mit einem Holzbein unter den Bäumen. Als Nicholas abstieg, stellte Owen die Männer einander vor. »Dies ist Jamie Harkin. Er wird Seil und Korb bedienen.«

Schweigend machten sie sich auf den Weg. Der übliche Krach der Grube war durch den Nebel gedämpft. Sie befanden sich in der Talsohle, wo der Nebel besonders dicht war, und sie mußten sehr langsam gehen, um nicht vom Weg abzukommen. Doch Nicholas war es nur recht so, denn der Vorteil lag auf der Hand. Der Bychan-Schacht lag nah genug beim Hauptzustieg, so daß jemand etwas hätte bemerken können, aber die Wetterlage bot ihnen perfekten Schutz.

Als sie den Schacht erreichten, band Nicholas sein Pferd an das Rad, das den Korb bewegte. Er hatte für diese Operation einen kräftigen, ruhigen Wallach ausgesucht. Owen überprüfte noch einmal den Flaschenzug und das Seil, dann nickte er. »Ich gehe zuerst runter. Jamie, wir geben dir Zeichen, indem wir diesen Strick hier ziehen, an dem eine Glocke befestigt ist.«

Er ließ die Glocke kurz erklingen, dann zündete er eine Kerze an und stellte sich in den Korb. Harkin führte das Pferd an, und Owen verschwand, begleitet von dem Quietschen des Rads, in dem engen Schacht. Als das Signal ertönte, drehte Jamie das Rad in die andere Richtung und zog den Korb wieder herauf.

Nun war Nicholas an der Reihe. Seine Kerze brannte schon, also trat er in den Korb und nickte Jamie zu. Während er herabgelassen wurde, kam Nicholas zu dem Schluß, daß der Abstieg im Korb ein klein wenig angenehmer war, als in den Seilschlingen zu hängen, wie man es zum Einfahren im Hauptschacht tun mußte. Doch leider war dieser Schacht so schmal, daß er an einen Hasenbau erinnert war. Die Luft rauschte an ihm vorbei, und der Korb prallte immer wieder an die Schachtwände. Kurz bevor er unten ankam, erlosch seine Kerze. Zum Glück wartete Owen mit seinem Licht unten auf ihn.

Nicholas kletterte aus dem Korb und entzündete seine Kerze neu. »Wohin jetzt?«

»Hier entlang.« Owen bewegte sich nach rechts. »Es ist nicht weit, aber wir nehmen lieber einen Umgehungsstollen, damit uns auch wirklich niemand sieht.« Sie befanden sich im ältesten Teil der Zeche, und gerade hier gab es nur wenig Stützbalken, die zudem auch noch in großen Abständen angebracht waren. Während er dem Mann folgte, mußte Nicholas an seinen ersten Besuch in der Grube denken, als er auf so angenehme Weise mit Clare gefangen gewesen war. An jenem Tag hatte sie große Fortschritte in der Kunst des Küssens gemacht . . .

Streng rief er sich zur Ordnung. Er hatte bereits erfahren, daß eine Grube kein Ort war, um die Gedanken schweifen zu lassen.

Sie kamen an einem der Ableitungsstollen zur Entwässerung vorbei, dann verbargen sie sich rasch in einem Nebengang, als ein paar Jungen leere Förderwagen vorbeischoben. Sie lauschten, bis das Gerumpel der Räder verklungen war, dann setzten sie ihren Weg fort. Als sie an einem Tunnel vorbeikamen, aus dem das metallische Hämmern der Hakken zu hören war, runzelte Owen die Stirn. »Dahin haben die Jungen eben die leeren Wagen geschoben. Ein paar Burschen haben beschlossen, das Flöz in dieser Richtung abzubauen. Mir gefällt das gar nicht – in diesem Teil der Mine entsteht zuviel Gas, weswegen auch lange Zeit dort nicht gearbeitet wurde. Doch die Kohle dort ist von guter Qualität, so daß ein paar Leute gewillt sind, das Risiko auf sich zu nehmen. Zudem hat Madoc kürzlich noch den Lohn gekürzt, so daß man nun mehr Kohle schlagen muß, um das gleiche Geld wie zuvor zu bekommen.«

Ein paar Minuten später gelangten sie an jenen Tunnel, der mit Balken vernagelt war. Owen ließ sich auf die Knie fallen und glitt unter den Balken hindurch, und Nicholas folgte ihm. Interessiert bemerkte er, daß im Staub auf dem Boden Spuren zu sehen waren, die bewiesen, daß noch vor kurzem jemand hier gewesen war.

Als er die Wände betrachtete, sah er, daß die Farbe des Gesteins sich änderte. Owen begann, mit den Handflächen über die Wände zu streichen. »Wenn wir finden können, was ich vermute . . .«

Nicholas tat es ihm nach. »Wonach suchen wir denn genau?«

»Gelegentlich gibt es Hohlräume im Gestein, die jede Größe haben können. Man nennt sie Drusen. In solchen Höhlen findet man manchmal das Silber, was wir suchen. Wilkins gehörte zu den Hauern, die hier gearbeitet haben. Ich könnte mir denken, daß er zufällig durch die Wand in eine große Druse gebrochen ist, und als er erkannte, auf was er da gestoßen ist, hielt er brav seinen Mund. Da hier keine Kohle mehr zu hauen war und der Tunnel vernagelt wurde, ist es niemandem mehr aufgefallen.«

Plötzlich verschwanden Nicholas tastende Hände in einem Loch auf Kniehöhe. Er bückte sich, um es näher zu untersuchen, und er fand eine Öffnung von etwa einem halben Meter Höhe. »Dies könnte es sein.«

Owen kniete sich ebenfalls hin, als Nicholas sich schon auf den Bauch legte und in das Loch hineinschob. »Mal sehen, was wir entdecken können.«

Der Höhlengang bog ein wenig nach links und mündete dann in einen größeren Raum. Nicholas hob die Kerze und schnappte überrascht nach Luft, als das Licht die Oberfläche des Steins um ihn herum zum Glitzern und Funkeln brachte. Die Druse war eine unregelmäßige längliche Höhle von etwa acht Fuß Breite und sechs Fuß Höhe. Was sie außergewöhnlich machte, waren die Mengen von funkelnden Kristallen, die aus den Wänden ragten. Vorsichtig, so daß er sich an den Quarzbrocken nicht den Schädel einschlug, stand Nicholas auf. »Owen, komm rein. Das ist unglaublich.«

Einen Augenblick später war Owen bei ihm. Als er auf den Füßen stand, betrachtete er seine Umgebung mit ehrfurchtsvollem Staunen. »Eine Kristallhöhle. Unsere Urahnen hielten diese Orte für magisch, und vielleicht hatten sie recht damit. Ich habe schon welche gesehen, aber niemals eine so große.«

Nicholas wies auf eine Ansammlung zersplitterter Quarze. »Ist es das, wonach wir suchen?«

Owen wischte mit der Hand ein paar Splitter weg und hielt die Kerze dichter daran. Im gleichen Moment blitzte in dem Licht ein feiner Silbersplitter auf. Er deutete auf ein winziges Metallstück in der Mitte der zertrümmerten Stelle. »Das ist es«, sagte er triumphierend. »Der Splitter ist abgesprungen, als man einen Klumpen mit Drahtsilber aus dem Quarz geschlagen hat. Laß uns nachsehen, wie viele Trümmerstellen wir noch finden.«

Sie begannen, die Höhle systematisch abzusuchen und fanden noch gut vierzig Stellen, bei denen der Meißel angesetzt worden war. Dann entdeckten sie noch einen weiteren niedrigen Tunnel. »Ich nehme an, Wilkins hat hier alles Silber herausgeholt und dann die Mauern abgeklopft, weil er hoffte, eine weitere Druse zu finden«, sagte Owen.

Diesmal war Owen der erste, der durch den Tunnel kroch. Sie kamen in eine zweite Höhle, die ebenfalls Quarzbildungen aufwies, jedoch nicht so viele wie die vorherige. Zudem lagen hier weniger Trümmerhaufen, so daß anzunehmen war, daß dieser Hohlraum noch nicht lange entdeckt war.

Als Nicholas seine Kerze anhob, um die Decke

zu betrachten, wurde sein Blick von einem Lichtschimmer angezogen. Er sah genauer hin und entdeckte einen Knoten von Silberfäden, die sich unregelmäßig um einen Quarzvorsprung wanden. »Eureka«, sagte er leise. »Eine intakte Formation.«

Owen kam heran und sah ihm über die Schulter. »Fast zu hübsch, um es kaputtzumachen, nicht wahr?«

»Fast, aber wir sollten es als Beweis mitnehmen. Wie viele Richter haben schon Drahtsilber gesehen? Wenn wir vor Gericht gehen, kann uns das Stück helfen, unseren Fall darzulegen!«

Owen hatte verschiedene kleine Werkzeuge mitgebracht, und er machte sich nun daran, den Quarz herauszumeißeln. »Es braucht Zeit, so etwas herauszuschneiden«, sagte er im Plauderton. »Außerdem sind diese Formationen meistens tief im Kristall verborgen und nicht so leicht zu finden wie dieser hier. Ich vermute, Wilkins arbeitet hier schon seit Monaten, aber immer nur für ein paar Stunden, so daß niemand bemerkt, was er tut.«

Nun hatte er das ganze Gebilde aus Quarz und Silber herausgelöst und gab es Nicholas. »Hier. Das gehört dir.«

Das funkelnde Ding hatte etwa Apfelgröße, war nur viel schwerer. Um den zerbrechlichen Kristall zu schützen, wickelte Nicholas den Klumpen in ein Taschentuch und ließ es in die tiefe Tasche seiner Jacke fallen. »Ich denke, wir sollten sofort nach Swansea fahren, wenn wir hier raus sind. Ich möchte, daß auch du vor dem Richter eine beeidigte Erklärung abgibst. Mein Rechtsvertreter wartet nur darauf, eine einstweilige Verfügung zu erlassen. Morgen abend sollte die Zeche schon geschlossen sein.«

Owen zog die Brauen zusammen. »Es kann doch nicht in deinem Sinn sein, daß die Bergarbeiter hungern müssen.«

»Natürlich nicht«, versicherte Nicholas ihm. »Ich übernehme alle Männer zum gleichen Lohn. Sie können im Steinbruch arbeiten oder die Eisenbahn bauen. Niemand wird hierdurch etwas verlieren.«

Owen nickte zufrieden, dann ließ er sich wieder auf den Boden herab und kroch hinaus. Nicholas folgte ihm, während in seinem Kopf neue Ideen und Pläne Gestalt annahmen. Bald hatten sie wieder den Haupttunnel erreicht und gingen den Weg zurück, den sie gekommen waren.

Als sie an dem Gang vorbeikamen, der zu der neuen Strecke führte, hörten sie Männer in ihre Richtung kommen. »Ich habe immer ein Gespür dafür gehabt, Gas zu entdecken«, sagte Owen, »und inzwischen hat die Dichte zugenommen. Nur noch ein bißchen mehr, und wir müßten unsere Kerzen löschen und uns im Dunkeln zurücktasten. Es scheint, als hätte einer der Kumpels es auch bemerkt und die anderen – Gott sei's gedankt – überredet, den Stollen lieber zu verlassen.«

»Entweder das, oder einer schickt die anderen hinaus, um sich nach der alten Methode hinzulegen, das Gas zu entzünden und das Feuer über sich stürmen zu lassen.«

»Ja, es wird noch manchmal gemacht, aber ich hoffe doch, daß sie es hier nicht versuchen.« Im flakkernden Kerzenlicht war die Sorge auf Owens Gesicht deutlich zu lesen. »Durch Madocs Knauserigkeit ist die Abstützung hier besonders mangelhaft – das meiste Holz ist entfernt worden und in anderen Stollen zum Stützen benutzt worden. Es braucht nicht viel, um alles hier zum Einsturz zu bringen. Außerdem besteht ein erhöhtes Risiko für Staubexplosionen.« Er schnitt eine Grimasse. »Selbst staubige Luft kann unter den richtigen – oder besser falschen – Bedingungen explodieren. Schlagwetter sind gefürchtet.«

Nicholas versicherte sich im stillen, daß erfahrene Bergarbeiter wohl kaum etwas tun würden, was eindeutig gefährlich war, doch er ertappte sich dabei, wie er seinen Schritt beschleunigte. Erfahrungsgemäß gab es in jeder Gruppe ein paar Narren. Er seufzte leise vor Erleichterung, als sie das Ende des Stollens erreicht hatten, wo der Korb auf sie wartete.

Das Krachen einer Explosion aus dem Gang hinter ihnen ließ sie erstarren. In der Ferne erklang ein gräßlicher Schrei, und ein haarsträubendes Donnern rumpelte durch die Stollen auf sie zu. Dann ließ eine weitere Explosion den Boden erzittern, und diese war näher! Owens Gesicht wurde aschgrau. »Gott steh uns bei! Hier bricht alles zusammen!«

Nicholas starrte auf den Korb, während seine Gedanken sich überschlugen. Konnten sie beide gleichzeitig hinaufgezogen werden? Einen Sekundenbruchteil später wußte er, daß es nicht funktionieren konnte. Er packte Owens Arm und schob ihn zum Korb hin. »Du zuerst, du hast eine Familie!«

Owen zögerte einen kurzen Moment, dann riß er sich los. »Nein!«

Nicholas wollte gerade sagen, daß die Auswirkungen der Explosion sie wahrscheinlich gar nicht betreffen würden, doch er sollte kein Wort mehr herausbekommen. Statt seine Zeit mit Reden zu verschwenden, holte Owen aus und rammte seine Faust gegen Nicholas' Kinn.

Der Schlag kam vollkommen unerwartet. Obwohl Nicholas bei Bewußtsein blieb, wurde ihm schwarz vor Augen, und seine Knie knickten ein. Er versuchte, sich zu wehren, als Owen ihn nun in den Korb schubste und seine Hände um das Seil legte, aber er hatte keine Chance.

Owen riß an dem Klingelzug. Schwach über ihnen war das leise Läuten zu hören, und Nicholas wurde hinaufgezogen, während er laut seine Hilflosigkeit verfluchte. Unter ihm kam das Rumpeln immer näher. Der Wind wurde durch den Schacht gesogen und ließ den Korb heftig gegen die Wand schlagen.

Sobald er oben war, sprang Nicholas hinaus. »Runter mit dem verdammten Ding!« brüllte er. »Wir müssen Owen rausholen!«

Jamie Harkin gehorchte augenblicklich. Nicholas eilte zu dem Pferd und benutzte all seine Zigeunerkünste, um das Tier dazu zu bringen, schneller zu gehen.

Aber es war zu spät. Das Donnern unter ihnen wurde ohrenbetäubend, und plötzlich schossen aus dem Schacht schwarze Staubwolken hoch in den weißen Nebel hinaus.

Die gewaltige Druckwelle katapultierte den Korb durch den Schacht und schleuderte ihn in die Luft. Erst vierzig oder fünfzig Fuß weiter entfernt schlug er wieder auf den Boden auf. Während Nicholas noch entsetzt darauf starrte, brach der Schacht vor ihm nach innen zusammen und schnitt die schwarzen Qualmwolken auf einen Schlag ab.

Die Katastrophe, die jedermann vorhergesagt hatte, war hereingebrochen.

Kapitel 25

DIE EXPLOSION WAR im ganzen Tal zu hören gewesen, und alle kräftigen Männer im Umkreis von mehreren Meilen strömten bei der Zeche zusammen. Da der Bychan-Schacht unwiderruflich verschlossen war, rannte Nicholas zum Haupteinstieg und mischte sich unter den ersten Rettungstrupp, der hinunter wollte. Obwohl ein paar Männer ihn überrascht ansahen, als sie ihn erkannten, versuchte niemand, ihn davon abzuhalten, einzufahren. In der Grube war er kein Earl mehr, sondern nur ein weiterer Helfer.

Stundenlang räumte er Steine beiseite, bis seine Hände aufgeschürft waren und die Muskeln vor Erschöpfung zitterten. Einmal kroch er zwischen den Trümmern hindurch und schaffte es, einen Jungen herauszuholen, der noch lebte. Meistens aber war den Männer, die sie von den Steinen befreiten, nicht mehr zu helfen.

Nach ungezählten Stunden Schufterei kam ein Mann auf ihn zu, nahm ihn beim Arm und führte ihn zum Aufzug zurück. Er bräuchte dringend eine Pause, sagte man ihm, sonst würde er eher Schaden anrichten als helfen können. Als Nicholas an die Oberfläche kam, sah er, daß der Nebel fort war und die untergehende Sonne das Tal in blutrotes Licht tauchte. Irgendwo bellte eine autoritäre Stimme Befehle, aber er war zu müde, um sich auf die Worte zu konzentrieren.

Er blinzelte noch gegen das ungewohnte grelle Licht an, als ein weiterer Samariter ihm einen Tisch zeigte, wo heißer Tee und Brote ausgegeben wurden. Der Gedanke an Essen drehte ihm den Magen um, aber den Becher mit dampfendem Tee, den ihm jemand in die Hand drückte, nahm er gerne. Er war stark gezuckert, und die Süße und die Hitze klärten seinen Kopf wieder ein wenig. Obwohl er mit Prellungen und Schürfwunden übersät war, empfand er keinen Schmerz. Er fühlte überhaupt nichts.

Auf dem Minengrundstück wimmelte es von Leuten. Einige bewegten sich sehr zielgerichtet, die meisten aber waren Familienangehörige, die auf Neuigkeiten von den vermißten Bergleuten hofften. Einige weinten, anderen warteten schicksalsergeben ab. Nicholas würde keines der Gesichter je wieder vergessen können.

Es überraschte ihn nicht, Clare zu entdecken. Inmitten des Chaos war sie wie eine Insel der Ruhe und Kraft. Sie schien mit der Nahrungsbeschaffung für die Rettungsmannschaften betraut zu sein, und obwohl sie ein ganzes Stück entfernt war, mußte sie seinen Blick gespürt haben, denn sie sah auf. Einen Augenblick hielten ihre Blicke einander fest, und jeder von beiden konnte den namenlosen Kummer und das Mitgefühl des anderen spüren. Dann wandte Nicholas sich ab, denn er wußte, daß er in seinem momentanen Zustand seine seelischen Schutzfunktionen nicht würde aufrechterhalten können. Und wenn sie durch diese hindurchkam, würde er ganz zusammenbrechen.

Er wollte die Toten nicht sehen, konnte aber dennoch nicht die Augen davor verschließen. Widerstrebend ging er hinüber zu der Stelle, wo man die Leichname in zwei Reihen auf Kohlesäcken niedergelegt hatte; er zählte achtundzwanzig. Während er den grausigen Anblick in sich aufnahm, brachte man einen weiteren Toten. Die Leiche war schlimm verbrannt, aber eine Frau hastete herbei, warf sich auf die Knie und suchte nach einem Ring. Einen Augenblick später brach sie in schreckliches Wehgeschrei aus. Dann wurde der Tote bedeckt, und ein älterer Mann, dessen Gesicht selbst tränenüberströmt war, führte die weinende Frau davon.

Weil ihn die Übelkeit zu überwältigen drohte, wandte er sich rasch ab und stand Marged Morris gegenüber. Mit sechzehn war sie das hübscheste Mädchen in Penreith gewesen, und sie war zu einer reizenden Frau herangewachsen. Nun war ihr Gesicht jedoch verhärmt, und sie sah doppelt so alt aus, als sie in Wirklichkeit war. »Owen wird vermißt«, flüsterte sie. »Gibt es . . . gibt es eine Chance für ihn?«

Nicholas wäre lieber in der Mine umgekommen, als ihr diese Frage zu beantworten. Und doch mußte er es tun, denn er war der einzige, der wußte, wo Owen sich zur Zeit der Explosion aufgehalten hatte. »Ich fürchte nicht, Marged«, brachte er gequält hervor. »Der Bychan-Schacht ist verschüttet, und die Stollen darunter müssen gleichzeitig eingestürzt sein.« Seine Kehle wurde eng, und er schluckte ein paarmal hart. »Ich habe gehört, daß man nicht damit rechnet, in diesem Teil der Mine noch Überlebende zu finden.«

Einen Augenblick starrte sie ihn nur an, und er

fragte sich, ob sie es überhaupt begriffen hatte. Dann sah er, daß sie am ganzen Körper zitterte, als hätte sie Schüttelfrost.

Nicholas konnte ihren Blick nicht mehr ertragen und zog sie in die Arme. Sie klammerte sich an ihn wie eine Ertrinkende, und die Schluchzer schüttelten ihren schlanken Körper.

Mit Tränen in den Augen sagte er heiser: »Dir und den Kindern wird es niemals an etwas fehlen. Das schwöre ich.« Noch während er die Worte aussprach, erkannte er, wie es in ihren Ohren klingen mußte. Was für ein lächerlicher Ersatz war schon Geld, wenn man den Ehemann und den Vater seiner Kinder verloren hatte?

Nun näherte Clare sich ihnen. Er sandte ihr über Margeds Kopf hinweg einen verzweifelten, hilfesuchenden Blick zu. Clare verstand sofort und nahm ihre Freundin in die Arme. »Wenn es etwas Neues gibt, wirst du sofort benachrichtigt. Aber jetzt bringe ich dich nach Hause. Deine Kinder brauchen dich.«

Langsam richtete sich Marged wieder auf und wischte sich mit dem Handrücken über die Augen. »Ja, natürlich. Ich muß zu den Kindern. Und ich muß es Owens Mutter m . . . mitteilen«, sagte sie stumpf. Doch plötzlich verzerrte sich ihr Gesicht vor Zorn. »Ich werde meine Söhne niemals dort arbeiten lassen! Niemals!« Dann wandte sie sich um und ging, von Clare gestützt, davon.

Nicholas sah den beiden hinterher, bis sie im Gewimmel verschwunden waren. Es war inzwischen dunkel geworden, und man hatte Fackeln angezündet. In dem flackernden Licht wirkte der Zechengrund mit den Trümmern und den Toten wie eine Szenerie der Hölle aus einem mittelalterlichen Gemälde.

Mit bleischwerem Herzen ging er zum Hauptschacht hinüber und reihte sich in eine Gruppe von Männern ein, die nach ihrer Pause wieder hinuntergehen wollten. In ihren staubbedeckten schwarzen Kleidern konnte man kaum einen vom anderen unterscheiden. Nicholas wußte, daß er nicht anders aussah.

Als er darauf wartete, hinuntergelassen zu werden, brüllte auf einmal eine bekannte Stimme: »Was zum Teufel tust du hier, Aberdare? Verschwinde sofort von meinem Grund und Boden.«

Nicholas wandte sich um und sah Michael Kenyon auf ihn zusteuern. Nun wurde ihm bewußt, daß es Michaels Stimme gewesen war, die vorhin die Befehle erteilt hatte. Er organisierte die Rettungsarbeiten mit der Effizienz und der kühlen Distanziertheit, die er sich in den Jahren des Krieges angeeignet hatte.

»Spar dir deinen Zorn für später auf«, sagte Nicholas müde. »Bis wir hier fertig sind, brauchst du jede Hilfe, die du kriegen kannst.«

Als der andere Mann den Mund zu einer Entgegnung öffnete, brachte ihn Nicholas mit einer Geste zum Schweigen. »Zum Teufel, Michael, halt den Mund.«

Zornesrote Flecken erschienen auf Michaels Wangen, aber er sparte sich einen Kommentar. Die Lippen zu einem farblosen Strich zusammengepreßt, machte er auf dem Absatz kehrt und verschwand.

Und Nicholas kehrte wieder in die Mine zurück.

Clare sah Nicholas erst zwei Tage später wieder. ›Karren-Lewis‹, der die meisten Transporte um Penreith herum erledigte, brachte den bewußtlosen Earl nach Aberdare. Rhys Williams ließ Clare nach draußen holen, wo sie voller Entsetzen in den Wagen starrte. Nicholas war zerlumpt und dreckig, und an seiner Kleidung und den Händen klebte getrocknetes Blut.

Lewis bemerkte, wie schockiert sie war. »Er hat sich nichts getan, Miss Morgan, is' nur völlig am Ende«, sagte er ermutigend. Dann nickte er beifällig. »Der Earl mag ja 'n Zigeuner sein, is' aber 'n guter Kerl, ehrlich. Hat keine Angst, sich die Hände dreckig zu machen. Hat seit zwei Tagen nich' geschlafen, wie ich gehört hab', aber schließlich muß der Körper ja ma' 'ne Pause machen.«

Williams und ein Lakai hoben Nicholas vom Karren herunter, der mit Stroh ausgelegt war. »Machen Sie sich keine Sorgen, Miss«, sagte der Butler, als Clare immer noch nicht beruhigter aussah. »Wir kümmern uns schon um ihn.«

Clare begriff, daß sie ohnehin nur im Weg sein würde, und so wandte sie sich zu Lewis um. »Gibt es schon endgültige Zahlen, Mr. Lewis?«

Er verzog das Gesicht. »Zweiunddreißig Tote, Dutzende von Verletzten, fünf werden noch vermißt. Kaum eine Familie, die nich' 'n Verlust zu betrauern hätte. 's nicht zu erwarten, daß noch Lebende geborgen werden. Ein Trupp wird weiter nach Leichen gukken, aber morgen wird der normale Betrieb in dem Teil der Grube, die nix abbekommen hat, wieder aufgenommen.«

Das Leben mußte wohl weitergehen, dachte Clare verbittert; ohne Zweifel wollten Madoc und Lord Michael nicht noch mehr Verlust durch vergeudete Zeit machen. »Vielen Dank, daß Sie Lord Aberdare nach Hause gebracht haben.« Sie zögerte, denn sie wußte nicht, ob Lewis auf eine handfestere Belohnung wartete.

Der Mann schien ihre Gedanken zu lesen. »Is'

nich' nötig, Miss Morgan. Lord Michael Kenyon hat das schon erledigt. Is' 'n harter Kerl, aber wirklich in Ordnung. Is' selbst 'n paarmal runtergegangen.« Seine Stimme bekam einen vertraulichen Klang, als er hinzufügte: »Die Kumpel hoffen, daß er die Zeche jetzt wieder selber leitet. Madoc hätte nie so'n Aufstand wegen Rettungsarbeiten gemacht.«

Vielleicht war Lord Michael ja doch nicht so übel. Immerhin schien er frühere Fehler wiedergutmachen zu wollen. Clare sagte Mr. Lewis Lebewohl, ging wieder ins Haus und trieb sich unentschlossen in der Eingangshalle herum. Was sollte sie tun? Auch sie hatte seit der Explosion schwer gearbeitet. Sie hatte die Verköstigung für die Rettungsleute organisiert, bei der Pflege der Verletzten geholfen und war außerdem zu den Freunden nach Hause gegangen, die von dem Unglück betroffen waren, um ihnen sowohl Trost als auch praktische Hilfe anzubieten.

Vor ein paar Stunden war auch sie endlich erschöpft nach Aberdare zurückgekehrt. Sie hatte drei Stunden geschlafen und wollte gerade wieder ins Dorf gehen, als Lewis eingetroffen war. Und aus seinen Worten konnte man schließen, daß das Schlimmste vorbei war. Sicher gab es noch Dinge, die sie tun konnte, aber ihre Hilfskraft war nicht mehr unerläßlich, so daß sie sich ein wenig ausruhen durfte. Sie war so erledigt, daß sie kaum noch einen vernünftigen Gedanken fassen konnte.

Mit einem Seufzen stieg sie die Treppe hinauf und ging wieder ins Bett.

Als Clare erwachte, war es dunkel. Ihr Körper fühlte sich zwar immer noch zerschlagen an, aber ihr Kopf war klar, und zum ersten Mal ließ sie die schmerzliche

Tatsache auf sich einwirken, daß sie Owen niemals wiedersehen würde. Dies allein war schwer genug zu ertragen, doch wenn sie an Marged und die Kinder dachte, empfand sie einen noch furchtbareren Schmerz.

Die Nacht paßte zu ihrer Stimmung, denn ein Sturm zog auf. Der Wind pfiff um das Haus, und die Äste kratzten und schlugen gegen die Fenster. Die Musik war so fein mit den Geräuschen des Windes verwoben, daß sie einen Augenblick brauchte, um zu begreifen, daß die elegische Melodie nicht nur in ihrem Geist erklang. Es war wie am ersten Abend auf Aberdare, aber diesmal wußte sie, woher die Musik kam. Nicholas war offenbar aufgewacht und spielte nun ein Klagelied für die Toten.

Sie konnte das Alleinsein nicht mehr ertragen, stand auf, zog sich Schuhe an und spritzte sich kaltes Wasser ins Gesicht. Sie hatte sich nicht ausgezogen, als sie sich zuvor niedergelegt hatte, und ihr Kleid war inzwischen vollkommen zerknittert. Rasch band sie ihr Haar zurück und trat hinaus in den Flur, um sich auf die Suche nach Nicholas zu machen. Es war sehr spät, und sie nahm an, daß der Rest des Haushalts längst tief schlief.

Sie fand Nicholas in der wenig beleuchteten Bibliothek. Gebadet, rasiert und wie üblich in Schwarz und Weiß gekleidet, bot er einen fast normalen Anblick, wenn nicht das Blut gewesen wäre, das seine aufgeschürften Finger auf den Harfenseiten hinterließen. Er blickte auf, als sie hereinkam, seine Augen waren schwarz und undurchdringlich. Dann beugte er sich wieder über die Harfe, und obwohl die Worte walisisch waren, besang er seinen Kummer mit der ganz eigenen Tragik der Zigeuner.

Wortlos ging sie durch das Zimmer und legte

mehr Kohlen aufs Feuer. Dann setzte sie sich in den Sessel, legte den Kopf an die Lehne und ließ die Musik auf sich einwirken. Es tat ihr gut, mit ihm im gleichen Raum zu sein.

Der letzte Akkord erfüllte die Luft, löste sich auf und verwehte. In dem folgenden Schweigen war das ferne Grollen eines Donners zu hören. Als wäre es ein Signal, begann Nicholas mit gepreßter Stimme zu sprechen. »Ich hätte mehr tun müssen. Du hast mir gesagt, wie gefährlich die Zustände in der Zeche sind, aber ich habe deine Warnung nicht ernst genug genommen. Für mich war die ganze Sache bloß ein weiterer netter Zeitvertreib.«

Sie war überrascht. Selbstvorwürfe hatte sie nicht erwartet. »Du hast mit Lord Michael gesprochen und dein Bestes getan, um den Pachtvertrag zu lösen. Was hättest du denn noch ohne rechtliche Verfügung tun können?«

»Mehr auf jeden Fall.« Er stellte die Harfe ab, stand auf und begann eine unruhige Wanderung durch das halbdunkle Zimmer. »Ich bin schuld an Owens Tod.«

»Nein, gib dir nicht selbst die Schuld«, sagte sie sanft. »Jeder, der auf dieser Seite gearbeitet hat, ist umgekommen.«

»Aber Owen hat dort nicht gearbeitet, er hatte mit mir etwas anderes vor. Er müßte noch am Leben sein.« Nicholas blieb am Fenster stehen, zog die Vorhänge zurück und öffnete es. Dann atmete er tief ein, als wollte er den Sturm in sich aufnehmen. »Wir waren schon wieder am Bychan-Schacht, um nach oben zurückzukehren, als die erste Explosion die Tunnel zum Einstürzen brachte. Der Korb konnte nur eine Person auf einmal hinaufziehen.«

Seine Finger krampften sich um die Kante der Fensterbank. »Ich habe ihm gesagt, er solle zuerst gehen, er hätte schließlich Familie. Statt mit mir zu streiten, verpaßte er mir einen Kinnhaken und stieß mich in den Korb. Noch eine Minute, vielleicht zwei, dann wäre er gerettet gewesen, aber es war keine Zeit mehr. Keine Zeit mehr . . .« Als seine Stimme verklang, platschten die ersten Regentropfen gegen das Glas und sprühten ins Zimmer.

Er wirbelte herum und in seiner Miene stand der gleiche Zorn wie damals, als er mit der Peitsche nach dem Porträt seiner Frau geschlagen hatte. Doch diesmal war es schlimmer, denn die Wut richtete sich gegen sich selbst. »Wenn mein Leben hundert Goldguineas wert war, dann war Owens nicht zu bezahlen«, brach es heftig aus ihm hervor. »Er konnte etwas mit seinen Händen schaffen, er konnte singen und lachen. Er liebte und wurde geliebt. *Gottverdammt, warum er und nicht ich?*«

Ihre Nägel gruben sich in die Armlehnen. Sie konnte ihn nur allzu gut verstehen. Wenn sie an seiner Stelle gewesen wäre, hätte sie dasselbe empfunden. Lieber tot sein, als auf Kosten eines Freundes zu leben. Irgendwie mußte sie seine Qual lindern. »Wenn er sich für dich geopfert hat, dann, weil du die Macht besitzt, etwas zu ändern. Durch dich können viele Leben gerettet werden.«

»Das ist nicht genug!« In einem plötzlichen, schockierenden Wutausbruch packte er die Harfe und schleuderte sie quer durch das Zimmer. Das Instrument krachte mit einem grotesken Aufkreischen reißender Saiten an die Wand und fiel zerborsten zu Boden. Einen Moment zitterten mißklingende Töne in der Luft, dann zerriß ein Blitz die Dunkelheit und tauchte Nicholas und die zerbrochene Harfe in ein unheimlich klares, grelles Licht.

Als der Donner einsetzte, schrie Clare: »Hör auf, dir die Schuld zu geben! Du bist nicht Gott!«

»Und wie ich es sehe, ist selbst Gott nicht Gott!« erwiderte er verbittert. »Ich habe das Buch Hiob gelesen, und die Gottheit zeigt sich nicht von ihrer besten Seite.«

Clare wußte, sie hätte dieses Sakrileg mißbilligen müssen, aber sie konnte es nicht. Es war schwer, an eine göttliche Gerechtigkeit zu glauben, wenn gute, unschuldige Leute umsonst sterben mußten.

Nicholas wanderte wieder auf und ab, bis er schließlich am Kamin stehen blieb, sich am Sims abstützte und in die rote Glut starrte. »Wenn ich eher etwas unternommen hätte – wenn ich mir genausoviel Gedanken über das Leben vieler Menschen gemacht hätte wie über eine Möglichkeit, dich in mein Bett zu locken – dann wäre dies hier nicht passiert. Owen würde noch leben, und die anderen auch.« Er atmete tief und schaudernd ein. »Zwei der Opfer sind Kinder. Nicht älter als Huw.«

»Wenn du unbedingt jemandem die Schuld geben mußt, dann ist Madoc die richtige Adresse. Oder Lord Michael, denn er hat seine Verantwortung an einen geldgierigen Schuft abgetreten.«

Er war nicht überzeugt. »Das Spiel ist aus, Clare.« Er wandte sich zu ihr um. »Ich entlasse dich aus unserer Abmachung. Geh nach Hause. Ich werde meinen Teil erfüllen, werde alles in die Wege leiten, was du dir für das Dorf gewünscht hast. Aber ich tue es allein. Ich will dich nicht noch mehr verletzen, als ich es ohnehin schon getan habe.«

Sie starrte ihn an, spürte das Blut aus ihrem Gesicht weichen und konnte einfach nicht glauben, was sie gerade gehört hatte.

Seine Stimme wurde lauter. »Du hast mich gehört – geh jetzt! Du sollst nie wieder unter meiner Selbstsüchtigkeit leiden müssen.«

Sie begriff, daß er sich selbst bestrafen wollte, um sein entsetzliches Schuldgefühl ein wenig lindern zu können. Und er tat das, indem er sie wegschickte, obwohl er sie gerade jetzt mehr denn je brauchte.

Betäubt starrte sie ihn an, unfähig, sich zu bewegen. Das Gewitter krachte und tobte durch das Tal, doch der emotionale Sturm in der dämmrigen, stillen Bibliothek war nicht minder heftig. Und diesem war sie machtlos ausgeliefert.

Wieder zuckte ein Blitz über den Himmel, und in diesem Moment greller Helligkeit erfuhr ihr Inneres eine entscheidende Wendung, ein Zersplittern von Ängsten und Zweifeln. Etwas verschob sich, verlagerte sich, vernichtete Altes, und doch war das Ergebnis nicht Verwüstung, sondern das atemberaubende Gefühl der Ganzheit.

Ihr ganzes Leben lang hatte sie sich nach göttlicher Berührung und nach menschlicher Liebe gesehnt. Es hatte ihr an beidem gemangelt, und so hatte sie geglaubt, sie wäre zu schwach und zu kleingeistig, um sowohl das eine als auch das andere zu verdienen.

Doch zwischen zwei Herzschlägen veränderte sich nun ihre Welt, wie die bunten Teilchen eines Kaleidoskops sich neu zusammenfügen. Zwar hatte sie niemals die Liebe Gottes oder die innere Erkenntnis, die der Grundstein ihrer Religion war, erfahren, doch nun fertigte sich in ihrem Inneren eine absolute Gewißheit: Sie liebte Nicholas, und dies schon sehr lange. Und diese Wahrheit, die aus tiefster Seele drang und sie ganz und gar erfüllte, fügte die Teile ihres gesamten Lebens zu einem Ganzen zusammen.

Und sie wußte, daß sie bleiben mußte.

Sie stand auf, ging auf ihn zu und blieb dicht vor ihm stehen. Dann nahm sie seine rauhen, verletzten Hände in die ihren. »Du hast von Anfang an gesagt, daß dich nur willige Frauen interessieren, Nicholas.« Sie küßte seine blutigen Fingerspitzen, dann legte sie seine Hände auf ihr Herz. »Ich will jetzt.«

Wieder krachte draußen der Donner, und sein ganzer Körper versteifte sich. »Mitleid ist ein schwacher Beweggrund, Clare.«

»Ich will dir kein Mitleid anbieten.« Langsam, ohne den Blick von ihm zu lassen, ließ sie ihn los und begann, sein Hemd aufzuknöpfen. »Ich biete dir Freundschaft.«

Er schloß die Augen und sog schaudernd die Luft ein. »Ich sollte dich zurückweisen, aber ich kann nicht.« Er schlug die Augen wieder auf, und seine Stimme war nur noch ein Flüstern. »Gott hilf mir, ich kann nicht.«

Sie stellte sich auf die Zehenspitzen und legte ihre Lippen auf seine. Sie wollte seinen Schmerz in sich aufsaugen und ihn durch die Kraft ihrer Liebe in andere Bahnen lenken. Diesmal würde es kein Zurück geben.

Mit einem Stöhnen zog er sie so fest an sich, daß sie kaum noch atmen konnte. Seine Hände streichelten und kneteten ihren Körper rastlos und verzweifelt, als könnte er nicht genug von ihr bekommen.

Er sank auf die Knie und vergrub sein Gesicht zwischen ihren Brüsten, und sie spürte seinen heißen Atem. Sie streichelte sein Haar, als er seine Arme ausstreckte und seine Hände von oben nach unten gleiten ließ, die Form ihrer Taille und Hüften ertastete. Schließlich zog er sie zu sich herab, so daß sie sich auf dem dicken orientalischen Teppich gegenüberknieten. Der Regen peitschte heftig gegen die Fenster, und der Wind zerrte an den Läden, als wollte das Gewitter das Glück ihrer Zweisamkeit in der Bibliothek zerstören.

Sein Mund legte sich über ihren, und es war, als wollte er ihr ganzes Wesen in sich aufnehmen, sie ganz und gar verschlingen. Seine erfahrenen Finger nestelten in ihrem Rücken, um das Kleid zu öffnen. Dann schob er die Ärmel und die Träger des Unterhemds herab, so daß er ihre Brüste entblößte.

Sie sog scharf die Luft ein, als seine rauhen Handflächen über ihre zarte Haut strichen. Die Wochen der provozierenden Küsse und zweideutigen Spielchen hatten sie sensibilisiert und die Basis für eine verzehrende Leidenschaft geschaffen. Auch sie wollte seine Haut spüren und schob beide Hände in sein Hemd. Ihre Finger tasteten über seine Brust und fühlten das kitzelnde Haar, das seinen Oberkörper bedeckte. Als sie seine Brustwarze spürte, kam ihr eine Idee. Sie zog sein Hemd nach oben, beugte sich vor und küßte die weiche Knospe, die sich unter der Berührung ihrer Zunge verhärtete.

Er keuchte, warf den Kopf zurück, und sie sah das Blut in seiner Halsschlagader pulsieren. Vorsichtig begann Clare, mit den Zähnen an der anderen Brustspitze zu knabbern.

Er gab einen erstickten Laut von sich, dann riß er sein Hemd über den Kopf und warf es beiseite. Das rötliche Licht des Kohlenfeuers tanzte auf seinen harten, hervortretenden Muskeln, als er nach ihr griff und sie auf den Teppich niederzog.

Eine Flut sinnlicher Wahrnehmungen überschwemmte ihr Inneres. Seine Lippen, verlangend und fordernd; der Druck seiner harten Muskeln an ihren empfindlichen Brustspitzen; das Kratzen des Teppichs und die Hitze des Feuers an einer Seite. Dann sein heißer, feuchter Mund auf ihren Brüsten. Sie wollte die Kraft und die Wärme überall zugleich spüren und ganz besonders an dieser intimen, pulsierenden Stelle tief in ihr.

Er schob ihre Röcke nach oben, begann, das Innere ihrer Schenkel zu liebkosen, und seine geschickten Hände wanderten höher und höher, bis er die feuchten, zarten Hautfalten berührte. Sie stieß einen kleinen entsetzten Schrei aus, als eine Empfindung sie durchzuckte, die so heftig und so grell wie der Blitz am nächtlichen Himmel war.

Ihr Körper schien ein eigenes Leben zu besitzen, und sie begann, sich an ihm zu reiben. Als er mit seiner Liebkosung aufhörte, hätte sie am liebsten geweint. Sie hörte das Rascheln von Stoff, ein Reißen, und dann Knöpfe, die absprangen, weil er nicht schnell genug aus seinen Kleidern kam.

Clare versteifte sich, als er sich über sie schob. Sie machte sich auf den Schmerz gefaßt, wollte ihn sich aber nicht anmerken lassen. Doch dieses Mal empfand sie nur einen kurzen Augenblick des Unbehagens, dann drang er kraftvoll in sie ein, ohne ihr Schmerzen zu bereiten. Es war, als würde er nicht nur ihren Körper, sondern auch ihr Herz ausfüllen.

Er stützte sich neben ihrem Kopf ab und bewegte sich in einem wilden Rhythmus, den sie erkannte, obwohl sie ihn niemals zuvor erfahren hatte. Ihre Leidenschaft war ohne Raffinesse – es war das ursprüngliche Bedürfnis nach Vereinigung, ein archaischer

Trieb, der sie beide in das Herz eines Wirbelsturms riß.

Das Gewitter tobte draußen mit aller Kraft. Das Krachen des Donners war überall um sie herum, *in* ihr, und sie sträubte sich nicht gegen die Veränderung, die ihr ganzes Bewußtsein vereinnahmte. Als sie sich krampfhaft zuckend um ihn schloß, konnte sie nicht länger sagen, wo er aufhörte und sie begann, denn sie waren nun eins und gemeinsam stärker, als sie allein hätten sein können.

Er schob sich noch ein letztes Mal in sie hinein und schrie auf, als er sich in ihr ergoß. Es blitzte direkt über dem Haus, und plötzlich war die Bibliothek in ein blauweißes Licht getaucht. Der Donnerschlag ließ die Fenster zittern. Wieder ein Blitz, und sein Gesicht leuchtete unirdisch in der grellweißen Helligkeit.

Er war unerträglich schön. Und ob er nun Teufelsgraf oder Gefallener Engel, ob Fürst des Lichts oder der Dunkelheit war – es kümmerte sie nicht. Alles, was zählte, war, daß sie ihn liebte, und diese Vereinigung von Körper und Seele war das ehrlichste, aufrichtigste, was sie je getan hatte.

Kapitel 26

ZUFRIEDEN UND GESÄTTIGT lagen sie, sich schweigend in den Armen haltend, auf dem Teppich. Das Gewitter war weitergezogen, und das Donnern war nur noch als fernes Rumpeln weit hinten im Tal zu hören. Clare streichelte Nicholas' Kopf, der auf ihrer Brust lag. Sie war niemals zuvor so glücklich gewesen, hatte sich noch nie so in sich ruhend gefühlt.

Es war seltsam, daß ausgerechnet die profane Liebe ihr religiöses Dilemma gelöst hatte. Oder vielleicht war es auch ganz und gar nicht seltsam. Da sie sich von ihrem Vater niemals geliebt gefühlt hatte, war es ihr unmöglich gewesen, eine göttliche Liebe zu akzeptieren; sie war innerlich leer gewesen.

Sich die Liebe zu Nicholas einzugestehen, hatte die Tore zu ihrem Herzen geöffnet. Sie hatte immer gewußt, daß ihr Vater sie auf seine Art – die einzige, zu der er fähig gewesen war – innig geliebt hatte. Der größte Kummer in ihrem bisherigen Leben war es gewesen, daß sie stets etwas anderes gebraucht hatte, als ihr Vater ihr zu geben vermochte. Nun, endlich war sie in der Lage, ihren Vater ohne Groll so zu lieben, wie er gewesen war.

Sie fühlte sich, als wäre sie wiedergeboren worden – lebendig wie nie zuvor. Der Versuch, Nicholas Qualen zu lindern, hatte auch ihr geholfen. Am liebsten hätte sie aus purer Freude laut gelacht.

Jetzt konnte sie sich auch ohne Furcht fragen, was wohl als nächstes geschehen würde. Die Tatsache, daß sie ihn liebte, bedeutete ja nicht, daß er ihr die gleichen Gefühle entgegenbrachte. Er würde ihr schrecklich fehlen, wenn ihre einzigartige Beziehung vorbei war. Aber sie würde es überleben, denn ihr Herz war endlich ein Ganzes.

Das Feuer war niedergebrannt, und ein kalter Luftzug drang durch das offene Fenster herein. Selbst Nicholas reichte nicht, um sie warmzuhalten, und sie begann zu zittern. Mit einem leichten Seufzen setzte er sich auf und blickte auf sie herab. Die entsetzliche Pein war aus seiner Miene verschwunden.

Sie öffnete den Mund, um etwas zu sagen, doch er legte ihr einen Finger auf die Lippen. Nachdem er ihre Kleider notdürftig zurechtgezupft hatte, stand er auf und tat dasselbe bei sich.

Mit raschen effektiven Bewegungen schloß er Fenster und Vorhänge, löschte die einzige flackernde Lampe und hob sein zerknautschtes Hemd auf. Dann kniete er vor ihr nieder, hob sie auf seine Arme und trug sie aus der Bibliothek, ohne eine Spur zu hinterlassen, die verraten konnte, was eben dort geschehen war.

Sie bettete ihren Kopf müde an seine Schulter und ließ sich zufrieden in ihr Zimmer tragen. Dort legte er sie aufs Bett, zog ihr die Kleider aus und packte sie warm in ihre Decke ein. Obwohl es albern war, sich schamhaft zu geben, war sie dennoch froh, daß ihr Zimmer im Dunkeln lag.

Sie hatte erwartet, daß er nun gehen würde, doch zu ihrem Erstaunen hörte sie, wie der Schlüssel im Schloß umgedreht wurde, und das Rascheln von Kleidung, als er sich auszog. Dann schlüpfte er zu ihr zwischen die Laken. Und sie stellte fest, daß sie sich zwar ein wenig schämte, nackt betrachtet zu werden, sich aber ohne Reue und vollkommen schamlos an ihn schmiegen konnte.

Mit reinem Gewissen und friedvoller Seele schlief sie ein.

Clare wachte auf, weil irgend jemand am Türknauf drehte. Es war früher Morgen, die Zeit, in der Polly normalerweise den Tee brachte, und im ersten Moment begriff sie nicht, wieso abgeschlossen war. Dann kehrte die Erinnerung an die vergangene Nacht zurück.

Polly, die Kluge, gab auf und ging weg. Gott sei Dank, daß sie nicht aus dem Dorf war. Zudem war sie überaus diskret. Sollte sie vermuten, daß Clare die Nacht nicht allein verbracht hatte, dann würde sie den Mund halten.

Clare streckte den Arm aus und stellte fest, daß sie allein in ihrem Bett lag. Aber wenn Nicholas fort war, wieso war dann die Tür noch verschlossen? Sie setzte sich auf und schaute sich um.

Er stand mit verschränkten Armen am Fenster und blickte ins Tal hinaus. Er war herrlich nackt, und seine Haut schimmerte im blassen Morgenlicht wie Bronze.

Als er ihre Bewegungen hörte, drehte er sich zu ihr um. Ihre Blicke trafen sich. Er hatte einen Ausdruck in seinem Gesicht, den sie noch nie zuvor an ihm gesehen hatte; es war nicht mehr die Verzweiflung der Nacht zuvor, nicht die Wut, die sie schon ein paarmal erlebt hatte. Ganz bestimmt nicht die spielerische Offenheit, die sie an ihm so liebte. Statt dessen wirkte er ... entschlossen? Resigniert? Er kam ihr fast wie ein Fremder vor, und es war ein wenig beängstigend.

Zögernd fragte sie: »Wie fühlst du dich?«

Er zuckte die Schultern. »Nicht weniger schuldig, aber auch nicht mehr am Boden zerstört. Ich werde es überleben.« Sein Blick wanderte über sie. »Für die ruinierte Tochter eines Predigers wirkst du bemerkenswert gelassen.«

Erst jetzt fiel ihr ein, daß sie außer ihrem langen Haar nichts zum Bedecken hatte, und so zog sie hastig das Laken hinauf.

»Es ist ein bißchen spät für Schamgefühle.«

Trotzig ließ sie das Laken wieder bis zur Taille fallen und warf ihr Haar über die Schulter zurück.

Seine kühle Distanziertheit ließ augenblicklich nach, und seine Atmung beschleunigte sich. Mit deutlicher Mühe fixierte er seinen Blick auf ihr Gesicht. »Offenbar müssen wir heiraten, und je eher, desto besser. Ich werde heute noch in London eine Sondergenehmigung anfordern.«

Ihre Gelassenheit war wie weggeblasen, und sie blickte ihn mit offenem Mund an. »Heiraten? Wovon redest du?«

»Ich dachte, das ist deutlich«, erwiderte er kühl. »Eine legale Verbindung. Ehemann und Ehefrau. Bis daß der Tod uns scheidet.«

Mochte ihre Seele auch wiedergeboren sein, ihr Geist ließ sich genauso leicht verwirren wie eh und je. »W ... was?« stammelte sie. »Du hast doch geschworen, daß du niemals mehr heiraten wirst. Wieso in aller Welt willst du jetzt mich?«

»Aus einem ganz simplen Grund – du könntest schwanger sein.«

Unbarmherzig unterdrückte sie das Freudengefühl, das sie durchzuckte. »Du hast mir doch gesagt, man kann so etwas verhindern.«

»Kann man, aber ich habe gestern nacht nicht daran gedacht«, antwortete er trocken.

»Nun, es ist wohl möglich, daß ich schwanger bin«, gab sie zu, »aber wenn ich es nachrechne, eher nicht. Wir sollten besser abwarten, als überstürzt einen Entschluß zu fassen, den du bald bereuen wirst.«

»Es kann Wochen dauern, bevor du etwas sicher weißt.« Er zog die Augenbrauen hoch. »Willst du eines der berüchtigten ›Sieben-Monats-Kinder‹ riskieren, so daß jeder in Penreith weiß, daß du heiraten *mußtest*? Als Jungfrau war dein Gewissen rein, und du konntest die Kraft aufbringen, auch den Leuten gegenüberzutreten, die das Schlimmste von dir angenommen haben. Nun bist du aber keine Jungfrau mehr – ich habe dich verletzbar gemacht, und es gibt nur eine Möglichkeit, wie ich es wiedergutmachen kann.«

Sie schwieg. Obwohl sie keine Reue empfand, daß sie ihm mit ihrem Körper Trost gespendet hatte, konnte sie den Gedanken nicht ertragen, daß dieser wundervolle Akt durch Klatsch in den Schmutz gezogen würde. Schließlich fragte sie: »Warum hast du dich denn bisher so gegen das Heiraten gesträubt?«

Seine Lippen preßten sich zusammen, und er schaute wieder aus dem Fenster, so daß sie nur sein Profil sah. »Das große Ziel des alten Earls war die Fortführung der Linie der Aberdare. Dadurch, daß ich mich weigerte, einen legitimen Erben zu zeugen, konnte ich mich an ihm über seinen Tod hinaus rächen. Da es ihm aber inzwischen vollkommen egal sein dürfte, ob es einen sechsten Earl of Aberdare gibt, war es eine kindische Art von Rache, aber die einzige, die in meiner Macht gestanden hat.«

Er wandte sich ihr wieder zu, doch die Morgensonne stand nun hinter ihm, und sein Gesicht lag im Schatten. »Ich trage jetzt jedoch eine Verantwortung dir gegenüber, und die alberne Rache an meinem Großvater ist daher nicht mehr von Wichtigkeit. Ich gebe ja gerne zu, daß es mein Gewissen nicht belastet hat, deinen Ruf zu zerstören oder dir deine Jungfräulichkeit zu nehmen, aber dich versehentlich zu schwängern ist nichts, was ich unbekümmert in Kauf nehmen darf. Also Heirat.«

Es gab nichts auf der Welt, das sie sich lieber wünschte, als Nicholas' Frau zu werden, aber bis zu diesem Morgen hatte sie geglaubt, es sei vollkommen unmöglich. Unwillkürlich fragte sie sich, ob er in der Entscheidung, sie zu heiraten, einen Weg sah, ein wenig von seiner vermeintlichen Schuld an Owens Tod abzubüßen. »Seit wir unsere lächerliche Abmachung getroffen haben, hast du dein Bestes getan, um mich zu verführen«, sagte sie. »Ich kann einfach nicht recht verstehen, wie ein Erfolg in dieser Hinsicht einen solch plötzlichen Sinneswandel erzeugt haben soll.«

Er sah sie spöttisch an. »Ich habe dich nicht verführt. Ganz im Gegenteil.«

Ihre Wangen glühten. »Ich wollte dich aber nicht mit einer List zur Ehe zwingen.«

»Das weiß ich, Clare«, antwortete er ruhig. »Du hast mir ein wundervolles Geschenk gemacht, und das aus den edelsten Gründen. Aber ich war mir der möglichen Konsequenzen bewußt, als ich es angenommen habe, und ich stehe immer zu meiner Verantwortung.«

Sie unterdrückte ein Schaudern. »Das ist keine besonders herzliche Basis für eine Ehe.«

»Oh, es ist aber nicht die einzige.« Ein bekanntes Funkeln trat in seine Augen und ließ seine kühle Gelassenheit ein wenig schmelzen. »Zum Beispiel dies: Da ich nun endlich bekommen habe, was ich von dir wollte, hätte ich gern noch mehr davon. Und noch möglichst viel mehr.«

Als sie zögerte, fügte er hinzu: »Aber wie ich sehe, mußt du erst überzeugt werden.«

Mit zwei Schritten war er bei ihr. Bevor sie noch Luft holen konnte, hatte er sie auf den Rücken zurückgedrückt und küßte sie, während die eine Hand in ihrem Haar wühlte und die andere ihre Brüste liebkoste.

Ihr rauhes Aufkeuchen mußte sich wie Kapitulation angehört haben, denn er hob den Kopf und murmelte: »Hast du einen besonderen Wunsch für die Hochzeit? Am besten wäre es, sie in kleinem Rahmen zu halten, aber schließlich soll es auch anständig gemacht werden.«

Sie versuchte, ihren Verstand einzuschalten, was nicht so einfach war, wenn er so wundervolle Dinge mit ihrem Körper machte. »Ich . . . ich habe noch gar nicht eingewilligt.«

Sein Gesicht war nur Millimeter von ihrem entfernt. Seine Augen wurden noch dunkler. »Wieso solltest du nicht?« verlangte er mit barscher Stimme zu wissen. »Meine Art, Liebe zu machen, scheint dir doch nicht zu mißfallen. Nun, natürlich gibt es Frauen, die am liebsten mit Männern schlafen, an die sie gesellschaftlich niemals heranreichen.«

»Sei nicht albern«, erwiderte sie. »Du hast die Sache verkehrt herum ausgedrückt. Normalerweise sind es die Earls, die keine Lehrerinnen vom Dorf heiraten.«

»So wie die Söhne von Earls keine Zigeunerinnen heiraten? Dein Vater war ein Vikar, ein gebildeter Sohn eines Edelmanns, deine Mutter stammte aus guter Familie. Viele Leute würden deinen Stammbaum für besser halten als meinen.« Seine Miene wurde sanfter. »Clare, du mußt mich heiraten. Unser ungeborenes Kind muß doch einen Namen bekommen, das schuldest du ihm.«

Sie mußte lachen. »Ich bin aber überhaupt nicht davon überzeugt, daß es ein solches Kind gibt.«

»Solltest du aber.« Er ließ seine Hand leicht über ihren Bauch gleiten und spielte dann mit den weichen Löckchen zwischen ihren Beinen. »Wir könnten die Chancen einer Empfängnis ja verdoppeln.«

»Hör auf!« Sie klapste ihm auf die Hand. »Ich kann nicht denken, wenn du so etwas machst.«

Ohne sich beirren zu lassen, legte er die Hand wieder dorthin, wo sie vorher war, und kraulte sie weiter. »Du muß nicht denken, du mußt nur ja sagen.«

Sie griff nach seiner Hand und hielt sie fest. Dann sah sie ihn todernst an. »Ich könnte die Tatsache akzeptieren, daß du mich heiratest, ohne mich zu lieben, aber nicht, daß du mich irgendwann zu hassen beginnst, weil ich dich zu einer Ehe verleitet habe, die du nicht wolltest.«

»Ich könnte dich niemals hassen, Clare«, sagte er mit gleicher Ernsthaftigkeit. »Ich werde diese Ehe mit offenen Augen eingehen – niemals würde ich dich für eine Situation bestrafen, die ich selbst geschaffen habe.«

Sie zögerte, denn sie mußte ihm noch eine Frage

stellen, die ihr kaum von den Lippen kommen wollte. »Da ist noch etwas anderes.«

Ermutigend zog er seine Brauen hinauf.

Sie wandte die Augen ab. »Man erzählt sich, daß du deiner ersten Frau nicht treu gewesen bist. Stimmt das?«

Seine Miene verschloß sich. »Ja.«

»Ich nehme an, daß Aristokraten über solche Dinge anders denken, aber ich bin keine Aristokratin«, brachte sie mühsam hervor. »Ich . . . ich könnte nicht ertragen, wenn du andere Frauen hättest.«

Das Schweigen schien unendlich lange zu dauern. Als er endlich wieder sprach, klang seine Stimme kalt und neutral. »Ich schlage dir wieder eine Abmachung vor. Ich bin so lange treu, wie du mir treu bist. Aber wenn du jemals im Bett eines anderen Mannes liegst, dann, das schwöre ich dir, schaue ich mich auch woanders um.«

Sie war so erleichtert, daß ihr fast schwindlig wurde. »Wenn Sie in diese Abmachung einwilligen, Mylord, dann werden Sie ein langes, langweiliges Leben führen, denn ich werde mich niemals einem anderen Mann zuwenden.«

»Langweilig? Mit dir? Das kann ich mir nicht vorstellen.« Er blickte sie freundlicher an. »Heißt das, du nimmst meinen Antrag an?«

Sie schloß die Augen, um ihren Kopf freizubekommen, damit sie ihre innere Stimme hören konnte. Wie in der Nacht zuvor überrollte sie die Woge der Gewißheit. Es war richtig, dies zu tun – dafür war sie geboren worden. Da sie sich nicht vorstellen konnte, daß ihm eine Liebeserklärung angenehm sein würde, öffnete sie die Augen wieder und sagte: »Ja, Nicholas. Mit ganzem Herzen und ganzer Seele.«

Er rollte sich aus dem Bett, ging zu ihrem Schreibtisch und kramte in einer Schublade. Dann kam er zurück, und sie sah einen kleinen Dolch in seiner Hand. Verblüfft sah sie zu, wie er die Hand hob und die Haut am Gelenk ritzte, bis ein dunkelroter Blutstropfen erschien. Dann nahm er ihre Hand.

Da sie ahnte, was kommen würde, gelang es ihr, nicht zusammenzuzucken, als die scharfe Klinge in ihre Haut drang. Anschließend preßte er sein Handgelenk auf das ihre, so daß sich das Blut vermischte. »Blut zu Blut. Es ist vollbracht«, sagte er ruhig.

Sie starrte auf ihre Hände und empfand ein Gefühl tiefster Verbundenheit. Blut zu Blut, bis daß der Tod euch scheidet. »Ist das ein Roma-Ritual?«

»Eins von vielen. Die Roma sind ein erfindungsreiches Völkchen.« Er lächelte. »Gewöhnlich endet eine Hochzeitsfeier mit einer vorgetäuschten Entführung der Braut. Man betrachtet es bei einer Frau als ungehörig, wenn sie ihre Familie zu freudig verläßt. Da du ja nicht ganz freiwillig nach Aberdare gekommen bist, können wir das als Entführung gelten lassen.« Er zog ihr Handgelenk an seine Lippen und leckte das Blut ab. »Sollen wir mit dem Vollzug fortfahren?«

Sie breitete die Arme einladend aus. »Mit größtem Vergnügen, mein Gemahl.«

Als er sie küßte, durchfuhr ihn der Gedanke, wie unvorhersehbar das Leben doch war. Vor drei Tagen war in der Zeche noch alles normal verlaufen, Owen Morris hatte noch gelebt, und eine neue Ehe hatte nicht zur Diskussion gestanden. Nun war alles anders. Es war, als hätte er unter seine Vergangenheit einen dicken Strich gezogen. Nun wartete eine Zukunft auf ihn, die er sich niemals in der Art vorgestellt hatte.

Was auch immer geschah, er hatte der Frau in seinen Armen ein verbindliches Versprechen gegeben. Sein bisheriges Dasein in ruheloser Freiheit wurde nun durch eine konventionellere Existenz mit Aussicht auf Familie und Heim ersetzt. Doch als er die heißen, feuchten Tiefen von Clares Mund erforschte, konnte er die neue Richtung, die sein Leben nahm, einfach nicht unattraktiv finden.

Dieses Mal wollte er nicht rasch und unbedacht vorgehen wie die Nacht zuvor. Da er ihre Wärme und ihr Verständnis so dringend gebraucht hatte, war die Vereinigung von gewaltsamer Dringlichkeit beherrscht gewesen. Gott sei Dank war sie medizinisch betrachtet keine Jungfrau mehr gewesen, denn sonst hätte er ihr bestimmt sehr wehgetan. Sicher, sie hätte den Schmerz in diesem Fall ertragen ohne zu jammern, aber er hätte sich nachher dafür gehaßt, daß er sich nicht besser hatte zurückhalten können. Dieses Mal wollte er all seine Erfahrungen und Fähigkeiten einsetzen, um ihr zu zeigen, wie schön die körperliche Liebe sein konnte.

Sie war so bezaubernd, so reizend, so unwiderstehlich. Als er sie in die Kissen zurückdrückte, flüsterte er: »Bleib liegen und genieß einfach, Clarissima. Die letzte Nacht war nur eine knappe Zusammenfassung der Möglichkeiten. Jetzt ist Zeit für eine ungekürzte Version.«

Gehorsam entspannte sie sich, legte sich zurück, und ihr Haar ergoß sich betörend über das Kissen. Er küßte jede Rundung und jedes Fleckchen Haut, bis sie vor Entzücken seufzte. Als sie feucht und bereit war, positionierte er sich so zwischen ihren Beinen, daß seine harte Erektion auf der zarten Knospe lag, die das Zentrum der weiblichen Lust darstellt. Er bezweifelte, daß sie überhaupt wußte, daß sie so etwas besaß, aber wenn er sein Werk vollbracht hatte, dann würde sie es wissen.

Als er an ihrer Brustspitze saugte, glitt sein heißes Glied über diese Knospe, und die sinnliche Reibung ließ sie erstaunt und betäubt die Augen öffnen. »J . . . jetzt?« brachte sie mühsam hervor.

»Noch nicht.« Während er sie weiter mit Händen, Zunge und Lippen verwöhnte, begann er, seine Hüften zu bewegen, bis sie atemlos und rauh im Rhythmus seiner Bewegungen stöhnte. Instinktiv suchte sie ihn, bog sich ihm entgegen, und er keuchte auf, ließ sich aber nicht beirren.

Er stützte die Hände neben ihrem Kopf ab und liebkoste sie nun in langsameren, längeren Bewegungen, so daß seine ganze Erektion über ihre Scham glitt. Ihre Hände umklammerten seine Arme, ihre Nägel gruben sich tief in seine Haut, und ihr Mund öffnete sich, um tief und keuchend Atem zu holen. Er brachte sie so weit, daß sie kurz vor der Erfüllung stand, hielt sie jedoch dort fest, bis ihr Oberkörper von einem feinen Schweißfilm überzogen war und sie ihren Kopf rastlos hin und her warf.

Er hatte vor, das Spiel ein bißchen zu verzögern, doch er zog sich versehentlich so weit zurück, daß die Spitze seines Gliedes plötzlich gegen ihre einladende, nasse Öffnung drückte. Er hielt mit zitternden Muskeln inne und versuchte, sich zum Rückzug zu zwingen, doch sie drückte ihm ihre Hüften entgegen, und er war verloren. Als er in sie hineinglitt, umschloß sie ihn wie heiße, feuchte Seide.

Zuerst bewegte er sich langsam, bis er herausgefunden hatte, wie tief er eindringen konnte. Dann stieß er mit stetig ansteigendem Tempo in sie hinein.

Sie schrie auf, und er zog sie augenblicklich fest in seine Arme und barg ihr Gesicht an seiner Schulter. Ihre Hände kneteten seine Hüften, als der Sturm der Empfindungen in ihrem Inneren wütete, bis er sich nicht mehr zurückhalten konnte und mit einem Aufstöhnen auch zum Höhepunkt kam.

Dann lagen sie ineinander verschlungen da, ließen das Beben ihrer Glieder abklingen und sogen den Duft ihrer Liebe auf. Als sich ihrer beider Atmung wieder einigermaßen normalisiert hatte, murmelte sie: »Ich glaube, ich verstehe jetzt, warum organisierte Religion etwas gegen den Spaß an der sexuellen Vereinigung hat. Über diesem hier kann man Gott ganz vergessen, denn es ist schwer vorstellbar, daß das Paradies etwas Ähnliches zu bieten hat.«

Er lachte leise. »Das klingt ganz nach Blasphemie.«

»Das ist es wohl auch.« Ihre Arme schlangen sich um seinen Hals. »Ich verstehe langsam auch, warum du so wild darauf warst, mich zu verführen. Die Leidenschaft ist etwas Wunderbares, nicht wahr?«

»Ja . . ., obwohl nicht immer *so* wunderbar.« Seine Hand blieb auf ihrem Bauch liegen, und er fragte sich einmal mehr, ob darin bald neues Leben gedeihen würde. »Schon als du das erste Mal nach Aberdare kamst, wußte ich, daß du eine außergewöhnliche Partnerin im Bett sein würdest.«

Nun mußte sie lachen. »Ich dachte, damals wolltest du mich in erster Linie loswerden.«

»Das auch«, stimmte er zu.

Sie nahm seinen Arm und küßte den kleinen Kratzer, den er sich mit dem Messer beigebracht hatte. »Obwohl die legale Vermählung noch nicht stattgefunden hat, fühle ich mich schon sehr verheiratet.«

»Fein, denn ich habe die feste Absicht, von nun an jede Nacht mit dir zu verbringen.« Dann fiel ihm ein, daß es auch noch eine Welt außerhalb des Zimmers gab, und er setzte sich seufzend auf. »Wie auch immer – um den kläglichen Resten deines guten Rufes willen werde ich so diskret wie möglich kommen und gehen. Es ist früh genug, so daß wahrscheinlich noch niemand bemerkt hat, was passiert ist. Bis auf meinen Kammerdiener und deine Zofe, aber bei ihnen gehört Schweigen zum Beruf.«

Sie lächelte ihn reumütig an. »Vielen Dank. Wahrscheinlich ist es ziemlich kleinlich von mir, mich um die Meinung anderer zu kümmern, aber ich kann nichts dagegen tun.«

»Da wir den Rest unseres Lebens in diesem Tal verbringen werden, ist Diskretion bestimmt nicht fehl am Platz.« Er beugte sich zu ihr, küßte sie und stand dann widerstrebend auf. »Ich schicke Lucien heute noch eine Nachricht, daß er sich um eine Sondergenehmigung kümmern soll. Er ist recht gut, wenn es darum geht, Dinge zu arrangieren. Ich schätze, wir haben die Zeremonie am Ende der Woche hinter uns.«

Sie nickte und folgte ihm mit ihrem Blick, als er sich anzog und lautlos aus dem Zimmer schlüpfte. Alles war so plötzlich gekommen, daß sie es immer noch nicht recht glauben konnte. Und obwohl sie annehmen mußte, daß ihm der Heiratsantrag nicht leicht über die Lippen gekommen war, schien er gar nicht besonders unglücklich über die neue Zukunftsaussicht. Sie schwor sich, alles zu tun, was in ihrer Macht stand, damit er seinen Entschluß niemals bereuen mußte.

Da der irdische Teil ihrer Existenz sich bestens zu entwickeln schien, beschloß Clare, sich nun um den spirituellen zu kümmern. Sie stieg aus dem Bett, zog sich einen Hausmantel über und kniete sich in den Sonnenschein, der durch das Fenster hereinströmte. Ihre Hände locker im Schoß verschränkt, machte sie ihren Geist von allen Gedanken frei.

Wie ein Strom lebendigen Feuers erfüllte plötzlich ein alles umfassender Glaube ihr Herz. Dies waren der göttliche Frieden und die Freude; dies war es, was ihr Vater jeden Tag hatte erfahren dürfen und weswegen er sich zur Aufgabe gemacht hatte, anderen Menschen die Güte Gottes zu vermitteln. Sie versank tiefer in diesen wundervollen Zustand, und einen Augenblick spürte sie die Gegenwart ihres Vaters. Staunend begriff sie, daß er von ihrer Schwäche gewußt hatte, daß er um ihre Errettung gebetet hatte. Nun war er gekommen, um bei ihrer Erweckung zugegen zu sein.

Nach ein paar Minuten verblaßte das Bild ihres Vaters. Sie mußte lächeln. Selbst jetzt noch, auf der anderen Seite, war er unablässig damit beschäftigt, den Menschen zu helfen, denen diese spirituelle Erfahrung bisher versagt geblieben war. Nun, es störte sie nicht mehr.

Tränen der Ehrfurcht und der Demut brannten in ihren Augen, und sie schickte ein Dankgebet zum Himmel. Jetzt, da das Licht in ihr entzündet worden war, würde es niemals mehr verlöschen – das wußte sie.

Und es war Liebe gewesen, die ihr den Weg gezeigt hatte.

Kapitel 27

CLARE HATTE NICHT gewußt, wie tief sie in ihre Meditation versunken gewesen war, bis sie aufstand und schockiert entdeckte, daß Polly ihr inzwischen eine Kanne Tee und einen Krug mit dampfend heißem Wasser gebracht hatte. Da es sehr viel zu tun gab, wusch sie sich rasch, zog sich an und ging hinunter zum Frühstück. Zuerst jedoch mußte sie einen Abstecher in die Bibliothek machen.

Sie widerstand nur mühsam dem Drang, auf die Stelle des Teppichs zu starren, wo sie sich geliebt hatten. Statt dessen trat sie an die Wand, an der die Harfe zerschmettert worden war, und kniete nieder. Sie betrachtete den Schaden noch, als Nicholas in die Bibliothek betrat.

Sie blickte auf. »Es ist ziemlich viel kaputtgegangen«, sagte sie zögernd, »aber es sieht so aus, als könnte man die Teile wieder zusammenfügen.«

Er kniete sich neben sie und sammelte die Stücke auf. »Du hast recht«, bemerkte er, nachdem auch er den Schaden begutachtet hatte. »Nichts, was sich nicht reparieren läßt.« Er streichelte das seidenglatte Weidenholz. »Ich bin wirklich sehr froh darüber. Tam war ein großer Künstler – es ist eine

Schande, daß ich versucht habe, seine Arbeit zu zerstören.«

»Zum Glück ist die Harfe sehr solide gearbeitet. Schau mal, sie hat eine ordentliche Kerbe in der Wand hinterlassen.« Sie setzte sich auf ihre Fersen zurück. »Gestern nacht, als du sie von dir geschleudert hast, hatte ich das Gefühl, du wolltest damit auch die Musik in dir vernichten. Ich hoffe, daß du damit keinen Erfolg hattest.« Sie verlieh ihrem letzten Satz einen fragenden Unterton.

»Wahrscheinlich hatte ich das tatsächlich beabsichtigt, obwohl ich gar nicht so klar gedacht habe.« Er zupfte an einer Saite, die noch fest gespannt war, und ein klagender Laut erklang. »Vielleicht sollte ich ein Lied über das Grubenunglück schreiben. Der Toten durch Musik zu gedenken, ist eine alte keltische Tradition.«

Sie legte ihre Hand auf die seine. »Ja, tu das. Und sing es auf dem nächsten lokalen *Eisteddfod*. Es würde die Leute im Tal sehr freuen.«

Seine Miene verhärtete sich. Sie vermutete, daß er gerade dachte, wieviel mehr die Leute sich gefreut hätten, wenn er in der Lage gewesen wäre, die Arbeitsbedingungen in der Zeche früher zu verbessern. Obwohl er seinen Kummer und sein Schuldbewußtsein inzwischen unter Kontrolle gebracht hatte, war beides immer noch in gleicher Stärke vorhanden. Es war anzunehmen, daß er sich davon niemals befreien würde.

Das Schweigen wurde unterbrochen, als Williams eintrat und einen keuchenden Jungen hereinführte. Clare erkannte Trevor Morris, Margeds Ältesten, und stand sofort auf. »Braucht deine Mutter mich, Trevor?« fragte sie. »Ich wollte mich gleich auf den Weg ins Dorf machen.«

Er schüttelte den Kopf. »Nein, Miss Morgan, ich hab' nur ganz tolle Nachrichten. Mein Dad lebt! Sie ham ihn heute morgen gefunden. Mama hat mich losgeschickt, um's Ihnen sofort zu sagen.«

Clares inniges »Gott sei Dank« wurde von Nicholas' überschwenglichem »Halleluja!«-Gebrüll übertönt.

Es schien fast zu schön, um wahr zu sein, doch ein Blick auf das strahlende Gesicht des Jungen bestätigte es. Nicholas' Miene spiegelte die gleiche Freude wider, und sie wußte, daß diese Nachricht seinen Kummer linderte, wie nichts anderes es gekonnt hätte.

»Williams, lassen Sie den Wagen vorfahren«, wies er nun den Butler an. »Trevor kann uns alles auf dem Weg ins Dorf erzählen.«

Fünf Minuten später rasten sie mit einer Geschwindigkeit nach Penreith, die Clare angst gemacht hätte, wenn jemand anderer als Nicholas den Wagen gelenkt hätte. Trevor, den sie zwischen sich gequetscht hatten, berichtete. »Die Explosion hat Dad in einen der alten Stollen geschleudert, und er hat sich das Bein gebrochen. Eine ganze Zeit war er bewußtlos. Als er wieder aufwachte, fiel ihm ein, daß er in der Nähe von einem der Ableitungsstollen war.«

Nicholas warf dem Jungen einen kurzen Blick zu, bevor er wieder auf die Straße achtete. »Die alten waagerechten Tunnel, die zur Entwässerung benutzt werden?«

Trevor nickte. »Er mußte eine ganze Weile graben und Steine räumen, bis er hingelangte. Dann stellte er fest, daß durch die Explosion der Wasserstand niedriger war, so daß er Luft hatte. Gestern nacht ist er rausgekrochen, und heute hat ihn ein Schäfer gefunden.«

»Ein Wunder«, sagte Clare ruhig.
»Das sagt Mama auch.«
Sie schwiegen eine ganze Weile. Dann fragte Nicholas: »Was ist mit den Familien, deren Männer umgekommen sind? Wie werden sie Frauen zurechtkommen?«
»Es gibt zwei Versicherungsvereine«, antwortete Clare. »Die Leute zahlen jede Woche ein wenig ein, so daß immer Geld da ist, um denen zu helfen, denen es gerade schlecht geht.«
»So viele Todesfälle werden die Vereine ziemlich strapazieren«, sagte er. »Glaubst du, daß irgendein dummer walisischer Stolz verletzt wird, wenn ich mein Teil dazu beitrage?«
»Ich glaube nicht, daß jemand etwas dagegen haben wird.«
Als sie das Haus der Morris' erreicht hatten, bat Nicholas Trevor, die Pferde langsam auf und ab zu führen, damit sie sich abkühlen konnten – eine Aufgabe, die der Junge nur allzu gern übernahm.
Marged öffnete die Tür des Hauses. Sie hatte zwar immer noch tiefe Ringe unter den Augen, aber das Glück, das sich in ihrem Gesicht spiegelte, machte sie so hübsch wie nie zuvor. Clare stürzte sofort in die Arme ihrer Freundin, und sie vergossen mit Begeisterung eine Menge Tränen. Als sie sich wieder ein wenig gefaßt hatten, gingen sie hinein, wo Marged ihnen Johannisbeerküchlein und Tee vorsetzte.
Mit leiser Stimme, damit Owen nicht aufwachte, wiederholte Marged, was Trevor schon gesagt hatte. »Und es gibt noch mehr gute Nachrichten«, fügte sie hinzu. »Zwei weitere Männer sind lebend in einer Luftkammer gefunden worden.« Sie nannte zwei Na-

men, die Clare kannte; sie hatte die Kinder beider Männer unterrichtet.

»Es heißt, es soll eine Menge Änderungen in der Zeche geben«, fuhr Marged fort. »Offenbar war Lord Michael Kenyon überhaupt nicht zufrieden mit dem, was er nach langer Abwesenheit vorgefunden hat, und übernimmt nun wieder selbst die Leitung des Unternehmens.«

Nicholas sah sie scharf an. »Und was ist mit Madoc?«

Marged lächelte zutiefst zufrieden. »Seine Lordschaft hat in der Öffentlichkeit kein schlechtes Wort über Madoc fallen lassen, aber das ändert nichts an der Tatsache, daß Madoc durch die Übernahme der Geschäftsführung von Lord Michael zum bloßen Aufseher degradiert worden ist, der nur noch die Befehle des Besitzers ausführt. Er soll ziemlich wütend sein, aber er wagt anscheinend nicht, sich zu beschweren, um nicht sein Haus und sein dickes Gehalt auch noch zu verlieren.«

Sie biß in eines der Küchlein. »Seine Lordschaft setzt augenblicklich alle Männer dazu ein, die Stollen, die noch intakt sind, neu und besser abzustützen. Außerdem hat er angeblich eine neue dampfbetriebene Pumpe von Watts und eine Dampfwinde bestellt, so daß die Männer demnächst nicht mehr in Trauben an dem furchtbaren Strick aus- und einfahren müssen.«

»Dem Himmel sei Dank!« sagte Clare inbrünstig. »Das hört sich ja an, als ob alles Nötige in die Wege geleitet wird. Mit etwas Glück wird diese Grube keine solche Katastrophe mehr erleben.«

»Michael scheint da wieder weiterzumachen, wo er vor vier Jahren aufgehört hat«, stimmte Nicholas zu. Dann wandte er sich seiner Gastgeberin zu. »Marged, wenn Owen wach ist, kann ich dann mit ihm sprechen?«

»Ich schaue nach.« Sie ging, um nach ihrem Mann zu sehen, dann kam sie zurück und sagte: »Er ist wach. Und er möchte dich gerne sehen.«

»Es wird wohl zuviel für ihn sein, wenn ich ihn auch besuche«, sagte Clare. »Marged, sollen wir gemeinsam zum Dank beten?«

Neugierig legte Marged ihren Kopf schief. »Ich hätte nie gedacht, daß du mal deinem Vater ähneln würdest, Clare, aber eben gerade hast du genau wie er ausgesehen. Danke, daß du mich daran erinnert hast. Es ist wirklich Zeit für ein Gebet. Seit Owen wieder hier ist, ist alles drunter und drüber gegangen.«

Während die zwei Frauen nebeneinander niederknieten, stieg Nicholas die Treppe hinauf. Owen und Marged teilten sich ein winziges Zimmer, das kaum größer war als das Doppelbett, das darin stand. Owen war bleich, und sein Bein war geschient, aber er sah zufrieden und gefaßt aus. Wortlos hob er die Hand zum Gruß.

Nicholas nahm sie fest in seine beiden Hände und sank neben dem Bett auf die Knie. »Ich danke Gott, daß du am Leben bist«, sagte er mit Inbrunst. »Ich kann kaum glauben, daß du diese Explosion überlebt hast. Ganz zu schweigen von den drei Tagen, die du unter der Erde eingesperrt warst.«

»Ich nehme an, meine Zeit war noch nicht gekommen«, sagte Owen mit leicht heiserer Stimme. »Ein Wunder, daß ich nicht sofort umgekommen und dann auch noch nah genug am Entwässerungsstollen gewesen bin, um mich freizugraben.«

»Na, ich denke, ein bißchen Lob gebührt auch dir«, erwiderte Nicholas. »Sich in absoluter Dunkelheit in einem Labyrinth von Tunnels zurechtzufinden und mit einem gebrochenen Bein den Weg nach draußen zu schaffen, ist keine schlechte Leistung.«

»Der Anreiz war nicht gerade gering.«

Nicholas musterte seinen Freund intensiv. »Warum wolltest du unbedingt, daß ich zuerst gehe? Du hast Familie und wirst dringender gebraucht als ich.«

Owen lächelte schwach. »Ich wußte, daß ich direkt in den Himmel käme, wenn ich würde sterben müssen. Bei dir hatte ich da ernsthafte Zweifel.«

Einen Augenblick dachte Nicholas, daß Owen einen Scherz machen wollte. Als er begriff, daß der andere Mann es absolut ernst gemeint hatte, begann er hilflos zu lachen und legte die Stirn an den Eichenrahmen des Bettes. Doch noch während er lachte, erkannte er, daß er eine ehrfurchtgebietende Demonstration echten Glaubens erfahren hatte, die auf sein ganzes zukünftiges Leben einwirken würde. Aber das konnte er unmöglich aussprechen. »Du hast recht. Wenn Himmel und Hölle existieren, würde ich jetzt wohl wie ein Ei in der Pfanne brutzeln.«

»Wahrscheinlich.« Nun entdeckte er die Andeutung eines Zwinkerns in Owens Augen. »Jetzt hast du noch Zeit, deine Lebensweise neu zu überdenken. Nicht, daß du wirklich schlecht bist, aber ich kann mir nicht vorstellen, daß du dir jemals ernsthaft Gedanken über den Zustand deiner Seele gemacht hast.«

»Du hast wieder recht. Und Clare wird ohne Zweifel in diesem Bereich einen positiven Einfluß auf mich ausüben.« Nach einer kurzen Pause fügte er hinzu: »Wir werden in einer Woche heiraten. Du bist der erste, der es erfährt!«

»Das stell man sich mal vor – unsere Clare eine Countess!« sagte Owen erfreut. »Du hättest keine bessere Wahl treffen können. Du brauchst eine Frau, die mit beiden Beinen fest auf dem Boden steht.«

Nicholas sah, daß der andere Mann langsam müde wurde, und so stand er auf. »Wenn *du* bis dahin wieder mit beiden Füßen auf der Erde stehst, dann könntest du vielleicht Brautführer werden. Clare würde sich bestimmt sehr freuen.«

»Auf Krücken?« sagte Owen unschlüssig.

»Wir nehmen dich auch im Rollstuhl.« Mit dem Gefühl, als wäre ein Fels von seinem Herzen gefallen, stieg Nicholas wieder die Treppe hinunter. Inzwischen waren noch mehr Leute eingetroffen, die mit Owen und Marged die Freude über seine Rettung teilen wollten, so daß Clare und Nicholas sich verabschiedeten.

Auf dem Rückweg nach Aberdare fiel Clare etwas ein. »Wenn du gewußt hättest, daß Owen lebt, dann wäre gestern nacht nichts geschehen, und du wärest jetzt nicht zu einer lebenslangen Ehe verdonnert.«

Er zuckte die Achseln. »Vielleicht hat es so sein sollen. Und es ist geschehen, also nützt es nicht, darüber zu jammern.« Seine Mundwinkel verzogen sich. »Wie du ja vielleicht weißt, besitzen die Roma eine starke Neigung zum Fatalismus.«

»Solange du nur . . . zufrieden bist.«

Er warf ihr einen kurzen Blick zu. Bereute sie, daß sie eingewilligt hatte, ihn zu heiraten? Doch sie wirkte gelöst und heiter. »Offenbar hat Michael über das, was ich ihm in London gesagt habe, doch ernsthafter nachgedacht. Da er nun die Lage selbst begutachtet und schon Schritte zur Verbesserung unternommen hat, gibt es keinen Grund mehr, den Pachtvertrag aufzulösen.«

»Ich muß zugeben, daß ich beeindruckt bin. Er

scheint doch ein recht vernünftiger Mann zu sein, wenn er sein aufbrausendes Temperament unter Kontrolle hat«, sagte Clare. »Das bedeutet, daß du jetzt mehr Zeit für den Schieferbruch hast.«

»Hättest du Lust, in deinen Flitterwochen durch Wales zu reiten? Wir nehmen uns die Penrhyn-Brüche als Ziel. Nur wir zwei, die Berge, Osterglocken, romantische Nächte unter den Sternen . . .«

Ihre Brauen flogen hoch. »Und wenn es regnet?«

»Kuschelige, wenn auch weniger romantische Nächte in den Hütten für Reisende in den Bergen.«

»Hört sich entzückend an.« Sie schenkte ihm ein Lächeln, das ihn wünschen ließ, er könnte die Pferde einfach irgendwo anbinden und sie in die Büsche zerren.

Nach reiflicher Überlegung tat er genau das.

Die folgende Woche verlief hektisch und geschäftig. Die Hochzeit verlangte nicht viel Organisation, denn sie hatten sich auf eine kleine Zeremonie auf Aberdare geeinigt. Im Dorf jedoch gab es unglaublich viel zu tun. Clare war auf einem Dutzend Begräbnisse anwesend, hielt weinende Frauen im Arm, half den Witwen, ihr zukünftiges Dasein zu organisieren. Als sich die Neuigkeit ihrer Verlobung verbreitete, erntete sie von einigen Leuten mißbilligende oder sogar haßerfüllte Blicke, aber ihre Hochzeit war, verglichen mit der vorangegangenen Katastrophe, relativ unbedeutend. Voller Ironie stellte sie fest, daß die Auswirkungen des Unglücks, das über das Dorf gekommen war, ihre Situation leichter machte.

Nicholas' Verhalten war dagegen verwirrend. Er war charmant und rücksichtsvoll, und er hatte enorm viel Freude an ihrem Körper. Dennoch spürte sie, daß sie nun als Liebespaar weniger vertraut miteinander waren als zuvor als Kontrahenten. Es war, als wollte er ihre gesteigerte körperliche Nähe mit einem emotionalen Rückzug wieder ausgleichen. Und auch wenn sie dies nicht in ihrem Glauben an die Richtigkeit dieser Ehe erschütterte, so bekümmerte es sie doch zutiefst. Sie konnte nur hoffen, daß sich seine Reserviertheit geben würde, wenn sie verheiratet waren und der Alltag sich einstellte.

Am fünften Tag ihrer Verlobung kehrte sie am späten Nachmittag nach Aberdare zurück, wo Williams sie schon erwartete. »Der Earl of Strathmore ist im Salon. Er ist vor zwei Stunden angekommen.«

»Oje«, sagte Clare, als sie ihre Haube abnahm. »Und Nicholas ist noch nicht aus Swansea zurück?«

»Nein, Miss.«

Sie betrat den Salon und fand den Earl in einem Sessel vor, wo er es sich mit einem Buch und Tee gemütlich gemacht hatte. »Lucien, was für eine Überraschung! Nicholas hat mir gar nicht erzählt, daß er Sie erwartet.«

Lucien erhob sich und nahm ihre Hände, dann küßte er sie leicht auf die Wange. »Er hat mich nicht erwartet – ich habe mich entschlossen, die Sondergenehmigung persönlich zu überbringen. Allerdings hätte er wissen müssen, daß ich mir seine Hochzeit nicht entgehen lassen würde. Jeder Bräutigam braucht einen Freund an seiner Seite. Rafe kann leider nicht kommen, was er sehr bedauert. Im House of Lords unabkömmlich. Irgend etwas schrecklich Wichtiges. Allerdings hat er mir aufgetragen, die Braut in seinem Namen zu küssen.« Er hauchte ihr einen Kuß auf die andere Wange.

»Ich bin doch noch keine Braut.«

»Dann muß ich Sie am Hochzeitstag eben noch einmal küssen«, sagte er vergnügt. »Zweimal, wenn Nicholas mich läßt.«

»Es tut mir leid, daß Sie so lange haben warten müssen.«

»Ein unangemeldeter Gast verdient nichts anderes.«

»Hätten Sie Lust auf einen Spaziergang im Garten?« schlug sie vor. »Es ist ein herrlichen Maitag.«

»So wie ich Wales in Erinnerung habe, sollten wir rasch hinausgehen, sonst regnet es, bis wir dort sind.«

Sie zog ein Gesicht. »Traurig, aber wahr.«

Aber die Sonne war noch da, als sie den gepflasterten Hof betraten. Ein Pfau stolzierte vorbei und schlug ein Rad, und das Sonnenlicht brachte die blaugrünen Schwanzfedern wundervoll zum Leuchten. »Was für schöne Kreaturen«, bemerkte Lucien. »Aber leider entsetzlich dumm. Ein Beispiel für den Fluch der Schönheit.«

Clare lachte. »Sie und Ihre Gefallenen Engel sind auch schön, aber dumm scheint mir keiner von Ihnen.«

Er nahm ihre Hand und schob sie in seine Armbeuge, während seine grüngoldenen Augen amüsiert funkelten. »Das stimmt, aber wir sind ja auch nicht wegen der äußeren Erscheinung Freunde geworden.«

»Gibt es irgendeinen Grund, warum Sie sich zusammengetan haben und über so eine lange Zeit Freunde geblieben sind? Ich meine, abgesehen davon, daß Sie sich mögen.«

»Bei Jungen bestehen die Gruppen meist aus einem Anführer und mehreren Gefolgsleuten«, sagte er nachdenklich. »Vielleicht ist unsere Freundschaft deswegen entstanden, weil keiner von uns es je gemocht hat, von jemand anderem geführt zu werden.«

»Ich würde annehmen, daß Sie alle die geborenen Anführer sind. Jeder von Ihnen hätte doch leicht einen Kreis von Jungen unter sich haben können, die bewundernd zu ihrem Befehlshaber aufschauten.«

»Danke, nein. Rafe haßt Speichellecker, und als Erbe eines Herzogtums hat er sie angezogen wie Pferde die Schmeißfliegen. Sie kennen Nicholas – ihn zu etwas zu bringen, das er nicht will, kommt dem Versuch gleich, dem Wind etwas zu befehlen, und doch hat er selbst keinerlei Ehrgeiz, sich Macht über andere zu verschaffen. Vielleicht zu sehr Zigeuner. Michael, glaube ich, zieht es vor, sich mit seinesgleichen zu messen, als sich mit der simplen Herrschaft über schwächere Charaktere zu begnügen.«

»Und Sie?« fragte sie, fasziniert von seiner Analyse.

»Ich? Nun, wie Nicholas hasse ich es, Befehle entgegenzunehmen, aber was mir an einer Führungsposition nicht gefällt, ist das sichtbare Element.«

»Also der geborene Spion.«

»Ich fürchte ja.« Er blickte den Pfau mißtrauisch an, der balzend vor einer wenig beeindruckten Pfauenhenne auf und ab schritt. »Bitte sprechen Sie nicht so laut. Dieses Vieh da könnte ein französischer Agent sein.«

Sie lachte, als sie die Stufen zum Kiespfad hinuntergingen. »Nicholas ist vielleicht schwer zu befehligen, aber sein Verantwortungsgefühl kann ihn dazu bringen, Dinge zu tun, denen er vielleicht lieber aus dem Weg gegangen wäre.«

Lucien warf ihr einen aufmerksamen Blick zu. »Sie befürchten, daß er Sie aus einem Verantwortungsgefühl heraus heiratet?«

»Ein bißchen.« Es tat ihr so gut, mit jemandem

über ihre Bedenken reden zu können, als daß sie sich die Chance entgehen lassen wollte, und so setzte sie zögernd hinzu: »Als er und ich unsere Abmachung damals trafen, war ich eine Fremde, und es fiel ihm leicht, mir zu drohen, meinen Ruf zu ruinieren«, sagte sie vorsichtig. »Doch als er mich schließlich langsam, aber sicher kennenlernte, hat er, denke ich, ein schlechtes Gewissen entwickelt, und sein Heiratsantrag ist das Ergebnis davon. Zuvor hat er überaus bestimmt gesagt, er wolle nie wieder heiraten. Ich kann nur hoffen, daß er es nicht irgendwann bereut.«

»Sicher nimmt Nicholas seine Verpflichtungen sehr ernst, aber selbst das würde ihn nicht dazu bringen, vor den Altar zu treten, wenn er es nicht wollte«, antwortete Lucien. »Ich kann mich nicht erinnern, daß Nicholas jemals etwas getan hat, was ihm wirklich widerstrebte. Wie der alte Earl es auch erfahren mußte. Deswegen schlugen sie sich ja gewöhnlich die Köpfe ein.«

Da der alte Gärtner drei kräftige junge Gehilfen bekommen hatte, wurden die Gärten von Tag zu Tag schöner. Clare nahm den Zorn des Gärtners in Kauf und pflückte eine rote Tulpe. »Wie war Nicholas' Großvater denn so? Ich habe ihn ja nie kennengelernt.«

»Ein schwieriger Mensch. Seine Haltung Nicholas gegenüber war überaus vielschichtig, Wärme war jedoch niemals darin enthalten. Sie wären sicher besser miteinander ausgekommen, wenn Nicholas vor ihm gebuckelt hätte, aber obwohl er stets höflich geblieben ist, konnte er einem das Gefühl vermitteln . . ., nicht wirklich da zu sein.«

»Ich weiß genau, was Sie meinen«, erwiderte sie und dachte daran, wie er sich seit ein paar Tagen verhielt. »Es macht einen ziemlich verrückt.«

»Seinen Großvater hat es bestimmt verrückt gemacht.«

Ihr Spaziergang hatte sie zum Steingarten geführt, und als sie den gewundenen Pfad entlanggingen, begann eine Pfauenhenne in einem Baum in der Nähe laut zu kreischen. Clare musterte den Vogel mißbilligend. »Die männlichen Exemplare sind zwar sehr hübsch, aber die Art, wie die Weibchen schreien, führt mich in Versuchung, einmal mit Pfauenfrikassee zu experimentieren. Wenn ich überhaupt jemals an diese Tiere gedacht habe, so habe ich sie mir immer als majestätische, elegante Wesen vorgestellt, aber inzwischen habe ich herausgefunden, daß sie bloß lärmende, glorifizierte Hühnervögel sind. Das war übrigens eine herbe Enttäuschung. Ziemlich desillusionierend.«

»Soviel zum Glanz des Adelsstandes.« Luciens Mundwinkel zuckten. »Komischerweise bringt mich das Gerede über Pfauen auf Nicholas' erste Frau.«

Clare spielte mit ihrer Tulpe. »Was haben Sie von ihr gehalten?«

»Ich nehme an, ich sollte dazu nichts sagen, aber ich tu's trotzdem. Es kann nie schaden, wenn eine zweite Gattin über die Frau, die vor ihr da war, Bescheid weiß.« Er dachte einen Moment nach. »Sie war natürlich wunderschön, und sie war sich dessen sehr bewußt. Dazu besaß sie ein sehr lebhaftes Wesen, aber ich konnte sie nie recht leiden. Sie strahlte unterschwellig eine Kälte aus, die mich stets abgestoßen hat.« Er warf Clare einen amüsierten Blick zu. »Das ist allerdings die Meinung der Minderheit. Die meisten Männer hätten sich liebend gerne zu Boden geworfen, damit die unvergleichliche Caroline hätte auf ihnen spazierengehen können, falls sie es gewollt hätte.«

»Ich glaube nicht, daß es mir gefallen würde, auf

Menschen herumzulaufen«, sagte Clare trocken. »Das kann nicht sehr bequem sein.«

»Was der Grund dafür ist, daß Sie und Nicholas wahrscheinlich bestens miteinander auskommen werden. Auch wenn er ihre beträchtlichen äußerlichen Vorzüge bewundert hat, so gab er doch niemals einen guten Teppich ab.«

Clare konnte nicht umhin, sich zu fragen, ob daraus die Probleme dieser ersten Ehe entstanden waren. »Er liebte sie aber immerhin genug, um sie zu seiner Frau zu machen.«

»Keinesfalls. Es war eine arrangierte Ehe, wie Sie wissen.« Seine Brauen zogen sich zusammen. »Oder vielleicht wissen Sie es ja gar nicht. Selbstverständlich war es die Idee des alten Earls – er wollte den Fortbestand der Linie sicherstellen, bevor er sterben würde. Nicholas hatte Zweifel, aber er willigte ein, Lady Caroline kennenzulernen, und war anschließend angenehm überrascht. Er hatte befürchtet, daß sein Großvater ihm irgendeine pferdegesichtige Frau aus bester Familie präsentieren würde. Aber der alte Earl war schlau genug, um zu begreifen, daß sein Enkel sich querstellen würde, wenn das Mädchen nicht attraktiv genug war. So aber stimmte Nicholas dem Arrangement recht willig zu.«

»Gab es von Anfang an Schwierigkeiten in dieser Ehe?«

»Eigentlich ließ sie sich weit vielversprechender an, als es bei solchen Beziehungen sonst der Fall ist. Nicholas schien zufrieden mit dem Handel. Doch nach ein paar Monaten . . .« Er brach ab und zuckte die Schultern. »Irgend etwas ging schief, aber ich habe keine Ahnung, was es gewesen ist. Nicholas schickte Caroline nach Aberdare und blieb allein in London.«

»Und versuchte, durch Ausschweifungen zu vergessen«, half Clare aus, da ihr Gesprächspartner nicht geneigt schien, das Thema zu vertiefen.

»Ich fürchte, ja«, gab er zu. »Nicht, daß ich etwas gegen Ausschweifungen hätte, aber er schien eigentlich nicht viel Spaß daran zu haben. Ich traf ihn zwar zu der Zeit ein paarmal, aber er vertraute sich mir nicht an. Dann passierte diese scheußliche Sache auf Aberdare, und er verließ das Land. Wahrscheinlich wissen Sie mehr darüber als ich.«

»Vielen Dank, daß Sie so offen mit mir gesprochen haben. Ich möchte Nicholas so gut wie möglich verstehen.« Sie pflückte noch eine weiße Tulpe. »Manchmal kommt es mir vor, als wäre er ein Theaterstück, und ich bin erst im zweiten Akt dazugekommen, so daß ich nun herausfinden muß, was im ersten geschehen ist.«

Lucien lächelte. »Das ist das Wesen aller Freundschaften, und auch das, was diese interessant macht.«

»Wo wir gerade bei Freundschaften sind – wußten Sie, daß Lord Michael wieder in seinem Haus auf der anderen Seite des Tals wohnt?«

Sein Kopf flog herum, und er musterte sie betroffen. »Nein, davon habe ich noch nichts gehört. Hat es Ärger gegeben?«

Seine Reaktion machte Clare einmal mehr klar, daß Lucien unter seiner zur Schau getragenen Oberflächlichkeit eine ernstzunehmende Persönlichkeit war. Gern wollte sie ihre Sorge mit ihm teilen. »Am Tag, nachdem Lord Michael zurückgekehrt war, wurde Nicholas beim Ausritt fast von einer Gewehrkugel getroffen. Ich hatte sofort Lord Michael in Verdacht, aber Nicholas ist davon überzeugt, daß es ein Wilderer gewesen war.«

»Hat es ähnliche Vorkommnisse gegeben?«

»Nicht, daß ich wüßte. Lord Michael ist bisher ziemlich beschäftigt gewesen.« Clare erzählte von der Explosion in der Mine und von den Maßnahmen, die Lord Michael in die Wege geleitet hatte, um die Arbeitsbedingungen zu verbessern.

Luciens Miene entspannte sich zusehends. Als sie ihren Bericht beendet hatte, sagte er: »Das klingt für mich, als würde Michael sein Gleichgewicht wiederfinden. Offenbar ist er aus geschäftlichen Interessen zurückgekommen, nicht aus irgendwelchen Rachegelüsten Nicholas gegenüber.«

»Das hoffe ich jedenfalls. Die Vorstellung, daß er Nicholas ein Loch in den Kopf schießen wollte, hat mich nicht gerade entzückt.« Sie biß sich auf die Unterlippe. »Da es heute ohnehin mein Tag für impertinente Fragen zu sein scheint, könnte ich Sie auch gleich bitten, mir seine guten Seiten aufzuzeigen. Lord Michael muß welche haben, sonst würde er wohl kaum solch wunderbare Freunde besitzen.«

»Mut, Intelligenz, Aufrichtigkeit«, antwortete Lucien prompt. »Bei Michael weiß man immer, woran man ist. Gutgelaunt – was früher die Regel war – ist er eine witzige, durch und durch vergnügliche Gesellschaft. Außerdem war er stets seinen Freunden absolut treu ergeben.«

»Nicholas offenbar nicht«, berichtigte sie ihn.

»Das ist wahr, und ich wünschte, ich wüßte, warum«, sagte Lucien. »Dennoch hört es sich so an, als würde sein geistiger Zustand sich langsam wieder normalisieren.«

»Hoffentlich – schließlich sind wir ja praktisch Nachbarn. Werden Sie ihn besuchen, solange Sie hier im Tal sind?«

»Ich denke, ja. Vielleicht hat er ja inzwischen vergessen, daß ich Nicholas im Duell sekundiert habe.« Lucien lächelte. »Wo wir gerade von Nicholas sprechen . . ., da kommt er!«

Während die beiden Männer sich die Hände schüttelten, dachte Clare daran, wie sich Lord Michael auf dem Ball des Duke of Candover verhalten hatte. Sie wollte nur zu gerne glauben, daß er nicht länger eine Bedrohung darstellte, aber sie konnte sich kaum vorstellen, daß sich eine so ausgeprägte Feindseligkeit einfach auflöste. Hoffentlich irrte sie sich.

In dieser Nacht kam Nicholas sehr spät in Clares Bett. Da sie sich schon gedacht hatte, daß er und sein Freund sehr lange plaudern würden, hatte sie nicht gewartet, wachte nun aber auf, als die Matratze neben ihr eingedrückt wurde. Um ihn zu necken, murmelte sie schläfrig: »Wer ist da?«

Sie hörte, wie er scharf die Luft einsog, und die Temperatur im Zimmer schien um gut zwanzig Grad zu sinken. »Wen zum Teufel hast du denn erwartet?« fragte Nicholas eisig.

Sie war plötzlich hellwach. »Das war ein Scherz, Nicholas. Offenbar kein guter.«

»Absolut nicht!«

Sie beugte sich vor und schlang ihre Arme um seine Schultern. »Man muß kein Genie sein, um zu erraten, daß Caroline dir untreu war. Ich vermute, daß du deswegen ebenfalls Ehebruch begangen hast. Aber ich bin nicht wie sie, und es tut mir leid, wenn mein Sinn für Humor nicht immer deinen Geschmack trifft. Der Gedanke, ich könnte jemals mit einem anderen Mann im Bett liegen, kommt mir absolut absurd vor.« Als sie spürte, daß er sich entspannte, fügte sie hinzu: »Wenn du in Betracht ziehst, wie lange du gebraucht hast, um mich zu verführen, wie kannst du da noch auf die Idee kommen, ein anderer könnte plötzlich Erfolg haben?«

Er legte seine Hände auf ihre. »Nur jemand, der vollkommen unschuldig ist, kann eine so schwache Erklärung anbieten, aber da ich ja selbst genug dumme Witze gemacht habe, befinde ich mich wohl kaum in der Lage, Steine zu werfen.« Dann klang seine Stimme plötzlich wieder kälter. »Aber du hast richtig geraten – meine noble erste Frau war eine Schlampe. Es ist kein Thema, das ich gerne ausweite.«

»Ich hätte bessere Themen zum Ausweiten«, sagte sie. Ihre Hand glitt an seinem Körper herab, bis sie fand, wonach sie getastet hatte. »Zum Beispiel . . .«

Er sog scharf die Luft ein. »Du lernst bemerkenswert schnell. Ich denke, wir können jetzt zu einer Lektion für Fortgeschrittene übergehen.« Mit ein paar katzenhaft schnellen Bewegungen hatte er sie niedergedrückt, sich richtig positioniert und stellte ganz erstaunliche Dinge mit ihrem Körper an.

Diesmal war sein Liebesspiel besitzergreifend, fast wütend, als wollte er ihr und sich selbst beweisen, daß sie ihm gehörte. Sie war froh, daß sie jede Erinnerung an ihre unbedachte Bemerkung auslöschen konnte. Für ein paar Augenblicke war die Distanziertheit, die sie gespürt hatte, fort, und sie waren sich so nah wie nie zuvor, ganz eins.

Später verblaßte dieses Gefühl der Nähe wieder, aber wenn es einmal dagewesen war, dann gab es Hoffnung. Clare schlief glücklicher denn je in seinen Armen ein. Doch bevor sie einschlummerte, ertappte sie sich bei der Hoffnung, daß die Hölle mit Feuer und

Schwefel wirklich existierte. Und daß Caroline Davies, die untreue Gattin, darin schmoren würde.

Michael Kenyon arbeitete in seinem Büro, als sein Diener, der sowohl als Kammerdiener als auch als Butler fungierte, eintrat und den Earl of Strathmore ankündigte. Michael zögerte, denn er empfand plötzlich das dringende Bedürfnis, seinen Freund zu sehen. Wie sehr er sich wünschte, daß das Leben wie früher wäre, als er, Luce, Rafe und Nicholas sich gegenseitig so selbstverständlich und unbekümmert besucht hatten, wie Brüder es untereinander tun ...

Doch das Leben war seit Jahren nicht mehr so einfach, und in London hatte Lucien auf der Seite von Aberdare gestanden. »Sagen Sie Lord Strathmore, daß ich niemanden empfange.«

Die Augen des Dieners flackerten mißbilligend auf, aber er sagte nur »Wie Sie wünschen, Mylord«, und verließ das Zimmer.

Michael versuchte, sich wieder auf die Arbeit zu konzentrieren, aber es war ihm unmöglich. Verärgert schob er die Bücher beiseite und wanderte zum Fenster hinüber, um brütend über das Tal zu blicken. Als er Lucien davonreiten sah, preßte er die Lippen zusammen. Luce war wohl zu Aberdares Hochzeit gekommen, von der im ganzen Tal geredet wurde. Offenbar wollte Aberdare seine Mätresse heiraten, die kleine Maus, die in London bei ihm gewesen war. Michael erinnerte sich, daß sie recht attraktiv war und einen vernünftigen Eindruck gemacht hatte, aber sie kam längst nicht an ihre Vorgängerin heran.

Seine Eingeweide zogen sich zusammen, und sein Blick glitt zur Grube, die schwach in der Ferne zu erkennen war. Er war zu einem bestimmten Zweck nach Penreith gekommen, und durch das Unglück in der Grube war er seinem Ziel noch keinen Schritt nähergekommen als an seinem Ankunftstag. Jeder Moment war bisher mit Aktivitäten ausgefüllt gewesen – zuerst war es um die Rettungsarbeiten gegangen, anschließend hatte er Pläne erstellen müssen, wie die Modernisierung, die vor Jahren schon fällig gewesen wäre, am besten durchzuführen war. Es war bitter, anerkennen zu müssen, daß Aberdare über den Zustand der Zeche die Wahrheit gesagt hatte, als sie sich in London getroffen hatten.

Wahrscheinlich hatte er auch recht, daß Madoc ihn betrog, obwohl er bisher noch keinen Beweis dafür gefunden hatte. Die Zahlen in den Büchern ließen sich rein rechnerisch nachvollziehen, aber sie ergaben nicht unbedingt Sinn. Dennoch hatte er im Augenblick wenig Lust, die Sache zu verfolgen; wenn Madoc unehrlich war, dann hatte er, Michael, ihm erst die Möglichkeit dazu gegeben. Und der Kerl war im Moment noch überaus nützlich.

Außerdem hatte Michael noch andere Pläne, die dringlicher waren, und seine fieberhafte Aktivität konnte nicht mehr lange als Ausrede für Feigheit herhalten. Bald mußte er das entsetzliche Dilemma lösen, das ihn zurück nach Penreith gebracht hatte. Und wie schmerzvoll es auch immer sein mochte – um der Gerechtigkeit willen mußte es getan werden.

Kapitel 28

CLARE WURDE SO unproblematisch zur Countess of Aberdare, daß es schon an ein Wunder grenzte. Sie trug ein elegantes, schlichtes crèmefarbenes Kleid und hielt einen Strauß leuchtender Frühlingsblumen in der Hand. Owen fungierte auf Krücken als Brautführer.

Außer ihm und Marged hatte sie die anderen Mitglieder ihrer Klasse eingeladen, und alle kamen – randvoll mit guten Wünschen und neugierigen Fragen. Nicholas zeigte sich von seiner besten Seite, und selbst Edith Wickes war hinterher davon überzeugt, daß er seine verderbte Lebensart zugunsten einer liebenden, braven Frau aufgegeben hatte.

Clare schwebte durch die Zeremonie und das anschließende Hochzeitsfrühstück mit einem erstaunlichen Mangel an Nervosität. Vielleicht lag es daran, daß sie sich schon verheiratet fühlte, seit ihr Blut sich mit dem von Nicholas vermischt hatte. Selbst die Methodisten tranken Champagner, nachdem Nicholas sie davon überzeugt hatte, daß dieses Getränk nicht berauschender wirkte als gewöhnliches Ale. Dementsprechend waren sämtliche Gäste ausgesprochen gutgelaunt.

Lucien, der wieder nach London zurück mußte, fuhr direkt nach dem Frühstück ab, das bis zum frühen Nachmittag andauerte. Sie umarmte ihn zum Abschied herzlich, denn sie war sehr glücklich, daß er die lange Reise bis nach Wales unternommen hatte. Sie nahm an, daß er zum großen Teil deshalb hatte anwesend sein wollen, um zu demonstrieren, daß Nicholas' hochgeborene Freunde diese Hochzeit, die in der Gesellschaft wahrscheinlich allgemein als traurige Mesalliance angesehen wurde, guthießen.

Nachdem auch die anderen Gäste gegangen waren, nahm Nicholas Clares Hand und zog sie vergnügt durch das Haus. »Ich muß dir etwas zeigen. Es ist gestern gebracht worden, als du nicht da warst.«

Als er sie in das Billardzimmer führte, weiteten sich ihre Augen. »Der Tisch hat eine neue Schieferoberfläche?« Sie strich mit der flachen Hand über den grünen Stoff und fühlte keine Delle, keine einzige Unebenheit. »Glatt wie ein Spiegel. Das könnte sogar Standard werden.«

»Ja, und ich denke mir, daß man damit einen ordentlichen Gewinn machen kann.« Er legte die Hände an ein Ende des Tisches und gab ihm einen festen Stoß – der keinerlei Wirkung hatte. »Noch ein Vorteil, an den ich gar nicht gedacht hatte, ist das Gewicht. Man braucht zehn Männer, um das Ding zu bewegen. Das heißt, niemand kann mehr mit einem versehentlichen Ruckeln einen Stoß verderben. Der Zimmermann mußte die Tischbeine und den Rahmen verstärken.«

»Sollen wir den Tisch gleich ausprobieren?« Sie grinste. »Du wirst wahrscheinlich eine Chance haben. Da ich zwei Gläser Champagner getrunken habe, wird mir nicht einmal mein lederbezogenes Queue helfen, akkurat zu spielen.«

»Billard hat so viele zweideutige Ausdrücke. Kugeln, Stöße, allein das Queue . . .« Er lächelte sie hinterhältig an. »Spielen wäre nicht schlecht, aber muß es unbedingt Billard sein?«

»Nicholas, es ist erst Nachmittag!« Halb lachend, halb ernst huschte sie auf die andere Seite des Tisches. »Was, wenn jemand reinkommt?«

»Die Dienerschaft ist mit Champagnertrinken gut beschäftigt.« Er bewegte sich zielstrebig auf sie zu. »Und hast du schon vergessen, daß es auch erst Nachmittag war, als wir von Penreith zurückfuhren? Und vor drei Tagen im Heuschober? Und . . .«

»Aber das ist immer ganz spontan geschehen. Nicht mit vorheriger Überlegung.« Ihre Stimme war streng, aber sie stützte die Ellenbogen auf den Tisch, so daß er Einblick in ihren Ausschnitt bekam.

Er zog eine Augenbraue diabolisch hinauf. »So, du behauptest also, diese Ereignisse waren nicht vorher überlegt? Ach, und warum bist du mir die Leiter zum Heuschober hinauf gefolgt und hast deine Hand auf mein . . .«

Lachend schnitt sie ihm das Wort ab. »Bitte, Mylord! Müssen Sie mich daran erinnern, wie schwach das Fleisch ist?«

»Drücken wir es doch lieber so aus: Du bist eine herrlich pflichtbewußte Gemahlin!« Er begann, wie eine Katze, die sich an eine Maus heranschleicht, den Tisch zu umkreisen. »Ich muß unbedingt die Erinnerung an unsere letzte Partie in London auslöschen, oder mir ist das Billardspiel für alle Zeiten verdorben.«

Ihre Augen begannen zu funkeln. Vielleicht waren es doch eher drei oder vier Gläser Champagner gewesen, statt zwei. »In diesem Fall«, schnurrte sie, »sollten wir die allgemeinen Bedingungen wiederherstellen, den Ausgang aber von vornherein anders planen.«

Sie setzte sich anmutig auf die Kante eines Sessels, zog den Saum ihres Kleides hinauf und schleuderte die Schuhe von sich. Dann hob sie einen Fuß an und rollte provozierend langsam ihren Strumpf hinunter, wobei sie darauf achtete, daß er nicht zuviel und nicht zu wenig zu sehen bekam. Es war in etwa so, wie sie es in London gemacht hatte, aber diesmal würde ihr Spiel ganz sicher anders enden. Der Gedanke an das, was kommen würde, erregte sie. Sie warf ihm den Strumpf zu. »Nun sind Sie an der Reihe, mein liebster Gemahl.«

Er fing die zarte Seide mit einer Hand und atmete tief den Duft ein. »Ein betörendes Parfum von Veilchen und Clare.« Während seine dunklen Augen ihren Blick mit hypnotischer Intensität festhielten, streifte er seinen Rock ab.

Dann war wieder sie dran. Stück für Stück zogen sie sich aus, ohne sich zu berühren, aber auch ohne den anderen aus den Augen zu lassen. Es war wie ein exotischer Tanz – sinnlich und aufregend erotisch.

Als ihr Korsett an die Reihe kam, stand sie auf, ging zu ihm und wandte ihm den Rücken zu, damit er ihr helfen konnte. Für einen Mann, der sich stets mit absoluter Gewandtheit und Sicherheit bewegte, stellte er sich plötzlich auffallend ungeschickt an, zumal seine Hände immer über Rundungen glitten, die sich absolut nicht in der Nähe der Bänder befanden.

Schließlich ließ er das Korsett zu Boden fallen und zog sie an sich, um ihre Brüste genüßlich und gründlich zu liebkosen. Zufrieden seufzend lehnte sie sich an ihn, und die Versuchung dort zu bleiben, war groß. Sie spürte deutlich an ihren Hinterbacken, wie erregt er war, und ihr ging es nicht anders. Aber eine Verzögerung würde das Verlangen noch steigern, und so stieß sie sich spielerisch von ihm ab und entfernte sich ein paar Schritte.

Nun zog er seine Unterhosen aus und präsentierte sich ihr in seiner ganzen erregten Männlichkeit. Es fehlte nur noch ihr Unterhemd. Sie zögerte den Moment hinaus, löste langsam die Bänder und zog es dann provozierend mit ausgestreckten Armen über den Kopf.

Ungeduldig kam er auf sie zu, doch sie hielt die Hand hoch, um ihn aufzuhalten. Dann hob sie sich mit aufgestützten Armen auf die Kante des Tisches und blieb dort mit locker gekreuzten Beinen sitzen. Nun zog sie die Nadeln aus ihrer Frisur und schüttelte den Kopf, so daß sich ihr Haar wie dunkle Seide über ihren Rücken und ihre Brüste ergoß.

Jetzt konnte Nicholas sich nicht mehr beherrschen. Mit einem Schritt war er bei ihr, drückte sie auf den Tisch zurück, und sie brachten das zu Ende, was sie in London auf einem ähnlichen Tisch auf so quälende Weise unterbrochen hatten. In der letzten Woche hatten sich ihre Körper aufeinander abgestimmt, und ihre Vereinigung war zärtlich und spielerisch und doch wild.

Später, als sie Arm in Arm und befriedigt auf dem Tisch lagen, murmelte er: »Vorehelicher Verkehr hat viele Vorteile. Der Hochzeitstag wird dadurch viel schöner.«

»Das ist wirklich ein zerrüttender Gedanke. Genau das, was einem Mann den Ruf eines Schürzenjägers verleiht.« Sie lachte leise. »Du hattest recht, als du damals in London gesagt hast, wir würden beide gewinnen, wenn ich verlöre.«

Er fuhr ihr mit den Fingern durch das wirre Haar. »Ich denke, es war ein Unentschieden. Wir haben beide gewonnen, ohne daß jemand verlieren mußte.«

Nicholas hatte zumindest seine Freiheit als lediger Mann verloren, aber da er nicht unglücklich darüber zu sein schien, wollte sie ihn nicht daran erinnern. »Der neue Tisch hat eine wunderbare Spielfläche«, sagte sie anzüglich, »aber ich glaube, er könnte noch schwerer sein. Deine Energie muß ihn bestimmt ein oder zwei Fuß weiter über den Boden geschoben haben.« Nun nahm ihre Stimme einen schulmeisterlichen Ton an. »Zudem muß ich auch bemängeln, daß der Schiefer, trotz des Stoffes, für eine nackte Person unangenehm kalt ist.«

Mühelos hob er sie auf sich. »Ist es ausreichend warm, wenn du auf einer nackter Person liegen kannst?«

»Hmm, ja.« Einmal mehr hatte ihr Liebesspiel ihr jene innige Verbundenheit vermittelt, und ihr Herz war so voll, daß sie ihren Mund nicht halten konnte. Sie blickte in seine schwarzen Augen und sagte ein wenig sehnsüchtig: »Kannst du es ertragen, wenn ich dir sage, daß ich dich liebe? Ich glaube, ich tue das schon, seit ich dich zum ersten Mal gesehen habe. Damals war ich fünf oder sechs. Es war Frühling, und du kamst zu uns, weil du meinen Vater suchtest. Du bist ohne Sattel auf einem gescheckten Pony geritten, und du warst das Faszinierendste, was ich je gesehen hatte. Mich hast du natürlich gar nicht bemerkt.«

Er blieb ganz still liegen und sah sie an. »Wirklich?«

»Wirklich. Ich habe dich beobachtet, wann immer ich konnte, und mir jedes Wort gemerkt, das du je zu mir gesagt hast.«

»Einige davon waren wahrscheinlich ziemlich grob.«

»Ja. Möchtest du, daß ich sie dir wiederhole?«

»Nein, lieber nicht.« Er schob seinen Arm um ihre Taille und sah sie argwöhnisch an. »Wenn du mich geliebt hast, dann hast du mir davon aber ganz und gar nichts gezeigt, als du hier hereingeschneit kamst, um mich dazu zu bringen, deine Pläne zu unterstützen.«

»Ich habe es nie als Liebe betrachtet – wer kann sich schon vorstellen, daß sich zwischen dem reichen Erben eines Herzogtums und der Tochter eines Predigers etwas entwickeln könnte? Ich hätte mir ebenso den Mond vom Himmel wünschen können. Doch du warst immer in meinen Gedanken. Auch in meinem Herzen, obwohl ich es mir nie eingestehen wollte.«

Er schwieg, während seine Hände unruhig ihren Rücken und ihren Po massierten. Sie spürte, daß er sich wieder zurückzog, daß ihre Liebe für ihn eine Last bedeutete, die er nicht tragen wollte.

Sie legte ihren Kopf an seine Schulter und versuchte, den Schmerz zu unterdrücken. »Es tut mir leid. Ich hätte es dir nicht sagen sollen. Es muß sich ja so anhören, als hätte ich alles geplant. Aber das ist nicht wahr.«

»Du hast recht, du hättest es mir nicht sagen sollen.« Seine Stimme war seltsam kalt. »Ich mißtraue Menschen, die behaupten, mich zu lieben. Diese Worte werden ausnahmslos als Waffe benutzt. Ich vertraue am meisten jenen Menschen, die aus ihrer Zuneigung zu mir das wenigste Aufsehen machen.«

Er redete wahrscheinlich von Freunden wie Lucien und Rafe. Wer waren diejenigen gewesen, die ihm offen ihre Liebe erklärt hatten? Seine Mutter? Sein Großvater? Seine Frau?

Die, die ihn betrogen hatten.

»Vergiß, was ich gesagt habe«, sagte sie im Plauderton. »Ich habe dich geheiratet, um unserem vermeintlich ungeborenen Kind einen Namen zu geben, um mit jemandem Billard spielen zu können, und weil ein Ehemann im walisischen Winter eine kuschelige Angelegenheit ist. Vertrauen wird nicht verlangt.«

Er lächelte, aber das Lächeln erreichte seine Augen nicht. »Was auch immer es wert ist – ich vertraue dir so sehr, wie ich jedem anderen trauen würde.« Er nahm ihr Gesicht zwischen seine Hände und küßte sie mit einer seltsamen Sehnsucht, als würde er ihre Liebe sowohl wünschen als auch fürchten. Doch als er wieder sprach, war es von etwas völlig anderem. »Ich hoffe, das Wetter hält sich, wenn wir uns morgen auf unseren Ausflug nach Penrhyn begeben.«

Ach, das Wetter. Was für ein nützliches, *sicheres* Thema.

Kalte Augen beobachteten durch den Feldstecher, wie der Earl of Aberdare und seine frischgebackene Countess sich in bequemer Reisekleidung von Aberdare entfernten. Die Satteltaschen, die ihre Pferde trugen, waren vollgepackt. Der Beobachter lächelte zufrieden. Nachdem er einen Entschluß gefaßt hatte, was zu tun war, hatte sich alles ganz wunderbar gefügt. Aberdare hatte weder ein Geheimnis daraus gemacht, daß er nach Nordwestwales reiten wollte, noch welche Route er zu nehmen gedachte. Nur ein paar beiläufige Worte an die Dienerschaft, und schon wußte das ganze Tal, wann, wieso und wohin Seine Lordschaft wollte.

In der Nähe Penreiths hätte es vielleicht Schwierigkeiten geben können, doch nun ritt Aberdare geradewegs in die Wildnis, wo sich mit Leichtigkeit ein Hinterhalt legen ließ. Alles Nötige war bereits organisiert worden – der Plan ausgeklügelt, die Route ausgewählt, die Männer angeheuert. Innerhalb vierundzwanzig Stunden würden alle Probleme gelöst sein – und der Gerechtigkeit wäre Genüge getan.

Die erste Nacht ihrer Flitterwochen war klar, und sie schliefen unter den Sternen, wie Nicholas es versprochen hatte. Nachdem sie sich geliebt hatten, schmiegte Clare sich in seine Arme, und er zeigte ihr die verschiedenen Konstellationen der Sterne.

Kurz bevor er schließlich einschlief, fragte er sich staunend, womit er soviel Glück verdient hatte. Clare war alles, was Caroline nicht gewesen war – herzlich, witzig und klug, bodenständig, aufmerksam und loyal. Sie füllte einen Raum in seiner Seele aus, der seit seiner Kindheit leer gewesen war. Vielleicht war sie ein wenig zu aufmerksam, denn er war sich nicht bewußt gewesen, wieviel er bereits von sich preisgegeben hatte, bis sie diese unangenehm treffende Bemerkung über Caroline gemacht hatte. Zum Glück würde das Schlimmste dieser Geschichte niemals ans Tageslicht kommen.

Er vermutete, daß bei Clare Liebe und Treue Hand in Hand gingen. Er konnte ertragen, daß sie ihn liebte, solange sie es in Zukunft für sich behielt. Es war gefühlsmäßig sicherer, nicht zuviel zu sagen, nicht zuviel zu erwarten.

Er rollte sich auf die Seite und zog sie fest an

sich, dann steckte er die Decke unter ihrem Kinn fest. Die Nacht war voller Leben, voller leiser Geräusche – ein echtes Roma-Schlafzimmer. Eines Tages mußte er sie zu dem Volk seiner Mutter mitnehmen. Er grinste, als er sich fragte, wieviel Erfolg sie wohl haben würde, wenn sie versuchte, die Roma-Art zu leben zu reformieren oder den Kindern Lesen beizubringen. Wahrscheinlich aber würde selbst Clare dabei scheitern. Eine gute Möglichkeit, das kleine Biest in seine Schranken zu weisen.

Mit friedlichem Herzen schlief er ein.

Clare hatte gewußt, daß ihr die Reise Spaß machen würde, allein schon deshalb, weil sie mit Nicholas zusammensein konnte und sie beide ein paar Tage lang keine anderen Aufgaben hatten, als zu reiten und sich am anderen zu erfreuen. Trotzdem war sie überrascht, in welchem Ausmaß sie es genoß. In den anderthalb Tagen, die sie unterwegs waren, hatte er sich ihr gegenüber geöffnet und wirkte auf eine Art entspannt, die sie bei ihm noch nie erlebt hatte. Die frische Luft und das Leben unter freiem Himmel hatten offenbar den Zigeuner in ihm stärker zum Vorschein gebracht.

Als sie ihm nun einen Blick zuwarf, bemerkte sie ein dunkles, zusammengerolltes Objekt unter seinem Mantel. »Warum hast du eine Peitsche mitgenommen? Wir fahren doch nicht in einer Kutsche.«

»Zigeuner-Angewohnheit wahrscheinlich. Eine Peitsche ist zu vielem nütze. Zum Beispiel . . .« Er nahm die Peitsche und ließ sie einmal scharf knallen. Die Schnur wickelte sich ein paarmal um einen Ast hoch über ihren Köpfen. Als er am Griff zog, bog sich der Ast zu ihm herunter, bis er ihn erreichen konnte.

»Wenn es hier reife Äpfel gäbe, dann könnten wir köstlich speisen.«

Sie lachte. »Ich habe niemals darüber nachgedacht, aber jetzt begreife ich, daß das Leben eines herumziehenden Volkes ein ganz eigenes Kompendium an Wissen erfordert.«

Er rollte die Peitsche wieder zusammen und steckte sie weg, dann wies er auf einen Vogel in einem Baum. »Zigeuner sind in der Nähe.«

Sie musterte den schlanken, schwarzweißen Vogel. »Für mich sieht das eher nach einer ordinären Bachstelze aus, als nach Zigeuner.«

»Er wird auch *Romani chiriklo* genannt. Zigeunervogel«, erklärte er. »Wenn du einen siehst, sind irgendwo Roma in der Nähe.«

Sie blickte sich um, aber sie waren hoch oben in den Hügeln, und außer der schmalen Straße gab es keine Anzeichen für menschliche Existenz. »Sie verbergen sich aber gut.«

»Warte ab.«

Etwa eine halbe Meile weiter wies er auf einen Baum. »Siehst du den grauen Lumpen da am Baum?« Als sie nickte, fuhr er fort: »Das ist eine Wegmarkierung, mit der eine *Kumpania* der anderen sagt, daß sie hier vorbeigezogen ist. Man nennt dieses Zeichen *Patrin*, was ›Blatt‹ bedeutet, aber man kann es in verschiedenen Formen finden: aufgeschichtete Äste, Steinhaufen oder als Lumpen wie der dort. Siehst du, daß er oberhalb der Augenhöhe eines durchschnittlichen Reiters angebracht worden ist? Man kann ihn leicht übersehen, wenn man nicht weiß, wo man suchen soll.«

Clare war fasziniert. »Deine Leute hinterlassen

also Nachrichten füreinander. Wie klug. Kennst du die, die diese hier befestigt haben?«

»Wahrscheinlich – ich war schon bei jeder *Kumpania,* die regelmäßig durch Wales reist.« Er betrachtete den Lumpen genauer. »Ich könnte den Kreis auf etwa fünf Gruppen einengen. Es gibt ein paar Meilen von hier entfernt einen Lagerplatz. Hättest du Lust, hinzureiten?«

»Sehr gerne«, erwiderte sie.

Aber das Wetter war gegen sie. Den ganzen Morgen waren schon kräftige Schauer niedergegangen, und als der Nachmittag näherrückte, setzte ein Dauerregen ein. Clare beschwerte sich nicht – wer in Wales lebte, kannte sich mit Nässe aus –, aber natürlich ließ sich der Tag nicht mehr ganz so gut genießen.

Als sie ihren Umhang um sich zog, machte Nicholas einen Vorschlag. »Nicht weit von hier steht eine Hütte. Sollen wir die Nacht dort unterkommen?«

»Mit Vergnügen«, erwiderte sie inbrünstig.

Die Holzhütte stand ein wenig abseits von der Straße, fast verborgen in einem Hain von hohen Bäumen. Das Bauwerk war zwei Stockwerke hoch und solide gebaut und besaß sogar an einer Seite einen Verschlag für die Pferde. »Geh hinein und wärm dich auf«, sagte Nicholas, als sie abstiegen. »Ich möchte nicht, daß du dich auf deiner Hochzeitsreise erkältest.« Er grinste anzüglich. »Wenn du schon ans Bett gebunden sein solltest, dann aus anderen, interessanteren Gründen.«

Clare lachte und betrat die Hütte, die mit ein paar Stühlen und einem Tisch sehr schlicht möbliert war. Ein paar Minuten später brachte Nicholas die Satteltaschen und einen Armvoll trockenes Feuerholz herein, das offenbar aus dem Schuppen stammte.

Dann ging er wieder hinaus, um die Pferde zu versorgen, und sie dachte voller Wärme, daß er sich wirklich wunderbar um sie kümmerte. Es machte großen Spaß, so umsorgt zu werden.

Als das Feuer entzündet war und knisternd brannte, ging sie auf Entdeckungstour. Dazu brauchte sie nicht lange, denn die obere Etage bestand nur aus einem einzigen geräumigen Zimmer, in dem im Gegensatz zu unten keine Möbel standen. Eine dünne Staubschicht bedeckte alles, aber darunter war die Hütte recht sauber. Sie stieg gerade die steile Stiege hinab, als Nicholas wieder hereinkam. »So etwas habe ich nicht erwartet«, bemerkte sie. »Gibt es viele solcher Hütten in den Bergen?«

»Keine so wie diese.« Er zog den durchnäßten Mantel aus. »Mitte des letzten Jahrhunderts wurde ein wohlhabender Wollhändler hier von einem Schneesturm überrascht und wäre umgekommen, wenn ihm nicht ein Schafhirte Unterschlupf gewährt hätte. Aus Dankbarkeit gründete er im nächsten Kirchspiel eine Stiftung, die dazu verwendet werden sollte, eine Unterkunft für Reisende zu bauen und zu erhalten. Als Mann von Stil ließ er extra für ein zweites Zimmer sorgen, falls einmal eine Lady gezwungen sein würde, hier mit groben Kerlen unterzukommen.«

»*Mir* gefällt es, mit einem groben Kerl hier unterzukommen.«

»Nicht alle Frauen besitzen deinen gesunden Menschenverstand.« Er zerrte sich seine Reitstiefel von den Füßen. »Also wurde die Hütte gebaut, und die Gemeinde schickt jeden Frühling jemanden hier herauf, der die Schäden des Winters beheben soll. Viel mehr braucht es nicht, denn die Leute, die von dieser Hütte wissen, gehen sehr sorgsam damit um. Morgen zum Beispiel, bevor wir weiterreiten, werde ich genug Holz besorgen, um das zu ersetzen, was wir verfeuert haben. Bis dann der nächste Reisende kommt, wird das Holz getrocknet und brennbar sein.«

»Nicht schlecht, obwohl ich denke, daß der Hirte, der den Kaufmann gerettet hat, das Geld lieber bar auf die Hand bekommen hätte.« Sie kniete sich vors Feuer und legte mehr Holz auf. »Übernachten die Roma auch hier?«

»Gütiger Gott, niemals. Kein Roma, der etwas auf sich hält, würde in vier Wänden übernachten, wenn er draußen in der frischen Luft schlafen könnte. Sie lieben den Wind.« Sein Blick ruhte nachdenklich auf ihr. »Du allerdings würdest gut daran tun, aus deinen nassen Kleidern zu kommen.« Schon bewegte er sich auf sie zu. »Ich helfe dir auch dabei.«

Sie hatte eine recht genaue Vorstellung davon, wo seine Hilfe hinführen würde, und sie hatte sich nicht geirrt. Was sie im übrigen überaus entzückte.

Nachher lagen sie eine Weile entspannt und dösend vor dem Feuer, bevor sie schließlich aufstanden und sich trockene Kleider anzogen. Clare bereitete eine einfache Mahlzeit aus Schinken, Kartoffeln und Zwiebeln, zu der sie einen teuren Rotwein tranken, den Nicholas zu Ehren ihrer Flitterwochen eingepackt hatte. Den ganzen Abend verbrachten sie müßig plaudernd ausgestreckt vor dem Feuer. Als sie sich schließlich in ihre Decken einrollten, murmelte Clare: »Laß uns jeden Frühling so einen Ausflug machen. Nur wir zwei.«

»Eine gute Idee.« Er küßte sie sanft. »Werde bloß nie zu sehr Countess. Ich mag dich genau so, wie du bist.«

Sie lächelte ihn an. »Wenn du der Zigeuner-Earl

bist, bedeutet das dann, daß ich nun eine Zigeuner-Countess bin?«

»Ich denke schon. Das macht dich zu einer *Rawnie*, einer großen Dame. Aber das warst du ja eigentlich schon immer.« Er zog sie fest an seine Brust und schlang seine Arme um sie. »Schlaf gut, Clarissima.«

Die Männer der kleinen Truppe maulten über den Regen, aber ihr Anführer brachte sie zum Schweigen, indem er sie daran erinnerte, wie gut sie für diese nächtliche Arbeit bezahlt werden würden. Er war allerdings selbst recht verärgert, denn er hatte nicht erwartet, daß seine Beute sich in eine Hütte zurückziehen würde.

Während sie auf das Herannahen der frühen Morgenstunden warteten und sich mit Whiskey warm hielten, überlegte er, wie er seinen Auftrag am besten ausführen sollte. Es wäre ein leichtes, die Hütte zu stürmen, aber vermutlich war die Tür verriegelt, und wenn sie sie erst einschlagen müßten, wäre die Überraschung dahin. Zudem war es auch wahrscheinlich, daß die beiden eine Pistole bei sich hatten, und der Mann sah aus, als könnte er durchaus gefährlich werden.

Lautlos stand der Anführer auf und erkundete den Bereich um die Hütte herum. Das Gebäude war robust, die Fenster waren klein und zu hoch eingesetzt, um leicht hinaufklettern zu können. Er beschloß, einen Blick in den Verschlag zu werfen und öffnete vorsichtig die Tür. Eines der Pferde wieherte, jedoch nicht laut genug, um die Schlafenden zu stören. An einer Wand des Schuppens entdeckte er aufgestapeltes trockenes Feuerholz, und ein häßliches Lächeln umspielte plötzlich seine Lippen. Er wußte jetzt, was er zu tun hatte.

Er würde seine Opfer ausräuchern.

Kapitel 29

NICHOLAS WAR MIT einem Schlag hellwach. Einen Augenblick lag er nur still da und versuchte, herauszufinden, was den Teil seines Bewußtseins, der niemals schlief, alarmiert haben mochte.

Der Rauch. Für das kleine, kontrollierte Feuer hier drinnen gab es viel zuviel Rauch. Er setzte sich auf, überblickte sorgsam den Innenraum und entdeckte im Fenster gegenüber des Kamins ein schwaches rötlich-gelbes Glimmen. Es hatte aufgehört zu regnen, und in der Stille war ein bedrohliches Knistern zu hören.

Clare schlief noch. Er rüttelte sie an der Schulter. »Wach auf. Draußen brennt es.«

Als sie ihre Augen öffnete, stand er auf und streifte sich rasch Hosen, Stiefel und Hemd über. Allerdings war er nicht übermäßig besorgt; die Tür war nicht weit entfernt, und es bestand keine Gefahr, daß sie hier drinnen gefangen sein würden.

Clare kam ebenfalls, schläfrig blinzelnd, auf die Füße. Er ignorierte ausnahmsweise einmal ihre herrliche Nacktheit und warf ihr das Nachthemd zu, das anzuziehen sie an diesem Abend noch keine Chance gehabt hatte. »Streif das über, damit wir hinausgehen und nachsehen können, was dort brennt. Wahrscheinlich wird das Feuer schnell zu löschen sein, aber ich möchte kein Risiko eingehen.«

Sie nickte und gehorchte, schlüpfte dann in ihre Stiefel und griff sich, als sie sich auf die Tür zubewegte, ihren Mantel. Nicholas packte die Satteltaschen, die alles von Wert enthielten, was sie mitgenommen hatten, und folgte ihr.

Dennoch konnte er das seltsame Gefühl nicht abschütteln, daß irgend etwas nicht stimmte. Sicher, es war möglich, daß Funken aus dem Rauchabzug das Feuer verursacht hatten, aber bei der Feuchtigkeit des Waldes war dies doch verdammt merkwürdig. Und warum befanden sich die Flammen auf der Seite der Hütte, die dem Verschlag gegenüber lag? Er konnte sich nicht erinnern, dort etwas leicht Entzündbares gesehen zu haben.

Als Clare die Tür entriegelte und sie aufzuziehen begann, erkannte er, daß das knisternde Geräusch des Feuers von beiden Seiten der Hütte kam. In seinem Kopf schrillten alle Alarmglocken los. Wenn der Verschlag brannte, warum wieherten dann die Pferde nicht? Und wie konnte ein Feuer zufällig an zwei Stellen gleichzeitig entstehen?

Er blickte über Clares Schulter und sah, zwanzig, dreißig Fuß von der Tür entfernt, eine kurze Bewegung. Das Anheben und Ausrichten eines langen, geraden Gegenstandes.

Ein Gewehr.

Nacktes Entsetzen packte ihn. Er ließ die Satteltaschen fallen, griff Clare um die Taille und riß sie zu Boden. Im gleichen Augenblick ging der Schuß los. Eine Kugel pfiff über ihren Kopf hinweg und schlug in der gegenüberliegenden Wand ein. Nicholas handelte instinktiv. Er schlang seine Arme um Clare und rollte mit ihr von der Tür weg. Als sie aus der Schußlinie waren, streckte er sich und schlug die Tür zu. Innerhalb von Sekunden hämmerten drei Kugeln in das dikke Holz.

»Mein Gott«, keuchte Clare. »Was ist los?«

»Jemand möchte uns umbringen«, erwiderte er grimmig. »Oder wahrscheinlicher: Jemand möchte mich umbringen und kümmert sich nicht darum, wenn du zufällig auch stirbst.«

Er sprang auf die Füße und verriegelte die Tür von innen mit dem einfachen Haken, der wohl nicht viel Schutz bieten würde. Dann wühlte er in den Satteltaschen nach seiner Pistole und lud sie. Schließlich spähte er durch das Fenster an der Frontseite der Hütte. Feuer von beiden Seiten erleuchtete hell die Fläche vor dem Haus. Und wenn man nach der Intensität des Lichtes und der Menge an Rauch urteilte, brannte der Verschlag bereits lichterloh und war unrettbar verloren.

Fünf bewaffnete Männer standen am äußeren Rand des Lichtkreises. Nicholas konnte hinter ihnen ihre beiden Pferde entdecken, die sie also offenbar aus dem Verschlag geholt hatten, bevor der Brand gelegt worden war. Nun begann einer der Männer vorsichtig, die Waffe im Anschlag, sich auf die Tür zuzubewegen.

Nicholas zerschmetterte das Glas des Fensters mit dem Lauf seiner Pistole und schoß. Der Mann schrie auf, wirbelte herum und stürzte zu Boden. Nicholas lud rasch nach und feuerte erneut, doch die anderen standen außerhalb der Reichweite seiner Pistole, und so konnte er nichts ausrichten.

Eine Stimme bellte einen Befehl, und einer der

Männer setzte sich in Bewegung. Als er um die Hütte herum nach hinten ging, fluchte Nicholas leise; nun war die kleine Chance, aus dem rückwärtigen Fenster zu entkommen, dahin.

Clare sprach mit gepreßter, aber gefaßter Stimme. »Die Hütte steht in Flammen, nicht wahr?«

»Ja, und draußen sind mindestens vier bewaffnete Kerle, die nur darauf warten, uns zu erschießen, wenn wir rauskommen.« Rasch überlegte er, was für Chancen sie noch hatten. »Da sie wahrscheinlich mich haben wollen, lassen sie dich vielleicht gehen, wenn ich mich ergebe.«

»Nein!« Der Qualm wurde nun immer dichter, brannte in den Augen und machte das Atmen schwer. Clare hatte ihre Verneinung so heftig hervorgebracht, daß sie unwillkürlich tief Luft holte und augenblicklich zu husten begann. Als sie wieder sprechen konnte, sagte sie: »Sie können mich schlecht am Leben lassen, wenn ich einen Mord bezeugen kann. Wenn wir uns ergeben, werden sie mich wahrscheinlich vergewaltigen und dann ebenfalls umbringen. Wenn ich sterbe, dann an deiner Seite.«

»Ich möchte lieber gar nicht sterben.« Plötzlich hatte er eine Idee. Er sicherte seine Pistole und schob sie in seinen Hosenbund, dann griff er seine Peitsche. »Rauf! Komm schon!«

»Warte.« Sie zerrte ein Hemd aus ihrem Gepäck, riß es entzwei und tauchte beide Teile in einen Eimer mit Wasser, den sie für den Morgen schon bereitgestellt hatten. »Halt dir das über den Mund.«

Geduckt, um den schlimmsten Rauchschwaden zu entgehen, rannten sie die Stiege hinauf. Der Qualm wurde immer schlimmer, und im oberen Raum hing er so dicht, daß er für sie tödlich gewesen wäre, wenn sie nicht die nassen Stoffetzen vor dem Mund gehabt hätten. Es war bereits unangenehm heiß – in wenigen Minuten würde der ganze Bau in Flammen stehen.

»Hier kommen wir nicht raus«, sagte Clare kühl. »Es war eine kurze Ehe, aber eine gute. Wir haben uns noch nicht einmal gestritten!« Sie hustete und sackte dann gegen eine Wand, ihr bleiches Gesicht war durch den zähen Rauch nur noch unscharf zu erkennen. Sie schenkte ihm ein Lächeln, das ihm seltsam überirdisch vorkam. »Verzeih mir, daß ich es dir noch einmal sage, aber ich liebe dich, Nicholas. Ich bereue nichts, nur daß . . . daß wir nicht mehr Zeit hatten.«

Ihre Worte drangen wie Messer in sein Herz. Sie konnte doch nicht einfach auf diese Art sterben! Nein, das durfte er nicht zulassen.

Er spähte vorsichtig aus einem Fenster, aber er konnte den Mann, der nach hinten gegangen war, nicht entdecken. Gut. Das bedeutete, daß der Kerl ihn auch nicht sehen konnte. Er schob den Riegel des Fensters beiseite und drückte die Flügel auf. Flammen leckten nur ein paar Fuß unter ihm die Außenwand hinauf, und Nicholas hustetet heftig, als noch mehr Qualm von draußen hereindrang.

Nachdem er rasch Entfernungen und Abstände abgeschätzt hatte und zu dem Schluß kam, daß es machbar war, winkte er Clare. »Wir haben noch eine Chance«, sagte er eindringlich. »Halt dich an dem überhängenden Dach fest und zieh dich hinauf. Hab keine Angst – ich passe auf, daß du nicht fällst.«

Sie nickte entschlossen. Er schwang ein Bein hinaus und saß nun rittlings im Fensterrahmen. Die Hitze und der Qualm wurden immer intensiver, und er mußte sich zusammenreißen, um bei vollem Bewußtsein zu bleiben. Clare kroch auf seinen Schoß und richtete sich dann langsam auf, bis sie im Rahmen stand. Er hielt sie fest, während sie die Kante des Daches packte, dann schob er sie hinauf, bis sie in der Lage war, sich selbst hochzuziehen.

Er konnte nur hoffen, daß der Rauch sie vor Blikken von unten verbarg. Seine Peitsche um die Taille geschwungen, richtete er sich nun auf, ertastete das Dach und zog sich hinauf, bis seine Finger auf dem nassen Schiefer abzurutschen begannen.

Für Sekundenbruchteile war er gefährlich nah daran, in die Flammen zu stürzen, dann spürte er Clares Hand, die ihn festhielt. Wie ein Akrobat schwingend gelang es ihm, ein Bein auf das Dach zu bringen, dann zog er sich auf die abschüssige Fläche hinauf. Trotz des dramatisch flackernden Lichts und der bizarren Schatten sah er auf den ersten Blick, daß Clare sich mit einer Hand am Firstbalken festgehalten hatte, bevor sie ihm zur Hilfe gekommen war. Er dankte Gott für den gesunden Menschenverstand dieser Frau.

Bisher hatten der wabernde Qualm und der wachsende Lärm der beiden Feuer sie vor ihren Angreifern verbergen können, doch ihre Position auf dem Dach war riskant. Der untere Stock der Hütte brannte bereits, und es würde nicht mehr lange dauern, bis das ganze Bauwerk von Flammen eingehüllt wurde. Geduckt schlichen sie zum anderen Ende des Daches, wobei er Clare mit der einen Hand festhielt, und mit der anderen Hand den Firstbalken umklammerte, damit sie nicht abrutschten.

Während sie sich über den rutschigen Schiefer bewegten, betete er inbrünstig, daß der nächste erreichbare Baum für seinen Plan geeignet war. Und er war es: eine große, stämmige Ulme, die in Reichweite seiner Peitsche lag, wenn auch nur knapp.

Der nächste Teil seines Vorhabens war der gefährlichste, denn er mußte sich aufrichten. Wenn man ihn von unten sah, würde er ein leichtes Ziel für ein Gewehr sein, aber es ließ sich nicht ändern. Er wickelte die Peitsche von seiner Taille und erhob sich, einen Fuß auf dem Firstbalken, um das Gleichgewicht besser halten zu können. Dann holte er aus und ließ die Peitsche auf einen Ast zuschnellen, der nah genug war und kräftig genug aussah, um sie beide zu halten.

Die Schnur wickelte sich problemlos um den Ast. Er zog versuchsweise, aber es schien nicht haltbar genug. Nur mühsam konnte er seine wilde Ungeduld niederkämpfen, als er die Schnur löste und die Peitsche zurückholte. Vielleicht war es nur Einbildung, aber es kam ihm vor, als sei der Schiefer unter seinen Füßen schon wärmer geworden. Die Zeit schien unnatürlich verzerrt. Wie lange war es her, seit sie aufgewacht waren? Fünf Minuten? Drei?

Aber was zählte, war, wieviel Zeit sie noch hatten. Er beugte sich so weit wie möglich vor und ließ die Peitsche erneut vorschnellen. Er probierte wieder, und diesmal schien die Schnur fester zu sitzen. Zumindest mußten sie es jetzt riskieren, denn für einen weiteren Versuch blieb keine Zeit mehr. Er streckte die freie Hand nach Clare aus. »Komm her.«

Sie kroch zu ihm und stand auf. Er drückte einen Moment seine Lippen auf die ihren, um etwas auszudrücken, das Worte nicht vermitteln konnten, dann schlang er einen Arm um ihre Taille. »Halt dich gut fest, Liebes.«

Clare legte die Arme um ihn und klammerte sich an ihn. Einen Moment später schwebten sie, nur von weichem, dünnem Leder gehalten, durch die Leere. Er spürte einen leichten Ruck; die Schnur um den Ast hatte sich offenbar kurz gelockert, bevor sie wieder packte. Wenn sie fielen, würde sie dies zwar kaum umbringen, aber die fremden Männer würden sich sofort auf sie stürzen.

Ihre Flugbahn war vorherbestimmt, und so konnten sie nicht verhindern, daß der Schwung sie gegen einen Baumstamm schmetterte. Clare keuchte, als ihr die Luft aus den Lungen gepreßt wurde. Er versuchte, die Wucht des Aufpralls mit gebeugten Knien abzufangen, aber er hätte sie trotzdem fast losgelassen. Einen Moment lang hingen sie frei in der Luft, und ihrer beider Gewicht zerrte an dem Arm, der die Peitsche hielt.

Dann löste sich die Schnur über ihnen. Doch bevor sie stürzen konnten, schaffte er es, einen Fuß auf einem dicken Ast zu plazieren, und kurz darauf befanden sie sich in Sicherheit.

Er bewegte geschickt den Griff, bis sich die Schnur gänzlich löste. Während er die Peitsche wieder aufrollte, stürzte ihnen gegenüber das Dach mit einem häßlichen Krachen zusammen. Eine Säule aus Flammen und Glut schoß in den Himmel, und eine Welle sengender Hitze schlug über ihnen zusammen. Im gespenstisch roten Licht sah er den Umriß des Mannes, der mit dem Gewehr in Anschlag hinter der Hütte gewartet hatte. Obwohl sie nicht mehr als dreißig Fuß entfernt waren, hatte der Kerl sie durch den Rauch und die Dunkelheit außerhalb des Lichtkreises nicht gesehen. Nun senkte er das Gewehr, wandte sich ab und ging um die brennende Hütte herum, aus der nun niemand mehr lebend herauskommen konnte.

Sie befanden sich hoch genug, daß Nicholas die Angreifer sehen konnte, die auf der anderen Seite der

Hütte vor dem Feuer standen. Einer der Männer war groß und schlaksig, und die Gestalt war Nicholas wage vertraut. Sein Mund preßte sich verbittert zusammen. Als er auf Clare hinabblickte, sah er, daß sie mit einem Ausdruck kalter Wut in dieselbe Richtung schaute.

Solange die Männer noch fasziniert auf das Feuer starrten, hatten sie eine Chance, ungesehen zu entkommen. Er berührte Clare leicht an der Schulter, und sie begannen, den Baum hinabzuklettern. Der niedrigste Ast war jedoch immer noch recht hoch über dem Boden, also mußte die Peitsche einmal mehr herhalten, um ihnen hinabzuhelfen.

Sicher unten angelangt, führte Nicholas Clare geradewegs in den Wald hinein, fort von der Hütte und der Straße. Der Boden war durch den Regen matschig, und die Luft war feucht und kalt. Es war ein Glück, daß Clare ihren Mantel mitgenommen hatte.

Als sie schätzungsweise eine Meile von der Hütte entfernt waren, hielt er zu einer kurzen Rast an. Clares Atmung kam stoßweise, und er zog sie beschützend in die Arme. Sie zitterte heftig, und er konnte sich denken, daß nicht allein die Kälte schuld daran war. »Hier sind wir in Sicherheit«, flüsterte er. »Selbst wenn diese Bastarde gründlich genug vorgehen und warten, bis das Feuer ausgebrannt ist, um nach unseren Leichen zu sehen, wird das nicht vor Morgengrauen geschehen können.«

Sie hatte den Kopf an seiner Schulter geborgen, und ihre Stimme klang gedämpft. »Du hast ihn auch gesehen, nicht wahr?«

Er machte sich nicht die Mühe, sie zu fragen, wen sie meinte. »Ich sah einen großen Mann, der Michael Kenyon gewesen sein könnte, und er ist der einzige, von dem ich weiß, daß er mich töten wollte«, sagte er barsch. »Aber das ist eine Sache, die wir später klären können. Im Augenblick müssen wir uns in Sicherheit bringen.«

»Gibt es irgendwo in der Nähe noch andere Hütten?«

»Nein, aber etwas Besseres.« Er legte ihr den Arm um die Schultern und setzte sich in Bewegung, wobei er sich auf seinen angeborenen Orientierungssinn verließ. »Wir gehen zu den Roma.«

Stundenlang liefen sie durch den Wald, stolperten über den unebenen Boden und wurden vom Wasser, das von den Bäumen tropfte, durchnäßt. Clare schickte inbrünstige Dankgebete zum Himmel, daß sie noch Zeit gehabt hatte, vor der Flucht ihre Stiefel anzuziehen, sonst wäre das Gehen zu beschwerlich geworden. Aber auch so war sie bald erschöpft und wäre unter einem Baum zusammengebrochen und liegengeblieben, wenn Nicholas sie nicht halb getragen hätte. Er schien ganz genau zu wissen, wo sie hingingen, auch wenn sie fand, daß alle nassen Bäume gleich aussahen. Zudem war es kein besonders angenehmes Gefühl, wenn man in einen solchen hineinrannte.

Der Himmel wurde am Horizont langsam heller, als sie den flüchtigen Geruch eines Holzfeuers auffingen. »Der Platz ist belegt«, bemerkte er zufrieden, und Clare erkannte erst jetzt, daß er sich selbst ganz und gar nicht sicher gewesen war, ob sie hier Hilfe finden würden.

Plötzlich brach um sie herum ein unglaublicher Lärm aus, als ein halbes Dutzend Hunde laut bellend auf sie zusprangen. Clare erstarrte entsetzt und überlegte, ob sie besser davonlaufen oder auf einen

Baum klettern sollten. Doch als das kläffende Rudel sie umkreiste, machte Nicholas eine ausholende Geste und tat, als ob er etwas wegwerfen würde. Obwohl er nichts in der Hand hatte, war der Effekt unglaublich. Die Hunde verstummten augenblicklich und suchten eifrig in der Umgebung herum, ohne sich jedoch weit von den beiden Menschen zu entfernen, die auf das Lager zugingen.

Das Licht war schon hell genug, um erkennen zu können, daß die *Kumpania* aus drei Wagen bestand. Dunkle Schemen unter den Wagen schienen Liegen zu sein, und Clare nahm an, daß der Regen die Roma veranlaßt hatte, sich einen gewissen Schutz zu suchen. Durch den Lärm geweckt, rollten sich nun ein paar Männer unter den Wagen hervor und kamen wachsam auf sie zu. Einer der Männer hielt eine gerollte Peitsche in der Hand.

Nicholas legte beschützend einen Arm um Clare und musterte einen der Männer, die sich näherten. »Kore, bist du das?«

Einen Augenblick herrschte verblüfftes Schweigen. Dann brüllte eine tiefe, volltönende Stimme: »Nikki!«

Und dann waren sie von Leuten umringt, die lautstark auf Romani plapperten. Nicholas schaffte es, für Ruhe zu sorgen, indem er eine Hand hochhielt. Den Arm immer noch fest um Clare gelegt, gab er eine knappe Erklärung in derselben Sprache.

Eine besorgt blickende Frau mit einem hübschen Gesicht kam auf Clare zu und nahm sie am Arm. »Geh mit Ani«, sagte Nicholas. »Sie wird sich um dich kümmern. Ich komme später zu dir.«

Clare war inzwischen nur allzu bereit, ihr Schicksal in die Hände einer anderen Person zu legen. Ani nahm sie mit zu einem der hölzernen Wagen und half ihr auf die verandaartige Plattform an einem Ende. Als sich die Tür öffnete, konnte Clare drinnen eine Reihe schwarzer kleiner Köpfchen unter einer Decke hervorschießen sehen, und schwarze Augen – Nicholas' Augen – musterten sie neugierig. Kurz darauf setzte ein fragendes Geschnatter ein, aber Ani zischte den Kindern etwas zu, das sie verstummen ließ.

Ani wies auf eine dünne Matte in einer Ecke des Wagens. »Schlaf hier«, sagte sie mit einem leichten Akzent.

Clare zog ihren nassen Mantel aus und kämpfte sich aus den Stiefeln. Dann legte sie sich in ihrem Nachthemd mit dem schlammverkrusteten Saum hin. Ani ließ eine Decke über sie fallen, und innerhalb von drei Minuten war Clare tief und fest eingeschlafen.

Es war schon spät am Morgen, als Clare erwachte. Nicholas lag neben ihr, einen Arm um ihre Taille geschlungen. Auch er trug noch die Kleider, die er in der Nacht zuvor angezogen hatte. In seinem Schlaf sah er so jung und so ungemein attraktiv aus, daß sie ihn einfach küssen mußte.

Nicholas schlug die Augen auf. »Wie geht es dir?«

»Sehr gut, danke. Ein paar blaue Flecken, wo ich mit Bäumen zusammengestoßen bin, aber nichts Schwerwiegendes.« Sie unterdrückte ein Schaudern. »Du bist recht gut zu gebrauchen, wenn man in Gefahr gerät.«

Sein Gesicht wurde ernst. »Wenn ich nicht gewesen wäre, hätte nie eine Gefahr für dich bestanden.«

»Das kann man nicht wissen.« Sie lächelte ihn unbeschwert an. »Außerdem war es ein herrliches

Abenteuer. Wie viele Leute können wohl mit solchen Flitterwochen angeben?«

Auch wenn er darüber ein wenig lächelte, spürte sie eine schreckliche Trauer in ihm. Wie würde sie sich wohl fühlen, wenn eine ihrer besten Freundinnen – Marged zum Beispiel – versuchen würde, sie umzubringen? Der Gedanke versetzte ihr einen so heftigen Stich, daß sie ihn ganz schnell wieder von sich stieß. Wenn allein die Vorstellung schon so entsetzlich war, wieviel schlimmer mußte es dann für Nicholas sein, der so verzweifelt an Freundschaft glauben wollte? »Wohin gehen wir jetzt?« fragte sie ihn, um seine Gedanken von dem peinigenden Thema abzulenken.

»Die *Kumpania* war auf dem Weg nach Norden, aber sie würden auch kehrtmachen, um uns nach Aberdare zurückzubegleiten. Wir werden mit den Planwagen etwa drei Tage brauchen.«

Sie dachte an ihr Pony und seufzte. »Ich hoffe, derjenige, dem Rhonda in die Hände gefallen ist, wird sich gut um sie kümmern.«

»Wenn wir wieder zu Hause sind, schicke ich ein paar Männer hier herauf, die Nachforschungen anstellen sollen. Wenn jemand die Pferde verkauft, dann können wir sie uns vielleicht zurückholen. Möglich, daß wir auf diese Art und Weise auch die Männer entlarven können, die uns umbringen wollten.«

Sie nickte und stellte ihm die nächste Frage, die ihr durch den Kopf ging. »Gibt es etwas, das ich über das Leben bei den Roma wissen sollte?«

Er dachte einen Augenblick nach. »Versuch, dich an die Reinlichkeitsgebote zu halten. In einem Lager wird das Wasser an verschiedenen Stellen vom Fluß geholt. Das Wasser der obersten, ›saubersten‹ Stelle wird zum Trinken und Kochen verwendet. Wasch-

und Badewasser wird weiter unten geholt. Wasch alles in fließendem Wasser, bevor du es ißt, und tu niemals dein Eßgeschirr oder Besteck in unreines Wasser, denn dann ist es *marhime,* verschmutzt, und man müßte es fortwerfen.« Er warf ihr einen leicht sarkastischen Blick zu. »Es wird dir nicht gefallen, aber auch Frauen werden als ›unrein‹ betrachtet. Streife niemals einen anderen Mann außer mir mit deinen Röcken, geh niemals *vor* einem Mann, zwischen zwei Männern oder vor den Pferden her.«

Sie runzelte die Stirn. »Du hast recht, das gefällt mir nicht.«

»Für Menschen, die auf engem Raum miteinander leben, hat es durchaus einen Sinn«, erklärte er. »Es gibt den Frauen ein gewisses Maß an Privatsphäre und Schutz, was anders kaum zu erreichen wäre. Außerdem reduziert es sexuelle Spannungen. Auch wenn die Zigeunerfrauen den Ruf haben, sehr viel Erotik auszustrahlen, ist bei den Roma so etwas wie Ehebruch praktisch unbekannt.«

»Aha. Ich bemühe mich, niemanden zu beleidigen.«

Ani hatte offenbar ihre Stimmen gehört, denn sie spähte nun in den Wagen. »Frühstück. Geh du, Nikki, ich bringe Kleider für deine Frau.«

Er erhob sich gehorsam und kletterte aus dem Wagen, dann half er Ani hinein. Die Roma-Frau trug eine locker sitzende, tief ausgeschnittene Bluse und mehrere Röcke in prächtigen Farben. Die Ohrringe, klingende Goldmünzen, paßten zu der hübschen Münzenkette, und ein gemustertes Kopftuch bedeckte ihr Haar.

Clare wurde ähnlich ausgestattet, wenn auch der Schmuck fehlte. Als sie an sich hinunterblickte und den tiefen Ausschnitt ihrer Bluse betrachtete, konnte sie sich eine Bemerkung nicht verkneifen. »Das wird Nicholas gefallen.«

Ani grinste, und ihre herrlich weißen Zähne blitzten in ihrem braunen Gesicht auf. »Es ist gut, daß Nikki eine Frau hat. Wie lange seid ihr verheiratet?«

Clare dachte einen Augenblick nach. »Drei Tage.«

»So frisch!« Sie nahm Clares Hand, drehte sie um und nickte zufrieden, als sie den kleinen, fast verheilten Schnitt am Handgelenk entdeckte. »Das ist gut. Wir wollen ein Fest zu Ehren der Hochzeit halten. Aber jetzt«, fügte sie streng hinzu, »mußt du essen.«

Sie kletterten aus dem Wagen, dessen hölzerner Aufbau mit kühnen Bildern und geschnitzten Verzierungen versehen war. Die Regenwolken hatten sich verzogen, und die Luft war frisch und klar. In einiger Entfernung standen die Männer um die angebundenen Pferde herum. In der Nähe bewegten sich einige Frauen anmutig über den Lagerplatz, und eine Schar fröhlich kreischender, fast nackter Kinder wuselte dazwischen herum. Eine winzige alte Frau, deren Haut so zerfurcht war wie die Schale einer Walnuß, musterte Clare eindringlich, bis sie schließlich nickte und sich wieder mit ihrer Pfeife beschäftigte.

In der Nähe des Wagens war ein Kochfeuer, auf dessen Kohlen ein Blechtopf und ein Kupferkessel standen. Als Clare hoffnungsfroh den Duft einsog, sagte Ani: »Zuerst waschen.« Sie nahm einen Blechkrug und bedeutete Clare, sie solle ihre Hände unter den Wasserstrahl halten, den Ani darüber ausgießen wollte. Clare gehorchte und war froh, daß Nicholas ihr die kurze Lektion über die Lebensart der Roma gegeben hatte.

Danach gab Ani ihr einen Becher mit furchtbar

starkem, süßem Kaffee und einen Teller mit gebratenen Zwiebeln und Wurst. Beides war köstlich. Während sie aß, beobachtete sie, wie die Frauen anfingen, verschiedene Dinge einzupacken und alles zur Abreise vorzubereiten. Dies geschah ohne Hast.

Nicholas kehrte in Begleitung dreier Männer zurück. Er trug ein locker geschnittenes Lederwams und ein rotes Tuch um seinen Hals und wirkte, als gehörte er hierher. Niemand hätte ihn für einen britischen Adeligen gehalten.

Er entdeckte Clare und bewegte sich auf sie zu, machte aber eine Kehrtwendung, als er die alte Frau sah. »Keja!« rief er. Sie grinste ihn mit ihrem lückenhaften Gebiß an, und beide redeten auf romani aufeinander ein.

Clare hatte gerade ihren Kaffee ausgetrunken, als ein Junge ins Lager gestürzt kam. »Da kommen Männer«, schnaufte er. »Mit Gewehren.«

Clares Herz setzte aus. Vielleicht waren es bloß irgendwelche Jäger, aber es schien wahrscheinlicher, daß es jene Angreifer von gestern nacht waren, die nun nach der Beute suchten, die ihnen entwischt war.

»Hier entlang!« Ani machte eine Geste in Richtung Planwagen. Clare und Nicholas hasteten beide hinein. »Leg dich hin«, sagte Nicholas, während er genau das bereits tat.

Als Clare gehorchte, schleppte Ani einen Arm voll Decken heran und warf sie eine nach der anderen über sie. Dann fiel ein Gewicht auf sie herab. Ein Gewicht, das sich bewegte!

Nicholas, der spürte, wie Clare zusammenzuckte, nahm ihre Hand in seine. »Ani hat ihren vierjährigen Sohn auf die *Dunhas* gesetzt«, flüsterte er. »Selbst wenn jemand im Wagen nach uns sucht, werden sie sich an den kleinen Yoyo kaum heranwagen. Er ist gewöhnlich ziemlich schmuddelig.«

Clare hatte das Gefühl, sie müßte ersticken, zwang sich jedoch, still liegenzubleiben, während ihre Hand sich um die von Nicholas krampfte. Ein paar Minuten später hörten sie eine harte Stimme von draußen hereindringen. Eine Stimme, die Englisch sprach. »Habt ihr einen Mann und eine Frau gesehen, die zu Fuß unterwegs waren? Wir ... wir machen uns Sorgen. Sie sind ... krank und haben sich vom Lager entfernt.«

»Keine Gadsche außer Ihnen, Sir«, sagte einer der Roma.

»Wollen Sie Schicksal erfahren, verehrter Herr?« ließ sich nun eine weibliche Stimme vernehmen. »Wunderschöne Frau in Ihrer Zukunft, Hände anmutig wie Vögelein. Ich lesen aus Hand ...«

Ani mischte sich ein. »Nein, verehrter Herr, für *Dukkerim* bin ich die Beste. Ich habe wirklich das zweite Gesicht.«

Dann eine Kinderstimme. »Ein Penny für den Kleinen, guter Herr.«

Schließlich erhob sich ein ganzer Chor schriller Kinderstimmen. »Ein Penny, Sir, ein halber Penny!« – »Bitte ein Penny!« – »Ein Penny für den Jungen, Sir!«

»Um Himmels willen«, knurrte einer der Besucher. »Guy Fawkes Day ist noch sechs Monate hin. Laßt mich in Ruhe, ihr Gören.«

Die Tür des Wagens schwang quietschend auf. Clares Finger krampften sich so fest um Nicholas' Hand, daß sie ihm vermutlich das Blut abschnürte. Instinktiv wußte sie, daß einer der Fremden nur zwei Fuß von ihren Köpfen entfernt in den Wagen spähte.

Das Kind auf ihnen begann plötzlich zu quieken. »Penny! Penny!« forderte Yoyo.

Eine andere Stimme fragte auf englisch: »Irgendwas drin?«

»Nur eine von diesen dreckigen Gören«, erwiderte die erste Stimme voller Verachtung. »Die müssen mit dem Drang zum Betteln auf die Welt kommen.«

Die Tür wurde zugeschlagen. Clare stieß den Atem aus, den sie unwillkürlich angehalten hatte. Nicholas hatte schon gewußt, warum er bei seinem Volk Zuflucht gesucht hatte.

Sie mußten noch lange unter den sie beinahe erstickenden Schlafdecken warten. Yoyo krabbelte bald auf der Suche nach unterhaltsameren Dingen von ihnen herunter, aber sie blieben liegen, bis eine männliche Stimme erklang: »Du kannst jetzt rauskommen, Nikki. Vielleicht solltet ihr auf den Straßen im Wagen bleiben, aber ich denke, ich seid nicht mehr in Gefahr.«

Nicholas schob die Decken beiseite, und sie setzten sich beide erleichtert auf. Der gutaussehende, stämmige Kore, Anis Ehemann und der Anführer der Gruppe, saß lässig draußen auf der Plattform. Nicholas stellte ihm sofort die Frage, die ihm auf dem Herzen lag. »War einer der Männer der, den ich euch beschrieben habe?«

Kore schüttelte den Kopf. »Es waren vier, aber keiner sah aus wie der, von dem du gesprochen hast.« Er zeigte ihnen einen Steinkrug. »Die Jungs, die bei der Hütte waren, sind zurück. Viel haben sie nicht gefunden. Eure Sachen sind alle verbrannt, die Pferde fort. In der Umgebung lagen dieser Whiskeykrug und das.« Er reichte Nicholas ein silbernes Kästchen.

Clares Herz krampfte sich zusammen, als sie erkannte, daß es sich um ein Kartenetui handelte, wie es ein Gentleman bei sich trug. Mit steinerner Miene öffnete Nicholas es. Die Karten waren feucht, die Schrift darauf aber noch deutlich lesbar.

Lord Michael Kenyon.

Als Kore Nicholas' Gesichtsausdruck sah, wandte er sich höflich ab und sprang vom Wagen.

»Es tut mir leid, Nicholas«, flüsterte Clare.

Seine Hand ballte sich zur Faust, und das Kästchen klappte zu. »Aber es ergibt keinen Sinn«, sagte er, und seine Stimme verriet seine furchtbare Seelenpein. »Selbst wenn man davon ausgeht, daß Michael wahnsinnig geworden ist und beschlossen hat, mich umzubringen, warum hier in den Bergen? Warum sollte er Männer für etwas anheuern, was er bestens ohne Hilfe tun könnte? Und wenn er mich suchen würde, dann wüßte er doch, daß er in einer *Kumpania* gründlicher nach mir sehen müßte.«

»Aber er war nicht bei seinen Leuten – vielleicht wollte er sichergehen, daß niemand ihn verdächtigen kann«, argumentierte sie ruhig. »So weit von Penreith entfernt wäre man der Sache vielleicht gar nicht nachgegangen, sondern hätte einfach angenommen, daß wir versehentlich bei einem Brand umgekommen sind. Und *wenn* es eine Untersuchung gegeben hätte, wäre man letztendlich sicher zu dem Schluß gekommen, daß Banditen das Feuer gelegt haben.« Sie zögerte und setzte schließlich hinzu: »Vielleicht ergibt es keinen Sinn, aber es ist ja auch nicht unwahrscheinlich, daß sein Verstand gelitten hat.«

Ja, das war alles höchst plausibel. Aber als Clare seine Hand nahm, wünschte sie innig, daß sie sich irrte.

Kapitel 30

OBWOHL SICH CLARE in einem Umkreis von nur sechzig Meilen von ihrem Zuhause entfernt befand, gab ihr das Reisen mit den Zigeunern das Gefühl, als wäre sie in einem fremden Land. Viele ihrer Bräuche waren britisch, und alle Mitglieder der *Kumpania* sprachen wenigstens ein bißchen Englisch oder Walisisch. Doch in vieler Hinsicht waren die Roma vollkommen anders. Als Nicholas' Frau hatte sie die Chance, sie so zu erleben, wie es nur wenigen Gadsche zugestanden wurde, denn sie akzeptierten sie mit einer so bezaubernden Zwanglosigkeit, als wäre sie ein Kätzchen, das sich zu ihnen verirrt hatte. Wenn sie auch nicht alle Aspekte ihrer Lebensart gutheißen konnte, so war sie dennoch nicht in der Lage, sich ihrer Herzlichkeit und dem Charme ihrer sprühenden Lebendigkeit zu entziehen.

Die Roma kennenzulernen, half ihr, Nicholas zu verstehen. Ihre Fähigkeit, im Augenblick zu leben, als gäbe es weder Vergangenheit noch Zukunft; ihr fröhlich-unbekümmerter Fatalismus; die Vielfalt ihrer anmutigen Gestik – all diese Züge waren ein Teil des Erbes, das ihr Mann von den Roma mitbekommen hatte.

Doch auch wenn er sich leicht unter die Leute mischte und offenbar sehr beliebt war, erkannte sie, daß er nicht wirklich dazugehörte; ein Teil von ihm war durch eine Ausbildung geprägt worden, die er außerhalb der engen Grenzen der Roma-Welt erfahren hatte. Sie fragte sich, ob er glücklicher gewesen wäre, wenn er die Roma nie verlassen hätte. Vielleicht würde sie ihn eines Tages danach fragen, doch nun war nicht der richtige Zeitpunkt dazu. Wenn sie Aberdare erreichten, mußte er Michael gegenübertreten, und der verzweifelte Kummer, den er deswegen empfand, war deutlich zu spüren.

An ihrem letzten Abend wurde das versprochene Fest mit einer verschwenderischen Fülle an Essen, Getränken und Gelächter gefeiert. Die Hauptattraktion war ein mit Äpfeln gefülltes Spanferkel, das über dem offenen Feuer an einem Spieß gebraten wurde. Clare hatte ihre Portion aufgegessen und nagte nun ein wenig geziert einen Knochen ab. »Ich hoffe, daß dieses Ferkel auf ehrenhafte Weise in den Besitz der Roma gekommen ist, aber ich traue mich nicht zu fragen«, sagte sie.

Nicholas grinste. Er schien an diesem Abend seine Sorgen unterdrückt zu haben und ließ es sich – ganz nach Zigeunerart – vor allem gutgehen. »Das ist schon in Ordnung. Zufällig hatte ich eine Guinea in meiner Hosentasche, als wir aus der Hütte entwischten. Ich habe sie Kore als Entschädigung für die Mehrkosten, die sie durch uns haben, gegeben. Und ich habe selbst gesehen, wie er für das Schweinchen bezahlt hat.«

Ani kam zu dem Baumstamm, auf dem sie saßen. »Da wir heute eure Hochzeit feiern, machen wir ein kleines Ritual, ja? Nicht Entführung, auch keine Klage, aber etwas zu Ehren eurer Verbindung.«

Clare sah sie zweifelnd an. »Ich kenne eure Bräuche aber doch nicht.«

»Das ist nicht schlimm«, sagte Ani nur, »es wird dich keine Mühe kosten. Ich bitte jetzt Milosh, für uns seine Fidel zu spielen. Später, Nikki, spielst du für uns Harfe.«

Als sie davoneilte, wandte sich Clare verwirrt an Nicholas. »Klage?«

»Gewöhnlich singt die Braut ein Lied für ihre Mutter, in dem sie die Tatsache bejammert, daß sie an einen Mann verkauft wurde, und sich wünscht, sie wäre tot«, erklärte Nicholas.

Sie starrte ihn an. »Das trägt aber nicht zur Feierstimmung bei.«

»Es wird als sehr rührend betrachtet. Das und der Brauch der Entführung zeichnen ein interessantes Bild der Geschichte der Roma.«

Sie leckte sich die letzten Fettspuren von den Fingern. »Woher kommen sie eigentlich ursprünglich?«

Er nahm einen Schluck Wein, bevor er antwortete, und trank ganz auf Zigeunerart: den Behälter über der Schulter und die Finger in einer Schlaufe am Hals des Krugs. Es sah umwerfend aus. »Da die Zigeuner nichts aufschreiben, weiß es niemand so ganz genau. Ein Linguist aus Oxford, der ihre Sprache studierte, sagte mir einmal, daß er ihren Ursprung in Asien vermutete. Vielleicht Nordindien.«

Clare dachte an das, was sie über Indien gelesen hatte, und musterte dann die dunkelhäutigen Leute um sie herum. Ja, die Theorie klang durchaus plausibel. »Aber es gibt doch bestimmt mündliche Überlieferungen der Roma-Geschichte?«

»Ja, wobei sich allerdings die meisten widersprechen.« Er lachte in sich hinein. »Es gibt ein altes Sprichwort: Stelle zwanzig Zigeunern eine Frage, und du bekommst zwanzig verschiedene Antworten. Andererseits – wenn du einem Zigeuner zwanzigmal dieselbe Frage stellst, hast du immer noch zwanzig verschiedene Antworten.«

Clare lachte. »Du willst mir also sagen, daß Beständigkeit bei den Roma nicht als Tugend betrachtet wird.«

»Und alle, von den Jüngsten bis zu den Ältesten, können wunderschön und flüssig lügen, wenn es nötig sein sollte.« Er nahm einen weiteren Schluck aus dem Krug und reichte ihn dann dem nächsten Mann im Kreis weiter. »Sie lügen entweder aus einem Überschuß an Einfallsreichtum oder aber aus purem Vergnügen. Ein listiger Mann wird hier so bewundert wie ein ehrenhafter unter den Walisern.«

Am anderen Ende des Lagerplatzes begann Milosh nun auf seiner Fidel zu spielen, ein anderer Mann begleitete ihn auf einem Tamburin. Die Unterhaltung erstarb, und die Leute fingen an, in dem uralten Rhythmus der Musik in die Hände zu klatschen. Lasziv ihre vollen Hüften schwingend, kam Ani nun wieder zu ihnen herüber und zeigte Clare ein scharlachrotes Tuch. »Du und Nikki tanzt zusammen. Ihr haltet das Tuch an beiden Enden«, erklärte sie. »Das macht eure Verbindung stärker.«

Obwohl Clares Tanzkünste praktisch nicht vorhanden waren, war sie willens, es zu versuchen. Als sie aufstehen wollte, berührte Nicholas ihren Arm. »Laß dein Haar herunter.«

Gehorsam band sie ihr Kopftuch ab und fuhr sich mit den Fingern durch die dicken Strähnen, so daß ihr

Haar sich schließlich frei über ihre Schultern ergoß. Dann nahm sie das eine, Nicholas das andere Ende des Tuches, und sie traten in den Kreis. »Benimm dich wie ein kesses freches Ding«, sagte er mit seinem dämonischen Grinsen. »Sei das provozierende Biest, das ich so oft erlebt habe.«

Sie dachte über seine Worte nach, als sie nun langsam begannen, sich mit dem straff gespannten Tuch zwischen ihnen zu umkreisen. Was hatte sie empfunden, als sie sich von Nicholas' Zauber hatte betören lassen? Sie hatte sich vor seiner sexuellen Anziehungskraft entsetzlich gefürchtet, war jedoch auch unfähig gewesen, sich ihr zu entziehen. Sie sah in seine dunklen Augen und ließ die lebendigen Erinnerungen an sich vorüberziehen.

Zuerst schlug sie, die Schüchterne spielend, die Augenlider nieder und wandte sich schamhaft ab, ließ aber gleichzeitig die tiefausgeschnittene Bluse von einer Schulter gleiten. Nicholas reagierte kraftvoll und geschmeidig wie ein Raubtier, das sein Weibchen verfolgt. Er zog mit einem Ruck an dem Tuch, um sie zurückzuholen.

Sie kam dicht an ihn heran und entfernte sich augenblicklich wieder, als er nach ihr griff. Als er ihr folgte, wirbelte sie unter seinem Arm hindurch und peitschte ihm ihr weiches Haar durchs Gesicht. Er ließ zu, daß sie sich zurückzog, riß sie aber kurz darauf wieder zu sich heran. Demütig bedeckte sie ihr Gesicht mit ihrer freien Hand, ließ aber die Röcke provozierend hoch fliegen, als sie mit einer Drehung davonwirbelte. Er folgte ihr mit stolzer Arroganz, die ihr Eroberung und Erfüllung versprach. Als der Rhythmus der Musik schneller, die pulsierenden Klänge eindringlicher wurden, wirbelte sie wie eine Besessene in dem Kreis herum, und ihre Bewegungen waren das wilde Vorspiel für das Ende des Tanzes, das unvermeidlich in einer Vereinigung münden würde.

Mit einem letzten Aufkreischen der Saiten erstarb die Musik, und die Stille, die folgte, war erfüllt mit heftigem Herzschlag und rasselnder Atmung. Nicholas riß Clare an sich und bog sie über seinem Arm nach hinten.

Als sie sich über seinem Arm streckte, durchzuckte sie eine instinktive Panik, doch diese schwand so schnell, wie sie gekommen war, denn sie wußte genau, daß Nicholas sie niemals fallen lassen würde. Als ihr Haar sich im Gras ausbreitete gab er ihr einen Kuß, mit dem er demonstrierte, daß er sie ganz und gar für sich beanspruchte. Die Roma stießen begeisterte Rufe aus und stampften mit den Füßen auf.

Langsam und sanft hob er sie wieder auf, und sein Blick war wie eine Liebkosung. »Noch ein letztes Ritual, Clarissima. Wir müssen über den Besen springen, den Ani dort drüben eben niedergelegt hat.«

Hand in Hand rannten sie über die Lichtung und sprangen über den Besen. Unter dem folgenden Applaus zischte sie Nicholas zu: »Das Springen über den Besenstiel ist ein uralter walisischer Brauch, den wahrscheinlich schon die Druiden kannten.«

Er lachte. »Die Roma übernehmen jeden Brauch, der ihnen gefällt.«

Nun spielte die Fidel wieder auf, und diesmal beteiligte sich jedermann am Tanz – von der alten Keja bis zu den Kindern, die gerade erst laufen konnten. Kreise bildeten sich, spalteten sich dann in kleinere Gruppen auf. Die Musiker wechselten sich ab, so daß jeder einmal tanzen konnte. Für Clare war das eine Offenbarung; dies war nicht Tanzen um des Vergnügens oder der sündigen Versuchung willen – dies war Tanzen, um das Leben in sich aufzunehmen.

Und Nicholas war wundervoll. Als er ihre Hände nahm und sie herumwirbelte, spürte sie die Energie wie einen reißenden Feuerstrom durch ihren Körper brausen. Sie reagierte mit all der Leidenschaft, die erst vor so kurzer Zeit in ihr erblüht war. Vor nicht allzu langer Zeit war sie noch die brave Jungfer gewesen, nun tanzte sie wie eine Verführerin – wie eine Frau, die stolz auf ihre Weiblichkeit war und sehr genau wußte, daß sie ihrem Mann Vergnügen bereiten konnte.

Später, nachdem die erschöpften Kinder ins Bett gebracht worden und selbst die Erwachsenen zu müde für einen weiteren Tanz waren, holte Kore eine Harfe und reichte sie Nicholas.

Während er überlegte, was er spielen sollte, glitten seine Finger sanft über die Saiten und stimmten sie. Dann begann er eine lange Roma-Ballade zu singen, die aus all den Freuden und Leiden seines wandernden Volkes gewoben zu sein schien. Clare saß mit geschlossenen Augen hinter ihm und genoß die Schönheit seiner tiefen, vollen Stimme. Am Schluß sang er eine Strophe, die er für sie übersetzte:

Weltliche Güter besitzen und vernichten dich.
Die Liebe muß frei sein wie der Wind.
Sperr den Wind in vier Wänden ein. Er wird sterben.
Offene Zelte, offene Herzen,
Laß den Wind frei . . .

Die Worte drangen Clare tief ins Herz. Sie glaubte zwar nicht, daß diese Verse als Botschaft an sie gedacht waren, aber dennoch verstand sie in diesem Moment etwas Wesentliches: Wenn sie Nicholas halten wollte, dann bedeutete es, daß sie es niemals versuchen durfte. *Die Liebe muß frei sein wie der Wind* . . .

Schließlich zogen sie sich alle zurück, und sie gingen zu der Schlafstelle, die man ihnen in einigem Abstand von den anderen bereitet hatte. Unter der Wärme der *Dunhas* liebten sie sich heftig und voller Intensität. Das Verlangen war durch ihren Paarungstanz angestachelt worden, und das Schweigen, mit dem sie nun zusammenkamen, steigerte es zu fiebrigen Höhen.

Weil sie ihm ihre Liebe nicht mit Worten mitteilen durfte, ließ Clare ihren Körper für sich sprechen. Später, als er schon eingeschlafen war, liebkoste sie sein dichtes, schwarzes Haar und dachte darüber nach, was für einen erstaunlichen Mann sie geheiratet hatte. Er war ein Zigeuner, ein Waliser, ein Adeliger, ein Barde – er war alles und noch viel mehr. Und sie wußte, sie würde ihn lieben, bis sie starb.

Am nächsten Morgen fühlte Clare sich ein wenig schwach. Sie hatte sich am Abend zuvor für ihre Verhältnisse höchst ausschweifend benommen: Sie hatte zuviel gegessen, zuviel getrunken, zu lange getanzt und zu heftig Liebe gemacht. Letzteres im übrigen mehr als einmal. John Wesley hätte dies wahrscheinlich nicht gebilligt, aber da Clare inzwischen ihr eigenes spirituelles Gleichgewicht gefunden hatte, hielt sie eine kurze Zwiesprache mit dem Herrn und kam zu dem Schluß, daß Er nichts dagegen hatte, da ihre Leidenschaft der Liebe entsprungen war. Trotz allem waren die leichten Kopfschmerzen eine gute Erinnerung daran, daß ein wenig Maßhalten ihr besser bekam.

Als die *Kumpania* ihren Lagerplatz abbrach, gesellte sich die alte Keja plötzlich zu ihr. »Ich muß mit dir sprechen. Heute fährst du in meinem Wagen.«

Clare nahm gerne an. Obwohl sie bisher kaum ein Wort mit Keja gewechselt hatte, wußte sie doch, daß die Frau sie oft betrachtete. Keja hatte genug Einfluß, um den Wagen für sie beide allein zu beanspruchen, so daß sie sich unter vier Augen unterhalten konnten.

Doch zunächst starrte Keja Clare einfach nur eine ganze Weile an, wobei sie ihre Pfeife paffte. Plötzlich sagte sie: »Ich bin eine Cousine des Vaters von Marta, Nikkis Mutter.«

Clare wartete gespannt auf das, was jetzt kommen würde. Also war Keja eine nahe Verwandte von Nicholas, und Clare hatte endlich die Chance, mehr zu erfahren. »Warum hat Marta ihren Sohn verkauft? Für Nicholas war dieses Wissen immer schrecklich.«

»Marta litt an einer schweren Lungenkrankheit«, erwiderte Keja mit gleicher Offenheit. »Sie hätte ihren Sohn bei uns lassen sollen, aber sie hatte ihrem Mann versprochen, daß der Junge die Chance bekommen würde, das Leben der Gadsche kennenzulernen.« Die alte Frau schnitt ein Gesicht. »Und weil Kenrick es so gewollt hatte und Marta genau wußte, daß sie bald nicht mehr für Nikki würde sorgen können, brachte sie ihn zu seinen Großeltern, die ja seine nächsten Verwandten waren.«

»Die Tatsache, daß sie ihn für hundert Goldguineas verkauft hat, läßt mich sehr daran zweifeln, daß sie es aus Selbstlosigkeit getan haben soll«, bemerkte Clare mit harter Stimme. »Wie kann eine Frau nur ihr eigenes Kind verschachern?«

»Der alte Gadscho hat ihr das Geld von sich aus

angeboten«, antwortete Keja verächtlich. »Marta hätte ihm fast ins Gesicht gespuckt, aber sie war auch eine Roma – wenn der Gadscho ein Narr sein wollte, dann hatte sie bestimmt nicht die Absicht, ihn zu belehren.«

Clare dachte an all das, was sie über die Roma erfahren hatte, und zögerte einen Augenblick. »Mit anderen Worten – das waren also zwei verschiedene Angelegenheiten. Sie brachte Nicholas wegen ihres Versprechens an Kenrick zu seinen Großeltern, und das Geld, das der Earl ihr anbot, hatte ihrer Auffassung nach rein gar nichts mit Nikki zu tun?«

Keja lächelte wieder ihr zahnloses Lächeln und nickte eifrig. »Für eine Nicht-Roma begreifst du recht schnell. Ich will dir beweisen, daß Marta ihren Sohn nicht für Gold verkauft hat.« Sie öffnete eine Truhe und wühlte darin herum, bis sie einen schweren Lederbeutel gefunden hatte, den sie Clare reichte. »Sie hat mir das hiergelassen, damit ich es Nikki zur richtigen Zeit gebe.«

Clare öffnete das Säckchen und zog die Luft ein, als sie die Goldmünzen darin sah.

»Es ist noch alles da, bis auf ein oder zwei Guineas, mit denen Marta auf dem Rückweg zu den Roma etwas zu essen kaufte«, sagte Keja. »Die nächste *Kumpania*, die sie traf, war meine, und so blieb sie.«

»Und was ist mit ihr geschehen?«

Keja sog wieder an der Pfeife und stieß den Qualm aus, der um ihr Gesicht waberte. »Marta starb im folgenden Winter in meinen Armen. Das Gold habe ich all die Jahre für Nikki behalten.«

Clares Verwirrung wuchs. »Warum hat ihm denn nie einer gesagt, daß seine Mutter ihn fortgab, weil sie sterben mußte? Das Wissen wäre ihm bestimmt sehr wichtig gewesen. Und warum hast du ihm das Gold nicht früher gegeben? Du hast ihn in den letzten Jahren doch oft genug gesehen.«

»Marta ließ mich schwören, es nur Nicholas' Frau zu sagen, denn sie meinte, nur eine Frau könnte verstehen, daß eine Mutter das Beste für ihr Kind tun muß«, sagte Keja sanft.

»Aber Nicholas hatte doch schon eine Frau.«

Keja sah aus, als hätte sie ausgespuckt, wenn sie im Freien gewesen wäre. »Bah, er hat mit der geschlafen, aber sie war nicht wirklich seine Frau. Du bist diejenige, die Marta vorhergesehen hat. Sie hatte die Gabe, und sie wußte, daß eines Tages eine Frau kommen würde, die Nikkis Herz heilen würde.«

Clare starrte auf die Goldmünzen hinab und spürte die Tränen in ihren Augen brennen. Hatte Marta wirklich von ihr, Clare, gewußt? Sie war so jung gewesen, als sie gestorben war, vielleicht noch jünger als Clare jetzt.

Hätte Marta ihren Sohn bei seinem Großvater gelassen, wenn sie gewußt hätte, wie kalt und hartherzig der alte Mann gewesen war? Vielleicht hatte sie angenommen, daß sich Kenricks Mutter um Nicholas kümmern würde. Aber die erste Frau des alten Earls hatte sich damals schon in diesem schrecklichen Zustand der geistigen Umnachtung befunden, der es ihr unmöglich machte, ihrem Enkel Liebe zu schenken.

»Arme Marta«, sagte Clare mit tiefem Mitgefühl. »Es muß entsetzlich gewesen sein, zwischen ihrem eigenen Volk und dem Versprechen, das sie ihrem Mann gegeben hatte, zu wählen. Und noch schlimmer das Wissen, ihr Kind einem fremden Menschen in die Hände zu geben. Ich hoffe, sie ruht in Frieden.«

»Ja, das tut sie«, sagte Keja, als wäre es vollkommen normal, das zu wissen. »Sie ist jetzt bei Kenrick. Da du nun da bist, um dich um ihren Sohn zu kümmern, muß sie sich nicht länger um ihn sorgen.«

Clare spürte, wie sich die Härchen in ihrem Nakken aufrichteten. Als Christin glaubte sie daran, daß die Seele unsterblich war. Sie wußte auch, daß einige, wenn auch sehr wenige Menschen, die »Gabe des Zweiten Gesichts« besaßen – die Fähigkeit, bestimmte Dinge einfach zu *wissen*. Es hieß, John Wesleys Mutter und seine Schwester hätten diese Gabe besessen. Nichtdestoweniger war es unheimlich, jemanden mit einer solchen Selbstverständlichkeit und Ruhe von übernatürlichen Dingen reden zu hören. Sie lernte mehr von den Roma, als sie erwartet hatte.

»Ich liebe Nicholas, und ich werde ihm immer alles geben, was ich zu geben habe«, sagte sie ruhig. Dann fiel ihr eine Schwurformel der Roma ein, und sie fügte hinzu: »Mögest du Kerzen für mich entzünden, wenn ich es nicht tue.«

»*Bater*«, erwiderte Keja feierlich. »So soll es sein.«

Der Wagen kam rumpelnd zum Stehen, und Clare hörte Nicholas rufen. »Clare, wir sind zu Hause!«

Sie schloß den Lederbeutel und schob ihn in eine Innentasche. Nicholas hatte im Moment noch andere Sorgen – sie würde also lieber noch eine Weile damit warten, ihm Martas Geschichte zu erzählen. Allerdings nicht zu lange; auch wenn es schmerzlich für ihn war, alte Wunden wieder aufzureißen, so hoffte sie doch, daß ihm das Wissen, was damals wirklich geschehen war, letztendlich das Gefühl nehmen konnte, seine Mutter hätte ihn verraten.

Sie küßte die lederne Wange ihrer Wagengefährtin. »Vielen Dank für dein Vertrauen, Keja.« Dann kletterte sie aus dem Wagen.

Die *Kumpania* stand vor Aberdare. Williams wartete auf den Stufen der Eingangstreppe. Offenbar war er herausgekommen, um die Zigeuner zu verscheuchen, und beobachtete nun voller Verwirrung, wie sein Herrn aus einem der Wagen stieg.

Nun folgte eine lärmende Verabschiedung. Clare umarmte Ani ganz besonders fest. »Werdet ihr wiederkommen?«

Die andere Frau gluckste. »O ja. Wie der Wind kommen und gehen und kommen wir wieder.«

Sie winkten ihnen zum Abschied hinterher, dann legte Nicholas einen Arm um sie, und sie stiegen gemeinsam die Treppe hinauf. Würdig und unbewegt hielt Williams ihnen die Tür auf. Clare war sich plötzlich überdeutlich bewußt, wie tief ausgeschnitten ihre Bluse und wie kurz ihre Röcke waren. Doch sie hielt den Kopf hoch und rauschte an dem Butler so gelassen vorbei, als trüge sie eine Nonnentracht.

In schweigendem Einvernehmen gingen sie direkt in ihr Schlafzimmer. Clare streifte ihre Stiefel ab und wackelte erleichterte mit den Zehen. »Ich werde mir sofort ein Bad bereiten lassen. Obwohl mir dein Volk wirklich gefällt, finde ich es beklagenswert, daß man auf Wanderschaft nur über so wenig heißes Wasser verfügen kann.«

Er lächelte, wirkte aber abwesend. Clare kam zu dem Schluß, daß es keinen Sinn hatte, das eine Thema auszusparen. »Nicholas, was wirst du wegen Lord Michael unternehmen?«

Er seufzte. »Die Beweise dem Gericht vorlegen. Michael wird direkt verhaftet werden, denke ich. Wenn er keine verdammt gute Erklärung parat hat, dann wird er vermutlich ernsthaften Ärger bekommen.«

»Er ist ein reicher und mächtiger Mann. Das wird ihn doch in gewisser Weise schützen, meinst du nicht?«

Nicholas verengte die Augen. »Ich bin der Earl of Aberdare, und ich habe sowohl mehr Macht als auch mehr Vermögen als er. Wenn er hinter dem Anschlag auf unser Leben steckt, dann wird er der gerechten Verurteilung nicht entgehen.«

Es war das erste Mal, daß sie in ihm eine Ähnlichkeit mit seinem kaltherzigen Großvater entdecken konnte. Dennoch war sie erleichtert, daß er offenbar entschlossen war, seinen Einfluß zu seinem eigenen Schutz zu nutzen. »Ich bin froh, daß du das dem Gesetz überläßt, statt es selbst in die Hände zu nehmen.«

»Ich glaube nicht an den Nutzen von Duellen. Das sind barbarische Überbleibsel aus dem Mittelalter.« Er zog seine Roma-Weste aus. »Heute ist dein Treffen. Gehst du hin?«

Sie hätte es fast vergessen, wenn er sie nicht daran erinnert hätte. »Ja, es sei denn, du möchtest, daß ich heute abend hierbleibe.«

»Nein, geh ruhig. Ich möchte mit diesem Lied zum Gedenken an die Opfer des Grubenunglücks anfangen. Aber da wir den Abend getrennt verbringen werden, finde ich, sollten wir wenigstens den Nachmittag sinnvoll gemeinsam nutzen.« Sein Blick glitt unverhüllt lüstern über ihren Körper. »Laß dir das Bad bereiten. Man kann in einer Wanne interessante Dinge anstellen.«

Errötend tat sie, was er gesagt hatte, während er sich in sein Ankleidezimmer zurückzog. Doch anstatt sich auszuziehen, schlüpfte er aus der anderen Tür, ging hinunter in die Bibliothek und kritzelte an seinem Schreibtisch ein paar Zeilen. Dann versiegelte er die Nachricht und klingelte nach dem Butler.

Als Williams auftauchte, reichte Nicholas ihm den Brief. »Lassen Sie das zu Lord Michael Kenyon bringen. Höchstwahrscheinlich ist er zu dieser Stunde in der Mine. Wenn nicht, dann soll der Bote ihn ausfindig machen und auf eine Antwort warten. Und erzählen Sie niemandem davon – am wenigsten Lady Aberdare!«

»Wie Sie wünschen, Mylord.«

Nachdem er dies erledigt hatte, kehrte Nicholas zurück in sein Ankleidezimmer. In den nächsten Stunden konnte er nichts unternehmen, also wollte er sich seine Zeit auf die bestmögliche Art und Weise vertreiben.

Kapitel 31

MICHAEL KENYON ERKANNTE das Siegel sofort. Seine Lippen preßten sich zusammen, als er die Nachricht entfaltete, die knapp und präzise gehalten war:

Michael, ich muß mit Dir allein sprechen. Ich schlage heute abend sieben Uhr vor. Die Ruinen von Caerbach sind neutral und gut geeignet, aber ich werde Dich auch an jedem anderen Ort und zu jeder Zeit treffen. Es muß nur bald sein. Aberdare.

»Verflucht!« brachte Michael wütend hervor. Er zerknüllte den Zettel und schleuderte ihn heftig durch sein Büro. »Verdammter Aberdare!«

Der Bote fragte höflich: »Soll ich das ausrichten, Mylord?«

Michaels Zorn brannte schnell aus. Er tauchte eine Feder in die Tinte und kritzelte: *Sieben Uhr heute abend bei Caerbach. Allein. Kenyon.*

Er trocknete und versiegelte die Nachricht und gab sie dem Boten. Dieser verbeugte sich und ging.

Michael starrte blicklos an die gegenüberliegende Wand und spürte die wachsende innere Anspannung, die er stets vor einer Schlacht empfand. Der Tag der Abrechnung war also gekommen. Tief in seinem

Inneren hatte er gewußt, daß sich die Konfrontation nicht vermeiden lassen würde, obwohl er sich bei Gott Mühe genug gegeben hatte.

Er blickte auf den Stapel unerledigter Arbeit auf seinem Schreibtisch, dann schob er die Papiere beiseite. Er konnte sich unmöglich auf voraussichtliche Lieferdaten für seine neuen Maschinen konzentrieren. Erschöpft erhob er sich, nahm seinen Hut und verließ das Büro. An Madocs Schreibtisch, der im nächsten Zimmer stand, blieb er stehen. »Ich mache für heute Schluß. Gibt es noch etwas, was Sie mit mir besprechen wollten?«

Madoc lehnte sich in seinem massiven Stuhl zurück und schob die Finger vor seinem Bauch ineinander. »Nein, es ist alles soweit in Ordnung.«

Kenyon nickte erleichtert, dann ging er.

Madoc tat so, als würde er sich wieder an die Arbeit machen, während seine Gedanken jedoch um diese interessante kleine Episode mit dem Boten von Aberdare kreisten. Er wartete, bis er Kenyon fortreiten sah und ließ noch zehn Minuten verstreichen. Dann betrat er das Büro seines Arbeitgebers – das Büro, das vier Jahre lang sein eigenes gewesen war. Da niemand in der Nähe war, machte er sich nicht die Mühe, seine verbitterte Miene zu verbergen.

Viele Unterlagen befanden sich in Kenyons Büro, so daß niemand im entferntesten mißtrauisch geworden wäre, wenn er Madoc darin gesehen hätte. Dieser Umstand hatte sich nun schon mehrfach als überaus praktisch erwiesen.

Nach Kenyons Fluch hatte Madoc das Geräusch von knitterndem Papier gehört, dann ein leicht klatschendes, als hätte man einen Papierball geworfen.

Madoc suchte den Boden ab und machte sehr schnell die zerknüllte Nachricht in einer Ecke des Büros aus. Er glättete das Papier, las, las noch einmal und konnte sein Glück gar nicht fassen. Das war ja perfekt, absolut perfekt!

Gott war definitiv auf seiner Seite.

Wie gewöhnlich behielt Nicholas recht: Man konnte höchst interessante Dinge in einer Badewanne tun. Makellos sauber und vor Wonne schnurrend stieg Clare schließlich heraus. Danach machten sie ein Nikkerchen und nahmen dann gemeinsam eine leichte Mahlzeit ein. Anschließend küßte sie ihn flüchtig: »Wir sehen uns nach dem Treffen. Gehörst du zu der Sorte Künstler, deren Arbeit man in der Entwicklungsphase nicht begutachten darf, oder bekomme ich die erste Version deines Liedes zu hören?«

»Ich ziehe es vor, das Stück erst richtig auszuarbeiten.« Sein Blick hielt den ihren einen kurzen Moment fest. Dann tätschelte er ihr Hinterteil. »Nun verschwinde schon, oder du kommst zu spät.«

Sie setzte ihre Haube auf und ging zu den Ställen, wo ihr Ponywagen wartete. Sie war schon fast ums Haus herumgefahren, als ihr einfiel, daß sie Owen versprochen hatte, ihm ein paar Bücher mitzubringen. Es würde Wochen dauern, bevor er wieder zur Arbeit zurückkehren konnte, und er wollte die Zeit sinnvoll nutzen. Zwar hatte sie ihn am Tag ihrer Hochzeit mit dicken Bänden versorgt, aber wie sie Owen kannte, hatte er diese schon längst gelesen.

Sie hielt den Wagen vor dem Haus an und schlang die Zügel um eine der granitenen Urnen. Dann huschte sie die Treppe hinauf und ging direkt in die Bibliothek.

Keine Spur von Nicholas; er hatte sich wohl schon ins Musikzimmer zurückgezogen.

Kurz darauf hatte sie die Bücher ausgesucht und wollte schon gehen, als ein Lichtblitz ihren Blick auf Nicholas' Schreibtisch zog. Neugierig trat sie näher und entdeckte, daß die Sonnenstrahlen, die durch das Fenster drangen, von einem Klumpen Quarz, um den sich Silberfäden wanden, zurückgeworfen wurden. Sie nahm den Klumpen auf und drehte ihn in ihren Händen. Dies war also das berühmte Muster des Drahtsilbers, das unter solch einem Risiko besorgt und letztendlich doch nicht gebraucht worden war. Es war soviel geschehen in den letzten zwei Wochen, daß sie gar nicht daran gedacht hatte, es sich anzusehen. Nun, einen netten Briefbeschwerer gab der Klumpen allemal ab.

Sie wollte ihn gerade wieder hinlegen, als ihr Blick auf den Brief fiel, der darunter gelegen hatte. *Sieben Uhr heute abend bei Caerbach. Allein. Kenyon.*

Einen Augenblick starrte sie wie gelähmt auf die Worte. Nein . . . lieber Gott, nein . . .

Sie ließ die Bücher auf den Tisch fallen und griff die Nachricht, um sie noch einmal zu lesen. Dann packte sie kalter Zorn. Dieser verfluchte Nicholas. Eben noch hatte er ihr versprochen, nichts Dummes zu tun, und nun begab er sich direkt in die Höhle des Löwen. Ein formelles Duell hätte Sekundanten erfordert, so daß sie annehmen durfte, daß Nicholas bloß reden wollte, aber wie konnte er so dämlich sein und Lord Michael nach allem, was geschehen war, vertrauen? Und wie hatte sie so naiv sein können, ihm sein Versprechen abzunehmen?

Erst in der Nacht zuvor hatte er sie noch darauf hingewiesen, daß Zigeuner flüssig und unbekümmert logen, wenn es nötig war, und offenbar war dies ein Talent, das auch er zu nutzen wußte. Er mußte Lord Michael eine Nachricht geschickt haben, bevor sie sich geliebt hatten. Vermutlich hatte er die Antwort noch vor dem Essen bekommen. Dieser verdammte, betrügerische, starrköpfige . . .

Innerlich wilde Verwünschungen ausstoßend, stürmte sie aus dem Haus und wieder zu den Ställen. Als sie den Stallburschen sah, rief sie, nach Luft schnappend: »Ist Lord Aberdare ausgegangen?«

»Vor etwa fünf Minuten, Mylady.«

»Satteln Sie mir ein Pferd«, befahl sie. Als ihr einfiel, daß Rhonda ja fort war, fügte sie rasch hinzu: »Ein gutmütiges, gehorsames Tier. Und nehmen Sie einen normalen, keinen Damensattel.«

Er bedachte ihr bescheidenes Tageskleid mit einem zweifelnden Blick, gehorchte dann aber brav. Wutschäumend ging sie vor dem Stall auf und ab. Niemals zuvor in ihrem ganzen Leben hatte sie sich gestattet, einen solchen Zorn zu empfinden – die Leidenschaft, die Nicholas in ihr geweckt hatte, nahm unerwartete Formen an. Natürlich hatte sie auch niemals zuvor eine solche Furcht verspürt. Jede Einzelheit ihres nachmittäglichen Liebesspiels kehrte in ihre Erinnerung zurück. Es war, wenn sie es jetzt betrachtete, ungewöhnlich intensiv gewesen. Hatte er ihr Lebewohl sagen wollen, für den Fall, daß etwas schiefging? Bei diesem Gedanken zogen sich ihre Eingeweide heftig zusammen.

Kurz zog sie in Betracht, den Stallburschen mitzunehmen, aber nach reiflicher Überlegung verwarf sie den Gedanken. Dies war nicht die Art von Konflikt, die man mit bewaffneten Gefolgsmännern bewältigen konnte. Eine einzelne Frau hatte die besseren Chancen, die Männer zur Vernunft zu bringen, wenn sie sich Gewalt antun wollten. Beide hatten die Erziehung eines echten britischen Gentlemans genossen, und diese Tatsache würde sie rücksichtslos für ihre Zwecke ausnutzen.

Der Stalljunge brachte ihr eine braune Stute zum Aufsteigeblock, und Clare schwang sich in den Sattel. Ihr Rock bauschte sich um ihre Knie und entblößte die Waden, aber Schicklichkeit war nun das letzte, an das sie denken konnte. Allerdings dachte sie an ihr Pony. »Bitte holen Sie meinen Wagen. Er steht vorne vor dem Haus und wird nicht mehr gebraucht.«

Dann galoppierte sie los. Sie dankte Gott dafür, daß sie in den letzten Wochen soviel geritten war. Und auch dafür, daß Nicholas' Pferde alle so gut ausgebildet waren.

Caerbach war eine kleine zerfallene Festung, die auf Gemeindeland etwa auf halber Strecke zwischen Bryn Manor und Aberdare stand. Ursprünglich war es ein Außenposten des Aberdare-Besitzes gewesen. Sie würde nicht lange brauchen, um dorthin zu gelangen.

Wie nah mußte man sein, um einen Schuß hören zu können?

Während sie den Pfad entlangstob, betete sie so inbrünstig wie noch nie zuvor in ihrem Leben.

Caerbach stand oben auf einem Hügel, von dem aus man weite Teile des Tals überblicken konnte. Im Laufe der Jahrhunderte hatten sich Bäume und Pflanzen der Ruine bemächtigt, und die guterhaltenen Steine waren zu anderem Nutzen mitgenommen worden, so daß auf der sonnigen Lichtung nur noch verfallene Mauerstücke und Steinhaufen zurückgeblieben waren. Für Kinder war es ein herrlicher Platz, um Verstecken zu spielen, Erwachsene kamen gern hier hinauf, weil man hier ungestört sein konnte.

Nicholas hielt ein wachsames Auge auf die Bäume um ihn herum, als er durch den Wald ritt, war aber nicht überrascht, Michael bereits auf der Lichtung vorzufinden. Er lehnte gegen eine der niedrigen Steinmauern und hatte die Arme über der Brust gekreuzt, doch seine lässige Haltung paßte nicht zu seiner angespannten Miene.

Nicholas stieg ab. »Du kommst zu spät«, knurrte Michael.

»Du trägst also immer noch ständig eine Uhr mit dir herum.« Nicholas band sein Pferd außerhalb der Ruinen fest. »Du konntest Unpünktlichkeit ja noch nie ausstehen.«

»Verschwende meine Zeit nicht mit lächerlich nostalgischen Erinnerungen. Warum zur Hölle hast du mich herbestellt?«

Ohne Eile bahnte Nicholas sich seinen Weg durch die Steintrümmer, wobei das Ende der aufgerollten Peitsche unter seinem Mantel mit weichem Klatschen gegen sein Bein schlug. Er hatte zwar keine Pistole mitgenommen, hatte aber auch nicht ganz und gar schutzlos herkommen wollen. Er blieb in einem Abstand von etwa fünfzehn Fuß vor Michael stehen. »Das hat verschiedene Gründe. Am meisten interessiert mich, was dich zu dem Entschluß gebracht hat, mich ein für alle Male zu hassen. Da du dich nicht gegen Rafe und Lucien gewandt hast, muß ich annehmen, daß du etwas ganz Bestimmtes gegen mich hast.«

Mit zusammengepreßten Lippen antwortete Michael: »Du nimmst richtig an.«

Als keine erklärende Bemerkung kam, sagte Nicholas auffordernd: »Der einzige Grund dafür, den ich mich vorstellen kann, ist ein fehlgeleiteter Kampfgeist. Jugend braucht Konkurrenz, und du und ich gerieten früher oft aneinander. Mir machte es nie viel aus, zu verlieren, aber du hast es gehaßt! Ist das das Problem? Daß ich zu oft gewonnen habe und das Gefühl der Niederlage dich über Jahre vollkommen vergiftet hat?«

»Lächerlich«, fuhr Michael ihn an. »Die Kabbeleien von Schuljungen haben mit dieser Sache überhaupt nichts zu tun.«

Nicholas verweigerte sich, ärgerlich zu werden; es war niemals leicht gewesen, aus Michael klare Informationen herauszubekommen. »Was habe ich denn so Furchtbares getan, daß du es noch nicht einmal über die Lippen bekommst?«

Ein Muskel an Michaels Kiefer zuckte. »Wenn ich es ausspreche, sind die Würfel gefallen. Dann habe ich keine ... keine andere Wahl, als dich zu töten.«

Und das wollte er nicht wirklich, wie Nicholas interessiert zur Kenntnis nahm. »Ich bin nicht hergekommen, um zu sterben, Michael, obwohl ich gegen dich kämpfen werde, wenn es sein muß.« Er legte eine Hand auf seine Hüfte und schob den Mantel zurück, um die Peitsche sehen zu lassen, falls Michael sie bisher noch nicht bemerkt haben sollte. »Bevor es aber dazu kommt, muß ich herausfinden, ob du wirklich für die letzten Versuche, mich umzubringen, verantwortlich bist.« Einen kurzen Augenblick flammte der Zorn in ihm auf, den er bisher so strikt unter Kontrolle gehalten hatte. »Was ich dir allerdings nie verzeihen werde, ist die Tatsache, daß Clares Leben gefährdet war. Allerdings ist das auch der Grund, warum ich noch an deiner Schuld zweifle. Oder bist du inzwischen tatsächlich so verrückt geworden, daß du eine unschuldige Frau töten würdest, um an mich heranzukommen?«

»Ich habe keine Ahnung, wovon du sprichst.«

»An dem Tag, nachdem du nach Penreith zurückgekommen bist, war ich mit Clare und einem Rudel Kinder zu einem Ausflug unterwegs. Jemand feuerte auf uns, und eine Kugel streifte mein Pferd. Clare war überzeugt, daß du geschossen hast, aber ich denke eher, es war ein Wilderer. Du bist ein zu guter Schütze, um dein Ziel zu verfehlen.«

»Du hast recht – wenn ich dich in den Rücken hätte schießen wollen, dann wäre es mir auch gelungen.« Michael runzelte die Stirn. »Es muß ein anderer gewesen sein, der etwas gegen dich hat.«

»Ich wüßte nicht, wer mich sonst noch umbringen will, also bleibe ich am besten im Augenblick bei der These mit dem Wilderer.« Nicholas' Stimme verhärtete sich. »Dennoch fällt mir absolut keine Erklärung ein, woher die fünf Männer kamen, die Clare und mich in der Hütte oben in den Bergen bei lebendigem Leibe rösten wollten. Sie haben nachts die Hütte in Brand gesetzt und mit Gewehren draußen gelauert, für den Fall, daß wir herauskommen sollten.«

Michael riß die Augen auf, und seine Überraschung schien echt. »Und ihr beide seid unverletzt herausgekommen?«

»Ja, was allerdings nicht dir zu verdanken ist.« Nicholas suchte in seiner Tasche nach dem Kartenetui und warf es über die Lichtung. Michaels Hand glitt sofort unter seinen Mantel, was Nicholas' Verdacht bestätigte, daß sein Gegenüber nicht unbewaffnet gekommen war.

Als Michael sah, daß Nicholas nichts Gefährliches geworfen hatte, streckte er rasch die Hand aus und fing das silberne Kästchen auf. Erstaunt blickte er darauf. »Wo hast du denn das her?« Er hob den Kopf, und Nicholas erkannte den Zorn in seinen Augen. »Bist du erneut widerrechtlich auf meinem Besitz gewesen?«

»Das Ding wurde in der Umgebung der Hütte gefunden, in der wir fast verbrannt wären«, erwiderte Nicholas. »Vor dem Gesetz könnte es ausreichen, um dich zum Tod durch den Strang zu verurteilen. Doch trotz dieses Beweises kann ich mir immer noch nicht vorstellen, daß du so einen feigen Hinterhalt legen oder Banditen zur Unterstützung anheuern würdest.« Als er wieder an die Kugel dachte, die Clare fast erwischt hatte, bekam Nicholas beherrschte Fassade Risse. »Also? Was hast du dazu zu sagen?«

»Ich bin dir keine Antwort schuldig, Aberdare, aber mein Gott, was auch immer es wert sein mag: Du hast recht. Ich habe mein Bestes gegeben, dir in London das Genick zu brechen, und ich hatte vor, dich erneut herauszufordern, diesmal zu einem echten Duell. Aber mit dieser Sache habe ich nichts zu tun.« Michael hielt das Kartenetui hoch. »Ich habe dies hier vor ein paar Tagen verloren. Ich weiß nicht mehr genau, wann oder wo, weil ich oft vergesse, die Karten überhaupt einzustecken.«

Nicholas erkannte, daß Michael offenbar noch nicht bewußt geworden war, welchen Schluß man daraus ziehen mußte. »Du verdammter Narr«, sagte er zornig. »Begreifst du denn nicht, was das bedeutet? Wenn du die Wahrheit sagst, dann will mich jemand umbringen und dir die Schuld in die Schuhe schieben. Wenn dir das keine Sorgen macht, dann tut es mir leid.«

Michael sah ihn verwirrt an. »Aber wozu sollte das gut sein?«

»Hast du eine bessere Theorie?«

Das folgende Schweigen wurde durch das Geräusch von klappernden Hufen unterbrochen. Nicholas drehte sich um und sah Clare mit fliegenden Haaren und Röcken durch die Bäume auf sie zu galoppieren. Ihre furchtsame Miene entspannte sich ein wenig, als sie sah, daß beide Männer wohlauf waren. Dennoch glitt ihr Blick ängstlich zu Michael. Nicholas konnte eine bissige Bemerkung nicht unterdrükken. »Ich nehme an, du kannst dich noch an dein erstes Zusammentreffen mit Clare in London erinnern?«

Michael warf ihm einen düsteren Blick zu. »Hast du deine Frau nicht im Griff, Aberdare?«

»Es ist nicht zu verkennen, daß du niemals verheiratet gewesen bist«, bemerkte Nicholas trocken. »Aber er hat recht, Clare. Deine Einmischung ist weder erwünscht noch notwendig.«

Mit einem bösen Stirnrunzeln, als handelte es sich bei den beiden Männern um ungezogene Schuljungen, schwang sie sich vom Pferd, wobei sie ein gutes Stück Bein zeigte und Nicholas sofort das Bedürfnis hatte, seinen weiten Mantel um sie zu werfen. »Männer sagen immer solche Sachen, wenn sie im Begriff sind, eine Dummheit zu begehen. Ich wollte einfach verhindern, daß ihr euch gegenseitig umbringt.«

»Ich glaube nicht, daß etwas Derartiges droht«, sagte Nicholas. »Ich möchte vor allem die Frage klären, wer versucht hat, uns umzubringen. Michael bestreitet, sowohl mit dem Schuß bei dem Picknick, als auch mit dem Anschlag in der Hütte etwas zu tun zu haben.«

»Und du glaubst es ihm?« Sie zog skeptisch die

Brauen hinauf. »Wenn nicht Lord Michael, wer soll es dann gewesen sein?«

Eine andere Stimme drang über die Lichtung zu ihnen. »Das erfahren Sie jetzt gleich, Lady Aberdare.« Als alle drei Köpfe herumwirbelten, trat George Madoc hinter einer der höheren Mauern hervor. Seine Augen waren wie Eis, und er hielt ein Gewehr im Anschlag. Sein Blick wanderte zu Clare. »Mein Plan sah zwar nicht vor, daß auch Sie hier sind, aber ich kann nicht behaupten, daß es mich sehr bekümmert, Sie ebenfalls umzulegen. Sie waren immer schon eine verdammte Unruhestifterin.«

Michael machte eine rasche Bewegung, und der Lauf des Gewehrs schwenkte sofort in seine Richtung. »Machen Sie bloß keine Dummheiten, Kenyon, oder ich knall' Sie sofort ab.«

Michael erstarrte, und Madoc nickte befriedigt. »Ich möchte sehen, wie Sie Befehlen gehorchen, anstatt sie zu erteilen. Und jetzt die Hände hoch, alle drei. Wußten Sie, daß Nye Wilkins in der Armee ein Scharfschütze gewesen ist? Tödlich sichere Hand. Zudem hat er noch Kontakt mit ein paar von den alten Freunden. Ich war, ehrlich gesagt, überrascht, als ich hören mußte, daß Ihnen die Flucht gelungen war, Aberdare – Sie sind schlauer, als ich dachte. Aber schließlich sind Zigeuner ja für ihre Gerissenheit bekannt.«

Als Clare und die beiden Männer langsam ihre Hände hoben, trat auch Wilkins aus der Dunkelheit und hielt sein Gewehr auf Nicholas gerichtet. Der Bergmann besaß eine schlaksige Gestalt, die mit Lord Michaels eine gewisse Ähnlichkeit hatte; Clare vermutete, daß er es gewesen war, den sie und Nicholas in jener Nacht vor der brennenden Hütte gesehen und für Nicholas' ehemaligen Freund gehalten hatten.

Michaels Augen verengten sich zu Schlitzen. »Ich nehme an, Sie waren es, der mein Kartenetui aus meinem Büro gestohlen hat?«

»Ja. So wie ich heute nachmittag Aberdares Nachricht gefunden habe.« Madocs blasse Augen leuchteten hinterlistig auf. »Sie haben mich nie ernst genommen, nicht wahr? Ich war ja nur ein bezahlter Handlanger von niederer Herkunft. Sie denken wahrscheinlich, daß ich gar nicht weiß, wie man mit einem Gewehr umgeht, aber ich bin ein verdammt guter Schütze. Ich habe bei der Jagd auf Ihrem Land geübt, während Sie bei den Franzmännern waren. Ich hätte Aberdare fast aus einem Abstand getroffen, bei dem selbst ein Scharfschütze Schwierigkeiten gehabt hätte.« Er stieß ein heiseres Lachen aus. »Ich bin klüger als ihr alle, und besser sowieso. Und jetzt hole ich mir, was mir gehört!«

»Und das wäre?« fragte Michael.

»Die Grube. Vier Jahre lang habe ich dafür geschuftet und geschwitzt, und von Rechts wegen gehört sie mir.« Den drei Gefangenen wurde klar, daß er tatsächlich glaubte, ungerecht behandelt worden zu sein. »Nur mir ist es zu verdanken, daß wir soviel Gewinn machen. Und nachdem ich Ihnen einen satten, belegbaren Betrag geschickt hatte, war immer noch genug für mich übrig. Und Sie waren zu blöd, um zu bemerken, daß ich Sie betrüge.«

»Falsch.« Michaels Blick erinnerte an den eines Tigers, der darauf wartet, sich auf seine Beute zu stürzen. »Ich wußte, daß Sie mich übers Ohr hauen, aber es war mir einfach im Augenblick nicht wichtig, herauszufinden, wie und warum. Ich hatte andere Probleme, die mir dringlicher erschienen. Zum Beispiel die Behebung der Folgen Ihrer falschen Geschäftsführung.«

Ein bösartiger Ausdruck zuckte über Madocs Gesicht. Clare versteifte sich, als ihr in den Sinn kam, daß Michael vielleicht bewußt versuchte, den Mann zu provozieren.

Vielleicht war Nicholas zu demselben Schluß gekommen, denn nun unterbrach seine kühle Stimme das kurze Schweigen. »Das ist ja alles höchst interessant, aber wo ist mein Part dabei? Wir hatten einen kurzen Zusammenstoß, als ich in der Zeche war, aber das kommt mir als Grund für einen Mord an mir und Clare doch ein bißchen lächerlich vor.«

»Ich hasse Sie beide! Auch wenn sie durch Zigeunerblut befleckt sind, sind Sie ein Earl. Und diese frömmelnde Hure da, was ist sie anderes als ein Dorfmädchen, das sich hochgeschlafen hat? Keiner von Ihnen kann mit meiner Intelligenz oder meinem Ehrgeiz Schritt halten – Sie tun nichts, schwimmen aber in Ihrem Reichtum.« Madoc stieß ein verächtliches Schnauben aus. »Aber es ist wahr, ich hasse Sie nicht so sehr wie Kenyon. Deswegen habe ich mich auch entschieden, Ihnen einen schnellen Tod zu gönnen, und Kenyon dafür verantwortlich zu machen.«

Ein häßliches Grinsen verzog seinen Mund. »Ich hatte mich so darauf gefreut, den edlen Lord Michael Kenyon vor Gericht gezerrt und am Galgen baumeln zu sehen. Man sagt, daß es wehtut, gehenkt zu werden, aber nicht halb so sehr, wie die öffentliche Demütigung es getan hätte. Da haben Sie sich so sehr angestrengt, sich vor anderen zu beweisen, und alles wäre nichtig gewesen!«

Die Anspannung in Michaels Gesicht ließ Clare vermuten, daß Madoc mit seiner Einschätzung nicht weit daneben lag, aber als Michael nun antwortete, hatte seine Stimme einen spöttischen Unterton. »Tja, es tut mir leid, daß Ihnen dieses Vergnügen nun entgeht.«

Madoc zuckte die Schultern. »Intelligenz bedeutet auch, flexibel zu sein. Da ich es leider nicht geschafft habe, Aberdare zu töten und Sie als Mörder hinzustellen, erschieße ich Sie einfach jetzt beide. Da Ihr Haß auf Aberdare gemeinhin bekannt ist, wird man annehmen, daß Sie sich beide gegenseitig erschossen haben, wobei die Lady versehentlich dazwischengeraten ist. Traurig, traurig, aber was kann man schon von einem Zigeuner und einem halbirren Soldaten erwarten?«

Höhnisch wanderte sein Blick von einem zum anderen. »Und wenn sich der aufgewirbelte Staub ein wenig gelegt hat, wird man einen hübsch formulierten Zusatz zu Ihrem Letzten Willen finden. Als Belohnung für meine ›treuen Dienste‹ überlassen Sie mir die Minengesellschaft, Bryn Manor und zusätzlich fünftausend Pfund. Natürlich war ich nicht so dumm, Ihr ganzes Vermögen einzutragen – das hätte das Mißtrauen Ihrer Familie geweckt. Nein, ich habe mich mit der Grube, Ihrem Haus und ein bißchen Bargeld zufriedengegeben. Wenn Sie beide tot sind, bin ich der mächtigste Mann in diesem Tal.«

Er war so uneingeschränkt stolz auf seine Gerissenheit, daß Clare sich fragte, ob man das nicht gegen ihn verwenden konnte. Schon jetzt hatte sein Wunsch zu prahlen diese Szene unnötig in die Länge gezogen; ein klügerer Mann hätte sie direkt erschossen, ohne lange zu reden. Und er beging denselben Fehler, den er bei Michael mokiert hatte – er unterschätzte seine Gegner.

Sie warf Wilkins einen Blick zu, und ihre leise Hoffnung schwand sofort. Was auch immer für Schwächen Madoc hatte, Wilkins sah nicht aus, als würde er sich leicht von seiner tödlichen Aufgabe ablenken lassen. Ein panisches Entsetzen drohte sie zu überwältigen. Sie glaubte an die Unsterblichkeit, glaubte, daß ihre Seele inzwischen weit genug ausgebildet war, um nicht in der Hölle zu landen, aber auch wenn sie den Tod nicht fürchtete, wollte sie doch jetzt noch nicht sterben. Sie und Nicholas hatten sich doch eben erst gefunden!

»Danke, daß Sie meine Fragen beantwortet haben«, sagte Nicholas nun mit aufgesetzter Höflichkeit. »Ich verabscheue es, unwissend zu sterben.« Dann blickte er Michael eindringlich an. »Du hättest schneller handeln müssen, Michael. Jetzt hast du deine Chance verpaßt, mich umzubringen.«

Vielleicht bildete Clare es sich nur ein, aber sie hatte den Eindruck, als hätten die beiden schweigend eine Nachricht ausgetauscht. Ihr Herz setzte einen Schlag aus; obwohl Nicholas und Michael beide gefährliche Gegner waren, hatte doch keiner von beiden eine Waffe dabei. Was sollten Sie schon gegen zwei Gewehre ausrichten?

Die Erkenntnis traf sie mit brutaler Deutlichkeit. Warum sollten die beiden darauf warten, einfach so umgelegt zu werden? Jeden Augenblick würden sie sich selbstmörderisch auf die beiden Verbrecher stürzen, denn eine schwache Chance war besser als gar keine, und es war in jedem Fall würdevoller, im Kampf zu sterben.

Ihre Gedanken begannen zu rasen. Sie waren zu

dritt, die beiden anderen hatten nur Gewehre mit einem einzigen Schuß. Wenn die Waffen erst einmal abgefeuert waren, würde der Kampf Mann gegen Mann weitergehen, und wenn es dazu kam, würde sie ihr ganzes Geld auf die beiden Gefallenen Engel setzen.

Da sie ja nur eine Frau war, kümmerten sich die beiden Bewaffneten kaum um sie. Sie stand Wilkins am nächsten; wenn sie sich auf ihn stürzte, würde er einen Moment brauchen, um die Waffe auf sie richten zu können, und die Verwirrung und das Durcheinander, das daraus folgte, konnte den beiden Männern die nötigen Zeit verschaffen, ihrerseits anzugreifen.

Madocs prahlende Stimme unterbrach ihre gehetzten Gedanken. »Sprecht eure Gebete, wenn ihr glaubt, daß es euch etwas nützt. Wilkins, du nimmst Aberdare und seine Frau. Kenyon gehört mir.«

Bevor Clare ihren eben gefaßten Plan in die Tat umsetzen konnte, sagte Nicholas: »Moment. Sie werden zwar zweifellos denken, ich sei ein sentimentaler Narr, aber ich möchte trotzdem meine Frau noch ein letztes Mal küssen.«

Madoc musterte Clare interessiert, als würde er sie zum ersten Mal sehen. »Wissen Sie, Sie haben sich wirklich zu einem heißen Mäuschen entwickelt. Es heißt ja immer, daß die Töchter von Geistlichen im Herzen wahre Schlampen sind – und das müssen Sie ja schon sein, wenn sie die Beine für einen Zigeuner breit machen. Wilkins, knall sie noch nicht ab. Wir können uns ebensogut noch ein bißchen vergnügen, wenn wir die beiden Kerle erschossen haben.« Er nickte Nicholas zu. »Na los, küssen Sie sie. Und machen Sie es gut, damit sie auf uns vorbereitet ist.«

Tödlicher Zorn flammte in Nicholas' Augen auf. Clares Herz setzte fast aus; wenn er sich jetzt sofort auf Madoc stürzte, war er erledigt. Sie biß sich auf die Lippen, um einen Aufschrei zu unterdrücken, und ihre Augen baten ihn eindringlich, noch zu warten.

Er sog schaudernd die Luft ein und schaffte es, sich zu beherrschen, dann trat er zu ihr. »Ich liebe dich, Clare. Ich hätte es dir schon eher sagen müssen«, sagte er mit leiser Stimme.

Seine Worte brachten sie so aus dem Konzept, daß ihr fast entgangen wäre, was er ihr zuflüsterte, als er sich zu ihr herunterbeugte, um sie zu küssen. »Wenn ich dich auf den Boden schubse, rollst du dich hinter eine Mauer und rennst dann so schnell du kannst davon.«

Seine Gedanken hatten sich also in derselben Richtung bewegt. Dadurch, daß er sie küssen wollte, hatte er sich Wilkins genähert, und ihre Intimität mochte ihnen durchaus die Ablenkung verschaffen, die sie brauchten konnten. Da sie wußte, daß eine falsche Bewegung ihrerseits seine Pläne zunichte machen konnte, nickte sie nur gehorsam, obwohl sie wußte, daß sie bestimmt nicht davonlaufen würde. Laut sagte sie: »Ich liebe dich, Nicholas. Und wenn du nicht in den Himmel kommst, dann folge ich dir, wo immer du hingehen mußt.« Ihre Stimme bebte plötzlich. »Mögest du Kerzen für mich entzünden, wenn ich dies nicht tue.«

Sie sah unerträgliche Qual in seinem Gesicht und wußte, daß ihres dasselbe widerspiegelte. Was immer er im Sinn hatte, die Chancen standen nicht allzu gut, und vielleicht war dies wirklich ihr letzter Kuß.

Dann küßten sie sich, und es war wie ein Sturm – ein ganzes Leben voller Gefühle quoll zwischen ihnen auf. Es war doch einfach nicht möglich, daß sie in einer Minute vielleicht tot sein würde, erschossen und kalt und blutend. Und Nicholas . . .

Ihre Fingernägel gruben sich in seine Arme. Sie zwang sich mühsam, ihren Griff zu lockern, so daß sie ihn nicht behindern würde, wenn er sie gleich von sich stoßen würde.

Trotz ihrer verzweifelten Sehnsucht spürte sie das lebhafte Interesse der beiden Verbrecher, deren Blicke auf sie und Nicholas fixiert waren. Dieses Nachlassen ihrer Aufmerksamkeit war die Chance, auf die Michael gewartet hatte. Er sprang plötzlich zur Seite, aus der Schußrichtung von Madocs Gewehr.

Im gleichen Augenblick schubste Nicholas Clare heftig und schrie: »Jetzt!« Sie fiel zu Boden, während Nicholas sich schon auf Wilkins stürzte.

Der Überraschungsmoment war auf ihrer Seite, und der Mann verlor einige wertvolle Sekunden, als er versuchte, sein Opfer wieder anzuvisieren. Doch bevor es ihm gelang, tauchte Nicholas' Peitsche wie durch Zauberei in seiner Hand auf und zuckte vor.

Das Ende der Schnur wickelte sich um Wilkins' Gewehr, und Nicholas zog an der Peitsche. Wilkins riß heftig an seiner Waffe, um sie wieder freizubekommen.

Jetzt sah Clare, daß Michael nicht unbewaffnet war. Er hatte seine Pistole gezogen, die er nun auf Madoc richtete, der gleichzeitig mit seinem Gewehr auf ihn zielte. Zwei Schüsse krachten und zerrissen die Stille des Waldes.

Madocs Gebrüll mündete in einem blutigen Gurgeln, als die Kugel seinen Hals durchschlug. Michael ging zu Boden und rollte sich über das Gras. Zwar konnte Clare keine Verletzung sehen, aber es war zu befürchten, daß auch er verwundet war. Vielleicht tödlich.

Es blieb jedoch keine Zeit, sich um ihn zu kümmern, denn Nicholas und Wilkins befanden sich in einem Tauziehen auf Leben und Tod. An der einen Seite der Peitsche zerrte Nicholas an dem Griff, während Wilkins sich mit wilder Entschlossenheit an seiner Waffe festklammerte. Clare kam stolpernd auf die Füße und schoß auf die beiden Männer zu.

Der Gewehrlauf war zu glatt, als daß das Leder der Peitschenschnur sich wirklich festzurren konnte, und so löste es sich plötzlich. Nicholas verlor das Gleichgewicht, taumelte und fiel auf ein Knie. Wilkins trat zurück, bis er aus der Reichweite der Peitsche heraus war, und legte sein Gewehr an. Nicholas versuchte auszuweichen, aber seine unglückliche Position machte es ihm unmöglich, sich schnell genug zu bewegen, um Wilkins' Kugel zu entgehen.

Die Panik schien Clares Geschwindigkeit zu verdoppeln. Ihre Hand schlug im gleichen Moment gegen den Lauf, in dem das Gewehr mit einem ohrenbetäubenden Donnern losging. Ein Schlag machte ihre ganze linke Seite gefühllos und die Wucht wirbelte sie herum, bevor sie zu Boden stürzte. Dort blieb sie reglos liegen.

»Clare!« brüllte Nicholas und war mit einem Satz bei ihr. Voller Entsetzen ließ er sich neben sie auf die Knie fallen und zog sie auf seinen Schoß.

Clare blickte über seine Schulter und sah, daß Wilkins mit unglaublicher Geschwindigkeit nachlud. Sie versuchte, Nicholas zu warnen, aber sie bekam keinen Laut über die Lippen.

Dann zerriß ein weiterer Schuß die Stille, doch diesmal war das Krachen schärfer, irgendwie höher. Ein roter Fleck erschien auf Wilkins' Brust, und er bäumte sich auf, ließ sein Gewehr los und krachte reglos zu Boden.

Clare drehte mühsam den Kopf und sah Michael, der flach auf dem Bauch lag, die Pistole mit beiden Händen umklammert hatte und sie mit ausgestreckten Armen vor sich hielt. Also hatte er es nicht nur überlebt, er hatte auch Nicholas' Leben gerettet. Die Tatsache verwunderte Clare ein wenig. Die Wege des Herrn waren in der Tat unergründlich.

Clare war wie betäubt und konnte kaum glauben, daß ein Kampf, der nur Sekunden gedauert haben konnte, zwei Männern das Leben gekostet hatte. Michael schien unverletzt, denn er kam nun ohne Schwierigkeiten auf die Füße, aber ob sie selbst verletzt oder nur durch den Schrecken gelähmt war, konnte Clare nicht herausfinden.

Doch als Nicholas ihren linken Ärmel aufriß, durchzuckte sie plötzlich ein greller Schmerz, und sie stöhnte auf. Nach einer raschen Untersuchung sagte Nicholas beruhigend: »Die Kugel ist durch deinen Oberarm geschlagen. Es muß höllisch wehtun, aber Gott sei Dank ist der Knochen nicht verletzt. Du wirst wieder gesund, Clare. Es blutet nicht einmal besonders stark.« Er riß seinen Binder vom Hals und verband die Wunde.

Nun schwand auch ihre Taubheit langsam. Wie Nicholas gesagt hatte – ihr Arm schmerzte höllisch. Wer immer den Ausdruck »*nur* eine Fleischwunde« benutzte, der hatte noch nie eine gehabt. Aber es war nicht schlimmer, als hätte sie sich einen Knöchel gebrochen.

Vorsichtig setzte sie sich auf, und Nicholas schob sie ein wenig zurück, damit sie sich an die Mauer lehnen konnte. »Wie zum Teufel konntest du etwas so Dämliches tun?« fauchte er sie an. »Du hättest tot sein können.«

Sie lächelte ihn mit bebenden Lippen an. »Und warum hast du nichts getan, um dich zu schützen, als Wilkins nachlud?«

»Ich wußte, daß Michael sich schon um ihn kümmern würde. Und als ich sah, daß du getroffen warst . . .« Er brach ab.

»Du hast dein Leben für mich riskiert, mein Lieber. Darf ich nicht dasselbe für dich tun?« erwiderte Clare mit einem zärtlichen Lächeln.

Bevor Nicholas darauf etwas sagen konnte, ertönte Michaels Stimme hinter ihnen. »Ist Lady Aberdare in Ordnung?«

Nicholas atmete tief ein, und seine Miene entspannte sich ein wenig. »Ja. Und das verdanken wir dir.« Er berührte Clares Haar mit seinen Fingern, die immer noch ein wenig zitterten.

»Steh auf und geh von deiner Frau weg, Aberdare«, sagte Michael nun gepreßt. »Wir sollten jetzt endlich das tun, warum wir ursprünglich hergekommen sind, und ich will nicht, daß die Frau versehentlich verletzt wird.«

Der seltsame Unterton in Michaels Stimme drang sogar durch Nicholas' Sorge um Clare. Wachsam schaute er auf.

Michael stand hinter ihm, und seine Gestalt zeichnete sich scharf gegen die untergehende Sonne ab.

Und die Pistole, die er in beiden Händen hielt, war direkt auf Nicholas' Herz gerichtet.

Kapitel 32

OHNE DIE PISTOLE aus den Augen zu lassen, stand Nicholas auf und entfernte sich langsam von Clare. »Also stehen wir wieder am Anfang«, sagte er im Plauderton. »Du hast mir immer noch nicht gesagt, warum du mich unbedingt tot sehen willst.«

Michael kam ein Stück näher heran. Da die Sonne nun nicht mehr hinter ihm stand, konnte Nicholas die schreckliche Verzweiflung in seinen grünen Augen erkennen. Was immer den Wahnsinn in Michael ursprünglich erzeugt hatte – die Szene der Gewalt, die sie eben erlebt hatten, hatte seine Selbstkontrolle gänzlich zusammenbrechen lassen.

Bleich wie ein Laken, kämpfte Clare sich auf die Füße und lehnte sich gegen die Steinmauer. »Wenn Sie Nicholas töten, dann müssen Sie auch mich töten, Lord Michael«, sagte sie entschlossen. »Glauben Sie, daß ich den Mund halte, wenn Sie meinen Mann umbringen?«

»Nein, sicher nicht. Man wird mich aufknüpfen, und das ist dann wohl nur gerecht. Aber es ist auch nicht mehr von Bedeutung.« Er nahm die Peitsche vom Boden auf und warf sie fort, so daß Nicholas sie nicht mehr erreichen konnte. »Vielleicht erspare ich dem Henker seine Arbeit auch, denn ich kann mir nicht vorstellen, wie ich hinterher weiterleben soll.«

»Dann tun Sie es doch nicht!« schrie sie. »Was hat Nicholas getan, daß Sie es in Kauf nehmen, sein Blut an Ihren Händen kleben zu haben?«

»Ich habe geschworen, daß ich Gerechtigkeit üben werde, ohne mir jemals Gedanken darüber zu machen, was zur Erfüllung meines Schwurs erforderlich sein würde«, sagte Michael. »Als die Zeit kam, war ich plötzlich zu feige. Ich verbrachte vier Jahre in der Armee und hoffte, daß eine Kugel mir ersparen würde, dies hier zu tun. Doch das Schicksal verschonte mich und brachte mich hierher zurück.« Schmerz zuckte über sein Gesicht. »Und nun habe ich keine Wahl mehr.«

»Wem hast du diese Sache geschworen?« fragte Nicholas weich. »Meinem Großvater? Er haßte mich und tat sein Bestes, meine Freunde gegen mich aufzubringen, aber ich hätte niemals geglaubt, daß er versuchen würde, mich umbringen zu lassen.«

»Nicht deinem Großvater. Caroline.«

Einen Augenblick herrschte absolute Stille. Dann brach der so lange unterdrückte Zorn aus Nicholas hervor. »Gott, dann warst du also einer ihrer Liebhaber! Ich hätte es wissen müssen! Alles wies darauf hin, aber ich wollte es einfach nicht wahrhaben!« Seine Stimme brach. »Ich war nicht *fähig*, das zu glauben. Nicht von dir!«

»Wir verliebten uns auf den ersten Blick, und das war auf eurer Hochzeit, als es bereits zu spät war«, sagte Michael. Sein Gesicht verriet, wie sehr ihn das Bewußtsein seiner Schuld quälte. »Weil du mein Freund warst, habe ich gegen meine Gefühle angekämpft – so wie sie. Aber . . . aber wir konnten die Trennung nicht lange ertragen.«

»Also bist du auch ein Opfer von Carolines Lügen geworden«, erwiderte Nicholas voller Verachtung.

»Rede nicht so von ihr!« Michaels Finger krampften sich so fest um die Waffe, daß die Knöchel weiß hervortraten. »Sie wäre dir niemals untreu geworden, wenn du sie nicht so schlecht behandelt hättest.« Seine Worte strömten aus seinem Mund, als könnte er sie nicht mehr zurückhalten. »Sie hat mir alles über dich erzählt – von deiner Grausamkeit, von den abstoßenden Dingen, zu denen du sie gezwungen hast. Zuerst konnte ich es nicht glauben. Aber was weiß ein Mann schon, wie sein Freund Frauen behandelt?«

»Und was weiß ein Mann schon, wie eine Frau andere Männer behandelt?« erwiderte Nicholas beißend.

Bevor er etwas hinzufügen konnte, schnitt ihm Michael das Wort ab. »Aber als ich schließlich die Prellungen an ihrem Körper sah, als sie sich in meinen Armen ausweinte, da begann ich ihr zu glauben. Caroline fürchtete sich vor dir. Sie sagte mir, wenn sie auf seltsame Art zu Tode kommen würde, dann wärest du der Schuldige. Ich sollte sie rächen. Ich gab ihr mein Wort, denn ich dachte nie wirklich, daß ich es würde einlösen müssen. Auch wenn du sie furchtbar mißhandelt hattest, hätte ich dich niemals für fähig gehalten, einen Mord zu begehen.«

»Wenn Caroline Prellungen hatte, dann lag es darin, daß sie es im Bett gerne grob hatte – als ihr Liebhaber muß dir das doch aufgefallen sein«, fuhr Nicholas ihn an. »Und sie starb bei einem Kutschenunfall, weil sie den Fahrer wider besseren Wissens dazu drängte, viel zu schnell zu fahren. Ich hatte damit nichts zu tun.«

»Vielleicht, vielleicht auch nicht. Es ist nicht mehr wichtig. Wenn sie nicht solche Angst vor dir gehabt hätte, dann wäre sie nicht Hals über Kopf von Aberdare geflohen, als du im Bett der Frau deines Großvaters ertappt worden bist. Du bist für ihren Tod genauso verantwortlich, als hättest du sie ins Herz geschossen.« Michael wischte sich mit bebender Hand den Schweiß von der Stirn. »Hast du gewußt, daß sie schwanger war, als sie starb? Sie trug mein Kind, und sie wollte zu mir! Ich hatte sie schon zuvor angefleht, dich zu verlassen, aber sie blieb aus einem unsinnigen Ehrgefühl vorerst bei dir.«

»Caroline hatte keine Ahnung, was Ehre bedeutet.« Nicholas Lippen zuckten. »Aber vielleicht hast du tatsächlich ihr Kind gezeugt. Von mir war es bestimmt nicht – ich hatte sie seit Monaten nicht mehr angerührt. Allerdings warst du nicht der einzige Anwärter auf mögliche Vaterschaft.«

»Zieh nicht eine Frau in den Dreck, die sich nicht mehr verteidigen kann!«

Der Hauch von Hysterie in Michaels Stimme brachte Nicholas dazu, seinen eigenen Zorn unter Kontrolle zu zwingen. Er hatte zwar nie ernsthaft geglaubt, daß sein alter Freund ihn umbringen wollte, aber die Tatsache, daß Caroline damit zu tun hatte, veränderte alles. Nun hielt Michael eine Waffe in der Hand, und wenn er durchdrehte, war Nicholas ein toter Mann.

Er mußte also die ganze scheußliche Wahrheit ans Licht bringen; er hatte keine Wahl. Voller Verbitterung sprach er aus, was er noch niemals zuvor enthüllt hatte. »*Caroline war die Geliebte meines Großvaters.*«

Einen Augenblick herrschte entsetztes Schweigen. Clare keuchte auf. Dann brüllte Michael: »Du lügst!«

Schon spannte sich sein Finger um den Hahn, und Clare schrie auf. »Nein! Tun Sie das nicht!«

Ihr dringliches Flehen ließ Michael zögern, und sein Gesicht spiegelte den Kampf wider, der sich in seinem Inneren vollzog.

Nicholas nutzte diesen Augenblick. »Verdammt, Michael, wir kennen uns seit zwanzig Jahren, und die meiste Zeit davon standen wir uns näher als Brüder. Schuldest du mir nicht wenigstens die Chance, meine Version der Geschichte darzustellen?«

Michaels wilder Ausdruck schwand ein wenig, doch er senkte die Pistole nicht. »Gut, dann fang an, aber erwarte nicht, daß ich dir glaube.«

Nicholas holte tief Luft. Er wußte, er mußte sowohl ruhig als auch überzeugend sein. »Wie du weißt, hat mein Großvater diese Ehe arrangiert, um die Erbfolge zu sichern. Als ich Caroline kennenlernte, willigte ich recht erfreut ein. Doch diese Ehe war von Anfang an eine Lüge. Als ich ihr einen Antrag machte, gestand sie unter Tränen, daß sie keine Jungfrau mehr war – daß ein älterer Mann, ein guter Freund der Familie, sie verführt hatte, als sie fünfzehn war. Sie vergoß ganz entzückende Tränen und war so überzeugend, daß ich den schändlicher Täter zu einem Duell gefordert hätte, wenn sie mir nicht erklärt hätte, daß er bereits verstorben war.

Ich war bereit, über das Geschehene hinwegzusehen, doch als wir verheiratet waren, fing ich an, mich zu fragen, ob sie die Wahrheit gesagt hatte. Sie war bemerkenswert talentiert für ein junges Mädchen, das doch praktisch noch Jungfrau sein mußte – wenn auch nicht medizinisch betrachtet. Zumindest konnte ich annehmen, daß sie in der Vergangenheit schon eine längere Affäre gehabt hatte. Mir gefiel es zwar nicht, daß sie mich angelogen hatte, aber schließlich gesteht man Frauen nie die Freiheiten zu, die Männer sich herausnehmen dürfen. Ich kam zu dem Schluß, daß Caroline der Meinung war, sie müßte ihre Erfahrung vor mir verbergen, um den Anschein der Ehrbarkeit dieser Ehe aufrechtzuerhalten.«

Die Haut in seinem Gesicht spannte sich über seinen Wangenknochen, als er an seine Leichtgläubigkeit dachte. »Ich wollte Ausreden für sie finden, verstehst du? Sie sagte, sie liebe mich, und sie verhielt sich mir gegenüber so, daß ich ihr glaubte. Und ich . . . ich weiß nicht, ob ich sie liebte, aber ich wollte es wirklich.« Nicholas schien noch etwas hinzufügen zu wollen, brach dann aber ab; lieber würde er sich erschießen lassen, als noch mehr von seinem Innenleben zu enthüllen.

Carolines Verfehlungen waren ein sichereres Thema. »Ich dachte, wir würden eine gute Ehe führen, bis ich eines Tages zu ihr ins Bett kam und auf ihren Brüsten Liebesbisse entdeckte. Sie gab sich keine Mühe, sich herauszureden. Statt dessen lachte sie nur und sagte, da sie kein Treue von mir verlangte, sollte ich auch keine von ihr erwarten. Sie behauptete zu wissen, wie man ungewollte Schwangerschaften verhütet und versprach mir, daß sie aufpassen würde, kein Kind außer das meine zu empfangen.«

Einmal mehr empfand er den Ekel, den er damals gespürt hatte, als er endlich begriffen hatte, daß diese Ehe, aus der er Kraft zu schöpfen begonnen hatte, eine verdammte Farce gewesen war. »Ich weigerte mich, derartige Bedingungen zu akzeptieren. In dem Glauben, sie könnte meine Ansicht ändern, versuchte sie, mich zu verführen. Als ich ihr widerstand, wurde sie wütend und schrie, daß noch kein Mann sie je verlassen hätte und daß sie dafür sorgen würde, daß ich es bitter bereute. Und das hat sie wirklich. Gott, das hat sie.« Er fing Michaels Blick ein. »Diese kleine Szene spielte sich im April achtzehnhundertneun ab. Wäre es gerecht, zu behaupten, daß ihre Liebe zu dir sie dazu brachte, ihre moralischen Skrupel, den Ehebruch betreffend, zu überwinden?«

Michael graues Gesicht war Antwort genug.

Nicholas tat unauffällig einen Schritt auf ihn zu, bevor er fortfuhr. »Ich schickte sie nach Aberdare und blieb in London. Rückblickend hätte ich mißtrauisch werden sollen, als sie so willig meinen Anweisungen folgte, aber ich war zu durcheinander, um klar denken zu können. Nachdem ich eine Weile versucht hatte, den Sinn des Lebens in Schnapsflaschen und Boudoirs zu finden, beschloß ich, nach Aberdare zurückzukehren und mit Caroline zu sprechen. Naiv wie ich war, glaubte ich irgendwie daran, daß sie es vielleicht auch bereute und wir gemeinsam versuchen könnten, die Ehe noch einmal zu kitten.

Statt dessen fand die klassisch-dramatische Posse statt: Der gehörnte Ehemann kehrt unerwartet zurück und findet seine Frau im Bett mit einem anderen. Der andere war mein Großvater.«

Es war ein Verrat gewesen, wie er in den schlimmsten Alpträumen nicht hatte vorkommen können, und selbst jetzt noch zogen sich seine Eingeweide bei der Erinnerung zusammen. »Beide lachten mich einfach aus, während mir der alte Earl erklärte, wie klug er es angestellt hatte. Ganz wie Madoc, wenn ich jetzt darüber nachdenke. Von Anfang an hatte mein Großvater mein Zigeunerblut verabscheut und überlegt, wie er es in der Erbfolge umgehen konnte. Die lange Krankheit seiner ersten Frau störte seine Pläne gewaltig, aber sobald sie unter der Erde war, heiratete er erneut. Tja, Emily wurde aber nicht schwanger, obwohl er sein Bestes gab.«

»Du lügst«, preßte Michael hervor. »Wieso hätte sich dein Großvater abmühen sollen, einen neuen Sohn zu zeugen, wo du doch in jedem Fall geerbt hättest?«

»Du unterschätzt seinen Einfallsreichtum«, erwiderte Nicholas trocken. »Er hat einen ganzen Satz falscher Papiere über die Eheschließung meiner Eltern und meine Geburt anfertigen lassen. Wenn es ihm gelungen wäre, doch noch einen Erben zu zeugen, dann hätte er die echten Papiere vernichtet. Er wäre mit den Kopien zu einem Anwalt gegangen und hätte reumütig behauptet, daß sein dringender Wunsch nach einem Erben ihn dazu verleitet hätte, an meine Legitimität zu glauben, doch nun könnte er sich leider, leider nichts mehr vormachen. Ich wäre enterbt und wie ein Stück Dreck, für das er mich ohnehin immer gehalten hat, hinausgeworfen worden.«

Clare stieß einen kleinen überraschten Laut aus. »Deswegen also die Duplikate der Papiere, die ich in der Familienbibel fand – die, die du verbrannt hast!«

Er warf ihr einen raschen Blick zu. »Kannst du jetzt verstehen, warum ich so wütend war?« Dann wandte er sich wieder Michael zu. »Doch da es ihm nicht gelungen war, Emily zu schwängern, mußte er sich etwas anderes ausdenken. Er war immer schon ein lüsterner alter Stier gewesen, obwohl er bei seinen

Affären stets mit höchster Diskretion vorging; schließlich wollte er ja auch seinen Ruf, ein frommer ehrbarer Mann zu sein, nicht gefährden. Da Caroline ohnehin schon seine Geliebte war, kam er auf die glorreiche Idee, sie mit mir zu verheiraten. Wahrscheinlich hat sie allein deswegen eingewilligt, weil ihr die Dekadenz dieser Dreierbeziehung so gut gefallen hat. Ja, verflucht, vielleicht war es sogar ihr Plan!

Mein Großvater erzählte mir dies alles deshalb so bereitwillig, weil Caroline ihm kurz davor eröffnet hatte, daß sie schwanger war. Er war in Hochstimmung und absolut überzeugt davon, daß das Kind das seine und zudem männlich war, so daß mein Zigeunerblut endgültig aus der Davies-Linie getilgt werden würde. Obwohl er nicht mehr verhindern konnte, daß ich erben würde, würde nach seinem und meinem Tod jedoch sein eigener Sohn die Nachfolge antreten. Hübscher kleiner Plan, nicht wahr?« Nicholas Stimme wurde beißend. »Er erging sich dann noch darin, wie klug Caroline war, daß sie Vorsichtsmaßnahmen ergriffen hatte, um nicht von mir schwanger zu werden. Ich vermute allerdings, daß das Kind eher von dir war, da er bei Emily ja auch keinen Erfolg gehabt hatte. Nicht, daß das jetzt noch etwas ausmacht.

Wenn ich jemals das Bedürfnis gehabt hatte, einen Mord zu begehen, dann in jener Nacht. Aber ich krümmte keinem von beiden ein Haar. Statt dessen sagte ich nur, daß ich Emily nach London bringen würde. Dann würden sie und ich die zwei häßlichsten Scheidungsprozesse anstrengen, die es je in der britischen Geschichte gegeben hätte, so daß ans Licht gezerrt werden würde, was für Menschen Caroline und der alte Earl wirklich waren. Ich hatte von meiner Großmutter Geld geerbt, so daß ich finanziell durchaus in der Lage war, dies auch wirklich zu tun.«

Seine Hände ballten sich zu Fäusten. »Möglich, daß ich in gewisser Weise den Tod meines Großvaters verursacht habe. Ehebruch, Inzest und Verrat störten ihn nicht weiter, aber der Gedanke an eine öffentliche Bloßstellung hat offenbar, direkt nachdem ich das Zimmer verlassen hatte und zu Emily ging, eine Herzattacke ausgelöst. Er starb in seinem eigenen Schlafzimmer, und ich denke, Caroline hat ihm noch geholfen, sich dorthin zu schleppen, um einen Skandal zu vermeiden. Dann nahm sie ihre Juwelen und stürmte in die Nacht hinaus, um zu dir zu fahren, denn du warst ganz eindeutig die beste Alternative, die ihr blieb.

Doch selbst in ihrem Tod hatte sie noch Glück. Als der Kammerdiener meines Großvaters an Emilys Tür klopfte, um ihr mitzuteilen, daß er starb, fand er uns zusammen, Emily natürlich noch im Nachthemd. So beschuldigte man sie und mich des Ehebruchs, und Caroline durfte mit dem Ruf der edlen, gekränkten Gemahlin verscheiden.«

»Du lügst«, sagte Michael nun schon zum dritten Mal. Sein Gesicht war aschgrau. »Du hast dir das ausgedacht, um deine eigenen Schandtaten zu verschleiern.«

Nun meldete sich Clare mit sanfter Stimme zu Wort. »Lord Michael, ich bin jetzt Nicholas' Frau. Es hat sehr lange gedauert, bis wir zueinander gefunden haben, nicht zuletzt, weil ich mich heftig gesträubt und mit unfairen Mitteln gespielt habe. Viele Männer hätten wohl Gewalt angewendet, aber nicht Nicholas. Ich, die ich ihn besser als jeder andere Mensch kenne, schwöre, daß er niemals eine Frau so mißbrauchen und mißhandeln könnte, wie Caroline es behauptet hat.«

Als er Michaels Unschlüssigkeit sah, begann Nicholas, vorsichtig auf ihn zuzugehen. »Hab' ich dich in all den Jahren, die wir uns kennen, jemals angelogen?« Er blieb stehen und hielt den Atem an, als er die Wildheit erneut in den grünen Augen aufflammen sah.

»Nicht, daß ich wüßte«, erwiderte Michael heiser, »aber ich habe mitbekommen, wie du andere belogen hast. Du hast gerne die verrücktesten Geschichten erzählt. Du hast anderen vorgemacht, du seist ein indischer Fürst, ein türkischer Krieger oder Gott weiß was noch. Später haben wir immer darüber gelacht, wie überzeugend du gewesen bist. Du hast so gut gespielt, daß die geizigste Kurtisane von London dir eine Nacht umsonst geboten hat, weil sie glaubte, du wärest von königlichem Geblüt. Warum sollte ich dir jetzt glauben?«

»Das waren doch nur unschuldige Spielereien. Ich belüge Freunde nicht.« Nicholas setzte sich wieder langsam in Bewegung. »Himmel, glaubst du, wenn ich lügen würde, dann würde ich mir eine so ausgesprochen demütigende Geschichte ausdenken? Mir von meinem eigenen Großvater die Hörner aufsetzen zu lassen! Der Gedanke allein ist obszön, aber er läßt mich außerdem noch als idiotischen Schwächling dastehen. Ich hatte es bisher immer vorgezogen, für das Ungeheuer gehalten zu werden, das aus Selbstsucht seine Familie zerstört hat.«

Ein letzter Schritt brachte ihn dicht vor der anderen. »Als ich England verließ, dachte ich nicht, daß ich jemals zurückkehren würde. Doch wegzulaufen linderte den Schmerz nicht – genausowenig wie deine Rückkehr zur Armee dies bewirken konnte. Und Mord wird dir auch nicht helfen.« Er streckte den Arm aus. »Gib mir die Pistole.«

Michael trat einen Schritt zurück und ließ den Arm mit der Waffe an seine Seite fallen. Sein Gesicht war nun leichenblaß, und er zitterte heftig, als würde er innerlich entzweibrechen.

Nicholas griff nach der Pistole, die sich der andere widerstandslos abnehmen ließ. Nachdem er sie entladen hatte, warf er sie zur Seite.

In diesem Moment krümmte Michael sich, ging in die Knie und vergrub das Gesicht in seinen Händen. »Ich wußte, daß ich etwas tat, was ganz und gar falsch war«, brachte er mühsam hervor. »Und doch konnte ich nicht von ihr lassen, obwohl das bedeutete, daß ich alles verraten mußte, an das ich je geglaubt hatte.«

Clare ging über das Gras und kniete sich neben ihn. »Lieben und geliebt zu werden ist das stärkste aller menschlichen Bedürfnisse«, sagte sie mit tiefem Mitgefühl. »Die Tatsache, daß Caroline Ihrer Liebe nicht würdig war, war eine Tragödie, kein Verbrechen.« Sanft nahm sie seine Hände. »Es ist schrecklich, wenn man sich zwischen zwei geliebten Menschen entscheiden muß, aber das ist nun vorbei. Quälen Sie sich nicht länger.«

»Was ich getan habe, war unverzeihlich«, sagte er matt.

»Nichts ist unverzeihlich, wenn wahre Reue vorhanden ist.«

Sie sprach mit einer Kraft, die Nicholas an ihren Vater erinnerte. Ihre Freundlichkeit und die Herzlichkeit waren Balsam für die Seele, und er spürte, wie auch seine Bitterkeit schwand. Was geschehen war, war geschehen; er durfte nicht zulassen, daß sein Zorn sein Leben mit Clare vergiftete.

Für Michael war es schwerer. Er hob den Kopf. Tränen rannen über seine hageren Wangen. »In London habe ich Sie eine Hure genannt und fast Ihren Mann umgebracht. Können Sie das verzeihen? Ich nicht.«

»Aber Sie haben ihn nicht getötet.« Clare strich ihm das Haar aus der Stirn, als wäre er einer ihrer Schüler. »Es sind Taten, die zählen. Wie sehr Sie es auch versucht haben, Sie konnten sich nicht dazu durchringen, diese Freundschaft endgültig zu verraten.« Dann schaute sie auf und warf Nicholas einen Blick zu, der ihn wortlos um Hilfe bat.

Nicholas ballte wieder die Fäuste. Es schmerzte ungemein zu erfahren, daß einer seiner besten Freunde Carolines Liebhaber gewesen war. Es war leichter gewesen, seinen Wahnsinn zu akzeptieren, aber diesen Betrug . . . Doch als er Michaels gequältes Gesicht sah, empfand er unerwartetes Mitleid. Wenn Caroline ihm auch das Leben zur Hölle gemacht hatte, so hatte er, Nicholas, zumindest niemals diese verzehrenden Selbstvorwürfe durchleben müssen, die Michael zerstörten.

Er seufzte und kniete sich ebenfalls neben Michael. »Caroline war die beste Lügnerin, die ich je kennengelernt habe, und sie hat aus uns allen Narren gemacht. Ich habe sie niemals so geliebt wie du, und dennoch hätte sie mich fast vernichtet. Zudem hat sie ihr Bestes gegeben, um auch unsere Freundschaft zu zerstören, denn sie wußte ganz genau, wieviel mir diese bedeutete. Willst du ihr über ihren Tod hinaus diesen Triumph nun auch noch gönnen?« Clare hielt immer noch Michaels Hand, und Nicholas legte seine jetzt darauf. »Du hast mir gefehlt, Michael. Du hast uns allen gefehlt. Komm wieder nach Hause.«

Michael gab einen erstickten Laut von sich. Dann drehte er seine Hand um und packte Nicholas' mit verzweifelter Kraft.

So saßen die drei eine lange Weile dicht nebeneinander. Nicholas wanderte in Gedanken zurück zu einer Zeit, in der es zwischen ihnen noch keine Gewalt, keinen Verrat gegeben hatte, zu einer Zeit, in der er und Michael dicke Freunde gewesen waren. Als fremdländisch aussehender Junge, der nicht in die geschniegelte Welt von Eton paßte, hatte er seine Freunde dringend gebraucht. Michael war immer wie ein Fels in der Brandung gewesen – unerschütterlich loyal und absolut verläßlich. Und während sich die Abenddämmerung endgültig über sie senkte, löste die Wärme dieser schönen Erinnerungen seinen Zorn langsam auf; er hoffte, daß ein wenig von dieser Wärme aus einer gemeinsamen Vergangenheit auch auf seinen alten Freund übergehen würde.

Schließlich holte Michael tief Atem und hob den Kopf. »Nicholas, wirst du mir je vergeben können, was ich getan habe?« fragte er. »Wenn die Rollen vertauscht wären und du etwas mit meiner Frau gehabt hättest, dann weiß ich nicht, ob ich es könnte.«

»Wir sind in vieler Hinsicht verschieden – das macht eine Freundschaft ja erst so wertvoll. Außerdem hast du zwar überlegt, ob du mich umbringen sollst, hast es aber nicht getan. Statt dessen hast du mein Leben und das von Clare gerettet. Dafür verzeihe ich alles!« Nicholas hielt ihm die Hand entgegen. »Pax?«

Nach einem Moment des Zögerns ergriff Michael diese Hand und drückte sie so verzweifelt fest, als würde er sich an eine Rettungsleine klammern. »Pax.

Und ... danke, Nicholas. Du bist der bessere Mensch von uns beiden.«

»Das bezweifle ich, aber ich weiß, daß es leichter ist, zu vergeben, wenn man selbst glücklich ist.« Sein Blick glitt rasch zu Clare.

Mit steifen Bewegungen stand Michael auf. In einem ergreifenden Versuch, Humor zu beweisen, sagte er: »Was tut man denn so, nachdem man einen kompletten Narren aus sich gemacht hat?«

Nicholas erhob sich ebenfalls und half Clare hoch. »Man lebt sein Leben weiter. Zeig mir nur einen einzigen, der sich noch nie zum Narren gemacht hat, und ich zeige dir einen extremen Langweiler.«

»Na, unter diesen Umständen dürfte ich der interessanteste Mensch in ganz England sein«, erwiderte Michael erschöpft.

Da es langsam kühl wurde, holte Nicholas seinen Mantel und legte ihn Clare um. Sie nahm ihn dankbar an, zuckte jedoch zusammen, als das Kleidungsstück über ihren verletzten Arm strich. Sie wandte sich an Michael. »Kommen Sie doch heute abend nach Aberdare. Dann müssen Sie nicht allein sein.«

Michael zögerte einen Augenblick, doch dann schüttelte er den Kopf. »Danke, Lady Aberdare, aber ich denke, etwas Einsamkeit wird mir jetzt guttun.«

»Nennen Sie mich doch bitte Clare – über Förmlichkeiten sind wir ja wohl längst hinaus.« Sie betrachtete ihn mit zusammengezogenen Brauen. »Würden Sie dann morgen mit uns essen? Ich würde Sie gerne einmal unter normalen Umständen kennenlernen. Bisher waren Sie immer in höchst melodramatische Szenen verstrickt.«

Beim Anblick von Michaels Unschlüssigkeit sagte Nicholas rasch: »Bitte komm zu uns. Es ist inzwischen ein schönes, lebendiges Haus.«

»Wenn du meinst.« Michael rieb sich müde die Schläfen. »Geht ihr beiden jetzt nach Hause. Ich informiere die Obrigkeit und kümmere mich um die Leichen. Ich habe Erfahrung damit, nach Schlachten aufzuräumen.« Seine Stimme wurde bei der Aussicht auf eine nützliche Aufgabe ein wenig kräftiger. »Ich nehme an, der Richter wird mit dir sprechen wollen, aber wohl kaum vor morgen.«

»Nimmst du Clares Pferd? Ich möchte sie lieber in meinen Armen nach Hause bringen«, sagte Nicholas.

Michael nickte. »Sicher. Ich bringe es euch morgen mit.«

Nicholas half Clare auf sein Pferd und schwang sich dann hinter sie. Er nahm an, daß sie es als leichter empfunden hätte, selbst zu reiten, aber er hatte das dringende Bedürfnis, sie nah bei sich zu haben, und sie schien dasselbe zu empfinden.

Sie waren schon fast zu Hause, als er sagte: »Nun kennst du die ganze üble Geschichte.«

Sie nickte an seiner Schulter. »Es ist schon komisch. Bei all dem Stolz, den dein Großvater auf seine erhabene Ahnentafel empfand, warst du der klügere, zivilisiertere und großzügigere Mensch von euch beiden. Es ist eine Schande, daß er nie hat sehen können, was für ein außergewöhnlicher Mann du bist.«

»Ich weiß nicht, ob ich außergewöhnlich bin, aber es stimmt, daß er mich nie wirklich als das gesehen hat, was ich bin. Für ihn war ich eine lästige Notwendigkeit, ein Sammelbecken der schlechtesten Charakterzüge meines eigensinnigen Vaters und meiner unmöglichen Zigeunermutter. Wie ich ja schon einmal gesagt habe: Als Erbe war ich zwar besser als nichts, aber nur haarscharf am Nichts vorbei.«

»Wie hast du nur einen solchen Haß überleben können?«

Nicholas zuckte die Achseln. »Als ich einmal begriffen hatte, daß seine Verachtung nicht wirklich etwas mit meiner Person zu tun hatte, kümmerte ich mich einfach nicht mehr darum. Meistens gelang es mir, dennoch glücklich zu sein.«

Sie seufzte. »Michael ist leichter zu verstehen – er *mußte* an Caroline glauben. Einen Freund zu betrügen war abscheulich, und deswegen konnte er es sich nicht leisten, Caroline für das zu halten, was sie war. Dann hätte er sich selbst nie mehr verzeihen können.«

»Obwohl er es wahrscheinlich nie eingestanden hätte, brauchte Michael sehr viel Liebe. Das hat ihn so empfänglich für Carolines bösartige Täuschungen gemacht«, sagte Nicholas. »Armer Kerl. Es ist ein Wunder, daß er das überlebt hat.«

»Er ist stark«, erwiderte Clare, »und eines Tages wird er auch wieder glücklich sein. Aber ich kann Caroline einfach nicht verstehen.« Ihre Finger streichelten ihn zärtlich. »Wie kann eine Frau sich einen anderen Mann wünschen, wenn sie doch dich hat?«

Er lachte leise. »Du kannst so wunderbar trösten.« Er sah auf den dunklen Kopf hinab, der an seiner Schulter lag. »Du hast dich in den letzten zwei Wochen ziemlich verändert. Du kommst mir irgendwie heiterer vor. Ich würde ja gerne glauben, daß es an meinem unwiderstehlichen Charme liegt, aber ich befürchte, es steckt mehr dahinter.«

»Ja, tut es.« Sie zögerte. »Es ist schwer zu erklären, aber als ich mir eingestand, daß ich dich liebte, hat sich auch mein Glaubensproblem gelöst. Endlich habe ich das Gefühl, innerlich mit Gott verbunden zu sein, und die Liebe war der Schlüssel dazu.«

Er drückte sie kurz an sich. »Darüber bin ich sehr froh«, sagte er leise. »Eines Tages mußt du mir mehr davon erzählen.«

Doch nicht jetzt, denn nun hatten sie Aberdare erreicht. Nicholas überließ das Pferd einem Stalljungen und trug Clare ins Haus und dort direkt in ihr Zimmer. »Ich bin nicht schwer verletzt«, protestierte Clare.

»Ich möchte kein Risiko eingehen.« Er legte sie aufs Bett, reinigte ihre Wunde mit Brandy und legte dann einen Kräuterumschlag auf. »Zigeunermedizin«, erklärte er, als er ihren Arm verband. »Manchmal sehr nützlich. Dieser Umschlag wird eine Entzündung verhindern und lindert außerdem die Schmerzen. Morgen holen wir einen Arzt, der nach deinem Arm sieht.«

»Dein Wissen ist wirklich höchst brauchbar.« Im Geist machte sie sich eine Notiz, ihn demnächst nach dem Rezept dieser Kräutermischung zu fragen. »Es tut schon nicht mehr so weh.«

»Jetzt solltest du dich ein wenig ausruhen.«

»Noch nicht. Heute scheint ja der Tag der Enthüllungen zu sein, und ich hätte da auch noch ein altes Geheimnis, das du erfahren solltest.« Sie setzte sich auf, nahm seine Hand und erzählte ihm von Marta, ihrem Schicksal und dem Grund, weshalb sie ihren Sohn an einen Fremden verkauft hatte.

Nicholas hörte mit einer Miene zu, aus der sie beim besten Willen nichts herauslesen konnte. Als ihr Bericht zu Ende war, stand sie auf, ging zu ihrem Ankleidetisch und holte das Ledersäckchen heraus, das Keja ihr gegeben hatte. Dann ging sie zu ihm zurück und blieb vor ihm stehen.

»Dein Großvater und Caroline haben dich betrogen, Marta jedoch nicht«, sagte sie ruhig. »Laut Keja wollte Marta, daß ich diejenige bin, dir es dir sagt, denn nur eine andere Frau könnte verstehen, daß eine Mutter nur das Beste für ihr Kind tun würde. Marta liebte dich, und sie hat dir alles von Wert, das sie besaß, hinterlassen.« Sie öffnete den Beutel und schüttete den Inhalt auf den Überwurf des Bettes.

Zwischen den Goldstücken purzelte ein Ring heraus, den Clare zuvor noch nicht gesehen hatte. Nicholas nahm ihn und drehte ihn in seinen Fingern. »Der Ehering meiner Mutter.« Dann schlossen sich seine Finger darum. »Ich wünschte bei Gott, ich hätte gewußt, daß sie krank war.«

»Hätte es etwas geändert? Hättest du zugelassen, daß sie dich weggibt, wenn du es gewußt hättest?«

Er dachte einen Moment darüber nach, dann schüttelte er den Kopf. »Nein. Wir standen uns sehr nahe, weswegen der Gedanke für mich ja auch so entsetzlich war, daß sie mich verkaufen konnte. Wenn ich gewußt hätte, daß sie sterben würde, dann wäre ich um jeden Preis bei ihr geblieben.«

»Vielleicht hatte sie Angst, daß du dir auch ihre Krankheit zuziehst. Davon abgesehen – wenn sie mit dir an ihrer Seite gestorben wäre, hätten die Roma dich dann zur Familie deines Vaters gebracht?«

Dieses Mal zögerte er mit seiner Antwort keine Sekunde. »Niemals. Für sie wäre es absolut undenkbar, ein Roma-Kind einem Gadscho zu übergeben. Selbst wenn es sich um ein Halbblut handelte, wie ich es war.«

»Also hatte sie keine andere Chance, als das zu tun, was sie letztendlich getan hat. Sie hatte es deinem Vater versprochen.«

Er versuchte ein Lächeln. »Meine Mutter hatte recht damit, daß nur eine andere Frau es verstehen würde. Aber da du die Frau bist, kannst du es mir auch erklären.« Er schloß die Augen, und sie sah das Blut heftig in seiner Halsschlagader pulsieren.

Clare zog ihn in die Arme, und er legte den Kopf an ihre Brust, während er versuchte, die Dinge zu begreifen, die seine Vergangenheit veränderten. »Das ist seltsam«, murmelte er schließlich. »Wann immer ich an meine Mutter gedacht habe, tat es weh. Es tut noch immer weh, aber auf eine vollkommen andere Art und Weise.«

»Besser oder schlechter?«

Er seufzte. »Besser, vermutlich. Obwohl ich ihren Tod betrauere, kann ich mir meine Kindheit doch nicht zurückholen.«

Sie strich ihm zärtlich durchs Haar. »Tut es dir leid, daß sie dich nicht bei den Roma gelassen hat?«

Er schwieg lange, bevor er ihr eine Antwort gab. »Vielleicht wäre ich glücklicher gewesen. Ganz sicher wäre mein Leben einfacher gewesen. Aber es ist dieselbe Geschichte wie mit Adam, der in den Apfel beißt – wenn du einmal weißt, daß es auf der Welt mehr gibt, dann kannst du nicht zurück.« Er hob den Kopf und hielt ihren Blick mit seinem fest. »Und wenn ich bei den Roma geblieben wäre, dann hätte ich dich niemals kennengelernt.«

Plötzlich schüchtern, stellte sie ihm die eine Frage, die ihr nicht aus dem Kopf gehen wollte. »Hast du gemeint, was du vorhin sagtest, bevor du mich geküßt hast? Oder gehörte das nur zu dem Plan, Madoc abzulenken?«

Seine Miene wurde weicher. »Ich habe es so gemeint.« Er zog sie zu sich herab, bis sie neben ihm auf dem Bett saß. »Es ist bemerkenswert, wie der Gedanke, gleich sterben zu müssen, den Kopf klarmacht! Als du zum ersten Mal nach Aberdare kamst, war ich beinahe von Anfang an entschlossen, dich niemals wieder gehen zu lassen. Deswegen habe ich immer damit gedroht, dir meine Hilfe zu verweigern, wann immer du davon sprachst, fortzugehen. Mir fiel nichts anderes ein, mit dem ich dich zum Bleiben bewegen konnte. Mein Wunsch, meinem Großvater einen Strich durch die Rechnung zu machen, war so groß, daß mir lange Zeit überhaupt nicht in den Sinn kam, auf welch andere Art und Weise ich dich ebenfalls würde halten können.«

»Du meinst durch die Ehe?«

Er zog die Nadeln aus ihrem Haar und wühlte seine Hände in die füllige Mähne. »Genau. Hast du bemerkt, wie schnell ich auf einer Heirat bestand, nachdem wir ein Liebespaar geworden waren? Ich wagte nicht mehr zu warten, denn wenn sich herausstellte, daß du vielleicht nicht schwanger geworden bist, dann hätte ich keinen plausiblen Grund mehr dafür gehabt, dich zu heiraten. Offensichtlich hatte ich bereits im Unterbewußtsein begriffen, daß du nicht einfach meine Geliebte werden würdest, so daß ich dringend eine Ausrede brauchte, um meinen Schwur, niemals wieder zu heiraten, auf elegante Art und Weise rückgängig zu machen.«

Vor lauter Glück mußte sie lachen. »Ja, du hast den Gedanken an eine Heirat mit bemerkenswerter Leichtigkeit akzeptiert.«

»Nicht den Gedanken an eine Heirat – den Gedanken an *dich*.« Er legte ihr einen Finger unters Kinn und hob ihr Gesicht. Seine dunklen Augen waren weich wie schwarzer Samt. »Ich glaube, ich habe immer gewußt, daß du mich niemals verraten würdest, wenn ich mir erst einmal deine Loyalität verdient hätte. Und ich hatte recht damit, nicht wahr? Du hast heute dein Leben für mich riskiert.« Sein Mund verzog sich zu einem schiefen Lächeln. »Ich nehme an, ich habe mein ganzes Leben nach dieser Art von Loyalität gesucht. Aber laß dich bloß nicht von mir dabei erwischen, so etwas noch einmal zu tun. Wenn dich Wilkins' Kugel nur ein paar Zentimeter tiefer getroffen hätte . . .« Er schauderte vor Entsetzen.

»Hat sie aber nicht.« Sie berührte seine Wange. »Eigentlich hattest du einen ziemlich guten Tag. Wir sind beide am Leben, und du konntest dich endlich ganz von deinem Großvater und von Caroline befreien. Zudem hast du deine Mutter und Michael zurückbekommen.«

Er sah sie verdattert an. »Ja, wenn man es auf diese Weise betrachtet, war es wirklich ein wunderbarer Tag.«

»Ich glaube, ich wüßte etwas, das ihn noch schöner macht.« Sie blickte ihn nachdenklich an. »Mein Arm tut fast überhaupt nicht mehr weh.«

Er begann zu lachen. »Denkst du etwa, was ich glaube, was du denkst, du schamloses Biest?«

»Ja«, erwiderte sie unbekümmert. »Ich möchte dich in mir spüren, Liebster. Nachdem ich dem Tod so nahe gekommen bin, möchte ich das Leben feiern.«

Er beugte den Kopf und küßte sie voller Wärme und Zärtlichkeit. »Ich liebe dich, meine gestrenge kleine Lehrerin. Und nichts wäre mir lieber, als die nächste Lektion in der Kunst der Liebe in Angriff zu nehmen. Bist du sicher, daß dein Arm nicht zu hinderlich ist?«

Lachend legte sie sich auf das Bett zurück und

zog ihn auf sich. »Küß mich noch einmal, und ich merke überhaupt nichts mehr.«

Er liebte sie sehr behutsam, als wäre sie das kostbarste Wesen auf der ganzen Welt. Als ihr Liebhaber hatte er ihre Sinne im Sturm genommen, nun erfüllte er ihre Seele, denn er hielt nichts mehr zurück. Endlich hatten sie zusammen jene kompromißlose Nähe gefunden, von der sie immer geträumt hatten, und die Wirklichkeit überstrahlte ihre Hoffnungen, so wie die Sonne eine Kerze überstrahlt.

Der Gefallene Engel war nach Hause gekommen.

Epilog

August, 1814

ES WAR DIE aufwendigste Feier in der Geschichte der Zeche Penreiths. Tatsächlich mochte es gut und gerne das großartigste Fest sein, das je in und für eine Mine stattgefunden hatte. Als Clare und Nicholas mit einem Dutzend weiterer Gäste in dem neuen dampfbetriebenen Aufzug hinabglitten, drang durch den Schacht Musik herauf, die das Geräusch der neuen Watts-Pumpe übertönte.

Es war Michaels Idee gewesen, die Modernisierung der Grube mit einem unterirdischen Empfang zu feiern, zu dem jeder im Tal eingeladen worden war. Der geräumige Stollen am Fuß des Aufzugs war verschwenderisch mit Blumen und Kerzen ausgestattet worden, und die Menschenmenge ergoß sich bis in die Seitentunnel. Die Leute bedienten sich bereits eifrig an den Tischen mit Erfrischungen, während die Kinder sich aufgeregt um die Süßigkeiten drängten.

Die Musiker spielten nun eine Volksweise, und einige Paare begannen zu tanzen. Clare entdeckte einige Methodisten darunter; man konnte ein Tänzchen in einer Kohlengrube einfach nicht als Sünde betrachten. Unvermeidlich stimmten ein paar Leute ein Lied an, und ihre Stimmen hallten von den Wänden der

Stollen wider. Clare wurde an den Chor erinnert, den sie in Westminster Abbey gehört hatte, und bei dem Vergleich kamen die Waliser nicht gerade schlecht weg.

Als sie aus dem Aufzug stiegen, kam Michael mit einem Lächeln auf sie zu, um sie zu begrüßen. Er hatte ein wenig zugenommen und sah so gesund und entspannt aus, daß es schwerfiel, an den gequälten Mann zurückzudenken, der er noch vor drei Monaten gewesen war. »Und? Was sagt ihr zu der Zeche?«

»Hier unten sieht es erstaunlich zivilisiert aus«, erwiderte Nicholas. »Aber was willst du denn jetzt machen, wo alles reibungslos läuft?«

»Keine Sorge – mir fällt schon etwas ein.«

»Sind Lucien und Rafe schon da?« fragte Clare.

»Sie sind gestern abend auf Bryn Manor eingetroffen.« Michael gluckste. »Heute mußte man Lucien mit Gewalt davon abhalten, die neue Dampfpumpe zu zerlegen, weil er herausfinden wollte, wie sie funktioniert.«

Clare grinste. In den letzten Monaten hatte sie den Charme und die Charakterstärke dieses Mannes kennengelernt – jene Eigenschaften, die ihm solch bewundernswerte Freunde beschert hatte. Die vier Jahre, die er durch die Hölle gegangen war, hatten zwar ganz sicher ihre Narben hinterlassen, doch er bemühte sich jetzt wieder nach Kräften, das Beste aus seinem Leben zu machen. Sie spürte, daß seine Freundschaft zu Nicholas durch die schwere Prüfung nicht etwa gemindert, sondern stärker daraus hervorgegangen war.

Sie suchte den Stollen ab und entdeckte Lucien, der in eine intensive Unterhaltung mit dem Maschinisten der Zeche versunken war. Rafe stand nicht weit von ihnen entfernt und lauschte ernsthaft einem etwa fünfjährigen Mädchen.

»Da ist Rafe – typisch für ihn, sofort die hübscheste Blondine für sich zu beanspruchen.« Nicholas warf Clare einen Blick zu. »Willst du ›Hallo‹ sagen?«

»Gleich. Ich möchte zuerst mit Marged sprechen.«

»Geh nicht zu weit weg«, befahl er ihr.

Sie lächelte demutsvoll. »Nein, mein Herr und Meister.«

Er gab ihr einen höchst unzüchtigen Klaps auf eine Stelle, die im Augenblick niemand sehen konnte, und wandte sich dann ab, um mit seinen Freunden zu plaudern. Clare ging zu Marged, die gerade mit stoischer Ruhe die Ferkelei beseitigte, die Huw veranstaltet hatte, weil er soviel Marzipan gefuttert hatte, daß ihm schlecht geworden war.

Als Marged fertig war, richtete sie sich auf und umarmte Clare herzlich. »Wer hätte gedacht, daß die olle Grube jemals so nett aussehen würde? Trotzdem – ich bin froh, daß Owen Nicholas' Angebot angenommen hat, im Schieferbruch als Werkmeister zu arbeiten. Dort sind die Risiken in jedem Fall geringer.« Sie blickte durch die steinerne Kammer zu der Stelle, wo Nicholas, Rafe, Lucien und Michael einen Kreis gebildet hatten. »Sie sind immer noch die vier bestaussehenden Männer, die ich je zusammen gesehen habe«, sagte sie nachdenklich. »Natürlich von Owen abgesehen.«

Sie redeten noch eine Weile miteinander, bis eine kichernde Horde Kinder kam und Marged mit sich zerrte. Clare sah ihnen ein wenig sehnsüchtig hinterher. Manchmal vermißte sie die Zeit, in der sie Lehrerin gewesen war, doch sie hatte auch jetzt keinerlei

Probleme, sich zu beschäftigen. Und nun, da sie Nicholas' dicke Börse besaß, die sie plündern konnte, war sie in der Lage, den Menschen im größeren Ausmaß zu helfen. Es gab keine hungernden Kinder mehr in Penreith, und das Tal entwickelte sich zu dem blühenden, fröhlichen Ort, von dem sie geträumt hatte.

Sie bewegte sich durch den Stollen auf Nicholas zu, wobei sie immer wieder stehenblieb, um mit Freunden zu plaudern. Inzwischen schien ihr niemand mehr übelzunehmen, daß sie die Verbindung mit Nicholas eingegangen war – im Gegenteil: Sie und Nicholas waren eindeutig in die Gemeinschaft des Dorfes aufgenommen worden.

Obwohl sie sich Nicholas von hinten näherte, spürte er ihre Gegenwart sofort. Ohne sich umzudrehen, griff er nach ihr, zog sie an sich und schlang seine Arme um ihre Taille. Sie schmiegte sich an ihn und fühlte sich einmal mehr, als wäre sie nach Hause gekommen. Heute abend würde sie Nicholas mitteilen, daß sie fast sicher war, daß der nächste Zigeunergraf auf dem Weg war.

Lucien und Rafe begrüßten Clare herzlich, bevor sie sich wieder ihrer müßigen Plauderei zuwandten. Gerade erklärte Rafe: »Jeder Mensch braucht etwas, an das er glauben kann. Ich zum Beispiel glaube, daß man sein Leben so stilvoll wie möglich leben sollte, da es unvermeidlich irgendwann tödlich ausgeht.«

Nun meldete sich Lucien zu Wort. »Obwohl ich größten Respekt vor Ehrenhaftigkeit habe, glaube ich daran, daß Verschlagenheit ein unterschätztes Talent ist.«

»Ich glaube an die Ehre«, sagte Michael prompt. »Und die entspannende Wirkung einer guten Zigarre.«

Clares Augen funkelten. »Ich glaube daran, daß Frauen den Männern ebenbürtig sind.«

Die Gefallenen Engel blickten sie alarmiert an. »Sie ist gefährlich, Nicholas. Sorg bloß dafür, daß sie glücklich ist«, sagte Rafe.

Nicholas lachte. »Das habe ich allerdings vor. Und was die Frage betrifft, an was ich glaube . . .« Er dachte einen Augenblick nach. »Ich glaube an Pinguine . . .«

»Es ist gar nicht so leicht, an so etwas zu glauben, selbst wenn man schon welche gesehen hat«, warf Lucien ein.

Nicholas grinste. ». . . und an Freundschaft.« Sein Arm schlang sich fester um Clares Mitte. »Und am stärksten glaube ich an die Liebe.«

Nachbemerkung

FÜR ALL JENE, die historische Romane genau so gerne haben wie ich:

Der erste Billardtisch mit einer Schieferoberfläche wurde von John Thurston in London 1826 hergestellt. Jahrzehntelang war der Schiefer aus Südwales das bevorzugte Material. Zweifellos ist Thurston erst durch Clare und Nicholas auf die Idee gekommen.

Die lederne Queue-Spitze wurde irgendwann zwischen 1807 und 1820 von einem französischen Infanterie-Kapitän namens Mengand erfunden. Er war damals im Gefängnis, wodurch er genügend Zeit zum Üben hatte. Ja, als er seine Strafe abgesessen hatte, bat er sogar noch darum, einen weiteren Monat bleiben zu dürfen, um seine Technik zu perfektionieren. Man gab ihm die Erlaubnis (manche Leute tun einfach *alles*, um einen Freitisch zu ergattern). Nach seiner Entlassung machte er aus seiner Vorliebe prompt einen Beruf und wurde zum ersten Billardspieler, der Schaukämpfe veranstaltete, bei denen er die Zuschauer mit seinen Künsten verblüffte.

In der Zeit, in der dieser Roman spielt, befand sich die britische Kohlenindustrie gerade an der Schwelle zu der gewaltigen Expansion, aus der die berühmten walisischen Bergbaugemeinden entstanden. 1815 wurde die Sicherheitslampe nach Davy eingeführt; sie warnte die Bergleute vor dem gefährlichen Grubengas, einer Luft-Methan-Mischung. Die methodistischen Gemeinschaften, die sich vor allem um jene Schichten der Gesellschaft kümmerten, die von der etablierten Kirche vernachlässigt wurden, waren für sehr viele Bergarbeiter eine wichtige moralische Instanz.

Gerade die Episoden zum Thema Bergbau, die Ihnen vielleicht ein wenig merkwürdig vorkommen, sind wahr: blinde Hauer, Drahtsilber und der Bergmann, der sich für einen anderen opferte, weil er wußte, er würde in den Himmel kommen, jedoch um die Seele seines Gefährten bangte. (Das ist in Cornwall geschehen, und der Mann überlebte das Unglück wundersamerweise, weswegen er davon berichten konnte.)

Ich möchte ganz besonders Carol Hanlon, Geologin, und Dean Stucker, Bergbauingenieur, dafür danken, daß sie mir bei den Bergbauszenen geholfen haben.

Und was die Pinguine betrifft . . . nun, warum nicht?

Band 12305

Mary Jo Putney

Indische Nächte

Ein Roman voll wildromantischer Abenteuer

Laura Stephenson glaubt ihr sinnliches Temperament unter Kontrolle zu haben, bis sie auf Major Ian Cameron trifft. Nach Jahren der Gefangenschaft, die seine Träume zerstört haben, gibt ihm die junge Frau mit den goldenen Augen die Hoffnung auf ein neues Leben.
Gemeinsam brechen die beiden von den weiten Ebenen Zentralasiens zu den wildromantischen Bergen Indiens auf. Weit bedrohlicher als die natürlichen Gefahren und die um sie herum gesponnenen Intrigen sind jedoch die Geheimnisse ihrer Herzen. Nur außergewöhnlicher Mut und unerschütterliche Liebe vermögen in ihnen jene Leidenschaft zu erwecken, die sie fürchten – und doch so sehr ersehnen.

BASTEI LÜBBE